CÉLINE DENJEAN

Céline Denjean est toulousaine. Ses grands-parents, libraires, lui ont transmis le goût des livres. Après avoir travaillé dans le domaine social, elle se consacre à l'écriture. Elle est l'auteure de *Voulez-vous tuer avec moi ce soir?* (Nouvelles Plumes, 2015), *La Fille de Kali* (Marabout, 2016), *Le Cheptel* (Marabout, 2018 ; Prix des Mordus de thrillers 2019, Prix Polar du meilleur roman francophone de Cognac et Prix de l'Embouchure 2018) et *Double amnésie* (Marabout, 2019). Plus récemment, elle a publié *Le Cercle des mensonges* (Marabout, 2021 qui a remporté le Prix de *L'Alsace/ DNA*), et *Matrices* (Marabout, 2022).

LE CHEPTEL

ÉGALEMENT CHEZ POCKET

CÉLINE DENJEAN

LE CHEPTEL

MARABOUT

© Hachette Livre (Marabout) 2018
ISBN : 978-2-266-29872-8
Dépôt légal : janvier 2020

*À mon père, parti trop vite,
qui n'aura pas eu le temps
de lire ce roman*

Plusieurs mois
avant le jour J

J'ai 73 ans et je m'appelle Louis Barthes. C'est du moins ainsi que je me suis fait appeler toute ma vie, en témoigne la plaque de mon cabinet notarial du 4, rue de la République à Paris. Louis Barthes, c'est mon identité officielle, le nom et le prénom qui font de moi l'homme que je suis aujourd'hui, le socle de la vie que j'ai construite. Et tandis que, dans cette maison de Nogent-sur-Marne qui a connu mes pleurs, mes rires et mes rêves d'enfant, je revois mes premiers pas dans le grand escalier de bois ciré qui distribue les étages, j'ai le sentiment vertigineux et discordant de ma propre dislocation. Parce que mes yeux fixent avec ahurissement mon acte de décès. Un bout de papier jauni par les années, rédigé d'une plume d'antan par un médecin que j'ai très bien connu, notre médecin de famille, mort il y a désormais dix ans, le docteur Paradoux. Celui-là même qui soigna mes oreillons, diagnostiqua mon appendicite, sutura mon coude après une méchante chute d'un chêne centenaire du bois de Vincennes. Le *bon docteur* Paradoux dont je découvre aujourd'hui qu'il m'a déclaré mort le 18 juillet 1942

– mort subite du nourrisson – trois jours seulement après ma naissance. Comment ai-je ressuscité ? Telle est l'énigme insoluble et ténébreuse à laquelle je fais subitement face.

Le bureau de mon père est en chantier. J'ai voulu mettre de l'ordre comme le font certainement tous les enfants qui viennent de perdre un de leurs parents. Ma mère, Noémie Barthes, née Coulon, est décédée d'une embolie pulmonaire il y a six ans, laissant mon père, Antoine Barthes, seul dans la grande maison de Nogent. Il y a passé les six dernières années assailli par les fantômes incohérents des souvenirs d'une vie, mélangeant au fil des jours le passé et le présent, les prénoms des uns et des autres, la poêle à frire et le fer à repasser. Saleté de maladie d'Alzheimer ! Je n'ai jamais voulu le placer en maison de retraite. Mon père avait de l'argent, moi-même je n'en manquais guère, alors autant préserver le semblant de dignité qui restait à mon ascendance en confinant derrière la façade fraîchement repeinte de la demeure familiale les relents de la maladie et les échos de la démence sénile.

En tant qu'unique héritier, il m'est revenu la lourde charge d'organiser la suite : obsèques et succession. Les obsèques sont passées. Pour la succession, pourquoi le taire, il y a belle lurette que ces choses-là sont préparées. Je ne suis pas notaire pour rien ! Restent quelques démarches administratives et paperasseries incontournables… ainsi, bien évidemment, que le rangement et le tri des effets personnels de mon défunt géniteur.

Géniteur ? Les paroles insensées de mon père au plus fort de certaines de ses crises, me reviennent aujourd'hui en pleine face.

— Tu n'es pas Louis ! Mon fils est mort !

Et l'aide à domicile de me regarder avec son œil navré et humide.

— Ne faites pas attention, monsieur Barthes, Antoine ne sait plus ce qu'il dit.

Évidemment ! avais-je envie de lui répondre. Mais là, le regard halluciné prisonnier du morceau de papier dans ma main, je dois admettre qu'un doute s'insinue en moi, un doute qui ne m'avait jamais effleuré auparavant. Et si le vieux fou qui avait volé à mon digne père son visage et son corps avait dit vrai ?

Je me sens vaguement tanguer et m'appuie sur l'impressionnant bureau Empire qui trône dans un côté de la pièce, devant la grande double fenêtre distribuant le balcon. Je voudrais raisonner, trouver une explication simple à cette terrible méprise. Pour tous, pour l'administration, pour moi en premier lieu, je suis Louis Barthes. Ma vie peut continuer comme elle a toujours été. Il me suffit de chiffonner l'acte de décès du *bon docteur* Paradoux, de le jeter dans les toilettes et de tirer la chasse. Pourtant, je ne le fais pas. Parce que la voix aigre et accusatrice de mon père gagné par la sénilité me poursuit jusque dans mes défenses les plus sensées. « Tu n'es pas Louis ! Mon fils est mort ! »

Et la question désormais de se poser avec toute l'inouïe violence qu'elle suppose : suis-je bien Louis Barthes ou Louis Barthes est-il décédé à l'âge de trois jours ?

J – 1

Tu fais un bond dans ton lit. Stridence suraiguë et agressive que les haut-parleurs propagent dans le silence du sommeil. Tu n'as besoin que d'une seconde pour réaliser ce qui se passe. C'est la rafle ! Encore une. Ces enfoirés de Boches n'en auront donc jamais assez ! Tu n'as même pas à réfléchir. Tu connais par cœur les gestes de survie. Tu es une grande, toi. Tirés de leur sommeil par le hurlement de l'alarme, les petits commencent à brailler. D'un bond, tu te lèves. Ta responsabilité à toi, c'est Onima. Le reste ne te regarde pas. Le reste s'organise sans toi. Chacun son rôle. Tu cours vers les berceaux alignés au fond du dortoir. Tu ne dois pas te tromper. Ce berceau, tu aurais pu y aller les yeux fermés mais... mais l'alarme est donnée. Le danger pointe. La survie du cheptel ne saurait souffrir aucune erreur. Alors, nerveusement, tu comptes sur tes doigts. Un, deux, trois, quatre. Voilà ! Le cinquième berceau. C'est elle, c'est Onima. La petite pleure. Comme les autres. Avec d'infinies précautions, tu t'empares de l'enfant. Tes mains familières semblent l'apaiser un peu. Mais il n'y a pas de temps à perdre. À peine

17

celui d'un baiser déposé sur son front. Au fond de toi gronde déjà la rumeur du danger. Dans la cohue qui ébranle le dortoir, tu as le temps d'apercevoir Anten qui ouvre la trappe. Puis la précipitation ou l'hésitation des moyens qui pleurnichent. Anten hurle ses ordres et sa voix s'élève par-dessus le cri strident des haut-parleurs. Il appelle à lui le groupe. À tes côtés, Abilen, Élicen, Gardien et Niven ont accompli leurs tâches. Comme toi, ils se sont emparés d'un petit dans le berceau. Comme toi, ils ont mécaniquement récupéré la couverture dans le couffin et se dirigent vers la trappe béante qu'a ouverte Anten. Mais un moyen trébuche et s'étale de tout son long devant tes pieds. D'un geste rapide, tu attrapes son col de chemise de nuit et le relèves. C'est Octire. Le gamin ne demande pas son reste. Il file devant toi et s'engouffre dans la cavité au sol. De précieuses secondes perdues… et tu passes en dernier. Tu connais le protocole par cœur. Le dernier grand vérifie derrière lui, c'est la règle. Tes pieds sont déjà sur la cinquième marche quand tu te retournes vers le dortoir. D'un coup d'œil circulaire, tu balaies le flot de ténèbres qu'arrose une lune pâle au travers des fenêtres. Personne, il n'y a plus personne. Tu serres la chaînette vissée au bois de la trappe et tu t'apprêtes à tirer. Mais c'est là que tu l'entends. Un appel craintif. Tu lâches la chaînette.

— Il y a quelqu'un ?!

Ta voix tremble en s'élevant. Ta voix tremble et tu t'en veux. Tu tends l'oreille. Rien. Ton imagination sans doute. Ou la panique. Les haut-parleurs continuent de crier, tu n'as rien pu entendre, voyons ! Tu reprends la chaînette et cette fois tu vas refermer. Avant que les

Boches n'arrivent et qu'il ne soit trop tard. Mais du sous-sol, Anten s'écrie de sa voix autoritaire :

— Il nous manque un moyen ! Qui referme la marche ?!

Tu n'as pas le temps de répondre que la voix d'Élicen résonne déjà.

— C'est Atrimen qui est en haut !

Juste après, dehors, tu entends les aboiements. Les chiens des Boches ! Des glapissements menaçants et des râles excités. Les monstres approchent. Tu te figes. La peur monte d'un cran et ton ventre se tord.

— Donne-la-moi, Atrimen ! Fais-moi passer Onima, allez !

Tu sursautes presque quand Élicen te parle d'en dessous. Tu finis par obéir et tu lui tends Onima qui braille toujours dans sa couverture.

— Je l'ai. Maintenant, à toi de jouer, Atrimen. Vite !

Tu es une grande. Tu n'as pas le droit d'être lâche. La vie du cheptel repose sur tes épaules. Malgré la terreur qui plombe tes jambes et affole ton cœur, tu remontes les cinq marches.

— Qui est là ? t'entends-tu crier.

Mais ça n'est pas ta voix. Plus tout à fait. Il y a des dissonances qui la rendent différente. C'est la voix d'une autre. D'une fille qui semble terrorisée. Tu te mets à genoux pour scruter sous les lits. Ça fait *clong* quand tes os cognent le plancher et tu as l'impression que ce *clong* produit un écho mat jusque dans tes oreilles. Dehors, la meute de chiens couine avec férocité. Tu imagines la bave le long des babines retroussées. Tu imagines les monstres avec leurs uniformes, leurs drôles de lunettes pour voir la nuit et leurs fusils prêts à décharger. Dans un instant, ils seront là. Dans un instant, ils auront fondu sur toi et t'auront découpée en morceaux. Fébrilement, tes yeux courent de lit en lit. Mais tu ne vois rien. Tu ne peux rien voir, un effroi sans contour t'aveugle ! Tu meurs d'envie de détaler. Tu ne sais pas ce qui te porte, mais tu parviens à te relever. Désormais, tu te tiens debout, pétrifiée dans l'allée centrale qui sépare les rangées de lits. Tes dents s'entrechoquent et semblent résonner jusqu'au-dehors. Jusqu'aux oreilles des chiens et des Boches. Tu voudrais être forte mais un liquide chaud s'écoule le long de tes jambes. C'est ton urine. *Ô Grande Virinaë, viens-moi en aide !* Là, tu perçois un mouvement. Vers ta gauche. Tu avances d'un pas mal assuré et tu l'aperçois. Un petit pied blanc dans un rayon de lune blafard. Tu fonces dessus et tu la reconnais. Il s'agit de Kalire. Une des moyennes. L'imbécile s'est recroquevillée entre le mur du fond et son lit en fer. Prostrée, elle sanglote en se balançant nerveusement d'avant en arrière. Tu l'attrapes par les cheveux. Il n'y a pas de temps à perdre ! Elle ne se défend pas. Elle ne réagit même pas quand tu tires sa sale petite tignasse blonde à travers le dortoir. Kalire est comme anesthésiée par la peur et le danger. D'un geste trop vif, tu la balances par l'ouverture au sol. Tu n'as pas le temps de faire attention. Dehors, les aboiements des chiens se confondent avec ceux de leurs maîtres. Ils sont tout près du baraquement. À dix mètres tout au plus. Kalire dégringole dans l'escalier et tu t'engouffres derrière elle. Ta main se pose sur la chaînette quand tu entends la porte du baraquement s'ouvrir dans un fracas de tous les diables. Subitement, les chiens furieux gueulent tout près de toi. Ça y est, ils entrent ! Pour peu, tu lâcherais tout pour disparaître dans le noir du sous-sol. Mais tu sais que tu n'en as pas le droit ! Alors, malgré la terreur, tu disciplines ta main et tu tires sur la chaînette. La porte de bois se lève et se rabat sur ta tête. Maintenant tu dois refermer ! Mais, dans tes mains paniquées, le loquet tremble et se dérobe. Tu voudrais hurler de rage !

— Allez, Atrimen ! Dépêche-toi !

Du fond du souterrain, Élicen t'encourage. Tu n'es pas seule ! Ton amie t'attend. Juste au-dessus de toi, les ongles des clébards fous raclent maintenant le plancher. Les bêtes sont lâchées ! Elles fourragent déjà aux quatre coins de la pièce en poussant d'affreux couinements aigus. Tu produis un ultime effort et tu parviens enfin à condamner la trappe. Là, sans perdre une seconde de plus, tu avales les marches et tes pieds s'entremêlent. Tu rates une ou deux marches et tu chutes sur la terre meuble. Tu n'as pas le temps de grincher que deux mains passent sous tes aisselles.

— Allez, debout, Atrimen !

Élicen te tire violemment en avant. Et te voilà qui détales comme une dératée avec ta meilleure amie. Derrière, vous laissez les ordres menaçants qui crèvent le plancher comme des mitraillettes et les gueules baveuses qui fouillent sous les lits. Tu n'as plus qu'un objectif en tête : courir, courir, courir ! FUIR ! Jusqu'aux abris....

***

La nuit, tapissée d'ombres et de menaces, a égrené ses minutes dans le rythme angoissé de ton cœur qui bat.

C'est toujours la même chose. Toujours la même peur. Tu sais qu'invariablement, lorsque le jour poindra, les Boches auront pris l'un de vous. Un père. Une mère. Un enfant. Il manque toujours quelqu'un à l'appel. Tu as essuyé les reniflements des petits, mouché leur nez et étouffé leurs plaintes. Tu as reproduit ces gestes protecteurs que tu as connus lorsque tu étais enfant et que la sirène hurlait dans la nuit pour annoncer une rafle. Maintenant, tu es une grande. Tu as 15 ans.

Tapis au fond de l'abri, désormais, les petits semblent dormir. Mais c'est un sommeil léger et gémissant, entrecoupé d'images cauchemardesques. Un sommeil qui sursaute au moindre raclement de gorge. Tu croises les yeux fatigués d'Élicen. Comme toi, elle sait que le danger est passé. Parce que, entre les minuscules interstices des planches de bois qui forment le plafond de l'abri souterrain, commencent à percer les premiers rais diaphanes du jour. Tu lis dans son regard cette émotion paradoxale que tu partages : le soulagement d'un côté parce que votre groupe d'enfants est sain et sauf ; la tension extrême de l'autre parce que la perte concerne un autre baraquement et que la triste vérité va bientôt éclater. L'un des enfants sera orphelin ou l'un des parents pleurera son enfant. C'est pour cette raison que les petits rejoignent le dortoir dès qu'ils sont sevrés du lait maternel. Pour éviter de trop s'attacher à leurs parents. Les apprentissages et l'affection sont la responsabilité de tous les membres du cheptel. Tu te rappelles parfaitement la nuit où ces sales Boches ont fait de ton amie Élicen une orpheline. Elle avait 6 ans. Au petit matin, après la rafle, lorsque vous avez rejoint le reste du groupe, Virinaë se tenait debout, le visage grave. Tu te souviens de ses yeux agrandis par le désespoir, de son regard immensément douloureux braqué sur ton amie. Immédiatement, tu as compris. Élicen a gardé ta main dans la sienne et l'a serrée, serrée, de toutes ses forces. Puis Virinaë s'est approchée et a plaqué Élicen contre elle avec une telle intensité que tu en trembles encore quand tu te le rappelles. Attachée à la main de ton amie, partageant son mauvais sort, tu as respiré le parfum entêtant de la Grande Prêtresse, avec cette fragrance dominante de lys. Tu te souviens de ses mots murmurés à l'oreille d'Élicen : « Je suis désolée, mon enfant. Tellement désolée. » Tu as senti ton cœur rétrécir avant d'exploser dans un chaos de larmes. Pour ton amie, les Boches avaient fait fort. Ils avaient emporté dans la même nuit son père et sa mère…

Un bruissement de tissus te fait lever les yeux. Anten déplie son corps dans un angle de l'abri. Doucement, pour ne pas réveiller les moyens encore assoupis au sol. Il enjambe Octire dont la poitrine se soulève régulièrement et se dirige vers toi. Ses yeux sont doux et chauds lorsqu'ils croisent les tiens. Tu sens ton cœur bondir et malgré l'horreur de la situation, tu as une pensée émue pour votre future union. Anten t'est promis depuis que tu as 7 ans. La Grande Prêtresse l'a choisi ainsi. Et c'est parfait. Parce que Anten est d'une autre lignée et qu'il est courageux, fort et doux. Il a deux ans de plus que toi et la noce est prévue pour septembre. Afin que tu puisses enfanter rapidement pour le cheptel. Il faudrait un garçon. Pour la petite Onima qui vient d'avoir 1 an. Dans le secret de ton cœur, tu imagines les prénoms que pourrait choisir la Grande Prêtresse.

Des prénoms qui finissent en *ma* comme doivent l'être ceux de la dernière génération. Des prénoms que tu te répètes comme un mantra pour conjurer ta peur de la mort, ta peur des Boches et de leurs clébards fous… Anten se penche vers toi et dépose un baiser sur ton front. Depuis que la noce est programmée, il lui arrive de plus en plus souvent de te montrer sa tendresse.

— J'ai eu tellement peur, finit-il par te murmurer… Quand tu es remontée dans le dortoir pour chercher Kalire. J'ai cru que… je ne te reverrais jamais.

Tu serres sa main. Fort. Toi aussi, tu as eu peur.

— C'est fini maintenant, Anten, t'entends-tu lui répondre dans un sourire fatigué.

— Oui, je sais… dans une demi-heure, le soleil sera levé et nous sortirons.

Tu hoches la tête. Tu sais. Tout le monde sait. Dans l'aube froide, Virinaë serrera contre elle un des membres du cheptel pour partager son malheur.

Le jour J

Elle perdit une de ses sandalettes en cuir en ripant le long d'un rocher moussu. Du coin de l'œil, elle suivit la chute de l'objet. Elle hésita une demi-seconde. Non ! Les hurlements des chiens lui parvenaient de bien plus près désormais. La sandale se ficha dans une broussaille quelques mètres plus bas. Tant pis... Elle reprit sa périlleuse ascension. Les épines mordantes d'un genévrier se plantèrent dans la paume de sa main droite qui cherchait une accroche sur la pente escarpée. Elle laissa échapper un cri, mais poursuivit sa course hébétée. En elle, la terreur grandissait à chaque seconde. Les grognements excités des dogues résonnaient à ses oreilles comme un sinistre glas. Elle imaginait leurs crocs menaçants sous les babines retroussées et leurs petits yeux rétrécis rendus fous par l'appel du sang. Malgré les trépidations de son cœur, les griffures dans les chairs et la douleur dans ses muscles, elle continuait de lutter de toutes ses forces. Depuis combien de temps courait-elle désormais ?... Une demi-heure ?... Une heure ?... Le soleil rasait l'horizon, mais une lumière claire continuait d'arroser cette terre âpre et broussailleuse. Si elle résistait suffisamment longtemps, elle pourrait peut-être profiter des ombres de la nuit !

Totalement désorientée, elle avançait, choisissant les terrains tapissés d'épineux, raides et accidentés pour n'être pas à découvert et ralentir ses poursuivants. Deux hommes et une femme armés jusqu'aux dents et guidés par leurs chiens féroces. Enfoirés ! Le combat était plus que déséquilibré ! Elle les haïssait du plus profond de son être. Avait-elle la moindre chance de s'en sortir vivante ? D'échapper à leurs griffes ? Un concert terrifiant d'aboiements surexcités lui vrilla les oreilles et lui retourna le ventre. Les molosses venaient de trouver sa sandalette ! Ils n'étaient plus qu'à une centaine de mètres ! Une onde de terreur l'électrisa et elle redoubla d'efforts. Elle fendit les broussailles avec l'énergie du désespoir, s'entaillant la peau des bras et des mollets. Aperçut une sente étroite qui serpentait dans la caillasse. La rejoignit à grandes enjambées. Et entama une course effrénée sur le raidillon. Elle tomba plusieurs fois, se releva en ignorant ses blessures et les sifflements de sa poitrine, pour repartir de plus belle. Les secondes filaient à la vitesse de l'éclair et les chiens furibards gagnaient du terrain en beuglant sinistrement. Un instant, elle envisagea d'abandonner le combat. Mais l'idée des crocs déchiquetant sa chair était tellement terrifiante qu'elle poursuivit sa fuite désespérée. Elle parvint au sommet, se hissa enfin sur le plateau qui s'ouvrait devant elle et, les jambes tétanisées, se mit à zigzaguer en jetant des regards paniqués par-dessus son épaule. Un arbre à une cinquantaine de mètres... elle devait le rejoindre... monter sur les branches... les chiens ne pourraient pas l'attraper...

après… après elle verrait quoi faire… elle… Dans sa course désespérée, elle heurta une pierre tranchante et la chair de son pied nu s'ouvrit comme un fruit trop mûr. La brûlure irradia tout son corps et la stoppa net. Ce qu'elle découvrit lui arracha une grimace d'horreur. La plaie profonde saignait abondamment et une douleur atroce enflait et palpitait maintenant au rythme de son cœur… Elle tenta de reposer le pied par terre, mais son appui céda sous l'élancement de souffrance. Immédiatement, elle comprit. Elle était finie. Elle mourrait à genoux. Cette blessure signait son arrêt de mort. Des larmes inondèrent ses yeux et elle leva un dernier regard supplicié vers le ciel que le soleil quittait. Un ciel de lambeaux rosâtres mêlés de stries orange où moutonnaient quelques nuages gorgés de lumière. C'était beau. C'était beau et dans quelques instants les bêtes seraient sur elle et la dévoreraient. Son corps en sueur se mit à tressauter nerveusement. Déjà, les couinements suraigus des molosses enragés montaient à ses oreilles. Ils avaient ferré leur proie, ils le sentaient. Et ils fondaient sur elle sans aucune pitié. Elle abandonna le ciel et riva son regard sur l'horreur du calvaire imminent. Le premier des chiens n'était plus qu'à une vingtaine de mètres. Puissant et victorieux. Ses muscles roulaient sous le pelage noir et luisant. Babines retroussées. Crocs menaçants.

La déflagration la fit sursauter. Elle sentit ensuite la douleur dans son dos. Elle eut le réflexe de tourner la tête avant de chuter en arrière. Et là, elle l'aperçut. La femme. Qui baissait son fusil à lunette. Un rictus méchant et triomphant agrafé au visage. Puis sa vue commença à se brouiller et ses tympans bourdonnèrent étrangement comme un chrysanthème rouge sang florissait sur sa poitrine. Elle entendit vaguement un hurlement de victoire et tout près de son oreille, les gémissements du chien qui l'avait rejointe. La vie fuyait son corps au grand galop. Les Boches avaient encore gagné.

J + 1

1

Mathieu Vicenti s'engagea sur la route cévenole qui flirtait avec le précipice et leva immédiatement le pied. L'étroit chemin sinueux était truffé de nids-de-poule. Agathe Bordes à côté de lui se crispa imperceptiblement à la vue de l'à-pic à sa droite. La gendarme avait grandi dans les plaines mornes de Niort qui exhibaient à perte de vue leurs champs de betteraves, et avait développé, depuis sa mutation à la SR[1] de Nîmes, une sainte horreur des routes du coin. Taillées sur les flancs escarpés, elles serpentaient, écrasées à fleur de montagne d'un côté, bordées par le vide de l'autre, et pouvaient s'étrécir tellement qu'il était impossible de croiser un autre véhicule. Mathieu dut sentir sa crispation car il rompit le silence.

— On est presque arrivés !

— Au retour, je prends le volant, marmonna Agathe les yeux fixés sur l'abîme côté passager.

— Je demande à voir ! lui lança Vicenti de sa voix bourrue.

----

1. Section de recherches de la gendarmerie nationale.

La remarque glissa sur Agathe. Elle s'était habituée aux manières un peu frustes de son supérieur qui, malgré ses airs revêches, ne l'impressionnait pas. Derrière cette rudesse de façade se cachait un homme sensible. La gendarme détacha ses yeux du vide et aperçut en contrebas une lignée de véhicules bleu marine stationnés à la queue leu leu. Quelques mètres plus loin, la départementale croisait une route plus étroite encore. Apparemment, la scène de crime se situait sur un bas-côté boisé au carrefour des deux voies, car les gendarmes s'y affairaient. Agathe n'était là que depuis un an mais elle reconnut immédiatement, au cœur du fourmillement des TIC[1], le dos massif de Théron, le légiste, que tout le monde dans la profession appelait « Le Roc ». Un taiseux gigantesque et particulièrement laid mais qui faisait son travail avec minutie et perspicacité. Le Roc était une pointure dans son domaine et avait gagné au fil des ans la reconnaissance de l'ensemble des forces de police et de gendarmerie. L'homme, en combinaison, charlotte et surchaussures, était agenouillé au sol devant une forme vaguement humaine.

— Le Roc est sur place depuis plus d'une heure avec la scientifique, commenta son supérieur en écho à ses pensées.

Vicenti tira le frein à main de la C4 et Agathe déploya sans attendre son mètre quatre-vingt-cinq hors de l'habitacle en soupirant de soulagement. Il n'était que 10 h 30 mais la tiédeur ambiante promettait déjà une lourde chaleur pour cette nouvelle journée de

---

1. Techniciens en investigation criminelle.

juillet. Agathe et Mathieu parcoururent une vingtaine de mètres et s'arrêtèrent devant le minuscule sous-bois à la croisée des deux routes, où s'agitait encore la scientifique. Le corps gisait au milieu de ce petit renfoncement relativement pentu. Côte à côte devant les rubalises qui cerclaient la scène de crime, les deux gendarmes attendaient le feu vert pour s'approcher. Agathe songea que Mathieu Vicenti, à côté d'elle, paraissait petit. De toute façon, à côté d'elle, neuf hommes sur dix paraissaient petits… Heureusement, il existait quelques énergumènes à la Le Roc que sa taille surdimensionnée n'écrasait guère. Des géants, en quelque sorte… Cruelle, cette grande taille, pour une femme ! Car nul besoin d'un miroir pour vous rendre compte de votre démesure : la présence de l'autre à vos côtés vous la rappelait en permanence…

— C'est OK pour nous ? finit par lancer Vicenti à l'adresse du légiste, dos à eux.

— Bonjour lieutenant ! lui répondit Aldo Ciccone, le chef de la scientifique, en faisant un léger geste de la main. Ouais, pour nous c'est bon, on a fini les prélèvements !

De son côté, en guise de réponse, Le Roc se releva et se tourna vers eux. Il affichait une mine lugubre et perplexe. Les deux gendarmes enjambèrent le petit fossé et rejoignirent le légiste en quelques pas.

— Salut Théron… Alors ?

Le Roc retira les gants des deux battoirs qui lui servaient de mains et salua rapidement de la tête les deux gendarmes.

— Vous êtes sur l'affaire ?

— Ouais. Pourquoi ?

— Mmm… Ben… Voyez vous-mêmes… Ça n'est pas classique, éructa Théron de sa voix rauque.

Puis il fit un pas de côté, laissant voir la scène à Agathe et Mathieu. Une jeune femme blanche d'environ 25 ans reposait sur le dos. Cheveux longs et bruns dégringolant sur un visage qui avait dû être joli avant que la mort lui ravisse toute expression. Ses yeux grands ouverts, couleur noisette, légèrement vitreux, fixaient un point introuvable dans le feuillage de l'arbre qui l'ombrageait. Elle portait une sorte de longue chemise de nuit fabriquée dans un tissu épais et rugueux qui faisait penser aux vieux sacs de pommes de terre d'antan. La manche droite avait été entièrement arrachée. Au niveau de la poitrine, une tache rouge maculait le tissu. Agathe laissa ses yeux courir le long des mollets musclés et non épilés, nota-t-elle, de la victime. De nombreuses griffures apparemment causées par des ronces et des branchages lacéraient les chairs. En guise de chaussures, la jeune femme portait une sandalette en cuir rudimentaire dont les lanières se nouaient autour des chevilles. Agathe balaya des yeux les alentours mais ne repéra pas la seconde. Sur la plante du pied non chaussé, une blessure assez profonde béait, laissant apparaître les chairs exsangues. Mathieu, à côté d'elle, se lança en premier.

— L'autre sandalette ?

— On ne l'a pas retrouvée pour le moment, répondit Ciccone qui venait d'approcher.

— Mmm… Et la blessure à la poitrine ?

— C'est *a priori* la cause du décès, répondit Le Roc, prudent. D'après les premières constatations, la fille est morte d'une balle qui lui a perforé les côtes juste sous l'omoplate, a traversé le cœur avant de ressortir ici, expliqua-t-il en montrant la tache de sang. Je ne sais pas quel type d'arme peut faire ça, à vous de voir. En tout cas, les autres blessures sont relativement superficielles.

Ce disant, il remit ses gants et remonta légèrement la chemise de nuit, dévoilant des marques de griffures ou des hématomes.

— La fille en a un peu partout sur le corps. Bras, mains, mollets, cuisses. Seul le dos semble intact à première vue. Les genoux, comme vous le voyez, sont bien esquintés. Tous les ongles sont cassés ou retournés et il y a des traces de terre bien visibles sous ce qu'il en reste, poursuivit le légiste. La paume des mains est aussi très abîmée et, comme vous l'avez sûrement repéré, un des pieds est profondément entaillé.

— Elle a fui, commenta Agathe.

— Exactement, approuva Le Roc. Sur une distance assez longue, je pense, vu le nombre considérable d'entailles, d'abrasions et de griffures.

— Et sur un terrain accidenté, ajouta Mathieu en regardant autour de lui. Ça a pu se passer ici d'après toi ? lança-t-il au légiste.

— C'est bien là le hic, aucune chance…

— Qu'est-ce qui te permet d'être aussi formel ?

— *Primo*, il n'y a aucune tache de sang dans ce sous-bois, ni sur le bitume de la route. Or avec sa blessure au pied, elle aurait dû laisser des traces si elle avait foulé le sol alentour. *Secundo*, tu vois cette blessure ? fit le légiste en désignant le genou droit de la victime.

— Oui, maugréa Mathieu avec une moue dégoûtée.

— L'entaille profonde est *post mortem*. Sinon, ça aurait pissé le sang. Et elle s'est fait ça ici, poursuivit-il en montrant une pierre à un mètre qui saillait du sol. Les techniciens ont prélevé des lambeaux de peau sur l'angle rocheux et la forme du sommet de la pierre coïncide parfaitement avec l'éclatement des chairs.

— *Idem* pour la scientifique, enchaîna Ciccone. Autant vous le dire tout net, l'environnement est hyper-propre. On n'a rien retrouvé. Ni la sandalette, ni la douille, ni quoi que ce soit qui puisse laisser penser qu'il se soit passé la moindre chose ici.

— Je vois, lâcha Mathieu, songeur… Elle a été jetée là, en fait.

Agathe opina du chef avant de commenter :

— La départementale est à deux pas. Il suffit de garer la caisse en bordure de route et de balancer le corps en contrebas. Le cadavre a roulé, son genou droit a heurté la pierre, et il s'est immobilisé ici.

— Oui, c'est ce qui a dû se passer. On a relevé des traces de pneus ?

— Non, répondit Ciccone. Il n'a pas plu depuis des lunes et le bitume est sec de chez sec. Quant au bas-côté, il n'y a aucune marque.

Mathieu Vicenti passa sa main sur sa barbe, signe qu'il réfléchissait.

— Tu daterais la mort à quand ? finit-il par lancer au légiste.

— L'autopsie me permettra d'être plus précis, mais je peux d'ores et déjà affirmer que le décès ne remonte pas à plus de vingt-quatre heures.

— … Étonnant qu'elle ait été retrouvée si vite ! La route n'est pas très passante.

38

— Pur hasard, réagit Ciccone. Figure-toi que les cantonniers de la communauté de communes l'ont trouvée vers 9 heures ce matin. Le fauchage des bas-côtés est planifié chaque mois. Ce matin, c'était justement l'éparage de ce tronçon de la D13 à partir de Saint-Germain-de-Calberte. Arrivés à ce croisement avec la D54 – ça s'appelle « Le Pendedis » ici, rapport au col de Pendedis qui est un peu plus haut –, précisa-t-il, ils ont découvert la fille.

— Tant mieux pour nous, commenta Agathe. On a plus de chance de recueillir des témoignages fiables dans une fenêtre temporelle aussi courte.

Puis elle regarda de nouveau la victime au sol.

— Étranges, ces vêtements, non ?…. On dirait qu'elle sort tout droit du Moyen Âge.

— Exact. On n'a aucune identité ? poursuivit Mathieu.

— On n'a retrouvé aucun papier, lui répondit Ciccone.

— Et il y a plus étrange encore, avança Le Roc. Les dents…

— Quoi, les dents ? questionna Mathieu, surpris.

— Je ne peux pas trop m'avancer sur ce point et il faudra des examens poussés, mais ce qui est sûr, c'est que les soins dentaires sont vraiment rudimentaires. En examinant la fille, j'ai retrouvé un clou de girofle calé entre la joue et la gencive. L'odeur a attiré mon attention.

— Hein ? lança Agathe, interloquée.

— Recette de grand-mère… Le girofle apaise les douleurs dentaires, expliqua Aldo Ciccone.

Agathe esquissa un sourire atterré avant de se tourner vers Vicenti.

— Ça sent la marginalité à plein nez, cette affaire ! Entre le look d'un autre âge, les sandales faites main, le poil aux pattes et le clou de girofle contre le mal aux dents, va falloir sérieusement penser à écumer les communautés hippies ou altermondialistes du coin, tu ne crois pas ?

Mais Vicenti n'eut pas le loisir de répondre, car la voix de baryton de Théron s'interposa.

— Bon, j'y vais !… Les affaires sont plutôt calmes en ce moment, donc autopsie fin d'aprèm à l'IML[1] ! ajouta-t-il avant de disparaître.

Mathieu évita soigneusement le regard provocateur de sa collègue. C'était le genre de besogne qu'il laissait volontiers à ses subordonnés et Agathe l'avait bien compris.

— J'irai pauvre chou, t'inquiète ! La vue du sang ne m'a jamais traumatisée. Ça doit être mon côté cannibale !

_____

1. Institut médico-légal.

2

Bien calé dans le sens de la marche, je regarde les quais de la gare de Paris-Montparnasse défiler avant de disparaître dans le lent *tacatac* du train. Destination Carnac, Morbihan. Quatre heures et demie de trajet. Mon regard se perd dans le wagon, tentant vainement d'agripper une aspérité de cette réalité qui m'environne et m'échappe pourtant depuis la mort de mon père. Trois mois ont passé. Trois longs mois pendant lesquels je n'ai pas un seul jour été épargné par cette question : « Suis-je bien Louis Barthes ? » L'obsession est telle que j'en oublie souvent l'heure ou même de manger, confronté à cette ironie grinçante : je ne suis déjà plus Louis Barthes, cet homme paisible et satisfait, pétri d'évidences, à qui rien de grave n'était jamais arrivé…

Depuis trois mois, je combats férocement la menace de la dépression par l'action. Délaissant mon appartement de la capitale, j'ai pris mes quartiers à Nogent. De là, j'ai employé tout mon temps à fouiller, gratter, enquêter. Le *bon docteur* Paradoux, mort de sa belle mort, n'ayant point laissé d'héritier, j'ai tourné et retourné le bureau de mon père, à la recherche d'un indice ou d'une nouvelle information. En vain. Je me suis alors tourné vers la mairie, mais les registres ne m'ont rien appris que je ne sache déjà : « Louis Barthes, né le 15 juillet 1942 à Nogent-sur-Marne, d'Antoine Barthes et de Noémie Coulon, épouse Barthes. » Nul décès. Nulle mort subite du nourrisson. Pour autant, je ne suis pas parvenu à retrouver la plénitude qu'auraient pu me procurer ces déclarations administratives. Le doute était à l'œuvre depuis ma funeste trouvaille du 5 avril et creusait dans mon esprit de sombres galeries. Dans mes nuits les plus blanches, j'en suis même arrivé à douter de l'authenticité de mes propres souvenirs. Je me suis alors lancé dans une quête aussi fervente qu'existentielle en frappant à toutes les portes du quartier. Les voisins d'abord, ceux qui avaient connu mon père et ma mère. Chou blanc. Les anciens commerçants ensuite, de l'épicerie Galet à la brasserie Le Central, en passant par la mercerie Monet désormais fermée, la librairie Solari et le boulanger Bonel de mon enfance. J'ai sonné à toutes les portes. Bombardé de questions les quelques survivants du temps. Interrogé la descendance des possibles témoins décédés. Rien. N'eût été l'acte de décès qui avait naturellement trouvé place sur la table de chevet de ma chambre d'enfant de Nogent réapprivoisée, ma vie eût été prolongée de la limpide évidence qui l'avait toujours régentée. J'en étais arrivé au point d'exaspération où toute énergie menaçait de me quitter quand s'est produit un événement inattendu, aussi redouté qu'espéré. C'était il y a huit jours seulement. En ramassant le courrier, j'ai trouvé une missive rédigée à la main, d'une écriture fine et soignée qui me disait ceci : « Retrouvez Eugène Blériot. Lui sait. »

Passé le choc de cette confirmation – mon existence cachait donc bien une part de mystère connue de quelques-uns –, j'ai rassemblé mes pensées.

« Retrouvez Eugène Blériot. Lui sait. » Blériot, le nom résonne intimement dans mon esprit, en la personne d'André, fils d'Eugène et Camille. André était mon petit voisin de Nogent, mon *alter ego*, mon comparse des quatre cents coups, de la communale aux bords de la Marne où nous pêchions des brochets à la cuillère que nous relâchions fièrement après en avoir mesuré la taille et le poids ! André, mon compagnon de route, mon frère putatif, de la tendre enfance jusqu'à mes 18 ans. Ses parents avaient déménagé en plein milieu du mois d'août 1960 pour Vannes, car Eugène, originaire du Morbihan, s'était vu proposer une promotion qui le rapprochait de ses parents. André et moi avions ainsi été privés d'un énième été insouciant, et nos rêves d'adolescents alors convaincus de conquérir ensemble la capitale avaient brutalement pris fin. Nous avions pleuré tous deux cette séparation forcée et nous étions promis de nous écrire. Ce que nous n'avions jamais fait. Enfin… c'est encore ce que je croyais il y a huit jours. Parce qu'il faut bien l'avouer, replongé malgré moi dans mes lointains souvenirs par la missive anonyme de la boîte aux lettres, j'ai fouillé la malle de ma chambre à la recherche de mes reliquats d'enfance. J'ai alors retrouvé trois lettres d'André, de plusieurs pages chacune. Mon ami se désolait au fil du temps de ne point recevoir de nouvelles… alors que de mon côté, je n'avais pas même le souvenir de ses courriers et de les avoir lus. Les avais-je parcourus seulement ? Forcément, puisqu'ils étaient ouverts et remisés dans mes propres affaires ! Il me faut bien l'admettre, il y a eu un avant et un après André, si bien que je ne me rappelle pas avoir jamais repensé à lui après son départ. Étrangement, je l'ai rangé, lui et tous les souvenirs de Nogent, dans un tiroir retranché au fond de mon cerveau. La rentrée universitaire d'octobre 1960 s'est empressée de mettre un terme à cette partie-là de mon existence.

C'est absurde certainement, mais tandis que ce train me rapproche d'un ami que j'ai dédaigné et oublié, je ressens aujourd'hui une honte profonde ravivée par les propos d'Antonia, la seule et unique femme avec qui je me sois engagé et qui m'a lancé le jour où elle m'a quitté :

— Tu vis dans l'indifférence des autres, Louis. Tu as un besoin féroce, viscéral même, de séduire l'autre mais tu es incapable de t'attacher à quiconque.

Je n'avais rien répondu, sidéré que j'étais par son aplomb et la violence de ses mots. Pourtant, là encore je dois le reconnaître, depuis que la porte s'est refermée derrière Antonia, je n'ai jamais ressenti la douleur du manque ni la culpabilité qui semblent laminer mes congénères en pareille situation. À l'instar de mon histoire avec André ?

Je chasse ces pensées. Du moins j'essaie, en plongeant les yeux dans le paysage qui défile devant moi. Je tente de fixer un clocher qui darde le ciel, la commune trapue qui s'étale sur la colline, les toits d'ardoise luisants. Mais je ne vois que mon père, le doigt crochu tendu vers moi, l'œil étincelant d'une lueur spéciale, me balancer, avec l'obscénité que seule excuse la maladie, que je ne suis pas son fils, que son fils est mort.

3

Mathieu Vicenti releva la tête de son ordinateur, se gratta la barbe et étira ses lombaires. Les noms et photos des gens qui garnissaient le vaste fichier des personnes recherchées dansaient devant ses yeux. Dans le mois précédent, trois femmes étaient portées disparues et faisaient l'objet d'une recherche dans le fichier. Aucune des trois ne semblait correspondre : corpulence, âge ou couleur des yeux différaient. Mathieu était alors remonté dans le temps. Mois après mois. Année après année. Si la fille qu'on avait retrouvée au croisement de la D13 et de la D54, au lieu-dit Le Pendedis, avait rejoint une sorte de communauté, comme semblait l'indiquer sa tenue vestimentaire, elle pouvait très bien avoir disparu depuis des lunes ! Agathe entra dans le bureau à ce moment-là.

— Jambon-beurre de chez Fine Bouche, lança-t-elle en posant un sandwich devant son collègue. Les meilleurs de Nîmes, et de loin ! Alors, ça donne quoi ?

— Pour le moment, rien. Mais je n'en suis qu'à 2008, enchaîna Mathieu en mordant dans son sandwich. Et vous ? Il est où d'ailleurs, Jacques ?

— Il arrive, il soulage sa vessie. Paraît que passé la cinquantaine, c'est compliqué pour vous, rapport à la prostate ! se moqua-t-elle.

— Vraiment ?! Ben, j'aurai le temps d'y penser… Alors ?

— On a frappé aux portes de Saint-Germain-de-Calberte, le village le plus proche et le plus peuplé de l'endroit où on a retrouvé la victime. Personne n'a rien vu de suspect ni n'identifie la victime à partir de la photo de son visage. Mais bon, niveau terrain, il y a encore de quoi ratisser.

Mathieu posa un œil qu'il voulut discret sur sa collègue affalée sur son fauteuil. N'eût été sa grande taille – à ce stade, c'était presque un handicap, songea-t-il –, elle était plutôt canon. Un brin trop fine à son goût mais belle femme. Chevelure bouclée ramassée par une pince, visage fin égayé par deux yeux clairs et rieurs et un sourire craquant. Pour parfaire le tout, elle était bourrée d'humour, vive, et intelligente, suffisamment en tout cas pour ne pas se laisser impressionner par son tempérament d'homme des cavernes qui faisait sa réputation. Seul son *petit* mètre quatre-vingts à lui constituait un obstacle à la draguer. Quand il se tenait à côté d'elle, il avait le sentiment d'être un nabot et il détestait ça…

— Qu'est-ce qu'il y a ? lança-t-elle, en réponse à son regard trop insistant.

— Rien… Je… je repensais au corps de la fille, mentit-il. J'espère que l'autopsie nous filera du grain à moudre.

— Pourquoi tu dis ça ? Tu as peur de ne pas retrouver cette fille dans les dossiers des personnes recherchées ?

Le major Jacques Bois fit son apparition à ce moment-là. Sa masse large et musculeuse bouchait presque l'encadrement de la porte. Un crâne volumineux, parfaitement lisse, et des lunettes noires épaisses lui valaient le surnom de « Moby », en référence au chanteur.

— Alors ? fit-il à Mathieu. Du nouveau ?

— Comme je l'ai dit à Agathe, zéro correspondance sur les sept dernières années… Et plus la disparition est ancienne, moins il y a de chance de trouver ! Bref, si je ne matche pas avec le fichier des personnes disparues, je m'appuierai sur les prélèvements. Avec les relevés d'empreintes et l'ADN, je pourrai au moins farfouiller dans le FAED[1] et le FNAEG[2]. Sait-on jamais !

— Tu n'as rien trouvé jusqu'à 2008 ! rebondit Jacques en passant le plat de sa main sur son crâne lisse. Donc s'il s'agit bien d'une personne déclarée disparue, et si la première estimation de l'âge est bonne, ça voudrait dire que la fille aurait disparu bien avant sa majorité… Une fugue ? questionna-t-il à haute voix.

— Possible, approuva Vicenti. Un grand classique qui tourne parfois au drame.

— Hé ! Oh les mecs, je vous rappelle que Théron a parlé de clou de girofle pour apaiser les douleurs dentaires !

— Et alors ? Qu'est-ce que tu veux dire ?

— Ben, pour moi, une nana qui se soigne au clou de girofle a plus de chance d'avoir grandi dans une communauté loin de tout que d'avoir eu une vie classique

---

1. Fichier automatisé des empreintes digitales.
2. Fichier national automatisé des empreintes génétiques.

avant de fuguer pour intégrer un groupe de hippies ou de choisir une vie de réclusion au fin fond des montagnes.

— Certes, mais on ne peut pas tabler sur ça, contra Mathieu. Il nous faut un examen dentaire complet. Si la victime a bénéficié de soins dentaires normaux, même s'ils remontent dans le temps, ton hypothèse tombe à l'eau.

— Exact, admit Agathe en grimaçant. Bon, et en attendant l'examen médico-légal, on fait quoi alors ?

— Il faut continuer l'enquête terrain, interroger tous les habitants du coin, photo de la victime à l'appui. La fille est morte très peu de temps avant qu'on la retrouve et c'est une chance qu'on doit saisir. D'ici trois ou quatre jours, les témoins éventuels seront déjà moins précis. Nous devons battre le fer tant qu'il est chaud. Du coup, j'ai demandé qu'on me refile des hommes et la BTP[1] de Mende nous en envoie quatre en début d'après-midi.

— Super, commenta Jacques. Je commençais à en avoir plein le dos du porte-à-porte !

— Du coup, Jacques et moi, on va pouvoir s'intéresser aux communautés du coin ? lança Agathe.

— Si vous voulez. De mon côté, je continue à farfouiller dans les dossiers des personnes disparues. Si on ne trouve rien, ni par l'enquête terrain ni par les différents fichiers, on envisagera un appel à témoins *via* les médias.

---

1. Brigade territoriale de proximité de la gendarmerie.

4

Songeuse, elle coula un regard par l'unique fenestron du grenier, seul endroit du bâtiment depuis lequel on voyait au-delà de l'épais rideau de chênes qui délimitait son vaste empire. Depuis son poste d'observation, elle entraperçut deux âmes du cheptel affairées aux champs. Joduni et Akoluni. Un simple regard suffisait. Elle connaissait parfaitement les têtes de son élevage. Leurs silhouettes, leurs démarches, leurs allures, leurs moindres signes distinctifs. Elle se souvenait de chacun de ses enfants, vivants ou morts, savait leurs faiblesses, leurs qualités, leur tempérament, leurs goûts. Elle avait grandi avec eux, les avait observés, soignés, élevés… et haïs plus que tout au monde. Elle était bien placée pour le savoir, la haine était un sentiment beaucoup plus persistant que l'amour… La haine ne connaissait aucune frontière, aucune guérison.

La chaleur de la fin d'après-midi continuait d'écraser la petite langue de terre labourée. Malgré la rafle toute récente, Joduni et Akoluni trimaient dur. Comme toujours. Persistance des gestes appris et répétés depuis l'enfance. Une survie ritualisée ne laissant aucune place pour l'oisiveté, l'ennui ni la réflexion… *Feu père en serait tout chagrin*, songea-t-elle en ricanant. *La voilà ta nouvelle civilisation, père ! N'était-ce pas ce que tu ambitionnais ?! Une peuplade autonome, préservée de l'endémique pollution intellectuelle et sociale d'un monde malade ?! Regarde-la, regarde ton œuvre ! Vois ce que* moi*, j'en ai fait !* Les images du passé ressurgirent, comme souvent quand elle se tenait là. Combien d'heures avait passé le vieux à observer, à compiler des données, à théoriser pour rédiger de savantes conclusions anthropologiques ? Des milliers, oui, des milliers d'heures… *Salopard, va !*… Ses yeux rétrécis devinrent noirs et durs. Deux billes de plomb.

Elle chassa ses souvenirs en secouant la tête. Dans une poignée d'heures, lorsque le crépuscule voilerait le ciel et que la lumière déclinerait pour laisser place à la nuit, la cérémonie aurait lieu. Elle répéterait les sempiternelles paroles sacrées de vengeance et d'espoir. C'était son rôle à elle, en tant que Grande Prêtresse protectrice. Cette pensée lui arracha un sourire sardonique. Elle détourna les yeux de la lumière crevarde de juillet et se fondit dans l'obscurité du grenier. Ses yeux s'accoutumèrent aux ténèbres de la pièce mansardée et elle se dirigea derrière le bureau sur lequel dormait une malle pleine des carnets socio-anthropologiques de son père. Elle tourna la clé de l'armoire qui s'ouvrit dans un grincement et en sortit une longue toge blanche, celle des cérémonies de deuil. Puis elle attrapa le grand imagier sacré de l'histoire du cheptel remisé sur une étagère surplombant la tringle à vêtements. Cent vingt-deux pages de dessins grossiers et enfantins. Cent vingt-deux pages de l'histoire qu'elle écrivait jour après jour depuis plus de trente ans...

5

Agathe poussa la porte de l'institut médico-légal de Nîmes. Situé au sein du CHU, l'institut avait bénéficié d'une réouverture en 2010 après une longue bataille politique. Agrandi et refait à neuf, il couvrait désormais toutes les autopsies du Gard, du Vaucluse et de la Lozère. Bien plus pratique que d'aller jusqu'à Montpellier ! songea la gendarme. Elle prit l'ascenseur jusqu'au second sous-sol, remonta le long couloir et poussa la porte de l'institut. Le Roc l'attendait. À ses côtés, se tenait un jeune homme long et efflanqué en blouse blanche. Un vrai coton-tige surmonté d'une tête brune et broussailleuse.

— Bonjour, lieutenant. Je vous présente Michel Paing, notre interne.

— Enchantée, docteur Paing. Je suis le lieutenant Agathe Bordes.

Le Roc enfila sa blouse et les invita à le suivre. L'odeur doucereuse de la mort flottait déjà dans l'air. Ils passèrent tous trois dans la pièce d'autopsie où le corps de la jeune femme attendait. Glabre sous les néons criards qui arrosaient la table en acier scintillant.

La jeune femme avait perdu toute expression humaine. Elle n'était plus qu'un assemblage de chairs et d'os que la vie avait quitté. Un corps sans âme déformé jusque dans ses attributs féminins puisqu'une balle avait perforé la cage thoracique par le dos et emporté une bonne partie du sein en traversant le corps. Les deux médecins se lavèrent longuement les mains et enfilèrent leurs gants. Agathe, elle, se contenta de mettre un masque et se posta dans un coin de la pièce. Silencieuse et discrète, comme avant un moment solennel.

— Mercredi 15 juillet 2015, 17 h 12, énonça Théron à haute et intelligible voix en regardant sa montre. Autopsie d'une jeune femme, identité inconnue, type caucasien, entre 20 et 25 ans. Corps retrouvé ce matin, mercredi 15 juillet 2015 à 9 h 32, au croisement de la départementale 13 et de la communale 122, sur le bas-côté de la chaussée. D'après les premières constatations sur place et les diverses prises de température, en se référant au monogramme de Henssge, la jeune femme serait décédée entre 16 et 22 heures avant qu'on retrouve son cadavre. Les variations de température sur le plan de l'environnement du corps expliquent cette fourchette. Autopsie réalisée devant le lieutenant Agathe Bordes de la SR de Nîmes et le médecin interne Michel Paing.

Le légiste se tut et entreprit de faire le tour de la table d'autopsie en examinant attentivement le corps. Agathe songea à un aigle prêt à fondre sur sa proie.

— Bon, jeune femme, qu'as-tu donc à nous dire ? lança-t-il à la cantonade, sous l'œil agrandi de son assistant. Paing, vous voyez les lividités cadavériques, ici ? enchaîna-t-il en désignant les zones plus blanches sur la peau.

— Oui.

— Qu'en déduisez-vous ?

— Euh… que la femme est morte en chien de fusil… Puisque les points d'appuis plus blancs dessinent un tracé tout le long du flanc gauche.

— On s'approche, Paing ! Vu le point d'entrée de la balle dans le dos, elle n'est certainement pas morte dans cette position. Cependant, elle est restée longtemps dans cette position après la mort. Or, ces lividités ne correspondent pas à la position du corps tel qu'on l'a retrouvé ce matin. Bilan, cette fille a été transportée. Au vu des lividités, je dirais qu'il y a de fortes chances qu'elle ait été placée dans un coffre avant d'être amenée là où son cadavre a été retrouvé.

— Il y a de minuscules fibres noires collées au sang ici, observa Paing en désignant une égratignure sur l'extérieur du genou gauche.

— Bien vu ! Faites les prélèvements.

— Je prélève aussi sous les ongles ?

— Merci mais c'est déjà fait, Paing. J'ai opéré ces prélèvements avant la levée du corps et j'ai également passé le peigne dans les cheveux. *Idem* pour les prélèvements sur les vêtements. Le faire sur place évite toute contamination et toute perte.

Le légiste approcha enfin du corps. Il leva chaque membre et entreprit de lister les diverses blessures dans son micro.

— Nombreuses égratignures sur les bras, poignets, chevilles et mollets dues vraisemblablement à des griffures de végétations… Ecchymoses et abrasions majoritairement superficielles de la peau aux genoux. Chutes répétées ? Écorchures sur la pulpe des doigts et ongles cassés. Vu l'importance des morceaux de terre et des petits cailloux prélevés sous les ongles, je dirais que la victime a cherché à fuir. Entaille assez profonde au genou gauche sans épanchement sanguin. Blessure *post mortem* donc, due au dépôt du corps dans la petite clairière. Pour finir, profonde entaille sous la plante du pied gauche. La blessure a beaucoup saigné. Les bordures de l'entaille sont inégales et je dirais qu'un caillou à l'arête tranchante constitue certainement la cause de cette blessure. Vu la profondeur, la victime devait courir quand elle s'est fait ça.

Puis Le Roc se tourna vers son assistant qui détaillait la blessure au pied à ses côtés.

— Quoi d'autre, Paing, avant qu'on retourne le cadavre ?

— Euh… hésita le jeune homme en scrutant nerveusement le corps. Des marques de bronzage là et là.

— Exact. Un bronzage qu'on dit agricole, c'est-à-dire fixé sur les avant-bras avec une nette démarcation au niveau des manches du vêtement ainsi que sur le dessus des pieds où les lanières de sandalette ont laissé leurs marques.

— Vous pensez à un travail agricole ? intervint Agathe.

— Possible, lui répondit Théron sans même se retourner. Le corps est plutôt musculeux pour une femme. Oui, c'est fort possible. Elle a le physique de quelqu'un qui travaille dur… Attendez voir. Paing, nettoyez les mains, s'il vous plaît.

— D'où vient tout ce sang sur les mains ?

— Les vêtements nous ont montré que la fille a porté ses mains sur sa blessure au thorax.

— Ça y est, indiqua le coton-tige en reposant un seau d'eau rougie sur une paillasse.

— Bingo ! Regardez, Paing, expliqua Le Roc en montrant les paumes de la victime. Vous voyez ces cals jaunâtres en haut de la paume. C'est une corne dure résultant d'un travail manuel. Cette femme utilisait très régulièrement des outils à manche. Maintenant, lesquels ? À vous de trouver, lieutenant !

L'histoire d'une communauté autovivrière s'imposa dans l'esprit de la gendarme. Dès le début, Agathe avait tiqué. Les vêtements grossiers et les sandalettes d'un autre âge, ça puait la communauté à plein nez. Les constatations du légiste donnaient corps à son hypothèse.

— Paing, autre chose ?

— … Cette blessure ancienne ici, au niveau du tibia, énonça le jeune médecin d'une voix un peu moins timide.

— Exact, Paing. Qu'en dites-vous ?

— C'est une réduction de fracture. Visiblement, cette femme n'a pas été soignée dans un hôpital. C'est du « fait maison », ajouta-t-il en palpant le long de l'os. On s'est contenté de lui replacer l'os et la cicatrisation s'est faite à l'ancienne. Probablement avec une simple attelle. Je peux même sentir les calcifications rien qu'à la palpation.

— Vous êtes en train de dire que cette fille a eu une fracture du tibia et qu'elle n'a pas été hospitalisée ?! lança Agathe, effarée.

— Exactement, valida Le Roc. Paing a parfaitement raison. Autre chose Paing ? Ou on retourne le corps ?

— Ben… je ne vois rien de plus, là comme ça.

Théron laissa filer deux ou trois secondes avant de lancer d'une voix trop forte :

— On n'a toujours pas retrouvé l'identité de la victime, lieutenant, n'est-ce pas ?

— Oh bon sang ! Les dents ! se rattrapa l'assistant *in extremis*.

— Bien, Paing. La dentisterie légale, dans un cas comme celui-là, c'est incontournable pour tenter de mettre un nom sur notre victime.

Agathe se surprit à sourire. Le Roc était un taiseux dans la vie ordinaire mais dans son institut, c'était une vraie pipelette ! Et pédagogue avec ça… Elle observa les médecins en train d'ouvrir la bouche de la victime et de fixer un écarteur entre les mâchoires. Puis Le Roc prit plusieurs radios panoramiques et commença son observation. Il était à son examen depuis une minute à peine quand Agathe l'entendit jurer.

— Merde alors ! Je n'ai jamais vu un truc pareil ! Enfin… Plus depuis 1970 en tout cas.

— Qu'est-ce qu'il y a ? demanda la gendarme, sentant poindre l'excitation.

— Approchez, je vais vous expliquer.

La gendarme prit sur elle pour s'exécuter… Le chef, ici, c'était Le Roc !

— D'abord, nous avons globalement une bouche bien saine. Les dents ont fait l'objet d'un soin quotidien. Pas de tartre. L'émail n'est pas taché. Très peu de caries. Et toutes ont été soignées.

— Et donc ? lança Agathe.

— En fait, le problème est bien là justement. Vous voyez ce plombage, expliqua-t-il en montrant une molaire du bas. C'est un ciment-pierre. Le genre de soins qu'on ne fait plus en France depuis 1980. Bon, à ma connaissance, ça se pratique toujours dans certains pays de l'Est.

— Vous pensez que c'est une fille de l'Est ?!

— Spontanément, j'aurais tendance à dire oui… D'autant que d'autres choses me chiffonnent… Regardez, Paing, cette fissure, là, entre les deux dents, et qui descend jusqu'à la mâchoire, enchaîna le légiste en tirant sur le bas de la lèvre, ce qui déforma les traits de la défunte en une insupportable grimace. Ça vous fait penser à quoi ?

L'assistant se rapprocha, l'air songeur. Au bout de plusieurs longues secondes, il finit par rendre les armes.

— Aucune idée.

— Je pense que c'est une fusée arsénicale, entama Le Roc. Autrement dit, une destruction de la gencive et de l'os due à une injection approximative d'un arsénieux.

— Je ne comprends pas, lâcha Paing, l'air totalement dépassé.

— En d'autres termes, je dirais qu'un soignant – à ce niveau, je répugne à dire dentiste – a tenté de dévitaliser cette dent-là avec un arsénieux. Mais il s'est légèrement loupé et la gencive et l'os ont été attaqués. D'où cette fissure que l'on appelle fusée arsénicale. Je vérifierai, bien sûr !

— Et ça aussi, ça date de l'Antéchrist ? demanda Agathe.

— Oh, n'exagérons rien, lieutenant ! Sinon, vous et moi pouvons aussi bien nous faire appeler Mathusalem sans ciller. En réalité, on a utilisé cette technique en France jusqu'en 1970 environ.

— À part qu'en 1970, la victime n'était même pas née… Voilà qui accrédite encore votre thèse de pays de l'Est, commenta la gendarme, songeuse.

— En effet… Je vais pousser les examens pour tenter d'en apprendre davantage. Regardez la radio, ici, sous le plombage au niveau des racines de la dent dévitalisée, on a un matériau obturateur. Vu les surprises jusqu'à présent, je vais retirer le ciment-pierre et investiguer. Parce que autant vous le dire tout net, lieutenant, il y a une chance infinitésimale pour que les radios dentaires donnent le moindre résultat d'identification… Sur le sol français, bien sûr. Aucun praticien ne travaille plus comme ça !

— D'accord. Et cette histoire de clou de girofle alors ?

— Cette dent, reprit Théron en montrant une prémolaire du bas, c'est celle à côté de laquelle était placé le clou de girofle. C'est invisible à l'œil nu, mais sur la radio, on détecte bien la petite carie. Suffisamment développée pour faire mal. La victime a dû mettre le girofle pour apaiser la douleur… en attendant les soins, je suppose.

Agathe hocha la tête, un peu lasse. Les premières constatations semblaient accréditer la thèse d'une vie communautaire à la dure, genre altermondialiste ou secte profil amish… Mais avec les soins dentaires, elle ne savait plus que penser. Une fille venue de l'Est ? Soignée par un dentiste sous-qualifié pratiquant à la mode des années 1970 ! Elle devait d'ores et déjà avertir Mathieu.

— Ça ne vous contrarie pas si je vais me chercher un café ? demanda-t-elle à Théron qui, fraise à la main, s'attaquait déjà au plombage.

— Pas le moins du monde !

6

Le soleil rasant s'éparpille entre les feuilles des arbres, dessinant dans la clairière un camaïeu en clair-obscur de lumières pâles et d'ombres fraîches. Tu baisses la tête et tu fermes les yeux. La voix de Virinaë s'élève, tremblante et indignée. Comme chaque fois. Tu les connais par cœur, mais les mots vibrent en toi et résonnent de leur écho percutant.

— … tu es née de la poussière et tu retournes à la poussière. Que ton âme, Folcine, rejoigne le jardin éternel des martyrs de la guerre. Ta vie ici-bas fut irréprochable et tu as mérité le repos qui fait désormais ta couche.

C'est le recueillement. Tu attends, concentrée, dans le silence à peine troublé par les sanglots d'Octire qui a perdu sa mère alors qu'il n'a que 8 ans. À sa gauche, raide et placide, se tient Ridine, son père. Les secondes filent comme le pouls des vivants, puis Virinaë reprend. C'est le moment de la supplication et la voix de la Grande Prêtresse se drape de colère.

— Folcine, que ton esprit me nourrisse ! Que ta force augmente la mienne afin que je puisse continuer à protéger le cheptel !

Virinaë s'élève ensuite en montant sur la Pierre du Calvaire et tend ses bras vers le ciel dans une exhortation silencieuse. Avec le groupe, tu formes alors une ronde autour de la pierre sacrée, tu prends ta respiration et tu récites, en même temps que les autres, ces mots qui font frémir ton cœur.

— Que l'esprit des martyrs arme la main vengeresse de Virinaë pour qu'au jour de la Délivrance elle anéantisse notre ennemi.

— Le glas tant attendu de la justice sonnera ! déclame la Grande Prêtresse avec force.

— Que l'esprit des martyrs arme la main vengeresse de Virinaë pour qu'au jour de la Délivrance elle anéantisse notre ennemi.

— Le cheptel sera sauvé et les Boches enfantés par les dieux de l'Ombre seront exterminés !

— Que l'esprit des martyrs arme la main vengeresse de Virinaë pour qu'au jour de la Délivrance elle anéantisse notre ennemi.

— Au Grand Jugement, les âmes damnées des Boches erreront sans fin dans les limbes !

— Que l'esprit des martyrs arme la main vengeresse de Virinaë pour qu'au jour de la Délivrance elle anéantisse notre ennemi, achèves-tu avec les autres.

L'incantation est terminée et tu lâches la main de tes pairs. Virinaë se signe et descend de la Pierre du Calvaire. Elle passe devant chaque membre du cheptel et, comme chacun des cinquante, tu déposes un baiser sur son front. Virinaë achève sa ronde sur le petit Octire. Les yeux de la Grande Prêtresse sont humides quand ils se posent sur l'enfant et tu la vois frémir au contact de la petite bouche sur sa peau. Puis, dans le silence ému, Virinaë quitte le cercle humain. Sa longue toge blanche glisse sur le tapis de feuilles et de brindilles quand elle remonte le sentier et qu'elle traîne derrière elle votre petit cortège. La cérémonie touche à sa fin. Au village, Clarisse-la-pépiote doit avoir fini les préparatifs pour le repas de grâce, l'hommage à la Grande Prêtresse Virinaë. Celle qui veille sur le cheptel, le protège au péril de sa propre vie. Celle sans qui ton peuple serait aujourd'hui décimé.

Mathieu tapotait fiévreusement sur son ordinateur quand Agathe franchit la porte du bureau qu'ils partageaient avec Jacques. L'espace trop exigu était plein comme un œuf. Dossiers entassés sur les étagères affaissées. Bureaux engloutis par des tas de paperasses. Murs tapissés d'avis de recherche, de fiches signalétiques et autres papiers punaisés anarchiquement au gré des enquêtes révolues ou en cours.

— J'étais sûre de te trouver encore ici ! lança la gendarme.

Vicenti releva la tête. Front plissé, yeux rougis par la lumière de l'écran et moue fermée.

— Jacques a capitulé il y a une vingtaine de minutes, lança Vicenti, lapidaire.

— Sympa l'accueil ! le railla-t-elle. C'est quoi ton problème ?!

— Je t'attendais pour faire un point… Cette fille demeure introuvable dans les fichiers des personnes recherchées. J'ai tourné et retourné les faits dans tous les sens et je crains fort que la piste d'une fille de l'Est ne soit la bonne.

— Ben, tu connais Théron ? Il est quasi sûr de lui. Comme je te l'ai dit au téléphone, les soins dentaires indiquent cette piste.

— Mmm… et ça ne va pas nous simplifier la donne, ça ! commenta le lieutenant, songeur.

— C'est sûr… Sauf si on matche grâce aux clichés dentaires.

— On n'a plus qu'à l'espérer. Je compte les envoyer aux dentistes français et à Interpol. À ce propos, tu les as, ces panoramiques dentaires ?

— Théron nous les envoie demain avec le compte rendu préliminaire de l'autopsie.

À l'évocation de l'autopsie, Mathieu Vicenti se fendit d'un rictus légèrement écœuré.

— Ça s'est fini comment, d'ailleurs ?

— Comme ça avait commencé : dans un bain de sang ! lança Agathe, sardonique.

— Très drôle ! Et sinon ?

— Je n'ai pas tout compris, mais j'ai pris quelques notes. En substance, pour rester sur les dents, Théron a découvert que « les obturations radiculaires avaient été faites avec des cônes d'argent », lut-elle.

— Et en français ?

— C'est la totale, figure-toi ! Les cônes d'argent qui servent à reboucher les racines après dévitalisation ne sont plus utilisés en France depuis les années 1960.

— Alors que les soins sont loin d'être aussi vieux…

— Exactement, la fille est bien trop jeune ! Selon Théron, il y a même une dent qui a fait l'objet de soins très récents, celle à côté de laquelle il a prélevé le clou de girofle, justement.

— OK… Bilan, on a une réduction de fracture du type « fait maison » et des soins dentaires à la mode 1960 ! Quoi d'autre ?

— Pas grand-chose. La mort a été causée par le coup de feu. La balle est passée sous l'omoplate et a perforé le cœur avant de ressortir. La balistique nous dira de quel type d'arme il s'agit. Mais sans la balle, difficile d'aller plus loin. Pour le reste, il faut attendre les résultats labo des différents prélèvements, fibres, vêtements, dépôts sous les ongles, bol alimentaire ainsi que les analyses toxicologiques.

— Aucun signe de torture ? de mauvais traitements ?

— *Nada*. En dehors des blessures du jour de sa mort, cette fille a vécu d'une manière on ne peut plus normale. Théron a relevé un bronzage, des cals aux mains et une morphologie qui laissent penser qu'elle travaillait dur. Un boulot physique, agricole certainement. Pas de dénutrition, pas de défaut de soins au sens carence. Les soins relèvent d'une médecine à l'ancienne, mais ils ont bien eu lieu !

Mathieu Vicenti laissa échapper un long soupir et planta un regard lugubre dans celui de son homologue.

— Tu as vu le nombre de contusions, de griffures sur sa peau… ses ongles retournés et l'état de ses pieds… Cette fille a fui. Elle a couru. De toutes ses forces, elle a cherché à échapper à un ou des poursuivants… Elle a été pourchassée avant d'être abattue comme un chien d'une balle dans le dos. Le monde me dégoûte !

Du haut de son mètre quatre-vingt-cinq, Agathe observait Vicenti assis, en plongée. « L'homme des cavernes », comme tout le monde se plaisait à l'appeler, avait sa mine des mauvais jours. Elle hocha lentement la tête.

— Reste à savoir qui a fait ça et pourquoi…

J + 2

8

L'aube claire perçait par la fenêtre du bureau. Au-dessus de lui, l'ampoule allumée n'éclairait plus la pièce, grignotée qu'elle était par le jour naturel. Mathieu Vicenti but une longue lampée de café noir et âpre. Juste comme il l'aimait. Les yeux cloués sur le mur face à lui, il tentait de récapituler les éléments de cette enquête qui commençait plutôt mal. Une fille sans identité. Abattue comme un chien après une tentative de fuite infructueuse. Une fille d'origine étrangère, à en croire les conclusions du légiste, et qui avait dû vivre à la dure…

— Dernier couché, premier levé ! lui lança Jacques depuis la porte.

Vicenti sursauta et lança un regard inexpressif à son collègue. Agathe était juste derrière Jacques, le dépassant d'une demi-tête. Elle affichait une mine au moins aussi marquée que celle que Mathieu avait découverte dans son miroir une heure plus tôt en se levant.

— Salut ! Bien dormi ? demanda-t-il pour la forme.

Les gendarmes ne répondirent même pas. Agathe posa un sachet de croissants sur le bureau, juste devant son supérieur.

— Petit déj' ! La journée risque d'être longue.

Vicenti attrapa une viennoiserie qu'il enfourna.

— En fait, j'avais la dalle ! marmonna-t-il, la bouche pleine.

— De rien, lui lança Agathe, faussement outrée. Je viens de faire un topo à Jacques sur l'autopsie d'hier.

— Ouais. D'ailleurs, c'est vraiment bizarre cette histoire de soins dentaires, rebondit le gendarme. Si la fille vient de l'Est, que foutait-elle en Lozère, dans le département le moins peuplé de France ?! Quand est-elle arrivée ? Est-ce que c'était une clando ? Faudrait peut-être creuser du côté des services de l'immigration, non ? Ou du côté des centres de rétention des clandos ? Et sinon, t'as envoyé les radios des dents aux praticiens et à Interpol ? mitrailla-t-il.

Vicenti leva les mains en invitation au silence. Il mastiqua les dernières bouchées de son croissant et riposta.

— Il y a au moins l'un de nous qui a bien récupéré ! lança-t-il, goguenard. Tu tiens une forme olympique, Jacques !

— Il faut dormir pour rester performant, l'ami !

Agathe assistait au match entre les deux gendarmes, silencieuse et amusée. C'était toujours le même scénario… Ses deux collègues se connaissaient bien. Ils bossaient ensemble depuis trois ans. Se chambrer faisait partie de leur sport favori. Surtout quand elle était dans la pièce, songea-t-elle. Réminiscences du cerveau reptilien ?

— OK, les mecs, quand vous aurez fini de faire la roue, on pourra peut-être commencer à bosser, non ? Qu'est-ce que vous en dites ?

Les deux hommes se tournèrent vers elle, complices et gênés. Mathieu prit la parole.

— Bon… je suis allé récupérer les clichés dentaires à l'IML il y a une heure et je les ai envoyés à la France entière ! Dans le courant de la journée, tous nos dentistes pourront les comparer à ceux de leurs patients. J'ai évidemment envoyé les radios et leur interprétation à Interpol, vu que la demoiselle n'est peut-être pas française.

— Espérons qu'Interpol fasse suivre aux pays membres, commenta Jacques. Ils doivent crouler sous les dossiers là-haut.

— C'est sûr, approuva Mathieu. D'ailleurs, en attendant, tu as raison, on se rapproche des services de l'immigration. Avec la photo de la nana, on va peut-être obtenir quelque chose. Jacques, tu t'occupes de ça, OK ?

— Ça roule.

Jacques attrapa un croissant et se dirigea vers son bureau où il s'assit en faisant couiner le siège. Le type était tellement balèze qu'il venait à bout d'un fauteuil par an !

— Et moi ? demanda Agathe, d'un ton volontairement plaintif. Je me fais les ongles ?

— À toi de voir, se moqua Mathieu. Sinon, tu peux aussi prêter main-forte à Jacques – vous ne serez pas trop de deux –, ou choisir une virée en bordure de précipice.

— C'est quoi cette histoire de virée ?!

— Figure-toi que je vais faire un saut jusqu'à un bled appelé Les Ayres. D'après les rapports des gendarmes détachés de Mende qui ont ratissé le terrain hier, un type de ce village aurait vu passer une Porsche dans la nuit d'avant-hier. La caisse roulait à tombeau ouvert et le mec a manqué se faire écraser. Pour vous donner une idée, le bled est à deux pas du lieu-dit Le Pendedis où on a retrouvé le corps.

— Tu penses qu'il peut y avoir un lien ?!

— Rien n'est moins sûr, admit Vicenti en se grattant la barbe. Mais vu que notre victime a été transportée avant d'être larguée au Pendedis et que ce village est justement situé sur la D54 à deux pas du lieu-dit, il est possible que le ou les criminels aient traversé Les Ayres, poursuivi jusqu'au croisement avec la D13 et jeté le corps au Pendedis.

— Alors, si tu n'y vois pas d'inconvénient, je vais aider Jacques ici. Parce que la voiture sur les routes des Cévennes, très peu pour moi, merci !

***

Après presque deux heures de trajet, Vicenti parvint aux Ayres sur le coup de 10 heures du matin. La route était longue et sinueuse alors que quatre-vingt kilomètres seulement séparaient Nîmes du petit village cévenol. Dès qu'il avait commencé à s'engager dans les hauteurs, le gendarme avait fait jouer la boîte de vitesses et la pédale de frein. Virages en épingles. Rétrécissement des voies. Dénivelés. Heureusement, les routes ici demeuraient désertes. Au cœur de ces reliefs écrasants où une nature sauvage et préservée imposait sa grandeur, les voitures se faisaient rares, à l'exact opposé des routes côtières du Gard. La bourgade était charmante, typique des vieux villages du coin où les maisons fondues dans le paysage se dressaient au détour d'un virage de manière inattendue.

Il s'arrêta à deux pas du café-restaurant-gîte d'étape du village. Une jolie maison de deux étages, toute de pierres empilées que traversait de part en part, tel un balcon végétal, une avantageuse glycine pour offrir un ombrage appréciable les jours de grande chaleur. Vicenti – réflexe – sortit son portable. Il n'avait pas de réseau ! Grand classique dans ces contrées éloignées de tout. Ici, la nature défendait âprement son territoire… Le gendarme poussa la porte de l'établissement et la fraîcheur se colla immédiatement à lui. Une grande pièce aux murs de pierres brutes, des tables en bois massif, une cheminée capable de contenir un bœuf entier et, çà et là, quelques affichettes sous verre fixées aux murs. Propre. Simple. Rustique. Le lieu plut immédiatement au gendarme. Un type d'une trentaine d'années, cheveux longs, jean éculé et vieux pull en laine surmonté d'un torchon jeté sur l'épaule, se tenait derrière un grand comptoir.

— Bonjour. Je vous sers quoi ?

— Un café allongé, répondit le gendarme en exhibant sa carte.

— Ah, j'me disais aussi !

Vicenti leva un sourcil interrogateur.

— En fait, peu de gusses viennent boire un café à 10 heures du matin aux Ayres ! précisa le patron. Même en pleine saison… Il y a bien des groupes de randonneurs qui s'en jettent un petit en redescendant… Mais bon, ils ne sont pas sapés comme vous ! Puis vu le raffut autour de la fille retrouvée au Pendedis…

à part un gendarme, je vois mal à qui j'aurais pu avoir affaire.

Vicenti opina et attendit que la machine à espresso ait achevé son boucan pour prendre la parole.

— Les gendarmes de Mende m'ont dit que vous aviez vu passer un véhicule suspect dans la nuit d'avant-hier ?

— C'est exact, admit le type en essuyant le bar d'un air songeur… La pauvre fille, paraît que ça n'était pas beau à voir ! Vous savez de qui il s'agit, alors ?

— Toujours pas, non, lâcha Vicenti. Pourquoi, vous avez une idée ?

— Négatif, monsieur ! Puis, si quelqu'un avait disparu dans le coin, je suppose que vous auriez déjà fait le rapprochement.

Vicenti avala deux longues lampées du café brûlant. Il était infect. Un robusta bas de gamme tout juste bon à tordre les boyaux. Il grimaça en faisant claquer sa langue.

— Alors ? relança-t-il.

La porte du café-restaurant-gîte d'étape s'ouvrit à ce moment-là. Deux types entrèrent. Quinquagénaires. Des montagnards, vu leur allure.

— Salut Michel ! Sers-nous un p'tit noir, va !

Les deux hommes approchèrent du comptoir, serrèrent la main du patron et se postèrent à côté de Vicenti en lui adressant un hochement de tête. Apparemment, ce qui concernait Michel Laffont, patron du bar, concernait tout le village !

— C'était vers 1 heure du matin, attaqua le patron en préparant ses cafés. La route qui traverse Les Ayres rase le pas de porte. Ce qui ne pose aucun problème vu qu'il n'y a pas beaucoup de circulation dans le coin…

— C'est clair ! intervint l'un des deux villageois. Même si le château attire pas mal de touristes, on ne peut pas dire qu'on souffre des embouteillages ou qu'on ait besoin de trottoir !

Le patron approuva d'un regard entendu avant de reprendre :

— Il se trouve que j'accueillais un groupe de dix randonneurs. Ils avaient réservé le repas du soir et le gîte pour la nuit. Ils ont mangé vers 20 heures et ont un peu joué les prolongations. La salle s'est vidée aux alentours de 23 heures. Le temps de finir de nettoyer les cuisines, de ranger la salle, balayer, préparer la table du petit déjeuner pour le lendemain… bref, j'ai clôturé à une heure moins le quart. Je suis sorti m'en griller une avant de monter me pieuter.

Vicenti nota que les acolytes accoudés au bar suivaient le récit avec fascination, ponctuant le témoignage de vagues hochements de tête. Il ne devait pas se produire grand-chose ici et l'occasion était trop belle.

— J'allais écraser ma clope quand j'ai entendu rugir un moteur surboosté. Difficile de se faire une idée de la distance et de l'endroit où la bécane était. Les montagnes, ça agit parfois comme une caisse de résonance. La bagnole aurait aussi bien pu être au col de la Croix de Bourel ! Voyez c'que je veux dire ?

— Je comprends, acquiesça le gendarme.

— Bref, j'étais au milieu de la route, je regardais les étoiles. C'est bientôt les Perséides et je peux vous dire qu'ici, on n'est pas pollué par les lumières des villes.

— Le ciel est noir comme de l'encre ! ajouta un des villageois.

— Idéal pour admirer la voûte céleste, renchérit le patron… Bref, la caisse en question, elle a surgi d'un coup, là, expliqua-t-il en désignant sa gauche, et je n'ai rien eu le temps de faire. Elle roulait à tombeau ouvert ! Je me suis retrouvé dans le halo des phares comme un lapin et j'ai bien cru qu'elle allait me faucher. La bagnole m'a rasé et là, j'ai compris l'expression « se faire tailler un short », croyez-moi !

— Vous avez parlé d'une Porsche ?

— Exact. J'peux même vous dire qu'il s'agissait d'une Panamera Turbo S executive.

Vicenti leva un sourcil surpris.

— J'ai grandi dans la mécanique, mon père a tenu un garage pendant plus de trente ans. Les autos, c'est à la fois une affaire de famille et une vraie passion. Donc, quand je vous dis que c'était une Panamera Turbo S executive, ça n'était pas une Panamera Turbo executive.

— La différence est dans le S, c'est ça ?

— Oui… Dans le S et dans le prix, lança le patron, amusé. La Turbo S executive est environ 50 000 euros plus chère.

— Rien que ça ! réagit Vicenti, sans cacher son ahurissement. Mais, au final, ça coûte combien un engin pareil ?

— Ça va chercher dans les 200 000 euros.

Vicenti laissa échapper un sifflement. Environ six ans de salaires… Il n'était pas prêt de s'acheter ce genre de joujou ! De toute façon, contrairement à bon nombre de ses homologues, il ne ressentait pas d'attraction particulière pour les voitures. En revanche, cette attirance généralisée de la gent masculine pouvait aujourd'hui lui ouvrir une piste intéressante. Ne s'achetait pas une caisse à 200 000 euros le premier smicard venu…

— En dehors du prix – exorbitant, soit dit en passant –, qu'est-ce qui peut vous rendre si affirmatif sur ce fameux S ?

Le patron se fendit d'un sourire sibyllin.

— Le spoiler.

— Pardon ?!

— Le spoiler. C'est l'aileron en bas de la lunette arrière. Celui de la Panamera Turbo S executive a vraiment une signature particulière.

— Et vous avez eu le temps de le voir ? s'étonna le gendarme.

— Ouais, il était relevé… Il y a un lampadaire juste dix mètres après le café. J'ai repéré le spoiler quand la caisse est passée dessous. Impossible de se tromper !

Vicenti commença à se gratter la barbe, pensif. Ce type avait l'air fiable, pourtant une question le tarabustait. Il releva la tête et se rendit compte que les deux villageois à côté de lui attendaient sa réplique.

— Ce genre de bolides, ça a plutôt un habitacle étroit, non ? Vous croyez…

Le patron émit un petit rire moqueur en secouant la tête et Vicenti s'arrêta net.

— Étroit ?! Vous rigolez ou quoi ? Une Porsche Panamera, c'est le mariage parfait entre une berline et une sportive. Cinq portes, habitacle grand luxe – devant comme derrière – et un coffre qui peut contenir un m…

Michel Laffont stoppa sa phrase, réalisant subitement l'horreur de ce qu'il était en train d'énoncer. Les deux acolytes du bar tournèrent simultanément la tête vers le gendarme.

— OK, je vois, fit Vicenti… De toute façon, je me ferai une idée plus précise en regardant sur la Toile… Et vous pouvez me dire la couleur ?

— Gris métallisé.

— Vous avez vu l'immatriculation ?

— Non, ça non… D'ailleurs, je n'ai même pas pensé à regarder !

— Vous avez aperçu le conducteur ?

— Désolé, mais non. Il roulait pleins phares et j'étais aveuglé. J'ai seulement pu voir la caisse après qu'elle m'a rasé.

— Donc, vous ne savez pas s'il y avait des passagers ?

Le patron ouvrit la bouche, puis la referma. Le front plissé, il sembla dérouler une nouvelle fois la scène mentalement.

— Ouais… ils étaient plusieurs.

— Qu'est-ce qui vous fait dire ça ?

— Les vitres devaient être baissées parce que quand la caisse m'a frôlé, j'ai entendu des cris d'excitation et des rires provenant de l'habitacle. Il n'y avait pas que le conducteur, c'est sûr !

— Deux, trois ? questionna Vicenti.

— Ça, je ne saurais pas vous dire.

Vicenti hocha la tête en notant les informations du patron. Il déroulait déjà la pelote. En se cantonnant à la France, la liste des propriétaires de ce type de voitures ne devait pas être trop longue. En ajoutant à cela une conduite à tombeau ouvert… Une piste était en train de prendre forme dans l'esprit de Vicenti. Le gendarme sentit un léger frisson traverser sa nuque. L'enquête démarrait enfin !

— Merci. Au besoin, je vous recontacterai, lâcha-t-il en se levant.

— Y a pas de quoi !

9

Carnac. Je suis sorti de l'hôtel sur le coup de 7 heures ce matin. Je voulais contempler, dans le calme et la solitude, ces vieilles pierres géantes réunies en cercles ou étrangement alignées. Je voulais les rencontrer avant l'arrivée des flots de touristes armés d'appareils photo flashant en tous sens pour immortaliser leur pénétration du lieu sacré. Au fond de moi, j'avais l'idée du mystère, du secret intact de ces majestueux et magnétiques dolmens… et je ne suis pas assez sot pour ignorer qu'au travers de ce mystère-là, j'aurais voulu percer le mien propre. Dans la lumière blanche de l'aube, j'ai déambulé entre les géants de roc, profané les sentiers interdits aux visiteurs, guettant quelques signes cachés qui auraient pu m'inspirer, éclairer ma propre histoire. Au lieu de quoi je me suis appesanti sur mon sort personnel, certain désormais que derrière le patronyme des Barthes, sommeillait une vérité masquée. Je me fustigeais de n'avoir pas suffisamment prêté l'oreille à mon père lorsque son Alzheimer me reniait impudiquement, de n'avoir pas su arrêter le cours du temps, celui qui précédait le décès de ma mère dont je revois désormais nettement le regard brouillé de larmes à chaque célébration de mon anniversaire. Que n'ai-je relevé ce détail parlant ?! Pourquoi diable, le jour de mon anniversaire a-t-il toujours été ourlé de cette peine non dite et pourtant perceptible entre les lignes du roman familial que nous étions censés écrire ensemble ?

J'ai loué une voiture, chargé mes affaires et quitté Carnac vers 9 h 30, l'âme crucifiée et pleine des images de cette enfance de Nogent que j'avais jusque-là considérée comme simple et heureuse et qui remontait désormais à la surface, chargée des doutes et des ombres portées de ce que l'on appelle communément un secret de famille. Hélas, j'ai 73 ans, mon père et ma mère sont morts ainsi que mes deux oncles. Il me reste bien une tante, petite sœur de ma mère, âgée aujourd'hui de 88 ans, mais je sais par mes cousins qu'elle végète en attendant la Grande Faucheuse dans un service de soins palliatifs...

J'ai rejoint Baden en milieu de matinée, pour une balade et une halte déjeuner avant mon saut sur l'île aux Moines où réside aujourd'hui André. Au long du sentier côtier, je me dégourdis les jambes et je profite de l'air marin. Parvenu à la pointe de Locmiquel, je m'absorbe dans l'immensité bleutée du golfe du Morbihan qui clapote devant moi sous la mitraille d'un superbe ciel d'été. Non – et c'est bien ce qu'André m'a dit au téléphone –, il ne pleuvra pas aujourd'hui. Une nuée de voiliers paresse à la surface de la mer calme, myriade de taches blanches reflétant le soleil. Tout à ma contemplation, je laisse filer une poignée de minutes. Enfin, du pas lent mais assuré du septuagénaire à qui rien ne saurait arriver, je rejoins le port. Immédiatement, la nasse de touristes m'engloutit, camaïeu bruyant et coloré dans lequel je me laisse couler sans réticence. Moi qui d'ordinaire déteste la foule… *Que se passe-t-il dans ta tête, pauvre Louis Barthes ? Je me le demande bien !* Il est midi désormais et je patiente à la terrasse d'une brasserie du port déjà prise d'assaut. Le serveur m'installe dans un coin. Je commande des huîtres de Locmariaquer et un chardonnay, puis j'ouvre mon cahier, celui dans lequel je consigne mes trouvailles, mes questions, ma quête. Mon *cahier d'identité* commençant par mon acte de décès.

André s'est installé sur l'île aux Moines après une carrière d'ingénieur agronome à l'instar de son père Eugène. Dans mes souvenirs, mon ami, féru d'art, voulait devenir commissaire-priseur… La vie, décidément, réserve bien des surprises… Je pense à mon irruption dans l'existence de mon ancien ami, plus de cinquante années après son départ de Nogent. Sa surprise au téléphone était totale et, passé l'étonnement, il m'a semblé déceler une pointe d'amertume. Mais, après tout, ne l'avais-je pas lâchement abandonné, ignorant chacun de ses courriers ? Essuierai-je quelques récriminations ou la joie de me revoir sera-t-elle plus forte ? Aurons-nous le verbe facile ou, au contraire, nous ferons-nous face comme deux étrangers ? Et qu'en sera-t-il d'Eugène, le vieux père toujours vivant ? Né en 1922, il avoisine les 92 ans ! André m'a appris qu'il avait recueilli son père chez lui depuis un an, date à laquelle sa mère est décédée. Eugène se souviendra-t-il ? Pourra-t-il m'éclairer ? Mon cœur cogne un peu trop fort. Ces questions font une ritournelle incessante dans ma tête depuis que je remonte la course du temps et que je poursuis avec désespérance les ombres de mon passé.

***

La traversée en bateau est calme. Nous accostons sur l'île aux Moines, époustouflante de beauté, et je laisse la cohorte de touristes excités rejoindre la terre ferme. Maisons blanches, volets bleus et toits sombres d'ardoise ou de chaume terni. Partout, au long des murs de pierre, sommeillent des parterres fleuris de camélias, d'azalées et d'hortensias aux couleurs chatoyantes. Numéro 5 de la rue du Presbytère. Me voilà arrivé à destination.

La maison est grande, propre, cossue. Son jardin parfaitement entretenu. Nul mouvement, nul bruit ne me parvient, mais une grande partie du jardin demeure invisible depuis la rue. D'une main hésitante, j'écrase finalement la sonnette. Mon cœur s'emballe, je me sens fébrile tandis que j'attends et, mon petit bagage à la main, je me fais l'effet d'un gamin intimidé. Ma confusion augmente encore quand je me rends compte que j'arrive les mains vides. Absorbé par mes préoccupations personnelles, je n'ai pas même songé à apporter quelque chose ! Trop tard désormais… J'entends des pas qui approchent, un loquet que l'on tire et voilà que la porte s'ouvre. Mes yeux rencontrent ceux d'un homme assez grand, légèrement voûté, à la chevelure grise et bouclée. Un instant se meurt et je le reconnais. C'est André. Oui, c'est bien lui ! Ce regard vif mais toujours lointain, ce sourire en coin, cet air curieux. En un flash, les souvenirs affluent et se bousculent.

— *Demat dit*[1] Louis !

Il me faut une seconde pour comprendre.

— Bonjour, André… Je… Tu n'as pas changé, tu sais…

Ma voix est émue, mes mots sont encombrés. Une véritable vague d'émotion me submerge. Mais je n'ai guère le temps d'apaiser mon esprit, André m'étreint déjà. Une accolade franche, entière et pleine de cette amitié qui nous a jadis attachés. Je tangue un peu et mes yeux se brouillent.

— Allez, entre, me lance-t-il avec bonhomie en me détaillant désormais des pieds à la tête. Toi non plus, tu n'as pas changé, Louis !

On ne doit pas se regarder de la même manière que les autres. Mon image dans le miroir me semble tellement loin de celle de l'adolescent filiforme mais solide que j'étais à l'époque où nous construisions des radeaux de fortune pour descendre sur la Marne.

L'intérieur est fidèle à l'idée que l'on peut s'en faire de dehors. Chaleureux, authentique, meublé avec goût et simplicité. Je songe à mon appartement haussmannien de la capitale, encombré de meubles d'antiquaires, d'objets de valeur et de toiles de maître. Un nid de trésors, et malgré tout sans âme…

— Papa, voici Louis, lance André trop fort. Louis Barthes, tu te souviens ? Mon ami de Nogent !

Puis, se tournant vers moi :

— Il faut lui parler fort, il est un peu dur de la feuille. Mais pour le reste, ça fonctionne impeccable ! Une citronnade ?

---

1. « Bonjour à toi », en breton.

— Avec plaisir.

André disparaît et je m'approche du patriarche installé au salon dans un large fauteuil club au cuir patiné par les ans. L'homme a trop vieilli pour que je le reconnaisse. Dans ma tête, il est demeuré le grand gaillard au regard d'acier et aux larges mains épaisses. Face à moi aujourd'hui, Eugène Blériot semble presque frêle.

— Bonjour, monsieur Blériot, enchanté de vous revoir ! dis-je en forçant la voix.

Le vieux serre ma main en calant ses deux yeux délavés dans le fond des miens. Deux yeux graves et intenses. Et là, immédiatement, je comprends qu'il sait. Il sait pourquoi je suis là aujourd'hui. Il sait ce qui m'a amené, cinquante ans après mon enfance à Nogent, à faire le voyage jusque sur l'île aux Moines.

— Comment va Antoine ? me demande-t-il d'un timbre craquelé.

— Mon père est décédé, il y a plus de trois mois maintenant.

Eugène Blériot acquiesce. Un simple hochement de tête. Il ne s'étonne guère. Il savait en posant la question.

— Et toi ? Qu'es-tu devenu, alors ?

— J'étais notaire, mais j'ai pris ma retraite.

— Marié ? Des enfants ?

— Papa, arrête un peu, tu veux ?! Laisse à Louis le temps d'arriver ! intervient André en faisant irruption dans le salon, un plateau dans les mains.

10

Vicenti s'installa sous le parasol et descendit la moitié de son Perrier tranche. Coup d'œil à sa montre. Ses collègues n'allaient pas tarder. Le gendarme alluma une cigarette, la première de la journée, songea-t-il avec fierté. La brûlure dans la gorge lui arracha un soupir d'aise, mais la détente fut de courte durée. Une main derrière lui s'empara de la clope qui s'envola par une simple pichenette au-dessus de la barrière encerclant la terrasse de caillebotis.

— C'est quoi, cet œil rond ?! Je croyais que tu devais arrêter, lui lança Agathe en s'asseyant en face de lui.

Mathieu, le regard noir, ouvrit la bouche pour riposter, mais Jacques arriva et le prit de vitesse.

— J'ai demandé au serveur de se magner le train, je suis affamé.

De fait, un jeune gringalet en tablier fit son apparition pour prendre la commande. Il était à peine 12 h 30 et la terrasse affichait déjà complet. Entre touristes et habitués, le Ristorante Chez Tony avait atteint sa cadence estivale.

— Alors, vous en êtes où ? demanda Vicenti dès que le serveur fut parti.

— De mon côté, ça ne va pas être de la tarte, entama Jacques. J'ai faxé la photo de notre victime avec un descriptif succinct à tous les CRA[1], ZAPI[2] et CADA[3] que j'ai pu répertorier en France. Ça m'a pris la matinée ! Maintenant, on n'a plus qu'à espérer que quelqu'un connaisse cette fille...

— Et les fichiers AGDREF[4] et ELOI[5], alors ?

— J'ai lancé les recherches, intervint Agathe, mais on n'a qu'un visage pour retrouver cette fille ! Et crois-moi, des dossiers sans photo, il y en a à la pelle !

— Je vois, commenta Mathieu, c'est comme notre histoire de panoramiques dentaires avec Interpol, il faudrait un sacré coup de bol...

— Surtout quand tu sais qu'il y a officiellement entre trente-cinq et quarante mille étrangers parqués

---

1. Centres de rétention administrative destinés à retenir, avant leur éloignement forcé, les étrangers auxquels l'administration ne reconnaît pas le droit de séjourner sur le territoire français.
2. Zones d'attente pour personnes en instance, destinées à recevoir de manière temporaire des étrangers arrivant sur le territoire et que l'administration refuse d'admettre. Ces personnes sont ensuite envoyées dans un CRA.
3. Centres d'accueil pour demandeurs d'asile : dispositif d'hébergement des demandeurs d'asile pendant le temps d'examen de leur demande.
4. L'Application de gestion des dossiers des ressortissants étrangers en France a pour mission la gestion des dossiers des ressortissants étrangers, la fabrication des titres d'identité et la vérification de la régularité des situations.
5. Du mot « éloignement » : fichier des personnes étrangères en situation irrégulière résidant sur le sol français.

dans les centres de rétention ou les zones d'attente ! rebondit Jacques. Et encore, le chiffre n'est pas exhaustif ! Tu ajoutes à ça tous les clandos qui ne se sont pas fait choper et qui se promènent illégalement sur le territoire…

— La misère, lâcha Agathe d'une voie désabusée… Si cette fille fait partie de cette dernière catégorie, ça sera quasi impossible de retrouver sa trace.

— Quasi impossible mais pas impossible, précisa Jacques.

— À quoi tu penses ?

— J'ai préparé quelques tirages photo de notre inconnue. Figure-toi que je connais assez bien le responsable d'une asso à Nîmes qui se bat pour les sans-papiers. J'ai auditionné ce mec, un certain Gérald Lebreton, il y a quatre ans dans le cadre d'un squat illégal… Disons que j'ai été plutôt arrangeant avec lui.

Mathieu et Agathe échangèrent un regard amusé. Ils connaissaient parfaitement les convictions politiques de Jacques, fort en gueule et qui ne cachait guère son empreinte humaniste. Dès le 17 janvier, il avait fait partie de la poignée de trublions à s'encarter chez GendXXI, premier syndicat de gendarmes à avoir eu, après une longue bataille juridico-administrative, le droit de voir le jour.

— Question de principe ! avait affirmé Jacques en brandissant sa carte au début de l'année. Et puis, comme ça, j'aurai au moins une bonne raison à opposer à ma femme quand elle me demandera pourquoi je ne monte pas en grade, avait-il ajouté, provocateur.

Vicenti était parti d'un rire franc.

— Toi, arrangeant ?! Mais t'as vraiment une âme de rouge ! le charria Agathe.

— Très drôle ! se défendit Jacques. J'aurais aimé t'y voir ! T'as des locaux de l'évêché inoccupés depuis plus de trente ans – curetons de merde, ouais ! – et environ deux cents personnes à la rue dont une grosse quarantaine de gamins. Et toi, tu passes les menottes à un type qui essaie juste de rétablir un peu de justice sociale… Franchement ?

— Sans commentaire… tempéra Vicenti pour éviter tout débat inutile. Sinon, Agathe, t'as pensé au fichier de suivi des personnes faisant l'objet d'une rétention administrative, celui des Pyrénées-Orientales ? Après tout, on a un CRA juste à côté, à Rivesaltes !

— Tu me prends pour une bleue ou quoi ?! C'est même le premier endroit où j'ai envoyé notre photo !

Le serveur arriva à ce moment-là et posa les commandes sur la table.

— Et niveau Panamera ? relança Vicenti, ça donne quoi ?

— Je n'ai eu qu'une heure devant moi, je te rappelle, se défendit Agathe.

— Je ne captais rien là-haut ! J'ai appelé dès que j'ai retrouvé une barre de réseau. T'as des éléments ou pas ?

— Mmm… Disons que si cette voiture a quelque chose à voir avec notre affaire, on a une jolie piste à suivre, entama Agathe en plantant sa fourchette dans ses spaghettis aux supions. Figure-toi que cette caisse est super récente. Elle est commercialisée en France depuis janvier de cette année. Une aubaine !

— Enfin une bonne nouvelle ! Ça va sacrément nous faciliter la tâche.

— Effectivement ! Pour être tout à fait exacte, Porsche a vendu trente-six Panamera Turbo S executive en France depuis sa commercialisation !

— Comment t'as eu ce chiffre ? s'étonna Vicenti.

— J'ai contacté le siège de Porsche, figure-toi. Leurs fichiers clients sont impeccablement tenus.

— Bah, balança Mathieu, au prix où ils vendent leurs engins, ils peuvent soigner leurs clients !

— Tu l'as dit ! s'amusa Agathe. Reste à être certains que ton témoin ne se plante pas.

Vicenti, la bouche encore pleine, secoua la tête.

— Il est hyper sûr de lui. C'est un fan de bagnoles.

— J'dis ça parce que, en cas d'erreur, tu peux multiplier le chiffre par six : les Panamera, toutes catégories confondues, se sont vendues à cent soixante-quinze exemplaires rien qu'entre janvier et août de cette année. Et le hic, c'est que les Panamera sont commercialisées depuis 2009. Donc si ton témoin se trompe, on n'a plus affaire à…

— Te fatigue pas, la coupa Vicenti avec un air malicieux, j'ai pigé. Mais tu ne prends pas en compte la signature visuelle unique du spoiler de la Panamera Turbo S executive, fanfaronna-t-il, les yeux sur son agenda.

— Hein ?! lâchèrent Agathe et Jacques de concert.

Vicenti se fendit d'un petit compte rendu de sa rencontre du matin, sous l'œil attentif de Jacques et d'Agathe qui engloutissaient leurs plats. Lorsqu'il eut terminé son récit, Agathe siffla entre ses dents.

— C'est quand même un sacré coup de chance d'être tombé sur ce gus ! Et, à part lui, personne d'autre n'a vu la voiture, avant ou après ?

— Pas à ma connaissance. Les gendarmes détachés de Mende continuent de ratisser mais, pour l'instant, ils n'ont trouvé aucun autre témoin. En même temps, il était assez tard et le lieu là-haut n'est pas vraiment peuplé.

— Moralité, ou on a le cul bordé de nouilles ou c'est une fausse piste. Après tout, rien ne prouve que cette bagnole ait quoi que ce soit à voir avec l'affaire, fit Jacques.

— Je suis plus optimiste que toi sur ce coup, réagit Mathieu… Agathe, tu as jeté un œil au fichier des infractions routières, comme je te l'avais demandé ?

— Pas eu le temps. Je m'en occupe cet aprèm.

Vicenti fit un signe au serveur et commanda trois cafés et l'addition.

— M'est avis que cette caisse n'est pas du coin, lança Vicenti, songeur. Je suis tombé sur le seul type de toute la Lozère foutu d'identifier ce modèle précis de bagnole. Et il n'y en a que trente-six en France ! Autant dire que mon témoin connaîtrait de près ou de loin le propriétaire si la Porsche appartenait à un Lozérien.

— Et l'hypothèse d'une voiture volée, tu y as pensé ? demanda Jacques à Agathe.

Celle-ci lui lança un regard goguenard.

— Décidément ! Vous me prenez vraiment pour une débutante ou quoi ?! J'ai directement lancé une recherche dans le FVV[1] !

---

1. Fichier des véhicules volés.

— Et donc ?

— Rien. Aucune Panamera machin-truc déclarée volée.

— Tant mieux pour nous, commenta Vicenti. Ça simplifie les choses.

11

L'après-midi a filé sous la rythmique implacable et constante de l'horloge murale qui rappelle à chaque instant des vivants qu'une seconde se meurt. J'ai senti pousser en moi ce sentiment d'urgence mais je l'ai contenu, muselé, ficelé par bienséance à l'égard d'André. Il eût été outrancier que je me détournasse de lui, de sa disponible attention, de sa joie des retrouvailles, au profit d'un interrogatoire en règle de son père. Ainsi, André et moi nous sommes-nous rappelé le bon vieux temps. Nous avons raconté nos vies en quelques grandes lignes, nous sommes remémoré les anecdotes de notre enfance – de M. Frelon, l'instituteur chauve du cours élémentaire, à Jeanine Colbert, notre secret amour d'enfance –, nous avons remonté le fil du temps avec cette nostalgie propre à deux anciens qui replongent dans l'insouciance d'une jeunesse révolue. Pourtant, tout au long de cet échange d'apparence badine, je n'ai cessé de lancer des œillades au vieil Eugène, calé dans son fauteuil. L'homme, le regard lointain et brumeux, se contentait de vagues acquiescements ou, dans ses manifestations les plus bruyantes, de quelques rires fissurés par l'âge ou de soupirs évocateurs. Tout au long de ma discussion avec André, j'ai su qu'Eugène attendait son heure, et c'est avec une immense difficulté que je suis parvenu à réprimer les assauts d'une peur absurde, celle que le vieil Eugène ne passe soudainement de vie à trépas, là, devant moi, sans que j'aie eu la possibilité de recueillir son précieux témoignage.

Il est 18 h 30. André nous propose de prendre l'apéritif au jardin. L'écrasante chaleur s'est dissipée, l'air est doux désormais. Tandis qu'André est occupé en cuisine, je marche dans les pas lents du vieil Eugène qui prend appui sur sa canne pour fouler l'herbe grasse jusqu'à la table en teck au fond du jardin. À la faveur d'un trou savamment entretenu dans la haie, je vois la mer au loin scintiller sous la caresse du soleil déclinant. Eugène s'assoit enfin et je l'imite. Loin d'André désormais, nous nous fixons. Il y a entre nous comme une tension palpable. Lui et moi avons attendu de longues heures ce face-à-face. Il faut désormais briser le silence, déclencher d'une manière ou d'une autre le mécanisme de la confession. Ma main tremble quand j'attrape au fond de ma besace mon *cahier d'identité* et que je l'ouvre sur mon acte de décès attaché au trombone sur la première page. Je tends le document au vieil Eugène qui le fixe en laissant échapper le soupir de celui qui a toujours redouté la survenance de ce moment. Sa mine est grave, fermée, lointaine. Ses yeux ne me regardent plus maintenant. Il est retourné en arrière, soixante-treize ans plus tôt.

— J'ai trouvé ça en faisant le ménage dans les affaires de mon père… Que savez-vous, Eugène ? finis-je par oser. Je dois comprendre.

J'ai voulu mettre de la précaution dans ma voix, mais en m'entendant je n'ai perçu que tension et urgence.

— Je ne connais qu'une partie de l'histoire… entame-t-il comme pour se défendre par avance. Je n'ai été qu'un maillon d'une longue chaîne.

Mon corps entier est serré, oppressé, mon souffle suspendu. Il y a dans chaque mot du vieil Eugène l'imminence d'un drame, la promesse d'une révélation qui me bouleverse déjà.

— C'était le 18 juillet 1942. J'avais rejoint les FTP[1] depuis quelques mois. Avec quelques autres, nous formions une cellule assez active de la Résistance en région parisienne. La zone occupée vivait sous un joug allemand de plus en plus oppressant et les actions hitlériennes soutenues par Vichy contre les juifs laissaient augurer le pire : le fichier Tulard, commencé dès la fin de 1940, avec le recensement des juifs, les premiers tracts antisémites, l'étoile jaune, la propagande galopante des nazis… Bref, je ne t'apprends rien…

André, plateau à la main, nous rejoint à cet instant précis. Nos regards se croisent une fraction de seconde. Je vois dans son attitude qu'il comprend immédiatement – la mine affectée d'Eugène, ma tension palpable, l'empreinte invisible de la solennité – qu'une conversation importante est en cours. Sourcils froncés, il s'assoit discrètement, remplit nos verres de chouchen et les pose devant nous. Eugène trempe ses lèvres dans le breuvage doré comme pour se donner du courage et reprend son récit.

_____

1. Francs-tireurs et partisans.

— Les réseaux de Résistance étaient organisés de manière qu'en cas d'arrestation les informations détenues par chacun soient minimales. Il s'agissait de protéger la filière et d'empêcher la Gestapo de remonter les différentes ramifications de l'organisation.

Je me contente de hocher la tête, mais je ne vois pas encore ce que tout cela vient faire dans ma propre trajectoire.

— C'est important Louis, pour que tu comprennes bien que je ne connais qu'une petite partie de l'histoire… de ton histoire… J'ai emménagé à Nogent en 1934, j'avais alors 12 ans. Mes parents ont quitté la Bretagne parce que mon père avait l'opportunité de reprendre le commerce d'un cousin sans enfant. C'est à Nogent que j'ai fait la connaissance de ta mère, Noémie. Elle habitait déjà la maison où tu as grandi avec tes grands-parents et nous étions voisins. Nous avons sympathisé, et si Antoine n'avait pas fait son apparition, il est fort possible que… (Eugène a un sourire bref qui rajeunit ses traits l'espace d'un instant.) Quoi qu'il en soit, Antoine a rencontré ta mère à un bal et je crois bien que ces deux-là se sont aimés au premier regard.

Je sens mes joues rosir, mes parents ne m'ont jamais parlé ni de leur rencontre, ni de leurs sentiments. Je conserve le souvenir diffus d'un couple uni mais réservé et un peu triste. Je songe également qu'entre eux, à la maison, à table, en promenade le dimanche, les silences étaient aussi signifiants que les mots.

— Antoine avait trois ans de plus que Noémie et moi, c'était un beau gaillard, bien mis de sa personne, et il bénéficiait déjà d'une jolie situation. Trois mois seulement après leur rencontre au bal, ils se sont mariés. C'était en septembre 1941. De mon côté, j'ai quitté Nogent pour étudier à Paris. La fourmilière étudiante constituait un véritable vivier réactif et idéologique. En résonance à l'appel du général de Gaulle, des tracts antifascistes circulaient sous le manteau et de nombreuses réunions secrètes étaient organisées par des groupuscules politiques, embryons préfigurant les FTP et MOI[1] de la fin 1941. C'est dans ce contexte en effervescence que j'ai rencontré Camille. Nous partagions les mêmes idées et nous sommes engagés dans le même combat. Après plusieurs mois à nous fréquenter, Camille est tombée enceinte. C'était en mars 1942. Nous nous sommes mariés dans la foulée puis, sur l'insistance de ma mère, Camille a rejoint la maison de Nogent où vivaient mes parents. De mon côté, j'ai poursuivi mon engagement et intégré une cellule des FTP. J'ai vécu plusieurs mois à Paris, dans des appartements clandestins. Outre le travail de renseignements, nous aidions les juifs à fuir en zone libre. Nous travaillions alors avec des fabricants de faux papiers et avec des réseaux de passeurs. Nous éditions aussi des tracts que nous faisions circuler…

Eugène prend une longue respiration. Ses yeux lointains semblent réquisitionner ses souvenirs empoussiérés, enfouis sous la simplicité et la banalité d'une vie depuis longtemps rangée et qui doivent rendre ce passé presque irréel.

— J'ai recroisé ta mère à cette époque, Louis, en revenant à Nogent pour voir Camille. Notre lien

---

1. Main-d'œuvre immigrée.

d'amitié était demeuré intact, nous avions conservé l'un pour l'autre une sincère affection. Ta mère était enceinte également, elle précédait Camille de quelques mois.

André et moi échangeons un regard. Je suis né mi-juillet, lui fin novembre. Cette précision de la part d'Eugène n'est pas très utile, puisque nous avons grandi l'un et l'autre ensemble.

— Dans le courant du mois de juin 1942, il y a eu des fuites au sein de la cellule où je m'impliquais et des arrestations. Des noms sont tombés, dont le mien. Les FTP m'ont transféré dans une autre cellule avec une nouvelle identité et des faux papiers. Mais à partir de là, mes sauts à Nogent se sont espacés car c'était très risqué. J'étais sur le qui-vive. Je prenais mille précautions pour ne pas mettre les miens en danger. Malgré tout, la maison était surveillée et, pour l'essentiel, je prenais des nouvelles par téléphone.

En silence, Eugène tend son verre vide à André qui le sert. Il n'y a aucun commentaire de la part de mon ami. Il a bien compris qu'une sourde histoire se trame autour de moi.

— À Paris, début juillet, une rumeur a commencé à circuler. Certains tenaient de contacts sûrs dans la police qu'une grande rafle allait avoir lieu. Nos renseignements convergeaient tous, mais nous n'avions absolument pas en tête l'ampleur de ce qui se préparait... Finalement, durant la journée du 16 juillet 1942, Paris a découvert avec stupéfaction des cohortes entières de juifs arrêtés par la police française et conduites au vélodrome d'Hiver. L'opération « Vent printanier » avait commencé... Ces fumiers de La Laurencie et

Dannecker avaient bien ficelé leur affaire puisqu'il a été procédé à plus de treize mille arrestations en quelques jours. (Le visage d'Eugène se crispe et ses yeux sont rivés sur des images intérieures.) J'y étais… J'ai vu les hommes, les femmes et les enfants entassés dans des camions de police et des autobus de la TCRP. En fin d'après-midi, nos renseignements nous ont appris que les conditions de parcage des juifs au Vél' d'Hiv étaient proprement abominables. Rien n'avait été préparé pour accueillir un tel monde. Des milliers de personnes sans eau ni vivres ni commodités… Des gens malades et contagieux, des vieillards désorientés et sans force, des femmes hystériques, de très jeunes enfants souillés et affamés… des femmes enceintes.

Le regard intense d'Eugène s'est posé sur moi lorsqu'il a évoqué d'une voix plus altérée les « femmes enceintes » et, sans que je le maîtrise, quelque chose en moi tremble, remue, se secoue. Une sorte de nausée me brûle l'œsophage. Je me force à déglutir pour ne pas cracher.

— Malgré les besoins criants en denrées de première nécessité et en soins, les aides extérieures ont été refoulées. Seuls quelques médecins et une dizaine d'infirmières de la Croix-Rouge ont pu entrer. Les quelques lits de fortune n'ont évidemment pas suffi à prodiguer les soins nécessaires à ce parterre d'humanité maltraitée, humiliée, violentée et réduite à la condition de bestiaux. Le calvaire a duré cinq jours entiers avant que l'évacuation des juifs vers Drancy ou Auschwitz soit achevée… Cela étant, une poignée de juifs ont réussi à s'échapper du Vél' d'Hiv, à la faveur de failles dans le dispositif de surveillance ou par la rare complaisance de certains gardiens.

Eugène marque une pause. Je sens qu'il cherche ses mots. Je sens que nous approchons du dénouement de son récit. Une fine pellicule de sueur perle sur ma peau et je frissonnerais presque malgré la tiédeur de l'air.

— Est-il possible que, par une forme de volonté supérieure – Dieu ? Le destin ? –, deux faits se télescopent pour former le ciment d'une nouvelle histoire, imprévue et imprévisible ? Je ne sais pas. Chacun est libre d'en juger par lui-même. Toujours est-il que le jour du 18 juillet 1942, deux événements se produisirent à quelques heures d'intervalle, nous dictant à eux seuls, par leur simple survenance, la conduite à suivre… Un peu comme une route clairement tracée par une main invisible dans l'écheveau des existences… (Eugène achève son chouchen d'un coup sec et se racle la gorge.) En fin d'après-midi, alertée par la rumeur grandissante d'une rafle à l'ampleur insoupçonnable, Camille s'est rendue à la brasserie Le Central de Nogent. Inquiète, elle voulait me joindre pour en savoir davantage et a appelé au domicile de Mme Faye, une voisine de palier de l'appartement que nous occupions clandestinement avec la cellule. Mme Faye nous est souvent venue en aide, en acceptant notamment les appels à son domicile. Il devait être 18 heures quand elle m'a fait venir chez elle pour que je puisse parler à Camille. Nous avons échangé autour de la situation à Paris durant de longues minutes. Puis, avant de raccrocher, alors que je venais de demander des nouvelles de Nogent (à cet instant, Eugène lève la tête vers moi, me regarde avec une gravité sans fond)… elle m'a appris que le petit Louis de Noémie, né trois jours plus tôt, venait de décéder.

Mes yeux se ferment sous le choc de la révélation. Je l'ai sentie arriver cette vérité, tout le récit d'Eugène tend vers cela depuis le début, pourtant, l'entendre formuler à voix haute me fait l'effet d'une gifle magistrale.

— Je… je suis désolé, Louis, reprend Eugène dans un soupir fatigué. Je ne sais pas s'il existe une *bonne* manière de dire ces choses-là.

Quelques secondes filent. Je parviens à reprendre ma respiration et mes yeux se rouvrent enfin sur l'intolérable réalité de cet instant de vie. Je sens vaguement la main d'André se poser sur mon avant-bras et le serrer. Des larmes s'échappent alors et roulent sur mes joues, mais je réussis à rester digne quand je demande d'une voix étranglée :

— Qu'en est-il de moi alors ? de mes origines ?

Eugène prend une grande respiration avant de reprendre.

— Ce même jour, le 18 juillet 1942, un agent de liaison nous a contactés. Il devait être 20 heures. Une infirmière de la Croix-Rouge avait, dans l'après-midi, assisté une femme dans son accouchement en plein vélodrome d'Hiver. Un accouchement qui s'était très mal passé… La femme était morte en couches, ses enfants non.

— SES enfants ?! m'entends-je dire trop fort.

— Oui. Vous étiez deux. Une fille et… toi.

Un ruban noir passe devant mes yeux. Je pourrais défaillir, là, maintenant. Je m'accroche à la table pour ne pas choir… Je dois avoir perdu le fil des choses, car je sens André me frictionner vigoureusement le haut du dos en me disant : « Ohé, Louis ? Est-ce que ça va ? » Je frissonne – de longs tremblements nerveux agitent mon corps –, mais je réussis à hocher la tête. Oui, je suis toujours là, bien vivant. Malgré ce nouveau choc.

— Finissons-en Eugène, s'il vous plaît, parviens-je à dire.

— L'infirmière a réussi à vous sortir vivants, ta sœur et toi, du Vél' d'Hiv. Je ne sais pas comment elle a fait, je ne l'ai jamais su. Je venais d'apprendre le décès du fils de Noémie et voilà qu'il fallait organiser la survie et la sécurité de deux nouveau-nés. J'ai immédiatement pensé à tes parents… tu as compris, je suppose. Une heure plus tard, je te récupérais et je t'emmenais à Nogent chez les Barthes. Le docteur Paradoux était encore sur place, il tentait d'apaiser Noémie en proie à une profonde crise d'angoisse. Dès qu'elle t'a vu, Louis, elle t'a aimé, ça je peux te le jurer. Tu n'as pas effacé le chagrin de la perte de son fils, mais tu as comblé tes parents de joie, n'en doute jamais.

— Qui savait ?

— En plus de tes parents et de Paradoux, Camille, mes propres parents et moi. Il fallait te protéger et le silence est encore la meilleure parade dans ces situations.

— Mais pourquoi ne m'a-t-on rien dit, une fois la guerre finie ?!

Eugène secoue lentement la tête, sceptique et embarrassé à la fois.

— Je suppose que tu peux me lister une centaine de bonnes raisons pour révéler ce genre de vérité aux enfants… Mais je peux t'en citer autant qui vont dans l'autre sens. Tes parents ont fait le choix qui leur semblait le meilleur pour toi et je n'ai pas à juger de ça.

Je conserve le silence. Je suis assez vieux aujourd'hui pour comprendre intuitivement ce qui a poussé mes parents à ne rien me révéler. Je le comprends d'autant plus que mes parents n'étaient pas à proprement parler des causeurs. Tant ma mère que mon père se contentaient du minimum. Peut-être leur propre drame avait-il d'ailleurs provoqué cet état de fait, je ne saurais le dire.

— Eugène, connaissez-vous le nom de l'infirmière qui m'a sauvé ? Et ma sœur, qu'est-elle devenue ?

— Comme je te l'ai dit, nous ne savions pas tout. J'ignore qui était cette infirmière et si elle est toujours en vie aujourd'hui. Quant à ta sœur, je ne sais rien. Je suppose qu'une autre cellule a dû se charger de lui trouver une place quelque part… Je suis désolé, Louis… Je t'ai dit tout ce que je savais…

Je m'y attendais. Je lâche un soupir de découragement.

— Et l'agent de liaison ? Vous le connaissiez, non ?

— Oui… Il s'appelait Rolland Blanca. C'était un plombier installé à Paris. Grâce à son travail, il bénéficiait d'un *Ausweis*. Il pouvait donc se déplacer chez les gens et transmettre des messages. Il a été arrêté et fusillé le 13 novembre 1943 avec quatre autres résistants.

Mes espoirs s'envolent en quelques mots. Je note tout de même l'information sur mon *cahier d'identité*. Même mort, Rolland Blanca fait partie de mon histoire. Il est lui aussi un maillon d'une chaîne humaine, de cette chaîne de vie qui fait que je suis là aujourd'hui, sur l'île aux Moines, à tenter de reconstruire le puzzle de mes premières heures au monde. Je suppose que je pourrais en rester là, me satisfaire de ce récit qui explique à lui seul l'acte de décès établi par le *bon docteur* Paradoux dans cet intervalle de temps suspendu, volé à l'Histoire avec un grand H, durant lequel mourut le vrai Louis Barthes et arriva le nouveau-né rescapé de l'abomination nazie. Mais voilà… Nous étions deux le 18 juillet 1942 à nous extirper des entrailles d'une mère agonisante au cœur de ce vélodrome d'Hiver bondé des rebuts de l'humanité. Il y avait à mes côtés une sœur jumelle, peut-être encore en vie aujourd'hui. Un être avec qui j'ai partagé dans l'intimité du ventre maternel neuf mois d'existence. Un être dont il me semble soudainement me souvenir – c'est absurde, je le sais – et qui m'appellerait depuis toujours. Un être dont la brutale disparition, j'en ai l'intuition plus que je ne le saisis vraiment, a modifié à jamais ma carte affective, m'empêchant de m'attacher, d'aimer librement. J'en veux pour illustration les récriminations d'Antonia le jour de son départ. Quoi qu'il en soit, j'ai peut-être une sœur en vie et cela en soi est une incitation à poursuivre ma quête.

Eugène a-t-il lu dans mes pensées quand il rompt le silence pour me dire :

— Il y a peut-être un moyen, Louis, d'en savoir davantage si c'est vraiment important pour toi.

— À quoi pensez-vous ?

— Bolet-Duquesne… Benjamin Bolet-Duquesne… Ancien résistant, une des têtes dirigeantes des FTP en région parisienne entre 1941 et 1945, historien et écrivain.

— Il est toujours en vie ?! lancé-je, plein d'espoir.

Eugène secoue lentement la tête.

— Hélas, le temps est ton pire ennemi, Louis. Duquesne est mort il y a treize ans. Mais je sais qu'il a consacré sa vie entière à effectuer un colossal travail de compilation de témoignages et de restitution historique. Lieux, dates, noms… La grande histoire au travers des petites histoires. Il a rédigé différents travaux qui rendent compte de l'essentiel de ses notes et recherches… le genre d'ouvrages qui n'intéressent guère que les férus d'histoire.

— Et vous pensez que je peux remonter jusqu'à cette infirmière comme ça ?

— C'est possible, vu que Duquesne m'a contacté en 1982. Il venait de recueillir un témoignage et cherchait à retracer l'histoire de deux nouveau-nés sauvés du Vél' d'Hiv. Il s'était laissé dire que ma cellule avait été sollicitée… J'ai prétendu n'être au courant de rien.

— Vous lui avez menti ?!

Eugène me jette un œil contrarié.

— À partir de ton « adoption » à Nogent, fait-il en mimant les guillemets, il s'agissait de ton histoire personnelle et de celle de tes parents, ça ne regardait pas la grande histoire… J'ai appelé ta mère pour le lui dire.

— Comment a-t-elle réagi ?

— Elle m'a remercié de ne pas avoir vendu la mèche. Je crois vraiment, Louis, que pour Antoine et elle, tu étais devenu un fils, leur vrai et unique fils. Tu comprends ?

Je hoche la tête. En réalité, ça n'a plus guère d'importance aujourd'hui. Antoine et Noémie sont morts, laissant derrière eux un lourd secret de famille… Et me voilà, à 73 ans, héritier du silence d'une vie entière, tentant de percer à jour mes origines !

— Quoi qu'il en soit, Duquesne a une fille qui poursuit le travail de son père, reprend Eugène après un silence. Elle a numérisé un certain nombre de notes et d'ouvrages accessibles sur Internet. Mais c'est une paille à côté de toutes les données compilées par Duquesne.

J + 3

12

Jacques rentra à la SR en milieu d'après-midi. Depuis la veille, il arpentait le bitume. Relançait ses indics. Poussait les portes des squats. Interrogeait des familles entières de réfugiés de l'Est. Glissait des billets dans les mains qui espéraient. Et distribuait des dizaines de photos de la fille à des contacts susceptibles de les faire circuler jusque dans les réseaux d'immigrés clandestins. Désormais, il ne restait plus qu'à attendre.

— Du nouveau ? lança-t-il à la cantonade.

— Tu ne crois pas si bien dire ! lui répondit Vicenti d'un air victorieux. Figure-toi qu'on a trouvé à l'instant une correspondance pour la Panamera dans le fichier des infractions.

— Que *j'ai* trouvé ! rectifia Agathe. Une Panamera immatriculée DM-525-LC correspondant à notre modèle et notre couleur a été flashée à quatre reprises entre Toulouse et Avignon le jour présumé du meurtre !

— Sans déc ?

— Vise ça. Premier flash sur l'A62 à Carcassonne au kilomètre 95 : 155 kilomètres-heure au lieu des 130 réglementaires. Deuxième flash sur l'A9, au kilomètre 278 après Montpellier : 150 kilomètres-heure au lieu de 130. Puis troisième et quatrième flashs sur la N100, direction Avignon. D'abord à La Baraquette puis à Villeneuve-lès-Avignon. Ensuite, plus rien, on perd leur trace.

Vicenti fixait désormais Jacques d'un regard intense. Un aigle ayant repéré sa proie et prêt à fondre sur elle, toutes griffes dehors.

— Ce qui veut dire que le véhicule est parti de Toulouse ou ses environs et a roulé jusqu'aux alentours d'Avignon le mardi 14 juillet, expliqua-t-il. Vu la vitesse, nul doute, le ou les gus étaient pressés. Ils arrivent à leur destination dans l'après-midi. Le lendemain, mercredi 15 juillet au matin, on retrouve le corps de la fille au lieu-dit Le Pendedis en pleine Lozère. Et là, on a le tenancier du café-restaurant des Ayres, à deux pas du lieu-dit, qui témoigne avoir vu passer une Panamera Turbo S executive gris métallisé. Je rends mon insigne si la caisse flashée n'est pas aussi celle qu'a vue notre témoin cévenol.

— Du coup, un saut au fichier des immat' et... bingo ! compléta Agathe. La Panamera Turbo S executive de couleur gris métallisé immatriculée DM-525-LC appartient à un dénommé Pierre-Émile Valendrey, résidant 28, route de Flourens à Balma, juste à côté de Toulouse !

Mathieu Vicenti serra le poing en signe de victoire.

— Comment tu vois les choses ? questionna Jacques. Parce que je ne voudrais surtout pas gâcher votre joie, mais il n'y a aucun lien direct entre la Porsche et notre victime. Au moment où on parle, on a juste un type qui roule comme un tabanas et qui a eu le malheur d'être vu par un témoin en pleine nuit dans un village proche du lieu où on a retrouvé le cadavre. Et un bon baveux ne ferait qu'une bouchée de ce témoignage !

— Je sais, admit Vicenti en se renfrognant. Donc on a besoin d'autres éléments. *Primo*, Jacques, tu contactes la société d'autoroute. Faut qu'on ait accès à leurs caméras de surveillance pour avoir des images de notre Panamera et de son conducteur.

— On ne devrait pas avoir de mal à accéder à cette info. Il y a des caméras à tous les péages aujourd'hui !

— De ton côté, Agathe, tu dépiautes la vie de ce Pierre-Émile Valendrey de fond en comble. Qui est-il ? Famille, travail, patrimoine, emploi du temps… on passe tout au peigne fin. Discrètement, hein ! Hors de question de lui mettre la puce à l'oreille.

— OK pour moi. Je peux contacter la SR de Toulouse pour voir s'ils ont des informations sur ce Valendrey ?

— Bien sûr. Mais tu demandes aux collègues de rester discrets.

— C'est clair, intervint Jacques. Parce que, en l'état, rien ne nous permet…

— Ça va, on a compris, Jacques ! le coupa Vicenti, agacé.

Mathieu le savait, son collègue avait raison. Simplement, la petite voix dans sa tête ne se taisait pas. Et la petite voix se trompait rarement. Ils étaient sur une piste. La bonne piste. Le téléphone de Vicenti sonna au même moment, le faisant sursauter. Il scruta le numéro et afficha une moue dubitative.

— Lieutenant Vicenti, j'écoute, déclara-t-il en se levant… Merde, c'est le colonel Poussin ! murmura-t-il en couvrant le combiné.

Agathe et Jacques, piqués au vif, suivirent alors des yeux leur supérieur qui commençait à faire les cent pas dans la pièce. Sourcils froncés. Yeux plissés. Le colonel Poussin n'était ni plus ni moins que leur plus haut responsable hiérarchique départemental, en charge du regroupement des brigades de gendarmerie.

— Le lieutenant Agathe Bordes et le major Jacques Bois, c'est tout, précisa-t-il, perplexe… Mais qu'est-ce que… (L'interlocuteur dut le couper, car Mathieu laissa sa phrase en suspens.) Vous êtes sérieux ?! Incroyable !… Oui… C'est possible, oui… D'accord… Dès demain ?!… Oui, je comprends bien… On y sera vers 13 heures… Le rapport complet d'autopsie ? Non, il faut attendre. On a tout de même le rapport préliminaire de Théron avec pas mal de données. Et on attend encore des résultats d'analyse… Le capitaine Merlot, c'est noté. (Mathieu griffonna rapidement le nom sur un post-it.) D'accord, mon colonel… Oui, je vous tiens informé.

Vicenti raccrocha, l'air aussi perplexe qu'incrédule. Aussitôt, Agathe lui tomba dessus.

— Qu'est-ce qui se passe ?!

— Je ne sais pas exactement. Un dénommé Merlot, capitaine de police d'Interpol, veut nous voir dès demain. Il semblerait qu'on ait mis le nez dans une grosse affaire.

— Comment ça ?

— La seule chose que m'a lâchée le colonel, c'est que notre victime appartient à une longue série.

— Sérieux ?! réagit Agathe, ahurie. Mais… il est sûr de lui ?!

— Oui… D'après les empreintes dentaires qu'on a fait suivre pour l'identification, il n'y a apparemment pas de doute.

— Tu vas voir qu'on a foutu les pieds dans un réseau de passeurs de clandos ! s'exclama Jacques.

— Quel lien avec les empreintes dentaires envoyées à Interpol ? lui retourna Agathe.

— Ben, je n'en sais rien ! On en saura plus rapidement. Enfin… si on ne se fait pas damer le pion. Avec Interpol sur le coup, on a peu de chance de poursuivre notre enquête ! Surtout si c'est une grosse affaire.

— Pas si sûr, rétorqua Vicenti. Poussin m'a dit qu'on devait absolument collaborer et qu'en contrepartie Interpol s'était engagé à nous associer à l'enquête. Poussin nous demande des comptes rendus réguliers. Il n'a pas le profil du mec à lâcher l'affaire… surtout si celle-ci a une belle ampleur.

Les gendarmes laissèrent un moment filer. Tous trois partageaient la même sidération. En un coup de fil, ils venaient de passer d'un simple homicide à une série de meurtres ! Vicenti finit par briser le silence.

— Bon, allez ! Agathe et moi, on rassemble les différents éléments pour constituer le dossier le plus complet possible. Poussin a insisté là-dessus. Après, on prépare nos sacs pour le week-end ! Demain, lever tôt. Trois heures de route grand maximum. En décollant à 9 heures, on devrait être là-bas vers midi. Jacques, pas la peine de venir. Tu mènes de front la piste des caméras aux péages et les recherches sur ce fameux Pierre-Émile Valendrey. Agathe a raison : appelle la

SR de Toulouse, ils ont peut-être déjà des infos sur ce gus !

— Ça me va, valida Jacques, visiblement soulagé de ne pas avoir à annoncer un départ au pied levé pour le week-end à Myriam, son indétrônable et possessive épouse.

13

16 h 30. Le train arrive en gare de Vannes. Il me semble que cette halte rapide dans le Morbihan a duré des jours entiers tant j'ai remonté le fil du temps. En proie à des émotions contradictoires, je gravis le marchepied, rejoins mon wagon et m'installe à ma place.

Hier, j'ai annulé ma réservation d'une nuit à l'hôtel de Bourg sur l'île aux Moines et décliné la proposition d'André de rester dormir chez lui, mettant ainsi un terme précipité à nos retrouvailles. Les révélations d'Eugène m'avaient bouleversé, je voulais être seul, je voulais me soustraire à l'exercice des échanges sociaux, je n'en avais plus la force. André n'a pas insisté, je crois qu'il a parfaitement compris mon désarroi. Il m'a conduit au port vers 20 h 30 et a démarré sa vedette pour me déposer à Port-Blanc. Dix minutes plus tard, j'accostais. Je me revois, posté sur l'embarcadère, levant une main raide pour saluer André et fixer gravement l'horizon jusqu'à ce qu'il n'y ait plus devant mes yeux fatigués qu'un minuscule point englouti par les eaux crépusculaires. Enfin, j'ai rejoint ma voiture de location et pris la route pour Vannes où j'ai réservé la première chambre libre que j'ai trouvée.

Eugène m'avait ouvert une piste et je ne pouvais imaginer repousser l'échéance de mes recherches au lendemain. Connecté au wifi de l'hôtel, j'ai passé une bonne partie de la nuit à me documenter sur la rafle du Vél' d'Hiv, à découvrir d'une manière différente – plus intime – ces quelques jours sombres de l'histoire de France durant lesquels la police française a servi Vichy et la cause nazie avec un zèle et une efficacité qui font encore froid dans le dos.

J'ai également cherché des renseignements sur ce fameux Duquesne *alias* Benjamin Bolet-Duquesne, héros de la Résistance dont les Mémoires historiques, particulièrement renseignés, ont pour partie été numérisés par les soins de sa fille. J'ai ainsi découvert son engagement, ses faits de résistance, et plus particulièrement sa gestion d'un réseau des FTP de la région parisienne durant la guerre. J'ai également parcouru une quantité non négligeable de témoignages retranscrits par Duquesne rendant compte de cette sombre période de la guerre. Tous m'ont laissé un arrière-goût de rage indéfinissable. Oui, depuis hier, mon esprit sature de colère, des mots douloureux de ces dizaines de témoignages glanés sur la Toile et des images insoutenables des victimes de la Shoah… dont je suis désormais – d'une manière presque indécente au regard des souffrances et barbaries endurées par tous ces autres… Par tous ceux qui n'ont pas eu *ma chance*… Je songe à cette infirmière qui nous a sauvés, ma sœur et moi, au péril de sa vie, et je voudrais la retrouver, la remercier pour son courage si d'aventure elle est encore vivante…

Je possède les coordonnées de la fille de Benjamin Bolet-Duquesne. Facile. Elle réside à Paris où elle a créé une association, Mémoires vivantes, dont elle est la présidente. Je l'appellerai une fois arrivé là-bas. Peut-être peut-elle m'aider en farfouillant dans les affaires de son défunt père à retrouver la trace de cette infirmière. Et qui sait, à remonter le fil de mon existence…

Pour l'heure, je songe que demain – ironie du sort –, c'est mon anniversaire, mon véritable anniversaire. Puisque, à la faveur des révélations d'Eugène, j'ai rajeuni de trois jours. Le 18 constitue le jour de ma naissance au Vél' d'Hiv' et le jour du décès de l'initial Louis Barthes… Difficile d'avoir le cœur à la fête…

J + 4

14

Mathieu et Agathe parvinrent aux abords de Lyon sur le coup de 12 h 45. Les pronostics de Vicenti avaient fait l'impasse sur le calendrier. En plein samedi de juillet, la circulation était dense sur l'A7.

À hauteur de La Mulatière, quai Perrache, le trafic – vu l'heure – s'intensifia encore et la gendarme, agacée, se résolut à appeler Interpol pour informer de leur retard. Agathe détestait les embouteillages, mais le pire était encore l'excitation qui était montée en flèche tout le long du trajet. Elle avait passé le temps de route à spéculer sans fin sur cette histoire de meurtres en série devant un Vicenti aussi silencieux qu'amusé par ses hypothèses. Maintenant qu'ils approchaient, la curiosité d'Agathe enflait à en être insoutenable ! Il lui tardait de rencontrer le fameux capitaine Merlot et d'entendre ce qu'il avait à leur dire. La gendarme s'absorba dans la contemplation du fleuve. Elle ne pouvait s'empêcher d'espérer une affaire d'ampleur, de celles que tout flic souhaite connaître au moins une fois dans une carrière… Vingt longues minutes supplémentaires s'égrenèrent dans le silence de l'habitacle. Sur l'écran, le GPS leur indiquait une arrivée à quatre kilomètres seulement. Agathe décida d'envoyer un texto à Jacques pour combler l'intervalle de temps restant.

— Je dis à Jacques qu'on arrive et je lui demande s'il a du nouveau.

— Ouais, lâcha Vicenti d'un ton distrait.

Agathe lui jeta un regard furtif. Mathieu fixait la route, plongé dans ses pensées.

— Je lui demande aussi ce qu'il compte manger à midi, qu'est-ce que t'en penses ?

— Ouais...

La gendarme partit immédiatement d'un petit rire moqueur qui fit réagir Mathieu.

— N'importe quoi ! T'es débile quand tu veux, tu sais ?

— Ouais... lui lança-t-elle en miroir.

Tous deux se regardèrent et éclatèrent de rire. Mathieu nota malgré lui les belles dents blanches d'Agathe et son arc de Cupidon joliment dessiné. Puis ses yeux descendirent sur ses immenses jambes dont les genoux flirtaient avec la boîte à gants malgré le recul du siège. Agathe était parfaite à dix centimètres près...

— On est bientôt arrivés ! glapit la gendarme en montrant du doigt un immense cube de verre et d'acier blanc en bordure du fleuve.

Vicenti tourna machinalement la tête vers l'édifice que caressait le soleil au zénith. Les vitres teintées miroitaient, reflétant l'eau du fleuve. Quelques minutes après, la voiture quitta enfin le cours Aristide-Briand et s'engagea sur le pont qui enjambait le Rhône. Les gendarmes échangèrent un regard entendu. Ils allaient enfin savoir de quoi il retournait !

Au cinquième étage, l'homme qui les attendait à la sortie de l'ascenseur avait tout de l'ancien rugbyman. Physique massif comprimé dans son costume. Cou de taureau. Gueule cabossée. Et sous des cheveux blonds indisciplinés, une paire d'yeux bleus délavés et magnétiques.

— Capitaine Merlot, se présenta-t-il. Enchanté de vous rencontrer.

Agathe ressentit un léger pincement au cœur. La voix grave, ample et chaude de Merlot était un envoûtement à elle seule. Un rapide calcul mental lui indiqua que le policier devait bien avoir quinze ans de plus qu'elle. Dommage…

— Lieutenant Vicenti et lieutenant Bordes, lui répondit Mathieu.

Après une franche poignée de main, Merlot leur fit remonter un long couloir froid et impersonnel jusqu'à une double porte qui indiquait « Salle de réunion ». Malgré ses tons défraîchis et son mobilier daté, la pièce était claire et agréable grâce à la vue imprenable qu'elle offrait sur le fleuve et les toits de la ville. Au bout d'une grande table ovale couleur acajou, Merlot avait aligné plusieurs dossiers numérotés.

— Asseyez-vous, je vous en prie. Café soluble ? Eau ? Jus de fruits ? questionna-t-il en désignant un plateau. Il y a aussi quelques sandwichs, servez-vous.

Merlot ouvrit une bouteille d'eau gazeuse et les gendarmes nîmois optèrent pour le café en stick. Quand ils relevèrent les yeux, le capitaine fixait la danse des bulles dans son verre, l'air sombre et songeur.

Finalement, il posa ses mains à plat sur la table et se racla la gorge.

— Les clichés dentaires de votre inconnue correspondent en tout point à six autres affaires de meurtres, entama-t-il. Pour être clair, votre inconnue est reliée à six autres personnes, elles aussi non identifiées, assassinées entre 1991 et aujourd'hui. Ce qui n'exclut d'ailleurs pas qu'il y ait d'autres morts associées dont je n'aie pas connaissance.

Mathieu et Agathe échangèrent un regard perplexe. Sacrée entrée en matière !

— *A minima* six morts, sept avec votre inconnue. Sept personnes qui présentent toutes des points communs pour le moins étranges. Vous avez le rapport d'autopsie avec vous ?

— Le rapport préliminaire, précisa Mathieu en ouvrant sa sacoche. Le définitif arrivera en début de semaine.

Merlot l'interrompit d'un geste en poursuivant :

— Laissez-moi deviner. Votre inconnue est d'une constitution plutôt athlétique qui laisse penser qu'elle est coutumière d'un important labeur physique. Peut-être même présente-t-elle des cals à l'intérieur des mains. Elle porte certainement des marques de soins artisanaux, de médecine à l'ancienne. Réduction de fracture par exemple ou cicatrices révélant une suture maîtrisée mais grossière. Quant à ses soins dentaires, ils sont pour le moins atypiques, puisque les matériaux d'obturation utilisés sont des cônes d'argent que plus aucun praticien n'utilise depuis des années. D'après les clichés que j'ai vus, on note aussi des fusées arsénicales. Bref, un cocktail de soins dentaires révolus aujourd'hui.

Mathieu hocha la tête, incrédule.

— Pour les soins dentaires, vous avez vu les clichés et les commentaires du légiste. Mais pour le reste ?!

— C'est là que les choses deviennent intéressantes, fit Merlot. Parce que les sept victimes ne rentrent pas dans une même catégorie. Sexe féminin ou masculin. Enfant ou adulte. En somme, sept morts différents les uns des autres. Qui plus est, sept modes opératoires qui n'ont rien à voir entre eux. Quatre corps retrouvés sur le sol français, un en Espagne, un en Norvège et un en Suisse. Pour tous ces morts, un point commun central : les soins dentaires.

— Je ne comprends pas, intervint Agathe, si on a affaire à une série, on a affaire à un même tueur ! Or qui dit tueur unique dit généralement lien entre les victimes. Genre. Catégorie sociale. Mode opératoire… Bref, quelque chose permettant de dresser le profil du tueur.

Merlot se fendit d'un large sourire désabusé.

— Je sais… Je suis sur ce dossier depuis 1995 et, bon sang, j'ai eu tout le loisir de me poser ces questions, croyez-moi ! La conclusion à laquelle je suis parvenu m'a demandé du temps et a mis mon sens de la déduction à rude épreuve. Alors, si vous voulez comprendre comment j'en suis arrivé là, il va d'abord falloir que je vous présente les différentes affaires.

Les gendarmes nîmois opinèrent du chef. Oui, ils ne demandaient qu'à comprendre !

— 8 décembre 1991, premier corps. Un homme sans identité. Environ 32 ans. Il a été retrouvé à Rambouillet.

Dans la forêt. Par un promeneur. Le corps était dans un état de décomposition avancé. Nu. Malgré l'état du corps, l'examen médico-légal a fait apparaître des sévices à caractère sexuel et une mort par hémorragie interne. Une bouteille de vin a été retrouvée totalement enfoncée dans l'anus de la victime.

Agathe et Vicenti échangèrent un regard horrifié. Ils plongeaient droit en enfer.

— Face à l'absence d'identité de la victime et de corrélation entre cet homme et les différents fichiers des personnes recherchées, le légiste a procédé à un examen dentaire. Là, il a découvert trois caries soignées avec obturation aux cônes d'argent et finition au ciment-pierre. Les clichés dentaires ont été envoyés – sans grand espoir – à tous les praticiens français et à nos services à Interpol. Les enquêteurs penchaient pour des soins dispensés à l'étranger, dans les pays de l'Est probablement.

La logique des enquêteurs, vingt-cinq ans plus tôt, avait été exactement la même que la leur. Les Nîmois hochèrent la tête, convaincus.

— 19 avril 1995. En plein massif karstique d'El Torcal, entre Antequera et Málaga en Andalousie. La *Unidad del Cuerpo Nacional de Policía de la Comunidad Autónoma de Andalucía*, en substance la police andalouse, est appelée sur une scène de crime. Le corps d'un gamin vient d'être retrouvé par un groupe de randonneurs anglais qui faisaient un trek avec un guide. Le gamin aurait pu pourrir sur place et c'est probablement ce qu'ont pensé les tueurs en se débarrassant du cadavre à cet endroit-là. Mais voilà, l'enfant n'aura passé que trois jours en pleine montagne. L'état de préservation du corps permet un examen poussé. Le légiste note un développement musculaire presque anormal pour un enfant dont l'âge est estimé à 7 ans et demi, des cals au niveau des mains trahissant un travail manuel régulier et une cicatrice à l'épaule révélant une suture de type artisanal. Pour ce qui concerne les circonstances de la mort, le médecin relève les traces de très nombreux sévices. Ceux-ci sont récents, infligés avant la mort par strangulation. Je vous épargne les détails mais, en gros, l'enfant a été violé à de multiples reprises et torturé sans relâche pendant plusieurs jours avant d'être étranglé et jeté là comme un chien. Même topo qu'en 1991 : absence d'identité, donc prise et envoi de clichés dentaires. Les examens révèlent des soins sur une molaire : cônes d'argent et ciment-pierre. Les clichés sont envoyés aux praticiens espagnols et à Interpol. Pas besoin de vous faire un dessin, le lien est établi avec l'affaire de l'homme de Rambouillet et je me vois confier l'enquête. Quel rapport entre un enfant de 8 ans assassiné au fin fond de l'Espagne et un adulte de 32 ans retrouvé dans la forêt de Rambouillet, en dehors de la similitude de leurs soins ? Se connaissaient-ils ? Je fais procéder à une comparaison ADN, pas de lien génétique. Appartenaient-ils à un même réseau de soins ? Si oui, lequel ? Autant chercher une aiguille dans une meule de foin. Finalement, je me fixe sur le caractère sexuel des crimes. Je suis la piste des réseaux de trafic sexuel et de prostitution de l'Est. Il me faut plus de deux ans pour pénétrer le milieu *via* des agents sur place. Finalement, un informateur sérieux, Anton Hirinescu, affirme détenir des informations capitales sur une mafia roumaine spécialisée dans le trafic d'êtres humains. Finalement, en mars 1995, un rendez-vous est fixé à Timisoara, mais Hirinescu ne viendra jamais. On le retrouve un mois plus tard près de la Giu, un affluent du Danube, assassiné d'une balle entre les deux yeux.

Les deux gendarmes suivaient le récit de Merlot avec une attention non feinte, conscients qu'ils remontaient certainement aux origines de leur propre victime inconnue.

— Trois ans d'enquête, je n'avance pas, je n'ai plus de grain à moudre. Je range le dossier dans un placard. Puis, coup de théâtre. 2 novembre 1998. De nouveaux clichés dentaires parviennent à Interpol. Pas l'ombre d'un doute ! Les similitudes de soins dentaires sont indéniables. Cette fois-ci, il s'agit d'une jeune fille de 20 ans environ, retrouvée par un cycliste en bordure d'une route traversant une forêt à proximité de Lausanne, en Suisse. La fille a été tuée d'une balle dans la tempe et jetée dans le fossé. L'examen du corps révèle qu'elle a accouché juste avant d'être exécutée. Le placenta n'a même pas été retiré et le cordon ombilical pendouille sur son ventre. Le légiste effectue des analyses ADN de la victime et également du placenta. Et là, stupéfaction, la comparaison ADN établit que la victime n'est pas la mère de l'enfant ! Conclusion, il s'agit d'une mère porteuse à qui on a implanté un ovule de la mère fécondée par le sperme du père. La gamine a été éliminée après avoir mis au monde l'enfant du couple. Même scénario que d'habitude : pas d'identité, donc clichés dentaires. Dès que je reçois le dossier, je demande des analyses ADN comparatives entre les trois victimes et bingo ! Cette fille porte les mêmes gènes parentaux que le gamin retrouvé en Espagne. Les victimes 2 et 3 sont frère et sœur et n'ont aucune parenté avec la victime 1. En revanche, tous présentent des caractéristiques communes : développement physique important, soins médicaux approximatifs, soins dentaires à l'ancienne et zéro lien avec les fichiers des personnes disparues ni avec le FNAEG ou le FAED. Je vous passe les méandres de mon enquête et je vais directement au quatrième corps. 12 octobre 2004. Une jeune fille de 18 ans environ. Retrouvée morte en pleine forêt à une dizaine de kilomètres de Ringebu au cœur de la Norvège. C'est un vrai carnage. Foie, reins, poumons, cœur, cornée… ont été prélevés. Il ne reste de la gamine qu'une enveloppe corporelle vidée de tout substrat. Mêmes liens que vous connaissez avec les trois premières victimes.

Plus Merlot parlait, plus les gendarmes se tassaient sur eux-mêmes, saisis d'effroi. Les images se succédaient, plus ignobles les unes que les autres. Agathe voulut intervenir, mais Merlot lui fit signe de patienter.

— J'ai bientôt terminé. Je répondrai à toutes vos questions ensuite, ce sera plus simple.

— D'accord, consentit Agathe.

— Quatrième victime donc, analyses ADN une nouvelle fois. Aucun lien avec les trois premières victimes. 15 janvier 2006, cinquième et sixième victimes. Un homme et une femme, âgés tous les deux d'une vingtaine d'années. Retrouvés morts par des chiens lors d'une chasse dans le massif du Vercors. Les deux cadavres étaient nus, enterrés à une vingtaine de centimètres de profondeur. Malgré l'altération des corps, le légiste relève des traces importantes d'abus sexuels : lésions anales et vaginales, griffures sur le dos, morsures aux tétons et j'en passe. Mais ce n'est pas cela qui a causé la mort. L'homme et la femme ont eu le crâne fracassé. Le légiste date la mort à environ une quinzaine de jours. Je fais procéder à des analyses ADN comparatives avec les quatre premières victimes et ça matche de nouveau. L'homme du couple porte les gènes de la victime numéro 1, le cadavre de la forêt de Rambouillet retrouvé en 1991. Pour être plus clair, la victime numéro 1 est le père de ce jeune homme de 2006. Quant à la jeune femme, elle se révèle être la sœur jumelle monozygote de la fille de 18 ans retrouvée en Norvège en 2004.

Vicenti secoua la tête en signe d'effarement. Cette histoire était à dormir debout !

— Est-ce que vous commencez à voir où je veux en venir ? relança le flic d'Interpol.

Agathe revit les vêtements de la victime du Pendedis, sa sandalette faite maison et repensa au clou de girofle. Elle se rappela les dernières questions de Théron, le légiste, autour de l'anachronisme des soins dentaires. La fille sortait d'un univers parallèle… Désormais s'ajoutait cette histoire de marqueurs génétiques…

— Les victimes proviennent d'une même communauté, c'est ça ?!

— Exactement, approuva le flic d'Interpol. Ce qui signifie ?

Un silence médusé suivit sa question.

— Vous l'avez dit tout à l'heure, lieutenant Bordes : nous n'avons pas affaire à un même tueur… mais à un même éleveur, assena Merlot.

15

Kévin parcourut agilement le dernier mètre et sauta sans hésitation du rocher mouillé d'écume vers la terre ferme. Puis il tendit la main à Amandine qui se réceptionna à côté de lui sur la berge caillouteuse. L'instant d'après, il fit de même avec Julie et profita de son mouvement pour jeter un œil dans son décolleté. L'adolescente leva les yeux au ciel en affichant une moue blasée.

— Hé Kévin, je te rappelle que je suis ta cousine !

— Ben quoi… Y a pas de mal à mater, lui rétorqua le garçon en piquant un fard.

— Ouais, c'est ça… Tu ferais mieux de t'occuper de ton frère, si tu vois c'que je veux dire, lui lança-t-elle en faisant un signe de la tête.

Kévin se retourna. Crispé sur ses appuis, Bruno paraissait désormais figé au sommet d'un gros rocher dont le dos arrondi et mousseux luisait sous le soleil.

— Alors l'asticot, t'as la trouille ou quoi !

— Oh, fous-lui la paix, Kévin ! T'es chiant à la fin, rétorqua Amandine.

— C'est bon… Si on peut plus rigoler !

— Ouais, MDR ! En attendant, je te rappelle qu'on doit être rentrés dans une demi-heure au chalet pour le goûter.

— Gna-gna-gna-gna-gna-gna ! se moqua Kévin.

— C'est ça ! Fous-toi de moi ! Tu feras moins le malin devant ta mère si on arrive à la bourre !

— Et un point pour ma petite sœur, un ! s'amusa Julie en toisant Kévin.

Bruno risqua un pas en avant mais il lui sembla que tout son corps demandait à basculer dans l'eau bouillonnante du torrent. Inquiet, il jeta un œil par-dessus son épaule. Peut-être que s'il faisait demi-tour maintenant… Non, absurde… La distance parcourue était équivalente à celle qui restait à faire… Bon sang, même Amandine avait réussi ! Bruno prit une grande respiration, se concentra et avança rapidement de deux pas sur la dorsale humide et glissante du rocher.

— Kévin ! Fais quelque chose ! relança Julie. À ce rythme, on en a jusqu'à demain !

— Allez Kévin, surenchérit Amandine d'une voix qui trahissait son inquiétude. Va l'aider, toi !

— Hé, cool les filles ! C'est tranquille, on sera rentrés à l'heure… En plus, je suis trop MDR, vise la loose ! gloussa Kévin en sortant son portable pour filmer la scène. On va faire le buzz sur Facebook !

Bruno, raide sur ses appuis, sentit qu'il perdait l'équilibre et eut le réflexe de plier les genoux. Il réussit *in extremis* à poser ses mains à plat devant lui. Il oscilla durant deux ou trois secondes en position de grenouille et finit par se stabiliser. Il n'y arriverait jamais. Ses muscles étaient tétanisés par la peur. Il savait qu'il ne devait pas, mais il jeta un œil en contrebas. À un mètre sous le niveau du rocher, le torrent se gargarisait en rugissant.

— Hé l'asticot, tu fais ta prière ou quoi ?! ricana Kévin depuis la rive en continuant de filmer.

— … Ouais, t'as gagné le plan trop relou… Bon, moi, j'me tire.

— Hé Julie ! Tu vas pas te casser quand même ?!

— … Ben quoi ? fit la fille par-dessus son épaule. Tu es bien son frère, non ?! Et les rochers, c'est ton idée ! Tu n'as qu'à aller l'aider, point barre, acheva-t-elle en commençant à grimper le sentier qui s'enfonçait dans les bois.

Amandine quitta des yeux sa grande sœur et se tourna vers Kévin.

— J'veux pas dire, Kévin, mais elle a trop raison ! Ton idée, elle est carrément pourrie !

— Mais j'voulais juste qu'on se marre un peu, c'est tout !… Oh Amandine, tu vas pas me laisser tomber toi aussi, non ?!

— Ben si justement, Kévin ! J'te signale que tatie a dit 4 heures MAXI, lâcha-t-elle, énervée.

— Y en a pour trois minu…

Un hurlement sinistre coupa net la conversation. Kévin et Amandine se retournèrent et eurent tout juste le temps de voir Bruno riper sur le rocher, rebondir sur les fesses et glisser vers le torrent. L'instant d'après, son corps chuta dans l'eau, fut englouti par les remous avant de rejaillir à la surface comme un ballot de liège. Le gamin poussa alors de nouveaux cris de panique qui déchirèrent les grondements du torrent puis, tel un fétu de paille, fut charrié par le courant. Happé par les eaux, il ne vit même pas le rocher qu'il heurta violemment de la tête. De là, il ne resta plus de Bruno qu'une sorte de pantin inanimé que le torrent emporta dans sa course folle. La scène se déroula si rapidement que Kévin et Amandine demeurèrent interdits. Kévin réagit en premier. Il rempocha son téléphone et se rua en bordure de torrent pour apercevoir une tache sombre dévaler sur le dos bouillonnant des eaux de montagne en heurtant çà et là les roches lisses et visqueuses de mousse. Au fond de son ventre, une boule d'angoisse commença à rouler.

— Kévin ! BOUGE ! Faut… Faut… Merde, faut prévenir les secours ! Ton portable, vite ! hurla Amandine.

Les ordres de sa petite cousine le sortirent de son hébétude. Il replongea la main dans sa poche et trifouilla nerveusement le clavier avant de beugler :

— PUTAIN, j'ai pas de réseau ! MERDE !!!

Il réalisa, à cet instant-là seulement, la gravité de la situation…

16

— Incroyable ! réagit Agathe. Un élevage d'êtres humains ?! (Puis se rendant compte de l'absurdité de ses propos, elle se reprit.) Mais c'est impossible ! Enfin, je veux dire, depuis le premier mort en 1991 il y aurait forcément eu des évasions ou des dénonciations…

— La preuve que non, rétorqua Merlot. Et, autant vous le dire tout net, je peinerais bien à vous expliquer le pourquoi du comment.

Les gendarmes nîmois se turent. Qui aurait pu imaginer une chose pareille ? Quels hommes étaient suffisamment cyniques et froids pour concevoir et assurer un système d'élevage d'êtres humains !… Agathe se servit une seconde tasse de café soluble. Infect, mais au moins la boisson lui réchauffait-elle le corps. Elle sentit la brûlure du café sur sa langue et rassembla ses idées.

— Comment est-il possible que parmi les six meurtres, aucun ne vous ait conduit sur la piste des auteurs ? Un des meilleurs moyens de remonter jusqu'aux fournisseurs est encore d'identifier les chaînons intermédiaires que sont les auteurs des crimes, non ?!

— C'est exact, lieutenant Bordes. Mais nous nous heurtons à un ensemble de difficultés. *Primo*, les victimes sont sans identité. Partant de là, pas de familles à leur recherche, pas de réseaux sociaux, de relations, de voisins, d'emploi du temps ou de mobile. Nos victimes n'ont pas d'existence, aucun passé, aucun présent et se résument donc à des corps.

Agathe et Mathieu échangèrent un regard entendu qui n'échappa pas à Merlot. Eux aussi se heurtaient à cette même difficulté pour leur victime, raison pour laquelle, ils avaient rempli le fichier SALVAC[1].

— *Secundo*, les auteurs se sont tous débarrassés de leurs cadavres ailleurs qu'aux endroits où ils ont commis les crimes. Il n'y a donc pas à proprement parler de « scène de crime » exploitable.

— Mais il reste tout le travail médico-légal, intervint Agathe.

— Exactement ! Ce qui m'amène au troisième point, les prélèvements sur les corps. Pour rappel, le FNAEG a été créé en 1998 seulement ! Bilan, nos deux premiers corps n'ont pas fait l'objet de recherches poussées sur ce plan. Dès 1998, j'ai bien sûr demandé que des prélèvements soient opérés sur les corps des deux premières victimes. L'homme de Rambouillet avait passé des mois à pourrir dans la forêt, les techniciens de scène de crime ne disposaient pas des protocoles ni des techniques d'aujourd'hui et, pour finir, le corps

---

1. Système d'analyse des liens de la violence associée aux crimes.

avait dormi plus de sept ans en attendant ces prélèvements. Donc, en dehors de l'ADN du mort lui-même, rien de probant. *Idem* pour le gamin en Andalousie en 1995. Lorsque j'ai demandé de nouveaux prélèvements en 1998 – autres que ceux qui avaient servi à la comparaison ADN entre les deux victimes –, le corps de l'enfant venait de passer plus de quatre ans à se détériorer lentement. Les analyses effectuées sur les restes de son cadavre ont tout de même permis de prélever six échantillons de spermes différents. Mais ces prélèvements se sont révélés inexploitables car ils étaient trop altérés. Ils n'ont donc jamais pu parler.

Les gendarmes se contentèrent de hocher la tête. Tous deux étaient conscients de l'évolution spectaculaire mais récente des techniques d'investigation de la police scientifique. Et ils étaient en outre assez bien placés pour savoir à quel point les séries policières américaines avaient mythifié la dimension médico-légale pour en faire une science quasi infaillible de résultat dans les affaires criminelles. La réalité de terrain était tout autre…

— Restent nos quatre dernières victimes, reprit Merlot d'une voix lasse. Notre troisième victime de Suisse, la mère porteuse. En dehors de son propre ADN, on n'a retrouvé que celui de l'enfant grâce au placenta. Hélas, aucune correspondance avec les ADN enregistrés dans les différents fichiers d'empreintes génétiques. Puis, notre jeune fille de Norvège à qui on a prélevé tous les organes, certainement pour alimenter un trafic. La fille a été endormie et opérée avec toute la précision chirurgicale requise. Le corps retrouvé dans les bois norvégiens ne portait aucune trace d'un quelconque ADN tiers… Pour finir, notre doublon visiblement exploité sexuellement dans le cadre d'une orgie barbare, a permis des prélèvements exploitables. Pas moins de trente-sept échantillons ADN prélevés en tout sur les deux corps. Aucun n'est répertorié dans le fichier d'empreintes génétiques. Ils parleront peut-être un jour à la faveur d'un fichage inattendu. Comme pour l'affaire Évelyne Boucher[1], par exemple.

Les gendarmes opinèrent de la tête. Ils ne mesuraient que trop la difficulté de mener une enquête dans des contextes aussi peu parlants. Une victime inconnue hors environnement social… la tâche était plus qu'ardue ! Merlot se resservit un verre d'eau et acheva :

— Cela étant dit, rendons à César ce qui lui revient ! Sans la dentisterie légale, nous n'aurions jamais pu établir de lien entre les différentes victimes. En ce sens, la science médico-légale est au cœur de chacune de ces enquêtes. Sur ce point d'ailleurs, compléta Merlot d'une voix sinistre, j'ajouterai que le nombre de victimes de ce trafic d'êtres humains est certainement

---

1. Le 8 décembre 1987, Évelyne Boucher, alors âgée de 16 ans, est retrouvée morte d'une balle dans la tête à deux kilomètres de chez elle. La jeune fille a été violée et le juge en charge du dossier ordonne des prélèvements de sperme sur son corps dans l'espoir que ceux-ci puissent un jour aider à confondre le coupable. Ces prélèvements seront versés au FNAEG en 2002. Après dix-neuf ans d'une enquête infructueuse, le FNAEG parle enfin et désigne un dénommé Robert Greiner. Ce dernier, pompier de profession, vient d'être condamné à trois mois de prison à la suite d'une rixe dans un parking et son ADN a donc été enregistré au fichier. Robert Greiner est condamné pour le meurtre de la jeune Évelyne Boucher et purge aujourd'hui une peine de prison à perpétuité.

beaucoup plus élevé que les sept individus dont nous disposons.

— Comment ça ? laissa échapper Vicenti.

— Les sept corps ont été retrouvés dans divers pays d'Europe. Le trafic est donc implanté au-delà des frontières françaises. Imaginez un instant le nombre de pays où, faute de moyens ou de volonté politique, la médecine médico-légale ne connaît aucun essor. Que croyez-vous que devienne le dossier d'enquête d'un homme sans identité, retrouvé mort dans un quartier déshérité de Tegucigalpa ou au fin fond d'une forêt birmane ?

— Vous pensez donc que nos meurtres ne constituent que la partie émergée de l'iceberg ? réagit Agathe.

— Tout à fait… En revanche, je n'ai aucune idée de l'ampleur de cet iceberg. Les mafias impliquées dans le trafic d'êtres humains sont nombreuses et partiellement identifiées par Interpol. Cependant, nous n'avons aucun moyen de distinguer notre fournisseur au milieu de cette faune. Comment fait-il pour introduire ses produits sur le marché ? Comment entre-t-il en contact avec les acheteurs ou les mafias ? A-t-il créé un système parallèle à celui des mafias ? Si oui, où et comment ? Autant de questions auxquelles je ne saurais répondre aujourd'hui.

Agathe et Mathieu restèrent cois plusieurs secondes. Les interrogations de Merlot étaient à des années-lumière de celles qu'ils s'étaient posées ces trois derniers jours, et leur enquête prenait un tournant exceptionnel et totalement inattendu. Le téléphone de Vicenti choisit ce moment de silence pour sonner, faisant sursauter tout le monde. Le gendarme se leva.

— C'est Jacques, indiqua-t-il en s'éloignant au fond de la pièce.

— Notre coéquipier, expliqua Agathe à Merlot. J'espère que les nouvelles sont bonnes. Au moment où le colonel Poussin nous a envoyés ici, nous étions sur une piste.

— Une piste ?! réagit Merlot avec curiosité.

Agathe fit le récit de la rencontre entre Vicenti et Michel Laffont, le témoin du village des Ayres. Elle expliqua ensuite comment ils étaient remontés par le fichier des infractions jusqu'au propriétaire de la fameuse Panamera Turbo S executive.

— Mais c'est un sacré coup de veine, ça ! s'enthousiasma le flic. Jusqu'à présent, le fait que les auteurs se débarrassent des victimes dans des endroits isolés les a mis à l'abri d'éventuels témoins oculaires.

— Ça aurait dû être le cas dans notre affaire. Le Pendedis n'est pas comme qui dirait un lieu de passage ! En outre, si le conducteur avait respecté le code de la route, nous n'aurions eu aucun moyen de l'identifier.

— Que savons-nous sur lui ? questionna vivement Merlot.

— Jacques devait justement se renseigner. Je suppose qu'il appelle pour ça… Autre chose, poursuivit la gendarme, pour les six premières victimes dont vous nous avez parlé, les corps ont tous été retrouvés nus. Eh bien, dans notre affaire, ce n'est pas le cas !

De nouveau, l'intérêt de Merlot fut piqué au vif.

— Des éléments intéressants ?

— Au vu des conclusions médico-légales, la jeune femme a cherché à fuir avant d'être abattue d'une balle en plein cœur et… (Agathe s'empourpra légèrement, trahissant son embarras) une idée m'a traversé l'esprit pendant que j'écoutais votre récit tout à l'heure, mais c'est peut-être un peu farfelu…

— Je vous ai parlé d'élevage d'êtres humains… Cette idée en soi n'est-elle pas particulièrement farfelue ? la rassura Merlot.

— Eh bien, voilà… En dehors de la mère porteuse et de la fille de Norvège pour laquelle le mobile est le trafic d'organes, il semblerait que les autres victimes aient constitué une sorte de « divertissement sexuel ».

— C'est ce qu'indiquent les divers abus, approuva Merlot.

— Du coup, je me suis dit que notre victime du Pendedis avait peut-être constitué une autre forme de divertissement.

— Vous pensez à quoi ?

— Au gibier d'une chasse à l'homme…

Le flic d'Interpol hocha lentement la tête puis ramena un regard grave vers Agathe.

— Pas d'abus sexuels ? se fit-il confirmer.

— Non, aucun…

— Une chasse à l'homme, marmonna le flic, désabusé… J'aurai tout vu…

— Elle a conservé ses vêtements, reprit Agathe.

La gendarme sortit alors le dossier de la sacoche de Vicenti, toujours occupé à déambuler au fond de la pièce, le téléphone plaqué sur l'oreille.

— Des prélèvements de graminées ont été opérés sur les vêtements et sont en cours d'analyse. On devrait en savoir plus dans les heures qui viennent.

— Ce qui veut dire qu'avec un peu de chance, on pourrait en apprendre davantage sur l'origine de cette personne.

— Et par là même des autres victimes… ajouta Agathe. Tenez, regardez les vêtements, poursuivit-elle en montrant des photos du sous-bois où le corps avait été retrouvé. Ils paraissent d'une autre époque ! C'est un peu comme faire un saut temporel chez les paysans du Moyen Âge.

— C'est vrai, valida Merlot, les yeux fixés sur la chasuble grossière de la victime. Même la sandalette semble être confectionnée à la main.

— Mmm, c'est le cas. Le travail du cuir est assez grossier, mais le résultat est solide.

— Étrange tout ça, laissa échapper Merlot.

— Au début, j'ai même pensé à une sorte de communauté de type néo-hippie-altermondialiste, vous voyez le genre ?

— Oui, je vois… Et quand on y réfléchit, nous avons des victimes à la constitution robuste, sans aucune carence nutritive, visiblement habituées à travailler dur et qui ne révèlent aucune maltraitance antérieure aux crimes. Les soins sont rudimentaires mais effectués avec rigueur. C'est comme si… le fournisseur prenait soin d'elles…

À ces mots, la mine d'Agathe s'allongea. Une idée abjecte venait de germer. Merlot perçut son trouble.

— Que se passe-t-il ?

— Eh bien… Passez-moi la comparaison, elle est vraiment insoutenable. Pourtant… Quelle différence entre un fournisseur de poulets élevés en batteries et un exploitant bio ?

— Le mode d'élevage, lui répondit Merlot d'une voix blanche.

— Exactement. Et pourquoi achèteriez-vous un poulet élevé en plein air et nourri au grain qui coûte au bas mot trois fois plus cher, plutôt qu'un poulet de batterie ?

— Pour sa qualité, acheva-t-il sinistrement.

— Oui... Ce que je vais dire est abject mais... qualitativement, nos victimes sont au trafic d'êtres humains ce que le bœuf de Kobe est au steak haché premier prix.

Un silence de plusieurs secondes suivit cette sordide déclaration. Puis Agathe planta ses yeux dans ceux du policier.

— Vous l'avez dit vous-même, le fournisseur prend soin de ses bêtes... Nous sommes donc très loin d'une exploitation esclavagiste...

— À quoi pensez-vous exactement ?

— À un éleveur d'êtres humains virginaux, de première main, non violentés, non drogués, sans VIH... Notre fournisseur vend des produits d'exception, très rares et très chers, non abîmés par les circuits de trafic humain classique... D'ailleurs, ce mode d'élevage ne correspond pas aux méthodes mafieuses, avança Agathe.

— Et si vous avez raison, poursuivit Merlot d'une voix altérée, nos sept victimes se résument à des produits de luxe destinés à la *upper-class*. Des clients richissimes qui s'offrent des êtres humains, soit par besoin – mère porteuse, achats d'organes –, soit pour se divertir avec une sorte de *one-shot* meurtrier.

Agathe opina du chef.

— Ce qui nous ramène à ma question de tout à l'heure : comment des types opèrent-ils pour avoir la mainmise sur un élevage d'êtres humains sans escla-vagisme ?! s'agaça la gendarme. Il devrait y avoir des dizaines de cas d'insurrections, de suicides, ou d'évasions !

Un silence s'installa. Parce que si le « mode d'élevage » n'était pas industriel mais artisanal, il ne suffisait pas de bien nourrir et de bien soigner des êtres humains pour pouvoir les conduire tranquillement à l'abattoir... Les yeux d'Agathe se posèrent de nouveau sur les photos de la victime du Pendedis. Son allure d'antan. Ses vêtements fabriqués à la main, hors circuit de grande distribution. Son développement musculaire... Soudain, l'idée s'imposa avec la force de l'évidence.

— C'est une secte ! lança-t-elle. Une communauté sous emprise et totalement coupée du monde moderne !

Les yeux de Merlot s'éclairèrent immédiatement.

— Bon sang, mais vous avez raison ! L'emprise mentale explique la contention des individus. La vio-lence exercée n'est pas physique mais psychologique... L'idée d'une secte colle parfaitement...

— Et si on ajoute à ça les marqueurs génétiques entre les sept victimes, on est face à un groupe de petite taille, juste suffisamment peuplé pour permettre une reproduction sans croisement néfaste...

— Ce qui suppose une « gestion » de la repro-duction, déduisit Merlot... Notre éleveur serait donc le grand gourou d'une secte existant depuis plus de vingt ans, si l'on remonte au premier corps retrouvé à Rambouillet... Mais comment s'y prend-il pour que les membres de la communauté acceptent jusqu'à l'idée de leur propre commercialisation... enfant, femme et homme... sans distinction aucune ?!

À ces mots, Agathe fixa Merlot avec intensité.

— Ils ne le savent pas ! C'est impossible autrement !... Le système doit certainement reposer sur une gigantesque manipulation. Vous avez vu ce film, *The Island* ?

— Non, enfin je ne crois pas.

— C'est un film de science-fiction. Le héros vit dans une communauté souterraine rescapée d'un hiver nucléaire qui a ravagé la planète, à l'exception d'une île bien trop petite pour accueillir l'ensemble des rescapés. Régulièrement, une grande loterie permet la désignation d'un gagnant qui quitte alors la communauté pour peupler l'îlot tant convoité.

— Et vous pensez que notre gourou a transposé ce modèle dans son troupeau : quitter la communauté pour une espèce de récompense idéale ?

— Pourquoi pas ? lança Agathe. C'est encore l'explication la plus vraisemblable.

Merlot la considéra quelques instants.

— Mmm, après tout, pourquoi pas ?... Et ça se finit comment votre film ?

— En fait, le héros va découvrir que la terre n'a jamais cessé d'être habitée et que la communauté dans laquelle il a grandi est en réalité un vivier de clones tenu par une multinationale. Ces clones – répliques ADN parfaites des richissimes clients – ont pour vocation de prolonger la durée de vie de leurs propriétaires qui peuvent bénéficier de greffes d'organes parfaitement compatibles.

Le policier ouvrit deux grands yeux ahuris.

— Moralité, le fameux tirage au sort n'est qu'un leurre permettant d'extraire un clone de sa communauté lorsque son propriétaire a besoin d'une greffe. Au vu de la promesse d'une vie sur une île paradisiaque, personne n'y trouve à redire, conclut Agathe.

17

Un choc en haut du dos lui fit très mal et manqua de l'assommer, lui sembla-t-il. Un instant, il demeura suspendu et soudain, il comprit ce qui se passait. Il était tombé dans un torrent ! Comment, pourquoi, mystère ! En tout cas, il était bien en train de... se noyer !!! Bruno ouvrit deux grands yeux affolés en remuant douloureusement ses bras qui baignaient dans une eau glaciale et bouillonnante. Il réalisa alors qu'il flottait sur le dos, maintenu par le haut de son tee-shirt, et que ses jambes emportées par le courant flottaient un mètre plus bas. La panique se fraya un chemin jusqu'à son cerveau quand il s'aperçut qu'à une dizaine de mètres seulement, le torrent disparaissait dans une chute ver-tigineuse dont les grondements retentissaient à ses oreilles comme une promesse de mort. Il cria. Réflexe. Appela au secours. Plusieurs fois. Hurla. Mais sa voix se noya dans le tumulte fracassant de la cascade toute proche. Le gouffre d'Espignès, comprit-il, hébété. S'il ne sortait pas de l'eau ici, c'en était fini de lui ! Aucune chance de survie. Il le savait pour les avoir admirées des dizaines de fois, les chutes s'escagassaient cinquante mètres plus bas au fond d'un gouffre effrayant qui s'ouvrait dans le sol comme l'entaille d'un coup de hache dans un tronçon de bois. Si sa course folle sur le bouillon du torrent reprenait, il serait englouti par les eaux verticales et avalé par les entrailles de la terre. À cet instant seulement, Bruno se demanda ce qui le retenait. Il inclina précautionneusement la tête et se rendit compte qu'un jeune arbre déraciné constituait sa providentielle planche de salut. Les doigts effilés du tronc brisé avaient agrippé son tee-shirt. Inespéré ! réalisa-t-il, traversé par une onde puissante d'adrénaline. Il leva la main droite avec autant de délicatesse que le lui permettait la raideur de son bras engourdi par le froid et referma les doigts sur le dessus du tronc.

QUE S'ÉTAIT-IL PASSÉ ? Que faisait-il dans le torrent à quelques mètres du gouffre d'Espignès ?! Le recherchait-on ?!... Rester calme. Il devait rester CALME. Il respira plusieurs fois pour reprendre le contrôle. Bon, il était en vie et c'était déjà miraculeux pour le piètre nageur qu'il était. Il regarda autour de lui. Sans cet arbre déraciné du mur de roches et de végétation qui formait la berge du torrent, il serait mort...

Les instants qui suivirent furent dictés par l'instinct. Bruno se démena comme un beau diable, réussit à dompter ses membres gourds et se hissa sur le tronc d'arbre. Les racines du chêne-liège à moitié immergées composaient un entrelacs terreux à fleur de roche. Le gamin détailla le dénivelé accidenté qui bordait le torrent. Quasiment infranchissable, songea-t-il, dépité. À ce moment-là, un craquement sinistre retentit par-dessus le charivari du torrent. Le morceau de tronc qui le reliait à la berge menaçait de céder. Bruno devait rejoindre la souche, et vite ! Il déglutit, ravalant les larmes qui pointaient, et entreprit de ramper le long du tronc en priant pour que sa planche de salut tienne le coup. Une minute plus tard, il tendit le bras vers une grosse racine qui se dressait vers le ciel telle une main providentielle. Il réussit à l'attraper et tira dessus de toutes ses forces. Au même moment, un nouveau craquement se fit entendre et le tronc commença à tanguer dangereusement sur les flots. Tout alla alors très vite. Le bois fatigué émit un dernier grognement et céda d'un coup. Immédiatement, il fut avalé par le courant, laissant Bruno agrippé aux racines tandis que ses jambes se faisaient emporter. Le garçon sentit son cœur bondir et resserra ses prises. S'il lâchait, c'était foutu ! En écho à ses pensées, Bruno vit le morceau de tronc brisé se faire engloutir par la cascade toute proche. Affolé, il força sur ses bras et chercha désespérément une accroche avec ses pieds. Il sentait ses muscles s'épuiser lorsque son pied droit trouva une anfractuosité dans la roche immergée. Il poussa alors avec l'énergie du désespoir sur sa jambe et réussit à extirper son buste de l'eau. De là, il remua tant bien que mal et parvint à s'extraire du torrent. Le souffle court. Les membres fourbus. Et le corps transi de froid.

Il attendit plusieurs minutes, affalé sur la souche salvatrice. Les racines lui meurtrissaient les chairs mais le soleil haut perché lui réchauffait agréablement le dos. Quand il se sentit d'attaque, Bruno remonta ses genoux sous son buste et parvint à se redresser. Les pieds plantés dans la souche, le corps plaqué à la paroi rocheuse, il surplombait désormais l'eau d'un minuscule mètre. Il scruta nerveusement la roche au-dessus de lui. En y regardant bien, l'escarpement était fissuré à plusieurs endroits et offrait des dizaines d'anfractuosités auxquelles il pourrait s'accrocher pour escalader. Il pensa à son grand frère. Kévin gravirait ça en deux minutes, lui ! Bruno respira un bon coup et entama lentement son ascension. Ne pas regarder en bas… Il avait toujours eu le vertige… Et, prise après prise, rejoindre le sommet qui n'était qu'à cinq ou six mètres… Oui, c'était faisable. Et de toute façon, il n'avait pas le choix !

***

Sous ses vêtements trempés, Bruno transpirait désormais abondamment. Le soleil de fin d'après-midi et les efforts avaient réchauffé son corps fourbu. Le gamin se sentait épuisé. Mais il refusa de fléchir, il était presque arrivé ! Sa main agrippa la base d'un noisetier au sommet de la petite falaise. Puis il chercha un appui ferme pour son pied et se hissa jusqu'en haut en soufflant bruyamment. Oui, il y était arrivé ! Lui, le nul en sport ! Quand il raconterait ça à Kévin, son grand frère n'en croirait pas ses oreilles ! Écarlate, Bruno s'écarta du vide en s'enfonçant tant bien que mal dans l'entrelacs de végétation sauvage qui surplombait le torrent. Il fouilla la poche arrière de son short. Son iPod n'y était plus. Il avait dû tomber dans l'eau… Quand il fut à deux bons mètres du bord de la falaise, il s'assit sur un lit de fougères à l'ombre pour récupérer un peu. Le danger était désormais écarté et il pouvait réfléchir à sa situation. Il passa une main derrière sa nuque. Une bosse douloureuse bombait la base de son crâne. Un coup certainement qui expliquait sa perte de

150

mémoire… Quant à son épaule, elle était profondément râpée et un beau bleu commençait à se dessiner à l'endroit où la branche salvatrice s'était plantée dans ses chairs. Ça faisait mal mais ce n'était pas très grave… Il était sain et sauf et désormais, il devait retourner au chalet. Quoi qu'il lui en coûte. Après tout, il ignorait si on le recherchait. En montagne, la nuit tombait rapidement et avec elle s'installait le froid. Bruno frissonna en jetant un œil alentour. Pas question de dormir au cœur de la forêt ! Bon… dans l'état actuel des choses, il ne pouvait pas se permettre d'espérer passivement une aide extérieure. D'un regard, il scruta autour de lui. En contrebas, le torrent dévalait la montagne, formant une large tranchée d'eaux vives au cœur d'une forêt sauvage. En aval, il se brisait d'un coup pour se transformer en une vertigineuse cascade. En amont, pas de sentier visible, pas de berges praticables. Bruno devait se rendre à l'évidence, sa seule chance de rejoindre le chalet consistait à se frayer tout seul un chemin à travers les rideaux d'arbres et de fourrés qui s'entremêlaient en un écheveau hostile.

Le gamin laissa échapper un soupir de lassitude et de peur. Il se sentait comme Robinson Crusoé, abandonné, seul au monde. Malgré les douleurs qui électrisaient son corps, il se releva, s'arma d'un bâton pour fendre la végétation et décida de s'enfoncer dans les bois. Et contre toute attente, alors qu'il n'avait laborieusement parcouru que cinq ou six mètres, il contourna un roncier et découvrit une sente étroite. Le chemin devait être abandonné depuis pas mal de temps car la nature reprenait ses droits peu à peu. Mais initialement, il devait conduire à la petite falaise derrière lui. Bruno, plein d'espoir, suivit les vestiges du sentier. Qui disait sentier disait destination, non ?!

Il avait parcouru assez facilement une bonne cinquantaine de mètres lorsqu'il aboutit dans une petite clairière délimitée par un mur très haut, d'environ quatre mètres. Bruno sentit naître une pointe d'espoir. C'était le mur d'enceinte d'une propriété. Et derrière, il trouverait de l'aide ! Il longea la muraille jusqu'à découvrir une vieille porte en fer. De petite taille, elle était découpée dans la maçonnerie qui se prolongeait au-dessus d'elle. Pas de poignée. Juste une serrure rouillée. Et un vieux panonceau rongé par le temps et les intempéries, qui indiquait « Propriété privée. Défense absolue d'entrer ». Bruno plaça son œil dans le trou de la serrure mais ne vit rien d'autre que du vert. Il tenta de pousser la porte. En vain. Il la martela avec ses poings en appelant à l'aide de toutes ses forces. Puis il s'arrêta et tendit l'oreille. Rien. De toute façon, le bruit du torrent et de la cascade proche avalait tout autre son. Bruno fit quelques pas en arrière. La porte était à fleur de paroi et seuls ses gonds dépassaient. Impossible de s'en servir pour tenter une escalade. Bon sang ! Il n'allait tout de même pas rester là comme un imbécile alors qu'il était si près du but. Il repéra alors un arbre derrière lui : un gros bouleau à trois ou quatre mètres de la muraille mais dont une des branches hautes courait vers le mur d'enceinte. D'ailleurs, elle avait été tronçonnée à environ un mètre du mur. *Pour éviter justement que quelqu'un puisse passer par là.* Cette idée l'inquiéta. Quelle sorte de proprio pouvait bien clôturer son jardin avec un mur si haut et redouter une intrusion par cette minuscule clairière inaccessible ? Le garçon se raisonna. *Quelqu'un qui*

*veut la paix ! Quelqu'un qui a peut-être été cambriolé
dix fois et qui a donc une excellente raison d'avoir
coupé cette branche !* Bruno regarda l'arbre et le dessin
de la grosse branche en l'air. Il fallait de l'agilité… et,
comme se plaisait à le lui seriner son frère, « T'es qu'un
sale geek[1] ! ». *Peut-être, mais un sale geek qui vient de
s'extraire seul d'un torrent de montagne et d'escalader
une falaise !* Et puis… y avait-il une autre option ?!

Le garçon leva de nouveau les yeux. S'il parvenait à
se hisser sur la première grosse branche du bouleau à
deux mètres de haut, ça pourrait aller. Escalader ensuite
serait facile. Bruno balaya les alentours du regard et
distingua sous un lit de lierre rampant le tronçon de la
branche qui avait été sciée. Le morceau de bois devait
faire un mètre cinquante de long et était aussi large
que le cul d'une cafetière. Impeccable. Bruno l'attrapa
par un bout et entreprit de le tirer jusqu'au pied de
l'arbre. Le tronçon pesait un âne mort, mais il réussit à le placer en diagonale entre le sol et le tronc et
enfonça au mieux son extrémité dans la terre. Il prit
alors une grande respiration, visualisa le chemin aérien
qu'il devrait emprunter et finit par caler son pied à
l'angle du tronçon et de l'arbre. Il se fléchit au maximum et poussa d'un coup vers le haut. Un instant, il
parut s'arrêter en l'air mais une ultime sollicitation de
sa cuisse lui permit d'achever sa montée. Il put alors
saisir la branche au-dessus de lui et se hisser jusqu'à la
première ramification. Le reste alla tout seul et Bruno

---

1. Un geek (ou guik par francisation) est un terme d'argot amé-
ricain désignant une personne cérébrale, calée dans un domaine
précis généralement lié aux nouvelles technologies.

se retrouva bientôt à cheval sur la grande branche qui partait vers le mur d'enceinte. De là, il commença à avancer prudemment dessus, à califourchon. Il fixait le bout de la branche droit devant, évitant soigneusement de regarder en bas. Quand il parvint à l'endroit où la branche avait été sciée, il put jeter un œil derrière le mur. Une nouvelle forêt semblait s'étendre. Un rideau d'arbres qui lui cachait toute autre vue. Bruno hésita mais se rappela que derrière lui, en dehors d'un dangereux torrent infranchissable, il n'y avait rien ! Alors, prenant sur lui pour oublier le vide juste en dessous, il fit un demi-tour laborieux, se racla les cuisses contre l'écorce râpeuse et laissa doucement descendre ses jambes. Alors qu'il redoutait d'être trop petit pour atteindre le mur, il finit par sentir l'angle de la paroi avec la pointe de ses tennis. Il s'étira au maximum et ses pieds reposèrent enfin sur le sommet de l'enceinte. Bruno déplia alors ses bras et se retrouva en diagonale entre le mur et le bout de la branche. Il comprit que s'il voulait ne pas tomber, il lui fallait replier ses bras et pousser d'un coup sec en arrière pour avoir de l'élan. De toute façon, il ne pouvait plus remonter. Il était désormais coincé ! Le garçon rassembla ce qui lui restait de force et, sans réfléchir, poussa le plus fort possible en arrière. L'élan qu'il réussit à prendre fut plus que suffisant et Bruno se retrouva debout au sommet du mur avant de se sentir basculer en arrière. Les moulinets de bras qu'il fit ne suffirent pas à le stopper et, affolé, il bascula de l'autre côté. Pendant la culbute, il entendit les pales d'un hélicoptère à l'approche et eut le temps de se dire qu'on le recherchait peut-être.

18

Le gamin était certainement tombé au fond du gouffre d'Espignès. C'était ce que la radio serinait depuis plusieurs heures. Les secours travaillaient d'arrache-pied pour tenter de repêcher son cadavre. Tant mieux. Qu'ils retrouvent enfin son corps et qu'on n'en parle plus ! Le passage des hélicos faisait naître une tension inhabituelle au cœur du cheptel et, d'après ce qu'elle avait réussi à extirper de Clarisse-la-pépiote, les aînés redoutaient l'organisation d'une rafle géante. Il ne manquait plus que ça ! Si la panique s'emparait de leurs cerveaux sous-évolués, elle aurait du fil à retordre… Il était temps que la vie reprenne son cours normal !

Le soleil rasant plongeait ses doigts effilés au travers des immenses baies vitrées et des rais poussiéreux flottaient étrangement dans l'air. Elle reporta son attention sur son assiette, planta sa fourchette dans un morceau de tarte à l'abricot encore tiède et se mit à ruminer mécaniquement. À côté d'elle, la radio interrompit son flot indigeste d'informations et égrena des notes de jazz. Elle commença à se détendre. Oui, tout allait rentrer dans l'ordre. La porte s'ouvrit en grinçant un instant plus tard et Francis entra.

— Ton thé va être froid, lui lança-t-elle en guise de préambule.

— J'étais au bar. C'était plein, tout l'monde parlait du gamin. Alors j'ai écouté, quoi.

Elle coupa la radio. Francis tira le lourd tabouret en bois qui couina sur le parquet et s'assit devant le thé tiédi. Dans le tic-tac entêtant de la vieille horloge de gare fixée au mur, il avala bruyamment une longue lampée avant de reprendre :

— Les vieux, y disent que c'est pas normal qu'ils aient pas encore repêché le corps du p'tit.

Elle fronça les sourcils en guise d'interrogation.

— Ben… d'après eux, si le gamin est dans le gouffre, z'auraient déjà dû le retrouver.

— Pourquoi ?

— Y disent comm' ça que les rivières souterraines sont trop étroites pour laisser passer un corps.

— Et toi, tu en dis quoi ?

— Ben… j'sais pas trop. S'il est pas tombé dans le gouffre, où qu'il peut bien être, hein ? Sauf à quelques endroits, les rives du torrent sont de vrais à-pics. Mais bon, supposons, hein ? Le p'tit a réussi à sortir de l'eau avant d'être en contrebas du domaine… Y s'est enfoncé dans les bois. Pareil, y s'est perdu ou il est mort de froid. Va savoir !

Les yeux glacials et rétrécis, les narines frémissantes, elle reposa sa fourchette d'un geste excessivement lent et affecté. L'argent cliqueta au contact de la porcelaine scintillante. Pour qui la connaissait, il y avait dans son attitude toute l'ampleur de la fureur retenue. Francis se figea net. L'horloge tictaqua six longues secondes dans le silence parfait. Le glas avant la mise à mort. L'homme baissa le regard. D'instinct. Et attendit.

— Regarde-moi, Francis.

C'était un ordre. Il releva les yeux, craintif.

— Bien. Maintenant écoute chacun de mes mots, pauvre sot. Et enregistre-les parce que je ne les redirai pas.

Sa voix était une hache aiguisée et tranchante. Impérieuse. Son débit lent, quasi professoral, promettait déjà l'humiliation.

— Y a-t-il le moindre risque – je dis bien le moindre – pour que le gamin ait réussi à pénétrer dans ma propriété ?

Les mots se précipitèrent à la lisière de sa bouche, mais il les retint *in extremis*. Quand elle était dans cet état, il fallait faire très attention. Elle avait posé une question précise et elle voulait une réponse précise. Ne surtout pas répondre à côté… et en même temps, bien mesurer les conséquences. Spontanément, il aurait dit : « Ben… le risque zéro n'existe pas. » Mais voilà, tenir ce genre de propos, c'était nécessairement déclencher ses foudres. Francis déglutit et murmura :

— Aucun. Il n'y a absolument aucun risque.

— Tu me le garantis, Francis ?

— Oui. Le mur est sécurisé à tous les endroits accessibles. Si le gamin était passé d'ssus, il aurait déclenché l'alarme. Obligé. Et tout c'qu'est pas sécurisé, c'est infranchissable.

Elle inspira lentement et son visage se recomposa. Elle redevenait humaine. Superbe. Vivante. Terriblement sensuelle. Francis contempla cette Madone aux traits irréprochables. L'ovale de la figure. Les pommettes hautes. Les yeux vert émeraude rehaussés par sa chevelure noir de jais et lisse qui encadrait son visage d'un carré long et soyeux. Il sentit une petite boule se former au fond de son ventre. Il aimait la voir rassérénée. Habitée de douceur. Il aimait lui procurer toute la protection dont elle avait besoin. Il avait damné son âme depuis bien longtemps pour conquérir la sienne. Mais il n'y parvenait qu'à de très rares occasions. Parce qu'elle lui était terriblement supérieure. Son intelligence. Sa beauté. Sa détermination. Oui, il lui appartenait comme un chien à son maître. Et quoi qu'il lui en coûtât, il ferait tout ce qu'il fallait pour continuer à lui appartenir. Elle lui lança un sourire charmeur qui fit naître le feu dans ses entrailles.

— Francis ?

— Oui.

— Je veux que tu me prennes.

***

Les lys posés sur le meuble de manufacture de l'entrée embaumaient tout le loft, il les sentait depuis la chambre. Le regard de Francis se perdit sur les poutrelles d'acier qui zébraient les hauteurs du plafond, puis caressa les lignes pures du mobilier minimaliste et ultra-contemporain qu'elle avait choisi elle-même. Ce n'était pas sa culture à lui, mais il devait admettre que c'était très chic, comme dans les catalogues Bauhaus posés sur la grande table basse. En dehors peut-être de cet immense tableau barbouillé de rouge et ocre qui ornait un des murs blancs au-dessus du lit…

Les images de leurs ébats dansèrent dans sa tête et Francis sentit de nouveau une nuée de papillons affoler son cœur. Il venait de passer la plus belle heure de sa vie. C'était ce qu'il se disait chaque fois qu'elle lui faisait l'amour et qu'elle lui appartenait un peu. Lorsque, impérieuse et superbe, elle le chevauchait, ses grands yeux verts réduisant à néant le reste de l'univers et que lui, abandonné et transi, frissonnait de tout son corps brûlant. Il la dévora des yeux lorsqu'elle revint de la salle de bains. Nue. Superbe. Elle s'assit devant la coiffeuse et commença à maquiller ses yeux. De temps en temps, elle lui jetait un regard par le miroir devant elle. Des regards amusés et tendres. Des regards qui pouvaient lui attester qu'elle l'aimait. À sa façon à elle. D'une façon qui finissait toujours par lui faire mal. Mais peu importait. Là, à cet instant précis, Francis savait qu'il endurait son calvaire pour la magie de ces épisodes, rares mais tellement exceptionnels. Elle semblait si apaisée, si complète, que sa propre existence à lui prenait son véritable sens. Il était né pour elle. Pour l'aimer de toutes ses forces. Pour lui obéir. Parce que c'était le seul moyen de lui appartenir.

— Je reviens dans cinq jours, lâcha-t-elle soudainement. Tu monteras régulièrement là-haut et tu m'appelleras tous les soirs. Cette histoire de gamin dans le torrent qui jouxte la propriété me stresse.

— Y finiront bien par l'retrouver. C'est une question d'heures.

— J'ai un nouveau client, fit-elle en changeant de sujet. Un Russe qui cherche une esclave. Il est assez pressé. Affame les chiens pendant mon absence.

Francis détourna les yeux. Il n'aimait pas les rafles. Combien en avait-il organisé ? Des dizaines et des dizaines… depuis tant d'années…

— Ça en fera deux en très peu de temps, osa-t-il.

— J'organiserai une fête fin juillet et je passerai quelques heures avec eux, fit-elle sans masquer son dégoût. Il y aura du vin et des victuailles. Ces dégénérés auront vite enterré leurs morts, crois-moi !

— … C'est juste qu'à ce rythme… le cheptel sera vite décimé.

— Et alors ?! Qu'est-ce que ça peut bien te faire ? rétorqua-t-elle durement. Depuis quand gères-tu MES affaires, Francis ? Et si j'avais voulu quelqu'un pour m'aider à réfléchir, penses-tu que je t'aurais choisi, toi ?! acheva-t-elle, sarcastique.

Un silence glacial remplit la pièce, et Francis regretta aussitôt ses paroles. Encore une fois, il était en train de tout gâcher !

— Excuse-moi, lâcha-t-il dans un souffle. Je… j'avais pas à dire ça.

Elle lui jeta un œil noir de colère et de haine. Celui qu'il détestait, mille fois plus que les rafles ! Quel idiot, il n'aurait pas pu se taire !

— Ils m'ont volé mon père. Ils m'ont tout pris. Mes rêves, mes espoirs, mon enfance entière, déclara-t-elle avec du fiel dans la voix. Est-ce que tu comprends ça, Francis ?

— Oui.

Une seconde fila. Un morceau d'éternité.

— Viens ici.

Francis, penaud, déploya son corps musculeux hors du lit. Son sexe si conquérant quelques minutes plus

tôt ressemblait désormais à un petit escargot recroquevillé et vulnérable. Il se sentit faible et minable. Il était
faible et minable.

— Agenouille-toi, lança-t-elle quand il fut à sa
hauteur.

Il obéit. Elle était encore remplie de fureur. À cause de
lui. À cause de ce qu'il avait dit. Son parfum lui remua le
ventre. Il l'aimait comme il aurait dû être interdit d'aimer !

— M'aimes-tu, sombre sot ? demanda-t-elle d'une
voix tremblante et soudainement émue.

— Tu le sais.

— Réponds.

— Oui, je t'aime.

— Ton amour pour moi connaît-il des limites ?

— Non.

— En es-tu bien certain, Francis ?

— Oui, j'en suis certain.

— Renonceras-tu à ta propre vie pour me rendre
heureuse ?

— Oui.

— Damneras-tu ton âme pour moi ?

— Oui.

— Tueras-tu pour moi ?

— Oui.

— Merci mon neuneu chéri. Sans toi, je ne suis pas
tout à fait moi. Ne l'oublie jamais.

Il frissonna devant cette déclaration inattendue. Elle parvenait toujours à le surprendre. Elle était si extraordinaire !

— Embrasse-moi, Francis.

Il releva timidement la tête.

— Là, lui intima-t-elle en ouvrant ses cuisses.

19

Bruno parvint à faire un demi-tour en l'air et se rendit compte qu'un dénivelé sévère se cachait derrière le mur. Sa chute n'en fut que plus longue mais, d'une certaine manière, l'atterrissage sûrement moins dangereux. De fait, le gamin tomba sur le flanc et commença à dégringoler la pente. Il sentit une fulgurante douleur irradier sa cheville quand il passa cul par-dessus tête, laissa échapper un cri strident, mais les choses allèrent tellement vite qu'il ne prit réellement la mesure du mal qu'en bout de course, lorsqu'un fourré de broussailles le stoppa enfin. Là, la douleur l'électrisa pour de bon et Bruno poussa un hurlement déchirant avant de se recroqueviller sur lui-même et d'éclater en sanglots. La douleur se diffusait dans sa cheville en ondes lancinantes tel un marteau-piqueur, lui arrachant de longues plaintes aiguës. Puis, au fil d'interminables minutes, elle s'assourdit et les sanglots se tarirent. Bruno, gémissant, posa alors ses yeux sur sa cheville gauche. Une protubérance aussi grosse qu'une balle de tennis se dessinait sous la chaussette. Le garçon l'effleura du bout des doigts et retira aussitôt sa main. On aurait dit qu'un cœur à vif palpitait sous le tissu !

Au même instant, le garçon entendit les échos lointains d'un hélicoptère. Il se redressa immédiatement et tendit l'oreille vers le ciel. Oui, l'engin se rapprochait bel et bien de l'endroit où il se trouvait ! Bruno, plein d'espoir, balaya des yeux son environnement et son visage s'assombrit aussitôt. C'était le pire scénario catastrophe possible ! Voilà peut-être qu'on le recherchait et lui se trouvait désormais prisonnier d'une épaisse forêt et dans l'impossibilité totale de rebrousser chemin… Si seulement il était resté de l'autre côté du mur !!! Il s'en était fallu d'une poignée de secondes… Bruno lâcha un cri de rage et sentit de nouvelles larmes lui picoter les yeux. Par un effort colossal, il parvint à les ravaler et s'obligea à ce qu'il savait encore faire de mieux : il raisonna. *Tu n'as pas gagné quatre fois d'affilée* Endless Legend[1] *en mode multi-joueurs pour rien ! Fais marcher ton cerveau !*

Le garçon n'essaya même pas de se relever. La douleur le dissuada de toute tentative. Il renifla bruyamment et commença à ramper. Bon sang ! il devait bien y avoir quelque chose après ce satané bois, non ?! Certes… mais il devait se rendre à l'évidence : il n'irait pas bien loin ainsi. Il lui fallait des béquilles… Il scruta

---

1. *Endless Legend* (univers SF) est un jeu PC de gestion/ stratégie qui oppose huit joueurs en ligne. Sur la planète Auriga, ancienne capitale galactique d'un peuple déchu, le joueur doit prendre en main une des huit factions du jeu et développer son empire en tenant compte des spécificités de chaque espèce. Les phases de gestion de ville laissent de temps à autre place à des combats tactiques.

attentivement le sol autour de lui. À quelques mètres, il repéra une vieille branche avec un bout en Y qui lui parut faire l'affaire. Bruno se tortilla au sol et l'attrapa. Elle faisait à peu près la bonne hauteur et semblait assez solide pour soutenir son poids. En s'aidant de cette béquille de fortune et de l'arbre sur lequel il s'était adossé, le garçon parvint à se redresser. Quand il fut debout, il plaça la branche en Y sous son aisselle et jeta un œil autour de lui. Dénivelés sévères, escarpements, entrelacs de broussailles… Avancer sur ce terrain accidenté relevait d'un vrai challenge. Au moindre faux pas, il risquait la chute. Contrairement à ce qu'il avait espéré, ce côté-là du mur n'avait rien d'avenant. Demeuraient les vestiges de la sente qui conduisait à la porte derrière lui, une porte aujourd'hui condamnée à l'oubli. La végétation s'était étendue progressivement et avait partiellement englouti le sentier, un peu comme si la main de la forêt se refermait jour après jour sur les restes de la civilisation. Bruno tressaillit. Et si jamais ce lieu était abandonné ?! Cette idée ne lui avait pas effleuré l'esprit jusqu'alors et distilla en lui un poison d'inquiétude. Résistant de toutes ses forces à la panique qui menaçait de le paralyser, Bruno songea à Kévin. « C'est pas en restant là, planté comme une courge, que tu vas te sortir de ce pétrin, crevette ! » l'imagina-t-il lui balancer. Alors, prenant son courage à deux mains, Bruno mit précautionneusement un pied devant l'autre.

Il s'enfonça dans la forêt de montagne, s'engageant de côté sur les déclivités de ce terrain abrupt. Prudemment, en plantant bien sa canne au sol et en assurant ses appuis, il parvenait à descendre, s'éloignant progressivement du mur d'enceinte. Sur le sol inégal et truffé d'obstacles, chaque pas lui demandait attention et effort. Il avançait depuis une bonne vingtaine de minutes sans voir désépaissir le rideau d'arbres devant lui, lorsqu'il entendit de nouveau les pales d'un rotor d'hélicoptère. Les sens en alerte, il se figea et attendit. Une minute plus tard, l'appareil commençait à tournoyer au-dessus de sa tête. Le garçon sentit cogner son cœur. C'était forcément pour lui ! Il leva les yeux vers le ciel, mais n'en perçut que quelques filaments entre les branches touffues. S'il restait là, il n'avait aucune chance d'être repéré. Un pic de stress lui vrilla le ventre. Bruno aurait voulu courir ! S'extirper de cette prison d'arbres et faire signe à l'appareil qui effectuait des recherches le long du torrent ! Mais voilà, dans son désir de s'en sortir, il avait commis la grossière erreur de franchir ce satané mur… Le gamin se sentit brusquement submergé par une vague de détresse. Il pleura doucement et longuement avant de parvenir à se reprendre. Même s'il venait de passer à côté d'une chance de sauvetage, il pouvait désormais s'accrocher à l'idée qu'il était recherché. Alors non, il n'était pas tout à fait seul face à son drame !

Malgré son dépit, Bruno reprit sa marche. La sente devait bien conduire quelque part, non ?! Et il continua de s'enfoncer dans les bois en boitillant sur sa canne. Le soleil déclinait et la fraîcheur des sous-bois épousait désormais sa peau moite d'efforts, le faisant frissonner. Il n'aurait pas cru possible qu'un domaine privé pût comporter une forêt de cette taille. Alors, pour tenir bon, il se répétait inlassablement que chaque mètre parcouru le rapprochait nécessairement de la fin de cette hostile forêt. La faim, la soif et le doute commençaient à le tenailler sérieusement quand il s'aperçut que le bois s'éclaircissait et que le dénivelé diminuait. Puis il finit par distinguer un toit et des murs entre les arbres. L'espoir d'être parvenu à une habitation disparut aussi vite qu'il avait jailli. À la faveur d'une éclaircie dans les branchages, lui apparut clairement un vieil appentis en planches grisâtres et usées. Bruno accéléra le pas et déboucha sur une petite clairière où trônait le cabanon. Immédiatement, il repéra un vieux touret et un tronçon d'arbre coupé plus bas qui tenaient lieu de table et de tabouret. Juste derrière, sur un côté de la cabane, séchaient, soigneusement empilés, des rondins de bois. Il s'approcha de l'appentis avec le sentiment étrange que le lieu était encore utilisé. Son impression fut rapidement confirmée : à deux petits mètres des rondins, la souche d'un arbre coupé servait de billot à en croire les traces fraîches de hache dans le bois. Au pied de la souche, des copeaux de bois tendres et encore clairs témoignaient d'une activité forestière récente. Bruno sentit l'espoir renaître : il y avait bien un habitant dans ce domaine ! En approchant, il repéra un tuyau surmonté d'un petit robinet qui sortait à fleur de cabanon. Une cordelette reliait le tuyau à une vieille timbale en fer déformée. Le garçon assoiffé se précipita, priant intérieurement pour que la canalisation soit toujours en état de fonctionnement. Il tourna le robinet et après deux ou trois secondes d'attente, un filet d'eau coula. Une eau claire et glaciale. Bruno remplit la timbale et but de longues gorgées d'eau fraîche. Quand la sensation de soif eut disparu, il s'assit. La fraîcheur de l'eau venait de faire germer une idée. Avec précaution, il ôta sa chaussure gauche et retira sa chaussette. Horreur !

Sa cheville avait encore enflé et la balle de tennis initiale s'était transformée en une grosse poire de couleur violacée. Précautionneusement, le garçon mit sa jambe à plat et toucha du bout des doigts le renflement inquiétant au niveau de sa malléole externe. Une vive douleur irradia immédiatement son pied gonflé. Bon sang, il ne s'était pas loupé ! Il se rappelait l'entorse de Benjamin, son meilleur copain, lors d'un cours d'athlétisme et revoyait M. Bouchot, le prof, poser un coussin rempli de glaçons sur sa blessure en attendant les secours… L'eau glacée pouvait peut-être faire l'affaire ? Malgré le froid qu'il ressentait dans tout son corps, Bruno positionna sa cheville sous le robinet et laissa l'eau froide couler longuement sur son entorse. Au bout de quelques minutes, la douleur lancinante s'estompa un peu au profit d'un engourdissement appréciable.

Une épaisse pénombre commençait à grignoter les bois quand il referma le robinet. Il se rechaussa à la hâte. Se releva. Et parcourut les derniers mètres qui le séparaient de l'entrée de l'appentis.

20

Après une conversation qui avait duré une bonne dizaine de minutes, Mathieu Vicenti raccrocha enfin et rejoignit Merlot et Agathe avec un entrain non feint.

— Je viens d'avoir Jacques, on a pas mal d'infos autour de la Panamera. Agathe vous a expliqué ? lança-t-il à l'adresse de Merlot.

— Vous avez identifié le conducteur d'une Porsche qui se trouvait étrangement au bon endroit au bon moment au regard de votre meurtre, c'est ça ?

— Exact, un dénommé Pierre-Émile Valendrey, résidant 28, route de Flourens à Balma, c'est une commune proche de Toulouse. Alors, entama Vicenti en se grattant la tête, commençons par les autoroutes… La Panamera a quitté l'A9 à 14 h 21 à Remoulins, sortie 23.

— Elle est à combien du Pendedis, cette sortie ?

— Environ cent vingt kilomètres, répondit Vicenti en consultant ses notes. Or, pour rejoindre Le Pendedis depuis Toulouse, il aurait fallu poursuivre sur l'A9 et sortir à Lunel.

— Valendrey ne se rendait donc pas au Pendedis à ce moment-là, déduisit Agathe.

— C'est aussi ce qu'a pensé Jacques. Du coup, il s'est rencardé avec la SR de Toulouse pour essayer d'en apprendre un peu sur notre client. Vu l'ampleur de l'affaire, le colonel Poussin s'est mis en lien avec son homologue de Haute-Garonne, le colonel Prat, qui a choisi de détacher l'équipe du capitaine Éloïse Bouquet.

— Celle de « la fille de Kali » ?! réagit immédiatement Agathe.

— Exactement !

— « La fille de Kali »… C'est l'histoire de la tueuse en série indienne qui a terrorisé la France entière il y a deux ans, c'est ça ? demanda Merlot.

Vicenti approuva d'un hochement de tête enthousiaste.

— Sacrée affaire ! commenta le flic. Mais revenons à nos moutons. Il me tarde de savoir ce que votre collègue a dégoté !

— En fait, niveau patrimoine, rien d'intéressant pour nous. Une propriété à Biarritz et une autre à Noirmoutier. Bref, ça ne nous rapproche pas du Pendedis. Du coup, Jacques a demandé à ASF de lui transmettre les fichiers vidéo de la Panamera lors de ses différents franchissements de péage. Notre loustic n'était pas seul. Sur l'une des vidéos, on voit même une nana au volant qui paie avec sa carte bleue. On voit aussi un type à côté d'elle sur le siège passager et un autre derrière dont le bras repose sur le montant de la fenêtre arrière baissée.

— Ils étaient donc trois !

— Partant de là, trois possibilités. Ou notre trio est descendu dans un hôtel et on va devoir mener des recherches auprès des hôteliers. Ou ils ont séjourné chez quelqu'un du coin. Ou, dernière hypothèse, ils sont allés dans une propriété appartenant à l'un des deux amis de Valendrey filmés dans la caisse.

— Mmm… Pour vérifier cette dernière hypothèse, faut-il encore identifier ces deux spécimens, commenta Agathe, songeuse.

— Simple question de patience, intervint Merlot. En dépiautant la vie de ce Valendrey, on finira bien par identifier ces deux personnes.

— Certes, mais ça ne nous fait pas gagner de temps, lâcha Agathe, désabusée.

Merlot lui adressa un sourire amusé qui finit de conquérir la gendarme.

— Imaginez que je suis sur ce dossier depuis 1995 ! Qu'est-ce que je devrais dire !

— Vu sous cet angle… roucoula Agathe.

— Bon, vous voulez la suite ou pas ? les interpella Vicenti, légèrement agacé.

— Balance !

— OK. Renseignements pris auprès de la SR de Toulouse, notre Pierre-Émile Valendrey ne faisait pas partie de l'expédition. À l'heure où nous sommes, il a quitté le sol français pour Bali avec son épouse. Ils ont décollé il y a dix jours. Moralité, Valendrey n'est pas le conducteur. Deux options. Ou Valendrey s'est fait chourer sa caisse et il l'ignore encore, vu qu'on n'a rien trouvé dans le fichier des voitures volées. Ou – et c'est l'option pressentie par les gendarmes toulousains – c'est son fils qui conduisait.

— Voyez-vous ça, persifla Agathe, un fils à papa…

— Tu ne crois pas si bien dire ! Paul Valendrey, 26 ans. Bien connu des services de police et de gendarmerie toulousains. Le jeunot mène une vie de noceur grâce à l'immense fortune familiale. En gros, hiver à Megève, été à Ibiza. Arrêté à six reprises : deux fois pour conduite sous l'emprise de stupéfiants, trois fois pour excès de vitesse, et le plus « parlant » des chefs d'inculpation, poursuivit Vicenti en mimant les guillemets, cruauté en réunion envers les animaux.

— On en sait plus ? demanda Agathe.

Vicenti releva un instant les yeux de ses notes et lui lança un bref regard.

— Écoute un peu ça. C'était en août 2011, lors d'une soirée sur un yacht appartenant au père d'un de ses amis, un certain Gautier Demorcy. D'après leurs dépositions, Valendrey et Demorcy étaient totalement fracassés. Ils n'ont pas – *dixit* leur avocat – réalisé la gravité de leurs actes sur le moment. Après une dispute stupide avec une invitée, propriétaire d'un chihuahua, Valendrey et Demorcy ont chopé le chien, lui ont fait gober des comprimés d'ecstasy et ont commencé à se l'envoyer… comme on joue au ballon, acheva Vicenti.

— J'hallucine, fit Agathe. Mais ils n'ont rien dans la tronche, ces mecs !

— Comme tu dis. Et pour couronner le tout, six de leurs amis étaient présents sur le pont, ils applaudissaient et comptaient les points ! Bref, quand l'invitée s'est rendu compte que son chien s'était transformé en ballon de foot, elle est intervenue. Trop tard, évidemment. Le clebs était mort : l'intérieur de son corps en bouillie. Cerise sur le gâteau, leur avocat a dégoté un vice de procédure au dernier moment. Le verdict n'est jamais tombé ! Affaire classée…

Un silence éloquent suivit le récit. Agathe se frotta doucement les tempes en réfléchissant à l'échange qu'elle avait eu avec Merlot.

— Qu'est-ce que vous en dites, capitaine ? Ce genre de types ultra-friqués et complètement dégénérés, ça colle pas mal avec cette idée de clients *upper-class* qu'on a évoquée tout à l'heure, non ?

— Vous m'enlevez les mots de la bouche ! Un gosse de riches qui n'a jamais eu qu'à claquer des doigts pour obtenir tout ce qu'il veut, des amis du même acabit, une oisiveté totale pour compléter le tableau, et vous avez là les principaux ingrédients d'une bombe à retardement.

— Quelqu'un m'explique ? intervint Vicenti, sourcils froncés.

21

Bruno poussa la porte sans trop y croire, mais le battant s'ouvrit sans résistance en lâchant un grincement digne d'un film d'horreur. Le gamin plongea un œil prudent à l'intérieur du cabanon. Quand ses yeux se furent habitués à la pénombre, il finit par visualiser une pièce qui servait avant tout à entreposer matériels et outils. En fouillant des yeux ce bric-à-brac, le garçon repéra une vieille lampe de poche qu'il s'empressa d'actionner. Une lumière jaunâtre sortit du faisceau et Bruno en conçut immédiatement un grand soulagement. Armé de sa lampe, il fit un rapide tour d'horizon. À sa droite, trônait un long établi abîmé par l'usage et le temps sur lequel sommeillaient des dizaines d'outils. Le garçon pivota complètement sur lui-même et distingua, partiellement cachées par la porte d'entrée ouverte, une chaise et une petite table en bois sur laquelle était collé un carré d'adhésif. La surface du plastique était assez propre et Bruno songea que la personne qui travaillait ici prenait peut-être son casse-croûte sur cette table. En regardant plus attentivement, il repéra une sorte de cantinière en fer dissimulée sous la table. Plein d'espoir, Bruno tira la chaise en arrière et fit glisser la cantinière au sol qu'il ouvrit sans attendre. Son estomac fit un bond : à côté de divers ustensiles, reposait un grand tupperware soigneusement fermé. Fébrilement, Bruno l'ouvrit et découvrit deux paquets de biscuits non ouverts, une tablette de chocolat noir aux amandes et un sachet de figues sèches. Bruno en fourra immédiatement deux dans sa bouche et éventra un paquet de petits-beurres qu'il dévora à moitié. Pour finir, il engloutit un bon tiers de la tablette de chocolat. Noir ou pas, Bruno le trouva excellent. À cet instant, il eut une pensée pour sa mère qui n'était jamais parvenue à lui faire avaler le moindre carré de chocolat noir… Sa mère… Le garçon sentit une boule se former au niveau de sa gorge. *Mauviette !* La voix de Kévin, son grand frère, avait surgi dans son esprit comme une lame effilée. Bruno renifla bruyamment et ravala ses larmes. Il devait être courageux ! Il se rappela l'hélicoptère, les recherches qui avaient lieu pour le retrouver. Demain, il serait rentré chez lui. Alors à quoi bon se lamenter, hein ?!

Son repas achevé, Bruno réalisa qu'il était transi de froid et referma alors la porte du cabanon. Autant que la fraîcheur ne s'insinue pas dans son abri de fortune ! À ce moment-là, il vit une patère vissée à la porte, où pendait un vêtement. Bruno s'en empara immédiatement. C'était une grande veste matelassée, verte et marron, type chasseur ou pêcheur, il ne savait pas exactement. Peu importait de toute façon. La veste hors d'âge, élimée et tachée, sentait le renfermé et la sueur âcre. Pourtant Bruno l'enfila sans l'ombre d'une hésitation. L'homme qui portait ce truc devait être gigantesque, songea-t-il en avisant que le bas de la veste lui arrivait à mi-cuisses et que les manches dépassaient de vingt bons centimètres de ses mains. Le garçon se lova dans cette carapace de tissu comme un petit chat dans les replis d'un plaid. Déjà, une douce chaleur commençait à se diffuser dans le haut de son corps. Restaient ses jambes désespérément nues. La perspective de devoir passer une nuit dans le cabanon décida Bruno à opérer une inspection plus approfondie de l'atelier. Il allait bien trouver, dans tout ce bric-à-brac, quelque chose qui fasse l'affaire pour le protéger du froid !

***

Dehors, la nuit engloutissait le bois comme une chape de suie. Depuis la remise, Bruno percevait des bruits qu'il ne connaissait pas. Échos furtifs de feuilles remuées. Craquements de branches. Cris d'animaux. Froissements d'ailes. Hululements. Luttant contre la sourde angoisse qui l'étreignait, le garçon jeta une nouvelle fois un œil à la porte du cabanon qu'il avait bloquée à l'aide de la chaise, comme si cette précaution pouvait le protéger des dangers du dehors. Absurde certainement, mais ça avait été plus fort que lui ! Il considéra alors le résultat de sa fouille assidue du lieu. Au centre de la pièce, gisaient ses trouvailles. Une bâche en plastique bleue, une bonne dizaine de chiffons maculés de cambouis ou de peintures et, son plus beau trésor, un filet de camouflage militaire qui devait probablement servir à faire de l'ombre les jours de grosse chaleur, à en croire les quatre piquets

télescopiques fixés aux coins du filet. Bruno ne chercha pas à défaire les savantes attaches. Vu la taille du
filet, il avait amplement de quoi se recouvrir plusieurs
fois en laissant les piquets gésir de chaque côté de son
corps. Sa lampe de poche coincée dans sa bouche, il
installa son campement à cloche-pied. Il étala au mieux
la bâche sur l'établi puis fit un tas serré des différents
chiffons pour former un oreiller. La bosse à l'arrière
de son crâne lui faisait encore mal et le moelleux des
tissus lui était indispensable. Enfin, il s'allongea sur le
plan de travail et s'enroula soigneusement dans le filet
militaire en ignorant les élancements douloureux de sa
cheville. Malgré ses réticences, il éteignit la lampe pour
préserver les piles. Dans le noir absolu, il redoutait la
longue nuit qui l'attendait. À l'extérieur, la forêt palpitait d'une vie inquiétante, et à chaque bruissement le
garçon pouvait sentir son cœur cogner dans sa poitrine.
Il garda les yeux écarquillés de longues heures avant
de sombrer dans un sommeil agité.

22

23 heures à Lyon. Après quelques sandwichs avalés sur le tard, Merlot avait pris en main les opérations. Les découvertes du major Jacques Bois de la SR de Nîmes jointes aux éléments transmis par la SR de Toulouse donnaient enfin du grain à moudre dans une enquête qui n'avait pas connu d'avancée marquante en vingt-cinq ans. Interpol et les gendarmes étaient désormais à pied d'œuvre pour décortiquer la piste de la Panamera qui constituait une opportunité unique dans cette sordide affaire de trafic d'êtres humains.

— Ça vient de tomber ! triompha Merlot en s'asseyant face aux gendarmes. Nous avons l'identité des deux jeunes qui ont fait le voyage avec Valendrey ! En reconstituant le trajet de la Panamera, votre collègue Jacques Bois a repéré la voiture arrêtée sur une aire d'autoroute grâce aux images de vidéosurveillance. On voit clairement la conductrice sortir du véhicule pour se dégourdir les jambes et le deuxième jeune, celui qui était assis à l'arrière, insérer sa carte bleue dans l'automate pour pouvoir faire le plein. Jacques Bois a transmis la vidéo en question à la SR de Toulouse et bingo ! les gendarmes ont immédiatement identifié le fameux Gautier Demorcy et une dénommée Jane Smith-Morrison. Apparemment, ils forment un trio inséparable.

— Jacques a pu vérifier ces identifications ?

— Oui. Les transactions bancaires le confirment : la carte bleue utilisée aux différents péages appartient bien à Jane, fille du richissime promoteur Smith-Morrison.

— Connais pas, réagit Agathe.

— Ah, les gens du Nord ! se moqua Vicenti. Ici, tout le monde a entendu parler des Smith-Morrison. Leurs investissements immobiliers juteux courent de Biarritz à Monte-Carlo.

— Je vois, fille à papa, elle aussi, si je comprends bien.

— C'est le moins qu'on puisse dire ! À 25 ans, notre jeunette est déjà à la tête d'un bel empire financier, précisa Merlot. Sa famille est tout bonnement multi-millionnaire depuis trois générations.

— À côté, Paul Valendrey et Gautier Demorcy passeraient presque pour des dandys de bas étage, commenta Vicenti.

— S'il est possible d'étalonner la démesure, ce n'est pas faux ! rebondit Merlot, grinçant… Bref, revenons à nos trois jeunes. Jane Smith-Morrison a fait chauffer sa carte bleue à deux reprises pour s'acquitter des péages. Les horaires de passage et les vidéos aux péages attestent bien qu'elle était dans la Panamera. On sait aussi que la carte bleue de Gautier Demorcy a fonctionné à deux reprises : une fois pour des achats de boissons sur une aire de repos, une deuxième fois deux heures plus tard dans la fameuse station-service pour faire le plein de carburant.

— OK… On a donc Paul Valendrey qui a emprunté la Porsche de son père et deux de ses amis, Jane Smith-Morrison et Gautier Demorcy, qui s'acquittent des divers frais de route, résuma Agathe.

— Exact. Et d'après les informations que Jacques a récupérées auprès de la SR de Toulouse, nous savons aussi que dans l'affaire de cruauté envers un animal, Demorcy et Valendrey ont été mis sur la sellette comme auteurs directs et que Jane Smith-Morrison a, elle, été mise en cause pour complicité, à l'instar des cinq autres jeunes qui ont assisté à la scène, ajouta Vicenti. Ça confirme les dires de la SR de Toulouse, on a affaire à un trio soudé de longue date. Il faut qu'on en sache plus sur le parcours de ces gus.

— L'équipe d'Éloïse Bouquet de Toulouse assure les recherches autour des trois jeunes, lui répondit Merlot, et je vais lui demander de les localiser pour les placer discrètement sous surveillance…

— Espérons que les collègues toulousains nous dégotent quelque chose, compléta Agathe, songeuse. Parce que, vu l'affaire, on va avoir besoin d'un maximum d'éléments avant de risquer la moindre interpellation. Ces jeunes ont un portefeuille bien garni et un carnet d'adresses à rallonge. Si on les arrête, il faudra en avoir sous la pédale au risque de se faire défoncer par une batterie d'avocats.

La gendarme se tut et un silence s'installa. Les enquêteurs avaient passé la soirée à échafauder leur théorie. Valendrey, Demorcy et Smith-Morrison avaient un mode de vie oisif, puisant sans limite dans les royalties familiales. D'expérience hors norme en expérience hors norme, ils en étaient arrivés à franchir la ligne rouge sans même en avoir conscience. Le chihuahua pour commencer… Mais combien de « folies » de ce genre avaient eu lieu avant et après sans que jamais ils aient à répondre de leurs actes ? Et qu'y a-t-il de pire pour favoriser les déviances en tout genre que l'impunité pour de jeunes têtes blasées à la vie dorée sur tranche ? Oui, c'était plus que probable : ces trois-là s'étaient payé le pire des *one-shot* envisageable en achetant un être humain pour ce qui ressemblait vraisemblablement à une chasse à l'homme… Merlot sortit de ses songes et attrapa son téléphone. Il composa un numéro avant de mettre le chorus. Après deux sonneries, une voix féminine légèrement tendue s'éleva.

— Capitaine Éloïse Bouquet, j'écoute.

— Bonsoir. Capitaine Merlot, d'Interpol. Je suis avec les gendarmes Agathe Bordes et Mathieu Vicenti, de la SR de Nîmes.

— Ah, c'est vous qui êtes sur l'affaire pour laquelle le colonel Prat a réquisitionné mon équipe ?! (La gendarme n'ajouta pas « un samedi soir », mais le sous-entendu était clair.)

— Exact. Comme vous le savez, nous avons besoin de vos données sur les trois jeunes Demorcy, Valendrey et Smith-Morrison.

— Oui et avec Smith-Morrison, on peut dire que votre liste de suspects commence à peser lourd dans l'escarcelle des fortunes locales ! On marche sur des œufs, là !

— On ne le sait que trop. Vous avez des billes sur cette gamine ?

— Elle a été mise en cause dans l'affaire du chihuahua qu'on vous a fait suivre.

— On a vu, oui. Et à part ça, d'autres choses ?

— Pas à ma connaissance. Elle est bien connue des stups, ça c'est sûr ! Comme Valendrey et Demorcy avec qui elle traîne constamment d'ailleurs. Mais on va se rencarder et on vous tient au courant...

— À ce propos, vous savez si les jeunes sont dans le coin en ce moment ? demanda Merlot.

— On a pris les devants et on a localisé sans peine Demorcy et Valendrey. À l'heure où on parle, ils boivent un verre place du Capitole. Un de mes hommes, Thibault Lazzi, les a à l'œil.

— Et Smith-Morrison est avec eux ?

— Non, ils sont seuls.

— OK. Surtout dites à votre homme de rester discret.

Un petit rire spontané s'éleva du micro.

— Aucun risque de ce côté-là ! Croyez-moi, Lazzi est l'homme idéal pour se fondre dans ce genre de contexte !

— Bien... Et pour Smith-Morrison ?

— On y travaille. Elle n'est pas avec ses acolytes ce soir, mais on finira bien par la repérer.

— OK, merci. On attend donc de vos...

— Attendez, capitaine Merlot ! l'interrompit Bouquet. Le colonel Prat nous a transmis tous les éléments utiles à votre enquête sur le meurtre du Pendedis... mais il a aussi évoqué une affaire d'ampleur en toile de fond. Vous pourriez peut-être m'en dire davantage, non ? D'autant que, si j'ai bien compris, nous risquons fort d'être amenés à collaborer si nous devons procéder à des arrestations ici.

Merlot croisa le regard des gendarmes devant lui. Bouquet avait parfaitement raison, ils auraient besoin de l'aide de la SR sur place… Alors autant la jouer franco.

— Nous avons de bonnes raisons de penser que nos trois suspects ont non seulement assassiné la jeune femme inconnue du Pendedis mais qu'ils sont aussi mêlés à un trafic d'êtres humains.

Un silence se fit sur la ligne. Puis la voix d'Éloïse Bouquet résonna, à la fois excitée et un poil sceptique.

— Mais… si je peux me permettre, ces jeunes n'ont pas tellement le profil de…

— C'est une affaire à tiroirs, intervint Merlot. Aux multiples ramifications. Bien trop complexe pour que je vous la résume par téléphone, croyez-moi. Mais si nous avons raison – et je pense que c'est le cas –, nos trois jeunes ont mis les pieds dans un trafic d'êtres humains de grande ampleur. Je vous présenterai l'intégralité du dossier dès que nous serons amenés à travailler main dans la main, acheva le flic d'un ton chaleureux mais ferme.

— Bien. On reste en lien, alors.

23

Éloïse reposa son téléphone et coula un œil vers Jean-Marc et Kamel. Tous deux avaient suivi la conversation et la regardaient désormais, amusés par son dépit.

— Hélas pour toi ! la railla Jean-Marc. *Patience et longueur de temps font plus que force ni que rage.*

— De grâce, Jean-Marc ! Si tu pouvais, ne serait-ce que de temps en temps, m'épargner tes refrains !

— « Le Lion et le Rat », Jean de La Fontaine, conclut le gendarme, ignorant ses protestations.

— On en saura plus bientôt, chef, avança Kamel pour apaiser sa supérieure. De toute façon, si Prat nous a placés là-dessus toute affaire cessante, c'est forcément que ça vaut le coup.

— Mais c'est bien ça qui m'agace, figure-toi ! Tu as entendu comme moi : trafic d'êtres humains, c'est ce que vient de me balancer ce flic d'Interpol ! Ça sent la grosse affaire à plein nez et on est comme des glands à jouer les petites mains pour Interpol et la SR de Nîmes !

— N'exagère pas, Éloïse, tempéra Jean-Marc en levant les yeux au ciel… Si Prat t'a choisie, ça n'est certainement pas pour que tu joues les petites mains tout le long de l'enquête, et tu le sais très bien.

Éloïse émit un long soupir qui pouvait tout vouloir dire. Finalement, elle opta pour ce qu'elle savait encore faire de mieux, à savoir prendre les rênes.

— OK ! Puisque je suis la seule ici à trouver totalement incongru de bosser un samedi soir (elle jeta un œil à sa montre) à 23 heures pour Interpol sans qu'on sache précisément de quoi il retourne, je capitule ! Jean-Marc, tu as bien quelques connaissances aux stups ?

— En effet.

— Appelle-les pour en savoir un peu plus sur Jane Smith-Morrison. Ensuite, tu essaies de remonter à l'origine de ce trio. Où se sont-ils connus ? Depuis quand se fréquentent-ils ? Se voient-ils souvent ?

— C'est parti, lança le gendarme en dépliant lentement son mètre quatre-vingt-dix de son fauteuil.

Lorsqu'il fut sur le seuil, Jean-Marc se fendit d'un clin d'œil discret à Éloïse, sortit son portable de la poche de son jean et quitta la pièce. Éloïse réprima un sourire *in extremis* et se tourna vers Kamel qui n'avait rien perdu de l'échange implicite.

— Bon, Kamel, de ton côté, tu farfouilles le patrimoine de Demorcy et celui de Smith-Morrison. On cherche un point de chute à proximité de Villeneuve-lès-Avignon, dernier endroit où la Panamera du père de Valendrey a été flashée, ou bien à proximité du lieu-dit Le Pendedis, là où nos collègues ont retrouvé le cadavre d'une inconnue.

— Pigé.

— De mon côté, je vais prendre l'air.

— Tu vas où ?

— Faire le tour des résidences de Smith-Morrison dans le coin. Je vais essayer de la localiser. Au cas où il faille procéder à des arrestations !

Kamel se pencha sans attendre sur son portable et ses mains commencèrent à voleter sur le clavier. Un vrai geek, songea Éloïse en le regardant faire.

24

Il était près de minuit quand le téléphone de Merlot vibra sur la table de la salle de réunion, extirpant le policier et les gendarmes de leur recherche de points communs entre leur dossier et ceux des six meurtres irrésolus depuis 1991. Le flic d'Interpol jeta un œil sur le numéro affiché et décrocha immédiatement.

— Bonsoir, capitaine Bouquet… Du nouveau ?… Attendez, je mets le chorus. Allez-y, on vous écoute.

La voix féminine et tranchante s'éleva dans la pièce.

— Tout d'abord, bonsoir à tous.

— Bonsoir, répondirent Agathe et Vicenti de concert.

— Nous venons de trouver quelque chose qui pourrait vous intéresser. Kamel Sherfi, notre informaticien, est en train de passer au peigne fin les patrimoines familiaux de vos suspects. Eh bien, figurez-vous que le grand-père maternel de Jane Smith-Morrison est propriétaire d'un immense domaine inoccupé à quelques kilomètres de Villeneuve-lès-Avignon (Vicenti s'empressa d'attraper un papier et prit des notes), un mas appelé Domaine Beau Moulin.

— Ils sont certainement descendus là ! s'exclama Agathe.

— Oui, on s'est dit la même chose, reprit la voix dans le micro.

— Vous savez quoi sur ce domaine exactement ? relança Merlot.

— D'après les éléments du foncier, la propriété s'étend sur une centaine d'hectares… D'après Kamel, c'était d'ailleurs, jusqu'en 1950, un domaine viticole de renom.

— En d'autres termes, un lieu immense et privé. Aucun risque d'être repéré ni dérangé par quiconque, réfléchit Merlot à voix haute. Merci, capitaine ! Cet élément à charge s'ajoute aux autres même si, pour le moment, nous n'avons rien de tangible qui puisse directement relier nos trois jeunes au crime du Pendedis. Mais on y travaille… De votre côté, vous avez pu localiser Jane Smith-Morrison ?

— Elle est tout simplement dans une de ses résidences à proximité de Toulouse.

— Parfait. Même topo que pour les deux autres, il faut la garder à l'œil.

— Je viens de placer un planton à proximité de la villa. Si elle bouge, on m'informe.

— Bien. Je vous remercie, capitaine Bouquet. Vu l'heure, je vous propose un nouveau point demain.

Dès que Merlot raccrocha, Vicenti, les yeux rivés sur l'écran de son ordinateur portable, réagit.

— L'étau se resserre ! Nos trois jeunes ont probablement quitté Toulouse pour se rendre dans ce domaine immense et à l'abri des regards. Du coup, ils ont quitté l'A9 à la sortie 23, la plus proche de Villeneuve-lès-Avignon…

— Une fois sur place, ils ont alors pu s'adonner à leur chasse à l'homme en toute impunité, enchaîna Merlot. Ils commettent leur meurtre, chargent la fille dans le coffre et partent à la recherche d'un lieu perdu dans la pampa pour s'en débarrasser.

— Et si vous avez raison, ils ont fait un sacré bout de chemin avant de jeter le corps, commenta Agathe, les yeux rivés sur son iPhone. Il y a cent dix kilomètres entre Villeneuve-lès-Avignon et le village des Ayres !

— Ça ne m'étonne pas, répondit Vicenti. Ils cherchent à mettre de la distance entre le lieu du crime et le cadavre ! Et ils choisissent la Lozère, département limitrophe, qui plus est le moins peuplé de France, en se disant qu'il pourra se passer un moment avant que le corps soit retrouvé. Manque de pot, les cantonniers tombent dessus dès le lendemain matin !

— Effectivement, ça colle. Mais il y a plein d'autres questions en suspens : la jeune fille était-elle dans le coffre de leur voiture quand ils ont quitté Toulouse ? Sinon, quand l'ont-ils récupérée et où ? Et surtout, comment ces trois jeunes ont-ils fait pour entrer en contact avec notre fournisseur ?!

— Ça, Agathe, c'est la question à un million ! intervint Merlot. Si nous arrêtons le trio meurtrier, ce sera la première qu'on posera, croyez-moi. Parce que, avec la réponse, on aura les moyens de remonter jusqu'au cerveau pervers qui élève et vend des êtres humains !

Les gendarmes se turent, semblant peser les mots du flic d'Interpol. Le hic était que cette question ne pouvait être posée qu'une fois les trois jeunes arrêtés.

Or, pour cela, il leur fallait absolument un lien direct entre eux et le cadavre. Merlot dut lire dans leurs pensées car il rappela :

— Votre collègue Jacques Bois a adressé au juge d'instruction une demande d'accès aux relevés téléphoniques de nos trois suspects. Si le juge valide, on pourra vérifier si les portables de notre trio ont activé ou non une des bornes situées à proximité du Pendedis.

— Et si c'est le cas, on tiendra enfin notre lien ! s'enthousiasma Agathe.

— Exactement, approuva Merlot. Maintenant, vu l'heure et sachant qu'un long dimanche de travail nous attend demain, je vous propose d'aller dormir.

J + 5

25

Mathieu Vicenti émergea lentement d'un sommeil sans repos. Même s'il n'en conservait pas de souvenir précis, il avait le sentiment persistant d'avoir rêvé de l'affaire toute la nuit. Ce qui n'était guère étonnant étant donné la dimension particulièrement sordide de l'ensemble des crimes reliés entre eux par un unique point commun : un éleveur d'êtres humains ! Pouvait-on imaginer scénario plus abject que celui-là ?! La tête embrumée, Vicenti se dirigea vers la microscopique salle de bains qui jouxtait la chambre sans âme du Formule 1 où il séjournait avec Agathe. Un coup d'œil dans la glace finit de le fixer sur la réalité : sa barbe avait poussé plus que d'ordinaire. Le stress ! Mathieu ébroua son visage sous l'eau glaciale du robinet, fit mousser le savon sur sa peau et se rinça. Puis il attrapa sa tondeuse, régla le sabot et commença à rafraîchir sa barbe. Lentement. Méthodiquement. Ce long rituel matinal l'avait toujours aidé à se remettre les idées en place. Quand il eut terminé, il fila sous la douche, l'esprit déjà plus clair.

Il rejoignit la salle à manger à 8 h 15, un quart d'heure plus tôt que prévu. Agathe n'était donc pas encore là. Vicenti s'installa dans un coin et entama son petit déjeuner machinalement en rédigeant un mail à destination du colonel Poussin. En réalité, Mathieu Vicenti avait développé avec les années de travail une véritable allergie aux appels téléphoniques. Il répugnait plus que tout à cet exercice qui lui coûtait, particulièrement si son interlocuteur n'était pas un proche. Si Agathe et Jacques se moquaient régulièrement de lui en le voyant faire les cent pas au téléphone, aucun d'eux n'avait jamais imaginé qu'il pût s'agir là d'une compensation au stress que générait ce type de conversations. Et il était prêt à essuyer tous les quolibets de ses collègues pourvu que ceux-ci continuent d'ignorer cette faiblesse !... Le gendarme se lança donc dans un rapport détaillé de l'avancée de l'enquête. Il lista consciencieusement l'ensemble des éléments accumulés contre leurs trois suspects et informa son supérieur que le partenariat avec l'équipe d'Éloïse Bouquet de la SR de Toulouse était engagé. Il achevait son mail quand Agathe se pointa devant lui.

— Et tu ne m'as même pas attendue pour le petit déj' ! le charria-t-elle en posant son plateau sur la table. Les règles de bienséance se perdent, même au sein du corps professionnel le plus viril et le plus conservateur de France !

— Je suis tombé du lit, s'excusa-t-il.

Agathe but une longue lampée de café, se fendit d'une grimace et entreprit de tartiner son pain de Nutella.

— Moi, c'est l'inverse, expliqua-t-elle. J'ai fini par trouver le sommeil sur le coup de 4 heures. Quand le réveil a sonné ce matin, je n'arrivais pas à me lever !

— On doit être aussi cuits l'un que l'autre !

— En même temps, je crains que ce ne soit qu'un début. Cette affaire s'annonce coton. Cette nuit, je n'ai pas arrêté de penser à toutes ces victimes violentées et assassinées. On nage en plein film d'horreur !

Vicenti se contenta de hocher gravement la tête. Qu'ajouter ? Agathe avait parfaitement raison. Un silence s'installa, peuplé des images sordides des différents dossiers de l'affaire. En point de mire, la question centrale : qui pouvait bien être assez sadique pour élever et vendre des êtres humains ? La sonnerie stridente du téléphone de Mathieu sortit les gendarmes de leurs réflexions.

— C'est Jacques, fit Vicenti en mettant le chorus. Salut collègue ! On devait faire le point dans une heure. T'as du nouveau ou quoi ?

— Oui et pas qu'un peu ! Agathe m'entend, là ?

— Oui, vas-y, on t'écoute.

— Alors, tenez-vous bien ! Les premiers résultats de la scientifique sont tombés à 8 heures. Les analystes ont retrouvé sur la robe de la victime un cheveu qui ne lui appartient pas. Un magnifique cheveu blond.

— *Yes!* lâcha Agathe.

— J'ai rentré le profil ADN dans le FNAEG et, devinez quoi, ça a matché !

— Vas-y, balance ! réagit Agathe, surexcitée.

— Figurez-vous que ce cheveu appartient à Jane Smith-Morrison ! Elle est fichée dans le FNAEG depuis l'affaire du chihuahua, conformément à ce que prévoit la procédure.

— Putain, j'avais raison depuis le début ! clama Vicenti, victorieux. Ça y est, on les tient ! On va les faire parler ces petits cons !

Vicenti se leva et tapota nerveusement ses doigts sur la table.

— Jacques, tu m'entends ?

— Oui.

— Appelle Poussin de ma part, dis-lui qu'il a un rapport sur sa boîte mail et explique-lui tout ça ! Ensuite, vois avec le juge pour une mise en examen des trois jeunes ainsi qu'une perquise de la Panamera de Valendrey et du Domaine Beau Moulin.

— C'est noté. Autre chose ?

— Prépare ton sac, on va avoir besoin de toi à Toulouse… J'espère que tu avais préparé le terrain avec Myriam ?

— Évidemment, je la travaille au corps depuis hier soir ! Tu me prends pour qui ?

Vicenti et Agathe échangèrent un regard mi-amusé, mi-confus. Myriam, la femme de Jacques, lui faisait une scène chaque fois qu'il devait s'éloigner.

— On se rappelle dans la matinée !

Mathieu Vicenti raccrocha, échangea un regard triomphal avec Agathe et lui jeta :

— Allez, on file annoncer la bonne nouvelle à Merlot !

Éloïse descendait un troisième café fumant en tirant nerveusement sur sa cigarette quand son téléphone sonna. Elle extirpa l'appareil de la poche de son jean. C'était Kamel.

— J'espère que c'est suffisamment important pour que tu pourrisses ma pause clope ?! lança-t-elle sans préambule.

— Devine ce que je viens de trouver en épluchant les mouvements bancaires de Jane Smith-Morrison !

— Vas-y.

— Un paiement en ligne datant d'il y a un mois au profit de la compagnie Air France.

— Et ?

— Du coup, j'ai creusé et il se trouve que la miss a réservé un billet d'avion pour Ibiza. Départ prévu demain matin.

— Merde ! jura Éloïse en écrasant sa cigarette. Du coup, t'as vérifié si…

— Oui, la coupa l'informaticien. Valendrey et Demorcy prennent le même vol.

— Je monte !

Éloïse raccrocha et poussa les portes de la SR. Elle salua d'un vague mouvement de tête Jamila Zaya plantée à l'accueil et manqua tamponner deux types en salopette qui portaient une échelle et du matériel de peinture.

— Faites attention, ma p'tite dame ! lui lança l'un d'eux avant de s'engager dans l'escalier conduisant au sous-sol.

Éloïse les regarda disparaître puis se tourna vers la charmante beurette de l'accueil. Chevelure noir de jais, yeux de biche surlignés à l'eye-liner et sourire d'une blancheur éclatante. Jamila Zaya dégageait une aura féline et nerveuse qui plaisait à Éloïse.

— J'arrête pas de voir passer des ouvriers depuis ce matin. C'est qui ces types ?

— Aucune idée, capitaine Bouquet ! Je peux juste vous dire qu'ils ont commencé à bosser hier soir et que ça se passe aux sous-sols ! J'en déduis que les crédits tant attendus pour la réfection de la salle de conférences ont dû tomber !

— Ouais… Vous avez probablement raison mais c'est bizarre, je n'en ai pas entendu parler… En tout cas, merci !

Sur quoi, la gendarme s'engouffra dans les escaliers qu'elle monta quatre à quatre jusqu'au premier. Quand elle ouvrit la porte des bureaux, toute son équipe était agglutinée autour de Kamel dont les doigts voletaient sur le clavier.

— Le départ est prévu pour quelle heure ? demanda-t-elle.

— Décollage demain de l'aéroport Blagnac à 9 h 45.

— Bordel, ça va précipiter les choses ! M'est avis qu'Interpol et les Nîmois ne voudront pas que leurs suspects prennent ce vol.

— C'est clair. On a beau avoir des accords d'extradition avec l'Espagne, ce serait vraiment se compliquer l'enquête que de les laisser filer, commenta Jean-Marc.

— Dommage… Je m'y serais bien vu, moi, faire un petit saut à Ibiza pour passer les menottes à une charmante jeune fille en bikini ! J'imagine l'ambiance de ouf avec…

— C'est bon, Thib, merci. Je crois qu'on se fait une idée assez précise de ton approche ! le coupa Éloïse d'une voix blasée. Bon, j'appelle Prat pour le mettre au parfum.

— Le bon côté des choses, c'est qu'on va enfin pouvoir passer à l'action ! s'enthousiasma Thibault.

Éloïse se raidit et ses yeux se durcirent.

— Ça dépend ! Je veux bien qu'on prête main-forte aux collègues en arrêtant ces trois loustics, mais va quand même falloir qu'on en sache un peu plus ! Ça va bien les cachotteries maintenant !

Sur quoi, elle s'éloigna et dégaina son téléphone avec la même férocité que si elle avait sorti son flingue.

27

Malgré le soleil oblique dans un ciel azur, l'air demeure frais à l'ombre des arbres. Tu parcours du regard le vallon en contrebas où s'étend le grand potager. Tu as beaucoup de choses à faire ce matin, à commencer par l'aide à la récolte. La journée de cérémonie à la mémoire de Folcine a fait prendre du retard à chacun et tu dois dès aujourd'hui mettre les bouchées doubles. Repue, tu déposes ton bol et ta cuillère dans la grande bassine et tu rejoins Élicen qui n'a pas encore terminé son petit déjeuner.

— Ça va ? lui demandes-tu. Bien dormi ?

— Mmm, se contente-t-elle de marmonner.

Élicen n'est pas du matin, tu le sais bien. Difficile de lui extorquer trois mots avant qu'elle ait achevé de manger.

— Je vais passer une bonne partie de la matinée aux champs, lui dis-tu. On ramasse les pommes de terre et les courgettes. Tu es au tissage, c'est ça ?

— Mmm.

— Je pensais… on pourrait peut-être se retrouver vers 13 heures, pour le nettoyage du cénotaphe.

C'était prévu hier… mais avec ce qui est arrivé à Folcine…

Tu laisses ta phrase en suspens. Nul besoin d'un dessin. Tout le monde au cheptel a encore le cœur lourd. Un ange passe avant que tu reprennes :

— Anten devait m'aider mais il travaille toute la journée avec Niven et son père à refaire l'enclos pour les chèvres et l'ensemble des cages à poules… bref…

— Entendu, Atrimen, te maugrée Élicen avant d'avaler son verre de lait et de blé en herbe[1]. On se rejoint à 13 heures au cénotaphe, j'apporte les encas.

Élicen répond toujours présente pour te donner un coup de main. Tu te fends d'un large sourire avant de déposer une bise sur sa joue. Comme d'habitude, ton amie te repousse gentiment. Les effusions et elle, ça fait deux ! Puis tu pars t'habiller pour la récolte.

***

Ça y est, le soleil cogne durement. Tu termines le ramassage d'une rangée de courgettes et étires tes lombaires malmenées par le labeur. Tu transpires à grosses gouttes mais tu es satisfaite. Les cagettes débordent de légumes qui permettront la préparation d'une bonne partie des repas du cheptel. Tu regardes rapidement la position de l'astre solaire dans le ciel. Il ne te reste qu'une demi-heure environ avant ton rendez-vous avec Élicen au cénotaphe. Le cénotaphe… Tu détestes ce

---

1. Jeune pousse de blé pressée ou séchée, aux vertus curatives et antioxydantes, commercialisée en France à partir de 1930. Utilisée aujourd'hui en complément alimentaire.

lieu autant que tu l'adores. C'est avant tout l'espace sacré dédié aux disparus des nombreuses rafles. Parce que ces enfoirés de Boches ne laissent jamais de corps derrière eux. Ils emportent leurs proies et nombreux sont ceux au cheptel qui pensent qu'ils s'en nourrissent. Cette idée abjecte te terrorise. Après tout, c'est sans doute vrai… Sinon, pourquoi les Boches raviraient-ils leurs victimes ?… Mais le cénotaphe, c'est aussi le lieu commémoratif de l'espoir de délivrance pour le cheptel. Chaque fois que tu vas là-bas, tu récites tes versets sacrés, ceux de la chute de l'Empire des Boches. Car ce jour viendra. Tôt ou tard ! Virinaë en personne, la dépositaire des secrets des dieux, la Mère protectrice du cheptel, l'a proclamé ! Aussi, lorsque tu te rends là-bas et que tu communies avec les disparus, tu sens au fond de toi enfler ton sentiment de revanche et cela te grise. Oui, tôt ou tard, les Boches tomberont et le cheptel sera libre…

Tu t'approches rapidement d'Akoluni, l'adulte référent de la récolte, pour l'informer.

— Akoluni, je m'échappe ! Élicen et moi, on va nettoyer le cénotaphe !

— Et le repas ? te lance-t-il.

— Je le prends avec Élicen là-haut ! Elle a tout prévu.

Akoluni est un des plus anciens. Un sage de 28 ans qui constitue avec Galuni une des mémoires vivantes du cheptel, exception faite bien entendu de Clarisse-la-pépiote. Malgré sa déficience intellectuelle, tu adores Clarisse. Qui ne l'aimerait pas ?! C'est une vieille bonne femme aimante et joviale qui adore raconter, avec ses mots à elle, les événements historiques du cheptel.

— Entendu.

Les poings serrés, tu commences à grimper la longue pente sinueuse vers les bois du nord. Le chemin jusqu'au cénotaphe est assez long et accidenté et tu te dépêches pour ne pas être en retard. Tu es rompue à l'exercice. Pour preuve, au cheptel, tout le monde t'appelle le cabri ! Durant deux ans, tu as même effectué les transhumances avec Galuni. Tu en gardes d'ailleurs un merveilleux souvenir. Tes poumons se remplissent d'air pur et ton cœur se gorge de sang sous l'effort. Belle machine que le corps humain. Virinaë est très attentive à la qualité de vie du cheptel. Nourriture saine et vie à la dure forment le socle d'une bonne condition physique... Tu lèves les yeux sur le chemin qui serpente sous le cagnard de midi. Ici, point d'arbre pour ombrager la montée entre les champs et le cénotaphe. Élicen, depuis l'atelier de tissage, a dû emprunter le sentier qui grimpe à travers bois, plus à l'ouest. Dans ta tête, tu te fixes le défi d'arriver en haut avant elle et tu accélères encore ta grimpette. Tu es déjà toute transpirante lorsque tu entends rugir un hélicoptère au loin. Ton cœur fait un bond et tu piques un sprint vers l'abri le plus proche. Le pouls filant, tu te glisses sous le toit plat de rondins de bois fixés à quarante centimètres du sol et tu attends sans bouger. Dans ta tête, les questions se bousculent. Ces enfoirés de Boches n'arrêtent pas de survoler le cheptel depuis la veille. Que veulent-ils encore ?! N'en ont-ils pas assez ?! Inquiète, tu restes tapie jusqu'à ne plus entendre le moindre ronron.

28

Bruno se réveilla. Il avait passé une bonne partie de la nuit éveillé et l'autre à faire des mauvais rêves. Finalement, il avait réussi à s'assoupir pour de bon à l'aube. Malgré la veste matelassée et le filet militaire, l'ensemble de son corps semblait prisonnier d'une gangue de froid. La douleur à sa cheville s'était muée en une sorte de bourdonnement engourdi. Le garçon déplia lentement son corps transi et s'assit sur l'établi qui lui avait servi de lit. Un regard sur sa cheville lui indiqua que celle-ci avait continué d'enfler. En plus, des courbatures lui déchiraient le bas du dos et sa tête continuait de l'élancer. Il se leva en grimaçant. Il avait la journée pour s'extraire de cette forêt et rejoindre la propriété principale, alors, pas de temps à perdre ! Dès ce soir, il serait au centre de toutes les attentions familiales, se ferait soigner et bichonner par sa mère et raconterait son périple ! Intérieurement, il ressentit une pointe de fierté. Jusqu'à présent, il avait assuré un max et Kévin ne pourrait que le reconnaître ! Il saisit sa béquille et, d'un pas claudicant, rejoignit la porte d'entrée de la remise qu'il ouvrit en grand. Dehors, le soleil aspergeait généreusement la clairière, laissant de nouveau augurer une belle journée de juillet. Le garçon fouilla le ciel à travers les feuillages et remarqua que le soleil était déjà haut.

Bruno alla à la cantinière demeurée ouverte au sol et prit un petit déjeuner rapide avec ce qui restait dans le tupperware. Il aurait bien fait descendre le tout avec un grand bol de lait chaud, au lieu de quoi il devrait se contenter d'une timbale d'eau fraîche en sortant. Il referma la cantinière qu'il fit glisser sous la table, à sa place initiale. Ensuite, il rangea sommairement le cabanon à cloche-pied, ôta la veste matelassée qu'il suspendit à la patère et referma la porte derrière lui avec le sentiment du marathonien qui sait la ligne d'arrivée proche. Dehors, il fit un détour vers le robinet où il but deux pleines timbales d'eau, puis s'engagea dans les sous-bois, sa béquille sous l'aisselle. Le chemin qui l'avait conduit au cabanon se poursuivait. Parfait ! Il n'avait plus qu'à le suivre.

Bruno progressa cahin-caha sur le sentier forestier durant un bon quart d'heure. Il ne faisait pas vraiment chaud dans la forêt, pourtant le garçon transpirait déjà abondamment à cause de l'effort. Il s'octroya une petite halte à la faveur d'une souche d'arbre tronçonnée. Assis, il fouillait des yeux le bois devant lui dans l'espoir d'en voir la fin quand il entendit de nouveau le bruit caractéristique des pales d'un hélicoptère. Le garçon leva les yeux et aperçut quelques secondes après, entre les interstices des branches, l'engin passer par-dessus la forêt où il se trouvait. Il laissa échapper un cri de dépit au moment où l'appareil le survolait sans pouvoir le voir. C'était vraiment injuste ! Les poings serrés, il prit sur lui pour ne pas se décourager. À cet instant, il songea aux points de moral qui affectaient l'efficacité de ses personnages dans bon nombre de jeux de rôle. Bon sang, c'était bien vrai !... Le garçon se morigéna. La situation était rageante, certes, pour autant l'issue n'avait jamais été aussi proche. Il tendit l'oreille. L'hélicoptère s'était désormais éloigné mais il percevait encore un léger et lointain ronron. Les recherches avaient certainement repris le long du torrent… Quant à lui, il ne pouvait pas rester là, sans bouger, à attendre Dieu sait quoi ! Maintenant qu'il était de ce côté-là du mur, il n'avait plus le choix. Bruno se reposa une dizaine de minutes et reprit sa descente sur le sentier.

Après un temps qu'il n'aurait su quantifier tant il s'était abstrait de la réalité, Bruno s'arrêta net. Il était enfin parvenu à l'orée de ce satané bois, devant une belle et grande clairière ! Mais le décor qu'il découvrit le pétrifia. Instinctivement, il comprit qu'il était face à une espèce de mausolée aux allures primitives. Devant lui, dans la clairière en lisière de bois, étaient disposées en cercles concentriques des pierres blanches de la taille de ballons de foot. Au centre, trônait une roche plus grosse. Immédiatement, il se rappela le mois de mars précédent quand il était parti en voyage scolaire en Irlande. Avec ses copains de classe, ils avaient visité des dizaines de sites dolméniques dans lesquels des géants de pierre disposés en cercle semblaient échanger de silencieuses et secrètes paroles. Et voilà que maintenant, au fin fond des Pyrénées, en fixant cette étrange disposition, Bruno retrouvait le même sentiment de pénétrer un lieu sacré. Malgré le soleil qui chauffait implacablement l'air, il frissonna. Mais où se trouvait-il donc ?! Peut-être devant un site archéologique ?… Après avoir jeté un œil autour de lui, il avança vers le premier cercle de pierres blanches. Il repéra alors une inscription gravée à la surface de chacune d'entre elles. Doucement, le garçon s'agenouilla et en regarda une. Dessus, était inscrit « Vileren, 18 octobre 1996 – 6 janvier 2013 ». Bruno jeta un œil à la pierre à côté et déchiffra « Ariten, 2 juillet 1998 – 6 janvier 2013 ». Vu les dates, le site n'était vraiment pas archéologique ! *Vileren*, *Ariten*… Si les noms inscrits se référaient à des personnes, deux jeunes de 17 et 15 ans étaient décédés le même jour ! Bruno plissa le front en signe de réflexion. *Vileren*, *Ariten*… Non, ces deux appellations n'avaient rien de prénoms… Alors, peut-être s'agissait-il d'animaux ?… Mû par une sorte de curiosité mêlée de fascination, Bruno entreprit de faire une inspection un peu plus fouillée du site.

29

Après une bonne vingtaine de minutes passées à exposer les faits, le colonel Prat referma le dossier posé devant lui et planta ses yeux acérés dans ceux du capitaine.

— Bon sang, c'est une affaire hors norme, souffla Éloïse, abasourdie. Plus de vingt ans qu'Interpol est sur ce dossier, c'est…

— … une affaire hors norme, conclut Prat, vous l'avez dit vous-même. Et qui dit affaire hors norme dit dispositif hors norme.

À ces mots, Éloïse leva un regard interrogateur vers son supérieur.

— Je vais être clair, Bouquet, pour la première fois dans cette affaire, les enquêteurs tiennent l'occasion d'investiguer sur ce trafic d'êtres humains. Depuis hier matin, moment où les auteurs présumés du crime du Pendedis ont été identifiés par les Nîmois, je suis sur la brèche. Tractations avec le colonel Poussin du Gard, visioconférence avec les huiles d'Interpol, ordres de la Direction générale des armées. J'en passe et des meilleures.

Éloïse plissa les paupières. Les enjeux se dessinaient peu à peu dans son esprit. D'un côté Interpol enquêtant depuis deux décennies sur une série de meurtres perpétrés dans divers pays européens. De l'autre, l'affaire de la SR de Nîmes avec la victime du Pendedis grâce à laquelle une piste s'ouvrait enfin. Et pour couronner le tout, des présumés coupables domiciliés dans le 31. L'affaire impliquait des rivalités de compétences, de territoires et d'intérêts qui pouvaient être dommageables à la bonne conduite de l'enquête.

— Bref, reprit Prat, au regard de l'ampleur de cette affaire, de la diversité des territoires et des compétences concernés, Beauvau et la Direction générale des armées ont décidé de créer une cellule dédiée à cette enquête, la cellule TEH, pour trafic d'êtres humains. Cette cellule est placée sous l'autorité conjointe de la police et de la gendarmerie, autorité exercée par délégation par le colonel Brieux d'Interpol et par moi-même.

Éloïse sentit un frisson d'adrénaline courir le long de son échine.

— Le capitaine Olivier Merlot, les trois gendarmes nîmois et les membres de votre équipe constituent la cellule d'investigation TEH. Notez aussi qu'Interpol a nommé un agent de liaison, le lieutenant Monceau. Ce dernier sera le contact privilégié de TEH pour l'obtention de renseignements : il a accès aux différentes données compilées par Interpol et Europol, bénéficie de sources *via* des agents infiltrés ou des informateurs, et peut mobiliser des analystes, des experts informatiques, voire des hommes s'il était besoin, dans le cadre d'interventions, d'arrestations ou d'interrogatoires.

— Ça peut nous aider, effectivement.

— Au vu des délais très serrés, il a fallu prendre des décisions rapides pour ce qui concerne les aspects pratiques et logistiques. La cellule TEH bénéficie de crédits exceptionnels alloués par le ministère de l'Intérieur et la Direction des armées. Quatre véhicules sont mis à votre disposition. Pour les locaux, il y a eu beaucoup de tergiversations. Finalement, vu qu'on avait vidé le plateau en sous-sol de la SR pour les travaux de réfection de la salle de conférences, on a décidé d'installer vos bureaux à cet endroit-là. À l'heure où je vous parle, des hommes sont déjà en train de faire place nette et des techniciens de vous installer tout le matériel bureautique et informatique nécessaire.

Éloïse revit les ouvriers qu'elle avait manqué de renverser le matin même et opina du chef.

— Pour finir, les Nîmois et Merlot seront logés dans des appartements de la caserne.

— D'accord… En tout cas, colonel, je tiens à vous remercier de votre confiance et d'avoir placé mon équipe sur cette affaire.

— Ne me remerciez pas, Bouquet. Vous allez vivre TEH, dormir TEH et manger TEH. Comprenez bien ceci : *on* veut des résultats, et vite ! Des questions ?

— Oui, colonel. Pour Demorcy, Valendrey et Smith-Morrison, on passe à l'action ?

— Non. Vous attendez vos collègues. Le major Jacques Bois prend le train depuis Nîmes et arrivera à Toulouse Matabiau à 17 h 45. Envoyez un de vos hommes le récupérer. Les autres rassemblent les différents dossiers de l'enquête et prennent la route depuis Lyon. Ils devraient arriver en fin d'après-midi.

— Mais…

— Il n'y a pas de *mais*, Bouquet. La cellule vient tout juste d'être créée et ça n'est vraiment pas le moment de jouer les francs-tireurs ! Vous devez apprendre à ménager les susceptibilités, capitaine. À partir de maintenant, votre équipe c'est la cellule TEH dans son entier, est-ce que c'est clair ?

— Oui, colonel.

— De toute façon, vos trois suspects ne s'envolent pas avant demain matin. Ils sont sous surveillance, donc on n'est pas à quelques heures près.

— Oui, colonel.

— Très bien. Allez informer vos collègues et commencez à organiser le travail. Vous pourrez prendre vos quartiers en sous-sol dès la fin d'après-midi.

— Entendu, colonel.

— Prenez ça pour que vos hommes puissent se mettre à la page, ajouta-t-il en lui tendant l'épais dossier posé devant lui. Il y a l'essentiel sur les différents meurtres depuis 1991.

Éloïse se leva, partagée entre l'excitation d'une affaire extraordinaire et la frustration de ne pas pouvoir passer immédiatement à l'action.

30

Bruno demeurait perplexe. Son inspection du site mortuaire faisait naître plus de questions qu'elle n'apportait d'éclaircissements. *Primo*, l'endroit n'était absolument pas à l'abandon. Au contraire, il était entretenu, et soigneusement, qui plus est. *Secundo*, chaque petite pierre blanche était gravée d'un nom sous-titré des dates de naissance et de décès et, d'après ce qu'il avait observé, les cercles concentriques étaient organisés par date de décès. Ainsi, plus on approchait de la roche centrale, plus les dates gravées dans la pierre remontaient dans le temps. La pierre blanche la plus ancienne portait l'inscription suivante : « Rebecca, 18 janvier 1937 – 13 juillet 1990 ». Les vingt pierres qui formaient le premier cercle avec celle de Rebecca, mentionnaient toutes des dates de naissance situées entre 1930 et 1937 et des dates de décès en 1990. Bilan, aucun des morts du premier cercle n'avait dépassé l'âge de 55 ans. En outre, il y avait eu une vraie hécatombe en 1990 ! Une épidémie, peut-être ? Bruno sourit spontanément en s'entendant prononcer son hypothèse à voix haute. *Chassez le naturel, il revient au galop.*

À la première occasion, son profil de « sale intello surdoué », comme disait souvent son frère, reprenait le pas sur celui d'Indiana Jones ! Tu parles d'un aventurier… Bruno avait toujours été stimulé par les énigmes et les défis cérébraux. Depuis tout petit. Moralité, il passait aujourd'hui dix fois plus de temps à se frotter aux adversaires virtuels de jeux de stratégie en réseau qu'il n'en consacrait à ses congénères de chair et d'os… Un soupir lui échappa. Si Kévin avait été là, il aurait foulé du pied ce pseudo-temple en lui assenant quelque chose du goût de : « Oh, la crevette ! On s'en tamponne de ce truc-là ! J'te rappelle qu'on est juste en train d'essayer de trouver de l'aide ! » Et son frère aurait probablement raison… Pourtant, cette sorte de cimetière récent aux allures primitives titillait son sens déductif et ses 135 points de QI ne pouvaient s'empêcher de mener leur croisade intellectuelle.

En premier lieu, Bruno nota que, étrangement, les prénoms inscrits sur le premier cercle étaient tous connus : Hannah, Benjamin, Axel, David, Rebecca… Il s'agissait donc de personnes décédées, au regard des prénoms gravés. À partir du second cercle, apparaissaient peu à peu des inscriptions étranges, certains « prénoms » inscrits ne faisant écho à aucun répertoire connu. Bruno se rendit compte que beaucoup de ces prénoms étranges apparaissaient pour les naissances autour de 1990… Entre l'hécatombe de vingt personnes commencée en 1990 et la survenance de prénoms bizarres, 1990 apparaissait donc comme une année charnière. Mais charnière de quoi ? Le mystère demeurait entier…

Sa curiosité émoustillée, Bruno entreprit de refaire le tour des cercles et commença alors à recouper les différentes inscriptions. Bientôt, il comprit que ces fameux prénoms inconnus répondaient à une règle. Ils se terminaient invariablement par une même sonorité selon une génération de naissance. Par exemple, les gens nés entre 1990 et 1994 qui étaient décédés depuis portaient systématiquement un prénom finissant en *ine*. D'ailleurs la pierre la plus récente concernait quelqu'un appelé Folcine né le 12 août 1991 et décédé le 13 juillet 2015, soit six jours plus tôt ! Bruno fit un rapide calcul mental. Cette personne était morte à l'âge de 23 ans. Assez jeune âge pour partir... Cela étant, trois autres personnes de sa génération, c'est-à-dire nées entre 1990 et 1994, étaient décédées bien plus tôt. Mais le pire, c'était peut-être, dans le second cercle de pierres, l'inscription « Caluni, 2 janvier 1988 – 14 avril 1995 ». Cela signifiait que ce Caluni était mort à l'âge de 7 ans et des poussières !

Bruno frémit malgré lui. L'idée que des personnes soient enterrées sous ses pieds fit naître en lui un étrange sentiment de profanation. Puis il se rendit compte que les pierres étaient trop proches les unes des autres pour abriter une tombe. De plus, sous la pierre du dénommé Folcine mort six jours plus tôt, la terre n'était pas remuée. Il n'y avait donc aucun corps enterré dans ce lieu... Alors... peut-être que tout ça était une sorte de mémorial ? Possible... Bruno recula un peu et considéra la zone vierge de toute pierre blanche qui se dessinait devant lui. En fait, l'ensemble des cercles était brisé à cet endroit-là, dessinant une sorte de camembert entaillé d'un parvis de forme triangulaire à partir de la grosse roche centrale. Visiblement, des personnes devaient venir se recueillir ici. Bruno imagina une masse de gens serrés sur l'herbe fraîche, regardant fixement la roche devant eux. Il vit alors que cette roche était plate sur le dessus et qu'elle pouvait fort bien constituer une sorte de promontoire… Il voulut en avoir le cœur net et clopina au cœur des cercles de pierres. La pierre centrale était lisse à l'exception d'une inscription incompréhensible en lettres majuscules, *VIRINAË*. Étrange… Bruno s'assit par terre, en étendant sa jambe gauche pour reposer sa cheville qui palpitait douloureusement, et commença à réfléchir.

Absorbé par ses déductions, il n'entendit pas le très léger crissement des cailloux sur le sentier qui rejoignait le parvis. Quelqu'un dans son dos approchait, et pour qui aurait tendu l'oreille, ce quelqu'un faisait manifestement très attention à ne pas être repéré…

31

Tu t'es laissé absorber par tes pensées et te voilà quasiment arrivée au sommet. La clairière se dessine à une cinquantaine de mètres en amont. Tes jambes tirent légèrement à cause de ton rythme soutenu, mais cette sensation n'est pas faite pour te déplaire. À tous les coups, tu seras la première en haut ! Pleine de confiance, tu gravis au pas de course les derniers mètres et le sous-bois s'épanouit bientôt devant toi, piqué par les dards d'un soleil vigoureux. Incroyable ! Élicen est déjà… Tu stoppes ton ascension. Interloquée, d'abord. Inquiète, bientôt. Ce n'est pas Élicen, là, à une vingtaine de mètres, assise dos à toi devant la stèle de Virinaë. Il y a un moment de confusion durant lequel ton cerveau cherche à expliquer ce que tu vois. Francis ? Non, non… la personne qui est là est bien trop menue. Ton esprit mouline, mais en une fraction de seconde tu admets l'impensable : la personne à quelques mètres de toi n'appartient pas au cheptel. D'ailleurs, ce maillot est d'une couleur que tu n'as jamais vue. Une sorte de jaune qui brille bizarrement. Qui éblouit sous la caresse de la lumière…

Tu sens ton cœur se serrer douloureusement. La peur vient de te sauter à la gorge. Un Boche s'est introduit dans le domaine en plein jour !!! Mais il n'a pas de chiens ?! Tu te crispes immédiatement à cette idée. Tes jambes flageolent. Tu redoutes un piège. Tu balaies attentivement le sous-bois des yeux, pourtant tu ne repères aucun acolyte ni aucun clébard fou… Il te faut une seconde pour réfléchir. Tu peux redescendre en courant jusqu'aux champs et donner l'alerte ! Mais cela signifie que tu laisserais Élicen affronter seule le danger… Ton impulsion de fuite est avortée net. Jamais tu ne pourrais faire une chose pareille ! Élicen est ta meilleure amie. Des gouttes de sueur perlent sur tout ton corps. La sueur de la peur – glaciale – s'ajoute à celle de l'effort… Et ton instinct de survie te dicte alors la suite.

Lentement et précautionneusement, comme tu le fais durant les parties de chasse à l'affût, tu avances vers le sous-bois. Tes yeux ratissent le sol. Il te faut une arme. Tu repères enfin une branche assez épaisse à ta gauche. Tu opères trois pas latéraux, sans jamais quitter le Boche des yeux. Tu te baisses lentement et tu sursautes presque lorsque tes articulations craquent. Arrêt. Ouf, le Boche n'a rien entendu. Tu ramasses le bâton, te relèves et, à pas de loup, tu t'approches du dos de l'ennemi. Ta main tremble lorsque tu veux brandir la branche au-dessus de… de qui exactement ?!… d'un autre qui ressemble à s'y méprendre à un moyen du cheptel… L'inconnu est chétif et petit… Et, à en croire sa cheville gauche enflée, il est blessé. Dans un combat en corps à corps, tu n'en ferais qu'une bouchée. Tes yeux défiants le détaillent. Tu es terrorisée, mais une petite voix au fond de toi retient ta violence. Jamais dans le cheptel, un grand ne s'en prend à plus petit. Le grand doit protéger et tu es une grande. Mais lui, là, il ne fait pas partie du cheptel. Est-ce que la règle s'applique ? Ce garçon, malgré les apparences, représente peut-être un danger pour toi… et le reste du groupe. Alors tu lèves haut ton bras en brandissant ton bâton comme une arme.

**

Bruno se demandait qui pouvait bien être cette VIRINAË. Le nom sculpté en lettres majuscules sur la roche qui trônait au centre de ce mémorial et qui dominait un parvis… tout cela semblait signifier que VIRINAË était une sorte de divinité. Ou quelque chose dans le genre… À cet instant, il songea pour la première fois qu'il était peut-être au cœur d'une secte… Un léger frisson lui parcourut l'échine. Bruno pensait se relever lorsqu'il eut une étrange sensation. Il lui fallut une fraction de seconde pour comprendre. Là, par-dessus lui, tassée par le soleil plombant, une ombre le dominait. Une ombre qui n'était pas la sienne… La peur le fit sursauter et il se retourna. En une fraction de seconde, il repéra une fille athlétique qui se tenait à moins d'un mètre de lui, en train de lever un bâton pour… pour l'attaquer ! Réflexe instinctif, Bruno se tassa sur lui-même, enfouit sa tête sous ses bras et plissa les yeux. Il allait prendre un sale coup et sentit son corps perclus frémir sous l'effet de la peur. Le temps sembla s'étirer indéfiniment… Rien ne se passa…

Alors, très lentement, Bruno, méfiant, écarta légèrement ses bras et risqua un regard. La fille était toujours là. Bâton brandi. Mais alors, il croisa ses yeux. Sous une barre de sourcils froncés, deux calots immenses, agrandis par une terreur qu'il n'avait jamais rencontrée auparavant, le scrutaient. Il y avait dans ces yeux défiance, peur et incompréhension. Le garçon songea à une sauvageonne devant un OVNI. Une sauvageonne prête à le réduire en bouillie au moindre signe d'hostilité. Il comprit à cet instant-là seulement qu'elle lisait probablement la même chose dans son propre regard…

***

Tu t'apprêtes à porter un coup quand le garçon se retourne brusquement vers toi. Au moment où tu vas le frapper, il se caparaçonne. Il ressemble à un escargot qui rentre dans sa coquille pour se protéger du danger ! Tu stoppes ton geste, tout net, à une vingtaine de centimètres de sa nuque. Ce garçon n'a décidément rien d'un Boche… Les Boches sont violents, sûrs d'eux et puissants ! Les Boches ne se tassent pas sur eux-mêmes ! Mais alors, qui est-il ?! D'où vient-il ?!

Tu recules d'un pas en relevant ton arme. On ne sait jamais… Et tu attends, prête à bondir au moindre signe de menace. Un regard circulaire te confirme une nouvelle fois qu'il est seul. Que ce n'est pas un piège… Tu reposes tes yeux sur le garçon en boule par terre. Il tremble ! Bon sang, il tremble autant que toi ! Tu ne sais plus quoi faire. Tu ne comprends rien.

Dans le temps suspendu sous ce soleil mordant, tu vois le garçon écarter très légèrement ses bras et lever la tête vers toi. Tu croises alors ses yeux. Ils sont immensément écarquillés par la peur. La peur que tu lui inspires, toi, Atrimen !

*****

Bruno comprit qu'il ne devait surtout pas effrayer davantage la superbe et menaçante fille qui le fixait comme... comme Pocahontas avait fixé Colin Farrell dans le film *Le Nouveau Monde* de Terrence Malick ! À part qu'il n'avait vraiment rien de Colin Farrell et que la fille en face de lui ne dégageait rien d'exotique. Peau blanche, superbement hâlée par le soleil. Cheveux blonds et regard vert-gris. Pour sûr, cette fille était européenne ! Ses seules ressemblances avec Pocahontas, c'était... ses vêtements d'un autre âge et la manière qu'elle avait de le considérer. Comme un dangereux étranger. Bruno prit alors sur lui et, tout doucement, sans geste brusque, il tendit une main, paume ouverte, vers elle. Parlait-elle français ? se demanda-t-il en repensant au film. Il osa une phrase malgré l'angoisse qui lui nouait la gorge.

— Je ne te veux aucun mal.

La fille inclina alors la tête sur le côté et le considéra avec, lui sembla-t-il, une incompréhension croissante. Apparemment, elle ne pipait mot à son propos. Quelle galère ! Ça n'allait pas faciliter les choses... Bruno décida d'accompagner ses paroles de gestes.

— Moi, énonça-t-il en se montrant de l'index, paix, poursuivit-il en serrant ses deux mains l'une dans l'autre, avec toi, acheva-t-il en la montrant du doigt.

Se trompait-il ou venait-il de commettre un impair ?!
Le visage décomposé de la fille affichait désormais une
expression outragée. Bruno attendit un instant et ce qui
se produisit alors l'estomaqua.

**

Tu n'en crois pas tes oreilles. Les Boches ne parlent
pas ta langue ! Tu le sais pour les avoir entendus pro-
férer leurs menaces la nuit. Des aboiements féroces et
gutturaux aux contours agressifs. Le garçon parle ta
langue et dit ne te vouloir aucun mal… C'est incompréhensible pour toi. Tellement hors réalité que tu en
demeures silencieuse. Tu le considères, perplexe. Et là,
alors que tu réfléchis encore à cette inexplicable situation, tu le vois s'adresser à toi comme à une attardée
mentale. Tu sens l'indignation gronder en toi.

— Je ne suis pas une pépiote ! réagis-tu, blessée.

Tu décèles alors dans les traits du garçon un effarement empreint de confusion. Puis il semble réfléchir
avant de te lancer :

— Une quoi ?

— Une pépiote… Une attardée mentale si tu pré-
fères.

— Ah, OK… Je… ne pensais pas que tu étais une
« pépiote » comme tu dis, explique-t-il, craintif… Je…
Je pensais juste que tu ne me comprenais pas et…

— Qui es-tu ! le coupes-tu soudain en faisant mine
de le menacer avec ton bâton.

— Je m'appelle Bruno ! Bruno Verdoux.

Tu le considères avec étonnement :

— Tu portes deux prénoms ?

— Hein ?… Non, te répond-il, perplexe. Bruno, c'est mon prénom et Verdoux, mon nom de famille. Et toi ?

— Bru-no, prononces-tu en hésitant. C'est bizarre comme prénom.

Tu n'aimes pas son regard, ce que tu y lis. Chaque fois que tu parles, tu as l'impression qu'il est interloqué par ta sottise.

— Ne me regarde pas comme ça ! lui lances-tu, agressive.

Il se protège de nouveau comme si tu allais le frapper. Et ça te met mal à l'aise.

— Ne t'énerve pas, s'il te plaît ! implore-t-il derrière ses bras en rempart. C'est juste que… Bruno, c'est très répandu comme prénom… Tu… tu ne voudrais pas baisser ce bâton ?

— Pas avant que je sache qui tu es, ce que tu fais chez nous, comment tu es arrivé là ! cries-tu, plus fort que tu ne le voudrais. Et est-ce que tu es un Boche ?!

Il te regarde de nouveau avec cet air à la fois atterré et effrayé.

— Un quoi ? demande-t-il, comme quelqu'un qui peine à croire ce qu'il entend.

— Un BOCHE ! répètes-tu avec courroux. Un sale Boche !

**

Bruno s'était d'abord senti soulagé. Ils se comprenaient ! Partant de là, le problème serait rapidement réglé. En quelques mots, menace et danger seraient vite écartés. Il avait juste besoin de passer un appel

222

téléphonique, point final. Mais son soulagement avait été de courte durée. La fille devant lui, passé le choc émotionnel d'une rencontre qui semblait être pour elle aussi inimaginable que terrifiante, continuait de dégager quelque chose d'inquiétant ou plus précisément d'étrange.

Bruno songea qu'il était face à une forme d'intelligence indéniable mais... mais les réflexions de la fille – *Tu as deux prénoms ?.... Bru-no... bizarre comme prénom* – avaient fait naître en lui un profond malaise. On aurait dit que cette fille débarquait de Mars ! À part que sur la planète Terre, dont il était, lui, un représentant lambda, les rôles auraient dû être inversés ! Ce n'était pas à elle de le détailler comme un sujet d'étude en menaçant à tout moment de lui taper dessus. Ce n'était pas à elle de se sentir indignée alors qu'elle dominait de toute sa hauteur quelqu'un de blessé et de vulnérable. Bon sang, la France était un pays civilisé, non !? Le pire dans tout ça, c'était que son instinct lui dictait de plier l'échine. Lorsque Bruno se ratatinait sur lui-même, la fille paraissait désemparée. Un peu comme si elle ne pouvait s'autoriser la moindre violence. Oui, d'une certaine manière, plus il montrait sa crainte et son infériorité, moins la fille était capable d'agir contre lui. Bruno en était là de ses considérations intellectuelles lorsque le clou s'enfonça encore davantage. La fille voulait maintenant savoir s'il était un « BOCHE » ?!

Bruno tenta de masquer son désarroi, mais ne fut pas certain d'y parvenir tout à fait. La seule fois où il avait entendu ce terme, c'était en échangeant sur des forums autour d'un jeu en ligne nommé *Legends of war* qu'il avait téléchargé au mois d'avril précédent. Le jeu consistait à conduire la troisième armée américaine lors de la Seconde Guerre mondiale… Totalement désarçonné, le garçon choisit alors d'opter pour la prudence.

— Je ne comprends pas… je ne sais pas ce que c'est qu'un « Boche ».

Et là, comble de l'ironie, elle le regarda comme s'il était débile ! La fille parut même totalement stupéfaite de son ignorance. Bruno détourna alors les yeux et se recroquevilla pour ne pas déclencher ses foudres. La technique parut fonctionner puisque la fille se rapprocha légèrement de lui et, d'une voix qu'il trouva douce et soucieuse, finit par lui demander :

— Mais d'où viens-tu ?

Que répondre à cela ? La vérité, simple et nue ? J'habite Pau, dans les Pyrénées-Atlantiques, et je passais une semaine de vacances près du lac de Portis avec ma mère, mon frère Kévin – Verdoux également pour son nom de famille – et mes deux cousines. Je ne sais trop comment mais je suis tombé dans le torrent qui longe le mur d'enceinte de la propriété. Par miracle, j'ai réussi à m'en sortir *in extremis*. J'ai alors conçu l'excellente idée de franchir ce putain de mur !… Était-ce cela qu'il devait dire ? Était-ce une réponse intelligible pour cette fille qui, dans l'énoncé même de sa dernière question, révélait l'immense étendue de son inculture ?… À moins que *mais d'où viens-tu ?* n'ait signifié un genre de *mais tu sors d'où, toi le péquenaud qui ne connaît même pas le sens du mot Boche ?!*… Or ni l'expression du visage ni le ton de la voix ne laissaient présager la moindre ironie chez la fille. Bruno décida de tâter prudemment le terrain.

— … Je suis blessé… J'ai perdu la mémoire… Je…
Dis-moi s'il te plaît, c'est quoi exactement un Boche ?

De nouveau, la fille demeura interdite. Visiblement,
elle peinait à croire ce qu'elle entendait. Le visage dur,
elle fixa le garçon au sol avec une telle intensité qu'elle
semblait vouloir le transpercer.

— Alors, c'est vrai ?! Tu ne te souviens… de rien ?
De rien du tout ?

— Mmm, c'est vrai, regarde ça, mentit Bruno en
montrant l'œuf à la base de son crâne.

La fille grimaça en voyant la blessure, mais ne se
laissa pas désarçonner pour autant.

— Tu t'appelles Bru-no, c'est ça ?…

— Oui, ça, je m'en souviens. Le reste en revanche…
Et toi ? osa-t-il demander.

— Je m'appelle Atrimen, déclara-t-elle, impérieuse.
Et je te préviens, Bruno, je n'hésiterai pas à te battre
avec ce bâton si jamais tu fais quoi que ce soit de tordu.

Atrimen ?… Quel drôle de prénom ! Il se rappela
alors les inscriptions sur les pierres tout autour d'eux.
Instinctivement, il comprit que sa petite incursion au-
delà de ce mur d'enceinte venait de le plonger au cœur
d'une réalité à part. S'il avait eu le moindre doute,
les choses étaient désormais claires. Oui, les cercles
de pierres commémoraient bien la vie d'êtres humains
qui portaient des noms plus qu'étranges. Restait à
comprendre ce qui se passait exactement ici… Peut-
être avait-il fait un saut temporel ou dimensionnel ?!
Ou peut-être venait-il tout simplement de pénétrer dans
une communauté de dingos reclus au fin fond de la
montagne ?… Quoi qu'il en fût, l'ombre d'un danger
insaisissable commença à tournoyer au-dessus de lui.

Une ombre menaçante qui nécessitait qu'il avançât très précautionneusement, comme lorsqu'on évolue sur un terrain miné.

***

Le garçon a l'air inoffensif et sincère. Pourtant, c'est compliqué pour toi de lui faire confiance. Il dit qu'il a perdu la mémoire. Mais même si c'est vrai, ça veut juste dire que c'est un Boche qui a oublié qu'il en était un. Virinaë a toujours été claire avec le cheptel : hors des frontières de la communauté, ne règnent que dangers, barbaries et mensonges. Un raclement de pied lointain attire ton attention. Tu relèves la tête et tu vois apparaître Élicen. Transpirante, le souffle court, elle arrive comme prévu par le chemin forestier et ne t'a pas encore vue.

— C'est qui ? demande le garçon.

— Élicen… Ma meilleure amie, ajoutes-tu en percevant son inquiétude.

Ta meilleure amie t'aperçoit enfin. Elle te sourit, puis son visage se plisse avant de se fermer. Elle se fige net. Son regard te lance des signaux d'incompréhension. Elle ratisse des yeux les alentours. Son corps est tendu. Elle est prête à bondir et à prendre la fuite. Toi-même, tu masques mal ton désarroi face à cette situation. Pourtant, tu lui fais signe d'approcher. Élicen hésite, mais finit par avancer prudemment. Tu le vois, ta meilleure amie redoute un piège. Elle est tous sens aux aguets. Lorsqu'elle n'est plus qu'à cinq ou six mètres, elle fixe son regard sur le garçon à terre.

— C'est qui ? te lance-t-elle.

— Il dit qu'il s'appelle Bruno, qu'il ne sait pas d'où il vient ni comment il est arrivé là parce qu'il ne se souvient de rien, débites-tu.

Ce disant, tu ouvres les bras en signe d'incompréhension. Tes propres repères, les repères du cheptel sont ébranlés. Tu es démunie. Tu ne sais pas quoi penser. En te voyant interdite, Élicen s'approche. Elle ne quitte pas des yeux le garçon à terre et est prête à en découdre au besoin. Tu la connais par cœur. Jamais elle ne laissera quiconque s'en prendre à toi !

— Est-ce que… est-ce que c'est un… Boche ? te chuchote-t-elle, fascinée. Un enfant boche ?

— Je ne sais pas, Élicen. Il était assis devant la pierre sacrée de notre Grande Prêtresse Virinaë quand je suis arrivée. Il est blessé à la cheville et à la tête, regarde, ajoutes-tu en montrant le crâne du gamin. Il affirme qu'il a tout oublié à cause de sa blessure à la tête et qu'il ne sait pas qui sont les Boches.

À ces mots, le sang de ton amie ne fait qu'un tour.

— QUOI ?! Mais il se moque de nous ! Dis la vérité ! ordonne-t-elle en fondant sur le garçon.

— NON, S'IL TE PLAÎT ! Je ne sais pas qui sont les Boches, JE LE JURE ! crie le gamin en se recroquevillant et en plaçant ses bras sur son crâne.

Comme pour toi, ce geste désarme complètement ton amie. Les Boches sont des conquérants sanguinaires qui ne connaissent ni peur, ni pitié. Rien à voir avec le garçon tassé sur lui-même à tes pieds. Élicen te jette un long regard perplexe et interrogatif.

— Je ne comprends rien… Que fait-il ici ? Que veut-il ?

Voilà que maintenant, elles étaient deux ! Super, que du bonheur… Bruno savait qu'il devait dire quelque chose, mais la peur de commettre un faux pas lui cousit la bouche. À ce moment précis, les échos éloignés des pales d'un hélicoptère résonnèrent dans le ciel. Les filles levèrent la tête de concert, l'air inquiet. Bruno les imita, mais les feuillages de la clairière obstruaient partiellement la vue.

— Encore eux ! lâcha Atrimen, dents serrées. Espèce d'enfoirés, vous n'en aurez donc jamais assez !

Le garçon comprit alors que l'hélicoptère représentait un danger pour ces filles et il voulut les rassurer.

— Je crois qu'il me recherche, moi, osa-t-il d'une voix timide.

Bruno s'avisa que le visage d'Atrimen s'éclairait.

— Tu es ici depuis quand ?

— Hier après-midi. J'ai dormi dans…

— Mais oui ! C'est ça ! le coupa-t-elle, tout excitée. Ces enfoirés de Boches tournent justement depuis hier après-midi !

— Mais si les Boches le recherchent, alors…

La fille qui s'appelait Élicen laissa sa phrase en suspens, comme quelqu'un qui réfléchit aux implications de ce qu'il s'apprête à dire. Bruno, sidéré par la tournure de la conversation, préféra se taire. Les laisser parler, c'était encore glaner des informations qui pouvaient lui être utiles pour la suite.

— Alors, il n'est pas des leurs ! conclut-elle.

— Mais il ne fait pas non plus partie du cheptel, Élicen !

— C'est vrai… Mais c'est un moyen, lui rétorqua Élicen. Et tu le sais comme moi Atrimen, les grands doivent protéger les moyens.

— Les moyens du cheptel ! Lui, c'est différent ! Il n'est pas des nôtres !!!

— Mais ce n'est pas parce que je suis un intrus que je représente forcément un danger, avança Bruno avec le plus de sincérité possible. Si vous m'aidez à quitter votre… votre… clan, vous retrouverez votre vie habituelle. Et tout le monde sera content. Non ?

À ces paroles, les deux filles le regardèrent, ébahies. Visiblement, il venait d'énoncer une absurdité.

— Ben quoi ? finit-il par demander.

— Bruno, c'est ça ? (Le gamin opina du chef.) Tu as vraiment tout oublié ? entama Élicen, d'une voix préoccupée. Les Boches te recherchent ! Si tu quittes ce lieu… tu seras en danger. Partout autour de nous, reprit-elle en faisant de grands gestes, les Boches rôdent. Ils… ils sont armés… ils ont des hélicoptères, ils possèdent des chiens féroces, dressés à nous attaquer…

— Élicen a raison, enchaîna Atrimen. Partir d'ici, c'est mourir. On ne peut donc pas t'aider à t'enfuir. C'est contre tout bon sens et contre toutes les règles que nous connaissons ! Je ne sais pas comment tu t'es retrouvé chez nous, mais vu que les Boches te recherchent, c'est notre devoir de te protéger.

Bruno sentit un pic d'inquiétude lui perforer l'estomac. Elles étaient bien gentilles, les deux, là, mais leur aide risquait vraiment de lui compliquer la tâche ! S'il n'avait pas été blessé, il n'aurait eu qu'à s'enfuir et trouver un passage le long du mur d'enceinte pour regagner la civilisation normale ! Là où les jeunes buvaient du coca en flippant un max sur leur iPad ! Mais voilà, sa cheville ressemblait à une poire au vin et il était condamné à s'en remettre aux deux filles… L'ombre de celle qui se faisait appeler Virinaë passa subitement dans son esprit. Atrimen l'avait appelée « notre grande prêtresse ». C'était sans nul doute, le cerveau de ce « cheptel ». Était-elle folle elle aussi ? Croyait-elle à l'existence des Boches ? Ou manipulait-elle tout le monde comme une espèce de gourou démoniaque ? La vue des pierres blanches alignées en cercles lui rappela alors que des personnes, parfois même des enfants, étaient décédés. Son inquiétude se mua en angoisse. S'agissait-il de morts « naturelles » ?

— Nous devons le ramener au village pour le soigner, lança Élicen. Et demander audience à Virinaë. Elle, elle saura quoi faire.

Bruno sentit son cœur s'affoler. Il devait riposter maintenant ! L'idée même d'être présenté à cette fameuse Virinaë ne lui disait rien qui vaille. Intuitivement, au vu de tous les éléments qu'il avait rassemblés, le gamin fut certain que cette option reviendrait à se jeter dans la gueule du loup.

— Mais enfin Élicen, réfléchis ! Nous ne savons pas qui il est ! S'il est recherché par les Boches, il peut représenter un danger pour tout le cheptel !

— Lui ?! Mais c'est une demi-portion, et il est blessé en plus !

— Ce garçon n'est peut-être pas aussi inoffensif que tu le penses ! Regarde-le, bon sang ! Tu as vu ses vêtements ! Et ses chaussures !

À ces paroles, Bruno essuya le regard scrutateur d'Élicen. La perplexité le disputait à la méfiance.

— Il ne fait pas partie des nôtres, Élicen. Il ne fait pas partie du cheptel, conclut Atrimen d'une voix ferme.

— Bien. Et tu proposes quoi, alors ?

— Tu as raison sur un point. Virinaë est la seule qui puisse décider de ce qu'il convient de faire. Je vais prévenir les aînés pour qu'ils lèvent l'étendard.

Bruno sentit un vent de panique monter en lui. Il ne voulait pas avoir affaire à cette femme ! Ces histoires de Boches, de menaces extérieures, c'était des légendes ! Ces gens étaient totalement fous ! Comme dans le film *Le Village* de Shyamalan qu'il avait vu avec Kévin un après-midi. S'il avait encore une chance d'échapper au délire ambiant, il devait se montrer très convaincant. Dès maintenant.

— Non ! Je ne veux pas rencontrer votre prêtresse. Je ne veux pas que vous lui demandiez audience ! Je veux retourner de l'autre côté du mur, acheva-t-il d'une voix ferme.

— Mais…

— Il n'y a pas de *mais* ! reprit-il en coupant la parole à Élicen. Atrimen a raison : je ne suis pas des vôtres et je n'ai rien à faire ici. Je ne vous demande même pas de m'aider ! Je vous demande juste de me laisser partir.

Les deux filles le considérèrent comme s'il avait perdu la raison. Visages ahuris. Regards incrédules. Elles ne comprenaient pas. Pourtant, elles semblaient ébranlées par sa détermination. Bruno décida d'enfoncer le clou.

— Qu'est-ce que ça change pour vous, hein ? Rien de rien. Je ne vous ai pas vues. Vous ne m'avez pas vu. Et on en reste là. Je disparais de votre vie comme si je n'y étais jamais entré !

— Disparaître ? Vraiment ?! commenta Élicen d'un ton goguenard. À part que tu ne risques pas d'aller bien loin vu l'état de ta cheville !

— Ça, c'est mon problème, pas le tien.

— Admettons, concéda-t-elle. Mais pourquoi refuses-tu notre secours ? Virinaë est la seule à pouvoir te venir en aide !

Bruno fit turbiner son cerveau à toute allure. Il devait trouver un subterfuge acceptable… *selon leur logique à elles*, se répéta-t-il.

— Qui est Virinaë ? demanda-t-il alors.

— C'est notre Grande Prêtresse, notre Mère protectrice, celle par qui l'ennemi tombera et qui conduira le cheptel sur les chemins de la Délivrance et de la Liberté, débitèrent de manière synchrone les deux filles.

Cette récitation, livrée comme un mantra, finit de convaincre Bruno. La Virinaë en question était soit une grande malade, soit un gourou de secte. Dans les deux cas, pas question de lui faire face !

— Sa mission est donc de protéger le cheptel ?

— Oui.

— Mais tu l'as dit, Atrimen, je ne fais pas partie du cheptel. Virinaë n'a pas à me protéger moi.

Les deux filles se regardèrent, perplexes. Visiblement, elles n'avaient jamais appris à raisonner. Bruno prit alors pleinement conscience que ses armes principales étaient là : le raisonnement et la rhétorique.

— Si ceux que vous appelez les Boches me recherchent, je constitue – si j'ai bien compris – un danger pour vous deux et pour tout votre cheptel. Votre rôle n'est-il pas d'écarter ce danger ?

— Oui, avança timidement Atrimen. Mais…

— Mais nous sommes des grandes, la relaya Élicen, hésitante. Et c'est aussi notre mission de protéger les petits et les moyens.

— Très bien. Alors, je sais ce que nous allons faire, avança Bruno, conscient de sa maîtrise de la situation. Vous connaissez l'environnement par cœur, n'est-ce pas ? (Les filles hochèrent la tête.) Bien. Vous allez m'emmener dans un lieu caché, loin du cheptel, où je serai à peu près en sécurité. Il me faudra plusieurs jours pour récupérer et soigner ma cheville. Lorsque je serai sur pied, vous me conduirez vers un endroit duquel je pourrai franchir le mur.

— Mais enfin… entama Atrimen.

— C'est *ma* décision ! la coupa-t-il avec autorité.

Élicen et Atrimen échangèrent un regard qui en disait long sur leur déstabilisation. Jamais elles n'avaient eu affaire à pareil dilemme et tous leurs traits trahissaient à la fois leur inquiétude de mal faire et leur souci de bien faire. Bruno finit de rassembler ses idées et reprit :

— De cette manière-là, vous me venez en aide sans mettre en danger personne. Ni le cheptel, ni Virinaë, la mère protectrice dont vous avez besoin.

— Il a raison, approuva Élicen. C'est le meilleur choix.

— Un choix qui nous oblige à mentir ! s'offusqua Atrimen.

— Dissimuler, ce n'est pas mentir, contre-attaqua Bruno avec conviction. Ce que vous ne direz pas protégera les vôtres. Et c'est votre devoir !

Un long silence suivit sa déclaration. Finalement, Élicen reprit la parole.

— Je sais où on va te cacher.

32

Je regarde ma montre, nerveux. C'est l'heure. Émilie Bourgeois, née Bolet-Duquesne, m'a fixé rendez-vous à 16 heures ce dimanche. L'échange téléphonique, hier, a été bref mais cordial. Émilie Bourgeois semble rompue à l'exercice : je ne dois pas être le premier à m'adresser à elle pour essayer de remonter le fil de l'histoire. Je repère le nom et j'appuie sur la sonnette d'un immeuble haussmannien cossu du VIIIe arrondissement. La voix dans l'interphone ne tarde pas, vive et empressée. Quatrième sans ascenseur, m'annonce-t-elle, tant pis pour moi… Je gravis les marches lentement, priant intérieurement que mes efforts paient et que m'attendent en haut de précieuses informations.

J'y suis. Porte en bois massif d'un vert anglais. Heurtoir doré. Je m'apprête à frapper, mais la porte s'ouvre déjà.

— Monsieur Barthes, je suppose ?

Émilie Bourgeois est à l'image de sa voix, d'une quarantaine assez jeune. Jean et chandail décontracté, nu-pieds en cuir. Son visage fin est encadré par quelques mèches de cheveux châtains qui s'échappent d'un chignon fantaisiste.

— Lui-même. Je vous remercie de me recevoir si vite.

— C'est tout naturel, me répond-elle en souriant. Entrez, je vous en prie.

Grand appartement haussmannien. Plafonds hauts à moulures d'où descendent des lustres de style Art déco revus par des designers. Long couloir central distribuant les pièces. Parquet massif en points de Hongrie. Je suis mon hôtesse qui me conduit au fond de l'appartement. Un grand salon baigné de lumière s'ouvre devant moi et les deux portes-fenêtres offrent une vue magnifique sur les Champs-Élysées. À ma gauche, devant la cheminée en marbre noir, deux canapés en cuir se font face autour d'un tapis en peau de vache.

— Asseyez-vous, je vous en prie, lance Émilie Bourgeois. Je vous sers un rafraîchissement ?

— Volontiers, merci.

— Jus de fruits, thé glacé, eau gazeuse ?

— Un thé, ce sera parfait.

Elle quitte la pièce. Sa démarche est vive mais gracieuse. Je laisse errer mon regard de l'autre côté du salon où s'étale une immense bibliothèque murale. Je souris malgré moi devant la pagaille des livres entassés pêle-mêle, aux pages marquées de post-it trahissant une activité régulière. Au moins, cette bibliothèque n'est-elle pas purement décorative ! Émilie Bourgeois revient, un plateau à la main, et effectue le service. Dans le silence installé, je sens monter en moi la nervosité. Je suis si pressé de savoir ! Enfin, elle s'installe en tailleur sur le canapé face à moi et m'adresse un grand sourire.

— Alors, monsieur Barthes, au téléphone, vous m'avez parlé de recherches que vous effectuez sur la Seconde Guerre mondiale, c'est ça ?

— Oui, enfin… disons que les travaux effectués par votre père ont peut-être de quoi m'éclairer… sur moi, sur ma famille.

Elle laisse échapper un petit rire spontané.

— Vous ne seriez pas le premier à trouver des éléments liés à vos ascendants dans les compilations de papa ! Je crois d'ailleurs qu'il a effectué cet énorme travail de mémoire en ce sens. Je veux dire, précise-t-elle, qu'au-delà d'une véritable passion pour cette période de l'histoire, papa avait en tête de compiler tous les récits de ces hommes et femmes ayant participé de près ou de loin au déroulement des événements dans un souci de témoignage, de trace pour les générations d'après.

— Je comprends ce que vous voulez dire, j'ai consulté un certain nombre de documents numérisés par vos soins sur Internet.

— Et encore, ce travail-là peine à rendre compte de la quantité d'archives de papa ! Avec une poignée d'amis passionnés, nous n'avons achevé que l'an dernier le classement des différents noms, lieux et événements apparaissant dans ces archives. Un vrai travail de fourmi ! Il a fallu des heures et des heures de lecture pour relever ces différentes indications, les répertorier dans une base de données et référencer chaque document en lien avec elles. Cette année, nous avons pour ambition de tout numériser pour informatiser les recherches.

Je hoche la tête.

— Mais je parle beaucoup trop, veuillez m'excuser ! À vous maintenant, je vous écoute.

Je termine mon thé glacé en rassemblant mes idées et me lance dans le récit d'Eugène. Mon hôtesse m'écoute avec une attention non feinte et je devine aisément son premier héritage, cette passion de l'histoire que lui a transmise Duquesne. Lorsque j'en arrive enfin au récit des deux nouveau-nés du Vél' d'Hiv, Émilie Bourgeois laisse échapper un glapissement aigu. Ses yeux s'agrandissent de stupéfaction et je m'arrête net, certain qu'elle sait déjà de quoi je parle. Mon cœur bondit dans ma poitrine.

— Mais je connais cette histoire ! lâche-t-elle en se levant d'un bond. Je l'ai répertoriée et référencée moi-même, suivez-moi !

Le temps pour moi de m'extirper du canapé, Émilie Bourgeois a déjà disparu dans un martèlement de pas précipités.

— Par ici ! me crie-t-elle.

J'emprunte le couloir en suivant la voix et j'arrive dans un vaste bureau qui a tout d'une salle des coffres. Alignées le long des murs, des dizaines d'armoires métalliques étiquetées se succèdent sans discontinuer. Mon hôtesse est là, plantée au centre de la pièce, suivant des doigts l'étiquetage des différents casiers, la mine absorbée. Je crois qu'elle ne me prête aucune attention, pourtant elle m'explique :

— J'essaie de me rappeler où j'ai lu cette histoire, mais ça ne me revient pas ! Bon, peu importe, on va procéder méthodiquement. Vous voyez ces casiers, là ? Ils contiennent les fiches de référence. Étiquettes jaunes, patronymes, étiquettes bleues, lieux ou événements, étiquettes rouges, dates.

J'acquiesce, même si je ne comprends pas encore la méthode.

— Donc si on prend le patronyme Barthes, on devrait…

— Peine perdue, Barthes est un nom « d'adoption » dis-je, en mimant les guillemets.

Émilie Bourgeois, saisie, marque un temps d'arrêt.

— OK, je vois, me retourne-t-elle d'une voix douce. Du coup, je m'aperçois que je ne vous ai pas laissé finir votre récit. Je suis désolée, vraiment. C'est juste que j'ai lu cette histoire quelque part… ici, achève-t-elle en désignant la série d'armoires qui nous entourent.

— Ce n'est rien. Le simple fait de savoir que vous détenez quelque chose sur cette histoire est une excellente nouvelle pour moi… En fait, pour aller à l'essentiel, je suis l'un des deux bébés nés au Vél' d'Hiv le 18 juillet 1942.

Ahurie, la mine de la jeune femme s'allonge de dix pieds. J'achève mon explication avec la révélation de la mort du vrai Louis et de ma substitution.

— Ça alors, c'est incroyable !

— Vous ne pensez pas si bien dire, je peine à le croire moi-même…

— Alors… joyeux anniversaire, avec un jour de retard, avance-t-elle timidement.

— Euh… merci (mais mon intonation semble dire malgré moi le contraire).

Mon hôtesse paraît gênée, elle ne sait pas quoi ajouter. Je brise le silence qui menace d'appesantir encore l'ambiance.

— Alors, comment s'y prend-on ?

— Par la date, c'est le plus simple, explique-t-elle en ouvrant le casier des étiquettes rouges. Voyons voir…

Je la regarde faire défiler les fiches de l'année 1942. Je suis stupéfait du nombre de fiches cartonnées alignées les unes derrière les autres. Au bout d'une longue minute, les doigts d'Émilie Bourgeois stoppent leur course.

— 18 juillet 1942 ! lance-t-elle, nous y voilà. Ça commence ici et ça finit… là. Vous m'aidez ?

Elle me donne un petit paquet de fiches sur lesquelles apparaissent une dizaine de lignes. Première fiche, première ligne, je lis « 18 juillet 1942, témoignage Elsa Rosenberg, rafle du Vél' d'Hiv, déportée à Drancy, réf. : Armoire 1, fichier 12, page 122 », deuxième ligne « 18 juillet 1942, témoignage Émile Aragon, dénonciation anonyme famille Zylberstein, 8, rue du Pont-Vieux, Nancy, réf. : Armoire 5, fichier 9, page 3 »… Je continue ma lecture de la fiche, comprenant peu à peu la méthode de rangement et de référencement. Effectivement, l'épluchage des Mémoires et archives de Duquesne a dû constituer un vrai chantier ! D'autant que le classement comporte trois entrées différentes : noms, lieux/événements, dates. Admiratif, je jette un œil à Émilie, mais son visage concentré sur l'épluchage des fiches me dissuade de tout commentaire. Je retourne à ma tâche. Enfin, au bout d'une dizaine de minutes, mon cœur bondit quand je tombe sur cette référence : « 18 juillet 1942, rafle du

Vél' d'Hiv, témoignage de Germaine Joulot, infirmière Croix-Rouge présente au vélodrome, réf. : Armoire 8, fichier 78, page 52 ».

— Je... j'ai peut-être quelque chose.

Émilie Bourgeois pose les yeux sur la ligne que je pointe. Son visage s'éclaire immédiatement.

— Mais oui, c'est ça ! Elle raconte la nai... votre naissance, monsieur Barthes.

Je sens mon cœur taper fort dans ma cage thoracique.

— Appelez-moi Louis, s'il vous plaît.

***

« ... La situation depuis l'avant-veille avait encore empiré. Les bus continuaient de déverser leurs cargaisons de juifs et il y avait à l'intérieur un monde fou... Une odeur pestilentielle avait envahi tout le vélodrome. En l'absence de sanitaires utilisables, les gens étaient forcés de faire leurs besoins où ils pouvaient... c'était abominable, inhumain... Entassés sur les gradins autour du vélodrome, certains demeuraient totalement prostrés, hébétés, l'œil vague et sidéré, d'autres au contraire gesticulaient et poussaient des hurlements qui se mouraient dans leurs propres échos. Des enfants – nouveaux arrivés du jour probablement – couraient, se poursuivaient sans mesurer la gravité de ce qui était en train de se passer. D'autres, fatigués et terrorisés par les longues heures d'enfermement, pleuraient, accrochés aux jupes de leurs mères, ne comprenant pas pourquoi ils étaient là. Les gens avaient faim, les gens avaient soif. Les mères tentaient par tout moyen d'obtenir de l'aide, harcelant les gardes, faisant le tour des gradins à la recherche de la moindre goutte d'eau. Certaines, désespérées par les pleurs ou la maladie de leur enfant, suppliaient, invectivaient, criaient ou perdaient la raison... J'ai même vu une femme sauter du haut des tribunes pour mettre un terme à son cauchemar. C'est une image que je ne peux oublier. Si je ferme les yeux, je vois encore son visage, son expression accablée... J'ai fait partie des rares à qui on a permis d'entrer. Beaucoup se sont fait refouler par les gardiens. Au final, nous disposions de bien moins que le minimum pour tenter d'endiguer les déferlantes de souffrances et d'abominations : quelques tentes au centre du parterre et un matériel sanitaire ridicule... Il accourait des malades de partout. Maux de tête, maux de ventre, vomissements, infections, virus, détresse psychologique... Nous ne pouvions pas répondre à tous.

« En début d'après-midi, le 18 juillet, j'ai vu arriver une femme enceinte, encadrée par deux hommes sans lesquels elle n'aurait même pas pu mettre un pied devant l'autre. Lorsque nous l'avons allongée, elle était déjà dans un état critique. Elle avait perdu les eaux, présentait une forte fièvre qui la faisait délirer et ses constantes étaient mauvaises. Le médecin Parmentier a immédiatement demandé l'évacuation à l'hôpital Rothschild mais il s'est heurté à un refus catégorique. Plus tard, on a entendu dire que les chiffres de la rafle n'étaient pas suffisants et que les gardiens avaient pour consigne d'interdire toute évacuation sanitaire... Dès lors, nous n'avions guère le choix. Avec le docteur Parmentier, nous avons fait tout ce que nous pouvions. L'accouchement a été un véritable enfer, l'enfant se présentait mal et la mère a fait une hémorragie. Tant bien que mal, nous avons réussi à extraire l'enfant, c'était une fille. J'allais laisser exploser ma joie quand le médecin m'a dit qu'un deuxième bébé arrivait. Je me souviens encore de sa tête effarée quand il s'en est rendu compte. Il était épuisé. Moi aussi. Nous avons poursuivi malgré tout et le deuxième enfant est né. C'était un garçon. La mère est décédée à ce moment-là. Il aurait fallu la transfuser et nous n'avions rien… Lorsque le médecin m'a tendu le second bébé, il y a d'abord eu une immense joie spontanée : nous venions de sauver deux vies ! C'était un vrai miracle ! Mais l'instant d'après, nos regards ont balayé l'horreur autour de nous et nous nous sommes immédiatement compris : "Et maintenant ?" En réalité, nous venions tout juste de reporter l'échéance d'une mort certaine. Je crois que sans que nous en ayons pris conscience, le fait d'avoir sauvé ces deux êtres minuscules et vulnérables a ajouté à notre sentiment de responsabilité. Nous devions absolument parvenir à faire sortir les nourrissons de l'enceinte du Vél' d'Hiv. J'étais en train de nettoyer et d'emmailloter les bébés avec les moyens du bord quand le docteur Parmentier est revenu près de moi. Il a posé deux mallettes médicales à côté des nourrissons et les a vidées de leur contenu. Il m'a dit quelque chose comme : "La relève des infirmières est dans une heure, non ?" Nous nous sommes regardés, j'ai hoché la tête et je crois que j'ai dit que je m'occupais de l'évacuation. J'ai placé un linge au fond de chaque mallette tandis que le médecin administrait une dose infime de barbiturique aux bébés pour qu'ils ne pleurent pas quand je passerais le cordon de sécurité. J'ai camouflé les nouveau-nés avec des boîtes de médicaments vides, des linges et des pansements. Puis j'ai fébrilement attendu la relève. Quand celle-ci est arrivée, j'ai respiré un grand coup et je me suis dirigée vers la sortie d'un pas décidé. Je me rappelle parfaitement que je ne cessais de m'exhorter à rester naturelle, à ne surtout pas me précipiter. Mais plus je m'approchais des portes, plus j'avais le sentiment de me trahir. Mon cœur battait à rompre, j'avais les mains moites et une envie folle de prendre mes jambes à mon cou. Finalement, j'ai atteint le poste de garde et j'ai montré mes papiers. Je crois en fait qu'aucun des gendarmes n'a imaginé un instant que mes deux petites mallettes pouvaient contenir quoi que ce fût d'autre que du matériel de soins, d'autant que je n'entrais pas, je sortais. Ils m'ont laissée passer sans même jeter un œil à mes bagages. Une fois dehors, je me suis engouffrée dans le métro et j'ai filé chez Albert, un cousin dont je connaissais les opinions politiques et que je pensais susceptible de m'aider. C'est lui qui a pris le relais. Quand il m'a vue arriver avec les deux nouveau-nés, il m'a dit qu'il savait qui contacter pour mettre les enfants à l'abri… Albert a été dénoncé quelques mois après, arrêté et déporté à Dora. Il n'en est jamais revenu… Son épouse, Magdeleine, m'a dit avoir entendu Albert parler d'un orphelinat israélite en zone libre… Mais en dehors de cela, je n'ai jamais su ce qu'étaient devenus les bébés et il ne se passe pas un jour sans que je pense à eux… Cinq ans après le Vél' d'Hiv j'ai accouché de ma petite Françoise. En prenant pour la première fois ma fille dans mes bras, j'ai connu la plus grande joie de ma vie. Et en même temps, l'image des deux nourrissons du Vél' d'Hiv a ressurgi avec une violence inattendue.

Aujourd'hui, je regarde grandir mes petits-enfants et je ne cesse de me demander si ces deux bébés ont également eu la chance de grandir et de vivre leur vie… Il y a des souvenirs qu'on ne chasse pas. »

Ma main tremble en posant le document d'archive sur la table. Mes yeux, de nouveau, coulent. Émilie me regarde avec une compassion qui me bouleverse davantage encore. Au bout d'un long moment, elle rompt le silence.

— Je vais vous aider, Louis. Vous n'êtes pas seul. J'ai aussi fondé Mémoires vivantes pour ça.

33

Passé Narbonne, le ciel s'était chargé et une chape basse et dense de nuages plombait désormais l'atmosphère, écrasant l'horizon. Un léger crachin commença à fourmiller sur le pare-brise comme un timide préambule aux orages annoncés par Météo France. À 17 h 25, Merlot passa enfin le dernier péage de l'A61 et s'engagea sur le périphérique toulousain. Là encore, les voitures faisaient une sarabande serrée et nerveuse. Le flic expira bruyamment, jeta un regard sur le GPS et mit le gyrophare sur le toit pour s'engager sur la bande d'arrêt d'urgence.

— Si on met les gaz, on sera à la SR dans une quinzaine de minutes, dit-il comme pour se justifier.

Depuis l'identification ADN de Jane Smith-Morrison, un vent d'adrénaline soufflait sur les enquêteurs, Merlot en première ligne, malgré ses efforts pour dissimuler son impatience. Les tractations en haut lieu avaient abouti à la constitution en urgence de la cellule TEH et ce, après plus de vingt ans d'enquête infructueuse. Le flic d'Interpol tenait enfin une piste sérieuse susceptible de le conduire aux organisateurs d'un trafic humain d'ampleur européenne et il ne comptait pas laisser passer sa chance. Il écrasa le champignon, joua du volant, se faufila entre les voitures pour rejoindre le plus rapidement possible la SR dans le centre-ville. Dès qu'ils eurent laissé derrière eux les longues barres de béton du quartier Empalot, Agathe découvrit avec ravissement la vue depuis le pont Saint-Michel qui enjambait la Garonne. Une luminosité électrique propre aux ciels d'orage arrosait la ville et en saturait les contrastes. En contrebas, les vastes prairies du cours Dillon flirtaient avec le fleuve, alors qu'à perte de vue chatoyaient les toits de tuiles rouges et les briques oran-gées qui faisaient la réputation de Toulouse. Depuis son arrivée dans le Sud un an plus tôt, Agathe n'avait pas encore eu l'occasion de visiter la fameuse Ville rose. Assise à l'arrière et malgré la conduite sportive de Merlot, elle profita du paysage jusqu'à leur arrivée.

À peine sortis de voiture, ils furent accueillis à même le parking souterrain par Éloïse Bouquet en personne. Un mètre soixante-quinze, 35 ans environ, cheveux courts et bruns, yeux vairons noisette et vert, athlé-tique. Il émanait du capitaine – qu'Agathe avait vue en photo dans les journaux lors de l'affaire de la tueuse en série indienne – une impression de force et de dureté. Tout en elle semblait vif et tranchant. Merlot fit rapi-dement les présentations au capitaine Bouquet, qui ne marqua aucun arrêt sur la trop grande taille d'Agathe. *Pour le coup, c'est une première !* songea la Nîmoise en lui emboîtant le pas. Les gendarmes délaissèrent alors l'escalier desservant les étages pour suivre un long couloir de béton gris conduisant aux sous-sols aménagés. Au plafond, une succession régulière de néons grillagés aspergeait la galerie d'une lumière crue et hostile jusqu'à une porte en fer à la peinture émaillée. Éloïse Bouquet poussa sur le battant et les invita à découvrir un vaste plateau encore en cours d'aménagement.

— Voici la cellule TEH !

Côté gauche, bureaux et postes de travail étaient regroupés dans un open space favorisant les échanges d'informations. Agenouillés au pied d'un bureau, deux techniciens s'affairaient sur les derniers raccords électriques et connectiques des ordinateurs. Côté droit, se trouvait un espace de travail collectif avec une grande table ovale et une dizaine de chaises, le tout encore sous plastique. Au mur, s'étendait un gigantesque tableau effaçable blanc sur lequel sommeillait une ribambelle d'aimants et de feutres. En dessous, se succédaient en un patchwork de couleurs translucides des casiers en plastique pour l'archivage et le rangement des dossiers. Les nouveaux venus continuèrent à balayer les sous-sols des yeux et Agathe laissa échapper un sifflement quand elle visualisa un coin en retrait avec fauteuils et distributeur de café.

— Ça ne rigole pas ! lâcha-t-elle.

— C'est une initiation à la vie troglodyte ou quoi ?! commenta Vicenti, sarcastique.

Éloïse tourna un regard peu amène vers le Nîmois. C'était le genre de réflexion qu'elle aurait eu beaucoup de mal à tolérer de ses coéquipiers habituels. Peu de gendarmes pouvaient se targuer de bénéficier de moyens aussi importants ! Plus rares encore étaient ceux qui avaient la chance d'intégrer une cellule comme TEH ! Pourtant, le capitaine se rappela les conseils du colonel Prat et ravala la semonce qui ne demandait qu'à sortir… Elle devait éviter de braquer le Nîmois d'entrée de jeu, aussi antipathique et maussade qu'il pût paraître.

— Amène-les ici, *chief* ! lança alors une voix du fin fond du sous-sol.

Éloïse avança dans l'allée centrale, laissa le coin café à sa gauche et embrassa d'un geste une dernière zone rencognée dans un angle. Vicenti, Merlot et Agathe, stupéfaits, visualisèrent alors un grand coin cuisine simple mais fonctionnel avec placards, double évier, plaques de cuisson et un gros réfrigérateur que terminaient d'installer deux autres techniciens. Autour d'une longue table blanche et carrelée, Jacques Bois, le Nîmois, entouré de trois autres hommes, sirotait une boisson gazeuse.

— Je vous présente Thibault Lazzi, Jean-Marc Pradel et Kamel Sherfi, énuméra Éloïse, les membres habituels de mon équipe.

34.

Bruno sentait déjà la fraîcheur gagner l'air ambiant. Le soleil déclinait au sommet des crêtes, ne diffusant plus qu'une lumière pâle et froide dans la vallée. Assis sur le roc à l'entrée d'une vieille carrière abandonnée depuis des lunes, il scrutait l'horizon d'un œil apeuré. Contre tout bon sens, il s'en était remis à Élicen et Atrimen. Elles l'avaient conduit ici, lui garantissant qu'il était à l'abri. Le lieu était désolé et désolant, surtout dans le jour déclinant.

Le garçon sentit les larmes monter. Ses parents lui manquaient. Même Kévin lui manquait ! Et surtout, il ne voyait pas comment s'extirper de cette situation. Selon toute probabilité, une communauté totalement barje vivait ici, recluse, loin du monde, paralysée par de délirantes croyances. Et lui qui pensait trouver de l'aide en franchissant ce mur se retrouvait désormais plongé en plein cauchemar ! Durant tout le chemin jusqu'à la carrière, soutenu des deux côtés par Élicen et Atrimen, il avait imaginé leur crier la vérité au visage. « Il n'y a pas plus de Boches dehors que de dragons dans les rues ! Tout ça, c'est de la connerie pure ! Votre Virinaë est complètement timbrée ou alors, elle vous mythone[1] un max, putain ! » Pourtant, quelque chose l'avait retenu. Quelque chose qu'il pouvait désormais nommer : il se sentait, se savait en danger. Il venait de passer deux heures à assembler les quelques morceaux du puzzle qu'il détenait. Des centaines de questions le taraudaient auxquelles il n'avait pas encore de réponses… Cependant, le peu qu'il avait compris suffisait à lui glacer les sangs : ici, les règles et les codes étaient différents. Ici, les gens se protégeaient d'un extérieur terrifiant et lui venait justement de cet extérieur. Si jamais les filles trahissaient sa présence… Bruno tressaillit à cette idée. Mais de quoi avait-il peur exactement ?

Le gamin repensa au débit univoque d'Élicen et Atrimen quand elles lui avaient dit qui était Virinaë.

— C'est notre Grande Prêtresse, notre Mère protectrice, celle par qui l'ennemi tombera et qui conduira le cheptel sur les chemins de la Délivrance et de la Liberté…

Du pur délire ! On aurait dit qu'elles étaient conditionnées, que la réponse était apprise par cœur, qu'il n'y avait aucune place pour la pensée personnelle. Comme dans une sorte de secte, songea Bruno. De nouveau, il repensa au film *Le Village*, au conditionnement de l'ensemble des individus qui n'osaient pas s'aventurer dans la forêt au motif que des esprits et des monstres s'y tapissaient et que tous ceux qui avaient osé pénétrer dans les bois en étaient morts. La peur était entretenue

---

1. « Mythoner » est un abus de langage, probablement issu du mot « mythe », utilisé chez les jeunes pour signifier « mentir, raconter des craques ».

par la vieille sorcière du village et les légendes avaient pris le pas sur la réalité. Comme la légende des Boches pour Élicen et Atrimen et toutes les âmes de leur cheptel… Cependant, ici, certains points divergeaient avec le film.

D'abord, il y avait cette espèce de sanctuaire avec les pierres blanches alignées en cercles. Un cimetière sans corps, un cimetière rempli de personnes décédées jeunes, bien trop jeunes… Bruno fit un effort de mémoire : la date de naissance la plus ancienne sur les pierres remontait à 1930. Cela faisait donc plus de quatre-vingts ans que des gens avaient élu domicile en haut des montagnes ?… Ensuite, il y avait ce culte très fort porté à celle qui se faisait appeler Virinaë et qui avait apparemment autorité sur le cheptel… Est-ce que cette femme était un escroc qui plumait ses adeptes comme dans certaines sectes ? Avait-elle fondé cette secte ? Bruno opéra un calcul rapide. À supposer qu'elle ait fondé sa secte alors qu'elle avait 20 ans, elle aurait désormais plus de 100 ans… Absurde ! Sauf si… *Non, Bruno, les vampires n'existent pas ! Arrête !*

Le gamin frissonna. Dans le jour décroissant, le froid s'invitait minute après minute… Bruno se frictionna les bras pour se réchauffer un peu. Puis il jeta un œil à sa cheville. Ça n'était pas beau à voir ! Un gros renflement violacé et jaunâtre aux pourtours ornait tout son cou-de-pied et sa malléole externe. S'il ne se trompait pas, sa cheville était plus enflée qu'au réveil ce matin ! Malgré l'engourdissement bourdonnant au bas de sa jambe, il tenta de faire légèrement bouger ses orteils. Il ressentit immédiatement une vive douleur qui lui arracha un gémissement.

— Apparemment, tu as encore bien mal ?

La voix le fit sursauter et son cœur opéra un bond violent dans sa poitrine.

***

La fin de ton après-midi s'est déroulée comme d'habitude. En apparence tout au moins. Parce que dans ta tête, défilaient sans cesse les mêmes questions autour de ce Bruno qu'Élicen et toi aviez décidé de cacher. Tu as rangé les légumes ramassés le matin par tailles et catégories dans les cagettes. Dans la cadence mécanique des gestes qui habituellement te vide le cerveau, tu n'as pas cessé de te demander si vous n'aviez pas commis une grossière erreur… une faute ?… Puis tu as rejoint le moulin où tu as aidé Anten à moudre le grain et à stocker la farine dans de grands sacs. Là non plus, tu n'as trouvé aucun répit. Tes doutes, ta crainte de mal faire pour le cheptel t'ont turlupinée sans relâche. Quand Anten et toi avez eu terminé, la farine voletait dans l'air et les cheveux d'Anten étaient blancs, comme ceux de Clarisse-la-pépiote. Tu as ri en le voyant ainsi. Anten t'a regardée étrangement. Puis il t'a jeté une grosse poignée de farine sur les cheveux avant de te poursuivre dans tout le moulin. Tu es agile et bien plus menue que lui. Tu t'es hissée à l'échelle du meunier en quelques secondes. Lui n'a pas réussi à t'attraper les chevilles et il est monté derrière toi en poussant des petits cris effrayants. Puis, une fois en haut, il s'est rué sur toi en quelques enjambées et t'a saisie par la taille pour te plaquer à lui. Dans ses yeux, tu as décelé cette expression de conquête que tu lui connais depuis que Virinaë a annoncé vos noces pour début septembre. C'est un peu comme si… tu lui appartenais. Comme si tu lui appartenais déjà… Avant, Anten, c'était certes ton promis mais avant tout un ami. Un garçon fort, athlétique et doux. Depuis que Virinaë a annoncé vos noces, il semble… fier. Voilà, c'est ça ! Fier ! Comme s'il avait remporté un trophée. Au début, ce regard nouveau sur toi t'a flattée. Mais au fil des semaines, ça a commencé à t'agacer… Évidemment, tu ne peux le dire à personne, sauf peut-être à Élicen, et encore ! Ce serait maladroit parce qu'Élicen n'a plus de promis, elle. Celui qui devait devenir son époux, Alfen, a été raflé il y a deux ans. Et les garçons de votre génération sont tous promis à d'autres. Depuis que Folcine a disparu il y a six jours, il se dit qu'Élicen pourrait être mariée à Ridine, le veuf. Parce qu'ils ne sont pas de la même lignée elle et lui. Mais quand même, Ridine est bien plus âgé qu'elle…

Tu as échappé à l'insistance d'Anten et tu es partie en quête d'Élicen qui terminait ses travaux de tissage. En un regard, vous vous êtes comprises et elle t'a rejointe quelques minutes plus tard au pied de votre arbre sacré, où le symbole de votre amitié est gravé dans l'écorce depuis l'enfance. L'arbre trapu et centenaire au pied duquel vous vous retrouvez pour être tranquilles.

— Alors ?! On a bien fait, tu ne crois pas ? t'a lancé immédiatement ton amie.

— Je… je ne sais pas Élicen. C'est la première fois qu'on cache quelque chose aux autres, non ?

Élicen a ramassé une pâquerette dont elle a fait tourner la tige dans sa main.

— Moi, j'aime bien, a-t-elle fini par te dire.

Tu as regardé ton amie, ahurie. Tu avais du mal à en croire tes oreilles !

— Tout le monde sait tout sur tout le monde au cheptel, a-t-elle repris en ouvrant les mains. Pour une fois, ça change ! Et puis, comme ça, on a un secret.

— Mais enfin Élicen ! Tu as perdu la tête ou quoi ?! Je croyais que mentir t'était...

— Il ne s'agit pas d'un mensonge, Atrimen ! J'ai bien réfléchi tout cet après-midi, tu sais. Bruno a raison. On ne ment pas vraiment. On se contente de ne pas dire quelque chose, c'est différent. Et puis, dans le fond, on ne fait que protéger le cheptel ! Où est le problème ?

Tu ne savais plus quoi penser. Jamais tu n'aurais cru ça d'Élicen ! Elle a reçu la même éducation que toi, les mêmes valeurs et, quoiqu'un peu rêveuse, elle n'est pas assez inconséquente pour faire l'impasse sur les intérêts du cheptel. Et là, subitement, elle t'a semblé presque immature.

— Tu peux dire tout ce que tu veux Élicen, moi je trouve que Virinaë est la seule à même de savoir quelle décision prendre.

— Ah bon ? Pourtant Bruno, *lui*, il l'a prise *sa* décision, t'a-t-elle narguée. Il veut passer de l'autre côté du mur !

Tu as senti le rouge te monter aux joues. Jamais Élicen ne t'avait parlé sur ce ton narquois auparavant. Ton regard s'est durci et tu as fixé ton amie dans les yeux pour qu'elle écoute bien ce que tu t'apprêtais à lui dire :

— Eh bien, c'est la décision la plus stupide... la plus dangereuse... la plus... la plus inconsciente qu'il pouvait prendre !

— … Peut-être… Mais c'est *sa* décision, t'a-t-elle rétorqué d'un ton placide.

Tu as ouvert la bouche pour répliquer quelque chose mais rien n'est sorti. Tu devais bien l'admettre : elle venait de te clouer le bec. Élicen n'en a pas rajouté. Elle s'est éloignée un peu. Tu l'as regardée. Tu la connais bien. Tu savais qu'il se passait quelque chose. Qu'elle avait une idée derrière la tête, comme disent les anciens. Dans ces moments-là, avec elle, c'est quitte ou double. Tu as décidé de tenter ta chance. Tu t'es approchée d'elle doucement et tu as posé ta main sur son épaule.

— Élicen, qu'est-ce qui se passe ?

Elle a dégagé son épaule d'un petit mouvement mais, contre toute attente, s'est retournée vers toi et a planté un regard perplexe dans le tien.

— Atrimen… avons-nous jamais pris la moindre décision ?

Tu as senti comme une sorte de flottement. La question n'en était pas une. Il y avait une lueur dans le regard d'Élicen qui t'a terrifiée. Une lueur que tu n'avais jamais vue avant. Tu aurais voulu trouver quelque chose à répondre, mais rien ne t'est venu. Alors, malgré ta terreur, tu as décidé de baisser la garde.

Qu'est-ce que tu es en train de me dire, Élicen ?

— Je crois qu'on doit respecter *sa* décision. Je crois qu'on doit l'aider. Je crois au fond de moi que c'est ce que nous devons faire.

— En dépit de tout bon sens ?

— En dépit de tout bon sens.

— Tu me jures que tu n'as rien d'autre en tête ?

— Mais non ! s'est-elle agacée.

Tu lui as jeté un regard mi-inquisiteur, mi-inquiet.

— Quoi ?!

— Élicen, as-tu commencé à voix basse… Toi et moi savons pertinemment de quoi je parle…

— Arrête avec ça, Atrimen ! Je ne voulais pas franchir ce mur, je voulais juste regarder par-dessus ! t'a-t-elle chuchoté immédiatement. Et puis, je n'avais pas conscience du danger, j'étais une enfant.

— Et alors ?! J'avais le même âge que toi, figure-toi ! Et je t'ai empêchée d'aller plus loin, tu le sais très bien, Élicen !

— Arrête Atrimen, tu m'énerves !

— Non, toi arrête ! Ce n'est pas parce que ce Bruno, venu d'on ne sait où, a décidé de se jeter dans la gueule du loup, que je laisserai ma meilleure amie s'y jeter aussi. Le cheptel a besoin de toi. *J'ai* besoin de toi ! Alors, je veux que tu me jures solennellement que tu n'as pas d'idée tordue en tête.

— Sinon quoi ? t'a-t-elle provoquée.

— Sinon j'explique la situation aux anciens.

— C'est du chantage, Atrimen ! Rien que par principe, je…

— J'attends, l'as-tu coupée avec fermeté.

— Pff… Je te jure que je n'ai aucune idée tordue en tête, a-t-elle lâché en soufflant.

— Merci.

Et tu as déposé une bise sur sa joue avant qu'elle ait le temps de riposter. Tu t'apprêtais à partir, mais Élicen t'a retenue par la manche.

— Atrimen, je vais aider Bruno. Et j'aimerais que tu…

— J'ai compris. Et je serai avec toi.

— Parfait. Alors, ça commence maintenant, Atrimen. Je crois que si on ne veut pas qu'il meure de froid et de faim, il va falloir lui porter rapidement quelques petites choses. Et tant qu'on y est, il faudrait aussi un onguent pour soigner sa cheville.

— Il n'y a pas à dire, quand tu as une idée en tête, toi !

***

Les deux têtes apparurent en même temps que la voix qui venait de le faire sursauter. L'une blonde aux cheveux raides, l'autre brune et bouclée. Bruno jeta immédiatement un regard derrière elles.

— Vous êtes seules ?

— Mais oui... Ne t'inquiète pas. Voyons, montre-moi cette cheville.

Avant même qu'il puisse dire quoi que ce soit, Élicen commençait à l'inspecter précautionneusement. Quelques secondes après, elle extirpa un pot de la poche de sa chasuble et entreprit d'appliquer délicatement un onguent sur sa blessure. Bruno tressaillit au contact des doigts sur le gros renflement violacé.

— C'est un baume à base d'arnica, expliqua alors Élicen. Tu ne pourras pas poser le pied demain, mais ça devrait te soulager un peu.

Bruno, traits crispés, attendit la fin de son supplice. Quand Élicen eut terminé, Atrimen défit un ballot qu'elle avait posé à terre.

— Vous m'avez apporté à manger ?! s'exclama-t-il en apercevant quelques vivres au fond du sac improvisé.

— Tiens, lui fit la fille en lui tendant un gros morceau de pain. Tu dois être mort de faim.

Bruno ne se fit pas prier et mordit dedans à pleines dents. C'était un pain rustique, à la mie dense et bourrative. Pas franchement bon mais efficace pour remplir le ventre. Il émit un grognement de satisfaction qu'Élicen s'empressa de relever.

— C'est bon, hein ?… Évidemment, ça ne vaut pas le pain de Sorine…

Une ombre passa sur son visage à l'évocation de ce prénom et elle cessa de parler.

— Vous faites votre pain ? relança Bruno.

— Bien sûr ! Qui d'autre ?! pouffa-t-elle.

— Vu sous cet angle… Et Sorine dont tu parlais, c'est qui ?

Les deux filles échangèrent un regard furtif. Elles hésitaient à lui répondre. Finalement, Élicen se décida.

— C'était notre boulanger.

— C'était ?

— Oui… Il a été raflé l'an dernier, acheva-t-elle, la mine fermée.

Bruno sentit un pic de tension électriser tout son corps. Raflé ?! Mais qu'est-ce que ça pouvait bien vouloir dire ? Malgré le poids éloquent du silence qui s'était installé, il osa :

— Raflé ?

— Ben oui… Raflé par les Boches… Évidemment, tu ne te souviens toujours de rien ?! ironisa Atrimen d'un ton sarcastique.

— Je… non… affirma finalement Bruno.

— Laisse-le tranquille, intervint Élicen.

— Tu ne te souviens de rien mais tu veux quand même franchir le mur ! persista la jeune fille.

— Fous-lui la paix, Atrimen !

— J'ai quand même le droit de lui dire ce que je pense !

Les deux filles se fixaient désormais en chiens de faïence. La tension entre elles était palpable. Bruno se dit que le moment était bien choisi.

— Vos Boches, là… ils opèrent des rafles ici, c'est ça ?

— Évidemment, ici ! Ils opèrent des rafles depuis la nuit des temps, lui assena Atrimen d'un ton sec. Ces chacals se nourrissent du sang qu'ils versent.

Bruno jeta un œil à Élicen. Partageait-elle aussi cette improbable croyance ?

— Atrimen dit la vérité, approuva finalement Élicen fixant les yeux de Bruno. Depuis le début de la guerre, les Boches ne cessent de s'attaquer au cheptel. Tu te souviens de l'endroit où on t'a trouvé tout à l'heure ? (Bruno opina du chef.) Là, repose la mémoire de tous nos disparus ! Tu te rends compte ?! Une âme pour chaque pierre blanche.

Les deux filles affichaient des mines sinistres. Elles paraissaient à la fois révoltées et complètement apeurées. De son côté, Bruno avait du mal à croire ce qu'il entendait. Des rafles organisées par des Boches ! C'était du pur délire ! Comment ces filles, qui n'avaient pas l'air plus stupides que la moyenne, pouvaient-elles gober des âneries pareilles ?! Puis une question surgit dans son esprit et s'imposa avec toute l'horreur qu'elle supposait : *Des gens ont-ils vraiment été enlevés ici ?*...

Bruno hésita un instant, terrifié par ce qu'il était en train d'envisager, avant de se lancer :

— Mais… vous les avez vus ces… Boches ? Je veux dire, vous les avez vus *en vrai* ?

Sa question resta en suspens durant quelques secondes. Atrimen et Élicen le fixaient avec des yeux agrandis par la terreur et l'incrédulité. Puis Atrimen s'extirpa du silence pesant pour lui répondre d'un ton atterré :

— Tu réalises ce que tu dis ?! Tous ceux qui ont eu le malheur de les voir ne sont jamais revenus ! Ils sont… morts, Bruno.

— *En vrai*, les Boches arrivent chez nous avec leurs fusils et leurs chiens fous qui gueulent à t'en déchirer les tympans ! enchaîna Élicen d'une voix transpirant l'indignation. Ils viennent toujours la nuit… Ils sont très nombreux et nous n'avons pas les armes pour nous opposer à eux !… Alors, *en vrai*, nous nous cachons le plus vite possible dans les abris… Mais chaque fois, ils attrapent l'un d'entre nous, parfois même plusieurs d'entre nous… Voilà ce qu'on peut te dire… *en vrai* ! conclut-elle avec hargne.

Bruno observa la jeune fille brune qui le toisait désormais avec un air de défi dans les yeux. Elle tremblait de tout son corps et le garçon sut qu'elle ne mentait pas. Ni elle, ni Atrimen… *ni personne* ? Les filles avaient entendu ces chiens. Les filles avaient compté leurs disparus. Les filles avaient bien *vécu* ce qu'elles lui racontaient. C'était totalement absurde mais c'était leur vérité à elles. De deux choses l'une, ou bien les gens qui vivaient ici étaient tous totalement fous, des sortes de dégénérés en proie à une forme d'hallucination collective, ou bien ils faisaient l'objet d'une colossale manipulation. Et dans les deux cas, Bruno devait mettre les voiles le plus tôt possible parce qu'il était en danger ! Si ces gens étaient timbrés, Dieu seul savait quelle idée tordue pourrait leur traverser la tête. S'ils étaient manipulés, il y avait quelqu'un dans leur groupe ou en dehors qui verrait d'un très mauvais œil qu'un tiers s'invite au cœur de la communauté… *Quelqu'un capable d'enlever des gens*, murmura une petite voix dans son esprit.

— Je suis vraiment désolé. Je ne voulais pas vous mettre en colère, finit-il par dire. Je ne… je ne savais pas pour… tout ça. Je ne doute pas de ce que vous me racontez, OK ?

Les deux filles retrouvèrent un semblant de calme. Bruno était condamné à en rester là, pourtant les questions se bousculaient à la frontière de ses lèvres. Ces rafles avaient-elles réellement lieu ? Et si oui, comment se produisaient-elles ? Qui les organisait ? Et pourquoi ?! Que s'était-il passé en 1990 ? Depuis quand ces gens vivaient-ils ici ? Qui était véritablement celle qui se faisait appeler Virinaë ?…

— C'est dommage que tu ne te souviennes de rien, lâcha Élicen d'un ton songeur… Parce que tu aurais pu nous dire comment c'est derrière le mur.

À ces mots, Atrimen la fusilla du regard.

— Ben quoi ?! Apparemment, il y a d'autres cheptels ! se défendit Élicen. Tu te rends compte ?!

— Je me rends compte qu'il est tard et qu'on va attirer l'attention si on ne rentre pas très vite, lui rétorqua Atrimen.

— … D'accord, se résigna Élicen… On reviendra demain te porter de l'eau et de la nourriture. Et maintenant, tu ferais mieux de rentrer à l'intérieur du cabanon si tu ne veux pas attraper froid.

Bruno entreprit de se lever en grimaçant de douleur. Les deux filles vinrent immédiatement le soutenir et l'aidèrent à rejoindre le vieux poste de garde planté à une cinquantaine de mètres à l'entrée de la carrière. Quand ils furent arrivés, Atrimen poussa la porte du bout du pied et Bruno découvrit un espace confiné et poussiéreux dont l'unique vitre sale peinait à laisser entrer le jour. Élicen alla chercher le contenu du ballot resté dehors et Atrimen aida le garçon à s'installer sur une banquette visiblement aménagée là bien après la fermeture de la carrière.

— C'était notre cachette, expliqua-t-elle à Bruno. Quand on était enfants, on venait tout le temps jouer ici. On y a déposé plein de choses au fil du temps. Tu as lanterne, bougies et allumettes dans le coffre ici. Et on t'a apporté une couverture pour la nuit et quelques vivres.

— Merci Atrimen.

— Remercie plutôt Élicen, réagit-elle en le regardant d'une étrange façon.

— Qu'est-ce qui se passe, Atrimen ? Un problème ?

— J'espère vraiment que non… et qu'Élicen a raison de croire que tu mérites qu'on t'aide.

— Elle t'a dit ça ?

— Oui. Et pour rappel, Élicen est ma meilleure amie. Je tiens à elle comme à une sœur. Je crois que je pourrais tordre le cou de quiconque lui ferait du mal.

Bruno capta la menace à peine voilée des propos.

— Mais je ne compte pas lui faire le moindre mal !

— Remets de l'onguent sur ta cheville demain matin, lança alors Atrimen. Plus vite tu seras guéri, plus vite tu pourras partir… Et malgré toute l'absurdité de ton projet, j'en arrive à penser que ce sera beaucoup mieux ainsi.

Élicen apparut dans l'encadrement l'instant d'après. *Jolie meuf*, songea Bruno en la regardant à la dérobée. Ses longues mèches brunes et bouclées lui caressaient les épaules et elle affichait un large sourire plein de vie. *Dommage que sa tenue, comme celle d'Atrimen, ressemble à un vieux sac à patates !*

— Allez Élicen, on file maintenant, lui intima Atrimen.

— À demain, Bruno ! Passe une bonne nuit ! lui lança Élicen avec un petit geste de la main.

Le garçon sautilla vers la porte d'entrée et regarda les deux filles s'éloigner en courant. Atrimen, plus grande et plus athlétique que son amie, avait déjà pris une longueur d'avance. Lorsque Élicen parvint au virage qui s'enfonçait dans le bois, elle lança un dernier regard vers lui. La vision fut furtive mais Bruno eut le sentiment qu'elle le quittait à regret… *À moins que ce soit toi qui aies les boules de la voir partir*, se dit-il en refermant la porte du sinistre abri qui allait lui tenir lieu de campement…

35

L'équipe mit plus d'une heure et demie à s'installer. Rangement des dossiers, répartition des postes de travail, organisation des espaces. Quand l'essentiel fut fait, tout le monde se rassembla autour de la table de réunion.

— Tout d'abord, je vous souhaite de nouveau à tous la bienvenue, entama Éloïse. Nous formons désormais la cellule TEH. Comme vous l'avez constaté, des moyens spécifiques nous sont alloués et, ne nous leurrons pas, ces moyens sont proportionnels aux attentes d'en haut ! En substance, nos supérieurs veulent des résultats.

À ces mots, les regards entendus le disputèrent aux sourires en coin. Le capitaine Merlot intervint.

— Vous avez raison, Éloïse ! Cela étant, il me semble nécessaire de rappeler que cette espèce de pression par le haut tient au fait que, pour la première fois depuis 1991, nous tenons une piste exploitable. Ça fait des années que je bosse sur cette enquête, reprit le flic. Des années que je rame sur ce dossier sans qu'on me donne les moyens nécessaires. Comme si l'absence d'identification des victimes atténuait l'horreur des crimes. Pas de nom, donc pas d'existence et surtout pas de proches pour réclamer justice !

Éloïse songea à sa dernière grosse affaire, la fille de Kali, et se contenta de hocher la tête. Elle imaginait sans peine ce qu'il pouvait ressentir. Elle savait le goût de la traque, la soif de justice. Et elle connaissait parfaitement la rage qui distillait son venin dans chaque particule de vie lorsqu'une enquête piétinait et que les horreurs se poursuivaient.

— Je comprends, admit la gendarme… D'ailleurs, en parlant de l'ancienneté de ce dossier, j'attire l'attention de tout le monde sur le fait qu'Olivier constitue un pilier de TEH. Il est le seul à avoir suivi la série de meurtres depuis le début et, à ce titre, à maîtriser les éléments des différentes enquêtes. Bien que nous ayons passé l'après-midi à potasser les affaires en lien avec ce trafic d'êtres humains, j'aurais – dans un autre contexte – suggéré qu'Olivier fasse un exposé des grandes lignes de l'affaire, manière de tous nous mettre au diapason. Mais hélas, nous n'en avons pas le temps.

— Comment ça ? s'enquit Agathe.

— Figurez-vous que nos trois suspects ont réservé un vol pour Ibiza et doivent s'envoler demain matin ! Du coup, pas de filatures, pas de planques, pas d'écoutes téléphoniques ni d'enquêtes de proximité.

— La poisse ! grogna Mathieu Vicenti d'une voix désabusée.

— Tout dépend par quel côté de la lorgnette on regarde, tempéra Agathe. Le pire aurait été que nos trois jeunes s'envolent avant que nous puissions procéder aux arrestations.

— Tout à fait ! Mieux vaut toujours voir le verre à moitié plein ! renchérit Jean-Marc.

Agathe tourna la tête vers son nouveau collègue de travail, Jean-Marc Pradel, une immense tige filiforme qui grignotait des biscuits, et se fendit d'un large sourire. Relativement décontracté, l'homme lui paraissait bien plus abordable que Vicenti, d'autant que ce dernier affichait depuis leur arrivée sa mine bougonne des mauvais jours.

— Étant donné que nous manquons de temps, reprit Éloïse, nous allons sans attendre faire un point sur l'affaire du Pendedis puisque c'est celle à laquelle sont mêlés Smith-Morrison, Demorcy et Valendrey. Mathieu, on t'écoute.

— Mais bien sûr, susurra Vicenti d'un ton légèrement ironique.

La tablée entière lui lança un regard perplexe, mais le gendarme se contenta de se racler la gorge et entama le récit détaillé de l'enquête. Malgré sa mine maussade et son air revêche, les gendarmes toulousains n'en perdirent pas une miette. Bouquet, bien qu'attentive, demeurait légèrement en retrait, bras croisés, la mine songeuse.

— Joli travail ! fit Jean-Marc. Avec l'expertise ADN et les vidéos de l'autoroute, les trois jeunes sont faits comme des rats.

— Certes, intervint Merlot, mais comme vous le savez, notre enquête ne s'arrête pas là. Qui est cette victime ? Comment ces trois jeunes dégénérés ont-ils pu mettre la main sur cette fille ?… En réalité, l'affaire du Pendedis n'est – hélas – que la partie visible de l'iceberg…

Un silence sinistre suivit, chacun se rappelant le réseau d'exploitation d'êtres humains qui faisait le fond de cette sordide enquête.

— Une partie visible bien reliée à la partie invisible… rebondit Éloïse. Avec le meurtre du Pendedis, on a une toute première chance de remonter ce trafic. D'où l'importance de ne pas se louper avec les interpellations et interrogatoires des trois jeunes.

— Si on leur met bien la pression, ils vont cracher tout ce qu'ils savent, lâcha Thibault en faisant tournoyer ses lunettes mouche au bout de ses doigts. Ils vont coopérer pour faire en sorte qu'on les charge moins.

— Qu'on les charge moins ?! Il s'agit de meurtre avec préméditation ! réagit Agathe. On n'est pas en train de parler d'une soirée qui aurait mal tourné. Si on a raison, ils ont acheté cette fille comme un vulgaire produit et ont organisé une chasse à l'homme ! Les gamins prendront tous perpette, et c'est normal.

— Nous verrons comment les choses se passent au moment des interrogatoires, tempéra Merlot. Il y a de fortes chances pour que chacun cherche à atténuer sa participation en chargeant ses comparses. C'est sûrement comme ça qu'on finira par obtenir toutes les informations qu'on espère.

Puis, se tournant vers Éloïse :

— Où sont nos trois gus ?

— Jane Smith-Morrison a bougé. À l'heure où je vous parle, elle a quitté sa villégiature de Saint-Orens – à dix kilomètres d'ici, précisa Éloïse – pour prendre ses quartiers dans son hôtel particulier de Toulouse, place Esquirol. *A priori*, seule. On a un homme qui fait le planton en bas de chez elle en nous attendant.

— Parfait. Et pour Gautier Demorcy et Paul Valendrey ?

Éloïse fit un signe de la tête à Thibault qui se redressa sur sa chaise.

— Yep *chief* ! Alors… j'ai filé nos deux fêtards. Ils ont passé la nuit au Purple, un bar lounge bobo du centre. Ils ont quitté l'établissement en charmante compagnie sur le coup de 4 heures du mat' et ont pris une chambre au grand hôtel de l'Opéra. Un collègue m'a relayé vers 5 heures. Il m'a fait savoir que Demorcy et Valendrey ont quitté l'hôtel, seuls, il y a environ une demi-heure. Ils ont récupéré leur Panamera parking du Capitole et ont filé à L'Envol, un restau-boîte situé à Lasbordes. D'après le collègue qui leur file le train, ils viennent d'entrer dans l'établissement, Demorcy s'envoie une terrine de foie gras aux figues et Valendrey une sole à la plancha, le tout accompagné d'une jolie bouteille de champ'. Voilà !

Agathe se surprit à pouffer. Avec son profil d'ado attardé rangé des banlieues, Thibault Lazzi devait être le seul type de toute la SR à oser faire preuve d'impertinence devant le capitaine Éloïse Bouquet ! Et il était assez beau gosse avec ça… Éloïse leva les yeux au ciel tandis que l'assemblée riait sous cape.

— On te remercie, Thibault, pour ton sens du détail ! le charria-t-elle.

— Je sais pas pour vous mais ce rapport m'a donné faim, lança Jean-Marc. Ça vous dit des pizzas ?

Merlot, amusé, évalua la proposition. Ils avaient passé des heures en voiture sans prendre le temps de s'arrêter pour manger. Au final, une petite pause était la bienvenue.

— Va pour des pizzas, approuva-t-il. Ça nous laisse le temps de nous organiser pour les arrestations. Vous le voyez comment, Éloïse ? On peut serrer les deux gars ce soir ?

— L'Envol est bondé, lui répondit-elle. Il y a au moins trois cents personnes serrées comme des sardines là-dedans. Si jamais on a la moindre merde au moment des interpellations…

Elle laissa sa phrase en suspens. Pas difficile d'imaginer la suite. Nul ne savait si Valendrey et Demorcy étaient armés et tout était envisageable. Rixes, coups de feu, mouvements de panique…

— Je vois, admit Merlot. Le mieux est encore de planter devant leur véhicule sur le parking. On est sûrs de les cueillir à leur sortie sans prendre trop de risque. Quant à Jane Smith-Morrison, vu qu'il est presque 21 heures et qu'elle est à son domicile, on est obligés d'attendre demain. Sauf si elle bouge, auquel cas on pourra la serrer sans attendre.

— Bien, enchaîna Éloïse. Dès qu'on a nos trois loustics dans les murs, interrogatoires séparés. Pression maximale. Ils risquent fort de demander l'assistance d'un avocat… Donc nous devons récolter un max d'infos compromettantes en lien avec le meurtre du Pendedis. La fenêtre temporelle est courte, on n'a pas droit à l'erreur. Ces trois jeunes constituent notre porte d'entrée dans le réseau !

Autour de la table, en dehors de Jean-Marc occupé à passer la commande de pizzas par téléphone, tout le monde échangea un regard entendu. Qu'il s'agisse des trois jeunes ou du fameux fournisseur, l'affaire était particulièrement grave et sordide. Hors de question de laisser la moindre chance à quiconque. Tassé sur lui-même, mâchoires crispées, regard carnassier, le flic d'Interpol avait tout du rugbyman prêt à se jeter dans la mêlée. Il laissa filer un instant lourd de menace avant de reprendre de sa voix étonnamment posée et chaude :

— Nous aurons certainement des éléments matériels supplémentaires dans les jours qui viennent avec les deux perquises, celle de la Panamera et celle du Domaine Beau Moulin où nous pensons que les trois jeunes se sont rendus pour organiser leur sordide chasse à l'homme. En attendant, il faut se répartir les tâches.

Mathieu Vicenti se racla la gorge avant de sortir de sa réserve

— Jacques a énormément bossé sur le parcours des trois jeunes et sur leur virée meurtrière dans le Sud. Je pense qu'il est bien placé pour prendre part aux recherches sur place : épluchage des appels téléphoniques des jeunes avant et depuis le meurtre, épluchage des SMS, MMS et mails, relations, fréquentations, passifs…

Vicenti coula un regard vers Éloïse qui valida dans un hochement de tête.

— C'est d'accord pour moi.

— L'idée, c'est d'essayer de repérer un lien possible avec le fournisseur, compléta Merlot. Ou les trois jeunes ont traité directement avec lui, ou ils sont passés par un intermédiaire. Quoi qu'il en soit, plus on aura d'éléments à leur opposer pendant l'interrogatoire, plus on aura de chance de les faire cracher.

— OK, et je travaille avec qui ? demanda Jacques.

— Avec Kamel forcément, précisa Éloïse. C'est notre crack en informatique.

Agathe détailla alors Kamel Sherfi à la dérobée. Elle aurait pu le deviner seule, Kamel avait tout du type qui passe plus de temps derrière son écran qu'à battre le pavé : la quarantaine sérieuse avec ses lunettes rondes, son pantalon de costume et sa chemise blanche tendue sur une petite bedaine naissante.

— Quand nos trois gus auront été arrêtés, je participerai aux interrogatoires. En attendant, je me joins au groupe ici, lança Merlot à la surprise générale. N'en déplaise à notre crack en informatique, je suis le seul à avoir une connaissance approfondie des autres affaires. Si jamais il existe le moindre lien entre le meurtre du Pendedis et les précédents – nom, lieu ou autre –, je suis le mieux placé pour le voir.

— C'est exact, approuva Éloïse. Et puis, vous ne serez pas de trop à trois pour éplucher et recouper la vie de ces jeunes… Voilà, ça c'est réglé. Reste plus qu'à nous organiser côté arrestations.

— Comment tu vois les choses, capitaine ? demanda Vicenti.

— Sur le terrain, j'ai déjà deux gars mobilisés. Un à L'Envol, un autre en bas de chez la fille. Vu la configuration, voilà ce que je propose. Agathe et Thibault, vous rejoindrez le collègue de l'hôtel particulier. À trois, vous devriez interpeller Jane Smith-Morrison sans trop de difficulté.

— *Hey chief !* C'est moi ou tu cherches à me priver d'une excellente caïpirinha-fraise sur une des terrasses les plus festives et branchées du grand Toulouse ?

— C'est toi, se contenta de balancer Éloïse, indifférente au regard suppliant de son subordonné.

Thibault se rencogna sur son siège en soufflant exagérément. Agathe lui adressa alors un regard mi-amusé, mi-compatissant auquel il répondit par un clin d'œil complice.

— Mathieu, Jean-Marc, vous faites équipe avec moi, reprit Éloïse. Destination, la boîte de nuit.

Vicenti, saisi, tenta d'avaler l'arête qui menaçait de se coincer dans sa gorge. Il ne rêvait pas ! Le jeune capitaine venait tout bonnement de lui filer un ordre ! Il avait tenté jusqu'à présent de travailler en concertation avec les Toulousains, mais si Bouquet comptait faire de lui son sbire, elle se mettait le doigt dans l'œil ! Il allait lui faire voir de quel bois il se chauffait.

— Holà tout le monde ! Il est déjà 21 h 15. On mange un bout de pizza et on prend position sans trop tarder, fit Éloïse alors que le livreur déposait la commande sur la grande table de réunion.

— On va faire bien mieux que ça, intervint Vicenti. On embarque une pizza – si possible avec anchois, j'adore ça – et on trace à L'Envol immédiatement, tant que les deux mecs y sont encore !

Et comme Éloïse Bouquet le regardait les yeux agrandis par la surprise, Vicenti lança l'estocade finale.

— Ce serait con, très con même, capitaine, qu'on se retrouve à courser une Panamera dans Toulouse au motif qu'on a mal évalué le timing parce qu'on mangeait une pizza.

La gendarme lui décocha une œillade sombre mâtinée de défiance et ne tarda pas à riposter.

— L'arrestation peut se révéler compliquée. Après tout, Valendrey et Demorcy ont déjà tué. Ils sont dangereux et potentiellement armés. En plus de la pizza aux anchois, on pourrait peut-être prendre les gilets pare-balles, non ?... Enfin, si cela te convient, bien sûr, lieutenant.

Le gendarme nîmois se raidit tandis qu'Éloïse lui passait devant, la mine aussi fermée qu'une porte de prison. Elle poussa la porte et Vicenti, légèrement confus, se décida à lui emboîter le pas. Jean-Marc, sidéré, jeta un œil à l'équipe qui avait assisté à la joute et semblait plus mal à l'aise encore que lui.

— *Homo homini lupus*[1], énonça-t-il en récupérant deux pizzas sur la pile posée par le livreur.

Puis il quitta la cellule sans demander son reste.

---

1. « L'homme est un loup pour l'homme. »

36

L'ambiance dans la voiture était électrique. Après la prise de bec entre Vicenti et Bouquet à la SR, personne n'avait osé échanger le moindre mot durant le trajet. Éloïse au volant entreprit de faire le tour du parking de L'Envol pour repérer la Panamera. Une bonne centaine de voitures s'étalait anarchiquement sur le grand parterre en terre battue. La gendarme serpenta entre les allées et finit par tomber sur le véhicule recherché. Elle alla se garer un peu plus bas et dégaina son téléphone.

— Barreau ? C'est nous, on est sur place… Qu'est-ce qu'ils font ?… Je vois… Du coup, on risque d'en avoir pour des plombes… Tu ne les quittes pas d'une semelle et tu appelles dès qu'il y a du nouveau… OK… *Bye*.

Jean-Marc, assis à côté d'elle, dut estimer que le moment était bien choisi, car il ouvrit les cartons de pizza.

— Poivrons, chorizo, annonça-t-il à la cantonade, ou… tiens ! voilà qui devrait te convenir, Mathieu, anchois, olives noires !

Un long silence suivit sa proposition, mais Jean-Marc ne se laissa pas démonter.

— C'est vachement sympa de planquer avec deux collègues comme vous ! lança-t-il en se servant... Mais bon, voyons le bon côté des choses, au moins je suis certain d'en avoir assez pour moi !

Éloïse jeta un regard de biais à Jean-Marc et esquissa un sourire. Elle ne pouvait pas lui enlever ça, il était vraiment facile à vivre. Contrairement à elle, d'ailleurs... Pour quelle satanée raison fallait-il toujours qu'elle rende les choses compliquées ?! Mathieu Vicenti l'avait retoquée et il n'avait pas foncièrement tort. Comment aurait-elle réagi dans l'autre sens ? Elle allait prendre sur elle pour essayer de briser la glace quand Vicenti la devança.

— Écoute Éloïse, on ne peut décemment pas conduire une intervention dans ces conditions... Non seulement on se doit de mettre de côté nos problèmes d'ego mais en plus Jean-Marc ne mérite pas ça.

— ... Tu as raison... Jean-Marc ne mérite pas ça.

Ce dernier lui coula alors un regard qui en disait long sur ce qu'il avait coutume d'appeler sa « fierté mal placée » mais s'abstint de tout commentaire désobligeant. Ici, il n'était pas le compagnon d'Éloïse mais son subordonné.

— Du coup, je prendrais bien une part de pizza au chorizo, poursuivit-elle, l'air de rien... Bon, à l'heure actuelle, nos deux zigotos sont en pleine conversation avec une tablée de filles. D'après Barreau, L'Envol est bondé, l'ambiance est à la fête, bref, on devrait en avoir pour un moment.

— Il ne manquerait plus que ce satané orage éclate ! lâcha Jean-Marc, songeur.

— Pourquoi tu dis ça ?

— Parce que l'attrait premier de L'Envol, c'est son extérieur. Grandes terrasses de bois, parterre de sable en guise de piste de danse, paillotes… Bref, si la pluie se met à tomber, la moitié des gens partiront illico. Ce qui veut dire qu'on mènerait une interpellation sous la flotte au milieu d'une horde de fêtards éméchés et pressés de se mettre aux abris ! La totale…

— Vu sous cet angle, admit Éloïse, je propose qu'on invoque le dieu soleil…

— Donc, en espérant qu'il ne pleuve pas, comment on s'y prend ? relança Vicenti.

Suivit un échange sur la répartition des rôles. Vicenti et Jean-Marc se posteraient à proximité de la Panamera pour procéder à l'interpellation. Sommation et mise en joue suivies du passage de menottes. De son côté, Éloïse se tiendrait en retrait pour couvrir l'opération avec Barreau. Éloïse reprit alors son téléphone et mit le chorus.

— Barreau ?

— J'écoute.

La voix du gendarme était couverte par des bruits de fond, musique, brouhaha de voix et éclats de rires.

— Tu m'entends ?

— Moi oui !

— OK. Lorsque les jeunes quitteront L'Envol, tu leur fileras le train. Pradel et Vicenti vont les interpeller près de leur voiture pour ne pas être à proximité des va-et-vient de l'entrée. Toi et moi, on couvrira l'opération.

— Entendu, approuva Barreau en forçant la voix.

— OK, on se tient…

— Attends, Bouquet ! la coupa-t-il… Y a du mouvement, là… (Les gendarmes entendirent les échos de baffles mêlés à des bribes de conversations.) Trois loustics viennent de s'approcher de la table et il y en a un qui discute serré avec Valendrey…

— Ça chauffe ou quoi ?

— Non… Mais je connais ce gus et ses acolytes… J'ai déjà vu leurs sales tronches quelque part… Bon sang, j'y suis !… C'est Aleksei Galimov, ajouta Barreau à voix basse.

Éloïse se crispa sur son siège. Son cerveau se mit à mouliner à plein régime. Galimov, patronyme bien connu de la SR. Jeune sbire de Boris Zotov, baron de la drogue planqué sur la Côte d'Azur, que la police n'avait pas encore réussi à faire tomber…

— Valendrey et Demorcy sont des consommateurs de stups ! Ils sont sûrement en train de faire du business, commenta-t-elle. S'ils traitent avec des mecs de la trempe de Galimov, ils n'ont vraiment pas froid aux yeux, les cons !

Il y eut quelques secondes suspendues bourdonnant de bruits de fête avant que Barreau reprenne :

— C'est bon, ils viennent de se serrer la main, ils se cassent !

— Qui ?

— Galimov et ses acolytes… Ils se dirigent vers la sortie. Valendrey et Demorcy n'ont pas bougé, ils sont toujours attablés avec les filles.

— Je préfère ça, souffla Éloïse. Il n'aurait plus manqué qu'on ait Galimov dans les pattes…

— C'est clair ! Bon, je vous tiens au jus dès que ça bouge.

Une heure fila dans une attente silencieuse. Une chaleur lourde et collante plombait l'air d'une touffeur irrespirable, l'orage menaçait d'exploser à tout moment. Les trois gendarmes tuaient le temps comme ils le pouvaient. Éloïse, assise sur le capot, cigarette à la main, échangeait des SMS avec Thibault. Celui-ci s'était posté avec Agathe et Gilbert Loubès, une jeune recrue de la SR, en centre-ville devant la résidence de Jane Smith-Morrison. Apparemment, la jeune fille avait opté contre toute attente pour une soirée tranquille devant la télé. Jean-Marc, avachi sur son siège, jouait à Candy Crush Saga sur son téléphone portable. Vicenti, quant à lui, tentait de ne pas piquer du nez en faisant les cent pas. La chemise trempée de sueur, les yeux cernés, le gendarme nîmois semblait accuser le coup d'une journée trop longue… Puis soudain, tout se précipita. Le téléphone d'Éloïse sonna. La gendarme plaqua le combiné sur son oreille, se tendit immédiatement et raccrocha.

— C'était Barreau. Ils sortent ! Magnez-vous !

Une onde de stress secoua immédiatement Vicenti et Jean-Marc qui rejoignirent Éloïse en un quart de seconde. Celle-ci ouvrit le coffre et en sortit trois gilets pare-balles. Lorsque les gendarmes les eurent enfilés, ils échangèrent un regard galvanisé par l'adrénaline et dégainèrent leurs armes.

— Allez, c'est parti !

Ils filèrent sans un mot vers la Panamera. Jean-Marc et Mathieu se postèrent à flanc de voiture tandis qu'Éloïse se planqua entre deux véhicules, de l'autre côté de l'allée, juste en face d'eux. Une poignée de secondes nerveuses fila puis, comme un fait exprès, un éclair lointain zébra l'horizon d'une lumière fantastique. Éloïse fixait encore le filament éblouissant qui avait raturé la nuit quand un grondement de tonnerre fit sursauter le ciel. *Non*, songea la gendarme, *pas maintenant !* Elle croisa le regard de Jean-Marc, il y eut un court silence, puis l'éboulis sonore reprit de plus belle, monstrueux, rugissant. Accroupie, Éloïse leva de nouveau le nez et reçut une goutte lourde comme un pois en plein milieu du visage. Une deuxième suivit, puis une troisième, et soudain ce fut le déluge. Dru. Massif. Un véritable rideau de hallebardes martelant les capots dans un concert trépidant. En moins d'une minute, le parterre du parking se transforma en terrain boueux.

— Et merde ! ragea Éloïse face au voile d'eau qui lui barrait la vue.

Immédiatement, une rumeur de cris et d'agitations s'éleva de la boîte à ciel ouvert. La cohue n'allait pas tarder… Éloïse réfléchit un quart de seconde : faute de visibilité, elle ne pouvait plus couvrir personne… autant traverser l'allée pour rejoindre ses collègues. Elle se redressa trop vite d'entre les deux voitures, ripa sur le sol détrempé et se retrouva à quatre pattes par terre. Elle étouffa un concert de jurons, commença à s'essuyer les mains sur son jean mais s'arrêta net et releva prestement la tête. Le souffle de basses technoïdes s'échappait d'une voiture de sport sur-boostée qui venait de s'arrêter sur l'allée centrale, juste devant la Panamera, s'interposant ainsi entre ses collègues et elle. De là, les choses allèrent très vite. Éloïse devina un échange verbal – le tambourinement de la pluie et les échos des basses formant une sorte de tampon sonore. En revanche, elle entendit très nettement, trois secondes plus tard, le hurlement qui jaillit de l'habitacle.

— TRACE, TRACE !!! C'EST LES KEUFS, PUTAIN !!!

Éloïse eut tout juste le temps de se relever avant d'entendre claquer dans l'air une série de détonations. Un échange de tirs ! Suivit le hurlement du moteur de la voiture qui dégageait en marche arrière, dérapant anarchiquement dans la gadoue. Le cœur cognant, galvanisée par la subite montée d'adrénaline, Éloïse se retrouva au milieu de l'allée, sous la pluie, en train de courir comme une dératée, flingue tendu devant elle. Les fêtards avaient commencé à regagner la sortie et un concert de hurlements se propagea aussi rapidement qu'une traînée de poudre. En bout d'allée, juste devant l'entrée de la boîte, le véhicule fit un tête-à-queue et manqua de percuter une horde de jeunes agglutinés sous l'auvent. Désormais positionné dans le sens de la marche, il émit un rugissement, éjecta des éclaboussures de boue et bondit en chassant de l'arrière avant de rejoindre le bitume. Éloïse poursuivit sa course effrénée sur une vingtaine de mètres, tenta d'ajuster un tir mais renonça. Les feux de la voiture disparaissaient déjà derrière l'épais manteau de pluie. Hors d'haleine, elle posa alors ses mains sur ses genoux et regarda filer le bolide, incapable de savoir ce qui venait de se passer... Quand les feux furent définitivement engloutis par l'obscurité, elle retourna à pas vifs vers l'entrée de la boîte. Là, dans la foule en panique d'où s'échappaient encore des cris de terreur, elle distingua Barreau, rincé par le déluge, qui jouait des coudes pour se faufiler. Son collègue la repéra et lui fit de grands signes pour désigner une grappe de jeunes qui s'engouffrait dans le parking, vestes d'été relevées sur la tête en guise de parapluies. La gendarme n'eut guère le temps de réfléchir. Elle courut vers le groupe, fit feu vers le ciel et hurla :

— Gendarmerie nationale ! Plus personne ne bouge, c'est un ordre !

Il lui sembla que le temps suspendait son vol, comme attendant un nouvel événement. Elle tira une deuxième fois et les mouvements autour d'elle cessèrent net.

— Genoux à terre et mains derrière la tête, immédiatement ! s'égosilla-t-elle, comme Barreau s'extirpait de la foule sidérée et la rejoignait.

Il y avait quelque chose de surréaliste à voir tous ces jeunes disséminés au cœur de la travée de voitures ou devant la boîte de nuit, agenouillés dans la boue, les mains serrées sur la nuque et le corps pilonné par la pluie.

— C'est eux ! lança Barreau en désignant deux silhouettes côte à côte. Je ne les ai pas quittés des yeux !

Éloïse, arme tendue devant elle, approcha des deux jeunes figés à terre que venait de pointer Barreau. Elle les contourna pour se placer devant eux tandis que Barreau la couvrait.

— Relevez la tête ! ordonna-t-elle.

Les deux jeunes s'exécutèrent et malgré les rigoles d'eau qui barbouillaient leurs visages, Éloïse reconnut immédiatement Demorcy et Valendrey. L'un d'eux lui lança un regard mauvais qu'elle ignora.

— Demorcy, Valendrey, vous êtes en état d'arrestation, les admonesta-t-elle en leur passant les menottes tour à tour.

Quand les deux jeunes furent neutralisés, Barreau s'approcha, l'œil halluciné.

— Qu'est-ce qui s'est passé, bordel ?!

— Il y a eu des échanges de tirs avec une bagnole qui a pris la fuite, je n'ai pas compris ! Surveille-les, je reviens ! s'affola Éloïse, comme réalisant subitement qu'un drame venait de se produire.

La gendarme sentit son rythme cardiaque monter en flèche et détala dans l'allée vers la Panamera. Elle courait comme une dératée quand une image percuta son cerveau, celle de Jean-Marc blessé par les échanges de tirs… ou pire. Sinon, pourquoi n'était-il pas venu lui prêter main-forte ?! Elle glissa, chuta de tout son long, se releva immédiatement et repartit de plus belle.

— Jean-Marc ! hurla-t-elle en s'approchant de la Panamera.

Elle s'arrêta net. Ses yeux brouillés par la pluie venaient de distinguer deux hommes à terre. L'un, étalé de tout son long, au pied de la voiture. L'autre agenouillé à ses côtés, tentant de le réanimer. Blastée par une onde de terreur, Éloïse demeura figée, incapable de quoi que ce soit. Quelques secondes filèrent ainsi, puis l'homme agenouillé tourna légèrement la tête et la gendarme reconnut Jean-Marc. Douché. L'œil sombre. Mais bien vivant. Elle sentit alors un extraordinaire soulagement naître en elle et ramollir tout son corps. Les jambes cotonneuses, encore sous le choc, elle s'approcha enfin.

— Qu'est-ce que… Ça va ?! Tu n'es…

Éloïse s'interrompit. Elle venait de voir, sur le bras gauche de Jean-Marc, une blessure suintante d'hémoglobine que diluait la pluie.

— J'ai appelé les secours… J'ai pris un bastos en pleine poitrine, heureusement j'avais le gilet… et un autre dans le bras, ahana Jean-Marc… J'ai perdu pas mal de sang mais… moi, ça va.

À cet instant-là seulement, la gendarme baissa le regard sur le corps au sol. Elle vit Mathieu Vicenti, les yeux écarquillés malgré le ciel qui lui pissait dessus. Et sous les mains de Jean-Marc plaquées sur la carotide, Éloïse remarqua une fleur rouge sang qui ne cessait d'éclore.

— Putain de bordel de merde ! lâcha-t-elle.

37

Un grondement terrible sortit Bruno de son sommeil. Suivi d'un fracas retentissant. Le gamin se redressa d'un coup sur sa couche, le cœur battant et tous les sens en alerte. Il lui fallut quelques secondes pour comprendre. Un orage de tous les diables venait d'éclater. Il ne manquait plus que ça !

Par le fenestron sale, Bruno perçut les lumières trépidantes des éclairs qui déchiraient le ciel dans un concert crépitant. Il n'aimait pas l'orage. Il en avait toujours eu peur. Le garçon se recroquevilla sur lui-même en scrutant les filaments lumineux que coursaient les roulements de tonnerre. Puis, pour ajouter au sinistre ambiant, une pluie fracassante s'abattit sur le cabanon, martelant sans relâche le toit de tôle ondulée dans un bruit assourdissant de crécelle. C'en était trop pour lui. Le gamin attrapa alors la lanterne à bougie qu'il gardait précieusement à portée de main et l'alluma. Pas question de rester dans les ténèbres sous cette pluie battante ! *Espèce de mauviette !* lui lança la voix de Kévin sans crier gare. Bruno serra les mâchoires. Son frère, lui, n'avait pas peur de l'orage. D'ailleurs, Kévin n'avait jamais eu peur de quoi que ce soit… *Si seule-ment tu pouvais être là*, songea Bruno, dévoré par un profond sentiment de solitude. Mais ce fut un nouveau grondement qui lui répondit, roulant dans le ciel avant d'éclater en une effroyable pétarade. Une seconde plus tard, une goutte, froide et lourde, tomba sur le front du garçon qui sursauta. Il leva les yeux et éclaira le toit. Une petite fente laissait passer l'eau de pluie… Malgré la promesse du froid qui l'attendait, Bruno écarta le cocon de couvertures dans lequel il s'était lové et passa en position assise. Un douloureux élancement le rappela à l'ordre immédiatement. Un coup d'œil rapide sur sa cheville finit de le fixer sur son sort : il n'était pas près de repartir de ce trou !… *De ce trou peuplé par des tarés qui se croient en guerre et qui pensent que le monde extérieur constitue une menace permanente…*

Le garçon commença de trembler. Il y avait le froid, certes, mais il y avait surtout la peur. Que se passait-il exactement dans cette communauté ? Qui était la femme qui se faisait appeler Virinaë ? Où allaient tous ceux qui étaient « raflés » et dont l'unique passage sur cette terre se soldait par une pierre blanche portant leur nom ? Et par-dessus tout, qu'allait-il devenir ?! Une énième lumière blanche fendit le ciel en zigzaguant, suivie d'un fracas à réveiller un mort. Pour lutter contre l'angoisse, Bruno commença à balader sa lanterne autour de lui. Il ne cherchait rien de précis, juste à fixer son attention sur autre chose que la profonde détresse qui le gangrenait. Il la détecta alors dans le halo de lumière : une petite mallette en bois, vieille, grossière, bariolée de dessins fanés. Elle était posée sur une longue étagère, à hauteur d'yeux, au milieu du bric-à-brac. Elle attira son œil car elle était visiblement l'œuvre d'un enfant. Bruno s'appuya sur les rebords du lit et se redressa sur sa cheville valide puis fit trois petits bonds jusqu'à l'étagère. Il se saisit de la boîte sur laquelle il souffla pour dégager la fine pellicule de poussière qui la recouvrait. Puis il retourna cahin-caha vers la banquette. Une fois assis, il observa tout d'abord l'extérieur. Des dessins ornaient le bois clouté. Ils avaient été creusés avec un objet pointu avant d'être coloriés. Bruno passa son index sur les petits reliefs sculptés et un dépôt coloré se fixa sur le bout de son doigt. Il comprit que la peinture utilisée était artisanale et qu'elle se désagrégeait avec le temps. Les dessins, quant à eux, étaient enfantins. Bruno repéra les contours mal assurés d'une grosse marguerite et d'un soleil. En bas, sur le côté gauche du couvercle, il devina des lettres approximatives, crispées et malhabiles. Il rapprocha sa lampe et déchiffra : ƎLICƎN puis ARTIMƎN. Il comprit immédiatement à qui appartenait cette boîte et se rappela dans la foulée la confidence d'Atrimen : « C'était notre cachette. Quand on était enfants, on venait tout le temps jouer ici. On y a déposé plein de choses au fil du temps. » Bruno considéra l'inversion entre les lettres R et T et au mauvais sens des E. Il songea immédiatement aux cahiers que sa mère rapportait à la maison. En tant qu'enseignante spécialisée, elle travaillait dans une classe destinée aux apprentissages d'enfants handicapés mentaux. Combien de fois Bruno avait-il balayé des yeux leur écriture précaire et surdimensionnée qui envahissait la feuille. Mots coupés en plein milieu à cause de la bordure de page trop vite arrivée, lettres capitales souvent écrites en miroir… tous leurs mots trahissaient le labeur douloureux de l'écriture, la mentalisation difficile des lettres, la réalisation pénible et grossière malgré l'application… Bruno fit un effort pour se rappeler les enfants qu'il lui était arrivé de croiser quand il rejoignait sa mère sur son lieu de travail. Faciès marqués par la trisomie ou par un syndrome quelconque – il n'écoutait pas vraiment quand sa mère lui parlait de ça. Silhouettes déformées par le handicap, démarches brouillonnes, élocution balbutiante et gestes parasites. Non, tout cela n'avait pas grand-chose à voir avec Élicen et Atrimen… Le gamin réfléchit longuement. Ou bien les deux filles avaient écrit cela quand elles étaient très jeunes, ou bien… elles ne savaient pas écrire ! Cette dernière hypothèse lui fit un choc. Tout d'abord, il la trouva totalement incongrue, puis le doute s'immisça. Après tout, si les gens de la communauté vivaient en totale autarcie depuis longtemps et n'avaient reçu aucune éducation, cette éventualité était sérieusement envisageable. Les deux fillettes avaient peut-être tenté de mémoriser leurs prénoms qu'elles avaient vus écrits quelque part… après tout, quelqu'un possédait bien l'écriture à en croire les prénoms gravés sur les pierres du cénotaphe.

Songeur, Bruno souleva le couvercle. À l'intérieur de la boîte, il découvrit quelques objets qu'il posa un à un à côté de lui. Un petit caillou noir et lisse qui avait la forme d'une olive. Deux frondes habilement réalisées, l'une dont le manche était gravé de la lettre A, l'autre de la lettre Ǝ. Deux petites poupées grandes comme une main, particulièrement réussies, confectionnées toutes deux à partir de paille et de bouts de ficelle et qui portaient des vêtements cousus avec minutie. L'unique différence tenait aux cheveux : l'une portait une chevelure claire faite en crins de chevaux, l'autre une chevelure brune en laine de mouton noir. À n'en point douter, Atrimen et Élicen avaient grandi ensemble et s'étaient confectionné au fil du temps des petits jouets à partir de bric et de broc… Bruno nota au passage que les poupées avaient nécessité une excellente habileté manuelle. Au fond de la boîte, le garçon repéra quelque chose qui lui fit penser à du papier brunâtre. Il y plongea la main et sentit une texture rugueuse et épaisse, qu'il attrapa délicatement et sortit. Il s'agissait d'une sorte de feuille très épaisse, obtenue à partir de l'écorce d'un arbre. Bruno vit alors qu'il y en avait encore. Il les sortit une à une et forma un petit tas de cinq feuilles d'écorce à côté de lui.

En observant la première, Bruno sentit immédiatement naître un profond malaise. Il s'agissait d'un dessin enfantin assez réaliste, où l'on pouvait voir plusieurs baraquements disposés au milieu d'une forêt. De derrière les arbres surgissaient des hommes colossaux et menaçants, vêtus de noir, armés de fusils, et tenant en laisse des chiens aux gueules immenses. Les hommes en noir fondaient sur les baraquements, un sale rictus au visage. À la fenêtre d'une des baraques au premier plan, on pouvait voir deux fillettes – l'une brune et l'autre blonde – scrutant l'extérieur, une expression de terreur sculptée sur le visage. Bruno comprit sans peine qu'Atrimen et Élicen avaient elles-mêmes dessiné cette scène. Elles s'étaient toutes deux représentées à la fenêtre… Le gamin eut l'impression d'encaisser un uppercut en plein ventre. Ce dessin lui crevait le cœur. Il demeura une longue minute, les yeux rivés sur l'image des deux petites terrorisées. Puis une voix au plus profond de lui surgit, aussi impérieuse qu'inattendue. *Tu ne peux pas les abandonner, Bruno. Tu dois les aider.* Suivit une montée de panique irrépressible. Il ne pouvait rien faire pour elles ! Il n'était pas de taille à affronter cette sourde menace qui pesait sur lui depuis qu'il avait franchi le mur ! Il n'était pas Kévin, lui ! Il... Un éclair irradiant éclaira la lucarne d'une lumière fantastique. Un instant après, un éboulis d'éclatements violents retentit au-dessus de sa tête. Bruno sentit jusque dans son corps les vibrations de la puissante onde de choc qui secouèrent le cabanon. Le ciel craquait de tout son poids. Funeste. Écrasant. Comme pour le rappeler à sa minuscule condition. Les larmes lui montèrent aux yeux.

38

Tu as du mal à trouver le sommeil. La forêt autour de toi s'est tue pour annoncer l'arrivée de l'orage. Au loin, ruminent déjà les grondements sourds et puissants du tonnerre. Tu as toujours aimé la colère des cieux, malgré la crainte qu'elle suscite en toi. Parce qu'il y a quelque chose de prodigieux dans les éclairs, la foudre et les bombardements de l'orage. Tu te tournes sur ta couche, l'oreille tendue vers les roulements qui se rapprochent. Et tu ne cesses de repenser à cette étrange journée. Au jeune Bruno. À sa naïveté. À sa méconnaissance des dangers qui vous environnent tous. À *sa* décision de franchir le mur. Inévitablement, ta conversation avec Élicen dans le sous-bois te turlupine. « Atrimen, avons-nous jamais pris la moindre décision ? » Le regard de ton amie contenait quelque chose de nouveau. Une flamme de désespoir et d'espoir mêlés. Le désespoir de la réponse déjà contenue dans la question… et l'espoir d'une nouvelle réponse à cette question – la réponse que Bruno avait, lui, choisi de donner – songes-tu en remontant les draps sur toi.

À tes côtés, ton amie ne dort pas. Tu le sais car tu connais ses moindres respirations. Elle aussi peine à s'endormir. Comme toi, elle doit avoir mille questions en tête. D'où vient ce garçon ? À quoi riment ses vêtements ? Dit-il toute la vérité ? Représente-t-il un danger pour le cheptel ? Y a-t-il d'autres cheptels ? Tu repasses en boucle ta rencontre avec lui. Son air effaré en te découvrant. Sa crainte face à la menace de ton bâton. Son amnésie persistante des Boches, de la guerre qui sévit depuis des lunes, du danger permanent des rafles qui tombent à tout instant au beau milieu de la nuit… Et son autorité à affirmer qu'il passerait le mur. « C'est MA décision !… » Tu le ressens plus que tu ne le comprends : ce garçon perturbe l'équilibre de ton cheptel. Élicen elle-même te paraît différente. Et ça te fait peur. Elle te l'a promis : elle n'a pas d'idée tordue derrière la tête… Pourtant, tu ne peux chasser cette image ressurgie des tréfonds de tes souvenirs. Tu revois Élicen à califourchon sur le mur, scrutant la forêt, fouillant des yeux derrière votre rempart de pierres. Tu peux encore ressentir l'angoisse qui t'a perforé le ventre quand elle s'est dangereusement penchée vers ce dehors si hostile. Tu as mis une minuscule seconde pour réagir. Et au fond de toi, tu as toujours été certaine que sa présence à tes côtés aujourd'hui ne tient qu'à cet infime instant. Celui qu'il t'a fallu pour sortir de ta torpeur, hurler son prénom – ta voix déformée par la peur t'avait paru presque étrangère – et te hisser sur l'échelle de fortune qu'elle avait confectionnée afin de lui attraper le pied. Tu revois au ralenti son visage d'enfant attiré par l'autre côté. Happé. Aspiré. Et soudain sidéré de te trouver dans son champ de vision.

Oui, tu revois ce qui l'animait à cet instant précis et tu en conçois aujourd'hui encore une terreur indicible. Elle aurait pu mourir ce jour-là. Tu n'as jamais rien dit, ni aux grands, ni à Virinaë. Si la Grande Prêtresse avait su, sa colère aurait été terrible. Comme le jour où Mirven, l'un des fils chéris du cheptel, s'était enfui. Tu en gardes un souvenir terrifiant. Mirven n'avait que 8 ans lorsqu'il avait franchi le mur sous les yeux médusés de Jédire, sa petite sœur. Une dispute idiote lors de la commémoration de la « bataille des 999 », grande fête du cheptel, le jour du solstice d'été. Virinaë qui célébrait les festivités avait été immédiatement alertée. Elle avait invoqué l'Esprit des Anciens et tenté de conjurer les sorts. Puis elle avait courageusement affronté le danger. En vain… Tu te souviens des coups de feu explosant au loin derrière le mur. Du retour de Virinaë des heures après, les mains ensanglantées. « Je n'ai même pas pu arracher son corps aux griffes des Boches ! » avait-elle sinistrement déclaré. Puis elle avait réuni le cheptel et avait laissé éclater sa colère. Les mots qu'elle avait prononcés ce jour-là sont gravés dans ta mémoire. À jamais. « Vous êtes mes enfants, tous, sans aucune exception. Et vous ne devez jamais tenter de franchir ce mur. Jamais ! De l'autre côté, règne l'enfer des Boches : la guerre, le sang, la cruauté et la promesse des pires souffrances pour chacun de vous. Combien faudra-t-il de morts, combien faudra-t-il de rafles pour que vous compreniez cela ! Pour que vous compreniez enfin qu'il n'y a nul avenir, nulle vie, nul salut pour vous sur cette terre en dehors de ce cheptel que m'ont confié les dieux ?! Serez-vous aussi demain de ces fous qui trahiront mon amour et mon sacrifice ? Serez-vous de ces improbables consciences qui choisiront une mort certaine et atroce ?! Serait-ce là le sort que vous désirez ?! » avait rageusement déclamé Virinaë en tendant ses mains ensanglantées vers le cheptel en larmes.

Tu te souviens de ce jour de malheur avec une incroyable acuité. C'est de loin ton plus mauvais souvenir. Tu te rappelles parfaitement le ciel fouetté par les rafales de vent, se ramassant sur lui-même et se chargeant de nuages menaçants. Puis, en écho au drame qui venait de se produire, un déluge infernal s'était abattu en cisaillant l'horizon. Les grands pleuraient et se mouchaient dans leurs manches. Les petits, choqués, n'ouvraient plus la bouche. Toi, tu n'avais que 9 ans mais tu te souviens de la gravité des visages, de l'effondrement de Féluni et Galuni, les parents de Mirven, de la colère silencieuse et palpable face à un drame aussi injuste, aussi absurde… Tu te rappelles le soir, quand tu t'étais couchée au côté d'Élicen. Blotties l'une contre l'autre, vous aviez échangé des regards douloureux et terrifiés. Tu avais alors fait promettre à Élicen de ne plus jamais monter sur le mur. Elle avait juré. En fixant le fond de tes yeux. Elle avait juré et elle ne trahirait pas sa promesse. Tu te le répètes en boucle, comme un mantra, pour te rassurer… Pour te convaincre que Bruno ne l'entraînera pas dans sa folie ?

Dehors, les cieux se déchaînent. Un coup de tonnerre retentissant s'escagasse tout près et fracasse le silence. Un petit, au fond du dortoir, gémit faiblement dans son sommeil. Tu tournes la tête vers Élicen et, dans la balafre de lumière blanche d'un nouvel éclair, tu entrevois les yeux de ton amie. Grands ouverts. Braqués sur toi. La vision est fugace mais dans l'instant, tu jurerais que son regard te murmure un adieu…

Nuit de J + 5 à J + 6

39

Minuit et demi. Merlot, la mine sinistre, reposa le combiné. L'arrestation à L'Envol s'était transformée en bain de sang. Selon les premières informations, Aleksei Galimov et ses deux acolytes étaient les auteurs de la fusillade. Demorcy et Valendrey avaient croisé le trafiquant par hasard et en clients réguliers du caïd, ils en avaient profité pour passer une jolie commande de produits. Galimov leur avait alors proposé de les retrouver sur le parking une heure et demie plus tard. L'échange devait avoir lieu devant la Panamera… Jean-Marc avait expliqué que Demorcy et Valendrey étaient en train de quitter la boîte quand Galimov avait pris position à côté de la Panamera. Le rideau de pluie avait favorisé la confusion. Le caïd et ses hommes avaient pris Jean-Marc et Vicenti pour les deux jeunes, s'étaient arrêtés et les avaient hélés. Vicenti, incapable d'identifier Galimov qu'il n'avait jamais vu avant, s'était approché et avait sorti sa carte pour demander aux intrus de dégager les lieux. Pensant à une interpellation et alors qu'ils avaient de la drogue dans leur véhicule, l'un des acolytes de Galimov avait paniqué et ouvert le feu.

Lourd bilan côté gendarmes : un mort et un blessé…

Merlot considéra le visage crispé de Jacques Bois, face à lui, et secoua lentement la tête. Le major dut comprendre mais refusa d'admettre l'évidence

— Quoi ? Qu'est-ce qui se passe ?!

— Jean-Marc Pradel est en route pour l'hôpital. Il a pris une balle. *A priori*, rien de très grave, expliqua Merlot d'une voix altérée… Il va… Il va s'en sortir… Vicenti, lui… n'aura pas cette chance.

Le visage aussi pâle qu'un linge, Jacques harponna le regard de Merlot.

— Il est… ?

— Je suis désolé, murmura Merlot en hochant la tête.

***

La mine de Thibault Lazzi se décomposa. Agathe eut juste le temps de se dire que le jeune homme semblait avoir pris dix ans en quelques secondes quand elle se retrouva avec le portable devant le nez.

— Jacques sur la ligne… C'est… c'est pour toi, lui souffla son collègue.

Agathe prit la conversation. Lorsqu'elle raccrocha quelques minutes plus tard, elle avait pris dix ans elle aussi.

***

— Bon sang, Bouquet, c'est *Apocalypse Now* ici, qu'est-ce qui s'est passé ?! tonitrua le colonel Prat.

Éloïse éloigna quelques instants le téléphone de son oreille et laissa errer son regard sur la lumière blafarde du néon qui aspergeait le couloir d'hôpital. Elle avait suivi l'ambulance jusqu'à Rangueil, confiant Demorcy et Valendrey à Barreau. Prat avait dû rejoindre L'Envol et constatait désormais les dégâts. La gendarme prit une longue respiration avant de se fendre du récit des faits que Prat connaissait certainement par cœur. À l'autre bout du fil, le colonel laissa échapper un soupir.

— Comment va Pradel ? demanda-t-il finalement.

— Il se fait recoudre. Il a pris une balle dans le bras. D'après le chirurgien, c'est superficiel. La balle a endommagé les tissus, mais c'est plus impressionnant que grave.

— Il ne manquait plus que ça… Un de mes hommes blessé et un gendarme nîmois dégommé… Je ne vous dis pas l'ambiance ici ! C'est la ronde des huiles ! Le maire, le préfet, le procureur… Tout le monde est sur les dents et pour couronner le tout, il y a des journalistes partout !

— Déjà ! Qui les a prévenus ?

Éloïse entendit nettement le soupir d'exaspération qui s'échappa de la bouche de Prat et devina la bordée de jurons qu'il ravala *in extremis*.

— Oh, je ne sais pas ! balança-t-il d'une voix pleine de sarcasme. Peut-être une des quatre-vingts personnes que vous avez fait agenouiller dans la boue après deux tirs de sommation ?!

— Je n'avais pas le choix, colonel ! Demorcy et Valendrey étaient…

— C'est bon ! la coupa-t-il, Barreau m'a déjà expliqué. N'empêche qu'ici, ça flashe de partout sur une scène digne d'un plateau de cinéma !

Les images de l'arrestation ressurgirent. Échanges de coups de feu. Hurlements. Fuite de la voiture. Puis, sous des trombes d'eau, des dizaines de gens à terre, mains derrière la nuque, le corps tremblant et les yeux exorbités… Prat n'avait pas complètement tort. Pourtant, Éloïse dut se mordre la langue pour ne rien rétorquer.

— … Bon, de toute façon, ce qui est fait est fait, abdiqua le colonel, les dents serrées… J'ai reçu un appel du colonel Poussin, mon homologue du Gard, ainsi qu'un message des gradés d'Interpol. Un message titré « urgent », si vous voyez ce que je veux dire ! On s'est fixé une visioconférence dans une petite heure…

— Colonel, le coupa Éloïse avec précipitation, il faut qu'on garde cette affaire ! Hors de question de se faire débarquer !

— Je vous rappelle qu'un des gendarmes de l'équipe est mort au cours de cette arrestation, Bouquet ! Et je vous prierais d'employer un autre ton avec moi !

— Sauf votre respect, colonel, Demorcy et Valendrey n'ont pas de lien direct avec cette fusillade. On est capables de gérer la suite !

Il y eut un silence à l'autre bout de la ligne. Prat réfléchissait.

— Et puis… la SR de Toulouse ne compte pas de perte, ajouta Éloïse d'une voix lugubre.

— … Bon, je finis de régler les choses sur place et je file à la SR pour cette visioconférence. Vous me rejoignez là-bas après l'hôpital. Je vais faire tout mon possible pour que TEH ne soit pas remaniée.

— Merci, colonel.

Mais Prat avait déjà raccroché.

40

Bruno reposa le dessin de la rafle et commença à examiner les autres. Étrange… il n'y avait pas réellement de représentations sur les écorces, seulement des traits, des bandes colorées… Bruno tourna et retourna les feuilles d'écorce et soudain, il comprit ! À la lumière de la lanterne il assembla à la hâte les quatre dessins qui ne formèrent plus qu'un. Il s'agissait d'une carte ! Une carte rudimentaire mais une carte quand même ! Les filles avaient grandi ici. Elles avaient dû ratisser les bois et les montagnes environnants au point d'en connaître chaque recoin. Et elles avaient schématisé leurs connaissances sur cette carte.

Le gamin nota subitement que l'orage s'apaisait. Les grosses gouttes lourdes qui martelaient bruyamment l'abri s'étaient muées en une fine pluie ouatée. Les grondements du tonnerre avaient déguerpi. Et un étrange silence sertissait désormais le cabanon. Fébrile, Bruno tenta en premier lieu de se situer sur la carte assemblée devant lui. Il repéra le mur d'enceinte symbolisé le long des bordures de la carte par des petits rectangles entassés, le suivit des yeux et localisa enfin le torrent duquel il s'était extirpé. Celui-ci était dessiné par une bande bleutée longeant l'un des côtés du mur. La porte fermée à clé qui séparait le mur du petit à-plat surplombant le torrent était, elle, dessinée par un rectangle plus haut que les autres. La fille qui l'avait représentée avait également pris soin de symboliser une minuscule serrure dans le rectangle de la porte. Depuis cet endroit-là, Bruno tenta de reconstituer le chemin qu'il avait parcouru. Il repéra la cabane dans laquelle il avait passé sa première nuit : un simple carré surmonté d'un toit en pente et quelques arbres pour la clairière. En contrebas, il visualisa les cercles de pierres du cénotaphe. Il considéra alors la distance qui séparait les deux lieux et dut l'admettre : elle était ridicule ! Si la carte était à peu près à l'échelle, alors il avait mis plus d'une heure pour parcourir une distance qu'il pouvait aisément reporter dix fois d'un bout à l'autre de la carte ! Le domaine était donc gigantesque...

Bruno commença à scruter la carte, des idées d'évasion plein la tête. Il suivit les lignes tracées, tenta d'en comprendre le sens, s'attarda sur les dessins pour essayer de les interpréter. Sous le faible halo de lumière jaunâtre, les yeux écarquillés, il échafauda des dizaines de scenarii. Une demi-heure plus tard, les paupières lourdes et gonflées retombèrent sur ses yeux et Bruno s'endormit, assis et transi, sans même s'en rendre compte.

41

Éloïse se gara dans le parking de la SR sur le coup de 5 heures du matin. Elle jeta un œil rapide dans le rétro : cernes profonds, teint terreux, joues creusées. Les événements de la nuit s'imprimaient au fil des heures dans sa chair. Le chirurgien était confiant, Jean-Marc était hors de danger et pourrait sortir après une courte période d'observation. Plus que quelques heures avant qu'il soit de nouveau à ses côtés... Éloïse se haït immédiatement pour son égoïsme. Vicenti, lui, était mort... Et le climat au sein de la cellule allait être sinistre, les Nîmois avaient perdu leur chef... La gendarme prit une grande inspiration et quitta l'habitacle en claquant la portière. Un œil sur son téléphone portable lui indiqua qu'elle avait oublié d'enlever le silencieux. Bilan, elle avait trois appels en absence du colonel Prat et ce dernier lui avait laissé un message. Éloïse souffla, ça ne servait plus à grand-chose de l'écouter maintenant qu'elle était sur place. Elle monta les marches lentement comme pour retarder au maximum son entrevue avec Prat.

Parvenue au dernier étage où le colonel avait ses quartiers, elle s'engagea dans le silence et la pénombre du couloir qu'éclairaient faiblement les lampadaires de la ville au travers des fenêtres. En bout, la porte ouverte du bureau de Prat formait une bouche lumineuse.

— Bonjour, colonel, lança Éloïse pour s'annoncer.

L'homme assis derrière son bureau sursauta.

— Bon sang Bouquet, je ne vous ai pas entendue arriver !

— Désolée.

— C'est bon, s'agaça l'homme, avec un vague geste de la main. Asseyez-vous.

Éloïse obtempéra. Elle tentait d'afficher une mine confiante mais redoutait le pire. Si la cellule était remaniée à cause du drame de la nuit, elle n'aurait même pas eu le temps de commencer son enquête !

— Je vous ai appelée trois fois cette dernière heure, lança Prat d'une voix chargée de lassitude plus que de reproche.

— J'étais sur silencieux, colonel.

— Bon, je vais aller droit au but. La cellule TEH ne subit aucun remaniement... pour l'instant en tout cas, crut-il bon d'ajouter.

Éloïse relâcha l'air qu'elle avait gardé en apnée sans même s'en rendre compte.

— Je dois quand même vous alerter sur un fait extrêmement important, Bouquet. Le rodéo de cette nuit est le genre d'événement qui peut gravement compromettre les chances de réussite de la cellule... Inutile de froncer les sourcils, il suffit de réfléchir... Si jamais vous attirez l'attention des médias et qu'ils aient écho de cette affaire de trafic d'êtres humains, ils en feront rapidement leurs choux gras et...

— ... le réseau que nous cherchons à démanteler en sera informé et se mettra en alerte rouge, acheva Éloïse.

Le colonel approuva d'un hochement de tête.

— C'est pour cette raison que vous devez absolument éviter les coups d'éclat en jouant au cow-boy.

— Mais, colonel, l'arrestation de Demorcy et Valendrey a été compliquée par un fait extérieur que nous ne pouvions maîtriser, Aleksei...

Prat leva une main autoritaire pour obtenir le silence.

— Pas la peine d'en rajouter une louche, je frôle déjà l'indigestion. Ce qui compte à partir de dorénavant, c'est que vous ayez en tête cette question de discrétion.

— Oui, colonel, marmonna Éloïse, les dents serrées.

— À ce titre, les événements de la nuit sont passés par nos filtres. La version officielle est simple : la SR de Toulouse cherche à remonter le filon d'un trafic de drogue conduisant jusqu'à Boris Zotov. L'arrestation manquée d'Aleksei Galimov hier soir devait constituer une étape de ce travail de démantèlement.

— Et Mathieu Vicenti au milieu de tout ça ?

— Le Nîmois était présent pour prêter main-forte aux gendarmes toulousains car certaines ramifications du réseau de Zotov traversent le Languedoc et courent jusqu'en PACA. Nîmes est véritablement arrosée par les produits de Zotov.

— OK... Mais vu le résultat de l'opération, les stups vont être montrés du doigt !

— Ça, c'est mon problème, pas le vôtre, Bouquet.

— Et pour l'arrestation de Demorcy et Valendrey ? Au moins trente personnes m'ont vue leur passer les menottes !

— Des clients très réguliers susceptibles de balancer sur le trafic de Galimov. Ni plus ni moins. D'ailleurs, leurs noms n'ont pas été divulgués.

— Je vois, fit Éloïse. Mais nos trois jeunes prendront certainement un avocat...

— Et ce dernier sera ravi que l'affaire ne soit pas rendue publique, la coupa le colonel. Il est déjà bien difficile de défendre l'indéfendable, alors si vous devez en plus subir la mauvaise presse et la vindicte populaire !

Prat avait raison. Les faits reprochés à Valendrey, Demorcy et Smith-Morrison étaient tout bonnement odieux et aucun baveux digne de ce nom ne souhaiterait qu'ils soient connus du grand public.

— La « chance » que nous avons, reprit Prat en mimant les guillemets, est que la victime du Pendedis n'ait pas été identifiée. À ce titre, il n'y a pas d'action de la famille pour se faire entendre, solliciter les journalistes et étaler cette sordide affaire aux yeux de tous... Les seules familles concernées sont celle de Demorcy, Valendrey et Smith-Morrison. Et elles feront tout ce qu'il faut pour éviter qu'un scandale lié à un trafic d'êtres humains ne les éclabousse.

Éloïse sentit monter la colère.

— Pourtant ces trois jeunes mériteraient d'être vilipendés sur la place publique ! lâcha-t-elle avec dégoût.

— Certes. Mais il n'en sera rien, en tout cas durant toute la durée de l'instruction. Utilisez le temps des gardes à vue pour faire parler ces jeunes. Après tout, la fille du Pendedis est morte d'une seule balle en plein cœur. Ça veut dire que deux des trois n'ont pas tiré. Faites-leur clairement comprendre qu'il y aura deux chefs d'inculpation, l'un pour complicité de meurtre et l'autre pour meurtre au premier degré avec préméditation. À eux de choisir ! Quand ils auront commencé à se désolidariser, chacun essaiera de tirer son épingle du jeu en balançant ce qui peut charger l'autre. À ce moment-là, vous pourrez glaner des informations précieuses sur ce trafic : qui est entré en contact avec le fournisseur et comment ? Quels sont les gros maillons de ce réseau ? *Et cætera*…

Éloïse hocha la tête. Elle le savait parfaitement, l'enjeu était double : serrer ces jeunes et pénétrer le réseau.

— Du coup, il ne faut guère perdre plus de temps, Bouquet. Demorcy et Valendrey sont dans nos murs depuis environ trois heures et le décompte est lancé. Il faut commencer les interrogatoires sans plus attendre.

— Vous avez raison, je vais y aller. Mais… Vous avez vu les collègues ?

— Si vous aviez écouté le message que je vous ai laissé, vous le sauriez. J'ai fait remplacer Thibault Lazzi et Agathe Bordes sur le lieu de la planque, puis j'ai réuni toute la cellule. Les Nîmois comptent bien poursuivre le travail. La mort de Vicenti renforce presque leur détermination… Cependant, ne nous leurrons pas, ils l'ont difficile. L'ambiance est sinistre, vous vous en doutez. Nous n'avons hélas aucun répit puisque deux des jeunes sont déjà dans nos murs et que Smith-Morrison y sera également d'ici une à deux heures. Donc, bon gré mal gré, il faut assurer le travail.

— Je veux que vous sachiez que… malgré les circonstances, nous ferons du bon travail, colonel.

— Mais vous n'avez pas le choix, Bouquet, conclut Prat.

***

Thibault jeta un œil circulaire sur la place et finit par la repérer. Sous la lumière rasante du jour naissant, assise sur un banc, les yeux dans le vague, les genoux ramenés contre sa poitrine. Elle semblait avoir rétréci… Le gendarme prit son courage à deux mains et s'approcha. Arrivé à sa hauteur, il hésita, ouvrit la bouche, puis finalement décida de s'asseoir à côté d'elle. Quelques secondes filèrent, zébrées çà et là par le rare passage de voitures lève-tôt ou couche-tard, selon la façon dont on regardait les choses. Enfin, Thibault tourna lentement la tête vers la gendarme, remarqua ses yeux légèrement bouffis et ses traits tirés. Il prit sur lui et se lança.

— Agathe… comment tu te sens ?

— … Je ne sais pas trop, soupira la gendarme… C'était un chic type, tu sais, malgré ses apparences d'ours mal léché… Tu n'as pas eu le temps de le connaître, mais je t'assure que Mathieu était un mec bien.

— Vous étiez proches ?

La gendarme hésita une demi-seconde.

— Vicenti n'était à proprement parler proche de personne… C'était un vrai solitaire. Il était tout sauf démonstratif ! (Un petit sourire nostalgique passa sur ses lèvres.) En fait, il fallait lire entre les lignes… Et même si ça ne sautait pas aux yeux, je crois…

en fait, je sais, se força-t-elle à affirmer, qu'il me tenait en haute estime. Et c'était pareil pour moi… Ça faisait juste un an qu'on travaillait ensemble, mais tu sais ce que c'est dans nos métiers ! Un an en vaut cinq…

Thibault se surprit à sourire. Agathe avait raison. Entre les nuits à plancher sur un dossier, les repas communs, les planques, les journées qui n'en finissent jamais de finir… une équipe de gendarmes ou de flics, c'était une seconde famille.

— Tu vas tenir le coup ? osa-t-il.

— On a beaucoup discuté tout à l'heure avec Jacques et… on en est arrivés à la même conclusion. Arrêter cette enquête et repartir à Nîmes maintenant, ce serait comme cracher sur la mémoire de Mathieu. Ça peut paraître idiot, mais vu qu'il y a laissé sa peau… cette affaire, c'est un peu son legs.

— Oui, je comprends… tout le monde à TEH comprend ça, d'ailleurs…

— Alors oui, je vais tenir le coup. Et Jacques aussi. On est même plutôt prêts à mettre les bouchées doubles, si tu vois ce que je veux dire…

— Mmm, normal.

— … Non, pour être franche avec toi, ce qui me préoccupe le plus, c'est après. Quand on aura bouclé cette affaire et qu'on rentrera à Nîmes… Je n'imagine pas un instant continuer à bosser là-bas avec… avec l'ombre de Vicenti partout, souffla-t-elle, la voix tremblante. C'est impensable pour moi.

Thibault ferma un instant les yeux. Il n'avait pas songé à ça. Il chercha quelque chose à répondre, mais ne trouva rien d'intelligent à dire. Alors il se contenta de passer le plat de sa main contre le dos de la gendarme. Agathe tourna la tête vers lui et lui sourit. Un sourire triste mais reconnaissant.

— ... Éloïse est rentrée de l'hôpital ? demanda-t-elle.

— Oui, ça y est. Et Jean-Marc va bien.

— Tant mieux... Alors, les affaires reprennent, c'est ça ? fit-elle un instant plus tard.

Thibault hocha la tête et se leva. Puis il tendit une main vers Agathe qui la saisit pour déplier son corps et se mettre debout.

— Merci Thib... Merci d'avoir pris ce moment avec moi.

— De rien... Tu sais, il y a deux ans, j'étais au fond du seau... pour un chagrin d'amour. Ce serait trop long à t'expliquer maintenant. Mais à ce moment-là, Éloïse m'a fait comprendre qu'on gagnait plus à ouvrir son cœur qu'à jouer les gros durs.

La gendarme tourna une mine surprise vers lui.

— Éloïse ?! Alors là, tu me scies !

— Yep ! Pourtant, c'est la stricte vérité... La *chief* aussi a ses faces cachées, tu sais !

***

Éloïse ouvrit la porte de la pièce d'interrogatoire numéro 2 et entra, suivie de Merlot. Tous deux prirent place en silence face au jeune. Sous la lumière crue des plafonniers, le flic détailla le prévenu. Demorcy avait tout du garçon décontracté de bonne famille. Blaser Zadig et Voltaire, petit pull col en V de chez Lacoste couleur blanche posé sur les épaules et chemise Kenzo d'un gris moiré. La seule tache dans ce tableau du gendre idéal se situait plus bas, au niveau du jean JPG, maculé de boue à hauteur des genoux. Le jeune homme releva légèrement la tête et un imperceptible rictus déforma sa bouche charnue. Merlot lui lança un regard d'avertissement, mais il ne sembla pas s'en soucier : son visage aux traits angéliques affichait une expression sereine et innocente, accentuée par les boucles blondes qui tombaient en pagaille autour de ses oreilles.

— Gautier Demorcy, vous êtes placé en garde à vue pour le meurtre en réunion et avec préméditation sur une personne de sexe féminin non identifiée, retrouvée le mercredi 15 juillet 2015 au matin au lieu-dit Le Pendedis en Lozère.

Si l'annonce percuta le jeune homme, il n'en montra rien. Ses yeux noisette irisés de paillettes vertes passèrent de Merlot à Éloïse, puis d'Éloïse à Merlot, sans marquer la moindre variation d'humeur ni le moindre étonnement. La gendarme songea immédiatement à un prédateur à sang froid et ses poils se hérissèrent malgré elle sur ses avant-bras. Demorcy ne tenta même pas la moindre pirouette.

— Vous avez compris ce que je viens de vous dire ? relança Merlot.

— Parfaitement. Vous ne me lisez pas mes droits ?

Éloïse et Olivier échangèrent un regard ironique.

— On n'est pas aux États-Unis ici, balança Merlot, moqueur.

— Dans ce cas, permettez que je les fasse valoir immédiatement. Je demande que vous préveniez mon père de mon arrestation, que vous contactiez un médecin pour un examen médical et, pour finir, évidemment, je demande de pouvoir m'entretenir avec mon avocat, Mᵉ Lalande. J'ajouterai qu'au regard de la gravité des faits qui me sont reprochés, j'use de mon droit à garder le silence. Je ne répondrai à aucune question avant d'avoir échangé avec Mᵉ Lalande.

Olivier et Éloïse se regardèrent longuement. L'ensemble des requêtes de Demorcy étaient légales, le garçon maîtrisait son sujet. Inutile de tenter le moindre bluff, il ne se laisserait pas embobiner comme ça. Le flic et la gendarme quittèrent la pièce dans un même élan. Une fois dans le couloir, Éloïse se lâcha la première.

— Quel connard ! On peut toujours jouer la montre mais…

— Ça ne sert à rien. Il ne crachera rien… Lalande, c'est l'avocat qui a les a défendus dans l'affaire du chihuahua ?

— Oui, c'est lui… Un teigneux, à ce que je sais… un ténor du barreau toulousain. Et ses honoraires sont à la hauteur de sa réputation. On n'a pas intérêt à commettre la moindre faute de procédure.

Le portable d'Éloïse sonna. Elle s'éloigna de quelques pas pour prendre l'appel et revint une seconde plus tard.

— C'était Kamel. Il vient d'apprendre que Jane Smith-Morrison a été arrêtée. Les collègues sont en route pour la SR avec la demoiselle.

— Parfait… Bon… qu'est-ce qu'on fait ?

— On va voir du côté de la salle 1 pour prendre la température ?

Merlot n'eut pas le temps d'acquiescer, Agathe et Thibault remontaient le couloir vers eux. La mine sombre. Le regard meurtrier.

— Qu'est-ce qui se passe ?

— Valendrey refuse de parler, il demande une entrevue avec son avocat, Me Lalande.

— Putain, j'y crois pas !

J + 6

42

Devant le miroir de ma salle de bains, tandis que j'étale la mousse à raser avec mon blaireau, je me surprends en train de scruter les contours de ce reflet qui devrait m'être plus que familier. Je cherche dans ma propre image les traits de mes parents biologiques, je détaille ma figure pour y trouver les indices de mon ascendance. L'exercice est vain, mais je ne peux m'y soustraire. Je prends subitement conscience que je ne ressemble ni à Mme Coulon, épouse Barthes, ni à M. Barthes. Oui, la découverte de mes origines a mis en lumière de manière abrupte et intransigeante cette dissemblance et j'en arrive à me demander comment j'ai pu vivre une existence entière sans que cela me saute aux yeux ! Ma main, d'ordinaire si sûre, tremble légèrement quand la lame du rasoir entre en contact avec ma peau. Parce que je ne parviens pas à me concentrer. Parce que ma soirée de la veille envahit mon esprit sans relâche.

Je suis rentré tard hier. Vers minuit. Totalement chamboulé par la lecture du récit de Germaine Joulot, l'infirmière de la Croix-Rouge qui me sauva la vie au vélodrome d'Hiver, je n'ai pas même envisagé de lever le camp de chez Émilie Bourgeois. La bienséance aurait requis – ne serait-ce que lorsque son mari Jean-Philippe a franchi la porte de l'appartement – que je lui propose de regagner mes pénates, quitte à la revoir à un moment qui lui siérait davantage. Mais je ne l'ai pas fait car, autant l'avouer, cela ne m'a pas traversé l'esprit un seul instant. Nous avons donc passé la soirée à remonter le fil de l'histoire. De mon histoire, devrais-je dire… Cela étant, Jean-Philippe n'a pas paru un instant se formaliser de ma présence. Après avoir pris connaissance des éléments qui m'avaient conduit chez lui, il s'est associé pleinement à ma quête d'identité, ne me laissant avec Émilie que le temps de préparer un frugal repas que nous avons honoré sur le coup de 22 heures.

Mon impolitesse mise à part, je ne saurais regretter ce temps passé chez Émilie et Jean-Philippe. Nos recherches dans le fonds documentaire de l'association Mémoires vivantes ont en effet porté des fruits inespérés puisque j'ai remonté sans peine la trace de Germaine Joulot. Feu Bolet-Duquesne avait pris soin de répertorier les coordonnées de l'ensemble des personnes ayant témoigné pour lui et celles de Germaine Joulot, vivant chez sa fille Françoise, étaient encore d'actualité. J'ai donc eu, vers 21 heures, l'heureuse satisfaction de m'entretenir au téléphone avec sa fille unique, Françoise Blondel, installée depuis toujours dans la région toulousaine. Celle-ci – contre toute attente – m'a réservé un accueil particulièrement ému et chaleureux après que je me suis expliqué de ma démarche. J'ai compris pourquoi au cours de la conversation. Passé le moment de déconvenue profonde où j'ai appris que Germaine Joulot était décédée dix ans plus tôt, sa fille Françoise m'a indiqué qu'elle connaissait parfaitement cette histoire des nouveau-nés du Vél' d'Hiv qui avait hanté la vie de sa défunte mère, et cela avec tant de force que celle-ci s'était résolue en 2003, au cœur de sa vieillesse, à recourir aux services d'un détective privé !

Je n'ai pas caché ma surprise… Je crois même avoir évoqué ma gratitude. Car c'est bien de la gratitude que je ressens ! Alors que j'ignorais tout d'elle, cette femme, cette infirmière, nous recherchait ma sœur et moi sans relâche, nous faisant ainsi exister pour ce que nous étions réellement : des victimes de la Shoah. Savoir que j'ai autant compté aux yeux de ma sauveuse donne aujourd'hui à mon identité volée une empreinte tangible. Pendant tout ce temps où je m'appelais Louis Barthes et où je menais une vie d'emprunt, quelqu'un savait qui j'étais et voulait me retrouver… C'est particulièrement beau et je remercie cette femme dans le secret de mon cœur, en même temps que je prends conscience de cette toute nouvelle inclination sentimentale très éloignée de ma personnalité d'hier. L'idée m'effleure que le nouveau-né du Vél' d'Hiv a toujours vécu en moi et qu'il m'a retenu, empêché d'aimer, comme s'il refusait que je m'attache dans le cours de cette vie qui n'était pas la mienne…

Je rince à l'eau claire mon visage rasé de près. Mes gestes fébriles ce matin ont provoqué trois petites coupures sur ma joue droite. Je presse ma pierre d'alun humidifiée sur mes blessures en faisant le point sur ce qui m'attend désormais et je sens monter une certaine exaltation. Le train de 9 h 24 me conduira à Toulouse où je rencontrerai Françoise Blondel. Nous avons prévu de nous retrouver à 16 heures dans un salon de thé place Salengro, à deux pas du Capitole, et elle doit, à cette occasion, me remettre le dossier d'enquête du dénommé Danny Chang, détective privé que sa mère avait engagé pour tenter de retrouver la trace des nouveau-nés du Vél' d'Hiv. Inutile de le taire, j'espère trouver dans ces documents un certain nombre de réponses sur l'identité de mes parents et de ma sœur…

43

Éloïse, suivie de ses collègues, poussa la porte donnant sur la cage d'escalier. L'installation de la cellule TEH aux sous-sols de la SR allait obliger les gendarmes à emprunter ce trajet plusieurs fois par jour étant donné que les salles d'interrogatoire se trouvaient, elles, au premier. Parvenue au niveau souterrain, Éloïse tomba nez à nez avec « Ravier-le-Magnifique », ennemi juré de Jean-Marc, qui venait de se garer dans le parking.

— Commandant Ravier ! lança-t-elle.

— Bouquet, lui retourna l'homme avec un simple hochement de tête.

Sur quoi, il la contourna et se planta devant Agathe Bordes.

— Je voulais vous dire au nom de toute mon équipe qu'on est sincèrement désolés pour ce qui est arrivé cette nuit. Perdre un collègue, c'est… c'est vraiment ignoble… Alors, ça ne vous ramènera pas Mathieu Vicenti, mais sachez qu'on va serrer Aleksei Galimov et ses sbires… C'est une question d'heures, parole !

— Alors comme ça, ton équipe enquête sur le meurtre de Mathieu ? questionna Éloïse.

— Le colonel Prat a pensé que des enquêteurs chevronnés seraient les plus à même de boucler cette affaire rapidement… et proprement.

Éloïse accusa le coup bas comme elle le put. En même temps, songea-t-elle, vu le désastre de L'Envol, Ravier n'avait peut-être pas tout à fait tort : l'arrestation des deux jeunes manquait sérieusement de « propreté ». Elle chercha une riposte verbale, mais la repartie lui manqua et Ravier s'engouffra dans la cage d'escalier, non sans lui avoir discrètement coulé un regard goguenard.

— Qui est-ce ? demanda alors Olivier Merlot.

— Le commandant Ravier… On a été amenés à travailler ensemble sur la fille de Kali… On n'est pas vraiment…

— Pas la peine de préciser, ça se sent ! la coupa Agathe. Vu le plomb qu'il vient de te mettre.

— Ah ça ! Ravier est toujours d'un naturel charmant, ironisa Thibault. Mais là, mon petit doigt me dit qu'il est furax de ne pas diriger cette nouvelle enquête.

Éloïse réprima un sourire et choisit de calmer le jeu.

— Peu importe… Ravier est un fin limier, Agathe, tu peux compter sur lui pour remonter jusqu'à Galimov. Et c'est la seule chose qui compte… Allez, assez perdu de temps, rejoignons les collègues !

***

Il régnait autour de la table de réunion une atmosphère électrique. Jane Smith-Morrison avait entamé sa garde à vue en s'alignant sur ses deux amis : elle avait exigé de voir son avocat, Me Lalande. Éloïse revint de la machine à café, un espresso fumant dans les mains, et prit place.

— Bon, nos trois jeunes se montrent peu impressionnables.

— Psychopathes serait le mot juste, intervint Agathe. Ils agissent comme si tout ce qui se passe ici ne les concernait pas.

— Cela étant, ce n'est pas ce qu'ils nous renvoient qui compte mais bien les charges que nous avons accumulées contre eux.

— D'accord avec toi, commenta Jacques. Ce trio semble se croire au-dessus des lois, mais ça ne durera pas longtemps ! Et je vois mal comment Lalande, aussi brillant qu'il soit, pourra faire quelque chose pour eux !

— Bon, soyons méthodiques. On a l'ADN de Smith-Morrison sur le macchab, les vidéos de la Panamera ainsi que les relevés cartes bleues aux péages prouvant que notre trio fonctionnait ensemble, énonça Merlot en écrivant sur le tableau blanc. Pour finir, on a un témoin oculaire ayant identifié la voiture à quelques kilomètres seulement du lieu où la victime a été retrouvée.

— À ce stade, Smith-Morrison est la plus compromise, intervint Éloïse. Les deux autres pourront toujours dire qu'aucune preuve directe ne les relie à la victime.

— On a quand même un paquet de preuves indirectes ! lança Agathe.

— Oui… Et les perquises devraient nous donner du grain à moudre. Si, comme nous le pensons, la victime a bien été transportée dans le coffre de la Panamera avant d'être balancée au Pendedis, la scientifique devrait trouver des traces, même infimes, du corps dans le coffre. *Idem* du côté de Beau Moulin. À ce propos, où en est la fouille ? demanda Merlot en regardant Jacques Bois.

— Le colonel Poussin m'a laissé un message tout à l'heure. L'équipe scientifique vient de pénétrer dans le domaine. Ils nous tiennent au courant s'ils découvrent quoi que ce soit d'intéressant. Pour l'extérieur, ça va être une autre paire de manches. L'endroit est très vaste et, même avec des chiens, il faudra plusieurs jours pour ratisser correctement le terrain.

Éloïse termina son café d'un trait et reposa brusquement son gobelet sur la table.

— La question maintenant, c'est de savoir quelle stratégie on adopte. Comme vous le savez tous, l'avocat n'a pas accès aux pièces du dossier. Option un, on le laisse s'entretenir avec nos trois prévenus et on cuisine les jeunes après leurs entrevues. Option deux, on commence à dévoiler nos cartes dès maintenant, manière de faire monter la pression… ce qui veut dire que Lalande sera tenu informé par nos trois jeunes des divers éléments matériels en notre possession, au risque de le voir développer une stratégie de défense.

Un silence se fit. Tout le monde semblait peser le pour et le contre. Finalement, Agathe se lança.

— Je ne vois pas pourquoi on attendrait. Après tout, ça n'est pas comme si on n'avait rien de compromettant ! Si Lalande a connaissance de nos éléments, il risque fort d'inciter ses clients à coopérer pour qu'ils s'attirent nos bonnes grâces, non ?

— Ou pas… rétorqua Kamel. Si nous détenons des éléments trop compromettants, il peut leur conseiller de ne rien dire du tout pour se laisser le temps de construire une défense solide pendant toute la durée de l'instruction. Après tout, sans aveu, il tient encore une chance – même infime – d'innocenter ses clients ou d'atténuer leurs responsabilités.

Éloïse laissa échapper un long soupir. Elle n'était généralement pas du genre à laisser les autres mener la danse et elle avait le sentiment croissant que c'était exactement ce qui était en train de se passer. Trois petits cons étaient en train de chercher à renverser la vapeur, leur laissant croire qu'ils ne redoutaient rien.

— Que les jeunes ne pipent pas mot, ça n'est pas notre problème. Si nous avons un dossier solide, avec ou sans aveu, ils seront condamnés ! intervint Thibault.

— À part que derrière ces gardes à vue, se joue aussi la piste de l'éleveur-fournisseur, réagit immédiatement Merlot. Nous ne pouvons pas nous payer le luxe de négliger cette part de l'enquête ! Et je vous rappelle à tous que TEH a été créée dans ce but… Non, d'une manière ou d'une autre, il faut amener ces jeunes à collaborer.

— Alors vous proposez quoi ?!

— Les désunir, entama Merlot. Les désunir pour inciter l'un d'entre eux à balancer la vérité. En se croyant dénoncé par ses potes comme étant le lien direct du fournisseur de la fille, l'un des trois pourrait être tenté de nous dire comment cette fille s'est véritablement retrouvée à faire le joujou de leur jeu pervers.

Le groupe se tut pour examiner la proposition. Agathe fut la première à réagir.

— Dans ce cas, il faut s'attaquer à la nana. C'est celle contre laquelle nous détenons la preuve matérielle la plus compromettante.

— Ça se tente, enchaîna Éloïse. On déroule la pelote tranquillement, on lui montre nos cartes réelles et, parallèlement, on fait semblant de recevoir des infos des deux autres interrogatoires au fur et à mesure.

— C'est clair ! Avec un peu de bluff et un soupçon d'intox, on va la mettre total en panique, commenta Thibault, enthousiaste. Et avec la pression, elle va craquer et lâcher des infos.

— Ça me va, approuva Merlot.

— Dans ce cas, Olivier, je vous propose qu'on s'occupe tous les deux de Jane Smith-Morrison, proposa Éloïse.

44

Bruno termina avec avidité le gros morceau de pain que lui avaient porté les filles la veille. Installé à l'entrée du cabanon, il laissait le soleil matinal caresser ses membres engourdis par le froid de la nuit et le manque de sommeil. Le violent orage de la veille avait gorgé la nature d'eau et les arbres semblaient s'ébrouer sous l'assaut d'une petite brise matinale. Un crapaud coassa depuis les bois à quelques pas. Bruno fouilla des yeux le tapis herbu au pied des arbres mais ne parvint pas à repérer l'amphibien. La forêt – ses feuillages, ses myriades de brindilles et de mousses, sa végétation, ses recoins cachés – formait un écran pour l'œil humain. Même lui était demeuré invisible aux yeux des hélicoptères qui avaient survolé le domaine à plusieurs reprises depuis sa chute dans le torrent ! Le gamin songea à sa mère qui devait être rongée par l'inquiétude. Que pensait-elle à cet instant ? Le cherchait-elle encore ? Le croyait-elle mort ? Et son père dans tout ça ? Et Kévin ? Est-ce que ses proches avaient baissé les bras ou, au contraire, gardaient-ils espoir et continuaient-ils de ratisser l'épaisse forêt ? Le stress lui noua le ventre. *Ne m'abandonnez pas !* supplia une voix en lui qu'il trouva terriblement enfantine. Bruno hoqueta face à la vague d'émotions qui enflait dans son cœur. Mais s'il se mettait à pleurer là, maintenant, qu'est-ce que ça changerait, hein ?! Est-ce que ça arrangerait sa foutue situation ?! Bien sûr que non ! Le garçon renifla bruyamment et se força à ravaler ses larmes. Il devait absolument se contrôler et concentrer ses efforts sur les possibilités d'évasion !…

Sa cheville, pour commencer. Elle ne désenflait guère, malgré l'onguent de la veille, et Bruno ne pouvait même plus effleurer le sol du talon sans qu'une vive douleur l'électrise. Se pouvait-il que la gravité de la blessure ait augmenté par manque de soins ?! Le gamin tressaillit à cette idée… Tant qu'il serait dans cet état, il ne pourrait ni s'enfuir, ni venir en aide aux filles… Il se sentait particulièrement vulnérable. Non… il *était* particulièrement vulnérable. Si Atrimen et Élicen le lâchaient, il ne voyait pas comment il pourrait s'en sortir. Un œil aux quatre parties du plan accolées par terre devant lui finit de le convaincre. Le mur d'enceinte courait tout autour du domaine qui était immense. Du cabanon où il se trouvait, le mur le plus proche était celui qu'il avait franchi l'avant-veille… Et vu l'escarpement du terrain, faire marche arrière pour remonter lui paraissait quasiment impossible avec sa cheville en vrac. Il devait donc définir une autre stratégie.

Bruno sentit le stratège-geek-intello qui sommeillait en lui faire lentement surface. Ce stratège lui murmurait que tant qu'à être bloqué ici à cause de sa blessure, il devait mettre à profit son temps et son énergie pour extirper des informations aux deux filles. Après tout, n'étaient-elles pas son atout majeur ? Voire son seul atout ?! Elles connaissaient ce domaine par cœur. En avaient certainement détecté chaque faille. Le mur était forcément franchissable, ne serait-ce que par une entrée ! Que les filles s'interdisent de s'échapper, c'était une chose. Que l'on ne puisse pas s'échapper en était une autre... Les filles lui avaient promis de revenir aujourd'hui avec des vivres. Il allait les attendre et profiter de cette entrevue pour essayer d'en apprendre davantage. Mentalement, il commença à lister ce qui lui posait question. À quoi correspondait l'énorme bâtiment trapu dessiné sur le plan au sud-ouest du domaine ? Depuis combien de temps la communauté était-elle installée ici ? Pourquoi ? Que s'était-il passé en 1990 pour qu'il y ait tant de morts et que subitement les prénoms deviennent « étranges », à l'instar d'Atrimen ou d'Élicen ? Que savaient les filles sur cette fameuse Virinaë ? Que pouvaient-elles exactement lui décrire de ces rafles qui avaient lieu la nuit ? Et aussi... quelqu'un avait-il déjà osé franchir ce fameux mur ?

Bruno commença à organiser ses pensées. S'il voulait faire parler les filles, il allait devoir être habile... Parce que Atrimen – pour une raison qu'il ne parvenait pas à cerner – semblait l'avoir pris en défiance...

45

Olivier et Éloïse remontèrent à l'étage et entrèrent dans la pièce d'interrogatoire. Jane Smith-Morrison, assise derrière la table, était occupée à repousser ses cuticules avec l'ongle de son pouce. Le flic d'Interpol détailla la jeune fille. Un carré plongeant blond et raide encadrait son visage pâle, et ses yeux d'un bleu myosotis respiraient la fausse ingénuité à cent mètres. Elle leva la tête vers Éloïse et balança, boudeuse :

— Vos copains auraient au moins pu me laisser le temps de me préparer ce matin.

— Désolée Jane, mais la procédure ne le prévoit pas.

— Vraiment ? rétorqua la jeunette d'une voix enfantine. Je vérifierai ça avec mon avocat, quand même.

Le ton était donné. Jane Smith-Morrison leur rappelait qu'elle ne comptait pas collaborer. La gendarme échangea un regard avec Merlot qui lui fit signe d'entamer les hostilités.

— Jane, votre avocat ne pourra pas vous sortir de là, vous savez ? (La fille ne réagit pas.) Nous détenons des preuves irréfutables de votre culpabilité… Et, très honnêtement, si on les ajoute aux dépositions en cours de vos comparses, les charges contre vous deviennent accablantes… (La gamine ne tressaillit même pas à l'évocation des prétendues dépositions.) Un café, un thé, un jus de fruit, vous voulez quelque chose à boire ? ou à manger ?

La fille releva de nouveau les yeux et fixa Éloïse d'un air plein d'espoir.

— Maintenant que vous le dites, je goberais bien un acide, manière de rompre la monotonie de la situation. Mais je ne sais pas trop si la procédure le prévoit.

Jane Smith-Morrison émit une sorte de hennissement nerveux censé ressembler à un rire.

— Non, j'déconne ! ajouta-t-elle. Mais vous avouerez qu'on se fait grave chier ici.

Éloïse se sentit déstabilisée par la désinvolture de la jeune fille et Merlot choisit d'intervenir. Voix ferme. Mains à plat sur la table. Buste déployé.

— Jane, pourquoi pensez-vous que nous ayons mis tant de temps à venir vous voir ? Gautier Demorcy et Paul Valendrey sont dans nos locaux depuis belle lurette. Contrairement à vous, ils ne se trouvaient pas à leur domicile mais à L'Envol, ce qui nous a permis de les interpeller rapidement. Ça fait quatre heures qu'on les cuisine, comme on dit chez nous. Bien sûr, vos deux amis nous ont demandé d'appeler leur avocat. Et c'est ce qu'on a fait. On a appelé Lalande, on est tombés sur son répondeur, on a laissé un message. Nous, on a fait le job. La procédure prévoit que la garde à vue se poursuit dans l'attente de l'arrivée de l'avocat. Et apparemment, Me Lalande est très occupé puisqu'il n'est toujours pas arrivé… C'est fou ce qui peut se passer en quelques heures seulement. Alors, je vous pose une seule question : jusqu'à quel point avez-vous confiance en vos amis ?

Merlot s'interrompit pour laisser le soin à Jane Smith-Morrison de peser sa question. C'était presque imperceptible, mais le visage de la jeune fille semblait moins serein. Le flic décida de poursuivre.

— Concrètement Jane, vous y êtes jusqu'au cou. On a des vidéos d'autoroute prouvant votre virée à trois dans le Luberon avec la Panamera du père de Valendrey, des émissions de carte bleue pour le paiement aux péages, un témoin oculaire du village des Ayres en Lozère qui a identifié la Panamera à deux pas du lieu où la victime a été retrouvée. (Merlot se tut quelques secondes pour laisser ses mots pénétrer la jeune tête blonde.) Mais surtout, on a les résultats de la scientifique qui vous relient directement au corps de la jeune femme assassinée. Figurez-vous qu'on a retrouvé un de vos cheveux sur elle. Pas un cheveu de Valendrey, pas un cheveu de Demorcy, non, un de vos cheveux à vous, Jane.

— Ça ne prouve rien, rétorqua la jeune fille, amusée. Je baise avec Paul et Gautier une bonne dizaine de fois par semaine. Vous voyez où je veux en venir ?

— Ce serait donc Paul ou Gautier qui aurait contaminé la scène de crime avec un de vos cheveux, c'est ça ?

— Comment savoir ? demanda la jeune fille en haussant les épaules. Il existe tellement de possibilités… Mon avocat y verra sûrement plus clair que moi.

Éloïse serra le poing sur sa cuisse. Cette petite garce se foutait allègrement de leur gueule ! Pourtant, Merlot

334

ne se départit pas de son calme et poursuivit sur le même ton assuré.

— Si vous le dites... Mais ça vous intéressera peut-être de savoir ce que vos amis nous ont raconté ? Après, vous pourrez faire le choix éclairé de continuer à les couvrir... ou pas.

— Sachant que leurs versions nous semblent, comme qui dirait, un peu trop... arrangées pour être totalement justes, ajouta Éloïse en levant un sourcil narquois.

Jane Smith-Morrison demeura impassible et la gendarme aurait payé très cher pour avoir une vue sur son esprit l'espace d'un instant. Merlot, à côté d'elle, fit semblant de consulter des notes, se racla la gorge et reprit du ton de celui qui lit :

— « Je savais pas ce qui était prévu, je vous le jure. Jane nous avait fait prendre des produits et j'étais défoncé. Quand j'ai compris qu'on allait tuer cette nana, je crois... je crois que j'ai pas vraiment réalisé ce qui se passait. » (Merlot releva la tête un court instant, puis reprit son improvisation.) « Paul, pouvez-vous me dire comment la victime s'est retrouvée au Domaine Beau Moulin ? – Je... je ne sais pas. – Paul, réfléchissez, cette jeune femme n'est pas apparue subitement devant vous. Racontez-moi les faits qui ont précédé le meurtre. – J'étais défoncé, je vous dis... C'est très flou... J'ai comme un énorme trou de mémoire... Mais ce qui est sûr, c'est que je n'ai rien à voir avec cette fille... – Il va falloir nous en dire davantage si vous souhaitez qu'on vous croie, Paul. » (Là, Merlot marqua une pause et posa un œil grave sur la jeune fille.) « Je... c'est Jane qui a ramené la fille. C'est Gautier qui me l'a dit, dans la nuit, quand on repartait sur Toulouse. – Qu'est-ce que vous a dit Gautier Demorcy exactement ? – Il… il a dit : "Je sais pas comment Jane a fait pour tout organiser et se procurer cette fille, mais maintenant à cause d'elle, on est dans la merde." »

Merlot referma son bloc-notes vierge et le posa sur la table. D'un geste volontairement ralenti. Jane Smith-Morrison se mordillait la lèvre inférieure avec nervosité. Le flic sentit qu'il avait ouvert une brèche. Il laissa filer quelques secondes avant de soupirer.

— Jane… Le problème, c'est qu'on a cuisiné Demorcy. Il confirme la version de Valendrey. Il affirme que c'est vous et vous seule qui avez organisé la venue de cette fille. Contrairement à vous, ni Demorcy ni Valendrey ne nient avoir participé au meurtre. En revanche, tous les deux sont formels : ils ne savaient pas ce qui les attendait en arrivant au Domaine Beau Moulin. Selon eux, vous leur aviez préparé une « surprise », fit le policier en mimant les guillemets.

Olivier réfléchit à toute vitesse. Les divers éléments qu'ils avaient mis bout à bout lui permettaient de pousser son avantage. Il décida d'accentuer encore le bluff.

— Selon vos amis, après leur avoir offert de quoi se défoncer, vous les avez conduits dans la propriété de votre grand-père pour vous adonner tous les trois à… *une chasse à l'homme* ! s'exclama-t-il en appuyant sur chaque mot…

Smith-Morrison tressaillit en entendant la dernière phrase du flic. Elle avait désormais d'excellentes raisons de croire que ses amis avaient bel et bien parlé. Merlot s'empressa d'enfoncer le clou.

— Ce que je suis en train de vous dire, c'est qu'en tant qu'organisatrice d'une chasse à l'homme, le chef d'inculpation contre vous est très lourd. Parce que, en plus du meurtre, il y a préméditation. Et ça, ça nous amène à une peine incompressible de trente ans.

La fille finit d'accuser le coup. Les traits altérés, elle se tortilla sur sa chaise.

— Paul et Gautier n'ont pas pu vous dire ça pour la simple et bonne raison que c'est faux, riposta-t-elle d'une voix mal assurée.

Éloïse et Merlot échangèrent discrètement un regard entendu. Jane Smith-Morrison venait de mordre à l'hameçon, il fallait désormais la pilonner pour la faire craquer.

— Vous voulez consulter vous-même les dépositions ? risqua Merlot d'une voix posée. Jane, vous seriez étonnée du nombre de prévenus qui chargent leurs complices pour alléger leurs responsabilités. En réalité, ce qui se passe en ce moment ici même est pour nous extrêmement banal.

— Sans compter que vos dénégations ne peuvent tenir face aux éléments matériels que nous détenons, poursuivit Éloïse. Ajoutons à cela la perquisition en cours au Domaine Beau Moulin ! Réfléchissez bien Jane, qu'allons-nous trouver là-bas si ce n'est de nouveaux éléments qui prouveront qu'une chasse à l'homme a eu lieu dans une de *vos* propriétés ? La preuve que le meurtre s'est déroulé chez vous cautionnera davantage encore les témoignages de vos amis.

— Des amis qui, je vous le rappelle, sont passés aux aveux et semblent donc prêts à assumer leurs responsabilités. Des amis qui livrent tous les deux une version concordante de leur participation à la chasse à l'homme… Des amis qui nous indiquent que vous seule avez organisé et donc prémédité le meurtre, déroula Merlot.

— Et, pour finir, des amis qui précisent que vous leur auriez fait prendre de la drogue avant la chasse à l'homme ! Vous fallait-il atténuer leur capacité de jugement ? Redoutiez-vous qu'ils s'opposent à votre projet ? Sinon, pourquoi les avoir manipulés de la sorte ?

Jane Smith-Morrison releva subitement la tête. Son regard myosotis avait viré au bleu glacial et dans ses yeux la colère le disputait à la peur. Sa bouche se tordit dans un rictus amer et elle avança lentement son visage vers Merlot qui recula instinctivement sur sa chaise.

— Je ne porterai pas le chapeau, c'est clair ? susurra-t-elle, les dents serrées. On était trois sur ce coup du début à la fin.

— Si vous le dites, Jane, l'encouragea Merlot, je ne demande qu'à vous croire. Mais il va falloir plus que cette affirmation pour faire la preuve de votre bonne foi.

— Je ne pense pas, non ! lança une voix de stentor.

Merlot sursauta et se dévissa le cou. Un homme chauve et de très petite taille se tenait dans l'embrasure de la porte. Costume trois pièces. Cravate. Manteau posé sur l'avant-bras gauche et sacoche de cuir dans la main droite. Le nabot haussa ses sourcils broussailleux d'un air provocateur.

— Maître Lalande. Je représente Jane Smith-Morrison. Conformément à la loi, je demande à m'entretenir avec ma cliente avant toute poursuite de la garde à vue.

Dressé derrière le presque-nain, Kamel secouait la tête d'un air désabusé. Il s'en était fallu d'un chouia…

46

Me Lalande passa les trente minutes réglementaires
en tête à tête avec Jane Smith-Morrison. Lorsqu'il
sortit, il avait des airs de pitbull. Regard torve sous les
sourcils en broussaille. Visage ramassé. Crocs saillants.
Étrangement, sa petite taille ajoutait à l'impression de
férocité qu'il dégageait.

— J'ai deux autres clients à voir, éructa-t-il.

Olivier Merlot le conduisit sans un mot dans la salle
d'interrogatoire où attendait Demorcy. Pendant l'entrevue de Lalande avec la jeune fille, les flics s'étaient
succédé auprès de Valendrey et Demorcy, sans succès.
Aucun des deux n'avait pipé mot. Ni la pression, ni le
déroulé des divers éléments matériels, ni leur tentative
de désolidariser le groupe n'avait fonctionné. Les deux
jeunes étaient restés muets comme des carpes. Merlot
referma la porte derrière Lalande et rejoignit la cellule
en sous-sol au pas de course. Penchés sur les dossiers
de l'affaire, les gendarmes triaient, tentaient de recouper les données et classaient les documents accumulés
au fil des ans autour des différentes victimes.

— Lalande en a fini avec Jane Smith-Morrison !
On peut y retourner, lança-t-il à Éloïse.

La gendarme avala le fond de son café, écrasa le
gobelet d'un geste nerveux et le jeta dans la poubelle.
Le match reprenait. Elle suivit Merlot jusqu'au premier. Lorsqu'il arriva devant la porte de la salle 3, il
marqua un temps d'arrêt.

— Si jamais elle cherche à nous empapaouter, on
la mitraille, on lui laisse pas une seconde de répit.
On pilonne, on la pousse dans ses retranchements, on
lâche que dalle !

— Vous pouvez compter sur moi, valida Éloïse en
fixant les yeux bleus et déterminés du flic.

— OK. Le signal, c'est quand je me passe la main
sur le crâne. À ce moment-là, on mitraille. N'oubliez
jamais ça : le diable se cache dans les détails, ajouta-t-il
juste avant de pousser la porte.

Ils entrèrent. La jeune fille se balançait sur sa chaise,
bras croisés et regard dans le vague. Une sorte de rictus
narquois était accroché au coin de sa bouche. Éloïse
songea immédiatement que cela n'augurait rien de bon.
Elle imita Merlot qui s'asseyait et attendit que le flic
d'Interpol se lance.

— Jane, entama-t-il en cherchant des yeux ceux de
la jeunette, nous allons désormais poursuivre l'interrogatoire.

— Ouais, je vous écoute, balança-t-elle avec désinvolture.

— Nous allons reprendre là où nous en étions.
Comme nous vous l'avons dit avant que votre avocat
arrive, vous êtes en très fâcheuse posture. Les dépositions de vos…

— Celles-ci ? le coupa-t-elle en attrapant quelque chose sous ses fesses.

Jane Smith-Morrison posa alors d'un geste excessivement théâtral le carnet vierge de Merlot sur la table. Le flic blêmit en apercevant son bloc-notes, celui-là même qu'il avait utilisé pour son coup de bluff un peu plus tôt. En faisant irruption dans la pièce, Lalande l'avait déconcentré… et le flic en avait oublié son carnet. Éloïse tourna une tête de dix pieds de long vers son collègue. Ça commençait plutôt mal ! Contre toute attente, Merlot se recomposa immédiatement un visage.

— Et alors ? questionna-t-il, imperturbable. C'est une technique courante lors des interrogatoires. Vous ne vous attendiez tout de même pas à ce qu'on reste les bras croisés en attendant votre avocat ?

Son interlocutrice parut déçue. Visiblement, son effet tombait à l'eau.

— Peu importe que ce carnet soit vierge, jeune fille. Peu importe que vos amis aient ou non bavé sur votre compte. En revanche, ce qui compte, c'est les preuves que nous détenons. Et pour être tout à fait honnête, je n'aimerais pas être à votre place.

— OK *man*, cracha Jane Smith-Morrison en s'approchant du flic, arrête ton numéro de claquettes et pose tes questions.

— Soit. Commençons par le début, entama Merlot en ouvrant son carnet pour prendre des notes. Qu'avez-vous fait dans la journée et dans la soirée du mardi 14 juillet 2015 ?

— Paul, Gautier et moi, on s'est retrouvés la veille, le lundi soir chez moi…

— Chez vous ?

— Ouais, dans mon appart des Carmes…

— À Toulouse, donc ?

— Ouais. On n'est pas rendus si tu me coupes toutes les trois secondes.

— Mais nous avons tout notre temps, Jane.

La jeune fille souffla bruyamment en décochant un regard noir à Merlot. Elle ne le dit pas, pourtant Éloïse eut l'impression de l'entendre : « T'es trop relou, mec ! »

— On s'est donc rejoints en fin d'après-midi avec Gautier et Paul, chez moi, à Toulouse. On s'est mis la tête et après on a partouzé. C'était bon, si tu veux tout savoir, ajouta-t-elle d'un ton languissant. D'ailleurs, je crois bien qu'on a passé la nuit à ça : sniffer, baiser, sniffer, baiser, sniffer, bai…

— C'est bon, je crois qu'on a compris, intervint Éloïse.

— Le lendemain matin, on s'est dit qu'on allait profiter un peu du beau temps. On a décidé de faire un saut dans une des propriétés de mon grand-père dans le Lubéron. Paul avait la Panamera de son père et on a tracé. On est arrivés vers 15 heures, un truc comme ça. On a bouffé et picolé… Bref, on a glandouillé jusqu'à la fin de l'après-midi. Il faisait beau, c'était cool. On s'est un peu lâchés sur le pétrus de la cave, d'ailleurs. Et puis… il devait être, j'sais pas, moi, 18 h 30 à peu près, quand on a entendu des hurlements suivis d'un coup de feu. Ça semblait assez proche. On s'est regardés avec Paul et Gautier. On était plutôt inquiets. Beau Moulin s'étend sur des dizaines d'hectares. La propriété est clôturée à peu près partout, mais bon… le terrain est tellement accidenté par endroits qu'il n'y a pas de clôture. Bref, il est possible que des gens accèdent au domaine. C'est déjà arrivé, quoi… On a pensé qu'un chasseur était peut-être rentré sur la propriété. Et en même temps, on avait entendu ces cris… des cris qui ressemblaient vraiment à des cris humains… On était ivres et on a flippé un max. Mais on s'est quand même dit qu'on devait aller voir… On est partis en direction des hurlements et du coup du feu… On a pris le pick-up de papy, celui qui est sur place, et on a suivi un sentier qui serpente jusqu'au sommet d'une colline d'où on a la meilleure vue sur le domaine.

Jane Smith-Morrison marqua un temps d'arrêt qui ressemblait davantage à de la réflexion qu'à la résurgence de souvenirs. Éloïse croisa fugacement le regard de Merlot. Tous deux avaient parfaitement compris ce qui était en train de se tramer. Cet enfoiré d'avocat avait concocté un petit scénario qu'il s'employait à rapporter à Gautier Demorcy et à Paul Valendrey en ce moment même. Inutile de nier le trajet en Panamera, inutile de nier la proximité de Jane Smith-Morrison avec la victime au vu du cheveu retrouvé sur le cadavre, inutile certainement de nier le transport du corps : les prélèvements dans le coffre de la Panamera porteraient leurs fruits… L'avocat, rompu à l'exercice pénal, avait habilement opté pour une histoire intégrant les éléments de preuve que détenaient les enquêteurs et qu'ils avaient eux-mêmes déballés plus tôt à la gardée à vue pour lui mettre la pression. Cette option laisserait le temps à Lalande de peaufiner sa défense en y intégrant progressivement les nouveaux éléments qui ressortiraient de l'enquête. Audacieux… mais très risqué : une version inventée de toutes pièces trahirait nécessairement des incohérences d'une déposition à l'autre. Merlot profita de l'instant pour incliner son carnet. Dessus, Éloïse put lire : « Panamera du père : saut prémédité dans le Lubéron ? » et hocha discrètement la tête.

— ... C'est là qu'on l'a vue, poursuivit Jane Smith-Morrison, la voix blanche. C'était une jeune femme... allongée au milieu de la prairie... On s'est approchés... Et... Elle avait pris une balle en plein cœur. Elle était... morte.

Merlot esquissa un sourire sournois. Cette fille était une comédienne-née ! Capable de mentir comme on respire.

— On a totalement paniqué ! On ne savait pas quoi faire ! Elle avait une flaque de sang sur sa poitrine... C'était hyper choquant...

— J'imagine, commenta Merlot, moqueur. Et ?

— ... On a réfléchi à toute vitesse. Si on appelait la police, on aurait forcément des ennuis. La fille avait été assassinée chez moi. On avait bu. On avait tous les trois des antécédents judiciaires. Bref, on était des coupables tout désignés ! On... On a paniqué... Et on a décidé de planquer le corps... De toute façon, la fille était morte, alors !

— OK, Jane, OK... Donc vous êtes sur le sommet de cette colline, poursuivit Merlot d'un ton faussement compatissant. Autour d'un cadavre que vous venez de découvrir. Mmm, ça doit être terrible... À ce moment-là, qui prend la décision de dissimuler le corps ?

Visiblement, Jane Smith-Morrison ne s'attendait pas à cette question. Elle lança un œil noir au flic occupé à griffonner sur son bloc-notes.

— J'en sais rien, putain ! On avait picolé. Je…
Je me souviens plus !

— Allons, Jane, faites un effort, l'encouragea
Merlot. Essayez de visualiser la scène.

— Je sais plus, j'vous dis ! s'énerva la jeune fille.
J'étais choquée ! Qu'est-ce que vous voulez que je
vous dise ! Ça s'est fait comme ça, voilà !

Merlot laissa volontairement peser un silence. Les
secondes s'égrenèrent, lourdes et suspicieuses. Mais
Jane Smith-Morrison ne se laissa pas démonter pour
autant.

— Je nous revois charger le corps à l'arrière du
pick-up, reprit-elle au bord des larmes. Redescendre
jusqu'au château. On flippait un max. On voulait repartir pour Toulouse le plus vite possible… On a transféré
le corps de la fille dans le coffre de la Panamera, on
a chargé nos bagages et on a pris la route un peu au
hasard… On roulait depuis un petit moment, quand
on a vu ce bas-côté, éloigné de tout… et on a déposé
la fille là.

Merlot inclina de nouveau son bloc-notes vers
Éloïse. Elle eut le temps de déchiffrer : « Bagages ???
Saut dans le Lubéron prémédité ? »

— Jeté, improvisa Éloïse.

— Hein ?

— Vous avez jeté le corps de la fille là, reprit la
gendarme. Elle a dévalé le talus. S'est ouvert le genou
sur une pierre anguleuse. Et a fini sa course contre un
arbre.

— Ça change quoi ?! rétorqua Jane Smith-Morrison,
sur la défensive. Elle était morte. Et nous ne l'avons
pas tuée. Point barre.

Merlot passa ostensiblement sa main sur le sommet de son crâne, signe que la chasse était ouverte.

— Revenons à la soirée du lundi 13 juillet, entama-t-il pour la désarçonner. Racontez-moi un petit peu plus en détail.

— Quoi, notre partie de jambes en l'air ?! gloussa Jane Smith-Morrison en affichant une moue aguicheuse.

— Non, avant.

— Quoi avant ?

— Quand vos amis sont arrivés.

— Ben… quoi ? Je n'ai pas grand-chose à dire. Ils ont sonné, je leur ai ouvert. Ils sont montés. On a sniffé. On a baisé. Qu'est-ce que vous voulez que je…

— À quel moment avez-vous décidé de vous offrir une virée au Domaine de Beau Moulin ? la coupa Éloïse.

— Mais je n'en sais rien ! Quelle importance de toute façon ?!

— Répondez Jane, enchaîna Merlot.

— Pff… Euh… Dans la nuit, je suppose.

— Tout à l'heure, vous nous avez dit que c'était le mardi matin.

— Ouais, ben, c'est pareil ! Dans la nuit de lundi ou mardi matin, qu'est-ce que ça change ?!

— Vous n'aviez donc pas prévu d'y séjourner avant de vous retrouver ?

— Non.

— D'accord. Donc, vous vous décidez. Vous projetez quoi exactement ?

— Ben, je vous l'ai déjà dit : passer du bon temps, se mettre un peu au vert. J'vois vraiment pas…

— Quelques jours ? questionna Éloïse.

— Oui, quelques jours ! s'agaça la jeune fille.

— C'est ce que vous aviez prévu ? D'y passer quelques jours ?

— T'es sourde ou quoi ?!

— Oui ou non ?

— Ouais ! Faut que je te le dise en quelle langue, bordel ?! On s'est cassés de Beau Moulin à cause de la fille qu'on a retrouvée.

— Sinon, vous seriez restés ? poursuivit Éloïse.

Jane Smith-Morrison se tourna les yeux exorbités vers Merlot.

— Elle a oublié son Sonotone ta collègue ou quoi ?!

— Sinon vous seriez restés ? pilonna le flic d'une voix égale.

— Oui, on serait restés, articula-t-elle exagérément. C'est clair ?

— D'accord, enchaîna Éloïse. Donc reprenons, vous improvisez au dernier moment un saut dans le Lubéron, et ?

— Je te le donne en mille : on trace ! lui jeta la jeunette avec sarcasme.

— C'est-à-dire ?

— Ben, on a pris l'ascenseur, on est allés dans la cour intérieure, on a démarré la voiture, j'ai activé le bip, le portail s'est ouvert et *pff !* on a pris la route ! Magique, hein ?!

— Mais avant ?

— Quoi avant ?

— Avant de prendre l'ascenseur.

— Putain, mais de quoi vous me parlez, là ?! C'est quoi cette embrouille !

— Le capitaine Bouquet veut savoir ce que vous avez fait juste avant de prendre l'ascenseur.

La fille regardait Merlot, mâchoire crispée, yeux ahuris. Elle ne voyait pas où les flics voulaient en venir et, visiblement, ça la mettait hors d'elle.

— Décrivez-moi précisément votre départ, relança le flic.

— Je suis passée dans le vestibule, j'ai pris les clés de l'appart qui sont toujours posées dans le vide-poche de l'entrée, j'ai attrapé mon sac à main suspendu à la patère, j'ai ouvert la porte et on l'a franchie tous les trois. Je suppose que j'ai refermé la porte à clé même si, pour ne rien vous cacher, je n'en ai pas le moindre souvenir car ce sont des choses que l'on fait par réflexe ! Ça te va ?

— Rien d'autre ?

Jane Smith-Morrison commençait à être déstabilisée. Elle décocha un uppercut du regard à Merlot.

— Non, rien d'autre.

— Bien. Et après ?

— Quoi après ?

— Après l'ascenseur, la cour, le démarrage ?

— On a tracé.

— Directement ?

Jane Smith-Morrison marqua un temps d'arrêt.

— Ben, maintenant que tu le dis, effectivement on s'est arrêtés au Poussin bleu où on a acheté des petits-fours.

— C'est tout ? Pas d'autres arrêts ou détours ?

— Non, sauf sur l'autoroute.

— Donc pas d'arrêt avant le Poussin bleu ?

— Non.

— Et pas d'arrêt entre le Poussin bleu et l'auto-route ? Réfléchissez bien.

— Non, aucun, répondit-elle d'une voix ferme.

— D'accord. Tout à l'heure, après que vous nous avez avoué avoir placé le corps de la victime dans la Panamera, vous nous avez dit, je cite : « on a chargé nos bagages et on a pris la route… » À quels bagages faisiez-vous référence ?

La fille parut interloquée. Elle vit le piège se refermer sur elle et garda le silence.

— Si je récapitule : vous n'aviez pas prévu ce séjour dans le Lubéron, vous décidez de partir pour plusieurs jours sur un coup de tête, mais vous ne préparez aucun bagage ?

— J'ai tout ce qu'il faut dans la maison de mon père, lâcha Jane Smith-Morrison précipitamment.

— Nous vérifierons avec la perquisition. Mais admettons, continua Merlot, vous, vous avez des affaires là-bas. En revanche, pour ce qui est de Demorcy et Valendrey, vous ne faites aucun détour chez eux pour récupérer quelques-unes de leurs affaires.

— Deux options, Jane, enchaîna Éloïse, ou bien cette virée était planifiée et les bagages de vos amis étaient déjà chargés dans le coffre de la Panamera, ou…

— C'était pas planifié ! riposta la jeunette, furax.

— Alors, vos amis sont partis sans bagage ?

— Ouais, c'est ça.

— Pourquoi alors avoir évoqué des bagages que vous auriez chargés dans la Panamera avant de repartir dare-dare sur Toulouse ?

— Je me suis trompée, voilà tout. Ça arrive.

— Soit. Et vous trouvez crédible que vos amis aient décidé de partir en vacances sans vêtements de rechange ? Sans trousse de toilette ? Passez-moi l'expression, mais vos amis sont tous sauf *roots* !

La jeune fille vira au cramoisi.

— Mais qu'est-ce qu'on a à foutre de toutes ces conneries !!! Je croyais que ce qui vous intéressait, c'était cette nana !

— En effet, Jane. C'est le cas. Et l'impression qu'on a, c'est que ce saut dans le Lubéron était prévu, voyez-vous. Et que vous n'aviez pas pris de bagage, ni vous ni vos amis, pour la simple et bonne raison que vous ne comptiez pas rester là-bas. Votre virée devait durer le temps du meurtre. Ni plus ni moins.

— Vous vous foutez le doigt dans l'œil, c'est n'importe quoi !

— Soit. Reprenons depuis le début, proposa Merlot, l'air enjoué. Donc, le lundi 13 juillet dernier au soir, vos amis Gautier Demorcy et Paul Valendrey débarquent chez vous avec la Panamera du père de Valendrey.

— Paul empruntait souvent la voiture de son père ? embraya Éloïse sans attendre.

Jane Smith-Morrison laissa retomber sa tête en signe d'exaspération. Elle venait de le comprendre : sa garde à vue ne faisait que commencer. Les flics allaient dépiauter chacun de ses propos, sans relâche, comme des morfalous prêts à tout pour anéantir leur proie…

47

Éloïse et Olivier quittèrent la salle d'interrogatoire après avoir cuisiné Jane Smith-Morrison pendant plus d'une heure et rejoignirent les sous-sols. La gamine se réfugiait sans cesse derrière la version que lui avait certainement suggérée son avocat : le soir de leur arrivée au Domaine Beau Moulin, les trois jeunes avaient entendu un coup de feu et avaient fini par tomber sur le corps. Dans la panique, ils l'avaient chargé dans le pick-up puis dans la Panamera avant de s'enfuir. Mais en dehors de cette base fixe, le récit était truffé d'incohérences... et tout cela concourait à la certitude d'une version « arrangée ».

— Lalande lui a intimé de dire que le départ pour le Lubéron s'était improvisé au dernier moment, jeta Merlot, caustique. Le postulat est simple : si le séjour n'était pas prévu, la chasse à l'homme ne pouvait certainement pas l'être !

La gendarme et le flic débarquèrent dans les bureaux. Thibault et Agathe étaient déjà assis et, l'espace d'un instant, Éloïse se surprit à chercher Jean-Marc du regard… Elle se ferma immédiatement et laissa Merlot faire le compte rendu de leur interrogatoire.

— La réalité, conclut Merlot, c'est que leur séjour était bel et bien planifié mais qu'ils n'avaient pas prévu de bagages, car ils savaient qu'ils allaient rentrer le jour même après avoir effectué leur chasse à l'homme.

— Lalande a vu Demorcy et maintenant il est avec Valendrey, précisa Thibault. Du coup, Jacques et Kamel sont allés cuisiner Demorcy. Agathe et moi, on attend. Dès que le baveux se sera barré, on ira interroger Valendrey.

— Du coup, on orientera aussi notre interrogatoire autour de la préparation du départ de Toulouse, enchaîna Agathe tout en étiquetant un casier en plastique. À mon avis, les versions vont avoir du mal à concorder !

— C'est sûr, approuva Merlot. Lalande a concocté en urgence un scénario visant à expliquer les grandes lignes de l'histoire au regard des éléments matériels que nous détenons, mais il n'a pas pu prévoir les détails. C'est bien là que le bât blesse.

— D'un point de vue déontologique, c'est tout de même dingue qu'un avocat accepte de déformer la réalité pour atténuer la responsabilité de ses clients… ragea Agathe.

— Ou pas ! s'amusa Thibault, imagine un peu les honoraires que ce type perçoit ! Faire passer le chef d'inculpation de meurtre avec préméditation à celui de dissimulation de cadavre, ça doit lui rapporter un max !

Éloïse lui jeta un œil goguenard et rejoignit la machine à café. Quand elle revint avec son gobelet fumant, elle balaya du regard le grand tableau mural noirci par les notes et questions des enquêteurs. Au centre, trônait un schéma récapitulatif des différentes victimes depuis 1991, avec leurs liens de parenté et les éléments saillants des dossiers. Ses yeux se fixèrent une seconde sur la victime numéro 4 dont le résumé laconique la fit frissonner : « Femme, 20 ans environ, GPA[1], Suisse ». Une flèche verte surmontée de la mention « sœur jumelle monozygote » la reliait à la victime numéro 6. S'il en était besoin, le schéma à lui seul lui rappela que derrière la chasse à l'homme de leurs trois gardés à vue, sommeillait une sombre histoire de trafic humain. Après un long silence, la gendarme expira.

— Il faut qu'on fragilise un maximum cette version arrangée. Qu'on montre à ces trois jeunes qu'elle ne tient pas la route. Lorsqu'on aura réussi à les déstabiliser, on pourra enfin lancer la question à un million…

— La fille est morte d'une seule balle dans le cœur, donc qui a tiré ?! la coupa Thibault en mimant un tir de revolver.

— Tout à fait, Thib. Après tout, un seul tir, ça nous fait deux meurtriers de trop !

— Vous avez raison, Éloïse, approuva Merlot. Il faut faire comprendre à ceux qui n'ont pas tué directement cette fille que maintenir cette version arrange par-dessus tout le meurtrier lui-même, et ce, à leurs propres dépens.

La sonnerie du portable d'Éloïse retentit à ce moment-là. Elle sortit prestement l'appareil de la poche arrière de son jean et son cœur se pinça.

— C'est Jean-Marc !

---

1. Gestation pour autrui.

— Ouais, ben t'as plus qu'à courir au premier parce qu'on capte super mal ici ! lui lança Thibault en faisant tournoyer ses lunettes de soleil entre ses doigts. Ça fait partie des vices cachés de la cellule !

Éloïse quitta prestement la pièce, remonta le long couloir et gravit les marches quatre à quatre. Quand elle arriva au rez-de-chaussée, les sonneries cessèrent. *Merde !* fulmina-t-elle. Elle allait rappeler quand elle vit Lalande, à quelques mètres, en grande conversation, portable collé à l'oreille. Il devait en avoir fini avec Valendrey. Éloïse tendit l'oreille, mais l'avocat la repéra. Il lui jeta un regard distrait et s'éloigna. La gendarme en profita pour ouvrir son téléphone et reçut un sms de Jean-Marc à cet instant précis. Sortie prévue à 17 h. Tu pourras passer me prendre ? Love. Elle s'apprêtait à répondre quand des bruits de pas attirèrent son attention. La gendarme releva la tête et vit clairement le pitbull d'avocat avancer vers elle d'un pas décidé. L'homme harponna son regard et se fendit d'un étrange sourire. Quand il fut à un mètre d'elle, il marqua un temps d'arrêt avant de lancer.

— Je me suis laissé dire que les rognons de veau de Chez Martin étaient délicieux.

Éloïse demeura interdite. Que lui voulait ce type ?… Et qu'est-ce qu'elle pouvait bien avoir à faire de ses penchants gastronomiques !… Chez Martin… cette enseigne lui disait quelque chose… Subitement, la gendarme eut un déclic ! C'était un petit restaurant à deux pas de la SR.

— Je me laisserais bien tenter ce midi, ajouta Lalande à voix basse.

— Mais…

— Au plaisir de vous y voir, capitaine Bouquet, vous et le capitaine Merlot bien sûr, la coupa-t-il en lui décochant un regard chargé de sous-entendu.

La gendarme demeura comme deux ronds de flan. Elle rêvait ou le baveux venait de lui filer rencard ?! Pour autant – et ça c'était sûr –, le rendez-vous n'avait rien de galant. Elle fixa, médusée, le petit homme qui se dandinait d'un pas rapide vers la sortie.

48

Une boule familière de boucles brunes surgit d'un coup de la forêt. Bruno sentit son cœur bondir. Au fond de lui, se mêlaient soulagement et reconnaissance. Élicen ne l'avait pas oublié… Remontant en courant le sentier qui longeait les bois, la jeune fille fondait vers lui, sourire aux lèvres, légère comme un cabri rompu aux escarpements montagneux. Bruno chercha à se lever, mais sa cheville le rappela à l'ordre immédiatement.

— Bonjour Élicen !

— Bonjour, lui répondit-elle essoufflée, bien dormi ?

Bruno sentit ses joues s'empourprer. Il ne pouvait tout de même pas avouer qu'à 13 ans passés, il avait encore peur de l'orage…

— Mouais… le couchage était un peu dur, bougonna-t-il. Et toi ?

— Comme un bébé ! Tiens, regarde, je t'ai apporté ça.

Elle posa son ballot au sol et le déplia. Pain, noisettes, mûres apparurent ainsi qu'une outre d'eau et une fiole remplie de liquide blanc.

— Super ! commenta Bruno en se jetant sur le pain. Et, ça c'est quoi ?

— Du lait de chèvre.

Le gamin ouvrit la fiole, mais l'odeur qui s'en dégagea lui souleva l'estomac.

— Tu n'aimes pas le lait ?!

— Euh… si… enfin, pas comme ça.

Élicen leva un sourcil en signe d'incompréhension.

— Je veux dire… Laisse tomber, laissa-t-il échapper en songeant aux briques UHT. En tout cas, c'est vraiment gentil d'avoir pensé à moi.

— Comment va ta cheville ?

— Bof… Comme tu vois, c'est loin d'être guéri…

L'adolescente observa le renflement violacé qui enveloppait la malléole des deux côtés et grimaça légèrement.

— Je vais te remettre du baume quand tu auras fini de manger… Mais ne t'inquiète pas ! Ça finira par passer… Un jour, Anten s'est fait une entorse en redescendant des pâturages du haut. Sa cheville devait être au moins deux fois plus gonflée que la tienne, je t'assure ! On l'a amené au dispensaire et tu sais ce qu'a dit la Grande Prêtresse Virinaë ? Tout simplement ceci : repos et arnica.

— Ah… (*Si Virinaë l'a dit, alors…* ironisa-t-il pour lui-même.) Et le repos en question, c'était combien de temps ?

— Trois bonnes semaines.

Le visage de Bruno s'assombrit immédiatement. Il ne comptait pas rester aussi longtemps dans un endroit pareil ! Sensible à son trouble, la jeune fille avança avec espoir :

— Peut-être que ça te permettra de retrouver la mémoire ?… Peut-être que…

Bruno s'aperçut qu'Élicen virait au cramoisi.

— Peut-être que quoi ? relança-t-il alors avec douceur.

— Eh bien… j'ai réfléchi… (Elle jeta un regard par-dessus son épaule et s'approcha de lui.) Je me disais, chuchota-t-elle, si tu n'es pas un Boche (elle prononça ce mot si bas qu'il en fut quasiment inaudible), alors il n'y a qu'une solution… (Là, elle le fixa avec des yeux pénétrants et graves.) Il y a forcément d'autres cheptels par-delà le mur…

Bruno sentit une oppression sur sa cage thoracique. Là, dans l'instant, face à cette fille d'une sincérité désarmante qui semblait chercher une explication, il avait une envie terrible de dire la vérité. Son stratagème d'amnésie lui apparut subitement méprisable…. Mais il revit le regard terrifié d'Atrimen la veille, se rappela leurs échanges presque insensés et retint *in extremis* la confession qui ne demandait qu'à s'échapper.

— Mmm, murmura-t-il piteusement… En tout cas, je te jure que je ne suis pas un Boche, Élicen.

Elle le sonda longuement et avec sérieux, puis conclut :

— Je te crois, Bruno… Donc il y a forcément d'autres cheptels ! Tu te rends compte ?!

Le garçon hocha mollement la tête et, honteux, baissa le regard. Il tomba alors sur le plan en quatre morceaux dessiné par les filles et en profita pour changer de sujet.

— Regarde, j'ai trouvé ça dans une vieille malle.

— Mince alors ! Atrimen et moi avons dessiné ça il y a des années…

— Tu crois que c'est toujours d'actualité ?

Élicen le regarda avec étrangeté.

— Comment ça ?

— Ben… je veux dire, les choses ont pu changer depuis le temps !

— Changer ?!

— Oui. Vous auriez pu construire des bâtiments nouveaux ou, j'en sais rien, en détruire d'autres.

— Quelle drôle d'idée ! Nous avons tout ce dont nous avons besoin, grâce en soit rendue à Virinaë, notre Mère Protectrice ! Regarde, poursuivit-elle en attrapant les morceaux de plan. Ici, ce sont les premiers enclos et les poulaillers. Ils sont proches de nos baraquements pour que nous puissions tous les matins faire la traite des chèvres et des vaches et ramasser les œufs. Ces enclos-là sont un peu plus éloignés, à cause des nuisances, car ce sont les porcs, les moutons et les canards qui y vivent.

— Et ce petit rectangle, là ?

— Les cages à lapins !

— Et ces dessins ici, c'est là où vous vivez ?

— Oui et non. Disons que ce sont les endroits où nous dormons. Là, ce grand rectangle, c'est le réfectoire. On y cuisine et on y mange en hiver. Les petits carrés derrière ce sont les dépendances, légumerie, fumoir, saloir et grange pour le stock de vivres.

Bruno suivait avec intérêt les différentes explications de la jeune fille qui semblait heureuse de s'adonner à cette visite commentée. Il découvrit, effaré, une communauté qui semblait se suffire à elle-même en tout point.

— Là, près de la rivière, on trouve le lavoir bien sûr et le moulin. On y moud le blé, l'épeautre et le maïs pour la confection de la farine… Ici, c'est la forge, là, l'atelier de tissage, et là, la scierie, avec la menuiserie juste à côté.

— Et vous avez dessiné plein d'arbres tout autour… Vous… vous vivez en pleine forêt ?!

Élicen lui lança un regard interloqué

— Évidemment ! Sinon les Boches nous repére-raient avec leurs hélicoptères !… Tu ne te souviens toujours de rien ? ajouta-t-elle d'une voix plus douce.

— Et cet immense carré, tout en bas ? esquiva Bruno.

— Ça…

Une ombre ternit le visage de la jeune fille.

— C'est la prison, énonça-t-elle d'une voix légè-rement altérée.

— La prison ?!

— Oui, c'est en lien avec l'histoire du cheptel et la bataille des 999. En réalité, ajouta-t-elle avec un vague geste de la main, ce n'est pas le genre d'endroit dont nous aimons parler. D'ailleurs, personne ne va jamais là-bas… Ce lieu est… maléfique.

— Maléfi…

— ÉLIIICEEEN !

Bruno et la jeune fille sursautèrent. Une silhouette surmontée d'une tignasse blonde remontait le sentier à toute allure. Atrimen arriva à leur hauteur quelques secondes plus tard. Elle avait un air furibond et, immé-diatement, les récriminations fusèrent.

— Tu aurais dû m'attendre, Élicen ! Je t'ai cherchée partout !

— Eh bien, tu m'as trouvée, je suis là !

Atrimen décocha un œil noir à son amie.

— Pas la peine de faire la maligne ! Roxine m'a demandé où tu étais encore passée… je te rappelle que tu es prévue au tissage ce matin.

— Je passe le baume sur la cheville de Bruno et je redescends. Tu n'as qu'à lui dire que…

— Non, je t'attends, la coupa Atrimen avec détermination.

Élicen souffla bruyamment avant de pousser la porte du cabanon pour aller chercher le baume. Bruno, qui venait d'assister à l'affrontement, en profita pour tenter de briser la glace.

— Bonjour Atrimen… Écoute, je suis désolé que tu aies eu à courir partout mais… je crois qu'Élicen pensait bien faire en m'apportant de quoi manger. Et c'était le cas, tu sais, j'étais affamé !

La jeune fille le regarda avec un soupçon de défiance.

— Hier, nous avons choisi de te cacher ici. Honnêtement, je ne sais pas si c'était une bonne idée… Mais si Élicen vient te voir sans arrêt, tu ne resteras pas caché longtemps, crois-moi ! Nous n'avons pas pour habitude de nous séparer les uns des autres. Au contraire, nous veillons les uns sur les autres. Alors, tu ferais mieux de dire à Élicen de se faire plus…

— Plus discrète, c'est ça ? la coupa Élicen en sortant du cabanon.

— Parfaitement ! soutint Atrimen.

La brunette s'agenouilla et commença à passer de l'onguent sur la cheville de Bruno qui ferma les yeux en grimaçant. De dos, à son amie, elle lâcha d'une voix aussi provocatrice que lasse :

— Atrimen, tu ne pourras pas sans arrêt veiller sur moi, tu sais ! Tu vas te marier en septembre. Que feras-tu quand tu auras tes enfants à élever et ton homme à honorer ?

Bruno ouvrit deux grands yeux ahuris. Atrimen avait beau être plus grande que lui – comme la majorité des filles de sa classe d'ailleurs –, elle n'avait guère plus de 15 ans ! Mais il n'eut pas le temps de réagir, Atrimen lui coupa l'herbe sous le pied.

— Eh bien justement, Élicen ! Il serait peut-être temps que tu te comportes de manière plus mature !

— Mais je me comporte de manière mature ! s'agaça Élicen en se redressant. Ce n'est pas parce que je n'agis pas forcément comme *tu le voudrais* que j'agis mal, Atrimen !

La blondinette ouvrit la bouche pour rétorquer mais aucun son ne sortit. Y avait-il un peu de vrai dans cette cinglante repartie ? Bruno, redoutant de faire les frais de la dispute, se contenta de fixer sa cheville luisante de crème. Un silence crispé étranglait l'air. Finalement, Élicen ramassa le pot d'onguent qu'elle referma.

— Bruno, essaie de passer ce baume sur ton entorse deux ou trois fois dans la journée. D'accord ?... Allez, on y va ! conclut-elle en direction d'Atrimen qui tourna les talons sans attendre, il ne faudrait surtout pas que Roxine s'inquiète trop !

Sur quoi, elle emboîta le pas à son amie. Elle n'avait pas fait deux mètres, qu'elle tourna la tête vers Bruno.

— À ce soir, articula-t-elle silencieusement.

Son sourire éclatant et malicieux retourna le ventre du garçon. Heureusement qu'Élicen était là pour prendre soin de lui...

49

Éloïse et Merlot franchirent la porte de Chez Martin à midi et quart. Après un long conciliabule, l'équipe d'enquêteurs avait fini par opter pour une présence à ce rendez-vous inopiné qui pouvait très bien flirter avec le conflit d'intérêts au regard des rôles de chacun dans l'affaire en cours. Éloïse et Merlot avaient songé à contacter leurs supérieurs puis s'étaient ravisés. Pour l'heure, rien ne nécessitait qu'ils alertent la hiérarchie. Ils aviseraient par la suite.

La petite brasserie était bondée et toutes les tables étaient prises. L'endroit soigné présentait agréablement, bien qu'il fût un peu aseptisé au goût d'Éloïse. Murs en briques, mobilier sobre dans les tons chocolat, carrés de nappes blanches, soliflores verts transparents peuplés d'une marguerite fraîche. La gendarme balaya avec soin la salle des yeux en quête du nabot mais ne le repéra pas. Merlot lui donna alors un léger coup de coude et désigna du menton un petit comptoir au fond du restaurant. La gendarme remarqua que Lalande voisinait avec un duo de costars-cravates sur l'unique tablette haute de la brasserie. L'image valait le détour : Lalande, le presque-nain, haut perché sur son tabouret, les pieds ballants dans le vide, une tête et demie en dessous du type à sa droite. Éloïse nota au passage qu'il restait deux places inoccupées, une face à l'avocat, l'autre à sa gauche. Lalande reposa la carte du menu à ce moment-là et releva les yeux. Il tomba immédiatement sur Éloïse et Merlot à qui il adressa un mouvement d'invite. Les enquêteurs traversèrent la salle et prirent place, Éloïse face à lui, Merlot à sa gauche.

— Commandons si vous le voulez bien, je n'ai que trois quarts d'heure devant moi ! lança Lalande avec emphase.

Sur quoi, il leur tendit la carte et fit signe à une serveuse.

— Alors, que nous vaut cette entrevue, maître ? questionna Éloïse dès que la commande fut passée.

— Pas de fioriture et pas de quartier ! Si j'en doutais, je peux désormais l'attester : vous n'avez pas volé votre réputation de femme de poigne, commandant Bouquet !

— Capitaine, le reprit-elle.

— Oui, oui, enfin, réagit-il avec un vague geste de la main, ce n'est guère qu'une question de temps.

Éloïse leva un sourcil interrogateur et défiant à la fois.

— M'enfin, point de fausse modestie, capitaine ! L'affaire sur la fille de Kali vous a propulsée sur le devant de la scène nationale et chacun s'accorde à dire que c'est une enquête rondement menée… et ce, malgré quelques dommages collatéraux ! Cela étant, on ne fait pas d'omelette sans casser des œufs, n'est-ce pas ?

Éloïse se rencogna sur son siège et croisa les bras. Ce type lui était, au fil des mots, particulièrement antipathique. Une langue habile mais venimeuse... Elle jeta un œil oblique à Merlot qui assistait au petit numéro de Lalande, la mine impénétrable.

— Et voilà qu'aujourd'hui, votre glorieuse destinée vous rattrape presque malgré vous, reprit l'avocat, avec cette affaire qui vous tombe droit dans les mains comme un cadeau du ciel ! Une affaire *de drogue* (il prononça ces mots avec une ironie marquée) qui pourrait faire couler de l'encre !

— Effectivement, admit Éloïse, entre Demorcy, Valendrey et Smith-Morrison, les journalistes n'auraient que l'embarras du choix pour faire les gros titres !

L'avocat s'en tint à un sourire goguenard, car la serveuse arriva pour déposer les commandes. Une dizaine de secondes suspendues dans l'air durant lesquelles Lalande et Éloïse s'affrontèrent du regard dans un duel silencieux. Puis la fille disparut et Lalande recommença son show. Il huma son assiette les yeux mi-clos et planta sa fourchette dans un rognon fumant qu'il porta à la bouche d'un geste excessivement affecté.

— Mmm ! Ces rognons sont divins ! commenta-t-il en terminant sa bouchée.

À cet instant précis, Éloïse regarda son sauté de crevettes et l'idée lui traversa l'esprit qu'elle pourrait très bien lui balancer son assiette au visage.

— Où en étions-nous ? relança finalement l'avocat.

— Aux trois grosses fortunes du coin dont la réputation pourrait être fortement entachée dans les jours à venir, débita-t-elle froidement.

— Ah oui !… Mais non, en fait…

— Que voulez-vous dire ? questionna Merlot.

— Eh bien… Soyons clairs, capitaine ! Nous savons bien tous les trois que l'ampleur médiatique à laquelle je faisais allusion dépasse de loin la réputation des familles dont sont issus les trois dégénérés qui me tiennent lieu de clients !

Merlot lança un regard soucieux à la gendarme. Se pouvait-il que Lalande ait connaissance des différentes ramifications de l'affaire ? Et si c'était le cas, comment ?

— Sinon que viendrait bien faire un flic d'Interpol au cœur de cette enquête ? s'amusa Lalande. Pourquoi créer une cellule d'enquête spécifique ? N'est-ce pas, capitaine Merlot ?

Sur quoi, l'avocat replongea sa fourchette dans son assiette et reprit sa consciencieuse mastication. Éloïse entrevit les maxillaires du flic se crisper, mais Olivier parvint à se recomposer un visage en un éclair. D'une voix posée, il finit par demander :

— Où voulez-vous en venir, maître ?

— Où est-ce que je veux en venir ? (Lalande enfourna un nouveau rognon.) À ceci très précisément : quel est le véritable enjeu de cette enquête ? C'est vrai quoi ! surjoua Lalande en ouvrant théâtralement les mains… Quel est l'enjeu, le-vé-ri-ta-ble-en-jeu, hein ?!… Que sont les errances de trois jeunes blancs-becs issus de familles de notables du coin à cô…

— Les errances de trois jeunes blancs-becs ! le coupa Éloïse la mine congestionnée. Quel doux euphémisme, maître, pour parler d'un assassinat !

— Assassinat ?! Faut-il encore en faire la preuve, capitaine, rétorqua l'avocat, content de son effet.

— Elle sera faite, vous pouvez compter sur moi !

Lalande lui décocha un regard moqueur.

— Vraiment, capitaine ? Vous voudriez cela ? Beauvau voudrait cela ? La Direction des armées voudrait cela ? Une vague inculpation de meurtre au risque de plomber l'enquête sur une affaire de trafic d'êtres humains d'ampleur internationale ? Et vous, qu'en dites-vous, capitaine Merlot ? Vous laisseriez faire ça ?

Éloïse sentit son estomac se contracter. Ce fumier connaissait bel et bien les tenants et les aboutissants de leur affaire. Et il était en train de leur en faire la démonstration !

— Soit. Et si vous abattiez vos cartes, maître, maintenant ? finit par demander Olivier Merlot. Quel est le deal ?

Éloïse accusa le coup. Le flic d'Interpol avait une longueur d'avance sur elle : il avait vu venir Lalande, lui. Il avait su garder son calme, lui.

— Dessert, café ? lança l'avocat en repoussant son assiette vide.

— Le deal suffira, trancha Merlot.

— Bien. Les choses sont assez simples. Après tout, nous n'en sommes qu'au début de la garde à vue. Tout reste à faire, tout peut se défaire… Émettons le postulat que nos trois jeunes n'aient rien à voir avec le meurtre de cette fille. Ils ont dissimulé un cadavre, ce n'est guère glorieux mais ça ne fait pas d'eux des meurtriers, n'est-ce pas ? En tout cas, pénalement, ça n'entraîne pas les mêmes effets !… Parallèlement, imaginons – je dis bien imaginons – que nos jeunes puissent vous aider à remonter la piste du fournisseur d'êtres humains qui agit en toute impunité depuis plus de vingt ans. Ce serait particulièrement intéressant, n'est-ce pas ?

— Vous nous demandez de trafiquer l'enquête contre la collaboration des trois jeunes ? lança Éloïse, ahurie.

— Appelez ça comme vous voulez, capitaine. Pour ma part, je ne vois là qu'un échange de bons procédés au bénéfice d'un intérêt supérieur.

— Wouah ! Quel sens de la formule ! ironisa Éloïse d'un air dédaigneux.

— Merci, mais ça fait partie des nombreuses compétences requises pour exercer mon métier de manière aussi efficace.

La gendarme lança un regard consterné à Merlot qui, fidèle à lui-même, demeurait impassible. Finalement, le flic tourna lentement son buste de rugbyman vers Lalande. Une armoire normande face à un santon.

— Bien, maître. Alors imaginons – et je dis bien *imaginons* – que nous souscrivions à ce fameux *échange de bons procédés*. Qu'est-ce qui nous garantit que la participation des trois jeunes nous fera remonter la piste du trafic d'êtres humains ?

— Rien. Je peux juste vous garantir une porte d'entrée dans la filière. Mais, tout bien considéré, quel choix avez-vous ?

— Nous pourrions cuisiner ces trois loustics jusqu'à ce qu'ils se mettent à table et nous disent comment ils s'y sont pris pour « acheter » cette fille ! le contra Éloïse.

— Pourquoi donc feraient-ils ça ?! Pour vous donner gratuitement les preuves d'une préméditation qui les concernerait tous les trois et aggraverait leur cas ? Soyons sérieux, capitaine. Je représente mes clients et je puis vous assurer que, s'ils sont... *particuliers*, ils sont loin d'être stupides. Si vous maintenez le cap, ils préféreront attendre le procès où je mettrai toutes mes compétences au service de cette unique thèse : ils n'ont pas tué cette fille. Ils l'ont trouvée morte au Domaine Beau Moulin. Ont paniqué. Et se sont absurdement débarrassé de son cadavre.

— Ça ne tient pas la route et vous le savez, souffla la gendarme.

— Vraiment ? *Primo*, il n'existe aucun lien entre la victime et mes clients et vous n'en trouverez aucun. Ne serait-ce que parce que cette jeune femme demeure sans identité... *Secundo*, la seule chose qui pourrait impliquer directement et formellement mes clients dans le meurtre de cette fille, c'est l'arme qui a servi à donner la mort. Hélas pour vous, je crains fort que vous ne la retrouviez pas de sitôt.

— Vous oubliez que vos clients ne sont pas blancs comme neige, loin de là ! Ils ont été mis en cause pour des faits de violence sur animaux.

— Cette sombre histoire de chihuahua ? Il n'y a eu aucune condamnation ! Ça s'est fini sur un non-lieu pour vice de procédure, énonça fièrement l'avocat. Je suis assez bien placé pour le savoir puisque je l'ai obtenu moi-même.

— Nous avons retrouvé l'ADN de Smith-Morrison sur le cadavre.

— Normal puisqu'elle admet avoir transporté le corps. D'ailleurs les examens de la scientifique feront certainement apparaître des traces ADN de Valendrey et Demorcy.

— Trois ADN sans qu'aucun soit celui du tueur ?! Comment l'expliquez-vous ?

— Rien de plus simple ! La fille a été tuée par une arme à longue portée. Le tueur n'a donc laissé aucune trace sur le cadavre qu'il n'a même pas eu à approcher.

— La mort a eu lieu sur une propriété des Smith-Morrison.

— Un ancien domaine viticole de plusieurs dizaines d'hectares, ouvert aux quatre vents. Tenez, saviez-vous que rien que pour l'année 2013, pas moins de trois dépôts de plainte pour violation de propriété privée ont été effectués par le père Smith-Morrison ? Incroyable, hein, cette fâcheuse tendance des gens du coin à se promener où bon leur semble ?!

— Admettez que tout ce montage est bien scabreux.

— Pas plus que ça, non. J'ai gagné avec bien moins !… Quoi qu'il en soit, le doute profite à l'accusé, capitaine, et vous le savez pertinemment.

Un silence s'installa. Intérieurement, Éloïse fulminait. Elle n'aurait jamais imaginé être un jour menée par le bout du nez par un avocat véreux. Elle jeta un œil sur Merlot et fut certaine à cet instant qu'il était prêt à accepter le deal.

— Laissez-nous quelques heures pour réfléchir, conclut alors le flic.

— Parfait !… Ah, c'est pour moi ! lança l'avocat en montrant les assiettes intactes des enquêteurs.

Puis il descendit d'un saut de sa chaise haute et se dirigea vers le comptoir de sa démarche chaloupée.

50

Toulouse. Je délaisse la cohorte de gens pressés qui circule dans les couloirs souterrains avant de s'engouffrer dans le métro et je rejoins le hall central de la gare fourmillant de monde. Le lieu a bien changé depuis le pont du 8 mai 1987 durant lequel nous avions décidé, Antonia et moi, de visiter la Ville rose. Le temple crasse de voyageurs a fait peau neuve et je découvre l'asepsie sécuritaire des nouveaux aménagements urbains. Espaces dégagés, panneaux de verre sablé pour border les zones d'attente aux guichets, long et large couloir central sans assises. Ici comme ailleurs dans les villes, il faut circuler. Plus question de s'arrêter, de flâner, de s'asseoir... ni de se regrouper.

Traînant mon petit bagage à roulettes, je descends l'avenue Jean-Jaurès, laissant derrière moi une médiathèque contemporaine sans âme, trônant au centre d'un rond-point géant comme une verrue sur le sommet d'un nez. L'air est chaud mais sec et la promenade agréable. Pourtant chaque pas qui me rapproche de Françoise Blondel réveille un peu plus l'agitation de mon âme. Il y a autant d'exaltation que de peur à cheminer dans ma quête et je songe avec vertige à l'homme que j'étais quelques mois plus tôt seulement, juste avant la mort de celui qui était encore mon père... Jusqu'où me mèneront mes recherches ? Retrouverai-je la trace de ma sœur ?

Sans avoir vu passer le temps, j'ai rejoint le cœur de la ville où briques roses et toits de tuiles rouges chatoient sous la caresse du soleil. Partout autour de moi, bruits et mouvements. Toulouse a gagné des galons à en croire les ruelles pavées et proprettes, les façades ravalées et les décors de carte postale qui se découvrent à chaque instant. Je traverse la rue Alsace-Lorraine, artère centrale devenue piétonne que je ne reconnais pas, et parviens enfin place Salengro. Le salon de thé est juste à ma gauche et sa terrasse est pleine. Françoise m'a dit qu'elle porterait un chemisier blanc et un chapeau de paille et je la repère donc sans peine dans le parterre de clients attablés. Je me rends compte à ce moment précis de ma nervosité. J'ai subitement envie de vomir.

Je reste planté là, incapable du moindre mouvement, la main posée sur la poignée du manche télescopique de mon bagage, à détailler Françoise Blondel. Elle a dans les 65 ans, une chevelure grise et soyeuse valorisée par un carré long qui encadre son visage sous son chapeau, des traits doux tranchant avec son regard bleu et sérieux, absorbé par la lecture d'un livre de poche. Une petite minute coule et elle finit par lever la tête pour siroter sa menthe à l'eau. Elle consulte sa montre, balaie la foule des yeux et croise mon regard. Je vois qu'elle comprend puisqu'elle m'adresse un sourire encourageant. Cet éclat de gentillesse l'illumine et je ne peux m'empêcher de la trouver charmante. Mes pieds s'arrachent enfin du sol et je slalome entre les tables pour la rejoindre.

— Louis ? me lance-t-elle en se levant. Je suis Françoise. Très heureuse de faire votre connaissance.

Sa main est tiède et ferme. Franche. J'apprécie ce premier contact.

— Je ne sais pas pour vous, mais je n'ai pas fermé l'œil de la nuit ! ajoute-t-elle quand je suis assis. Notre conversation téléphonique d'hier soir a fait remonter tellement de souvenirs… autour de maman et…

Elle sourit.

— Je comprends, lui dis-je de cette voix assurée qui a toujours été la mienne alors que je me sens comme un petit garçon. Et je vous remercie encore pour le chaleureux accueil que vous m'avez réservé hier soir.

— C'est tout naturel. Comme je vous l'ai dit, l'histoire de ma mère est aussi mon histoire… forcément.

À ces mots, je ressens un violent pincement au cœur. La formule si simple est pourtant si vraie. J'ai entendu dans ma vie de notaire tant de confessions de cette nature ! Un bien familial comme le socle d'une histoire partagée, une terre, labeur des ancêtres, que l'on répugne à vendre malgré le profit… Et je le confesse, j'ai entendu tout cela d'une oreille distraite et légèrement méprisante. Le marché était favorable, on ne parlait là que de quelques murs et d'arpents de terre… Je ne comprenais pas. J'étais sot ! Aujourd'hui, aspiré par la quête de mes origines – dont je verse consciencieusement chaque découverte dans mon *cahier d'identité* –, c'est bien l'histoire de mes parents que je cherche à connaître. Parce que leur histoire, eh bien oui, c'est mon premier héritage !

— Mais il fait chaud et vous souhaitez certainement vous désaltérer ? finit-elle par demander.

Je hèle le serveur. Mon ventre est encore noué. Je choisis un Perrier tranche.

— J'ai moi-même très peu dormi, dis-je en guise de préambule. C'est que l'histoire que je suis en train de remonter a fait irruption dans mon existence de manière tardive et inattendue… Je ne m'étais jamais douté de rien.

Françoise hoche la tête. Ses yeux clairs et pénétrants se plissent et je comprends que quelque chose la chiffonne. Elle attend que le serveur ait posé mon Perrier pour me demander :

— Vos parents adoptifs ne vous ont donc jamais rien dit ?

— Non, jamais. J'ai découvert que mon passé cachait quelque chose à la mort de mon père. En rangeant ses affaires, je suis tombé sur… *mon* acte de décès. C'est là que tout a commencé… Mais vous avez l'air surprise ?

— Votre acte de décès ?!

Je raconte alors comment les choses se sont déroulées après la mort d'Antoine. Je vais à l'essentiel mais l'explication me prend cinq bonnes minutes.

— Votre histoire est incroyable, commente-t-elle quand j'ai fini… À la lumière de votre récit, je comprends mieux désormais que vos parents adoptifs aient refusé de donner suite à la demande de maman.

— Quelle demande ?!

— Eh bien… Je vais essayer d'être concise…
Ma mère, comme je vous l'ai dit hier soir, a été particulièrement marquée par la tragédie des jumeaux du
Vél' d'Hiv. Elle a fait accoucher votre mère dans des
conditions épouvantables et s'est retrouvée, en quelques
secondes, dépositaire de la vie de deux êtres innocents
qu'elle avait sauvés d'une mort certaine. Elle n'avait
que 20 ans à ce moment-là, elle n'avait pas encore
rencontré mon père. Prise dans l'horrifique tourbillon
des événements de la guerre, elle a agi selon ce qui lui
paraissait le mieux à l'instant T en vous confiant à son
cousin Albert… (Françoise marque un temps d'arrêt
et laisse échapper un long soupir.) En réalité, je crois
qu'elle ne s'est jamais pardonné ce geste.

Mes yeux s'agrandissent. J'ai du mal à y croire.
Germaine Joulot a fait preuve d'un courage hors pair
en nous cachant ma sœur et moi dans des mallettes
et en nous faisant sortir du vélodrome à la barbe des
gardiens. Cette sainte femme a risqué sa vie pour nous
sauver !

— Oh, je sais ! Inutile de chercher à me convaincre.
J'ai toujours trouvé ma mère héroïque… Hélas, ce
n'est pas tant ce que les autres en disent qui compte.
Mais laissez-moi vous expliquer… Maman a rejoint
Toulouse un mois après le Vél' d'Hiv. Cet événement
a longtemps été minoré dans le récit de l'histoire de la
Seconde Guerre, pourtant il a constitué une page à la
fois particulièrement sordide et charnière de Paris sous
l'Occupation. Beaucoup de Français refusaient de voir
ce qui se tramait dans leur propre pays. Malgré Vichy,
malgré l'étoile jaune, malgré la propagande des tracts
antisémites, malgré les caricatures et titres scandaleux

des journaux, les citoyens français et les juifs français eux-mêmes n'auraient jamais cru possible l'organisation par la police et la gendarmerie de leur pays d'une rafle de cette ampleur, d'une rafle qui emporterait indifféremment hommes, femmes et enfants. Globalement, les gens avaient confiance en leurs forces de l'ordre. Malgré l'Occupation, ne partageaient-ils pas la même nationalité, les mêmes valeurs, le même style de vie ?

Je hoche la tête en me rappelant les dizaines de témoignages que j'ai lus, la stupéfaction puis la crédulité de tous ces gens qui ne pouvaient imaginer le sort qu'on leur réservait. L'aube s'ébroue et bâille encore quand le *toc-toc-toc* d'un uniforme français retentit dans l'appartement. On vous intime alors – souvent d'un ton bienveillant – de préparer quelques vivres et une valise pour toute la famille, de quoi tenir deux ou trois jours car vous serez de retour chez vous passé ce délai… Malgré la peur, peu avaient résisté. Pourquoi se méfier ?

— La rafle du Vél' d'Hiv a révélé aux Parisiens l'horreur dans laquelle le pays était en train de sombrer. Et même si tout avait été organisé pour parquer les juifs loin des regards, les témoins des arrestations et des convois vers le Vél' d'Hiv demeuraient nombreux… Difficile après ça de continuer à croire que la France était encore la France.

— Je comprends mais… quel lien avec votre mère ?

— Très peu de temps après ce funeste événement, ma mère a décidé de quitter Paris pour la zone libre. Aidée par des connaissances d'Albert, son cousin, elle a réussi à rejoindre Toulouse fin août 1942. Maman avait une sœur plus âgée installée ici, ainsi que deux

oncles. Dès son arrivée, elle a été hébergée et soutenue… Je crois que c'est à ce moment-là, une fois la
terreur et le choc passés, qu'elle a pensé qu'elle n'avait
pas pris la bonne décision vous concernant, vous et
votre sœur.

— Vous voulez dire…

— Oui… Elle s'en est voulu de ne pas vous avoir
gardés et emmenés avec elle.

Je lâche un soupir incrédule. J'essaie de m'imaginer
cette jeune femme d'à peine 20 ans, un nouveau-né
dans chaque bras, tentant de passer illégalement en
zone libre pour commencer une nouvelle vie et je
secoue lentement la tête. C'est fou ce que les êtres
humains peuvent se raconter *après coup*.

— C'est ici, à Toulouse, en faisant son travail
d'infirmière à l'hôpital qu'elle a rencontré mon père,
Thomas. Blessé de guerre. Elle avait 22 ans, papa en
avait 24. Ils se sont plu, se sont mariés et ont construit
leur vie. Je suis née en 1947. Mon frère Étienne en
1949 et Catherine, la dernière, en 1952. D'après ce
que m'a raconté mon père, les premiers mois après
chaque naissance ont été très difficiles pour maman.
En tenant son nouveau-né dans ses bras, elle ne pouvait s'empêcher de penser aux enfants du Vél' d'Hiv.
Qu'étaient-ils devenus ? Avaient-ils survécu ?… Ses
questions demeuraient sans réponse puisque son cousin
Albert avait été exécuté. Puis les années ont passé et
je crois que maman a appris à pactiser avec ses fantômes… En tout cas, jusqu'à la naissance de mon
petit-fils Benoît, en 2003. Maman allait sur ses 81 ans.
Mon père était décédé un an plus tôt. Quand Benoît
est né, elle a vraiment marqué le coup. Cette naissance

a ravivé ses souvenirs et je crois qu'elle a compris qu'elle risquait fort de partir sans connaître les réponses aux questions qui la taraudaient. J'ai beaucoup échangé avec elle durant les mois qui ont suivi la naissance du petit. Elle était bien sûr comblée d'avoir un arrière-petit-fils, mais elle ne pouvait chasser le souvenir des enfants du Vél' d'Hiv. Alors je lui ai dit que tant qu'à être obnubilée par cet événement, mieux valait tenter d'avoir les réponses aux questions qui la taraudaient. Je lui ai donc suggéré de recourir à un détective privé. Maman a d'abord haussé les épaules comme si c'était l'idée la plus saugrenue du monde ! Mais une semaine plus tard, elle décidait d'embaucher Danny Chang.

— Danny Chang ? Étrange… Ce nom m'est familier, mais…

— La fille de Kali ! me lance Françoise. Vous avez dû en entendre parler à cette occasion.

Le rappel de Françoise fait mouche immédiatement ! Danny Chang n'était autre que le fameux détective qui avait remonté, deux ans plus tôt, la trace de la tueuse en série en menant une enquête sur des faits qui n'avaient *a priori* rien à voir avec la série de meurtres…

— Oui, vous avez raison ! Cette affaire a été tellement médiatisée…

— Et pour cause !

— Donc Danny Chang en personne a travaillé pour le compte de votre mère ?!

— Exactement. Et, vous le constaterez par vous-même, il a fait un excellent boulot… puisqu'il a remonté votre trace, finit-elle dans un souffle.

La révélation de Françoise me fait l'effet d'un uppercut en plein ventre.

— Je… ma trace, vous dites ?!

— Désolée si j'ai été abrupte, Louis, mais rien ne sert que je vous le cache, c'est dans le dossier de toute façon.

— Et mes parents savaient… c'est ça la fameuse « demande » que vous évoquiez tout à l'heure ?!

— En effet… Après six mois d'un travail de fourmi, Chang a réussi à remonter jusqu'à vous. À la demande de ma mère, il s'est rapproché de Noémie et Antoine, vos parents. Ceux-ci lui ont expliqué que vous ne saviez rien et que vous ne deviez rien savoir.

— Je ne suis pas plus étonné que ça… Eugène m'a déjà expliqué le parti pris de mes parents… Je suppose qu'ils pensaient bien faire.

— Mais soyez rassuré, Louis. Vous rencontrer n'était pas ce qui comptait le plus pour maman. Elle savait grâce à Chang que vous étiez vivant et que vous vous en étiez bien sorti dans la vie ! Ça lui a fait un bien énorme…

— Et… pour ma sœur ? demandé-je avec précipitation.

— Eh bien… Chang était en train de suivre une piste quand maman est décédée.

— Oh ! Désolé pour ma maladresse, c'est que…

— Désolé ?! Louis, c'est normal que vous soyez habité par le désir de savoir ! Qui ne le serait pas à votre place, hein ?… Non, c'est plutôt moi qui suis désolée… Si j'avais su que je me tiendrais là, devant vous, dix ans plus tard, je n'aurais jamais mis un terme aux investigations de Danny Chang.

Nous échangeons un regard douloureux mais complice.

— Et si, et si... dis-je en levant les yeux au ciel. Si vous saviez le nombre de « et si » auquel je dois faire face depuis le début de ma quête !

Françoise laisse échapper un petit rire triste.

— Vous avez raison, bien sûr... N'empêche, c'est vraiment dommage que Chang soit mort il y a deux ans, il aurait certainement rouvert le dossier.

— Je crois que vous ne vous rendez pas bien compte, Françoise... Pour moi, le simple fait que votre maman ait songé à moi durant toutes ces années, qu'elle ait engagé un privé pour remonter jusqu'à moi, c'est extraordinaire !

— Mais ma mère était extraordinaire !

— C'est sûr. Et dans mon malheur, j'ai eu une chance inouïe...

51

Il était 16 h 15. Éloïse et Olivier Merlot attendaient depuis un quart d'heure devant la porte fermée que le colonel veuille bien leur dire d'entrer. Mais d'après les faibles échos qui leur parvenaient, celui-ci était encore en pleine conversation.

— Quand je pense au toupet de Lalande ! ragea Éloïse. Prêt à tout pour faire un coup gagnant...

— Vous savez ce qu'on dit Éloïse ? *L'avenir appartient aux audacieux*, lui lança Merlot en retour.

— Ah non ! Vous n'allez pas vous y mettre vous aussi !

— Me mettre à quoi ?

Mais Éloïse n'eut pas le temps de lui expliquer la lubie des citations de Jean-Marc, car la porte s'ouvrit à la volée.

— Entrez ! Désolé pour l'attente, j'étais en ligne avec le colonel Brieux d'Interpol.

La gendarme et le policier s'assirent face à Prat. Teint gris, regard rétréci, veine saillante sur la tempe gauche... le colonel avait la tronche des très mauvais jours, nota Éloïse.

— Je vais aller droit au but. Nous avons tenté de négocier mais Lalande ne veut rien lâcher. Il nous tient la dragée haute. À moins que vous ne trouviez une preuve irréfutable de la culpabilité des jeunes dans la mort de cette inconnue du Pendedis, il n'est pas prêt à revoir sa proposition.

Éloïse se crispa sur son siège. Le nain avait donc résisté aux diverses pressions que n'avaient pas dû manquer de lui faire subir les différents intervenants politico-judiciaires intéressés par cette affaire.

— Lorsque nous avons vu Lalande à midi, il était parfaitement au courant du trafic d'êtres humains sur lequel nous enquêtions par-delà la culpabilité de ses trois clients, avança Éloïse. Quelqu'un l'a informé, colonel !

La bouche de Prat se déforma furtivement en un rictus cynique. Éloïse y lut une forme d'ironie mêlée de résignation.

— Que voulez-vous que je vous dise, capitaine ? Lalande a le bras long, très long même. Dès que la ligne rouge est franchie, qu'une affaire entre dans la sphère pénale et qu'elle met en cause politiques ou affairistes, Lalande est dans le carré des avocats que l'on s'arrache. Il a 56 ans, une longue et brillantissime carrière pour lui et, du coup, un sacré réseau !

La gendarme se remémora la scène du matin, lorsqu'elle avait regagné le rez-de-chaussée à la hâte pour prendre l'appel de Jean-Marc. Le baveux était pendu au téléphone. Juste après, il l'avait rejointe avec son air conquérant pour lui fixer rendez-vous au restaurant.

— D'accord, colonel. Mais c'est grâce à ces informations que Lalande peut maintenant nous regarder de haut ! De quoi a-t-il parlé, déjà, au restaurant pour nous vendre son deal ? s'enquit-elle auprès de Merlot.

— « D'échange de bons procédés au bénéfice d'un intérêt supérieur », répondit laconiquement le flic.

Prat fronça les sourcils et demanda à Éloïse d'une voix soupçonneuse :

— Soit, et où voulez-vous en venir, capitaine ?

— Peu de gens étaient au courant pour la cellule TEH, non ?! Il ne devrait pas être très difficile de déterminer qui…

— Bouquet, ça suffit ! ordonna Prat. *Primo*, cela ne vous regarde pas. *Secondo*, savoir ou non qui a renseigné Lalande ne changera pas la donne actuelle.

Le colonel avait balancé sa phrase d'un ton qui ne souffrait aucune contradiction. Éloïse avait appris à connaître son supérieur ; si elle poursuivait dans cette voie, elle s'attirerait ses foudres. Elle plongea néanmoins ses yeux dans ceux de Prat et ce qu'elle y lut finit de la convaincre d'en rester là. Lui-même était furax de cette fuite… et bien déterminé à en savoir davantage.

— Très bien, colonel… J'espère simplement que la lumière sera faite, ajouta-t-elle, un brin provocatrice.

Face à l'allusion, Prat lui jeta un regard oblique, mais ne releva pas. Il laissa filer quelques secondes, puis reprit :

— Je disais donc que Lalande n'est pas prêt à revoir ses ambitions d'arrangement avec nous. Parallèlement, la fouille de Beau Moulin n'a rien donné de probant pour le moment. Aucune douille ni balle à l'endroit où la fille a été tuée. Vu la blessure, l'expert balistique penche pour une arme de type Famas, rien à voir avec les deux fusils de chasse trouvés à Beau Moulin et qui n'ont d'ailleurs pas bougé de leurs vitrines... Les permis de port d'arme sont en règle pour ces deux fusils et deux autres armes de facture *classique* appartenant au grand-père Smith-Morrison. Moralité, on craint que l'arme utilisée ne soit arrivée illégalement sur le sol français. Ce qui nous empêche d'aller plus loin pour le moment.

— L'épluchage des comptes bancaires de nos trois jeunes n'a rien donné non plus, précisa Merlot. Ou l'arme a été payée cash, ou l'achat a eu lieu *via* le Net mais, dans ce dernier cas de figure, nous n'avons relevé aucun mouvement bancaire suspect. Cela étant, vu les fortunes concernées, nous ne pouvons exclure l'existence de comptes *off shore*. D'autant que Jane Smith-Morrison – comme son père – détient la double nationalité franco-américaine... Et les îles Caïmans ne sont pas très loin des States.

— Même risque avec le Rocher ! On sait que les Smith-Morrison possèdent et gèrent de nombreuses propriétés à Monaco, ajouta Éloïse. Ils doivent avoir un paquet de blé planqué là-bas.

— C'est certain... De leur côté, Valendrey et Demorcy sont aussi du genre vernis. Pierre-Émile Valendrey, le père de Paul, travaille dans l'industrie pharmaceutique pour un grand groupe dont il possède un nombre non négligeable d'actions partout dans le monde. Les Demorcy ont quant à eux fait fortune dans la pub puisque Valéry, le père, n'est autre que le DG du groupe Média-Réseau, filiale Grand Sud.

Le colonel Prat opina du chef. Il savait pertinemment qu'une véritable enquête sur les comptes et mouvements bancaires de ces familles nécessiterait le détachement d'une brigade financière durant plusieurs mois... et ce, pour un résultat plus qu'aléatoire.

— Cela signifie clairement que rechercher la trace d'un mouvement illégal pour l'achat d'une arme revient tout bonnement à fouiller une meule de foin pour y retrouver une aiguille, conclut-il.

Éloïse et Olivier acquiescèrent en silence. Le colonel en profita pour porter l'estocade finale.

— Restent donc les éléments que vous détenez aujourd'hui et, malgré les incohérences dans les témoignages – Lalande a déjà fait savoir qu'il saurait démontrer que la prise de stupéfiants jouait largement dans ces confusions –, la culpabilité des jeunes n'est pas établie. Dès lors qu'ils ne nient ni leur virée dans le Sud-Est, ni avoir touché et transporté le corps, les éléments récoltés sont insuffisants pour prouver le meurtre. Pour couronner le tout, maintenant que leur avocat est passé par là, les trois jeunes savent qu'ils ont intérêt à s'en tenir à cette version unanime plutôt qu'à se désolidariser en désignant qui d'eux trois est le tireur... Dans ces conditions, ça va être compliqué de les faire craquer...

— Qu'êtes-vous en train de nous dire, colonel ? s'enquit Éloïse.

Prat lui jeta un regard sombre. Croisa les bras devant lui. Et expira bruyamment.

— Cette situation me fait rager autant que vous, capitaine, croyez-le bien. Mais, en toute rationalité, nous n'avons guère le choix. Lalande propose de nous ouvrir une brèche dans le réseau de trafiquants d'êtres humains et la cellule TEH a été créée, je vous le rappelle, pour démanteler ce trafic.

Éloïse ferma les yeux, posa ses coudes sur le bureau de Prat et commença à se masser les tempes.

— Bouquet ?

— Colonel, je… Nous n'avons aucune garantie que la brèche dont vous parlez nous conduise quelque part.

— Lalande est prêt à aller au procès. Et si nous prenons cette option, non seulement nous pourrions perdre, mais en plus nous pouvons faire une croix sur cette brèche !

— Mais nous n'en sommes qu'au début de l'instruction, colonel ! Nous pouvons très bien réunir de nouvelles preuves, s'entêta la gendarme.

— Bien… supposons, admit Prat. Et après ? Demorcy, Valendrey et Smith-Morrison sont condamnés pour meurtre en réunion avec préméditation… et TEH continue de pédaler dans la semoule ?… Je vous rappelle que les cadavres s'amoncellent depuis 1991 et que c'est la première fois qu'il existe une opportunité de pénétrer ce réseau.

Éloïse jeta un œil de côté vers Merlot. L'homme demeurait aussi stoïque qu'un bloc de marbre. *Depuis le repas de midi avec Lalande, il sait pertinemment que nous allons nous coucher !* songea la gendarme. Pourtant, elle ne résista pas à l'envie de le sonder.

— Et vous, Olivier, vous en dites quoi ?

— Ces jeunes sont complètement timbrés, ce sont de vrais pervers… Ils recommenceront et tôt ou tard, ils tomberont.

— Oh parfait ! Et d'ici là, combien feront-ils de victimes ?! réagit Éloïse.

Lentement, le flic d'Interpol se tourna vers sa collègue et braqua sur elle un regard bleu insondable. De sa voix basse et chaude, il opposa :

— Je les vois mal rivaliser avec le nombre de celles que brasse le trafic.

Éloïse sentit le feu lui monter aux joues. Ça lui coûtait de l'admettre mais, de ce point de vue-là, Merlot avait raison.

— Jetez un œil attentif aux différents dossiers depuis 1991, reprit-il. Regardez le calvaire enduré par les différentes victimes des dossiers, femmes et enfants compris. Nous en sommes à sept aujourd'hui avec cette inconnue du Pendedis, mais nous savons que ce chiffre peut largement être multiplié par trois ou quatre.

— Je le sais parfaitement ! Je me faisais juste une autre idée de mon métier en intégrant la gendarmerie. Laisser filer ces jeunes, c'est…

Elle se contenta de secouer la tête de dépit.

— Entendons-nous bien, Éloïse, ce qui se passe aujourd'hui, cet arrangement, c'est réellement… abject… Hélas, il existe bel et bien des degrés dans l'abjection, et ceux qui commercialisent des humains comme de vulgaires produits sont bien plus dangereux que notre trio de dégénérés : ils s'enrichissent en nourrissant les prédateurs du monde entier avec de la matière humaine. Et ce, en toute impunité depuis presque vingt-cinq ans.

Un silence crispé s'installa. Le colonel Prat pivotait lentement sur son siège, de gauche à droite, songeur.

Merlot, quant à lui, attendait, les yeux rivés sur ses doigts croisés.

— Soit, finit par valider Éloïse, de toute façon nous n'avons guère le choix… Alors comment ça va se passer maintenant ?

52

De son bras valide, Jean-Marc agrippa la poignée de plafond pour se maintenir dans le rond-point. Malgré les aléas de la conduite sportive d'Éloïse, il ne perdait pas une miette du soliloque qu'elle avait entamé dès qu'ils avaient quitté l'hôpital. Quand elle s'engagea enfin sur la rocade – il sentit son corps se détendre légèrement –, elle conclut son sermon.

— Bilan, les trois jeunes nous lâchent tout ce qu'ils savent et après, *ciao* ! Impunité totale ! Oubliée, la victime du Pendedis !

Et pour joindre le geste à la parole, elle klaxonna un type qui roulait à 75 juste devant elle, déboîta nerveusement et se rabattit devant lui en une jolie queue de poisson.

— Tu ne dis rien ? s'énerva-t-elle. Tu trouves tout ça normal ?!

— Ce n'est pas le qualificatif que j'aurais spontanément choisi, mais…

— Mais quoi ?

— Mais vu ce que tu m'as dit, Prat n'avait guère de marge de manœuvre.

— Bon sang, Jean-Marc, je n'ai jamais dit le contraire ! Pour autant, cet arrangement est parfaitement dégueulasse !

Le gendarme opta pour le silence et l'attente. Rien ne servait d'argumenter, il le savait. La colère était chez Éloïse un exutoire plus naturel que la pratique du yoga qu'elle avait entamée deux ans plus tôt… Visiblement – et malgré des efforts notables chez sa compagne –, il lui faudrait encore beaucoup d'entraînement pour tempérer son naturel volcanique ! Finalement, elle mit le clignotant pour sortir de la rocade et se faufila dans la circulation du centre.

— Quoi ? finit-elle par demander.

— Tu es prête à m'écouter ?

Éloïse se renfrogna derrière son volant mais ne pipa mot. Maintenant, elle pouvait l'entendre.

— Bon, entama Jean-Marc, pour commencer, il faut que tu te rentres dans le crâne que tu ne détiens pas le monopole de l'indignation. Oui, ce qui se passe est dégueulasse, non, ça ne devrait pas être comme ça, oui, c'est à des années-lumière de l'idée qu'on se fait de notre boulot… C'est dégueu pour toi, c'est dégueu pour chacun de nous ! Une fois qu'on a dit ça, on fait quoi ?

La gendarme – mine fermée – commença à lever légèrement le pied.

— À côté de ça, on a la possibilité de démanteler un trafic d'êtres humains. Ça ne foutra pas nos trois jeunes en taule, mais disons que dans le grand échiquier du Mal, on pourrait éliminer une pièce maîtresse.

Éloïse leva les yeux au ciel mais s'abstint de tout commentaire.

— Pour finir, à l'allure où tu roules, on devrait être à la SR dans cinq petites minutes. Que comptes-tu faire ? Laisser exploser ta colère devant l'équipe avant d'organiser un suicide collectif ?

À ces mots, la gendarme tourna la tête, prête à riposter, mais Jean-Marc la devança.

— Tu es chef d'équipe, Éloïse, c'est toi qui donnes le *la* ! Et crois-moi, la pilule va être dure à avaler pour tout le monde…

— En fait, tu trouves que je joue les pleureuses, c'est ça ? s'agaça-t-elle.

— Euh… Je ne l'aurais pas formulé exactement comme ça, mais… l'idée est là, oui.

***

18 h 45, salle d'interrogatoire numéro 1, déposition de Jane Smith-Morrison.

Interrogatoire conduit par le capitaine Éloïse Bouquet et le capitaine Olivier Merlot.

— C'est parti du réveillon du 31 décembre 2014. Paul, Gautier et moi, on avait opté pour une énorme soirée privée organisée dans un *ruinpub* underground à Budapest.

— Un quoi ?

Jane Smith-Morrison jeta un œil atterré à Éloïse.

— Un *ruinpub*, c'est un bar installé dans un immeuble abandonné. Y en a plein à Budapest. La différence, c'est que là, c'était un *ruinpub* éphémère, monté uniquement pour la soirée privée. Les organisateurs avaient assuré un max, ils avaient fait aménager une vieille barre désaffectée de la banlieue de Budapest. La fête a duré quatre jours entiers et, pour vous donner une idée, le soir du 31, il y avait dix mille personnes. On avait accès aux trois étages de l'immeuble et aux sous-sols. C'était immense, avec des grands appartements partout, des thèmes de déco et d'ambiance vachement différents, un truc de fou !… Ça sniffait de partout. Des prod' que je ne connaissais même pas circulaient de la main à la main, tout le monde était défoncé grave… Bref, ça faisait plus de dix heures qu'on était là, je tripais à fond sur une musique jungle dans une cage d'escalier ambiance ex-Allemagne de l'Est entre le rez-de-chaussée et le premier, quand Gautier m'a envoyé un texto. Il me disait de le rejoindre aux sous-sols, qu'il fallait absolument que je voie ça… Il avait joint une photo à son message. C'était une jolie blonde bondée qui se faisait déglinguer dans une cave par une dominatrice avec un gode, j'avais jamais vu ça ! de la taille d'une bite de cheval, un truc de dingue !

Éloïse sentit ses poils se hérisser et ses poings se crispèrent malgré elle. Comment une femme pouvait-elle parler de cette manière ?! Que s'était-il passé entre son premier flirt de quatrième et aujourd'hui ? Quel épisode de l'évolution de la société avait-elle loupé ?

— Ça faisait plusieurs fois que j'entendais dire que l'ambiance des sous-sols était super trash. Du coup, j'avais prévu d'y aller, sauf que le *ruinpub* était tellement grand que j'avais à peine survolé les deux premiers étages… Bref, j'ai descendu les escaliers, je suis arrivée au rez-de-chaussée et j'ai continué à descendre. Il y avait déjà moins de monde et plus je descendais, plus ça se dépeuplait. Ça devenait même assez glauque.

Je me souviens, j'ai croisé une nana qui avait pris cher. Sa robe était déchirée, elle pissait le sang par le nez, j'pense qu'elle avait dû se faire secouer sévère.

Éloïse et Olivier échangèrent un bref regard. Ils imaginaient le décor sans peine : un immeuble entier, des musiques à chaque porte, des milliers de jeunes fêtards surexcités, sexe, came et alcool à volonté... tous les ingrédients des dérapages incontrôlés...

— Elle a essayé de me dire un truc mais elle parlait une langue de l'Est et je n'ai rien compris... Finalement, je suis arrivée devant une ouverture dans un mur en béton qui donnait sur un ancien parking à peine éclairé... Il y avait un max de son, du heavy metal et des jeunes profil bikers à la sauce Village People qui s'enfilaient entre eux. Une grosse partouze de pédés bien violents. J'allais me barrer quand j'ai vu un couloir sur un côté du parking, du genre qui distribue des caves, avec un tag sur le mur d'entrée *Zero Limit showrooms* et j'y suis allée...

Jane Smith-Morrison marqua un silence. Ses yeux bleus s'étaient teintés d'une lueur fascinée et vicieuse qui faisait froid dans le dos. Des images défilaient dans sa tête, et visiblement elles lui procuraient encore un certain plaisir.

— Et là franchement... j'ai vu les trucs les plus hard et les plus crades qu'on peut imaginer, énonça-t-elle en retroussant les lèvres.

***

18 h 55, salle d'interrogatoire numéro 2, déposition de Gautier Demorcy.

Interrogatoire conduit par le lieutenant Jean-Marc Pradel et le major Jacques Bois.

— J'ai fait toutes les caves une à une, et sérieux, y en avait vraiment pour tous les goûts… pour le coup, c'était vraiment zéro limite ! Alors j'ai envoyé un texto à Jane et Paul pour qu'ils me rejoignent. Fallait trop qu'ils voient ça.

Le jeune homme passa une main légèrement tremblante dans ses boucles blondes. Puis resserra contre son cou les manches de son pull posé sur ses épaules. Un éclat nostalgique animait son regard et sa bouche boudeuse semblait figée sur un imperceptible sourire.

— Et donc ? relança Jean-Marc.

— Quand je suis arrivé tout au fond du couloir, dans le dernier box, j'ai vraiment halluciné… reprit-il, un nœud dans la gorge. J'ai passé la tête. La cave était assez grande mais il n'y avait pas foule, une dizaine de personnes tout au plus. J'ai vu un grand sofa et des fauteuils où étaient installés des mecs. Ils visaient tous une projection sur un drap blanc accroché au mur en parpaings. Je me suis assis sur le sofa, il restait une place à côté d'un jeune gothique qui fumait un joint. Sa nana était à ses pieds, avec un collier autour du cou relié à une chaîne. Les spectateurs avaient tous l'air complètement fascinés par ce qu'il y avait sur l'écran. J'ai maté et, en fait, c'était un défilé incessant d'images provenant de plusieurs bandes amateurs. Ça ressemblait à des *snuffs*. Il y avait de tout. De la simple exécution, à la torture, à la mutilation, en passant par le viol ou le passage à tabac… que des expériences extrêmes… On avait vraiment l'impression que c'était des images réelles, mais qui peut être sûr, hein ?!

Le type à côté de moi m'a fait fumer, c'était de la super-came. Franchement, j'ai tripé un max. Du coup, on a discuté. Il m'a dit qu'il s'appelait Brandon mais bon, vu l'accent russe de son anglais, j'ai de sérieux doutes ! Il m'a expliqué que l'artiste qui avait monté la bande était serbe, qu'il se faisait appeler Dustman[1] et qu'il avait mis huit ans à frayer dans les pires réseaux de la planète pour récolter toutes ces images authentiques. Moi, j'ai rigolé. Je lui ai répondu que tout ça, c'était du mytho. Mais Brandon voulait rien lâcher, il avait l'air d'y croire vraiment… Puis Paul est arrivé.

***

19 heures, salle d'interrogatoire numéro 3, déposition de Paul Valendrey.

Interrogatoire conduit par le lieutenant Agathe Bordes et le major Thibault Lazzi.

Agathe jeta discrètement un œil écœuré à Thibault. Le récit du jeune Valendrey était effroyable, d'autant qu'il n'omettait aucun détail. L'enquêtrice soupçonnait même le jeune homme de prendre un malin plaisir à dérouler ses souvenirs devant des gendarmes réduits à l'impuissance face à l'impunité de leur « client ». Elle fixa de nouveau le jeune devant elle. Il était d'une beauté insolente. L'arc de Cupidon de sa bouche fine paraissait dessiné au pinceau. Il avait hérité de sa mère d'origine asiatique des yeux sombres très légèrement bridés, encadrés de longs cils recourbés, et un nez délicatement camus. Mais sa peau était blanche comme de

---

1. « Éboueur » en anglais.

la porcelaine. La gendarme songea un instant à Keanu Reeves dans *L'Associé du diable*.

— J'ai fini par repérer Gautier dans la dernière cave au fond du couloir. Il tripait sur un film en discutant avec un mec plutôt flippant. Profil gothique bien méchant, taillé comme une armoire, tatoué et percé de partout, qui tenait sa gonzesse au bout d'une chaîne, vous voyez le tableau ! ajouta-t-il en ricanant.

— On se fait une idée, lui répondit Thibault sur un ton désobligeant.

— Je me suis assis sur l'accoudoir à côté de Gautier et j'ai regardé. J'ai vu des images de ouf ! Des esclaves qui subissaient des sévices, des types qui se mutilaient en échange d'un shoot – y en a même un qui s'est coupé un orteil avec un sécateur devant la caméra pour avoir sa dose ! –, des viols super hard, des passages SM extrêmes, des fist à quatre mains, des séances de torture, des chasses à l'homme grandeur nature, des expériences scientifiques sur des cobayes humains… Quand le film a été fini, la salle s'est vidée et j'ai suivi la discussion entre Gautier et le type gothique qui se faisait appeler Brandon. Gautier doutait que les images soient réelles et Brandon, lui, disait que tout était vrai, qu'il y avait deux moyens d'obtenir sur terre : prendre ou acheter. On discutait autour de ça et Jane est arrivée au moment où Brandon démontrait que depuis la nuit des temps, les hommes n'étaient qu'une matière première comme une autre, que pouvoir et domination faisaient partie du patrimoine génétique de l'humanité, qu'il y avait toujours eu des maîtres et des esclaves et que ça ne changerait jamais. Il a conclu en parlant de la loi du plus fort ou du plus riche. Je crois que c'est là que

Jane l'a provoqué. Elle lui a balancé un truc du genre : « Ouais, mais tout ça, c'est conceptuel ! Tu parles, tu parles mais il y a des wagons entiers de types comme toi, tu sais ça ?! Des mecs qui théorisent sans fin sur l'esclavagisme humain, qui ont vu l'homme qui a vu l'homme qui a vu l'ours… mais concrètement, t'as vu quoi, tu sais quoi, toi ? » Brandon s'est levé d'un bond et, franchement, j'ai flippé grave. Il s'est planté face à Jane et il a dit d'une voix à peine audible : « Tu sais qu'il y a des petites putes comme toi qui vivent avec un plug dans le cul pour pas se chier dessus parce qu'elles ont eu la mauvaise idée de m'adresser la parole ? »

**

19 h 10, salle d'interrogatoire numéro 1, déposition de Jane Smith-Morrison.

Interrogatoire conduit par le capitaine Éloïse Bouquet et le capitaine Olivier Merlot.

Jane Smith-Morrison se fendit d'un rictus goguenard qui donna à son visage d'ange un aspect carnassier. Ses yeux bleus se durcirent et prirent l'éclat du métal.

— Je n'ai pas bougé d'un iota. Le dénommé Brandon puait la vodka et la sueur âcre. J'ai eu envie de le lui balancer à la gueule, mais j'ai su qu'il allait me réduire en purée si je poussais le bouchon. Du coup, j'ai planté mes yeux dans ceux du mec et je lui ai répété : « Concrètement, si mes potes et moi on veut se faire un trip avec un être humain, t'as quoi à nous proposer ? » Il y a eu un long silence. Il me regardait avec une intensité qui me faisait flipper. Au bout d'un moment, il a fait un grand geste théâtral qui désignait tout ce qu'il y avait autour de lui et il a dit : « Si vous êtes prêts à vous salir les mains, vous pouvez vous servir directement dans la grande fosse puante qu'on appelle humanité. – Est-ce qu'on a des têtes à se salir les mains ? », je lui ai répondu du tac au tac. Du coup, il a enchaîné : « Alors, il te faut de l'argent… Beaucoup d'argent. – On en a », j'ai fait. Il a hésité. Puis il a fini par me balancer : « 100 000, vous avez ? » J'ai hoché la tête. Alors il a enchaîné : « Demain, ici même à 23 heures. »

La jeune fille marqua une pause. Comme pour s'assurer que les gendarmes étaient bel et bien suspendus à ses lèvres. Éloïse balaya ce petit jeu avec agacement.

— Et donc ?!

— Ben… on s'est pointés le lendemain à 23 heures dans la salle de projection. De toute façon, on n'a pas quitté le *ruinpub* durant les trois jours qu'a duré la fête ! Brandon est arrivé cinq minutes après nous avec une autre gonzesse au bout de sa chaîne. Quand il nous a vus, il s'est approché et il a dit : « Toujours branchés ? » Je lui ai répondu que sinon on ne serait pas là. Il m'a demandé de lui filer mon portable. Je lui ai donné. Il est allé dans *Notes*, il a tapé un truc. Et il m'a rendu mon téléphone. Après, il a tiré un grand coup sur la chaîne et la fille qui était attachée l'a suivi en marchant à quatre pattes…

Éloïse fronça les sourcils et interrogea Olivier du regard. Le flic laissa filer une dizaine de secondes et se décida.

— C'était quoi ce truc écrit sur votre téléphone ?

— Une adresse Internet se terminant par *.onion* suivie d'un mot : « domination. »

53

Je quitte Françoise sur le coup de 18 heures. C'est une personne charmante que je reverrai avec plaisir si l'occasion se présente. J'ai glissé dans mon bagage le dossier de Chang qu'elle m'a remis et, en parcourant les derniers mètres jusqu'au Grand Hôtel de l'Opéra, je brûle d'impatience. Comment Chang est-il remonté jusqu'à moi ? Mais surtout, quelle était la fameuse piste qu'il suivait concernant ma sœur lorsque Germaine Joulot est décédée, mettant ainsi un terme aux investigations du privé ?

Passé les chaleurs de l'après-midi, l'air est doux et je n'ai guère envie de rester confiné dans une chambre. Je décide de faire monter mes bagages, puis de m'installer en terrasse place du Capitole, pour éplucher mon dossier d'enquête, avec un grand verre de blanc sec bien frais pour me tenir compagnie. La foule attablée autour de moi est bruyante, mais sa rumeur m'enveloppe plus qu'elle ne me dérange. Le serveur m'apporte mon châteauneuf-du-pape. J'ouvre alors le dossier de Danny Chang et je plonge dedans comme un sous-marin dans les abysses.

Au bout d'une bonne heure de lecture, je décide de mettre de l'ordre dans mes idées. Je me fais l'effet d'un apnéiste immergé dans une brèche temporelle qui remonte enfin à la surface de l'eau pour retrouver l'air du XXIe siècle. Mon *carnet d'identité* est truffé de prises de notes dont l'écriture précipitée s'est dégradée au fil des pages. J'ai souligné des noms, encadré des lieux, entouré des indications... Il y a dans le fouillis de mes griffonnages une anarchie très éloignée de la méticulosité du notaire que j'ai longtemps été. Je fais signe au serveur pour un second verre de vin blanc et j'entreprends de me relire pour ordonner un peu mes notes.

Chang a brassé large : recherches dans les archives du musée de la Shoah, de la Croix-Rouge française, témoignages de résistants... Après des mois d'enquête et de porte-à-porte, il a fini par retrouver ma trace en écumant la branche de Résistance dans laquelle Albert Martel, cousin de Germaine Joulot, s'était engagé. Par le bouche à oreille, le privé a fini par tomber sur Daniel Sautet, un ancien activiste des FTP, qui avait entendu dire qu'un nouveau-né du Vél' d'Hiv avait été confié le jour de sa naissance à une famille de Nogent-sur-Marne. C'était bien peu mais Chang, d'une opiniâtreté sans borne, a creusé la piste. Il a alors effectué des recherches dans les fichiers de l'état civil et, à une période où les naissances étaient rares, il a relevé que trois enfants avaient été déclarés à la mairie entre le 1er et le 17 juillet 1942, deux filles ainsi qu'un dénommé Louis Barthes... Le privé a conduit une enquête de proximité et a finalement rencontré le *bon docteur* Paradoux – les médecins de famille sont réputés pour connaître les petits secrets de leurs patients – qui devait sucrer les fraises dans une maison de retraite de luxe appelée La Plénitude. Comment Chang s'y est-il pris ? Je l'ignore. Toujours est-il que le *bon docteur* Paradoux lui a vendu la mèche en racontant la substitution le 18 juillet 1942 entre le vrai Louis, âgé de trois jours et dont il venait de constater le décès, et moi-même, tout juste extirpé de l'horreur du Vél' d'Hiv. De là, Chang a pris contact avec mes parents et s'est heurté à un refus. Fin de l'histoire… me concernant.

Concernant ma sœur en revanche, les choses sont différentes et je regrette amèrement que le privé ait choisi de remonter d'abord ma trace. Pour tenter de retrouver ma sœur, le détective est parti du témoignage de Germaine Joulot elle-même. Celle-ci avait entendu parler d'orphelinat par la femme de son cousin Albert. Le détective s'est alors penché sur les orphelinats israélites ouverts pendant la période. Après plusieurs mois de recherche, il est parvenu à la fondation Rosenberg située à Belfort-du-Quercy, dans l'extrême sud du Lot, à quelques kilomètres à peine du Tarn-et-Garonne. L'établissement, doté d'une pouponnière, a reçu beaucoup d'enfants juifs rescapés de rafles ou de la déportation de leurs parents, cachés par quelques voisins avant d'être confiés à l'institution. Bon nombre de gamins juifs placés dans des orphelinats de la zone occupée devenue dangereuse ont également été envoyés à Belfort-du-Quercy. Mais à la mi-décembre 1942, face à l'invasion globale des Allemands, l'orphelinat de Belfort a finalement fermé ses portes. Grâce aux investigations menées par Chang, j'apprends que des filières se sont organisées en urgence pour cacher les quatre-vingt-dix enfants alors accueillis, soit dans des familles françaises campagnardes, soit dans des institutions catholiques. D'autres ont été confiés à des réseaux de passeurs pour être conduits en Espagne. Chang s'est bien entendu rendu à Belfort-du-Quercy où il a pu rencontrer quelques anciens de cette trouble période. Il a même pu consulter les archives de l'orphelinat que le directeur avait pris soin de confier au maire avant la débâcle. C'est en consultant la liste des admissions qu'il a repéré l'arrivée, le 25 juillet 1942, de celle qui fut baptisée Hannah par le directeur en personne. L'enfant – amenée par une jeune femme qui n'a pas donné son nom – avait 15 jours tout au plus. Après quatre mois de vie à la pouponnière de la fondation, Hannah a fait partie des enfants qu'il a fallu cacher… Chang a ratissé Belfort-du-Quercy et les environs et a fini par retrouver une ancienne lingère de l'orphelinat, Bernadette Blancher, dont il a recueilli le témoignage. Dans ma prise de notes, j'ai gribouillé et souligné de trois traits : « page 23 du rapport, témoignage lingère ». J'avale une gorgée de mon blanc bien frais, prends une grande respiration et rouvre le rapport du privé pour relire ce passage crucial.

« Propos enregistrés le 9 février 2004. Bernadette Blancher, née Conté. 82 ans. Éleveuse. Domiciliée à Lalbenque, dpt 46. 4 enfants. Ancienne lingère de la fondation Rosenberg.

« J'avais 21 ans quand l'orphelinat a fermé et j'y travaillais depuis mes 16 ans avec ma mère, Joséphine, qu'était en cuisine et qu'est décédée en 1984… Un accident cardio-vasculaire, la pauvre femme… Le directeur, Charles Dumont, c'était un chic type, y a pas à dire. Gentil avec les enfants et avec le personnel, aussi. Les temps étaient durs, vous pouvez me croire, et l'argent manquait. Mais M. Dumont, il arrivait quand même à faire manger les mômes, au moins une fois par jour. Et des petiots, y en avait un paquet, surtout à la fin. Il en venait de la zone occupée, et même que certains, on le voyait dans leurs yeux qu'ils avaient vu des horreurs, vous pouvez me croire. Je me souviens même d'un gamin – Jacob, il s'appelait – qui avait perdu tous ses cheveux. L'avait le crâne aussi lisse que ma main ! Le choc, il m'a dit M. Dumont quand j'y ai demandé qu'est-ce qu'il avait Jacob, si c'était une maladie ou quoi... Les plus grands, on leur trouvait facilement des places dans les fermes du coin à cause qu'ils pouvaient travailler, aider aux champs ou soigner les animaux. Mais pour les petits, c'était une autre histoire... À la fin, je vous parle du mois de novembre 1942, y avait exactement quatre-vingt-onze marmots réfugiés à la fondation. Et je me souviens très bien de la petite Hannah à cause que c'était la plus petite. Un joli bébé à qui j'ai même donné le biberon deux ou trois fois quand les nurses avaient trop de travail... Puis, fin novembre 1942, M. Dumont a fait savoir que la fondation allait pas tarder à fermer. Les caisses étaient vides et les Allemands entraient en zone libre, de toute façon... M. Dumont est resté jusqu'à la fin. Il y a eu des rencontres le soir avec des gens... Y en avait quelques-uns, des enfants du pays, que je connaissais de la communale. Manon, une des filles qui lavaient le linge avec moi, elle me disait comme ça de pas ouvrir les yeux et les oreilles, que c'était dangereux. Mais j'étais pas aveugle et je savais bien qu'est-ce qui s'tramait. Les mômes, fallait bien les mettre quelqu'part !… Dans les jours qu'ont suivi, le travail a commencé à baisser. Y avait de moins en moins de linge à laver. C'était à cause qu'y avait de moins en moins d'enfants. Moi, je suis restée jusqu'au bout, au contraire de Manon et de quelques autres, malgré qu'on a pas touché la paye fin novembre. Et, vous pouvez me croire, j'ai vu partir de mes yeux le convoi des derniers enfants. C'était le 18 décembre 1942, tard le soir, il faisait un froid de canard. J'peux vous dire qu'y restait trente-sept enfants, j'les ai comptés un à un. Et Hannah, elle en était, emmitouflée dans une couverture… Puis, dans la cour, y a eu trois camions qui sont rentrés. Y avait Benjamin, le jardinier, Ibrahim, le cuisinier, sa femme Rachel qui travaillait comme intendante et leur fils Moshe, un brave garçon de 17 ans, vaillant et bien mis de sa personne. Y avait aussi Judith et Salomée, deux des nurses, et Slimane, l'homme d'entretien. M. Dumont, il a embrassé chacun des enfants. La petite Hannah, elle était dans un berceau. Moi, j'avais les larmes qui me montaient. Qu'est-ce qu'ils allaient devenir les marmots, hein ?! Qui qu'allait s'en occuper ?… Puis, j'ai vu Benjamin, Ibrahim, Rachel, Moshe, Slimane, Judith et Salomée qui sont montés aussi dans les camions et qui sont partis avec les enfants. J'me suis dit qu'y avait au moins eux pour en prendre soin… Après, dans la cour, y restait plus que M. Dumont, ma mère, Virginie la couturière et moi. Y a eu un grand silence dans le froid pendant qu'on regardait les lumières des camions s'enfoncer dans la nuit. Alors j'ai demandé à M. Dumont qu'est-ce qu'ils allaient devenir les petits.

Il a tourné sa tête vers moi et il m'a répondu à voix basse : "Ils vont passer la frontière vers l'Espagne… c'est tout ce que je sais… la suite s'organise sans moi… Que Yahvé les bénisse tous, Bernadette !" il a ajouté en levant les yeux vers un ciel aussi noir que du charbon… Le lendemain, M. Dumont est parti et les portes de l'orphelinat ont fermé. Et j'ai jamais su qu'est-ce qui était arrivé aux petits. »

Je referme le dossier de Danny Chang et mes yeux s'égarent un instant sur la sarabande nonchalante de passants qui traverse la place du Capitole dans les vestiges de la chaleur du jour. Le ciel clair s'est teinté d'un rose incandescent qui enflamme les briques d'une lueur irréelle… Un jeune homme, perché sur un monocycle, serpente habilement entre les grappes humaines… Une métisse au téléphone part d'un rire rauque qui révèle de belles et longues dents blanches… Ma sœur a quitté la fondation Rosenberg le soir du 18 décembre 1942. Par une nuit d'encre sertie d'un froid mordant. Est-elle arrivée en Espagne ? Et ensuite ?

Je jette un œil inquiet au dossier du privé. Il ne me reste que quelques pages à découvrir et je redoute de n'en apprendre rien de plus…

54

20 h 20, salle d'interrogatoire numéro 1, déposition de Jane Smith-Morrison.

Interrogatoire conduit par le capitaine Éloïse Bouquet et le capitaine Olivier Merlot.

— Jane, nous nous sommes quittés tout à l'heure sur une adresse Internet se terminant par *.onion* suivie d'un mot : « domination ».

Jane Smith-Morrison toisa ses interlocuteurs d'un œil goguenard. Bras croisés, elle ne semblait guère encline à reprendre. Finalement, Olivier Merlot brisa le silence.

— Expliquez-nous, Jane, qu'on comprenne.

— Le type, là, Brandon, nous a refilé une adresse du Dark Net. Je suppose que vous savez de quoi je parle ?!

— En substance, oui, trancha Éloïse. Notre expert informatique travaille sur cette adresse depuis plus d'une heure et demie… Alors, maintenant, racontez-nous la suite.

— Ben… après la rencontre avec Brandon, on a continué à faire la fête pendant les deux jours restants. On est remontés dans les étages et…

— Pas cette suite-là, la coupa la gendarme, agacée. La suite avec votre incursion sur le Dark Net.

— Ah, ça ?! soupira la jeune femme d'un air amusé. Eh bien, on est rentrés sur Toulouse le 6 janvier. Honnêtement, le plan de Brandon, on y croyait moyen. Mais comme on n'avait rien à perdre, on a tenté le truc. On a récupéré l'ancien portable de Paul qui lui servait plus, parce qu'on redoutait une cyberattaque. Avec le Dark, faut s'attendre à tout ! Après le téléchargement de Tor, on a rentré l'adresse refilée par Brandon et on a atterri sur une page noire. On voyait juste le curseur vert qui clignotait en haut… On a attendu plusieurs minutes, mais rien ne se passait. Alors Paul a eu l'idée de taper le mot « domination » et il a appuyé sur *Enter*.

Olivier et Éloïse échangèrent une œillade rapide. Ils le sentaient, la suite allait être difficile à soutenir.

— Quelques secondes plus tard, poursuivit la jeune fille d'un ton détaché, une phrase est apparue sur l'écran : « Qui vous envoie ? » On a répondu : « Brandon ». Alors, une nouvelle phrase s'est inscrite : « Que voulez-vous ? » On a hésité un petit moment, on ignorait comment des transactions de ce genre étaient censées se passer… Du coup, notre interlocuteur a ajouté : « Première fois ? » On a répondu que oui. Et là, le contact a écrit : « C'est pour quelle utilisation ? » On a préféré rester flous, alors on a mis : « C'est pour un *one-shot*. » Le contact a répondu un truc du genre : « Ouais, on dit toujours ça la première fois ! » Puis il a ajouté : « H, F, E ? »

À cet instant précis, le visage de Jane Smith-Morrison trahit une imperceptible expression jubilatoire. Éloïse, qui luttait contre une monumentale envie de ficher son poing dans la figure de la jeune fille, aboya plus qu'elle ne parla.

— Traduction ?!

Jane Smith-Morrison défia la gendarme du regard.

— Il nous a fallu quelques secondes pour décrypter… « Homme, Femme, Enfant ? »

***

20 h 25, salle d'interrogatoire numéro 2, déposition de Gautier Demorcy.

Interrogatoire conduit par le lieutenant Jean-Marc Pradel et le major Jacques Bois.

— Honnêtement, on était bluffés. C'était… c'était si facile, en fait.

— Vous voulez dire de commander un être humain sur Internet comme on achète un vulgaire tee-shirt ?! réagit Jacques, ahuri.

Demorcy grimaça. Une sorte de moue infantile et boudeuse. Avec les boucles blondes qui cerclaient son visage, on aurait dit un chérubin offusqué et dédaigneux. Quand il ouvrit de nouveau la bouche, sa voix était devenue tranchante et son regard glacial.

— Écoutez, vous deux. Épargnez-moi votre numéro de morale à deux balles. Dans quelques heures, mes amis et moi, on va tranquillement sortir de ce trou et vous le savez. Le truc, c'est que vous avez besoin de nous pour votre enquête. Alors voilà ce qu'on va faire : vous posez vos questions, j'y réponds, mais vos commentaires à la mords-moi-le-nœud, vous les gardez pour vos petites soirées entre poulets.

Jacques bondit de sa chaise comme un clown de sa boîte et sa main droite se referma sur le cou du jeune éphèbe qui vira immédiatement au cramoisi. Jean-Marc mit une demi-seconde à réaliser ce qui se passait et voulut s'interposer. Mais son collègue desserrait déjà son étreinte et repoussait violemment Demorcy contre son dossier.

— Je vais faire un tour ! balança-t-il en quittant la pièce.

La porte claqua et Jean-Marc se retrouva seul face au jeune blanc-bec dont les yeux agrandis lançaient des signaux de haine pure.

— Ce type est cinglé ! J'vous jure qu'il va me le payer !

— Oh ! Fidèle au proverbe, à ce que je vois ?

— Hein ?!

— *On aime la justice dans la maison d'autrui*, précisa Jean-Marc d'un ton narquois… Mais laissez-moi vous éclairer, Gautier. Mon collègue ne va rien payer du tout. Et vous savez pourquoi ? Tout simplement parce que l'impunité qu'a obtenue votre avocat fait que ce qui se passe ici et maintenant est hors procédure, hors cadre légal. Lorsque vous sortirez dans une poignée d'heures, libre comme l'air, avec l'âme galvanisée de ceux qui sont au-dessus des lois, il ne restera légalement rien de notre entrevue… *Rien du tout*… Vous voyez ce que je veux dire ?

Le sous-entendu produisit l'effet escompté, Demorcy jeta immédiatement un œil inquiet à Jean-Marc.

— Vous ne répondrez jamais de vos actes, soit… Eh bien, nous non plus…

Gautier Demorcy sonda longuement le regard menaçant du gendarme face à lui. Lorsqu'il fut certain que l'uniforme n'en rajoutait pas, il baissa les armes.

— Allez-y, qu'est-ce que vous voulez savoir ?

***

20 h 30, salle d'interrogatoire numéro 3, déposition de Paul Valendrey.

Interrogatoire conduit par le lieutenant Agathe Bordes et le major Thibault Lazzi.

Agathe sentit ses poils se hérisser sur ses avant-bras. Le récit de Valendrey était tout aussi stupéfiant qu'abject. En quelques clics anonymes sur le Dark, il était donc possible d'acheter un être humain…

— Qu'avez-vous fait alors ? relança Thibault d'une voix altérée.

— On a opté pour une femme. C'était pour une partie de chasse, alors… ça nous paraissait plus simple, on ne voulait pas prendre trop de risque…

— Parlez-nous du paiement et de la livraison.

— Pour le paiement, on a suivi les consignes de notre contact. Le règlement s'est fait en bitcoins[1] pour éviter toute trace.

— Et, simple curiosité, hasarda Agathe sans masquer son dégoût, à combien se monte le prix pour un être humain ?

— 100 000 euros plus 10 000 pour la livraison.

_____

1. Monnaie électronique décentralisée pour les paiements en *peer-to-peer*.

Un silence sinistre suivit la déclaration de Valendrey. Lui ne sourcillait pas. Ses yeux ne fuyaient pas. Ils étaient même animés d'une petite étincelle cruelle et nostalgique. Sous la table, Thibault serrait malgré lui les poings. Cette enquête confinait à l'horreur absolue.

— On avait quand même peur de se faire baiser, reprit le jeune homme. Après tout, ce gars, Brandon, on ne le connaissait pas et on n'avait aucune garantie de rien.

— Mais vous avez payé.

— Ouais… Faut croire que le jeu en valait la chandelle, ironisa Valendrey.

Agathe se mordit les lèvres pour retenir les insultes qui menaçaient de jaillir de sa bouche à tout instant.

— Comment ça s'est passé après ? parvint à relancer Thibault.

— Notre contact nous a donné la marche à suivre pour qu'on puisse récupérer la marchandise.

— La marchandise ! Non mais vous réalisez qu'on parle d'une femme, là ?! craqua la gendarme, scandalisée.

Le jeune homme esquissa un sourire entre amusement et dédain. Puis, d'un geste désinvolte, il balaya ses cheveux soyeux vers l'arrière, ce qui dégagea son immense et sombre regard de biche.

— Je ne suis pas sûr que vous puissiez piger, mais le commerce d'êtres humains, c'est un business qui a toujours existé. Alors ouais, l'humain est une marchandise comme une autre.

Thibault laissa tomber sa tête en avant et ferma un instant les yeux. Ce qu'il entendait dépassait son entendement. À cet instant précis, il se fit la promesse de serrer ce jeune et ses deux acolytes dès que l'occasion se présenterait. À partir de maintenant, il garderait un œil bien ouvert sur ces trois dégénérés. La roue tournerait. Il fallait qu'elle tourne !

— OK *guy*, on va passer sur tes considérations pseudo-philosophiques parce que, sinon, je vais perdre mon calme, envoya-t-il d'un ton glacial. Alors maintenant, explique-nous comment vous avez récupéré la fille.

***

20 h 35, salle d'interrogatoire numéro 1, déposition de Jane Smith-Morrison.

Interrogatoire conduit par le capitaine Éloïse Bouquet et le capitaine Olivier Merlot.

Jane Smith-Morrison se tortilla – Éloïse songea à une vipère. Cala son dos sur le dossier de la chaise. Et prit une longue inspiration.

— Le gars nous a d'abord demandé de choisir une date, un horaire et une ville pour la livraison. Du coup, on a opté pour le mardi 14 juillet à 15 heures et pour la ville, on a choisi Avignon. C'était encore le plus simple.

— Le plus simple ?

— Par rapport au Domaine Beau Moulin à Villeneuve-lès-Avignon.

Éloïse frémit. Ils avaient vu juste sur toute la ligne. Les jeunes avaient pris la route depuis Toulouse pour la maison secondaire des Smith-Morrison, lieu idéal pour s'adonner à une chasse à l'homme. Une fois à destination, ils avaient récupéré leur « commande » à Avignon.

— Notre contact nous a dit de nous tenir à proximité d'Avignon le jour J avec une connexion Internet et un GPS. Il nous a indiqué que dès que la livraison serait effectuée, il transmettrait les coordonnées de localisation du lieu de dépôt du colis sur l'interface Tor et qu'on aurait environ deux heures pour récupérer la marchandise. Du coup, le 14 juillet, on s'est reconnectés depuis le Domaine Beau Moulin et à 15 h 06, on a reçu les coordonnées de géolocalisation.

— C'est tout ?

— Non. Il y avait une pièce jointe. On a cliqué dessus et on a vu une camionnette blanche – un Ducato – garée dans les bois. En plus de la photo, notre contact avait aussi écrit : « Vous avez quatre minutes pour noter les coordonnées avant que cette page disparaisse. Quand vous serez sur place, creusez un petit trou devant la roue avant gauche, les clés sont cachées là. Vous disposez d'environ deux heures avant le réveil de la marchandise. » On a noté les coordonnées et on les a rentrées dans le GPS. Ça indiquait un coin à une vingtaine de kilomètres d'Avignon, dans une forêt.

— Vous n'avez donc rencontré personne ?! s'agaça Éloïse.

— Non.

— Et ce contact du Dark Net, vous n'avez aucune info sur lui ?!

— Non, aucune, puisqu'on ne s'est jamais vus !

La gendarme jeta un œil frustré au flic d'Interpol assis à côté d'elle. Lui ne cillait pas, affairé à prendre des notes sur son calepin. Quand il releva enfin la tête, il demanda d'une voix égale :

— Vous avez conservé les coordonnées transmises par le livreur ?

— Non. Pourquoi j'aurais fait ça ?!

— D'accord. Et le GPS dont vous vous êtes servi, c'est bien celui de la Panamera ?

— Ben oui.

— Parfait.

Olivier jeta un œil à Éloïse qui opina du chef en dégainant son portable. Elle envoya immédiatement un SMS à Kamel pour que les techniciens en charge de la perquisition du véhicule relèvent les coordonnées GPS rentrées le mardi 14 juillet. Pendant ce temps, le flic d'Interpol poursuivit.

— Donc, si je récapitule, vous faites la bombe à Budapest pour la soirée du 1er de l'an. Un dénommé Brandon vous refile une adresse du Dark à ce moment-là. De retour en France, vous vous connectez avec la messagerie en question et vous passez commande en décidant de la date et de la ville de livraison, c'est bien ça ?

— Oui.

— Dites-moi, Jane, pourquoi avoir fixé une date de livraison si lointaine ?

Il y eut un court silence durant lequel Smith-Morrison esquissa un sourire roublard.

— Quand on est revenus de Budapest, il fallait qu'on soit fixés, OK ? Soit le Brandon nous avait mythonés, soit son plan existait bel et bien. Du coup, on n'a pas perdu de temps pour vérifier... Quand on s'est rendu compte que c'était du sûr et que le contact du Dark

416

nous a demandé de fixer une date, on a réfléchi cinq minutes et on s'est dit que pour une chasse à l'homme, valait mieux attendre les beaux jours. On a croisé nos agendas et c'est tombé le 14 juillet, juste avant notre projet de vacances à Ibiza.

**

Il était près de 22 heures quand Éloïse mit fin à la première série d'auditions. Les gendarmes étaient à cran, leur enquête les plongeait dans l'univers sordide de l'esclavagisme humain et, pour couronner le tout, les trois gardés à vue – dénués de remords – sortiraient libres et lavés de tout soupçon à l'issue des quarante-huit heures négociées avec l'avocat.

— J'ai fait faire quelques courses, lança Éloïse en poussant la porte du sous-sol. Dans cinq minutes, on passe à table.

Sur quoi, la gendarme laissa ses collègues côté bureaux et rejoignit le coin cuisine. Elle était en train de déballer les commissions quand elle sentit une nouvelle onde nerveuse électriser tout son corps. Mains tremblantes. Palpitations. Nausée. La gendarme dut s'interrompre. Ça avait commencé dès le matin. Des espèces de vagues émotionnelles mêlant confusément culpabilité et… terreur, oui c'était ça, terreur. En tant que chef d'équipe, elle ne pouvait guère s'épancher, pourtant, l'épisode de l'arrestation manquée en boîte de nuit la persécutait. Vicenti avec sa balle logée en pleine carotide… Vicenti était mort… MORT !

— Mais ça m'a l'air bien bon tout ça ! commenta avec entrain une voix s'approchant dans son dos.

Éloïse sursauta et fit volte-face. Jean-Marc s'arrêta net en découvrant la mine de la gendarme. Celle-ci tenta tout de même de masquer son malaise.

— Co... Comment va ton bras ? Tu n'as pas trop mal ?

— Ils m'ont shooté pour trois jours au moins... Et puis, je te rappelle que ce n'est qu'une égratignure.

— Ouais ! Une égratignure faite par une balle de Sig Sauer ou de Glock, l'autopsie de Vicenti nous le dira, riposta Éloïse d'un ton sinistre.

Jean-Marc demeura interdit. Que répondre à cela ? Il nota alors que les mains d'Éloïse formaient deux boules nouées, aux jointures blanchies par la crispation. Il eut un geste de tendresse mais elle détourna brusquement la tête.

— Qu'est-ce qui se passe, Élo ?

— Je... Rétrospectivement, je ne peux pas m'empêcher de penser que... ça aurait pu être toi hier soir...

— Calme-toi...

— À quoi ça tient, hein ?! le coupa-t-elle, le regard révolté. Vicenti a pris une balle dans le cou et il est mort, bon sang ! Deux centimètres plus bas et le gilet pare-balles lui sauvait la vie ! ajouta-t-elle en montrant l'écart ridicule entre son index et son pouce. Elle est bien mince la frontière entre la vie et...

L'émotion étrangla la gendarme et ses yeux passèrent de la révolte à la peur.

— Éloïse, c'est le contrecoup, murmura Jean-Marc avec douceur. Tu es choquée et c'est normal.

— Bon sang, je ne sais pas comment j'aurais réagi si... s'il t'était arrivé quelque chose de grave.

— Je suis là Éloïse, tout va bien.

— Oui, heureusement… mais Vicenti, lui, n'a pas eu cette chance… Je dirigeais les opérations et j'aurais dû…

— Arrête ça tout de suite ! C'est un concours de circonstances, Élo, et tu le sais ! Qui plus est, je te rappelle que, tous autant que nous sommes, nous avons choisi ce foutu boulot. Et bon sang, on le sait, la mort rôde autour de nous… Alors, s'il te plaît Élo, arrête cette flagellation inutile, tu n'es pas responsable de ce qui s'est passé hier.

Du bruit derrière eux mit fin à la conversation. Les collègues arrivaient. Dos à la table, appuyée sur le plan de travail, Éloïse profita de ce que tout le monde s'installait et se servait pour inspirer un grand coup et se recomposer un visage.

— Hé *chief*, t'as entamé une grève de la faim ou quoi ? lança Thibault.

— Je… je viens… Je réfléchissais.

La gendarme s'attabla à côté d'Agathe dont elle esquiva le regard scrutateur et inquiet – depuis le départ de Maïa deux ans plus tôt, elle avait perdu l'habitude de cette sensibilité féminine si prompte à détecter les émotions des autres. Elle détourna l'attention de sa collègue en s'adressant à Kamel.

— Bon Kamel, si tu nous expliquais cette histoire de Dark Net, manière de nous mettre à niveau pour la suite !

— Avec des mots simples, ajouta Jean-Marc dont l'utilisation de l'outil informatique se limitait approximativement au traitement de texte et aux recherches Internet de base.

L'informaticien finit de mastiquer sa bouchée de riz cantonnais, tamponna lentement sa bouche avec sa serviette en papier et, lorsqu'il fut certain que tout le monde était bien suspendu à ses lèvres, entama d'un ton professoral :

— Imaginez une ligne horizontale. Au-dessus de cette ligne, se situe l'Internet « normal » avec les moteurs de recherche que vous utilisez pour surfer sur la Toile : Google, Yahoo, Mozilla, *et cætera*…

— Jusque-là, je suis, approuva Jean-Marc.

— Bien… Lorsque vous surfez sur la Toile, vous laissez des traces qui permettent de remonter jusqu'à votre adresse IP, l'identifiant de votre ordinateur.

— D'où le *phishing* ! commenta Thibault. Tu visites un site de vente de chaussures en ligne, et après, dès que tu vas sur le Net, t'as des fenêtres publicitaires de chaussures qui s'ouvrent !

— Exactement. Ça, ça marche pour la partie visible du Web, celle située au-dessus de la ligne. Mais en dessous de cette ligne, se cache le Net invisible, celui qu'on appelle communément le Dark Net. Vous allez bientôt comprendre pourquoi. Pour surfer sur la Toile invisible, on peut notamment utiliser le navigateur Tor – The Onion Router – qui constitue un réseau informatique mondial permettant d'anonymiser l'origine des connexions. Il utilise, comme son nom l'indique, le routage en oignon qui fait rebondir les échanges TCP au sein d'Internet pour neutraliser les analyses de trafic.

— Et c'est légal un truc pareil ?! s'exclama Agathe. Parce que qui dit anonymisation dit impunité pour les cybercriminels !

— Bien sûr que c'est légal. Tu peux télécharger Tor *via* Internet. Tor a même reçu en 2010 le prix du logiciel libre.

— Je ne comprends pas, là.

— Prends la Corée du Nord, par exemple, et imagine un instant un journaliste qui voudrait faire transiter des images ou des articles sensibles concernant la dictature de Kim Jong-un… Heureusement qu'il y a Tor !

— Forcément, vu sous cet angle, commenta Jacques… En d'autres termes, on ne va pas interdire les autoroutes parce que certains les utilisent pour faire des *go fast*.

— Exactement, Jacques. À l'origine, Tor est un outil de protection contre la surveillance sur Internet ou un outil de contournement de la censure en place dans certains pays. Il est donc largement utilisé pour consulter des sites du Web normal censurés par des dictatures ou pour transmettre un contenu légal mais, là aussi, censuré.

Un ange passa, laps de temps nécessaire à l'assimilation des informations et de leurs effets. Ce fut Olivier Merlot qui reprit la parole en premier.

— Soit, mais ça, c'est pour la partie *clean* du système… Parce que, pour reprendre l'image de Jacques, il doit y avoir un paquet de gens qui prennent cette autoroute pour faire des *go fast*.

— Hélas oui. Tor propose aux utilisateurs un ensemble de services cachés permettant la création de sites Web sur des hébergeurs anonymisés. Ces sites ont tous une adresse s'achevant par *.onion* et ne sont accessibles que par Tor. Alors, forcément, pour les sites aux contenus illégaux, le marché noir, la vente d'armes *et cætera*..., c'est du pain bénit ! De là, l'expression « Dark Net » prend tout son sens.

— D'accord, lança Éloïse. Alors maintenant, venons-en à nos trois jeunes. Le type qui se fait appeler Brandon leur refile une adresse en *.onion*. Les jeunes s'empressent de télécharger Tor et rentrent l'adresse du site.

— Ce n'était pas un site, rectifia Kamel, vous pensez bien que j'ai vérifié ! Le dénommé Brandon leur a fait passer une adresse d'interface, une sorte de « messagerie » créée par le fournisseur d'êtres humains lui-même pour échanger de manière invisible et temporaire avec ses nouveaux clients. À l'heure où je vous parle, cette adresse est caduque et tous les échanges ont disparu.

55

Un raclement tout proche perturbe ton sommeil. Les yeux clos, tu tends l'oreille mais le martèlement des gouttes sur le toit du baraquement étouffe les bruits. Tu as dû rêver… Quelques secondes filent et déjà, la fatigue de ta longue journée reprend le dessus. Le sommeil te happe. Tu émets un long soupir d'aise et tu te laisses aller. Mais voilà, au moment même où tu te sens rebasculer dans le monde des rêves, un *nouveau* bruit te parvient. Plus net, cette fois. Un bruit familier de plancher qui couine. Tu connais parfaitement la plainte de cette latte de bois devant le lit d'Élicen, cela fait des années qu'elle s'élève quand ton amie pose le pied dessus.

Ordinairement, ce bruit ne t'aurait pas réveillée. Mais avec ce qui se passe, l'arrivée de Bruno, les cachotteries d'Élicen, le secret que tu entretiens au nez du cheptel… tu es sur le qui-vive. Ton esprit mouline. Tu n'es pas tranquille… Tu te tournes lentement dans ton lit pour jeter un œil vers ton amie. Que trafique-t-elle encore ?! Lorsque tu entrouvres les yeux, tu crois rêver ! Élicen est en train de se déshabiller.

Ses cheveux et sa chasuble sont trempés et tu comprends qu'elle revient de l'extérieur ! La réalité t'apparaît comme une évidence : ton amie est allée voir Bruno et elle a pris la saucée en redescendant de la carrière…

Tu t'apprêtes à lui fondre dessus, mais tu te gendarmes. Ce matin déjà, elle t'a rabrouée. *Ce n'est pas parce que je n'agis pas forcément comme* tu le voudrais, *que j'agis mal !* Tu en es restée sans voix. La phrase a galopé dans ton esprit toute la journée et, même s'il te coûte de l'admettre, ton amie n'a pas tout à fait tort. Au sein du cheptel, Élicen passe souvent pour une originale. Trop rêveuse. Trop fantaisiste. Trop espiègle, aussi. Un brin rebelle. Autant de penchants qui l'éloignent du modèle prôné par le conseil des sages. Un sourire se dessine spontanément sur ta bouche à la résurgence d'un souvenir. C'était il y a deux ans. Élicen avait pioché dans la réserve de pigments que vous utilisez pour colorer les bois ouvragés ou les vêtements de fête. Ton amie était apparue lors du mariage de Folcine et Ridine avec des mèches de cheveux de différentes couleurs. Devant l'ahurissement des adultes, elle avait simplement énoncé qu'un arc-en-ciel le matin même lui avait donné cette idée. Dès le lendemain, tu avais dû couper les cheveux de ton amie. Comme le prévoit la règle, la discrétion est indispensable à la survie du cheptel… Tu prends une grande respiration, tournes trois fois la langue dans ta bouche et tu te lances.

— Élicen ? chuchotes-tu.

Ton amie sursaute légèrement et se dévisse le cou.

— Quoi ?

Son ton. L'imperceptible tension de son corps. Tu la sens déjà prête à riposter. Mais tu ne veux pas d'une dispute, ça suffit. Depuis l'arrivée de Bruno, vous êtes sans arrêt en train de vous prendre le bec. Alors tu ravales tes mots et tu optes pour un autre angle d'attaque.

— Il va bien ?

— Tiens donc, ça t'intéresse ?!

Tu serres les dents. Pour le coup, ça part mal ! Et tu connais bien ton amie, si elle te parle comme ça, c'est qu'elle a quelque chose sur le cœur. Sans attendre, tu rabats le drap et t'extirpes de ton lit pour la rejoindre.

— Qu'est-ce qui se passe, Élicen ? lui murmures-tu en t'asseyant à côté d'elle.

— Rien.

— Arrête un peu, tu veux ?… J'ai fait quelque chose qui t'a déplu ?

— Tu veux dire à part être sans arrêt flanquée derrière moi pour me surveiller comme si j'étais une enfant de 6 ans ?

Allez Atrimen, prends-toi ça dans les dents ! La réaction de ton amie a le don de t'exaspérer.

— Je ne suis pas derrière toi, je te signale ! C'est toi qui m'as réveillée, nuance.

— Évidemment. Il faut toujours que tu aies raison sur tout, de toute façon…

— Mais, bon sang, c'est quoi ton problème à la fin ?! t'énerves-tu. Tu enfreins les règles en filant en douce en pleine nuit, je te prends en faute à ton retour, et tu trouves encore le moyen de la ramener ?! On croit rêver !

— Oh ! Et depuis quand c'est une faute de protéger un moyen ?! te provoque-t-elle.

— Depuis que ça oblige un membre du cheptel à avoir des secrets, à désobéir et à prendre des risques inconsidérés !

— Mmm… Je te signale que Bruno est beaucoup plus exposé que moi, rétorque-t-elle en te fusillant du regard. Lui, il est tout seul là-haut et gravement blessé ! Que crois-tu qu'il deviendrait sans notre aide, hein ?!

Tu ronges ton frein.

— Je ne te parle pas de ne pas l'aider, bon sang ! Je te parle de toi, de ton départ en pleine nuit, des risques que tu prends pour lui venir en aide. Je te rappelle qu'il ne fait pas partie du cheptel, lui.

— Et alors ?! Il n'est pas un Boche pour autant, tu m'entends !

Dans son énervement, la voix d'Élicen a dépassé le simple chuchotement. Vous vous figez toutes deux, conscientes du danger auquel vous vous exposez si quelqu'un vous entend. Tu tournes lentement la tête vers le lit d'Anten. Celui-ci semble dormir profondément. Tu embrasses alors le dortoir d'un regard circulaire. Visiblement, tout va bien.

— Je suis désolée Élicen, reprends-tu, mais je me fais bien plus de souci pour toi que pour Bruno. Parce que toi, tu es mon amie. Lui, Boche ou pas, non.

Élicen plante alors ses yeux dans les tiens. La colère brûle dans son regard.

— Soit. Eh bien, Bruno est mon ami.

— C'est absurde, tu ne le connais même pas !

— Si, mais tu ne peux pas comprendre… Maintenant, si tu veux bien, laisse-moi dormir. J'ai froid et j'ai sommeil.

56

Une saute de vent me fait frémir. L'air s'est légèrement rafraîchi et je place mon pull sur mes épaules. Je hèle un serveur et je commande une salade de pétoncles et un troisième verre de blanc, un meursault. Dans la nuit naissante, les lumières falotes des lampadaires dégoulinent sur le Capitole, majestueux dans sa robe de briquettes roses ajourées de fenêtres en pierres blanches et couronné de son faîte sculpté. On m'apporte mon verre de vin et j'en apprécie les arômes de fruits et la fraîcheur. La tête me tourne un peu mais cette légère ivresse m'apaise et chasse mes idées grises. Une nouvelle gorgée et je me sens d'attaque pour achever le dossier de Chang.

Je le rouvre à la fin du témoignage de la lingère. En parcourant les feuillets tapuscrits du privé, je prends connaissance d'un réseau toulousain appelé « Françoise » qui de 1943 à 1944 organisait des passages clandestins vers l'Espagne. Apparemment, Chang a investigué de ce côté-là, cherchant sans doute quelle branche de la Résistance du Sud-Ouest avait pu mettre en œuvre la fuite d'une quarantaine d'enfants vers l'Espagne, la nuit du 18 décembre 1942. Le privé a fait parler les quelques mémoires encore vivantes en 2004, en vain. Aucune piste ne s'est ouverte. L'homme a alors changé son fusil d'épaule. À partir des documents d'archives de l'orphelinat qu'il avait récupérés auprès du maire de Belfort-du-Quercy, le détective s'est mis en quête d'anciens orphelins qui, eux, portaient bien le nom de leurs parents, contrairement à ma sœur. Chang avait visiblement pour idée de remonter jusqu'à certains d'entre eux pour obtenir des témoignages ou des renseignements susceptibles de le rapprocher de ma sœur. Je lis en diagonale les innombrables pistes que le privé a suivies et mes yeux s'arrêtent en bout de page sur un dénommé Moïse Zilberstein que Chang a réussi à retrouver et dont le témoignage est retranscrit. L'homme a-t-il pu être de ce convoi improbable du 18 décembre 1942 qui fuyait vers l'Espagne, celui-là même qui a emporté ma sœur alors qu'elle n'avait pas 6 mois ?

Ma salade arrive à ce moment précis et je la pousse pour poursuivre ma lecture. La fameuse piste que Chang avait ouverte avant d'arrêter son travail se dessine juste devant mes yeux. Je tourne la page avec empressement et plonge sans attendre dans le témoignage de Moïse Zilberstein.

« Propos enregistrés le 26 mars 2004. Moïse Zilberstein, 70 ans. Professeur de physique-chimie retraité. Domicilié à Marseille. Marié, deux enfants.

« Je suis né en octobre 1934 de parents juifs polonais qui avaient migré en France en 1933. Ma mère était couturière et mon père ouvrier de nuit dans une fabrique automobile. Tous deux sont morts lorsque j'avais

6 ans. Nous vivions dans un pavillon assez chiche de Chartres, mais mes parents s'estimaient heureux… Avec ses horaires de nuit à l'usine, il n'était pas rare que mon père dorme en matinée. C'est pour cette raison que ma mère ne recevait les clientes qu'à partir de 14 heures… Dans l'après-midi du 24 novembre 1940, une dame du voisinage, venue récupérer un ouvrage qu'elle avait confié à ma mère, a trouvé porte close. Elle avait vu mon père rentrer de l'usine au petit matin, elle savait que mes parents étaient là… Après plusieurs tentatives pour se faire ouvrir, elle a fini par jeter un œil par la fenêtre du salon et elle a vu ma mère inanimée au sol. Elle a immédiatement prévenu les gendarmes, mais quand ceux-ci sont arrivés il était trop tard. Mes deux parents étaient morts, intoxiqués au monoxyde de carbone à cause de la chaudière défectueuse… Je venais de fêter mes 6 ans un mois plus tôt… Si j'avais de la famille en Pologne, personne ne le savait, et de toute façon, vu le contexte pour les ashkénazes, mieux valait que je reste en France. La congrégation juive que nous fréquentions assidûment a pris les choses en main et a décidé de me placer dans un orphelinat israélite. Le rabbin a opté pour la fondation Rosenberg parce qu'elle était située à Belfort-du-Quercy, en zone libre… J'y ai vécu deux ans et les quelques souvenirs que j'en garde sont assez bons dans l'ensemble. M. Dumont, le directeur, était un homme charitable et les personnels qui travaillaient à l'orphelinat se montraient plutôt bienveillants et attentifs avec nous…

« Puis, il y a eu cette nuit du 18 décembre 1942 dont je me souviens très clairement. Dans les passages stressants de ma vie, il m'est souvent arrivé de la revivre dans mon sommeil, de cette manière prégnante et terriblement réaliste qu'ont parfois les rêves persistants de s'imposer à l'esprit… Pourtant, je n'avais que 8 ans. Le directeur nous avait fait descendre dans la cour. Le froid et la nuit s'enroulaient autour de nous comme une écharpe de suie glacée. Nous étions moitié moins nombreux que les mois précédents. En réalité, je le sais car Elsa était partie plusieurs jours plus tôt. Elsa, c'était une grande fille de 16 ans qui m'avait pris sous son aile et dont je garde un souvenir heureux. Elle me racontait des histoires certains soirs quand je ne parvenais pas à dormir et n'était pas avare en câlins… Mais je reviens à cette nuit du 18 décembre. Nous étions donc rassemblés dans la cour. Je donnais la main à quelqu'un. Nous grelottions. Des bruits lointains de moteur ont commencé à résonner dans la nuit et se sont approchés au fil de ces secondes arrêtées… Peu après, on a vu les lueurs jaunâtres des phares de camions qui se suivaient, formant une chenille lumineuse sur la route qui descendait vers la fondation. Il y avait trois camions en tout… Je me souviens que j'avais peur parce nous devions partir, comme ça, en pleine nuit, quitter nos lits, notre chez-nous… Quand les véhicules sont entrés dans la cour, la terreur est devenue si forte que je me suis mordu les lèvres au sang. J'étais assez grand pour mesurer le danger et savoir que ceux que nous appelions sans complaisance "les Boches" constituaient des ennemis sans pitié… Je redoutais plus que tout au monde de tomber entre leurs mains. Du haut de mes 8 ans, ces camions noirs aux capots luisant et suintant le givre semblaient menaçants et leur destination m'apparaissait bien hostile… Nous sommes montés par grappe sous les bâches des camions. Je me souviens aussi du baiser du directeur sur mon front et de l'envie que j'avais de lui hurler de ne pas me laisser partir, de me garder avec lui... Sous les bâches, il y avait des couvertures et on m'a emmitouflé dedans. Puis le moteur a pétaradé et le convoi est parti dans un bruit de carlingue fatiguée et de couinement d'essieux. On a roulé vraiment longtemps, toute la nuit. Sans aucune halte. J'avais le dos mâché à cause des cahotements sur la route. Je me souviens des regards inquiets des adultes présents, des gémissements des enfants et des plaintes d'un petit bébé lové dans une couverture. »

J'interromps ma lecture, mon cœur s'est emballé. Un petit bébé lové dans une couverture ! Je me rappelle le témoignage de la lingère. Il n'y avait qu'un seul bébé à ce moment-là dans l'orphelinat et ce bébé, c'était Hannah, ma sœur ! Ainsi, ce Moïse Zilberstein avait-il fait partie du convoi qui avait exilé ma sœur *via* l'Espagne... J'avale une grande gorgée de meursault, par réflexe, sans y penser, comme si mon corps à lui seul recourait au breuvage pour trouver l'apaisement. Ma main tremble légèrement, je le sais, je n'aurai pas les réponses, toutes les réponses. Le témoignage de Zilberstein marque la fin des recherches du privé, la fin de la vie de Germaine Joulot, sans qui je serais probablement mort, sans qui je n'aurais pas même aujourd'hui l'embryon d'une piste à suivre. Certes, mais ma frustration est grande et je songe que le destin est facétieux, m'arrachant à ma jumelle dès la naissance et m'empêchant de la retrouver tout à fait à l'aube de ma vieillesse...

À moins que cette quête-là ne soit la mienne propre ? Que dans la vaste tragédie des destinées humaines, le sort n'ait décidé de me sauver que pour mieux me conduire à ce jour présent, pour qu'il me revienne à moi, Louis Barthes, d'achever le parcours, de boucler la boucle, d'extirper au temps ses filaments de mémoire. Ce même sort qui a jalonné mon existence tardive de petits cailloux blancs, faisant de moi l'improbable Petit Poucet d'une vie volée... Je suppose qu'en d'autres temps j'aurais considéré ce type d'interprétations avec la circonspection de l'homme de loi, raisonnablement et résolument inscrit dans une lecture pragmatique de l'existence. Mais voilà, il me faut l'admettre, Louis Barthes a changé depuis qu'il sait qu'il n'est pas Louis Barthes. Et ce que l'ancien Louis Barthes aurait considéré avec une pointe de morgue comme l'avantageuse extrapolation d'un esprit en proie à la mythification apparaît désormais au nouvel homme comme une autre forme de rationalité échappant aux règles étriquées d'un cartésianisme érigé en dogme... Si j'ai remonté en quelques jours soixante-treize ans de vie mensongère, c'est parce que, là, il y avait déjà, placés comme autant de sémaphores à la surface de la fosse océanique de ma vie, les jalons de *ma* vérité... Que Germaine Joulot soit décédée à quelques semaines de l'aboutissement de Chang, mettant ainsi fin aux recherches du privé, n'est pas un manque de chance mais bien une fabuleuse opportunité d'achever moi-même ma quête jusqu'à Hannah. Je finis alors mon verre et je reprends ma lecture.

« J'ai fini par m'endormir malgré l'inconfort et la peur... J'ai rouvert les yeux quand le sifflement poussif des freins a résonné à mes oreilles. Un instant plus tard, nous étions arrêtés, il n'y avait plus ni mouvement, ni couinement de ferraille, ni ronronnement de moteur... toutes ces choses devenues familières au fil de la nuit. On nous a ordonné de quitter le camion, ce que nous avons fait. Dehors, le froid mordant pétrifiait une aube qui semblait ne pas vouloir se lever. Nous étions encaissés au fond d'une vallée blanche de neige et étranglée par les puissantes mains de montagnes colossales. Et bien que le ciel fût bleu et le soleil levé haut, il ne planait dans ce cul-de-basse-fosse naturel qu'une lumière pâle et glaciale que la neige elle-même ne reflétait pas. Je me souviens de la peur dans les regards de tous, du silence parfait qui crucifiait les âmes, de mon sentiment inexprimable de détresse et d'abandon. Les conducteurs nous ont fait passer des bouteilles d'eau et des quignons de pain durs que nous avons dévorés. Puis les adultes de l'orphelinat présents ont échangé avec un homme qui avait surgi des bois comme un clown de sa boîte. Il y a eu un long conciliabule. Moi, je donnais la main à quelqu'un et j'entendais parler de chemin à prendre à travers les sous-bois hostiles et figés sous leur manteau neigeux. Puis les camions ont manœuvré sur le chemin étroit et glissant, abîmé au fond de la vallée. Je les ai regardés s'évanouir dans un virage en épingle. Les adultes ont chargé les plus grands d'entre nous avec des sacs à dos pleins à craquer et nous nous sommes engagés sur une sente serpentant à travers bois sur un flanc escarpé de montagne. Le cortège peinait. Nous glissions sur la pente abrupte. Le froid nous dévorait le corps et l'humidité glaciale de nos chaussures paralysait nos pieds. Je me souviens d'avoir pleurniché en ripant pour la dixième fois au moins sur le sentier enseveli de neige. Un grand dont j'ai oublié le nom m'a relevé par le col et m'a frotté les mains et le dos pour me réchauffer. Là, il m'a dit : "Courage, Moïse, on sera bientôt au chaud, tu verras. Si tu t'arrêtes trop longtemps ici, le froid et la fatigue vont te transformer en pierre." L'ascension a duré un temps qui m'a paru incroyablement long. Puis la forêt a commencé à s'éclaircir et nous sommes parvenus au pied d'un mur de pierres qui barrait toute vue. Je me souviens très précisément de l'impression terrible qui me frappa alors, au pied de cette muraille qui semblait couper le monde en deux. Le mur était bien plus qu'une barrière physique, il était un symbole à lui tout seul, il matérialisait une fin. Nous allions franchir cette frontière et plus rien ne serait comme avant, il y aurait un avant le mur et un après...

« Nous avons longé le rempart de pierres sur une distance assez longue, jusqu'à ce que nous parvenions au pied d'une épaisse porte en bois découpée dans l'ouvrage. Trois hommes nous attendaient là. Un monsieur qui avait l'air gentil et deux autres qui m'ont fait peur. Ils avaient le regard étrangement vide et ils bavaient légèrement, je me souviens de ça... Je pense qu'ils devaient êtres handicapés mentaux, mais du haut de mes 8 ans ils m'ont paru effrayants... Quoi qu'il en soit, nous touchions au but. Nous avons suivi le trio derrière le mur jusqu'à un vaste plateau en pleine montagne. Nous pouvions voir au bout une sorte de forteresse en pierres abîmée par le temps. C'était lugubre mais j'avais pourtant hâte d'arriver là-bas, de m'asseoir au chaud et de manger...

« À partir de là, mes souvenirs sont moins précis… Je sais que nous sommes restés plusieurs jours. Le lieu avait tout d'une prison désaffectée, et si on avait pu en douter, une enseigne en fer annonçait clairement la couleur : "Colonie pénitentiaire". C'était un lieu lugubre fait d'une grande cour carrée étranglée entre quatre murs de pierres gigantesques. Nous dormions dans des dortoirs sur une aile à l'étage. La nuit, il y faisait froid malgré les poêles allumés en permanence. À la lueur de bougies, chaque soir, les plus grands spéculaient sans fin sur notre sort : nous étions cachés dans ce camp de transit et nous devions fuir vers l'Espagne d'où nous serions routés vers des destinations diverses : Angleterre, Algérie, Amérique… Je garde aussi en mémoire les contours d'un grand réfectoire. C'est bête peut-être mais j'ai conservé l'image d'un repas où je mangeais des haricots blancs et fumants avec un peu de lard et je me souviens que je trouvais ça très bon… C'est à peu près les seuls souvenirs que j'ai de ce lieu… Et puis, un matin, quelques jours après notre installation, Rachel, l'intendante de l'orphelinat qui nous avait suivis avec son mari Ibrahim, est venue me chercher, moi et deux autres enfants. Il y avait avec elle deux messieurs que je n'avais jamais vus et Rachel nous a expliqué qu'ils allaient nous conduire jusqu'en Espagne, que nous devions les suivre et bien leur obéir. Je me rappelle que le plus âgé des deux avait une barbe blanche et qu'il m'a dit en me donnant des papiers : "Maintenant, tu t'appelles Nicolas Pelletier. Si quelqu'un te demande ton nom, tu diras Nicolas Pelletier. C'est très important. Tu as bien compris ?… Oui ? Alors comment tu t'appelles ?" Et j'ai répété que je m'appelais Nicolas Pelletier. Tout le long du voyage, je me suis répété que je m'appelais Nicolas Pelletier, Nicolas Pelletier, Nicolas Pelletier. Vous dire si je l'ai répété, je m'en souviens encore aujourd'hui ! Bien sûr j'ai conservé des souvenirs de ce périple. Mais ce ne sont là encore que des images désordonnées : la camionnette d'un laitier dans laquelle nous sommes montés, une dame nous accueillant dans une gare où personne ne parlait français, un train aussi avec des paysages que je n'avais jamais vus – arbustes secs, cactées et arbrisseaux, terre sablonneuse et rocaille à perte de vue – et un bateau que nous avons pris avec une religieuse. C'est tout.

« En fait, nous avons franchi les Pyrénées, puis sillonné l'Espagne jusqu'au détroit de Gibraltar que nous avons traversé pour nous réfugier à Alger, à l'orphelinat Saint-Joseph. C'était une institution tenue par les sœurs de la Miséricorde. J'y ai passé le reste de mon enfance et ma jeunesse et je n'ai rejoint la France qu'à mes 18 ans pour faire mes études. Deux ans après mon arrivée à Marseille, la guerre d'Algérie éclatait et je ne suis jamais retourné là-bas. J'ai fait ma vie ici, à Marseille. »

Je vois alors que Chang a posé et retranscrit la question qui me brûle les lèvres : « Mais monsieur Zilberstein, que sont devenus les autres enfants, ceux qui ne sont pas partis avec vous, ceux qui sont restés dans la montagne ? Le savez-vous ? »

« Hélas, je n'en ai pas la moindre idée. La seule chose que je peux vous affirmer, c'est que la suite ne s'est pas passée comme prévu… Je fêtais mes 13 ans et mère Eulalie, qui dirigeait l'orphelinat depuis mon arrivée, était bien avancée en âge. Depuis l'enfance, je faisais le même rêve. Celui du départ en camion par une nuit d'encre. Je me souvenais de tout ce que je vous ai raconté avant mais nombre de questions demeuraient sans réponse. Alors j'ai pris mon courage à deux mains et je suis allé frapper à la porte de mère Eulalie…

« La religieuse m'a expliqué que les sœurs de la Miséricorde sont installées un peu partout dans le monde et que chacune de leur communauté est indépendante. D'après ce qu'elle m'a raconté, elle a été contactée vers le mois de septembre 1942 par un membre d'un réseau de Résistance implanté en Andalousie. Il s'agissait de trouver des points de chute pour une quarantaine d'orphelins israélites de la fondation Rosenberg située dans le sud de la France. Mère Eulalie a accepté et s'est engagée à accueillir six enfants. D'après les informations qu'elle détenait, le groupe devait arriver en deux vagues. Il n'aurait pas été prudent d'entreprendre un voyage des Pyrénées jusqu'à Alger avec une flopée de six mômes ! J'ai fait partie de la première vague de trois enfants et j'étais le plus âgé. Ont voyagé avec moi Simon, qui avait 6 ans, et Judith, qui en avait 4. Tous deux avaient des papiers au nom de Pelletier. Nous devions donc, en cas de contrôle, apparaître comme une fratrie. Les passeurs dont je vous ai parlé tout à l'heure nous ont remis à une dame qui voyageait sous l'identité de Simone Pelletier, censée être notre mère. Celle-ci a traversé l'Espagne en train avec nous jusqu'à Gibraltar où sœur Marion nous attendait. C'est avec elle que nous avons traversé le golfe jusqu'à Alger. Si j'ai bien compris, le contact des sœurs de la Miséricorde avait quelques accointances avec un contrôleur des douanes andalouses… Quoi qu'il en soit, cette opération devait se réitérer deux semaines après notre arrivée pour trois autres enfants. Mais il y a eu un hic. Mère Eulalie m'a raconté que son contact l'avait informée d'un problème côté français. Apparemment, la Gestapo avait procédé à des arrestations dans un gros réseau de passeurs et l'agent français qu'il connaissait avait été exécuté. Partant de là, les informations étant compartimentées, plus personne ne pouvait dire ce que les autres enfants étaient devenus ni même s'ils avaient ou non quitté les Pyrénées. La seule certitude, c'était que les trois enfants qui devaient eux aussi rejoindre Alger ne sont jamais arrivés… Après la guerre, je ne suis pas certain que quiconque ait tenté de remonter la piste des enfants de la fondation Rosenberg. Qui l'aurait fait ? Nous étions tous des orphelins ! Cela signifie que nous n'avions pas de famille… Je suppose, comme tout le monde a dû le supposer, qu'après la chute du réseau de passeurs, le relais a été pris d'une manière ou d'une autre et que les enfants ont quitté le camp transitoire. »

Le témoignage de Moïse Zilberstein s'arrête là. Sur cette terrible supposition. Hélas, l'homme a raison : qui aurait pu vouloir remonter jusqu'à l'un de ces mômes ?! Il fallait pour cela s'appeler Germaine Joulot et être, sa vie durant, poursuivie par l'obsession d'un épouvantable accouchement de deux jumeaux en plein Vél' d'Hiv… Une nouvelle pensée émue pour cette femme hors norme me traverse et je me surprends à maudire mes parents : s'ils avaient été moins obtus, moins certains de leur choix initial, j'aurais pu rencontrer ma sage-femme avant que la mort l'emporte…

Je referme le dossier de Chang, en proie au remords. Oui, j'aurais aimé serrer cette femme dans mes bras et la remercier. Mais c'est trop tard…

Demain, j'irai sur sa tombe, me recueillir. C'est une étape évidente dans mon voyage de vérité. Ensuite, eh bien, je poursuivrai mon périple… L'ancien notaire que je suis a même une idée bien précise de ce qu'il convient désormais de faire.

Nuit de J + 6 à J + 7

57

Éloïse jeta un œil à sa montre. Il était presque 1 heure du matin et le repas était déjà loin derrière eux. Les gendarmes venaient de passer plus de deux heures à mettre en perspective les témoignages des trois jeunes. Tous coïncidaient. Elle se leva de sa chaise, la fatigue commençait à la gagner. Elle alla jusqu'au frigo et en sortit un pack de Red Bull.

— Des amateurs ?

Jean-Marc, Agathe et Olivier levèrent la main en même temps. Elle distribua les boissons et avala la sienne en quelques secondes.

— Kamel, t'as avancé sur la géolocalisation du lieu de livraison ?

— Oui. J'ai eu un des TIC chargés de la perquisition et des relevés dans la Panamera. Il m'a envoyé les coordonnées GPS rentrées dans le tableau de bord du véhicule le mardi 14 juillet.

— Parfait. Ça nous donne quoi ?

— Je n'ai pas encore eu le temps de fouiller, mais c'est un lieu dans la pampa proche de Remoulins, à cinq kilomètres de la sortie 23 de l'A9, tout près d'Avignon.

— Ce qui veut probablement dire que les fournisseurs ont pris cette autoroute, commenta Olivier.

— Oui, probablement… J'ai donc demandé les vidéosurveillances au péage dans le cadre de l'information judiciaire ouverte. Je devrais les recevoir demain matin. Ça me permettra d'essayer de repérer notre Ducato – s'il a bien pris la sortie 23 de l'A9, bien sûr –, et dans le meilleur des cas de mettre un visage sur notre livreur ! Mais ça, ça va dépendre du positionnement des caméras…

Malgré les réserves de Kamel, un vent d'adrénaline souffla sur l'assemblée. L'idée d'identifier au moins visuellement le fournisseur électrisait tout le monde.

— Allez, croisons les doigts ! lâcha Agathe. C'est comme ça qu'on est remontés jusqu'à nos trois jeunes, alors on peut y croire !

— Certes… mais en attendant ces images, on a encore du grain à moudre. La nuit ne fait que commencer et je vous rappelle qu'on doit optimiser au maximum le temps de présence des jeunes dans nos locaux, annonça Éloïse. Donc, on retourne les interroger.

— Hélas ! Pas de repos pour les braves, déclama Jean-Marc d'un ton navré.

— Hélas, comme tu dis… Bon, on vient de le voir, reprit la gendarme, les trois versions concordent parfaitement jusqu'à présent. Maintenant, reste à savoir comment se sont déroulées la livraison, la chasse à l'homme, *et cætera*… Le moindre élément peut être utile.

Et comme ses coéquipiers tardaient à se lever, elle leur intima :

— Allez, c'est parti !

***

1 h 06, salle d'interrogatoire numéro 1, déposition de Jane Smith-Morrison.

Interrogatoire conduit par le capitaine Éloïse Bouquet et le capitaine Olivier Merlot.

— Donc vous arrivez à Beau Moulin. Racontez-nous ce qui s'est passé à partir de là, Jane.

— Vous voulez savoir quoi ? Comment on a dégommé la gonzesse ? les provoqua-t-elle avec un sourire narquois.

— Ça viendra plus tard, soupira Éloïse avec agacement. Là, on en est à votre arrivée au domaine. Quelle heure était-il ? La fille dormait-elle toujours ? Que s'est-il passé exactement entre le moment où vous arrivez sur place et le moment où vous démarrez votre… chasse à l'homme, acheva-t-elle dans un souffle.

Jane Smith-Morrison fit un mouvement de tête qui envoya ses cheveux soyeux derrière sa nuque. Puis elle leva légèrement les yeux, comme cherchant dans ses souvenirs.

— Il devait être 16 heures. On n'avait pas prévu de passer la nuit à Beau Moulin et la fille dormait toujours. On a pris quelques amphét' et bu un peu de vin. À 17 heures, on était excités comme des puces. Du coup, on s'est dit qu'on pouvait peut-être réveiller la nana, manière de ne pas poireauter des plombes. Donc, Paul et Gautier sont allés chercher deux grands sauts d'eau froide pendant que moi, je récupérais les chiens.

— Les chiens ? Quels chiens ?!

— Ben… les clébards de chasse de mon grand-père. Il aime bien chasser quand il descend à Beau Moulin.

Du coup, il a une petite meute dont s'occupe Boris, l'homme à tout faire. Quand on n'est pas là, il passe tous les jours. Là évidemment, j'avais informé Boris que je serais présente avec des amis et que c'était inutile qu'il vienne au domaine, que je donnerais à manger aux chiens.

Éloïse et Olivier se regardèrent, écœurés. Non seulement les jeunes étaient trois, armés, pour poursuivre une jeune femme, mais en plus, ils avaient utilisé des chiens. Avec un tel rapport de force, quelle chance avait cette pauvre fille de s'en sortir ?!

— J'ai pris les deux meilleurs renifleurs de papy. Et j'ai rejoint Gautier et Paul. Et après… ben, on a démarré le trip !

— Ça ne marche pas comme ça, Jane ! s'énerva Éloïse. On peut y passer la nuit s'il le faut, mais on aura ce qu'on veut, à savoir la version détaillée de cette soirée. Parce que, même si vous vous en foutez royalement, tout ce que vous pouvez nous dire sur cette jeune femme, ça nous intéresse, nous !

Jane Smith-Morrison lança un regard mi-amusé mi-blasé à la gendarme et demanda :

— Qu'est-ce que vous voulez savoir exactement ?

— TOUT !

— OK… Donc, vers 17 heures, on a réveillé la nénette en lui balançant deux sauts d'eau bien froide sur la tronche.

— Elle s'est réveillée ?

— Ouais, direct… Bon, elle avait l'air encore dans les vapes… Il lui a fallu une dizaine de minutes pour reprendre ses esprits.

Un sourire cruel se dessina sur la bouche de Smith-Morrison à l'évocation de ses souvenirs.

— Quand elle nous a enfin calculés, elle a eu l'air complètement terrorisée…

— Ça vous étonne ?! s'agaça Éloïse.

Jane Smith-Morrison marqua un temps d'arrêt en fixant la gendarme. Une lueur malicieuse venait de s'allumer au fond de son regard bleu et froid. Elle se pencha en avant et, d'une voix presque basse, elle rétorqua :

— Le truc bizarre, c'est qu'elle semblait presque plus flippée de découvrir tout ce qu'il y avait autour d'elle que de se retrouver face à trois inconnus…

— Qu'est-ce qui vous fait dire ça, Jane ? relança Éloïse, qui sentit immédiatement l'importance de cette précision.

— Elle regardait partout avec des yeux qui lui sortaient de la tête, franchement, on aurait dit qu'elle venait d'arriver dans la quatrième dimension.

— Essayez d'être plus claire.

— C'est difficile à expliquer !… Comment vous dire… Vous avez vu son look ?! Ben voilà, on aurait dit qu'elle venait du Moyen Âge. Elle matait le décor comme si… j'sais pas, comme si elle n'avait jamais rien vu de pareil. C'était fou à voir !

— Comme si elle venait d'une autre civilisation ? questionna le flic.

— Exactement ! C'est exactement ça ! s'exclama Smith-Morrison en lâchant un rire moqueur. Elle aurait fait la même tronche si on lui avait présenté le monde des extraterrestres !

Olivier Merlot griffonna nerveusement sur son calepin avant de relancer.

— Donc vous la réveillez, elle a l'air de venir d'une autre planète, et après ?

— J'ai dit à Gautier de lui filer à boire et de récupérer un bout de tissu pour que je le fasse renifler aux chiens. C'est ce qu'il a fait.

Éloïse se rappela certaines photos du dossier. Effectivement, une manche de la chasuble avait été arrachée...

— Puis je me suis approchée avec les chiens en laisse. Et là, quand la fille m'a vue avec les clebs... comment dire ça ? elle a littéralement pété les plombs ! Une vraie hystérique ! Ça doit avoir un nom, la *canophobie*, peut-être ?

— La cynophobie, précisa Éloïse.

— OK. Ben, elle a disjoncté complet dès qu'elle les a vus. C'était de la terreur pure ! Elle s'est mise à hurler, elle remuait comme une furie pour essayer de se planquer au fond de la camionnette... un truc de dingue ! Du coup, les chiens ont aboyé... Le cercle infernal ! Bref, il a fallu que j'emmène les clebs à l'écart pour qu'elle se calme un peu.

— Vous a-t-elle dit quelque chose ? demanda Merlot.

— Pas vraiment... je veux dire, elle ne s'adressait pas à nous... Au début, vu la tête hallucinée qu'elle tirait en regardant autour d'elle, on a pensé qu'elle venait d'un pays étranger, genre sous-développé... Et puis, après l'épisode des chiens, elle s'est mise à marmonner et, en fait, elle parlait français... Elle rabâchait des trucs sans queue ni tête... Une histoire de, de… d'ennemis… J'vous dis, elle était complètement allumée, cette fille. À un moment, Gautier a même dit : « Mais elle vient d'un hôpital psy, c'est pas possible ! »… Mais bon, de toute façon, on s'en tamponnait complet, on n'était pas là pour ça !

— Essayez de vous rappeler ses paroles, Jane, l'exhorta patiemment le flic.

La jeune fille recula sur sa chaise avec un air de ras-le-bol manifeste.

— Putain, vous êtes relou ! On avait gobé des amphét' et en plus, on n'était pas comme qui dirait branchés sur le délire de cette nana !

Éloïse serra les poings sous la table. Il fallait qu'elle se contrôle sinon une baffe pouvait partir d'un instant à l'autre. À côté d'elle, Olivier semblait d'un calme olympien. Il reprit d'ailleurs la parole d'une voix posée.

— Jane, nous pouvons passer la nuit avec vous, ici, et vous faire répéter des dizaines de fois la même chose en vous posant des dizaines de fois les mêmes questions. Ou alors vous fouillez dans votre mémoire et d'ici cinq, dix minutes, on vous ramène en cellule et vous pourrez dormir un peu… À vous de voir…

La jeune fille laissa échapper un long soupir, puis elle décroisa ses bras et appuya ses coudes sur la table en se frottant les tempes, yeux fermés.

— Allez Jane, essayez de vous souvenir des mots précis qu'elle prononçait.

— … Elle… Elle a invoqué une sorte de dieu, mais c'était pas un dieu… C'était comme un dirigeant religieux…

— Comme un rabbin ou un pasteur, c'est ça que vous voulez dire ?

— Ouais… ouais mais en plus bizarre ! Je dis ça parce que je me souviens clairement m'être dit que ça sentait bon la secte.

Éloïse, tendue comme un arc, dégaina son téléphone portable. Pianota sur l'écran. Puis releva la tête.

— Je vais lire lentement ce que j'ai sous les yeux. Si un truc vous fait tilt, vous m'arrêtez, OK ?

La jeune fille hocha la tête avec résignation.

— Curé, nonne, évêque, diacre, abbé, abbesse…

— Attendez ! l'interrompit-elle.

— Abbesse ?

— Non… mais pas loin… La sonorité est proche…

— … Prêtresse ? proposa Olivier Merlot après un long silence.

— Grande prêtresse, c'est ça ! triompha Jane Smith-Morrison. Elle arrêtait pas de dire grande prêtresse je-sais-pas-quoi, un nom bizarre qui n'existe pas.

Le flic nota ces données sur son carnet avant de relancer.

— Quoi d'autre, Jane ? Elle parlait de grande prêtresse et après ?

— De guerre… d'ennemis… elle disait des trucs comme « Oh, grande prêtresse je-sais-pas-quoi, délivre-nous de nos ennemis », vous voyez le genre ? C'était complètement déjanté, en fait !…

Un silence pesant s'installa. Éloïse et Olivier guettaient la jeune fille, espérant d'autres éléments. Mais Jane Smith-Morrison releva finalement la tête.

— … Honnêtement, je ne vois vraiment pas ce que je peux vous dire de plus.

***

Quand Éloïse eut fini de rapporter les propos de Smith-Morrison à l'équipe, il régnait un trouble palpable autour de la table. Agathe brisa le silence en premier.

— Ça colle avec les propos de Demorcy et Valendrey… Et on en revient donc à l'idée d'une secte, d'une communauté sous emprise. D'un côté, on a des êtres humains en bonne santé, « élevés en plein air » en quelque sorte, avant d'être vendus. De l'autre, on a une grande prêtresse… Comment certains sont-ils retirés du groupe pour être vendus ? Telle est la question.

— Une sanction pour désobéissance ? hasarda Thibault. Ou alors…

Éloïse leva une main pour interrompre le jeune homme. Mâchoire crispée et visage fermé, elle lança :

— STOP ! Je ne suis pas certaine qu'à ce stade, on gagne quelque chose à poursuivre sur ce type de spéculations. Nous ne pouvons pas, à partir du peu d'éléments que nous détenons, extrapoler sur le mode de fonctionnement de cette communauté. C'est trop… scabreux.

— Mmm… Éloïse a raison, approuva Olivier. Nous devons rester centrés sur les faits et accepter l'idée que, pour le moment, nous ne sommes pas en mesure de comprendre…

Les gendarmes opinèrent tous.

— Bon, reprit Éloïse… Dans vingt-quatre heures environ, Demorcy, Smith-Morrison et Valendrey quitteront la maison par la grande porte… D'après leurs témoignages, ils ne savent rien de la provenance ni de l'identité de la victime du Pendedis et ils n'ont pas croisé le fournisseur, vu que celui-ci s'est arrangé pour que la fille soit livrée sans rencontre directe.

— Si les dépositions des jeunes sont exactes, on connaît désormais le mode opératoire du fournisseur pour la livraison, intervint Olivier Merlot, la messagerie du Dark. Le problème, c'est que c'était une interface temporaire. Ça veut dire qu'on ne peut pas utiliser ce biais pour entrer en lien avec le fournisseur et élaborer une traque. Sauf à identifier ce fameux Brandon qui sert d'intermédiaire avec le fournisseur.

— Tout à fait. Et avant d'imaginer en arriver là, on a du boulot à abattre !

Un instant fila durant lequel tout le monde attendit les précisions d'Éloïse.

— Tout d'abord, je ne me fais guère d'illusions, mais il faut remonter la piste de ce fameux Ducato.

— Ma tête à couper que c'est une caisse volée ! lança Kamel.

— Ouais, ben heureusement pour toi qu'on n'est plus sur l'affaire de la fille de Kali, le chambra Thibault, sinon on aurait tous dû prendre un ticket pour ton enterrement !

Éloïse le foudroya immédiatement du regard. Ce genre de réflexion alors que le corps de Vicenti était à la morgue en attendant une autopsie, très peu pour elle… Un malaise gagna l'assistance. Thibault ne l'avait pas fait exprès, mais le spectre de Mathieu s'imposa en force dans l'esprit de tous. Après quelques échanges de regards gênés, Jean-Marc osa :

— C'est quand l'enterrement ?

— Probablement pas avant cinq ou six jours, fit Jacques. L'autopsie est programmée demain fin d'après-midi. Ensuite il faudra rapatrier le corps à Clermont-Ferrand d'où est originaire Mathieu. La famille a prévu une veillée funéraire durant au moins quarante-huit heures.

— C'est qui la famille ? demanda Olivier.

— Ses parents… et une sœur. Enfin, je crois… Mathieu n'était pas un grand causeur…

— Brigitte. Sa grande sœur s'appelle Brigitte, précisa Agathe. Elle est prof de lettres dans un lycée à Poitiers.

Et comme Jacques lui lançait un regard surpris, la gendarme conclut :

— Il l'a évoquée pendant une planque après qu'on avait entendu parler aux infos d'un fait divers dans un lycée parisien… Mais je n'en sais guère plus.

— D'après ce que m'a dit le colonel Poussin, il y aura une oraison funèbre à l'église Sainte-Marie de Nîmes le jour de l'enterrement… Pour les gendarmes qui ne pourront pas aller à Clermont, ajouta Jacques.

— Vous pourrez vous détacher, le rassura Éloïse. Ça me paraît incontournable.

Jacques et Agathe hochèrent la tête de concert. En réalité, malgré TEH, ils n'avaient pas imaginé un seul instant ne pas assister à l'enterrement de leur collègue. De son côté, Éloïse se rendit compte que c'était la première fois depuis la mort de Vicenti que l'équipe s'autorisait à parler de lui… D'une certaine manière, bien que la situation fût émotionnellement chargée, elle admit en son for intérieur que c'était plus sain. Parler de Vicenti ne le ferait certes pas revenir, mais ce n'était pas pour autant un sujet tabou.

— Je propose qu'on prenne un quart d'heure de pause, annonça-t-elle, on en a tous besoin… Ensuite, on se retrouve et on se répartit les tâches.

***

La nuit était douce et calme. Quelques échos lointains d'ambiance festive s'élevaient parfois lorsqu'un client ouvrait les portes d'un bar. Éloïse alluma une nouvelle cigarette avec celle qu'elle venait de terminer. Jean-Marc lui jeta un œil réprobateur mais ne fit aucune réflexion, les Nîmois et Thibault profitaient d'un bol d'air nocturne à côté d'eux. Lorsque le trio se décida à regagner la SR, il s'approcha.

— Élo, tu ne crois pas qu'une aurait suffi ?

— La preuve que non, cracha la gendarme, sur la défensive.

Jean-Marc leva les deux mains en signe de reddition et commença à tourner les talons.

— Attends !

Il se retourna. Éloïse lui jetait son petit air de cocker battu. Jean-Marc secoua la tête en se rapprochant et enveloppa sa compagne avec ses longs bras noueux. Celle-ci enfouit son visage au creux de son cou, elle était aussi tendue qu'un ressort. Quelques secondes plus tard, elle lui murmura :

— Merci d'avoir parlé de Vicenti… Je… je ne savais pas comment aborder le sujet avec les Nîmois… Je ne sais pas faire ça…

— Je sais. Je commence à te connaître, Élo.

Éloïse quitta le berceau de ses bras et le regarda, peinée.

— Tu parles d'un chef ! Même pas foutue de crever l'abcès quand il le faut ! Bilan, c'était devenu un poids insupportable pour moi alors que tout le monde devait penser que je m'en foutais.

— Ah… ça faisait longtemps.

— Quoi ?

— Que je ne t'avais vue t'autoflageller.

— Allez, Jean-Marc, sérieux.

— Mais je suis sérieux, Élo… Tu crois quoi ? poursuivit-il avec une pointe d'agacement, qu'un chef est parfait, c'est ça ?! Que ses équipiers attendent de lui une sorte de performance constante et irréprochable ?!

— Ben…

— Ben, non ! Au risque de te décevoir, ton équipe connaît tous tes travers, tes incommensurables défauts et tes limites propres ! Et ce n'est pas pour autant que tu ne fais pas un bon chef aux yeux de tous… Si nous attendions de toi que tu sois parfaite, nous serions tous de grands pervers, tu ne crois pas ?

— Mmm… dit comme ça…

— Alors essaie d'être un peu moins perverse avec toi-même, Élo, et arrête de te demander l'impossible sans arrêt.

Éloïse ouvrit la bouche, mais aucun son n'en sortit. Jean-Marc, encore une fois, tapait dans le mille.

— Tu es aussi humaine que moi, que tous tes coéquipiers, que le commun des mortels. Mais ton équipe te respecte et te suit. Et, moi, je t'aime comme ça, conclut-il.

Éloïse sourit et se dressa sur la pointe des pieds pour se hisser jusqu'à la bouche de Jean-Marc.

— Moi aussi, je t'aime, murmura-t-elle en lui déposant un baiser au coin des lèvres… Bon, on y retourne ?

***

Une odeur âcre de transpiration mêlée à des relents de nourriture chinoise embaumait TEH. Les gendarmes avaient à peine dormi : deux heures de sommeil par paire à tour de rôle sur les fauteuils club de l'espace détente. Jean-Marc posa la cafetière fumante sur la table de réunion et entreprit de servir tout le monde. Éloïse – regard noir et traits crispés – avala une gorgée du nectar et se racla la gorge.

— La nuit a été longue pour tout le monde, donc il est temps de boucler pour aller dormir un peu. Kamel, des informations concernant le lieu de livraison ?

— Oui. D'après mes recherches, le lieu exact est situé dans la garrigue. C'est un petit renfoncement qui sert de parking pour les départs de randonnée. Il est desservi par un sentier plus ou moins carrossable.

Kamel fit alors passer aux enquêteurs des clichés tirés de Google Map, puis ouvrit son portable dans la foulée.

— Donc, si l'on en croit les dépositions des jeunes, ils se rendent par cette communale-là, reprit Kamel en désignant une petite route avec la souris, jusqu'à ce point ici qui constitue la limite de la partie carrossable s'achevant sur ce petit parking en terre.

— Vers 15 h 30, les jeunes sont sur place, enchaîna Éloïse, ils repèrent le Ducato blanc. Ils suivent les instructions et commencent à gratter la terre devant le pneu avant gauche du véhicule. Rapidement, ils mettent la main sur un chiffon dans lequel est enveloppée la clé du véhicule. Ils ouvrent les portes arrière pour s'assurer que la jeune femme est à l'intérieur. C'est bien le cas. Et d'après ce qu'ils nous ont dit, elle est inconsciente.

— À ce propos, *chief*, on a reçu le rapport toxicologique ? l'interrompit Thibault.

— Non, il n'est pas encore arrivé. Ni celui des prélèvements effectués sur les vêtements de la victime. Mais on devrait avoir tout ça rapidement… J'en étais où ?

— La fille était sans connaissance.

— Ah oui… Donc, la fille est bien dans le coffre, attachée et inconsciente. Demorcy prend le volant du Ducato et suit la Panamera avec Valendrey et Smith-Morrison jusqu'à Beau Moulin. Ils y arrivent vers 16 heures environ. Bref, vous connaissez la suite.

— … Comment on s'y prend à partir de maintenant ? demanda Agathe en s'étirant.

— Vu la tournure de l'affaire, entama Éloïse, je propose qu'on scinde le groupe. Il faut une équipe ici, à Toulouse. Première chose, il faut continuer à interroger les jeunes, notamment concernant ce fameux Ducato : où s'en sont-ils débarrassés ? Une fouille du véhicule s'impose, avec la scientifique évidemment. Relevés d'empreintes, prélèvements ADN… Tout doit être passé au peigne fin ! Avec un peu de chance, le livreur aura laissé des traces dans le véhicule et s'il est connu des services de police, on peut matcher sur le Fichier national des empreintes génétiques. Deuxième chose, il faut bien sûr poursuivre l'étude comparative des différents dossiers de l'enquête avec celui en cours : y a-t-il un élément récurrent ? un point commun ? *et cætera*… Pour finir, il faut investiguer sur le Ducato : c'est probablement un véhicule volé. Du coup, d'où vient-il ? Une enquête a dû être ouverte : y a-t-il des éléments autour de ce vol qui nous permettraient d'identifier le ou les voleurs ?

— Ce genre d'enquêtes parallèles est primordial, intervint Olivier. Il suffit d'un nom, un seul, pour pouvoir commencer à dérouler la pelote. Si on serre un type pour un vol de bagnole, on peut le faire cracher et remonter la filière étape par étape jusqu'à notre fournisseur d'êtres humains.

— Exactement, approuva Éloïse. Par ailleurs, il faut une équipe complète sur le lieu où a été garé le Ducato. Quel est l'environnement ? Y a-t-il des caméras à proximité ? des témoins ce jour-là qui auraient vu quelque chose ? une quelconque trace laissée par les fournisseurs sur place ?… Bref, il faut tout ratisser *in situ*.

— Une précision à ce stade, rebondit Olivier, il faut avoir en tête qu'il y avait *a minima* deux personnes pour opérer : un conducteur du Ducato et quelqu'un qui devait conduire un second véhicule pour repartir après la livraison.

— L'idéal serait donc d'identifier ce second véhicule, intervint Jean-Marc.

— Parfaitement ! Parce que c'est lui qui pourrait nous faire remonter jusqu'au fournisseur…

— Le problème, c'est comment identifier ce véhicule tandem… objecta Éloïse. Sans éléments supplémentaires, ça me paraît compliqué.

— À partir des vidéosurveillances de l'autoroute, peut-être ? proposa Agathe. On peut imaginer que le Ducato et le véhicule tandem se suivaient ?

— Je regarderai ça dès que j'aurai reçu les images, lança Kamel.

— OK… Bon, répartition ! reprit Éloïse. Pour ce qui me concerne, je ferais bien un saut à la cité des papes[1] s'il y a assez de monde ici ! Des volontaires pour le sous-groupe sur place ?

Kamel, Thibault et Agathe se proposèrent immédiatement. Olivier échangea un bref regard avec Éloïse et s'ajouta au groupe sur place. Autant répartir les responsabilités. Olivier dirigerait donc les opérations sur Toulouse.

— Très bien. Au petit jour, Jean-Marc, Jacques et moi prenons la route pour Avignon. Comme je l'ai dit tout à l'heure, il y a pas mal d'investigations à conduire là-bas autour du lieu de livraison. Des questions, des remarques ?

— Dès que je reçois les vidéosurveillances de la sortie 23, je cherche notre Ducato, précisa Kamel. Si jamais j'arrive à obtenir la tête de notre conducteur au péage, je vous la transmets immédiatement. Ça peut vous aider pour des témoins oculaires à Remoulins. Et bien sûr, j'essaie de repérer le véhicule tandem.

---

1. Avignon est aussi appelée la cité des papes en raison de la présence des papes de 1309 à 1403.

J + 7

58

Elle jeta un œil par la baie vitrée de la chambre d'hôtel qui offrait une vue imprenable sur l'ouest de Hyde Park. Il était 9 heures du matin. Elle ouvrit les pages du *Times* et entama son thé fumant. Les nouvelles, quelles qu'elles fussent, étaient mauvaises. Tout, dans le monde, semblait partir de travers. Ce constat la fit sourire. Elle s'en foutait complètement ! Réchauffement climatique, chute du cours de la Bourse, montée des extrêmes au Moyen-Orient, capitalisme sauvage en Russie… elle s'en tamponnait. Pire, elle ne comprenait pas pourquoi les gens s'intéressaient à ce genre de choses. C'était tellement terre à terre… Tellement « médiocre » ! énonça-t-elle à voix haute avec une moue de dégoût.

Elle referma le journal et acheva son thé. Sur quoi, elle se plongea dans ses notes. La conférence de l'après-midi la mettait à l'honneur avec son thème de travail favori, « la croyance comme fondement sociétal ». Elle avait mis des années à se hisser au sommet mondial des pontes de la socio-anthropologie. Érudits et spécialistes péroraient sans fin sur les civilisations disparues, les effets pervers des pertes culturelles et cultuelles face au consumérisme mondialisé, les nouvelles modélisations groupales avec la flambée des réseaux sociaux *via* le Net... Elle connaissait par cœur les discours de ses confrères, elle les avait tous lus ou entendus. Mais elle, elle avait fait mieux qu'eux tous réunis. Elle avait fondé une société, avec ses croyances, ses règles, son fonctionnement propre, son autonomie totale. Au prix du sacrifice d'une vie entière, elle était devenue la grande Virinaë, faisant passer l'entreprise de son père de l'amateurisme au modèle parfait. Aujourd'hui, elle ne faisait que théoriser le fruit d'une expérience empirique unique. Et ce n'était ni pour l'argent, ni pour la gloire. En réalité, elle avait pénétré ce cercle très fermé et particulièrement élitiste par pur mépris. Nul n'imaginait la puissante jouissance qu'elle ressentait lorsqu'elle s'entretenait de son vivier avec un confrère sans qu'il en soupçonnât rien. C'était au-delà de tout ce qu'un être humain pouvait concevoir.

Elle tutoyait les dieux et elle le faisait avec une telle aisance et depuis si longtemps qu'elle avait compris qu'elle n'était comme aucun autre ici-bas. À elle, tout était permis. Elle ne connaissait ni limite, ni loi. Elle était au-dessus de tout et de tous. Elle était le Pouvoir personnifié ! Son téléphone posé sur le chevet sonna et la fit sursauter. Elle hésita quand elle vit le nom affiché puis se décida.

— Qu'y a-t-il Francis ? jeta-t-elle, agacée, dans l'appareil.

Elle écouta les balbutiements du crétin qui lui servait d'homme à tout faire. Une histoire incompréhensible de tronçon de branche dans la petite clairière jouxtant le mur d'enceinte, côté nord… un tronçon adossé à un arbre comme pour faire un marchepied… les traces d'un passage qui semblait récent… Et soudain, elle comprit ce que ce dégénéré n'osait pas nommer ! Son sang se figea. Ses traits se durcirent. Elle laissa courir une seconde de silence. Sa voix était une lame effilée quand elle finit par parler.

— Le gamin du torrent a-t-il pu passer par là ?

— …

— Espèce d'idiot sans cervelle ! Réponds !

Francis bégaya, tenta de retrouver son aplomb et s'empêtra de nouveau. Elle fulminait ! Au fond de son ventre, une boule de colère dense, viscérale, se mit à enfler davantage à chaque trébuchement verbal de Francis. Pourtant, elle serra les mâchoires et se força à contenir sa rage. Elle était à plus de mille kilomètres de distance. Même en sautant dans le premier avion retour disponible, elle aurait besoin de Francis pour parer au plus pressé. Elle prit une longue, très longue respiration et se lança.

— Tais-toi maintenant, ordonna-t-elle, et calme-toi ! Je vais prendre le premier vol après ma conférence, d'accord ? poursuivit-elle un ton plus doux, qui se voulait rassurant.

— D'a… d'accord, répéta Francis, visiblement soulagé.

— En attendant, tu vas faire très exactement ce que je vais te dire.

— Oui, oui… Je… Oui, je vais… oui…

— Écoute-moi bien, triple idiot ! Ont-ils levé l'oriflamme ?… Parfait (elle ressentit un infime soulagement), s'ils ne l'ont pas fait, c'est qu'ils n'ont rien remarqué pour le moment… Donc, tu vas m'obéir, à la virgule près. *Primo*, tu passes voir le cheptel pour leur dire de ma part que j'ordonne le couvre-feu, qu'un jeune Boche a pénétré sur le domaine, qu'ils doivent être très attentifs et qu'ils lèvent l'oriflamme au premier signe étrange…

Malgré la boule de rage et de colère qui gonflait démesurément, elle parvint à attendre un peu pour que ce dégénéré de Francis assimile ses ordres. Puis elle reprit :

— *Secundo*, tu me ratisses tout le domaine, Francis ! Et tu me trouves ce môme ! Discrètement, bien sûr. Quand tu auras mis la main sur lui, tu l'enfermes dans un des anciens cachots du sous-sol de la prison… Attention, je le veux vivant, Francis. Je dois absolument le voir et lui parler avant de fixer son sort. Est-ce que c'est clair ?…

La boule au fond d'elle menaçait d'exploser d'un instant à l'autre. Elle serra les poings. Visage congestionné. Regard fou furieux.

— Pour finir, tu me nettoies toutes les traces du passage du gamin : tu vires ce satané tronçon de branche et tu nettoies le sous-bois.

Elle laissa filer une seconde pour contrôler sa voix qui ne demandait qu'à HUUURLER ! Enfin, les dents serrées, elle reprit :

— Considère l'enfant comme une source de pollution. Il ne doit parler à personne. Tu m'entends Francis, à PERSONNE !… Je fais au mieux pour avancer mon retour et toi, de ton côté, tu me chopes le gamin… Je VEUX… JE… J'EXIGE !!! QUE TU M'ATTRAPES CE PETIT CON ! fulmina-t-elle.

— Je… Oui, d'accord…

— Je te rappelle depuis l'aéroport !

Elle raccrocha violemment et se retint *in extremis* de balancer le téléphone contre le mur. La boule en elle était devenue tellement gigantesque qu'elle jaillit de sa bouche dans un hurlement de férocité qui déforma tout son visage. Puis elle se jeta sur son lit et se mit à taper dans les coussins avec sauvagerie. La bave à ses lèvres formait une écume blanche.

59

À 10 heures précises, la sonnerie du réveil me tire poussivement d'un sommeil lourd et les réminiscences de mes rêves flottent quelques instants à l'orée de mon esprit rétif à s'éveiller tout à fait. Il y a confusément des enfants parqués à l'arrière d'un camion, de grands sapins aux branches ployant sous la neige et un pénitencier retranché au cœur d'une montagne aux lignes verticales et hostiles. Puis les filaments d'images se désagrègent et il ne reste plus de mon voyage onirique qu'un vague goût de peur et d'oppression... Je me lève lentement, rejoins la salle de bains d'un pas hésitant et règle la luminosité pour qu'elle soit tamisée. Je me prépare tranquillement en organisant mentalement ma journée. Elle s'annonce longue et, je l'espère, fructueuse.

Je quitte l'hôtel à 10 h 45, tirant derrière moi ma valise à roulettes. Le taxi que j'ai commandé me conduit à la gare. Peu d'encombrement en plein milieu de matinée, la Ville rose semble gagnée par l'insouciante indolence des grandes vacances. Je retire ma voiture de location réservée la veille et entre l'adresse de ma première étape dans le GPS du tableau de bord. Vingt minutes de trajet jusqu'à Cornebarrieu, petite ville de la couronne toulousaine, où vit Françoise Blondel. Sa mère Germaine Joulot est enterrée là-bas…

Quand j'arrive, le soleil est déjà haut et le cimetière désert. Je m'enfonce dans les allées gravillonnées, me hasardant à chaque carrefour dans une direction ou une autre. Le manège dure une bonne quinzaine de minutes avant que je tombe enfin sur le caveau des époux Joulot. Le lieu est propre et entretenu, le caveau sobre, sans fioriture. Une inscription dans le marbre, épitaphe élogieuse pour Germaine : « À notre mère bien-aimée, femme droite et engagée, qui aura pour chacun de ses enfants incarné un modèle. Françoise, Étienne et Catherine ». Un instant flotte où je me demande ce qu'il adviendra de ma propre sépulture. Il n'y aura personne pour entretenir ma tombe ou rédiger une épitaphe, ni enfant, ni conjointe, ni ami… Je mesure subitement l'étendue de mon immense solitude… Et l'idée me vient que si je retrouve ma sœur, ma vie et par suite ma mort en seront différentes, peuplées en quelque sorte d'une âme proche pour qui j'existerai enfin. Je me recueille plusieurs minutes devant le marbre froid et murmure un merci à Germaine, ma sauveuse.

Je reprends le volant vers 12 h 15, le cœur en proie à mille remords inutiles mais impossibles à chasser. L'essentiel de ma vie m'a échappé et le peu qui reste devant moi ressemble tristement à une tentative tardive et désespérée d'éviter le grand naufrage auquel chaque parcelle de mon être a aveuglément participé jusqu'à présent. Je combats mes idées noires en entrant ma deuxième destination dans le GPS. Campan.

Une bourgade au pied des montagnes, dans les Hautes-Pyrénées. La mention qu'a faite Moïse Zilberstein d'une ancienne colonie pénitentiaire pour enfants m'a grandement aidé : moins d'une heure après avoir entrepris des recherches sur Internet hier soir depuis ma chambre d'hôtel, je découvrais dans les archives mises en ligne de l'administration pénitentiaire qu'un bagne pour enfants avait existé de 1843 à 1922 au fin fond des Pyrénées, sur le chemin du col du Portis, à quelques kilomètres d'un minuscule village appelé Ibardos. Une colonie fondée et gérée autrefois par une fondation.

Je songe à la vie de ces pauvres mômes, souvent condamnés pour quelques forfaits mineurs, et que l'État envoyait trimer dans des bagnes qui n'en portaient pas le nom, où violences et infamies finissaient de tuer en eux les résidus d'une enfance déjà meurtrie… Je me demande ce qu'est devenu ce lieu, presque un siècle après sa fermeture. Si j'en crois le témoignage de Moïse Zilberstein, la prison a au moins servi une fois de camp clandestin de transit vers l'Espagne durant la Seconde Guerre. Mais qu'en est-il aujourd'hui, grande question ! La fondation a fermé ses portes en 1922, mais aucune de mes recherches ne m'a permis de savoir ce qu'était devenue l'ancienne colonie… En revanche, grâce aux cadastres sur Internet, je détiens désormais un numéro de parcelle.

Je m'engage sur la rocade toulousaine, déterminé à démêler les nœuds de cette nouvelle inconnue et, au fond, ce n'est qu'une question de patience. Un saut au service des cadastres à la mairie de Campan devrait m'en apprendre davantage sur la destination actuelle du lieu et sur son propriétaire.

60

Le soleil arrose la clairière au travers des feuillages, dessinant un kaléidoscope de formes lumineuses sur le bois de la table. Tu picores en silence, bercée par les échanges autour de toi auxquels tu ne t'intéresses guère. L'inquiétude s'est installée. Tu ne cesses de passer en boucle la discussion que tu as eue avec Élicen cette nuit. C'est ton amie. Tu la connais par cœur. Depuis l'enfance. Et elle est en train de t'échapper... Elle te ment quand elle t'affirme qu'elle n'a aucune idée derrière la tête... Qui plus est, son comportement passe les bornes... Et là, elle a pris bien soin de s'installer à l'autre bout de la grande tablée et converse comme si de rien n'était avec Anten. Pour couronner le tout, ce dernier t'ignore. Tout ça parce que tu l'as laissé en plan au moulin il y a deux jours. Il veut te montrer qu'il est vexé. C'est le genre de choses qu'Anten s'amuse à faire depuis que vos noces sont programmées. D'habitude, il te suffit de quelques œillades malicieuses pour le ramener vers toi, mais aujourd'hui, tu n'as pas envie de te prêter à ce petit jeu. Aujourd'hui, c'est d'Élicen dont tu voudrais te rapprocher... Tu lui jettes un énième regard de biais, mais elle feint de ne pas te voir. Et tu détestes ça.

Le petit déjeuner te paraît long et pénible. Tu mâchouilles ton omelette et tu ne lui trouves aucun goût. Finalement, tu repousses ton assiette et tu te lèves discrètement. Tu ne peux pas rester plus longtemps assise. Personne ne fait attention à toi quand tu t'enfonces dans les bois. Tu as une petite heure devant toi avant de commencer le labeur de la journée. Juste le temps qu'il te faut pour ramasser quelques plantes dont tu as besoin afin de remplacer l'onguent laissé à Bruno. Tu sais où les trouver, tu connais la forêt par cœur. Toute à ta cueillette, tu songes à ce projet insensé que ce gamin fomente. Mais à bien y réfléchir, peu importe ce qui pourra lui arriver une fois qu'il aura passé le mur ! Ça n'est pas ton problème… *« Pas ton problème ?! » Tu t'entends un peu, ma vieille ?!* Honte à toi ! Tu es bien dure avec le jeune Bruno. C'est même contraire à toutes les valeurs que l'on t'a transmises jusqu'à présent au sein du cheptel…

Mais voilà, Bruno n'est pas un moyen comme les autres. Il ne fait pas partie des tiens. Malgré tout ce que peut raconter Élicen, tu commences à croire que vous avez commis une belle erreur toutes les deux en le cachant et en lui prêtant assistance. C'est le rôle des anciens de prendre ce genre de décisions. Et au fond de toi, tu es persuadée que les anciens en auraient parlé à Virinaë. Qui, sinon la Grande Prêtresse protectrice, peut savoir ce qu'il convient de faire dans ce genre de situation ? Si Élicen venait à faire une sottise – *À quoi penses-tu exactement ? Que redoutes-tu ? Qu'elle passe le mur elle aussi, hein ? c'est ça ?* –, tu ne te le pardonnerais jamais. *Elle t'a promis, Atrimen !* Oui, elle t'a promis… Mais tu n'es plus certaine que ça te suffise. Tu as des doutes. Tu l'as vue revenir de la carrière cette nuit. Que lui a dit le garçon ? Comment peut-elle lui faire confiance si facilement, alors qu'elle le connaît à peine ?!…

Le petit déjeuner est terminé lorsque tu rejoins la clairière où le groupe est encore attablé. Une alerte retentit en toi et tu t'arrêtes net. C'est le silence… Il règne un silence anormal et tendu. Les têtes sont toutes tournées vers un bout de table. Un coup d'œil vers la droite te renseigne. Mauvais signe : Francis est là. Il échange à voix basse avec Féluni, Galuni, Joduni et Akoluni. Les deux couples d'anciens paraissent extrêmement soucieux. Ils lancent de temps en temps des regards alentour comme si une lourde menace pesait sur le cheptel. Tu sens ton ventre se contracter douloureusement. Et si tout ça avait à voir avec Bruno ?! Instinctivement, tu tournes les yeux vers Élicen. Celle-ci te fixe déjà. Elle partage ta crainte.

Lorsque Francis se retire, les anciens s'adressent au cheptel. Ce qu'ils énoncent te glace de terreur. Virinaë est formelle : un Boche a pénétré dans le domaine. Autour de toi, les réactions ne tardent pas. Instinctivement, les petits se réfugient dans les bras des grands qui n'en mènent pas large. Personne ne comprend exactement ce qui se passe. Les Boches n'agissent pas comme ça d'ordinaire ! Tu voudrais réfléchir à la situation, penser à ce qu'il convient de faire – parler ou te taire ? Mais tu n'en as pas le temps. Les anciens ordonnent le repli dans les baraquements. Immédiatement. Les grands doivent s'occuper des moyens. La consigne de Virinaë est claire : pas de sortie jusqu'à nouvel ordre, Francis est seul chargé de retrouver le sale Boche qui s'est introduit dans le domaine. Le cheptel s'agite et fourmille autour de toi. Tu aperçois Anten et Niven qui rassemblent les moyens et les comptent. À quelques pas, ce sont les anciens qui regroupent les petits et se répartissent les tâches. Le stress est palpable. Il plane comme une onde malfaisante et contagieuse, qui crispe les visages et altère les voix. Deux petits pleurnichent bruyamment en agrippant les jupes de leurs mères. Octire, qui a perdu tout récemment sa mère, refuse de rejoindre le groupe des moyens et se pend au cou de Ridine, son père, en braillant. Tout le cheptel est en effervescence. Il règne autour de toi peur et agitation.

Mais toi, tu ne parviens pas à bouger. Dans ta tête, un doute terrible est en train de distiller son venin. C'est comme si tu prenais subitement conscience de la gravité de la situation. Comme si l'horreur de l'instant présent te percutait l'esprit de plein fouet ! Tu voudrais hurler tout ce que tu sais pour que le chaos cesse. Mais tu n'en fais rien parce que la culpabilité t'étrangle.

— Suis-moi !

La voix t'extirpe de ta torpeur. C'est Élicen. Tu la regardes et ses yeux ne partagent pas tes émotions. Pire, tu crois y lire une certaine résolution. Ta meilleure amie semble placide. Les affres que tu combats lui sont totalement étrangères !

— Mais enfin, Élicen ! Tu…

— Chut ! Surtout ne dis rien. J'ai un plan, je t'expliquerai tout au baraquement.

Une vague de terreur t'électrise le corps mais tu n'as guère le temps d'opposer la moindre résistance. Élicen t'attrape par le bras et t'entraîne à sa suite.

61

11 h 15. Le soleil au centre du ciel plaquait ses lèvres de feu sur les joues de la terre dans un baiser torride. Éloïse essuya quelques perles de sueur sur son front et leva les yeux vers les branchages embrasés d'une lumière éclatante qui jouait à rebondir dans un bosquet de pins providentiels au cœur de la garrigue. Un calme parfait, zébré du chant des cigales, ronronnait partout dans le maquis.

— Le Ducato a été garé ici, énonça Jacques en désignant un espace dans le renfoncement qui faisait le parking. Huit jours ont passé depuis, peu probable qu'on trouve quoi que ce soit.

— C'est sûr, admit Jean-Marc.

— Oui messieurs, mais tant qu'à être ici, on jette quand même un œil rapidement. Ensuite, on s'attaque au reste.

Jean-Marc, Jacques et Éloïse ratissèrent le lieu de livraison et ses alentours. Sol terreux et caillouteux, fréquenté par les marcheurs du coin. Si indice il y avait eu, tout avait été piétiné ou effacé par quelques épisodes pluvieux… Les gendarmes se rejoignirent une dizaine de minutes plus tard.

— Bon, entama Éloïse en ouvrant une carte sur le capot de la voiture. Voilà le topo. On se trouve ici, au bout de ce sentier à peu près carrossable, à une vingtaine de kilomètres d'Avignon et à un kilomètre de Remoulins. La sortie 23 « Remoulins » de l'autoroute A9 est à six petits kilomètres d'ici.

— Il y a donc de fortes chances que nos pourvoyeurs aient choisi ce lieu de livraison parce qu'il était à l'abri des regards et à proximité de l'A9, supposa Jean-Marc. Ils sortent à Remoulins pour atterrir ici.

— Les vidéosurveillances devraient nous le confirmer, admit Éloïse. En attendant, on va se taper une visite ciblée de Remoulins. Y a-t-il des caméras placées là-bas ? Parce que nos gus ont pu y faire un arrêt… pour acheter quelque chose, boire un coup, retirer de l'argent… Bref, il faut essayer de trouver une trace de leur passage dans ce bled.

— On est sur un sentier de petite randonnée. Des marcheurs ont pu voir quelque chose le jour de la livraison, non ? En dehors des touristes, il y a les randonneurs ou joggeurs locaux, les habitués du coin, les riverains… Un club de marcheurs du troisième âge ?…

La sonnerie du téléphone d'Éloïse retentit et coupa Jacques dans son élan. La gendarme s'éloigna. Elle faisait les cent pas en opinant du chef quand, soudain, elle s'arrêta net, releva la tête vers ses collègues et dressa vers eux un pouce triomphant.

— Oh, oh ! On tient quelque chose, commenta Jean-Marc.

La gendarme se rapprocha à pas vifs.

— OK, Kamel, super ! Tu nous envoies tout ça par mail. À plus ! (Elle raccrocha.) On a le visage du conducteur !

— Sérieux ?

— Le Ducato est bien sorti au péage de Remoulins mardi 14 juillet dernier. Kamel a visionné les bandes en plan large des véhicules arrivant au péage. La livraison ayant eu lieu à 15 h 06, il a commencé le visionnage à ce moment-là et est remonté à l'envers dans le temps. En faisant défiler les bandes en léger accéléré, il a fini par repérer le Ducato en approche du péage à 13 h 11. De là, il a regardé les images des différentes caméras en plan étroit situées à chaque voie de sortie à cette heure-là. Et bingo ! il a retrouvé le conducteur du Ducato s'acquittant du péage à 13 h 12. En zoomant et en travaillant la définition de l'image, il a pu obtenir un portrait assez net du conducteur !

— Génial ! Et le paiement au péage ?

— En espèces, grimaça Éloïse.

— Mmm, fallait s'en douter… ça aurait été trop beau, commenta Jacques.

— Forcément… Ah, d'ailleurs, en parlant de ce qui aurait été trop beau, les plaques du Ducato sont fausses, ajouta Éloïse, neuf chances sur dix qu'il s'agisse d'un véhicule volé. Agathe et Thib poussent les recherches.

Les gendarmes échangèrent un regard entendu. Rien d'étonnant à cela…

— En revanche, reprit Éloïse, sourcils froncés, il y a un truc que j'ai du mal à piger dans ce timing… Si le conducteur du Ducato a quitté l'A9 à 13 h 12, qu'est-ce qu'il a bien pu foutre jusqu'à la livraison de 15 heures ?

— Une pause-déjeuner ? proposa Jean-Marc.

— T'es sérieux ?! Tu imagines ce mec aller se taper la cloche alors qu'il transporte une prisonnière dans le coffre ?

— Ben, quoi d'autre, sinon ? Le conducteur est en avance sur l'heure annoncée... Il est 13 heures passées...

Éloïse afficha une moue sceptique mais, faute de meilleure proposition, elle déverrouilla la voiture et lança :

— Bon, autant en avoir le cœur net. On va écumer les restaurants du coin ! Autre chose importante : Kamel a sollicité la préfecture du Gard, ajouta-t-elle en démarrant. Il a la liste complète des établissements autorisés à utiliser un dispositif de vidéosurveillance à Remoulins.

— Voilà qui est intéressant !

— Tu l'as dit ! Il est en train de demander aux établissements de lui envoyer les bandes. L'idée, c'est d'essayer de voir si le conducteur est entré dans l'un d'eux et y a effectué un paiement en carte bleue. Ça, ça serait le pompon ! conclut Éloïse avec enthousiasme.

Deux minutes plus tard, la Megane des gendarmes entrait dans Remoulins. Le village de deux mille trois cents âmes, écrasé par le soleil, recherchait la fraîcheur en bordure du Gard. Avec la saison estivale, de nombreux touristes prenaient d'assaut la bourgade de pierres grèges et déambulaient dans les ruelles, cornet de glace à la main. Jean-Marc désigna une placette ombragée au cœur de la cité et Éloïse se gara. En sortant du véhicule climatisé, les gendarmes reçurent une gifle cuisante de chaleur.

— Il est 11 h 25, entama Éloïse. Je vous propose de faire le point à 13 heures ici même sauf si l'un de nous trouve quelque chose, auquel cas il appelle les autres et on avise à ce moment-là.

Jean-Marc et Jacques approuvèrent silencieusement.

— Bon, vous avez reçu comme moi le mail de Kamel. Dedans, trois pièces jointes : un plan de Remoulins, une photo d'un Ducato type et la photo de notre conducteur de l'A9.

— OK, ben y a plus qu'à ! On se répartit comment ? questionna Jacques.

— Vu que tu parlais de randonneurs ou de marcheurs du coin, ce serait bien que tu fasses un saut à la mairie pour voir s'il existe des associations ou des clubs à Remoulins ou alentour. La question est simple : est-ce que par hasard un groupe a effectué le circuit de marche qui nous intéresse mardi 14 juillet dernier, et, si oui, quelqu'un a-t-il vu le type ou le Ducato en photo ?

— OK. Quoi d'autre ?

— Je te laisse les clés de la Megane. En rejoignant Remoulins depuis le lieu de livraison, on a longé la départementale sur un petit kilomètre. Il y a des habitations le long de cette route. Porte-à-porte, photo à l'appui : quelqu'un a-t-il vu quelque chose mardi 14 juillet ? Sachant que ce qui nous intéresse vraiment, c'est le fameux véhicule tandem du Ducato. Une marque, une couleur ou, mieux, la description du conducteur de ce second véhicule…

— C'est parti ! lança le gendarme en s'éloignant vers la mairie, les yeux rivés sur son portable.

— Bon, Jean-Marc, on coupe le bled en deux et on se tape du porte-à-porte, ça te va ?

— Ouais… À mon avis, on peut mettre l'accent sur les brasseries, restaurants et snacks… Si notre gus avait deux heures à tuer avant la livraison, il a dû en profiter pour grailler…

— Ne néglige pas le reste, non plus !

— À vos ordres, mon capitaine !

62

Anten et Niven occupent les moyens avec un jeu de billes tandis qu'Élicen et toi veillez sur les petits. Tu as posé un grand tapis au sol sur lequel Onima, Giroma, Pulma et Filima jouent. Trop jeunes pour comprendre le danger qui les guette, les nourrissons babillent en mordillant leurs jouets de bois. Malgré le calme apparent, les grands sont sur leurs gardes, attentifs aux moindres bruits et mouvements extérieurs. Quant aux moyens, même s'ils se focalisent sur le jeu de billes, ils sont eux aussi nerveux. À leur âge, ils ont déjà tous assisté à des rafles et connaissent la férocité des Boches.

— Je vais aller prévenir Bruno, te souffle soudain Élicen.

Tu te tournes brusquement et tu t'apprêtes à protester quand elle porte un doigt sur tes lèvres pour t'inviter au silence. Tu la fusilles des yeux.

— C'est bien trop dangereux, murmures-tu en lançant un regard derrière toi pour vérifier que personne ne fait attention à vous. Tu as entendu ce qu'a dit Francis ?!

— Oui. Mais tout ça, c'est… c'est n'importe quoi !

— Comment ça, n'importe quoi ?

— Toi et moi savons pertinemment que Bruno n'est pas dangereux.

Tu l'étranglerais de tes mains ! Bon sang, comment Élicen peut-elle énoncer des sottises pareilles.

— Mais enfin, Élicen, c'est un Boche !

— Bruno n'est pas plus un Boche que toi et moi ! te lance-t-elle en levant les yeux au ciel.

— Mais qu'est-ce que tu racontes ? Qu'est-ce que tu en sais, d'abord ?

— Je le sais, c'est tout !… Et toi aussi, d'ailleurs, ajoute-t-elle, courroucée. C'est juste que… Non, laisse tomber.

— Quoi ? Va au bout ! t'énerves-tu.

— Chuuut…

— C'est juste que quoi ?

— C'est juste que tu as la trouille, voilà, te susurre-t-elle à l'oreille avec un air de défi. En fait, t'es qu'une pétocharde.

Ton sang ne fait qu'un tour. Si tu t'écoutais, tu la giflerais sur-le-champ.

— Une pétocharde ?! t'étrangles-tu. Dois-je t'épeler la longue liste de nos disparus ? Bon sang, Élicen, tu as vraiment perdu la tête ou quoi ! Tu sais très bien que notre survie ne tient qu'à notre connaissance de l'ennemi ! Que les Boches sont sans pitié. Qu'ils sont capables des pires ruses et des pires barbaries pour nous anéantir.

— Évidemment que je sais tout ça, Atrimen, admet-elle sans sourciller.

Tu lui lances un regard médusé.

— Alors pourquoi me traites-tu de pétocharde ?

— Parce que Bruno, et tu le sais, n'a rien à voir dans tout ça. En réalité, tu es une pétocharde Atrimen, parce que tu as peur de désobéir, de prendre une décision, *ta* décision.

Les propos d'Élicen te font l'effet d'une claque. Jamais tu n'aurais imaginé que ta meilleure amie puisse te parler comme ça. Jamais tu n'aurais cru qu'elle puisse te faire la leçon. La survie du cheptel est ta seule préoccupation. Et tu sais – comme Élicen devrait le savoir – que l'obéissance à Virinaë prime sur toute autre considération. La Grande Prêtresse a envoyé Francis porter un message de mise en garde pour protéger le cheptel. Personne – pas même Élicen – ne saurait contrevenir à ses ordres… Alors pourquoi donc l'écoutes-tu ? Et, surtout, pourquoi ses propos te font-ils si mal ?

— Atrimen, tu es ma meilleure amie. La seule en qui je puisse avoir une confiance absolue… Même si tu es une pétocharde, te taquine-t-elle.

— Arrête avec ça ! Je pense juste à la survie du cheptel. Et tu devrais agir de même, Élicen !

— Mais je le fais, te répond-elle avec fermeté. Simplement, là, je sais que le cheptel n'est pas en danger. J'en suis sûre et certaine. Mon cœur me le hurle, Atrimen ! J'y ai bien réfléchi, tu sais. Bruno n'est qu'un garçon comme toi et moi. Il n'a rien d'un Boche.

Ton amie a l'air tellement sûre d'elle ! Pourtant…

— Je te rappelle que Virinaë elle-même a lancé l'alerte.

Un long silence suit ta déclaration durant lequel Élicen te fixe avec intensité. C'est exactement le même regard que celui qu'elle t'a décoché cette nuit et tu ressens au fond de toi une sorte d'ébranlement.

— Et si Virinaë se trompait, te chuchote-t-elle finalement.

Tu ne peux pas croire ce que tu entends. Tu… tu… tu ne le peux pas !

— Imagine juste un instant qu'il y ait des choses que nous ignorions, hein ? Après tout, t'es-tu seulement demandé d'où venait Bruno ? Jusqu'à présent, nous avons toujours cru que nous étions les derniers survivants de la guerre que les Boches mènent contre l'humanité, mais il y a peut-être plein d'autres cheptels ! Beaucoup d'autres communautés qui luttent pour leur survie ? Juste derrière le mur ! Tu te rends compte ? On pourrait peut-être s'unir et combattre les…

— Tais-toi Élicen ! Tu dis n'importe quoi ! Tes élucubrations ne mènent nulle part ! Virinaë sait toute chose. C'est grâce à elle, à sa puissance et à ses pouvoirs que nous sommes encore en vie. S'il y avait le moindre cheptel par-delà le mur, Virinaë le saurait. Alors arrête de dérailler, ma vieille !

— OK. Et Bruno, alors, tu en fais quoi ?

Tu demeures silencieuse. Tu ne sais pas quoi répondre.

— Tu vois, Atrimen-la-pétocharde, la plus grande des peurs est peut-être celle de remettre en cause nos croyances.

C'en est trop pour toi ! Tu te lèves d'un bond et te réfugies à la fenêtre. Les arbres forment un rideau émeraude que le soleil peine à pénétrer. Des Boches sont-ils cachés, prêts à bondir ? Bruno, malgré ses grands airs innocents, ne constitue-t-il pas une réelle menace ?... Tu sens bientôt une présence tout près de toi, dans ton dos.

— Je veux savoir, Atrimen, te lance Élicen à l'oreille. Il faut savoir.

Tu tressailles. Les paroles de ton amie, les ordres de Virinaë, la protection du cheptel... Toutes ces choses font un tourbillon dans ton cerveau. Tu ne sais plus quoi penser.

— Que comptes-tu faire ?

— Tu ne dis plus « nous » ?

La voix d'Élicen est une lame. Tu es au supplice. Tu laisses filer une ou deux secondes. Elle a raison, tu as la trouille. La trouille de prendre la plus mauvaise décision qui soit. De désobéir et que les conséquences soient désastreuses. Tu ne peux pas assumer une telle responsabilité.

— Non, je ne dis plus « nous ».

— Soit... Alors je te demande juste de ne pas me trahir.

Tu voudrais te retourner. Prendre Élicen dans tes bras. La retrouver comme avant l'arrivée de ce fichu Bruno ! Mais tu n'en fais rien. La peur t'en empêche.

— Je vais passer par la fenêtre des toilettes du baraquement et alerter Bruno. Il va se cacher le temps qu'il lui faudra pour guérir. Et bientôt, il pourra passer le mur.

Tu frémis malgré toi. Les yeux rivés sur l'écorce de l'arbre où vous aviez gravé le symbole de votre amitié lors de votre pacte de sang.

— Et toi ?... Tu vas le suivre, hein, c'est ça ?

Élicen dépose un baiser sur ta nuque avant de s'écarter.

— Oui. Il est arrivé ici en vie. Il est donc possible de passer le mur et de ne pas mourir.

63

Encore une fois, elle avait raison. Il ne s'était pas méfié et le couperet venait de tomber. Pourquoi était-il si décevant ? Si inapte à répondre aux exigences de celle qu'il aimait ? La fureur qu'elle avait laissée éclater au téléphone lui laissait un goût amer qui lui tapissait la langue. Tout ça, ce désastre, c'était à cause de lui ! Il n'avait pas osé la contrarier et lui avait affirmé péremptoirement que le mur était infranchissable. Rien n'est jamais infranchissable !… En même temps, comment aurait-il pu imaginer sérieusement que le gamin recherché se trouvait à l'intérieur du domaine ?!

Ce matin, en opérant son tour de garde hebdomadaire, il avait eu du mal à en croire ses yeux. Quelqu'un était passé sur la berge longeant le domaine qui surplombait le torrent de plus de quatre mètres. Quelqu'un qui avait positionné un tronçon de branche coupée – le tronçon qu'il avait lui-même laissé là – contre un tronc pour se hisser sur la branche qui courait vers le mur. Mais pourquoi diable ce gosse avait-il fait ça ?! Et bon sang de bonsoir, comment s'était-il extirpé de l'eau à cet endroit-là ?! Francis avait quitté la petite clairière et rejoint l'aplomb abrupt qui dominait le torrent. Rien à faire, vu le courant en contrebas, il ne voyait pas par quel miracle le gamin avait réussi à agripper la paroi…

Pourtant, il l'avait fait. C'était indubitable. Francis en avait la preuve sous les yeux. Une effroyable terreur l'avait alors ébranlé. Jamais elle ne lui pardonnerait ça ! Jamais ! Il avait imaginé ses grands yeux verts le foudroyant. S'il arrivait quoi que ce fût au cheptel par sa faute, elle l'étranglerait de ses mains… Francis avait bien tenté de suivre le chemin emprunté par le môme une fois qu'il était passé par-dessus le mur d'enceinte mais il avait perdu sa trace après la « cabane au bois », comme il l'appelait, une vieille cahute où il entreposait des outils et où il coupait du bois. Nul doute, le petit était passé par là. Les réserves de la cantinière étaient à moitié vides et le gamin avait dû dormir sur place vu le désordre qui régnait… La mort dans l'âme, il avait alors dû se résigner à lui téléphoner. Lorsqu'elle avait décroché, sa voix était encore douce. Bien sûr, le ton n'était pas enthousiaste… mais ça, Francis en avait l'habitude. Elle détestait être dérangée, surtout lorsqu'elle participait à un congrès. Il avait tenté d'expliquer la situation le plus clairement possible, mais son stress était tellement intense qu'il avait balbutié. Pourtant, il le savait : elle ne supportait pas ça ! Lorsqu'elle avait compris de quoi il retournait, Francis avait senti la fureur fuser de chacun de ses mots.

Il savait ce qui lui restait à faire désormais. Il devait absolument retrouver le môme et mettre un terme définitif au risque qu'elle appelait la « pollution » du cheptel. S'il échouait dans cette entreprise… Non, il préférait ne pas même y penser.

Il avait fait l'annonce aux anciens en début de matinée, comme elle le lui avait demandé : un Boche était dans le domaine. Évidemment, la trouille d'une nouvelle rafle avait électrisé chaque âme et le confinement s'était imposé à tous. Ainsi Francis disposait du temps requis pour mettre la main sur le gamin. Et il allait y parvenir ! Elle serait fière de lui. Elle l'aimerait de nouveau. Elle lui caresserait les cheveux en lui susurrant qu'il était le seul à pouvoir la rendre heureuse, qu'elle ne serait pas elle sans lui, qu'il lui était indispensable… malgré toute sa stupidité. Parce que c'était vrai. Lui, Francis, était presque aussi stupide que Clarisse-la-pépiote. Il n'avait même pas réussi à apprendre à lire et à écrire correctement. Et pour tous, il n'avait jamais été qu'un couillon.

Déjà à l'école, il faisait la risée de tous. Francis-QI-d'huître ! Francis-le-débile ! Même ses professeurs l'humiliaient ! À la ferme, c'était la même chose. Ses frères lui faisaient les pires vacheries, son beau-père lui cognait dessus dès qu'il était éméché et sa mère… sa mère, c'était tout juste si elle le voyait. Libéré de l'obligation de scolarité à 16 ans, Francis avait rejoint la ferme familiale dans la campagne toulousaine. Hélas, il l'avait vite compris, il venait de quitter l'enfer de l'école pour un autre. Les coups bas, les sarcasmes et les brutalités avaient redoublé dès qu'il s'était installé à temps plein au milieu des siens… L'été avait passé douloureusement. Trois mois d'un calvaire permanent. Jusqu'à ce fameux soir de mi-septembre où, après une dérouillée particulièrement cuisante, Francis s'était enfui. Sur la route, alors que le jour décroissait aussi vite que grandissait son angoisse du lendemain, il était tombé nez à nez avec le voisin, Auguste Vièle, riche exploitant agricole, bourru mais honnête. En voyant « l'idiot du coin » particulièrement amoché, Vièle l'avait pris en pitié, accueilli quelques jours chez lui avant de lui trouver une place à la faculté de médecine où une de ses filles travaillait comme responsable des ressources humaines. Francis avait alors commencé son premier travail, agent d'entretien. Et c'est là que sa vie avait basculé…

La faculté rouvrait ses portes. C'était le mois d'octobre. Pour la deuxième année consécutive, Francis allait balayer les feuilles, ramasser les déchets, vider les poubelles et ravaler sa fierté. Et « la bande à Alphonse » – Al pour les intimes – s'en prendrait à lui. Comme l'année précédente… Alphonse, une tête de jeune premier, des allures de dandy frimeur, une langue acerbe et bien pendue. Le leader d'un petit groupe de troisième année qui adorait se payer sa tête… C'était le premier jour de cours de cette nouvelle rentrée. Francis avait vu arriver devant les amphithéâtres, des essaims bourdonnants d'étudiants. Jeunes de bonne famille, beaux, intelligents, promis à un bel avenir. En fin de matinée, on l'avait envoyé nettoyer les W-C. Armé de son chariot, Francis remontait un des longs couloirs de l'université quand il l'avait vue, avançant à contresens. Le temps s'était arrêté et, dans l'instant, il l'avait aimée. Oui, au premier regard, Francis était tombé éperdument amoureux. L'éclat de ses yeux verts, sa chevelure brune et soyeuse, sa démarche princière et – ce qu'il avait compris bien plus tard, point commun avec elle – l'immense solitude qui lui faisait cortège… Les semaines avaient passé et permis à Francis de cerner l'emploi du temps de l'étudiante dont il ne savait rien mais qui peuplait secrètement chacun de ses songes. Sa vie, toute l'énergie de son existence étaient entièrement tournées vers cette jeune femme. Il l'observait à la dérobée, s'arrangeait pour la croiser à la sortie des amphis, se nourrissait de chaque image mémorisée d'elle, sa nuque gracile, sa peau de lait, son regard impénétrable… Cette passion secrète avait duré jusqu'au jour où Al et sa bande avaient précipité l'histoire. C'était une fin de journée tourmentée de décembre, la veille des vacances de Noël. La fac dépeuplée formait un lieu fantomatique, un étrange silence assourdissait les couloirs ternes. Francis, houspillé par Mme Lebrun, l'intendante, s'était résolu à abandonner son poste d'observation derrière les carreaux de la salle d'étude où travaillait encore son étudiante. Il passait hâtivement la serpillière dans le hall d'accueil quand Al et sa bande étaient apparus. Le leader, bien décidé à épater la galerie, avait balancé quelques noms d'oiseaux à Francis. Écrasé sur le sol tout propre un mégot. Puis craché. Et pour finir, comme Francis ne réagissait pas, uriné devant ses pieds. La succession de provocations avait déclenché l'hilarité de ses inséparables acolytes. Al était en grande forme ce jour-là… L'humiliation touchait à sa fin quand elle était apparue, remontant d'un pas pressé le vaste hall pour regagner l'extérieur. Belle comme un cœur et solitaire comme le diamant. Lorsqu'elle était passée devant eux, Al l'avait remarquée – n'était-elle pas remarquable ? – et n'avait pu s'empêcher de l'aborder. Mais l'étudiante avait repoussé les assiduités du jeune homme avec agacement. Bafoué dans son orgueil, Al n'en était pas resté là. Il lui avait tourné autour. L'avait provoquée. Et avait fini par lui mettre une main aux fesses. Ni une, ni deux, elle l'avait giflé ! Al, rabaissé devant sa bande, avait riposté immédiatement en la bousculant, et ce que Francis avait senti pousser au fond de son ventre en assistant à la scène – une sorte de vague de hargne pure – avait pris subitement le contrôle en lui. Sans réfléchir, il avait chopé Al par la tignasse, l'avait décollé du sol et lui avait mis un coup de tête, sous l'œil ahuri de ses fervents admirateurs. Quand Al, le nez en sang et l'arcade éclatée, s'était relevé – Francis avait vu dans les yeux de son adversaire toute la peur qu'il pouvait inspirer –, il avait détalé comme une mauviette, ses supporters sur les talons. L'étudiante s'était alors tournée vers lui, lui Francis-QI-d'huître, lui avait décoché un sourire qu'il n'oublierait jamais de toute sa vie et avait déposé un baiser sur sa joue. À cet instant précis, Francis avait touché le paradis. Et il avait eu un déclic. Il était peut-être un gros abruti, mais il pouvait se battre ! Il pouvait la défendre, elle ! À partir de là, elle et lui étaient devenus aussi unis que les doigts d'une même main. Elle l'acceptait tel qu'il était et Francis avait décidé de la suivre et de lui obéir indéfectiblement. Rien ne devrait jamais les séparer. Elle, si belle et si intelligente. Si redoutablement séduisante ! Lui, son fidèle serviteur et protecteur ! Son esclave…

Francis s'extirpa de ses souvenirs et reprit pied dans la réalité. Il devait absolument mettre la main sur ce fichu gamin ! Il devait réparer son erreur coûte que coûte ! Et il était un excellent chasseur. Il commença à arpenter les sentiers principaux silencieusement, guettant le moindre bruit de ce domaine qu'il connaissait sous toutes ses coutures. Depuis la cabane au bois, il suivit le sentier jusqu'au cénotaphe. De là, plusieurs directions possibles. Francis s'adossa à un arbre et scruta alentour. Lentement. Peut-être que le petit avait laissé malgré lui la marque de son passage ? Un indice, un seul, suffirait à indiquer une direction à suivre. Il en était là de ses pensées quand il entendit des bruits de pas qui montaient à vive allure sur le sentier reliant le village. D'un bond vif et silencieux, Francis se plaça derrière l'arbre et arma son fusil. Dès que le gosse ferait son apparition, il pourrait l'arrêter. Sous la menace du fusil, le gamin ne chercherait pas à fuir. Il serait terrorisé et obéirait au doigt et à l'œil.

Mais ce ne fut pas le gamin qui apparut, non... c'était une des filles du cheptel. Contrairement à elle, il ne connaissait pas parfaitement les prénoms de chaque tête. Pour lui, le cheptel, c'était un troupeau de moutons encore plus bêtes que lui qui croyaient que les Boches enlevaient régulièrement l'un d'entre eux. S'ils savaient ! Francis n'aimait pas trop cette part du travail. Les rafles. Mais c'était absolument nécessaire pour la satisfaire. Il ne savait pas exactement pourquoi mais elle les haïssait. D'une haine sans limite. Il y avait un rapport avec son père, feu Serge Poey. Francis ne l'avait jamais connu. Jusqu'au moment de la mort de son père, elle n'avait jamais amené quiconque au domaine. Quand M. Poey était mort, lui, Francis, avait été autorisé à y pénétrer. Elle lui avait fait jurer le secret. Cela faisait vingt-cinq ans et il ne l'avait jamais trahie. Pourquoi l'aurait-il fait d'ailleurs ?!

Francis plissa les yeux. Qu'est-ce qu'une petite dégénérée du cheptel pouvait bien faire dans les bois malgré le couvre-feu ? Et pourquoi la gamine courait-elle avec tant d'ardeur en jetant des regards autour d'elle pour s'assurer qu'elle n'était pas suivie ?... Francis n'avait pas prévu ça. Ce n'était pas dans ses plans. Il ne savait plus quoi faire ! Au regard de l'inattendu de la situation, Francis se concentra très fort et tenta de réfléchir. Pourquoi la fille courait-elle ?... Ou alors, vers quoi courait-elle ? Il n'était pas sûr de faire le bon choix, mais il se cacha derrière l'arbre et laissa passer la petite à quelques mètres de lui. Autant la suivre...

64

Éloïse arriva à la brasserie du pont au moment même où Jacques garait la Megane sur une place libre du parking. Depuis midi, le soleil giflait les corps et c'est en nage qu'elle rejoignit son collègue.

— Jean-Marc t'a dit de quoi il retournait ? lui demanda-t-elle.

— J'ai juste reçu un texto me disant de le rejoindre au plus vite ici.

Le capitaine secoua la tête, agacée. Ça, c'était du Jean-Marc tout craché ! Ils rejoignirent l'entrée de l'établissement qui offrait une belle et vaste terrasse ombragée surplombant le Gard, à côté d'un pont à moitié effondré. Ne restait de l'édifice que la partie terrestre avec deux hautes colonnes de pierres qui semblaient montrer du doigt le ciel. Le pont, coupé net dans son élan, n'enjambait pas la rivière… Ils franchirent la porte d'entrée et Jean-Marc qui les guettait leur fit signe depuis la terrasse.

— Ah, on va enfin pouvoir passer commande ! lança-t-il pour les accueillir.

— En même temps, ça n'est pas comme si tu nous avais attendus ! le charria le Nîmois en désignant le bol de cacahuètes vide à côté de l'Orangina.

— C'est pire que tout, ça m'a mis en appétit, figure-toi !

— Bon, c'est quoi ce ralliement intempestif ?! s'agaça Éloïse.

Jean-Marc se pencha en avant et d'une voix volontairement malicieuse, chuchota :

— Tu es assise exactement à la même table que celle qu'ont occupée nos fournisseurs la semaine dernière.

— Sérieux ?

— On ne peut plus sérieux.

— *Nos* fournisseurs ?! Mais vas-y, explique !

— D'abord on passe commande, rétorqua Jean-Marc en faisant signe à un serveur.

Un jeune homme, légèrement rondouillard, s'approcha timidement. Apparemment, la vue des uniformes accentuait une gêne naturelle.

— Euh… J'appelle… Vous… est-ce que j'appelle Delphine ?

— On commande et après vous nous l'envoyez ?

— Oh pardon… je croyais… oui… oui, bien sûr.

Les gendarmes firent leur choix et le jeune déguerpit lourdement sans demander son reste. Une minute plus tard, une jeune Africaine, splendide, le regard rieur, se planta devant leur table.

— Delphine, je vous présente le capitaine Éloïse Bouquet et le major Jacques Bois. Pourriez-vous redire à ces messieurs-dames ce que vous m'avez raconté tout à l'heure ?

— Avec grand plaisir, répondit la jeune serveuse, se prêtant au jeu cérémonieux de Jean-Marc. Je suis sûre et certaine d'avoir servi mardi dernier le monsieur dont vous m'avez montré la photo.

— Vous êtes formelle, pourtant vous voyez passer du monde ici, lança Éloïse avec un geste sur la terrasse prise d'assaut.

La serveuse et Jean-Marc eurent un regard amusé et complice.

— Ah, je vous avais prévenue ! se moqua Jean-Marc.

— Prévenue de quoi ?

— Que vous étiez une dure à cuire, pouffa la jeune fille.

— Ah non, je n'ai jamais dit ça !

— Si, c'est exactement ce que vous avez dit ! (Puis elle se tourna vers Éloïse.) Je suis formelle pour plusieurs raisons. D'abord parce que c'était le dernier jour du pont du 14 juillet. Il y avait un monde fou, j'étais de service et je peux vous dire que je n'ai pas posé pied à terre pendant tout le pont. J'ai eu deux jours de repos derrière. Ensuite, parce que la dame qui était avec le monsieur...

— La dame ?! la coupa nerveusement Éloïse.

— Oui, l'homme de la photo a mangé avec une dame.

La gendarme opina du chef et la serveuse reprit :

— Cette femme était très impressionnante. Distinguée, mince, très belle, avec des yeux d'un vert... honnêtement, je n'avais jamais vu un vert pareil ! Elle portait des vêtements simples mais chic. Et surtout un large chapeau beige qui tranchait avec le noir de ses cheveux. J'ai de suite pensé à quelqu'un de la haute.

Elle avait vraiment de l'allure et un port de tête hyper-classe.

— Je vois. Et il y a une autre raison ?

— Elle a réglé en espèces avec un billet de 100 euros. Et je peux vous dire qu'on n'en voit pas souvent ! Le patron, m'sieur Guichard, il l'a passé à la machine à faux billets. Mais moi, j'étais sûre et certaine que c'était un vrai, et j'avais raison ! Quand je suis sortie pour rapporter la monnaie, elle était déjà en train de se lever. Je lui ai tendu l'argent et elle a dit mot pour mot : « Pour le personnel. » Il y avait 40 euros de pourboire !

Éloïse échangea un regard songeur avec ses collègues. Dans sa tête, questions et déductions se bousculaient. Elle tira une chaise et fit signe à la serveuse de s'asseoir.

— M'sieur Guichard, il va…

— J'irai le voir en partant, ne vous inquiétez pas… la rassura-t-elle. Delphine, j'ai pas mal de questions. Je veux que vous sachiez qu'on est sur une affaire très très grave et que le moindre détail peut avoir son importance.

— Oui… d'accord, répondit la jeune fille, impressionnée.

— L'homme et cette femme, d'après vous, ils étaient en couple ?

— Je peux me tromper mais je pense que non. J'ai plutôt pensé à un domestique. Lui, à l'inverse d'elle, il faisait un peu… nase. Mal coiffé, avec des vêtements tout pourris… on aurait dit la Belle et la Bête, vous voyez ce que je veux dire ?

— OK. Et avez-vous entendu le moindre échange entre eux qui...

— Je vous arrête. Je suis désolée, mais ils ne disaient pas un mot. Ni l'un ni l'autre. En tout cas, quand j'étais là.

— Quand ils sont partis, vous avez repéré leur véhicule ?

— Alors ça oui ! La femme venait de me laisser 40 euros de pourboire, j'étais encore là en train d'empiler les assiettes, et je la vois monter dans une espèce de petit utilitaire blanc insignifiant... Franchement, je me serais attendue à une grosse berline ou à un joli cabriolet...

La serveuse approuva d'un mouvement de tête quand Éloïse lui présenta la photo du Ducato sur son téléphone portable. Donc la femme était montée dans le Ducato... Les gendarmes affichaient une mine dépitée. Ils auraient préféré de loin ouvrir une piste sur le véhicule tandem qui avait permis au duo de repartir après la livraison.

— Et ils y sont montés tous les deux ? La femme et l'homme ? relança Jacques.

— Oui, elle est montée côté passager.

— Avez-vous une idée de l'heure à laquelle ils sont arrivés puis repartis ? demanda la gendarme.

— Pour leur départ, il devait être 14 h 45 environ parce que j'ai fini mon service un quart d'heure après. Pour l'arrivée... sachant qu'ils ont pris un menu dégustation tous les deux, je dirais une heure avant minimum.

— Mais vous avez une mémoire d'éléphant, ma parole !

— En fait, c'est simple, ça a fait 60 euros tout rond, le prix de deux menus dégustation, vin, café, compris. D'où mes 40 euros de pourboire ! Et pour un menu dégustation, il faut compter entre une heure et une heure et quart, le temps que la cuisine envoie les plats sans trop presser le client.

— Effectivement, admit Jacques, c'est bien raisonné…

— Bien, Delphine, merci, conclut Éloïse. Nous aurons peut-être besoin de vous joindre ultérieurement. Pour une identification, par exemple. Il faudrait nous laisser…

— J'ai déjà pris les coordonnées, la coupa Jean-Marc en sortant un papier de sa poche.

— Parfait. Je vous laisse ma carte, Delphine. Si jamais il y a quoi que ce soit qui vous revient, vous n'hésitez pas, vous m'appelez, d'accord ?

La serveuse fit oui de la tête, prit la carte et se leva au moment même où le jeune serveur empêtré arrivait avec les commandes.

***

Jean-Marc reposa ses couverts, repu. En plus de son osso bucco, il venait de terminer les tagliatelles aux seiches d'Éloïse. Il expira un soupir d'aise sous l'œil atterré d'Éloïse.

— C'est bon, on peut débriefer maintenant ? se moqua la gendarme en allumant une cigarette.

— OK pour moi.

— *Idem*, approuva Jacques en repoussant son assiette.

— Bien ! Donc, commençons par reconstituer la trame temporelle. Notre chauffeur du Ducato quitte l'A9 à 13 h 12. Il est seul dans le véhicule. On le retrouve avec une femme au chapeau ici même un quart d'heure à une demi-heure plus tard.

Les gendarmes approuvèrent d'un hochement de tête.

— Question, que s'est-il passé dans cet intervalle ?

— On sait qu'ils sont venus manger ici avec le Ducato, entama Jean-Marc, vu qu'ils sont repartis ensemble si l'on en croit Delphine. Ça veut donc dire que notre chauffeur a rejoint la femme au chapeau ailleurs avant de venir ici.

— OK.

— Donc, à mon avis, le chauffeur a retrouvé la femme au chapeau sur le lieu de livraison.

— Attends, je ne te suis pas, là ! Pourquoi ne pas se rejoindre direct ici ?

— Pour réserver l'emplacement sur le parking du chemin de randonnée, répondit Jean-Marc du tac au tac. J'ai bien réfléchi à tout ça le temps que vous me rejoigniez et c'est la seule explication plausible. Pour moi, la femme au chapeau a dû partir en éclaireur. Elle cherche un point de chute pour le Ducato. Un endroit peu visible, pas très loin de l'A9. Vous et moi savons très bien que Google Map a ses limites : il faut toujours se rendre sur les lieux pour se faire une idée du site, de l'environnement…

— Pas faux, approuva Jacques… Donc, ta femme au chapeau part en reconnaissance sur le terrain et arrive plus tôt que le conducteur du Ducato. Et après ?

— Une fois qu'elle a trouvé un endroit adapté, elle se met en lien avec le conducteur de la camionnette et lui refile les indications. Le type sort à 13 h 12 de l'autoroute, suit les instructions et rejoint la femme au chapeau sur le parking du sentier. Il doit être 13 h 20 environ et ils décident de casser la graine. La femme laisse son véhicule là-bas, comme ça elle est sûre qu'il n'y aura pas de problème au retour pour stationner le Ducato à sa place.

— C'est vrai que le parking est un renfoncement plus qu'une aire de stationnement, admit Éloïse, songeuse. Au final, si l'endroit correspondait, mieux valait laisser une bagnole sur place pour éviter toute mauvaise surprise... Mais pourquoi ne pas garer le Ducato directement là-bas, reprendre la route avec la voiture de la femme au chapeau et grailler sur une aire d'autoroute ?! s'exclama la gendarme, sourcils froncés.

— Pour la même raison qu'ils sont venus manger ici même avec le Ducato, répondit Jean-Marc, sibyllin.

Jacques et Éloïse lui adressèrent immédiatement un regard interrogateur.

— Parce que la marchandise dans le coffre du Ducato, c'est de la dynamite, voilà pourquoi ! Imaginez un instant qu'ils déposent le Ducato à 13 h 15 sur le parking et se barrent. Ils ont dit aux trois jeunes d'allumer leur ordi vers 15 heures pour savoir où récupérer la marchandise. Ça laisse donc deux bonnes heures de battement, voire plus avec le délai pour que les jeunes arrivent sur place !

— Mais oui, tu as raison ! s'exclama Éloïse. Ils ne voulaient pas courir le moindre risque. Or, laisser un être humain dans un véhicule en pleine garrigue pendant deux heures et demie, c'est risque maximal ! La fille peut se réveiller. Un promeneur peut s'approcher du véhicule. Les clients peuvent se débiner et ne jamais venir récupérer le paquet. Bref, il peut se passer plein de choses !

— CQFD, valida Jean-Marc.

— OK, donc si je vous suis, ils veulent être certains qu'il n'y ait aucun pépin pour la remise de la fille ?

— Tout à fait. Non seulement ils ont intérêt à ce que le client mette bien la main sur sa commande vu le prix demandé, mais en plus, ils doivent s'assurer que la marchandise est récupérée. Sinon, bonjour les ennuis !

— La fille finit par se réveiller, déduisit Éloïse. Elle crie. On lui vient en aide. La police intervient. Et voilà qu'une des victimes du trafic humain peut gentiment raconter aux forces de l'ordre tout ce qu'elle sait sur la communauté dont elle vient. Trop risqué !

Les enquêteurs marquèrent un temps, tout à leurs réflexions. Subitement, Éloïse relança.

— Donc ils viennent ici avec le Ducato dans le coffre duquel dort la fille pour…

— Pour éviter tout ennui, la coupa Jean-Marc. J'ai demandé à Delphine où était garé le Ducato. Je vous le donne en mille : juste là ! acheva-t-il en désignant un emplacement à quelques mètres de la terrasse.

— Mmm… Et contrairement à tous les autres restaurants et brasseries de Remoulins, là, on est aux portes du bourg, avec un parking réservé à la clientèle, conclut la gendarme.

— Moralité, intervint Jacques, si toutes ces déductions sont justes et si on veut identifier le véhicule tandem du Ducato, on a plutôt intérêt à dire à Kamel de visionner les entrées à l'échangeur vers 15 h 30, moment où les jeunes ont récupéré le Ducato avec la fille et où notre dame au chapeau et son acolyte sont repartis, certains de leur coup.

— Exact. J'appellerai Kamel dans l'après-midi pour lui dire de concentrer son visionnage vers cet horaire… Bon, il est 13 h 30, faut qu'on se remue. Qu'ont donné tes démarches, Jacques ?

— Pour le moment, pas grand-chose. J'ai eu le temps de faire un saut à la mairie. Il existe bel et bien une association de marcheurs du troisième âge. J'ai glané les coordonnées et laissé un message. J'attends qu'on me rappelle. Ensuite, j'ai filé vers la départementale pour entamer le porte-à-porte dans les maisons qui bordent la route, mais j'ai à peine eu le temps de frapper à la première maison que je recevais le texto de Jean-Marc !

— Oui, pareil pour moi, j'ai ratissé la moitié de mon secteur, précisa la gendarme…

— Du coup, on fait quoi ?

— Tant qu'à être ici, on reprend le porte-à-porte tel qu'on l'avait prévu.

— Mais *a priori*, on a reconstitué leur emploi du temps, intervint Jean-Marc, et je les imagine mal avoir fait un détour au centre du village après avoir mangé ici.

— Oui, ça c'est sûr. En revanche, si tu as raison et si la femme au chapeau est arrivée plus tôt pour une reconnaissance des environs, elle a pu tourner et retourner avant de trouver le sentier de randonnée. Vu la description que nous en a faite Delphine, des gens ont pu remarquer cette femme et, avec elle, le véhicule dans lequel elle circulait.

Jean-Marc et Jacques approuvèrent silencieusement.

— Bilan, Jacques, tu repars sur la départementale faire du porte-à-porte dans les maisons en bordure. Jean-Marc et moi, on sillonne le village. On montre la photo de ce type du péage mais on parle aussi d'une femme très distinguée, avec un chapeau couleur crème, des cheveux mi-longs noirs et raides et des yeux verts, *très verts*. La description peut suffire à faire tilt à quelqu'un.

— OK, fit Jacques. On se retrouve où et à quelle heure ?

— Disons, 16 heures au café sur la place de l'église.

65

Il est 15 h 25 quand j'entre dans Bagnères-de-Bigorre. J'ai roulé tranquillement, avalé sur une aire d'autoroute un sandwich en forme de triangle sous opercule fraîcheur – pain de mie, thon, crudités – absolument infâme et repris la route. Me voilà presque parvenu à destination. Bagnères, sous-préfecture, ville thermale, dernier rempart de civilisation avant les goulets d'étranglement des vallées montagnardes. Sous la caresse appuyée du soleil de cette chaude journée, la petite ville – tel un chat lové dans son panier – sommeille au flanc des Pyrénées qui l'encerclent. Dans le ronron tranquille d'une circulation toute relative, je laisse un parc sur le côté où trône un dôme fleuri de capucines et de violettes chatoyantes savamment plantées pour dessiner des arabesques. Puis je traverse le cœur de ville, une vaste esplanade abritée par les arbres autour de laquelle s'alignent cafés et commerces, pour m'engager sur une route qui flirte avec l'Adour. Un flash info sur une radio locale m'apprend qu'un jeune garçon de 13 ans, un dénommé Bruno Verdoux, est toujours porté disparu suite à une chute dans un torrent. Je tends l'oreille, l'accident a eu lieu à une trentaine de kilomètres à peine de Bagnères. Malgré les recherches et les battues organisées jusqu'à présent, nulle trace de l'enfant. Les pronostics sont pessimistes, le gamin a disparu depuis plus de quarante-huit heures... Pauvre môme, me dis-je en moi-même en coupant l'autoradio pour me concentrer sur la route. Car déjà autour de moi, les montagnes bombent le torse – majestueuses, écrasantes – et semblent se pencher sur mon insignifiante condition comme un œil à facettes scrutateur. Je roule lentement, une dizaine de kilomètres. Par endroits, la route sinueuse est littéralement sertie de bergeries de pierres aux pignons à redents et aux toits luisants d'ardoises. Derrière moi, les voitures piaffent mais peu m'importe, j'aime autant arriver entier... Je passe enfin le panneau Campan et laisse la route qui fend le village pour me garer sur une placette bordée de maisons à colombages. Le lieu est charmant, petit. Autant circuler à pied. De fait, la mairie est toute proche et je m'empresse d'y entrer.

— Je voudrais consulter les registres du cadastre s'il vous plaît, dis-je à la dame derrière le comptoir d'accueil.

— Bien sûr, monsieur. C'est au premier, deuxième porte à gauche. Je vous envoie ma collègue.

La porte est marquée d'un panonceau « Cadastre » et débouche dans une vaste pièce où planent les remugles piquants de vieux papiers. L'employée de mairie me rejoint. Jeune blondinette souriante.

— Monsieur, je peux vous aider ?

— Effectivement. Deux choses, je voudrais regarder cette parcelle, dis-je en lui tendant mon papier, et aussi connaître le nom de son propriétaire.

— Bien sûr, suivez-moi.

La jeune femme me conduit à la table sur laquelle reposent les planches du cadastre et les tourne jusqu'à celle qui m'intéresse.

— C'est là, précise-t-elle. Je vais consulter mes fichiers informatiques pour vous indiquer le nom du propriétaire actuel. Ne bougez pas.

Je balaie du regard le plan et découvre une vaste propriété d'une centaine d'hectares enclavée au cœur des montagnes sur un terrain accidenté dont l'accessibilité se résume, à en croire le cadastre, à un chemin forestier non goudronné. Les bâtiments de l'ancienne colonie pénitentiaire occupent une surface négligeable du domaine. Mais je me rappelle que le lieu était avant tout destiné au labeur : travaux des champs, élevage, ateliers divers…

— La propriétaire est Anne Poey. Depuis 1989.

Je relève la tête, la jeune blondinette me sourit en me tendant un papier. Elle semble attendre quelque chose. Je fronce les sourcils.

— Anne Poey !… Ça ne vous dit rien ?

— Ça devrait ?

— C'est une figure locale, elle habite Bagnères. C'est socio-anthropologue de renom ! précise-t-elle fièrement.

— Ah, balbutié-je, confus…

— Elle a écrit plusieurs ouvrages reconnus… Autour de la vie tribale et des croyances comme socle social…

Enfin, quelque chose dans le genre, ajoute-t-elle en pouffant.

Je l'interroge du regard.

— Eh bien… Pour être honnête, ça n'est pas vraiment le genre de lecture, comment dire… Autant lire un bon Denjean, en fait !

— Denjean ?

— Ben oui ! L'auteure de polars ! Elle est originaire de Bagnères, elle aussi.

Elle voit à ma tête que je ne sais pas là non plus de qui elle parle.

— À ma décharge, mais ça reste entre nous, je ne lis pas de polars, lui dis-je sur le ton de la confession.

— Tant pis pour vous !… Bon allez, je vous absous ! Nous partons d'un rire spontané. Puis elle me relance.

— Simple curiosité, vous cherchez quoi exactement ?

— Eh bien… Vous êtes du coin ?

— Oui. J'ai grandi à Bagnères.

— Cette parcelle, avec une ancienne colonie pénitentiaire, vous savez ce que c'est devenu aujourd'hui ?

Elle écarquille ses yeux noisette et rieurs.

— Vous ne voyez pas de quoi je parle ?

— Très vaguement, en fait ! Je veux dire, les gens du coin ont forcément entendu parler de la colonie Les Isards. Mais, comment dire, ça a fermé depuis tellement longtemps… c'est vraiment de l'histoire ancienne…

— Je vois… Dommage.

— Pourquoi ça vous intéresse tant ?

— Ce serait bien trop long à vous expliquer dans son entier mais, en substance, je cherche à en savoir

davantage sur l'histoire de la colonie après sa fermeture. Notamment durant la Seconde Guerre mondiale...
Mais si j'ai de la chance, peut-être l'illustre Anne Poey
pourra-t-elle m'éclairer.

— Mmm... En même temps, Mme Poey, en 1939,
elle était loin d'être née ! réfléchit-elle à voix haute.
Pas sûr qu'elle puisse vous en apprendre beaucoup...

— Sauf si le domaine fait partie de sa famille depuis
longtemps.

Son regard s'éclaire à cet instant-là.

— Pourquoi vous n'iriez pas voir le notaire ? Lui, il
saura vous dire qui était propriétaire avant Anne Poey.

Elle me regarde avec un mélange d'amusement et
de complicité avant d'ajouter :

— Et puis, c'est bien connu : les notaires, ils en
savent beaucoup sur les gens et les lieux ! De père en
fils, ils sont les mémoires vivantes de l'histoire immo-
bilière et foncière d'un pays !

La réflexion me fait sourire. Elle est plutôt juste,
même si, dans mon cas, contrairement à l'immense
majorité de mes confrères, je n'ai pas hérité de la
charge mais l'ai achetée à un notaire dont la fille
unique présentait un handicap mental.

— Vous pouvez me dire qui est le notaire d'Anne
Poey ?!

— Là comme ça, non ! Mais vous savez, ici, les
choses sont plutôt simples. Trois notaires officient à
Bagnères et disons que chacun a plus ou moins son
territoire. Pour un bien situé sur le col du Portis, je
ne prends pas grand risque en vous envoyant chez
Me Bourdel.

— Ah ?

— Oui, son office est situé 14, rue Géruzet, à Bagnères.

— Merci.

Je note l'information au verso du papier portant le nom et l'adresse d'Anne Poey. Je m'apprête à partir quand je songe que je n'ai pas réservé d'hôtel pour la nuit.

— Dites-moi, par hasard, vous connaîtriez un endroit agréable où je pourrais séjourner dans les environs ?

— Mmm... Ça dépend de ce que vous entendez par « agréable ».

— Disons, avant toute chose, bon lit et bonne table.

— Alors, les yeux fermés, je vous conseille L'Auberge de la Fontaine, ici même à Campan ! Marie-Cécile, la gérante, propose des chambres simples mais coquettes – avec vue sur la montagne, s'il vous plaît ! – et une cuisine du terroir, une véritable tuerie !

« Tuerie »... L'expression me fait sourire. Elle est fréquente dans la bouche des jeunes, mais je peine à m'y faire... À croire que je suis définitivement passé dans la catégorie « Carte Vermeil », pour reprendre une expression entendue dans le métro !... Bah... ce qu'il y a d'assez juste dans le jeu des existences, c'est qu'on finit tous un jour par être le vieux d'un autre...

Bruno, toujours intrigué par la « prison » dessinée au sud-ouest du plan rudimentaire en feuilles d'écorce, continuait de fixer la carte pour tuer le temps. Il avait terminé les maigres provisions que les filles lui avaient apportées la veille et son ventre criait famine. Malgré le soleil parfait et le calme environnant, le garçon sentait monter en lui une sourde inquiétude. Les minutes s'égrenaient avec une lenteur affligeante et de sombres idées commençaient à lui sabrer le moral. Élicen avait-elle reconsidéré sa position ? Atrimen, si défiante la veille, avait-elle instillé le doute dans l'esprit de son amie, au point que toutes deux le laissent se débrouiller seul ? Et si tel était le cas, qu'allait-il pouvoir faire ? Pire, les filles envisageaient-elles de le dénoncer auprès de celle qui se faisait appeler Virinaë ?

Bruno frémit. Il tenta de se représenter la fameuse prêtresse et les images d'une espèce de créature mi-déesse, mi-femme surgirent dans son esprit. Il l'imaginait démesurément grande, vêtue d'une longue toge rouge sang, parlant des langues secrètes et mystérieuses et capable d'ouvrir le ciel en deux en brandissant son sceptre magique. Ses yeux irradiaient une lumière éblouissante et son corps flottait un mètre au-dessus du sol. Prosterné devant elle, un parterre d'adeptes craintifs psalmodiait religieusement, comme il avait déjà entendu Élicen et Atrimen le faire. Le gamin avait conscience de piocher directement dans son référentiel d'*heroic fantasy* mais il ne pouvait s'en empêcher. La situation dans laquelle il se trouvait plongé depuis presque trois jours était tellement lunaire !

Des bruits de pas provenant du bois tout proche l'extirpèrent de ses songes. Il leva la tête, l'œil aux aguets par-delà la carrière. La vue d'une chevelure brune et bouclée le rasséréna. C'était Élicen ! L'adolescente courait. Elle courait trop vite, comme si elle avait le diable aux trousses, jetant régulièrement des regards par-dessus son épaule. D'instinct, Bruno se redressa en s'appuyant sur sa canne. Quelque chose clochait et la sentinelle en lui s'était éveillée. Dès qu'elle fut assez proche, il observa ses traits. Nul doute, la crainte et l'urgence lui dévoraient le visage. Bruno scruta alors par-delà la jeune fille, à l'orée des bois, mais ne détecta rien qui pût expliquer cette inquiétude palpable. Élicen parvint enfin devant lui et jeta sans même reprendre son souffle :

— On file ! Cet endroit est trop exposé, nous devons aller ailleurs !

— Hein ?

— Pas le temps de t'expliquer ! ahana-t-elle. Faut qu'on parte.

— Mais je peux à peine poser le pied par terre !

Élicen lui jeta alors un regard catastrophé. La terreur le disputait à l'urgence. Bruno ressentit sa détresse et une onde de panique le fouetta.

— D'accord… Je… je vais me débrouiller avec ma béquille, je devrais m'en sortir, fit-il pour la rassurer.

— Il le faut, Bruno ! Allez, prends l'onguent qu'on t'a apporté hier et mets-le dans le ballot. Moi, je range le cabanon et on disparaît !

Les questions se bousculaient dans son esprit, mais Bruno s'exécuta. Gagné par le stress d'Élicen, il sentait désormais des serpents faire des huit dans le fond de son ventre. La jeune fille ressortit une minute plus tard.

— Donne-moi le sac, lança-t-elle. Prêt ?

— On va où ?

— À un endroit où on sera en sécurité.

En sécurité ! Bruno ravala sa salive. Tout cela ne laissait rien augurer de bon.

— On a très peu de temps devant nous. Allez !

Bruno, tendu comme un arc, emboîta alors le pas d'Élicen. Avec sa cheville blessée, sa marche était claudicante et douloureuse dès que son pied avait le malheur de toucher le sol. Pourtant il se tut et se concentra sur chacun de ses pas. Parce que, au fond de lui, le sentiment d'un danger imminent était né et s'imposait avec la force de l'évidence. Malgré ses efforts visibles pour l'attendre, Élicen progressait vite. Bruno la vit bifurquer vers les bois et, le souffle court, accéléra au maximum le pas pour ne pas creuser l'écart. Parvenu au croisement qui s'enfonçait dans la forêt, il s'arrêta net. Glacé. Un type le pointait avec un fusil de chasse. Élicen gisait, inconsciente, à ses pieds.

67

16 h 30. Le flic d'Interpol rassembla l'équipe autour de la grande table ovale de la cellule. Depuis le départ d'Éloïse pour Avignon, Olivier avait naturellement pris le relais sur la conduite des opérations à la SR. Une fois le travail réparti, les heures avaient filé à vitesse grand V.

— Bon, on fait un point, entama-t-il de sa voix calme et déterminée. Kamel, du nouveau ?

— Comme vous le savez tous, j'ai visionné les images des véhicules quittant l'A9 à Remoulins et j'ai repéré le Ducato. Ça a permis deux choses importantes. D'abord, le relevé de la plaque d'immat' du véhicule qui prouve que le Ducato a été maquillé. Ensuite, l'obtention de cette image du conducteur qui a pris la sortie 23 à 13 h 12 précises.

— OK. Mais pour le véhicule tandem ?

— Difficile à dire sans autres renseignements. C'était le pont du 14 juillet et pas moins de six cent trente-sept véhicules ont franchi cet échangeur entre 13 et 15 heures ! Si j'ai le moindre élément qui ressort des recherches qu'effectuent nos collègues sur

Remoulins – couleur, modèle ou signe distinctif de ce second véhicule –, je pourrai discriminer… Mais pour l'heure, cul-de-sac !

— Je vois, commenta le flic. Espérons que l'équipe détachée puisse nous donner du grain à moudre.

Kamel opina du chef.

— … Bon, je continue. En relisant les dépositions des jeunes, j'ai pris l'initiative de faire des recherches sur le fameux réalisateur serbe dont ils ont parlé, le type qui se fait appeler Dustman.

— Je n'y aurais pas pensé ! réagit Agathe. Mais c'est une excellente idée, s'empressa-t-elle de compléter.

— Merci. Donc Dustman, *alias* Andreja Milosevic, est né le 12 octobre 1962 à Sarajevo, d'un père argentin, éleveur de bœufs, et d'une mère yougoslave, artiste peintre. Ses parents ont divorcé quand il avait 1 an. Il est resté avec sa mère… Donc, figurez-vous que Dustman a vraiment fait son trou dans le milieu artistique underground à tendance gore et sadique. Certaines de ses premières images – des photos – sont encore accessibles sur la Toile, même s'il faut gratter un moment. On y voit essentiellement des corps mutilés, des charniers, des images de torture ou des scènes de domination extrême. Hommes, femmes ou même enfants, aucune différence. C'est assez saisissant de réalisme. D'ailleurs, il a percé par ce biais, toute la question étant de savoir jusqu'à quel point ces images sont réelles ou créées… Bref, dès 1992, il devient une figure montante et tendance de ce genre déviant et ultra violent qu'il nomme RVP pour *Realist Violent Pictures*. Le tout est accompagné d'un discours subversif nourri de revendications pseudo-révolutionnaires et nihilistes de l'État et du politique. Il fustige l'hypocrisie des gouvernements concernant le trafic d'êtres humains et l'orthodoxie ambiante. Tenez, voilà une de ses citations, elle parle d'elle-même : « Quand je tape "humanité" dans le dico des synonymes, on me propose altruisme, bienfaisance, bienveillance, charité, clémence, et j'en passe ! Quand je regarde l'humanité au travers de mon objectif, je vois abus, guerres, dominations, violences, meurtres, viols, génocides, tortures... Il est là, le dogmatisme bien-pensant ! Dans cette prétendue éducation qui filtre le réel par le tamis serré des tenants du Bien au point que la définition de l'humanité ne soit en rien conforme à l'humanité elle-même. La tyrannie sécuritaire et déma-gogique consistant à réprimer nos instincts est vouée à l'échec et la pénalisation des violences va à l'encontre de la nature humaine, c'est une évidence ! D'ailleurs, les gouvernements le savent puisqu'ils s'enrichissent grâce aux exactions qu'ils soutiennent et alimentent dans le monde entier ! »

Les gendarmes échangèrent un regard inquiet.

— Et le type n'a jamais eu aucun ennui ? finit par relancer Thibault.

— Si, justement. À partir de 1995, les images de Dustman atteignent des sommets d'horreur pure avec trois petits films d'une durée de quinze minutes chacun, œuvre appelée *Le 3.15*. La trilogie commence à ren-contrer son public au travers de diffusions dans des lieux extrêmement marginaux, mais ça fait grand bruit et Dustman – qui était déjà fléché – s'attire les foudres de la classe politico-judiciaire. Son film est interdit de diffusion et l'artiste échappe de peu à une arrestation sur le sol anglais... Six mois plus tard, il est retrouvé mort, d'une balle dans la tête en Argentine, non loin de chez son père.

— Donc, le soir du 1er de l'an, nos trois jeunes ont visionné *Le 3.15*. Malgré son interdiction depuis 1995, le film doit encore circuler sous le manteau, déduisit Agathe.

Olivier releva la tête de son calepin.

— Mmm… L'œuvre de Dustman, aussi abjecte soit-elle, continue à faire des émules, conclut le flic d'une voix désabusée. Allez, on passe à la suite. Thibault, Agathe, qu'ont donné les interrogatoires ? le Ducato ?

— Yep ! Petit résumé donc.

***

Retour arrière. 11 h 30, salle d'interrogatoire numéro 1, déposition de Jane Smith-Morrison.

Interrogatoire conduit par le lieutenant Agathe Bordes et le major Thibault Lazzi.

— Y sont passés où vos copains ? lança la jeune fille en les voyant entrer. En même temps, j'perds pas vraiment au change, ajouta-t-elle en lançant un œil aussi charmeur que suggestif à Thibault.

— En déplacement, répondit Agathe froidement.

Les deux gendarmes approchèrent. Thibault détailla la jeune fille. Une vraie poupée avec sa façade *girly*, ses yeux aguicheurs et sa moue vicieuse. Barbie version malsaine, songea-t-il.

— Bonjour Jane, je suis le major Thibault Lazzi et voici ma collègue le lieutenant Agathe Bordes.

Barbie jeta un œil moqueur à la gendarme devant elle et chercha à pousser son avantage.

— Alors, c'est bien, le monde vu d'en haut ? Faut pas avoir le vertige ! ricana-t-elle.

— C'est sûr ! D'autant que la vue plongeante sur le cerveau des autres a souvent tendance à me confronter au vide, répondit Agathe du tac au tac.

Thibault coula un regard amusé vers sa collègue qui venait de moucher Smith-Morrison sans l'ombre d'une hésitation. Cette nana envoyait du bois !

— Jane, vous avez parlé de la livraison à nos collègues, reprit Agathe comme si de rien n'était, on a besoin de précisions. Le Ducato récupéré sur le renfoncement du sentier, vous en avez fait quoi ?

Jane Smith-Morrison passa une de ses mèches blondes et raides derrière son oreille gauche et sembla réfléchir.

— Je ne me suis pas occupée de ça. C'est les garçons.

— D'accord. Mais vous savez quoi au juste ?

— En fait, le soir de la chasse à l'homme, après qu'on a dézingué la nénette, Gautier et Paul ont décidé de se débarrasser de la camionnette. Ils disaient que ça craignait un max, que c'était forcément un fourgon volé. Ils ne voulaient pas rouler beaucoup avec.

— Et alors ?

— Alors Gautier s'est mis au volant et Paul l'a suivi avec la Panamera de son père.

— Depuis Beau Moulin ?

— Ouais. Ils ont embarqué un bidon d'essence et ont tracé sur des petites routes paumées. D'après ce qu'ils m'ont dit, ils ont roulé une trentaine de kilomètres, en direction de Salon-de-Provence. Ils ont bifurqué sur des départementales jusqu'à trouver un recoin à l'abri des regards. Là, ils ont garé le Ducato, ils l'ont arrosé d'essence et ils ont foutu le feu. Manière de faire disparaître toute trace ADN. Quand on y pense, sans mon cheveu sur le cadavre...

Jane Smith-Morrison laissa sa phrase en suspens. Agathe brûlait d'envie de lui rétorquer qu'elle s'en sortait particulièrement bien malgré le cheveu sur le cadavre, mais s'en abstint. Autant ne pas s'appesantir sur l'impunité éhontée de la jeune femme.

***

Retour arrière. 12 heures, salle d'interrogatoire numéro 2, déposition de Gautier Demorcy.

Interrogatoire conduit par le lieutenant Agathe Bordes et le major Thibault Lazzi.

Agathe découvrit un visage angélique cerclé de boucles blondes. Le jeune homme assis en face d'eux avait tout du garçon de bonne famille, propre sur lui, BCBG, insoupçonnable. L'écart entre cette première image et ce qu'elle savait de lui par le dossier lui fit froid dans le dos. À combien de psychopathes le monde aurait-il pu – sur la foi des apparences – donner le bon Dieu sans confession ?!

— Bonjour Gautier, entama-t-elle d'une voix ferme qui tranchait avec son trouble intérieur. Lieutenant Agathe Bordes. Voici le major Thibault Lazzi.

Le jeune homme se contenta de lever un sourcil crâne et provocateur.

— Nous avons besoin de savoir ce que vous avez fait du Ducato, entama Thibault sans préambule.

— Pour ce qu'il en reste ! jeta le jeune homme, amusé.

— Contentez-vous de nous répondre, Gautier, et épargnez-nous vos commentaires !

Demorcy esquissa un sourire grinçant avant de reprendre.

— Paul et moi, on l'a fait cramer. C'était le soir du mardi 14 juillet. Il devait être 22 h 30 environ. On craignait que le Ducato soit un camion volé, en plus on n'avait aucun papier. Du coup, Paul ne voulait pas prendre le risque de rouler avec. Ça aurait été plus simple pourtant. On chargeait la nana à l'arrière, on choisissait un endroit où larguer la caisse et on foutait le feu. Deux en un, en quelque sorte !

Thibault et Agathe échangèrent un regard consterné. Le jeune évoquait les faits avec la même légèreté que s'il s'était agi du vol d'un paquet de bonbons. Aucun remords, aucune conscience…

— À part que comme je vous l'ai dit, Paul ne le sentait pas… Il répétait en boucle qu'en cas de contrôle de police, on était foutus, que les flics qui se rendent compte que vous conduisez un fourgon volé vous demandent direct d'ouvrir les portes arrière pour voir ce que vous trimbalez… Bref, tomber pour vol, c'est une chose. Mais tomber pour meurtre… Pour Paul, hors de question de prendre le risque de charger la macchab dans le Ducato… J'ai fini par céder et j'ai eu tort ! Parce qu'on n'a pas été contrôlés, et que, à l'heure qu'il est, si on avait fait cramer la nana dans le Ducato, on serait tranquillement en train de s'éclater à Ibiza !

— Quel sens déductif ! ironisa Thibault, mâchoires serrées. Et vous l'avez fait cramer où, exactement, le Ducato ?

***

Retour arrière. 12 h 32, salle d'interrogatoire numéro 3, déposition de Paul Valendrey.

Interrogatoire conduit par le lieutenant Agathe Bordes et le major Thibault Lazzi.

Agathe s'assit en face du jeune Keanu Reeves. Elle remarqua qu'il avait le teint plus terreux que la veille et les yeux légèrement cernés. La fatigue et l'inconfort des heures d'audition commençaient à imprimer leurs marques sur le masque de beauté pure du jeune Valendrey.

— Paul, parlez-nous de l'endroit où vous vous êtes débarrassés du Ducato.

— On est partis de Beau Moulin. Je suivais Gautier avec la Panamera. Lui conduisait le fourgon. On a pris direction Bagnols-sur-Cèze par la nationale 580. On a roulé une quinzaine de bornes, peut-être plus. À un moment, on a tourné sur la gauche, sur une départementale, jusqu'à un bled qui s'appelle Saint... Saint-Hector-je-sais-plus-quoi.

— Saint-Victor-la-Coste, précisa Agathe en faisant jouer ses doigts sur son téléphone portable, par la D145 puis la D101.

— Ouais, Saint-Victor-la-Coste, c'est ça. On est sortis du bled. On a repéré une grande zone boisée avec pas mal de reliefs. Là, ça devient compliqué de vous indiquer précisément. On a pris un chemin forestier.

Je me suis arrêté cent mètres plus haut, dans une petite clairière qui faisait office de parking, parce que je ne voulais pas abîmer la Panamera. Je suis monté avec Gautier dans le Ducato et on s'est enfoncés dans les bois. On a roulé, j'sais pas, trois, quatre cents mètres. On est arrivés près d'une sorte de falaise. L'endroit était vraiment paumé. On s'est arrêtés et on a mis le feu au camion. On avait pris un jerricane chez le père de Jane, dans le garage.

Le jeune homme releva la tête et planta ses deux yeux noirs dans ceux d'Agathe.

— Après, on est retournés à pied jusqu'à la Panamera et on a foncé jusqu'à Beau Moulin pour récupérer Jane.

— Elle faisait quoi pendant tout ce temps ?

— Elle nettoyait l'arrière du pick-up de son grand-père au karcher. Celui avec lequel on avait pourchassé la fille et dans lequel on avait mis son corps pour le redescendre près du manoir.

— On n'est jamais trop prudent, ironisa Thibault.

— N'empêche que sans le cheveu de Jane sur le corps… le provoqua le jeune homme.

— Le cheveu, c'est l'élément matériel qui vous relie formellement au corps, intervint Agathe. En revanche, ce qui a permis de remonter jusqu'à vous, à la base, c'est votre rodéo du côté du Pendedis, vous savez quand vous avez manqué de tuer un homme aux Ayres.

Paul Valendrey passa une main dans ses longs cheveux soyeux, ce qui dégagea son visage sur un affreux sourire empreint de nostalgie.

— On venait de prendre un shoot énorme avec la poursuite de la nana. On amorçait la descente et, franchement, c'était plutôt moyen. En plus, on allait devoir rouler jusqu'à Toulouse… Du coup, on a sniffé quelques rails avant de quitter Beau Moulin. Derrière, je m'suis fait *plaise* au volant. Franch'ment, le type dont vous parlez, j'm'en souviens même pas.

***

Retour arrière. 13 heures, salle d'interrogatoire numéro 1, déposition de Jane Smith-Morrison.

Interrogatoire conduit par le lieutenant Agathe Bordes et le major Thibault Lazzi.

La jeune fille leur lança d'entrée un regard qui en disait long sur son ras-le-bol d'être là. Plus l'échéance de fin d'audition approchait, plus les jeunes trahissaient leur saturation face aux interrogatoires qui se succédaient sans relâche. Jane Smith-Morrison leva un sourcil interrogateur destiné aux gendarmes, du type *quoi encore ? Z'en avez pas assez de vous acharner sur moi ?*.

— Jane, parlez-nous de ce que vous avez fait pendant que vos acolytes se débarrassaient du Ducato.

Elle laissa échapper un long soupir, bien bruyant, mais se plia aux ordres.

— J'ai nettoyé le pick-up de mon grand-père. Au karcher, manière de faire ça bien. Ensuite, j'ai pris deux grands sacs poubelles qui servent au jardinier pour les branches et les feuilles. Je les ai ouverts en grand avec des ciseaux et je les ai collés ensemble avec du ruban adhésif. Ça faisait une sorte de bâche.

— Pourquoi ?

— Pour protéger le coffre de la Panamera, répondit-elle avec lassitude. Quand les garçons sont revenus, on a tapissé le coffre avec ça. Puis on a foutu la nana dessus et on a refermé la bâche.

Les gendarmes se regardèrent au même moment. Plus ils auditionnaient les jeunes, plus ils mesuraient la chance qu'ils avaient eue en remontant jusqu'à eux. En réalité, ceux qu'ils avaient pris dès le début pour trois blancs-becs dégénérés, infoutus d'assurer leurs arrières tant ils se croyaient au-dessus des lois, se révélaient être de vrais psychopathes organisés et prudents. N'eût été l'excès de vitesse avant et après leur forfait meurtrier, l'enquête aurait piétiné, au même titre que pour les précédents meurtres du dossier TEH : victimes sans identité, meurtre sans mobile… Un vrai casse-tête ! D'une certaine manière, c'était l'excès de prudence qui les avait fait tomber. Demorcy avait raison sur un point : s'ils avaient chargé la jeune fille dans le Ducato avant d'y mettre le feu, le cheveu de Smith-Morrison aurait été détruit et il n'y aurait pas eu le moindre témoin oculaire cette nuit-là au village des Ayres.

— Et après ? relança Agathe.

— Ben, on s'est tapé quelques rails et on a tracé. Paul conduisait. Il est parti vers la Lozère, y a pas un rat dans ce département. On a pris des routes pas possibles ! On a roulé assez longtemps, vitres ouvertes et musique à fond, c'était cool… Puis à un moment, on était au milieu de nulle part, on s'est dit que l'endroit était bien choisi. On s'est arrêtés sur le bord d'une route dans une espèce de sous-bois. On a mis des gants et on a jeté la nana là. Après on a roulé en boule les sacs poubelles qui avaient servi à protéger le coffre et on les a mis avec les gants dans un autre sac poubelle que j'avais embarqué. On l'a balancé par la fenêtre sur l'autoroute du côté de Narbonne. Voilà.

***

Olivier, debout devant le grand tableau blanc, finit d'écrire les éléments que venait de lui transmettre Thibault. Puis il se retourna.

— *A priori*, les différentes auditions des jeunes sont concordantes. Je ne pense pas qu'on ait à en apprendre davantage de leur part.

— Et puis, vu leur impunité, je ne vois pas pourquoi ils nous cacheraient quelque chose, lança Agathe, désabusée.

— Hey, pas si vite ! Ça pourrait être le cas si, par exemple, ce Brandon dont ils parlent était bidon, intervint Thibault. Après tout, c'est peut-être un de leurs potes qui leur a refilé l'adresse du Dark. Tu vois ce que je veux dire ?

— Oui, admit Agathe, je vois.

— Sauf que j'ai vérifié leur histoire, précisa Kamel. Ils étaient bien à Budapest pour la soirée du 1er de l'an. Plusieurs transactions bancaires le prouvent.

— Certes. Mais elles prouvent juste qu'ils étaient à Budapest, et après ? s'entêta Thibault. Il n'y a rien de mieux pour un mensonge partagé que de partir de faits réels. Ils ont fait la fête là-bas, ils ont bien vu tout ce qu'ils nous ont raconté. Mais rien ne nous prouve que ce Brandon avec la fille en laisse soit bien le maillon intermédiaire entre le fournisseur et eux.

Un silence s'installa, chacun réfléchissant à la suggestion de Thibault. Olivier Merlot se lança en premier.

— Qu'est-ce qui te fait penser ça, Thibault ?

— Plusieurs trucs, en fait. D'abord, je trouve assez gros qu'un mec qu'ils n'ont jamais vu ni d'Ève ni d'Adam leur balance direct l'adresse d'une messagerie du Dark. Ça me fait tiquer… vous imaginez le truc ?! D'un côté, on a des gus hyper prudents qui évoluent dans le Web profond pour s'adonner à un commerce d'êtres humains, de l'autre un dégénéré du SM qui balance une adresse à trois inconnus de passage !

— Certes… mais ça reste du domaine du possible, tempéra Olivier. Quoi d'autre ?

— Après – faut voir ce qu'Agathe en pense –, mais plus je parle avec ces trois loustics, plus j'ai le sentiment qu'ils sont loin d'être aussi déconnectés qu'ils veulent bien nous le faire croire.

— Exact, approuva la gendarme. Thibault dit vrai. Ils font montre d'une exaspérante désinvolture, mais pour autant, tout leur mode opératoire était précis et calculé. Passez-moi l'expression, mais le fait qu'ils sont là aujourd'hui, ça s'est vraiment joué à un cheveu.

— Autrement dit, tous les deux, vous n'excluez pas qu'ils puissent mentir sur l'origine de leur deal ?

Agathe et Thibault échangèrent un regard rapide.

— C'est tout à fait possible, effectivement, valida Agathe.

— Yep ! D'autant qu'il y a un dernier truc qui me chiffonne, reprit Thibault. Si on en croit leur déposition, il s'est passé six mois entre leur prise de contact *via* le Dark et la livraison ! Bizarre, non ?

— Smith-Morrison a expliqué ça en disant qu'ils avaient voulu vérifier immédiatement si l'adresse du Dark était bidon ou non, rappela Olivier Merlot. Puis quand le contact leur a demandé de choisir une date, ils ont opté pour juillet.

— Oui, je sais ! Ce qui revient à dire que tu lâches 100 000 balles dans la nature et que t'attends tranquillement pendant six mois ta livraison !

— À la nuance près que 100 000 balles pour eux, c'est 100 balles pour toi, ironisa Kamel.

— OK, mais même s'ils ne sont pas à ça près, ça fait quand même un gros paquet de thunes, lui rétorqua Thibault. Bon, c'est une hypothèse, hein ? poursuivit-il sur sa lancée, imaginons que nos trois jeunes aient eu un déclic en matant le film dans les caves du *ruinpub* de Budapest, OK ?... Ils rentrent en France, l'esprit encore saturé de toutes ces images qui les ont fait triper.

— Et là seulement, leur vient l'idée de la chasse à l'homme ! réagit Agathe. Du coup, ils rament, font jouer leur réseau et au bout de six mois, ils finissent par dégoter cette adresse du Dark ! Oui, ça colle mieux, ça !

Olivier Merlot fit un signe de la main qui intimait au silence. Le flic avait besoin de réfléchir. Il fit quelques allers-retours devant le tableau, un doigt sur la lèvre inférieure. Au bout d'une minute, il lâcha :

— D'accord ! C'est possible. Disons que ce scénario colle davantage à la trame temporelle et à l'idée qu'on peut se faire d'échanges d'infos dans un milieu glauque où les gens – clients, fournisseurs – sont extrêmement méfiants, vu les peines encourues... Si vous avez raison, alors ça veut dire que nos trois jeunes cherchent à protéger quelqu'un. Pourquoi ?

— Peut-être s'agit-il d'un ami ou de quelqu'un de la famille, hasarda Thibault... Ils ne veulent pas le balancer parce qu'ils n'ont pas négocié l'impunité pour lui.

— Ou, deuxième option, poursuivit Agathe, il s'agit de types dangereux et nos trois jeunes ont la trouille de divulguer leur source parce que, là, ça voudrait dire gros ennuis direct pour eux.

— OK… Qu'a donné le trois cent soixante sur nos trois loustics ?

Kamel se racla la gorge.

— Bon, ils sont nés avec une petite cuillère en argent dans la bouche, ça, tout le monde le sait. Ils se connaissent depuis la sixième du collège Pierre-de-Fermat où ils étaient en classe ensemble. À partir de là, ils deviennent quasiment inséparables jusqu'à aujourd'hui. Ce sont des élèves plutôt brillants, notamment Paul Valendrey qui excelle dans les matières scientifiques. Il fera d'ailleurs une prépa maths sup maths spé, sera admis à l'ENSEEIHT[1] où il passera quatre ans sans réellement performer. Il semble que ses occupations annexes – pour ne pas dire nocturnes – aient fini par prendre le pas sur ses études. Là, il vient de cuber sa deuxième année.

— Et les autres ?

— Jane Smith-Morrison a obtenu le bac C avec mention bien. Elle a rejoint un oncle aux États-Unis de 2010 à 2012, à Miami, pour apprendre le métier d'agent immobilier. Elle est revenue début 2013 et, depuis, elle gère une partie des biens locatifs et hôteliers de la famille entre Toulouse et Biarritz, *via* une

----

1. École nationale supérieure d'électrotechnique, d'électronique, d'informatique, d'hydromécanique et des télécommunications.

ligne d'agences qui s'appelle Morrison Immo. D'après ce qu'on a appris, ça revient pour elle à faire acte de présence deux ou trois fois par semaine pour contrôler les huit agents qui bossent à temps plein. Le reste du temps, elle fréquente les clubs branchés ou part en vacances avec le yacht de son père.

— Je vois. Ça n'est pas plus reluisant côté Demorcy, je suppose ?

— Guère plus, en effet. Gautier Demorcy s'est directement dirigé vers une école de *web designer* après le bac. Il bosse comme infographiste chez Média Réseau depuis deux ans, sous la houlette du directeur général qui n'est autre que son père ! Vu ses déplacements fréquents et son assiduité dans les boîtes de nuit, je pense pouvoir dire qu'on n'est pas loin du job fictif ! acheva Kamel.

— Leurs fréquentations ?

— Le problème, c'est ça, justement. Ces gamins évoluent dans des milieux branchés où l'argent coule à flots. Ils écument les boîtes de nuit à la mode et rencontrent un max de gens : VIP, investisseurs, jet-setters, artistes, noceurs, gotha mondain… Et on le sait, dans le milieu friqué et festif de la nuit, évolue un paquet de marlous peu recommandables. Bilan, des narcotrafiquants comme Aleksei Galimov et, au-dessus de lui, Boris Zotov ne sont qu'une pâle illustration du genre de contacts qu'on peut se faire.

— Vous pensez possible que Galimov ou Zotov aient quelque chose à voir avec notre fournisseur ?! réagit Olivier.

Il y eut un court silence, l'hypothèse d'un lien entre Galimov et le trafic d'êtres humains n'avait jamais été envisagée jusque-là. La fusillade sur le parking avait tout d'un mauvais concours de circonstances autour d'une histoire de drogue.

— C'est envisageable, avança Thibault. Galimov ou Zotov vivent du trafic de stupéfiants, et ça n'est pas comme qui dirait un milieu très sain. Rien n'exclut qu'il y ait des connexions entre nos bonhommes et des trafiquants d'êtres humains.

— Oui, ou pour reprendre ce que disait Kamel, nos jeunes ont pu développer d'autres contacts guère plus reluisants, suggéra Agathe.

— Mmm… Tout est possible, conclut Olivier. Bon, Kamel, vous approfondissez les recherches de leurs entourages respectifs. S'ils protègent quelqu'un, c'est forcément un proche. L'un d'eux a-t-il eu maille à partir avec la police ? Si oui, dans quel cadre ?

— D'accord.

— Agathe et Thibault, vous vous rapprochez de Monceau à Interpol et vous croisez leurs infos avec celles des stups à Toulouse. Quelles sont les connexions connues de nos jeunes avec les milieux délinquants ? Le lien avec Galimov dépasse-t-il celui de la consommation de drogues ?

— Entendu !

— Moi, je vais rentrer toutes ces données sur Anacrim pour avoir une vision complète de l'environnement du crime et les liens existant entre tous les protagonistes. On a peu de temps, donc on se retrouve dans deux heures pour un nouveau point. Si vous avez raison et que les jeunes ne nous disent pas tout, il faut qu'on ait quelques cartes à abattre pour essayer de les faire parler.

Les gendarmes commencèrent à se lever quand Olivier Merlot lança à la cantonade :

— Avec tout ça, j'ai failli zapper le Ducato !

— C'est bon, Olivier, j'ai prévenu les collègues du Vaucluse dès qu'on a su où il se trouvait ! lui répondit Kamel en se penchant sur son ordinateur. Le véhicule brûlé a été repéré il y a une heure environ et une équipe de la scientifique est déjà en route.

— Parfait ! Thibault, Agathe, si vous avez le temps, essayez de creuser cette piste de Ducato volé. Mettez-vous en lien avec les enquêteurs : ont-ils eu un suspect ? Où en sont leurs investigations ?

68

Une plaque dorée fixée à l'entrée m'indique
« Bourdel et Claverie notaires associés ». L'office
consiste en une maison bourgeoise du XIXᵉ siècle, avec
son parvis gravillonné bordé d'un balcon aux colonnes
trapues, sa volée de marches en pierre blanches et sa
façade imposante sans fioriture hormis le lierre grimpant. Je sonne et j'entre dans un vaste et frais couloir
carrelé de losanges mats noir et blanc. Sur ma droite,
une porte s'ouvre sur un ancien salon aménagé en
accueil où s'affaire une dame entre deux âges derrière
un comptoir. Chignon serré, lunettes austères en demi-
lunes, traits sévères qu'un maquillage discret ne parvient guère à adoucir. Je demande à voir Mᵉ Bourdel,
non, je n'ai pas rendez-vous mais oui, c'est important,
ça concerne un bien géré par le cabinet et, d'ailleurs,
je suis un confrère. Argument de poids, la dame se
lève à ces mots et rejoint une seconde pièce attenante
à l'accueil. Je patiente debout, parcourant des yeux
les photographies en noir et blanc qui ornent les murs,
des agrandissements de clichés type Belle Époque, où
la ville thermale connaissait son heure de gloire, avec

des femmes en robes brodées et dentelles, chapeaux à plumes et ombrelles, et des hommes aux moustaches recourbées, aux montres à gousset, vêtus de leurs costumes trois pièces. La porte du fond s'ouvre et je découvre Me Bourdel. Quinquagénaire petit et rondelet au visage poupin et bonhomme, il s'approche en souriant et m'offre une franche poignée de main.

— Maître Philippe Bourdel.

— Enchanté. Maître Louis Barthes… à la retraite depuis quelques années. Je vous remercie de m'accorder cette entrevue.

— Mais je vous en prie ! Entre confrères ! lance-t-il en me faisant entrer dans son bureau… Eh bien, que puis-je pour vous ?

Je m'assois dans le fauteuil enveloppant et moelleux que me désigne le notaire. Lui fait le tour de son grand bureau pour se placer face à moi.

— Tout d'abord, sachez que les motifs de ma présence aujourd'hui ne sont pas d'ordre professionnel. (Il hoche la tête, mains croisées sous le menton.) En fait, je me suis laissé dire que vous pourriez me renseigner sur l'histoire de l'ancienne colonie pénitentiaire des Isards.

Me Bourdel lève un sourcil surpris et amusé.

— Étonnant que ce lieu abandonné et si négativement connoté intéresse encore quelqu'un aujourd'hui… Pour autant, vous êtes effectivement tombé sur la bonne personne ! Les Isards font partie des biens gérés par le cabinet depuis six générations, achève-t-il avec un soupçon de fierté.

Je m'apprête à parler, mais le bonhomme s'est déjà levé, d'un bond vif et alerte – ce qui me surprend étant donné son embonpoint –, et farfouille dans une vaste armoire métallique.

— Les Isards… les Isards… Ah, voilà !

Il attrape un épais dossier dans un classeur suspendu et revient à son bureau, l'air satisfait.

— Toute l'histoire patrimoniale du lieu est là ! fait-il en tapotant le dossier. Histoire sur laquelle je me suis penché avec attention, figurez-vous !

— Vraiment ?

— Oh, la raison en est toute simple. Me Edmond Bourdel, mon aïeul, a fait partie de 1843 à 1872, année de sa mort, du comité directeur de la fondation. J'ai d'ailleurs en ma possession quelques photos d'archives que je vous montrerai si vous le souhaitez, ainsi qu'un ensemble de documents que mon aïeul a conservés en plus de carnets de réflexions… c'est assez éloquent. Un esprit fin, aiguisé… Bref, je suis pratiquement incollable sur les origines de la colonie des Isards. Cela vous intéresse ?

Je hoche la tête avec entrain. C'est plus que je n'en espérais !

— Bien… Vous avez certainement entendu parler de la colonie de Mettray, lance-t-il en préambule. Nous sommes dans la première moitié du XIXe siècle, le traitement des enfants délinquants est le même que celui des adultes. À l'époque, l'approche est uniquement coercitive : nulle excuse de minorité, nulle question de discernement et encore moins de réhabilitation ou de sanction éducative… Les enfants sont jetés en prison avec les adultes ! Dans ce contexte, la colonie de Mettray ouverte en 1839 constitue un progrès substantiel dans la prise en compte de la condition d'enfant.

Son créateur est Demetz, magistrat qui abandonne la robe pour créer sa fondation, la colonie agricole de Mettray, et s'y consacrer. Il s'agit pour lui, selon l'esprit progressiste de penseurs comme Tocqueville à l'époque, d'isoler les mineurs délinquants dans un lieu loin de toute attraction citadine – germe des tentations et des mauvaises vies – et de les réhabiliter en leur apprenant un travail qui leur permettra de vivre dans le droit chemin. La devise résume l'esprit de la chose : « Sauver le colon par la terre et la terre par le colon ! »

Me Bourdel, visiblement porté par un récit qu'il affectionne, marque une pause et me regarde pour s'assurer que je suis. Je me contente d'opiner du chef.

— La colonie des Isards a été fondée en 1843, plaquée sur le modèle de celle de Mettray. Mêmes idées progressistes – pour l'époque, bien sûr – et même fonctionnement. Fondation créée par un notable local, le médecin Aristide Poey, qui tenait de sa mère un héritage conséquent, dont un vieux monastère en ruine situé sur une centaine d'hectares de terre à proximité d'Ibardos, sur la route du col du Portis.

Mon cœur fait un bond. Le patronyme est le même et l'illustre Anne Poey dont m'a parlé la charmante jeune fille à la mairie de Campan est donc une descendante directe du fondateur de la colonie.

— Comme pour toute colonie pénitentiaire, poursuit le notaire, le principe aux Isards était à l'autosuffisance. La colonie disposait à ce titre d'ateliers divers – ferronnerie, fonderie, cordonnerie, scierie, tannerie, tissage… Il y avait même une ardoisière… et d'autres choses encore ! La colonie assurait sa survivance au travers de la vente de ses produits, de la culture des champs, qui en montagne était restreinte, et de l'élevage de bestiaux. Au plus fort de son activité, la colonie a reçu une soixantaine d'enfants.

— Vous avez l'air d'en connaître un rayon, dites-moi !

— Ah, n'est-ce pas ?! énonce-t-il, satisfait... Il est vrai qu'en tant que descendant d'Edmond et vu le caractère particulier de cet aspect de la vie de mon aïeul, je me suis intéressé à l'histoire de la colonie. Edmond Bourdel, en plus de sa place au comité directeur de la fondation des Isards, était aussi le notaire de Poey et a produit les actes juridiques encadrant la fondation... Mais je digresse, je digresse et je me perds !... Où en étais-je ?

— Vous me parliez, je crois, d'Aristide Poey, le fondateur.

— Exact ! L'homme a consacré sa vie entière à la gestion de la colonie. Après lui, son fils et l'épouse de son petit-fils ont dirigé la fondation, mais eux ont laissé la direction de l'établissement pénitentiaire à des tiers. Puis en 1922, Les Isards ont fermé leurs portes. C'est que les mentalités avaient évolué ! Saviez-vous qu'en février 1909, *L'Assiette au beurre*[1] consacrait un numéro entier à la colonie de Mettray pour en dénoncer les dérives ? Il est vrai que les successeurs de Demetz avaient perdu de vue les enjeux humanistes de la fondation... Bref, peu à peu l'opinion publique commença à dénoncer ce qui fut appelé à raison les « bagnes pour enfants » et ce fut le début du déclin des colonies pénitentiaires.

_____

1. *L'Assiette au beurre* était un journal satirique de l'époque.

L'homme s'arrête et m'interroge d'un regard navré en ouvrant les mains.

— Vous parliez de la fermeture des Isards en 1922.

— Ah oui ! La colonie a fermé et c'est donc à ce moment-là que le terrain et les infrastructures sont entièrement revenus aux descendants d'Aristide Poey, qui jusque-là n'en avaient pas jouissance.

— Comment les choses avaient-elles été montées ? demandé-je, plus par réflexe que par réel intérêt.

— De manière assez simple, en fait. Aristide Poey avait financé la transformation du monastère ainsi que les diverses constructions de la colonie et mis à disposition de la fondation l'ensemble des infrastructures et le terrain. Lorsque la colonie a fermé, la fondation n'avait plus d'objet et la mise à disposition est devenue caduque.

— Je vois… Et justement, avez-vous une idée de ce qu'est devenu le lieu après 1922 ?

Le notaire me regarde, étonné. La question semble pour lui incongrue.

— Eh bien… il a été laissé à l'abandon, pour ce que j'en sais… Et en même temps, à quoi un endroit pareil pourrait-il bien servir ?! Le lieu est perché dans les montagnes, je ne suis même pas sûr qu'une route digne de ce nom le desserve ! Si vous voulez mon avis, à moins d'avoir des millions à investir, c'est un héritage à la saveur bien amère !

— Je suis allé au cadastre et, c'est vrai, le domaine est extrêmement retiré. D'ailleurs, pour vous répondre, il n'est desservi par aucune route…. Mais je me disais que peut-être vous auriez entendu parler d'une utilisation du site pendant la Seconde Guerre ?

— Une utilisation de la colonie ?! Comment ça ?

— En fait, j'ai de bonnes raisons de croire que la propriété aurait pu servir de camp de transit pour des juifs fuyant vers l'Espagne pendant la guerre. Et ma sœur aurait été de ces improbables âmes passées par l'ancienne colonie pour fuir les Allemands.

À ces mots, Philippe Bourdel ouvre des yeux grands comme des soucoupes.

— En tout cas, je n'ai jamais entendu rapporter de tels événements… Il y a bien eu le réseau de Résistance Bernard, ici à Bagnères… Mon grand-père m'en a beaucoup parlé avant sa mort, quatre de ses amis de la communale ont été fusillés à Toulouse en 1944 par les Allemands suite à une arrestation qui a eu lieu dans les environs… Mais aucun récit de mon grand-père n'a jamais mentionné Les Isards… En revanche, si vous êtes allé au cadastre, vous savez qu'Anne Poey est l'actuelle propriétaire. C'est une figure de renom dans la région, une socio-anthropologue talentueuse.

— Je l'ai entendu dire, en effet !

— Elle, peut-être, pourra vous en apprendre davantage. Après tout, son père était le propriétaire pendant la guerre. Il lui aura peut-être parlé de quelque chose ?

— Mais quel âge a cette femme ?

— Oh, une cinquantaine d'années environ ! Du peu que je sais, son père l'a eue sur le tard d'une femme beaucoup plus jeune, ceci explique cela.

Je hoche la tête.

— Je vais passer au domicile indiqué sur le cadastre pour rencontrer cette dame.

— Je serais étonné que vous la trouviez du premier coup, me lance alors Bourdel. Entre les séminaires, les travaux de recherches…

— Vous la connaissez ?

Une ombre fugace voile le visage jovial du notaire. Quelque chose d'infime mais que je perçois. À la manière qu'il a de me répondre, j'ai l'impression d'un léger embarras.

— Je ne l'ai rencontrée qu'une seule et unique fois : après la mort de son père pour assurer la succession. Ça ne date pas d'hier ! C'est tout… Et je ne crois pas que quiconque à Bagnères puisse se targuer de dire qu'il connaît Anne Poey.

Nos regards se croisent et Philippe Bourdel s'empourpre légèrement. Je lève un sourcil interrogateur, qui ne risque rien n'a rien… Mais l'homme ne mord pas à l'hameçon.

— Si vous la rencontrez, vous… vous vous ferez une idée par vous-même.

— Bien… Euh… tout à l'heure, vous m'aviez parlé de photos d'archives, de documents ? Je serais ravi de me faire une idée du lieu par lequel ma sœur a pu transiter.

— Photos, plans métrés des constructions, premiers rapports d'activité… j'ai conservé pas mal de documents hérités de mon aïeul ! Je vais vous montrer tout ça ! Et si des choses vous intéressent, je vous ferai des copies, qu'en dites-vous ?!

69

Francis tentait de comprendre la situation. La fille du cheptel était allée chercher le gamin. Ils se connaissaient donc ! Le mot « pollué » claqua dans sa tête comme un coup de fouet... L'homme sentit un vent de panique balayer son esprit. Que devait-il faire ? Elle n'avait jamais permis à quiconque de faire du mal à une des têtes de son cheptel. C'était d'ailleurs une des choses que Francis avait du mal à comprendre. Elle les soignait, faisait tout pour assurer leur survie, leur consacrait sa vie entière. Et parallèlement, elle organisait des rafles et vendait ses têtes à des acheteurs extérieurs. Pouvait-on à la fois aimer et haïr ? Il ne savait pas. Lui, il l'aimait elle. De tout son être. De toutes ses forces. Passionnément. Et elle était bien trop au-dessus de lui pour qu'il puisse comprendre ses raisonnements et accéder aux méandres de son cœur...

En tout cas, là, maintenant, il devait faire un choix. Et le faire seul. Elle lui avait ordonné de retrouver le garçon pour éviter que le cheptel soit « pollué ». Mais voilà, le garçon n'était pas seul. Il y avait cette fille du cheptel avec lui. Une fille qui avait désobéi. Une fille déjà polluée ? Peut-être, mais cela l'autorisait-il à lui faire du mal ? Est-ce que quelqu'un de pollué pouvait à son tour polluer les autres ? Francis essaya de réfléchir, mais il le savait, son intelligence était limitée. Son cerveau de moineau fonctionnait en sous-régime. C'était une question de matière grise et lui n'en avait que très peu. Il faisait partie de la cohorte des stupides.

Aussi, quand l'adolescente avait surgi devant lui, entraînant le garçon derrière elle, il avait agi par ins-tinct. Il avait levé sa crosse et lui avait porté un coup à la tempe. La fille était tombée, avec sur le visage cette expression idiote de surprise. Une minute plus tard, le gamin était arrivé en boitillant sur sa canne, un morceau de branche en Y. Francis avait levé son fusil et mis le gosse en joue. Celui-ci avait stoppé net sa marche et levé les bras. Mine ahurie et apeurée.

— Mais qu'est-ce que...

— Tais-toi ! Tu vas me suivre sans faire d'histoire. Et fais pas le malin avec moi parce que je n'hésiterai pas, mentit-il.

Francis jeta un œil à la gamine à terre. Qu'allait-il faire d'elle ? La laisser là ? L'embarquer avec le gamin ? De toute façon, il lui avait déjà fait mal puisqu'il venait de la frapper... Alors autant l'emmener... Il prendrait les ordres dès qu'il aurait mis les deux gosses à l'abri. S'il devait la relâcher, il serait toujours temps de le faire. Il attrapa la fille inconsciente et la balança sur son épaule. Sous le cuir chevelu, sa tempe saignait légèrement mais ce n'était pas plus grave que ça. Dans moins d'une semaine, il n'y aurait plus aucune trace.

— Tu marches devant moi et tu vas là où je te dis, ordonna-t-il au gamin. Allez, avance !

***

Bruno descendait tant bien que mal un chemin abrupt et accidenté grignoté par une végétation dense qui obturait toute vue. Il tentait d'oublier les élancements douloureux de sa cheville en se concentrant sur ses pas. Les orages des deux nuits précédentes avaient gorgé d'eau la terre et, à certains endroits, le sol boueux et glissant précarisait ses appuis déjà incertains. Dans sa tête, une sarabande de questions défilait en continu. Qui était ce type surgi de nulle part ? Pourquoi le menaçait-il avec un fusil ? Était-il vraiment prêt à tirer sur lui ?! Où les emmenait-il ?… Bruno savait qu'il n'obtiendrait probablement aucune réponse. Il avait tenté d'ouvrir le dialogue mais avait essuyé une bourrade qui l'avait dissuadé de poursuivre. Le type derrière lui n'était pas commode. Ses petits yeux bovins respiraient la bêtise et le garçon sentait intuitivement que l'homme n'était pas du genre à mener les opérations. Que pouvait-il bien faire au cœur du domaine du cheptel ? Il avait l'air de connaître parfaitement l'endroit, mais Bruno peinait à croire qu'il pût faire partie de la communauté. D'abord parce qu'il avait frappé Élicen et que, d'après les paroles des filles, les membres du cheptel se protégeaient les uns les autres. Ensuite parce qu'il portait des vêtements certes peu tendance mais « normaux ». Ses chaussures par exemple avaient été achetées dans le commerce et n'avaient rien à voir avec les espèces de sandales que portaient les filles.

544

Idem pour les vêtements. Pour finir, le type le menaçait avec un fusil et la possession d'une arme ne collait pas avec le mode de vie du cheptel. Il repensa aux dessins d'enfants d'Élicen et Atrimen et aux paroles qu'il avait pu glaner çà et là : seuls les « Boches » étaient armés.

Au bout d'une bonne heure de marche, à la faveur d'un virage en surplomb, Bruno visualisa une vieille bâtisse très vaste qui semblait à l'abandon. Il se souvint du plan et comprit. Il s'agissait de la fameuse prison dont Élicen avait parlé comme d'un lieu maudit. Elle était construite en vieilles pierres, et pour partie gagnée par la végétation. Seule une petite aile conservait un semblant de vie.

— Allez, avance, petit ! lui jeta le type en le poussant dans le dos.

Bruno ripa sur la sente herbue et humide et manqua de tomber. Mais l'homme le rattrapa par le tee-shirt et le remit sur pied. *Ce type est une véritable force de la nature !* songea le garçon. Une dizaine de minutes plus tard, le chemin déboucha sur une vaste prairie au bout de laquelle trônait l'imposant bâtiment de pierres zébrées par le lierre grimpant. Le regard fixé sur l'édifice, Bruno repéra alors certains détails qui le firent frémir. Les fenêtres, aux carreaux cassés, étaient garnies de barreaux. La porte centrale en ogive, faite d'épaisses planches de chêne consolidées par des aplats de fer, semblait condamnée. Au pied de la porte, une sorte de guitoune rongée par les âges ressemblait à s'y méprendre à un poste de garde. Bruno tressaillit. Les lieux étaient sinistres. En avançant, il commença à décoder de larges lettres découpées dans du fer qui formaient une enseigne en demi-cercle au-dessus de la haute porte. Bien qu'il en manquât quatre ou cinq et que les lettres restantes fussent à moitié rongées par les intempéries, Bruno déchiffra l'inscription « Colonie pénitentiaire pour enfants » et ressentit un profond malaise en se rappelant « La Chasse à l'enfant », poème de Prévert qu'il avait étudié en cours de français l'année précédente. Les colonies pénitentiaires, en fait, c'était en des bagnes pour enfants difficiles ou délinquants, des sortes de maison de redressement où ça marchait à la schlague, où les sévices corporels étaient permis ainsi que les humiliations et toutes sortes d'abus de pouvoir. Bref, des endroits où il ne faisait pas bon aller ! Ces lieux étaient fermés depuis longtemps, à l'instar du prototype devant lui…

— Tire à droite ! lui intima le type.

Ils rejoignirent la petite partie de l'édifice encore entretenue. Deux portes se succédaient, l'une marquée « Conciergerie », l'autre « Maison du directeur ». L'homme poussa Bruno vers la conciergerie. La vieille porte en bois grinça sur ses gonds et un gouffre noir les accueillit. Le gamin cligna des yeux et devina un comptoir poussiéreux et des armoires aux dossiers d'archives éventrés. Il n'eut guère le temps de s'attarder car l'homme le somma d'avancer. La pièce distribuait un long couloir côté gauche, à peine éclairé par la lumière du jour perçant au travers de petits fenestrons sales et haut placés. Au sol, un vieux carrelage constellé de fientes de pigeons et de saletés dessinait un damier noir et blanc. L'air était empoussiéré, rance et humide. Bruno parvint au bout du couloir, poussa une nouvelle porte et déboucha sous un préau ouvert sur une immense cour dallée de cailloux. Des touffes d'herbe verdoyaient dans chaque interstice de pierres et le chiendent courait le long des murs, ajoutant à la désolation du lieu.

— À droite.

Une boule à la gorge, le gamin rasa les murs du préau. Malgré lui, il imagina les hurlements des enfants maltraités, leurs gémissements étouffés la nuit, les dédales froids où s'engouffrait le vent, les surveillants vicieux armés de matraques, les grands dortoirs fermés où s'entassaient des dizaines de mômes dépenaillés, la grande cantine bruyante aux odeurs de soupe à l'oignon... Il sentit une immense détresse le gagner.

— Mais où vous nous emmenez ? lança-t-il d'une voix éplorée.

— Tais-toi et prends cet escalier !

Bruno s'arrêta net. Au bout du déambulatoire, derrière une vieille herse en fer rouillé, un escalier de pierres plongeait tout droit au cœur de profondes ténèbres. Une bouche noire, glaciale, soufflant son haleine moisie.

— Non ! Je... Je... Je ne veux pas !

Il se retourna vivement pour implorer l'homme, mais sentit un choc mat sur sa tempe. Autour de lui, le monde vacilla, puis ce fut le noir complet.

70

La chaleur lourde de fin d'après-midi collait les vêtements à la peau et abrutissait l'esprit. Éloïse écrasa nerveusement sa cigarette dans le cendrier et but une longue gorgée de son Coca Zéro. Puis elle leva les yeux et aperçut Jean-Marc qui se rapprochait, avec sa sempiternelle allure d'étudiant dégingandé, mains dans les poches arrière de son pantalon et enjambées de géant. Il avait vingt minutes de retard.

— Satanée chaleur ! jeta-t-il en pliant son grand corps pour passer sous le parasol de bar. Je suis en nage ! Il est où Jacques ?

— Aux toilettes.

— Pourquoi tu souris comme ça ?

— C'est la deuxième fois en vingt minutes !

— … Prostate ? suggéra le gendarme.

— Moque-toi, va, on en reparlera quand t'auras mon âge ! lui lança Jacques en surgissant dans son dos.

— *Ô rage ! ô désespoir ! ô vieillesse ennemie !* déclama Jean-Marc. *N'ai-je donc tant vécu que pour cette infamie*[1] *?*

---

1. Célèbre citation du *Cid* de Pierre Corneille.

— Oiseau de mauvais augure !

Éloïse, amusée, claqua dans ses mains.

— Fin de la récré, les mecs ! On range les armes de destruction massive ! C'est pas que, mais je vous rappelle qu'on a une affaire à boucler… Jean-Marc, petit topo sur tes recherches ?

— Laisse tomber Élo ! J'ai bayé aux *corneilles* tout l'après-midi ! ne put s'empêcher d'ironiser Jean-Marc.

Les deux hommes partirent d'un rire franc en échangeant un regard entendu sous l'œil goguenard d'Éloïse.

— Bon, ça y est, c'est fini ?… On peut bosser maintenant ?!

— OK, on arrête… consentit Jean-Marc. Alors, figurez-vous que j'ai un témoin !

— Sérieux ?

— On ne peut plus sérieux ! La propriétaire d'une parfumerie à deux pas d'ici, Régine Forgues, a tiqué quand j'ai évoqué une femme élégante avec un chapeau couleur crème. Elle a plissé les yeux un long moment, mais je n'ai rien ajouté volontairement, pour ne pas l'influencer. Puis d'un coup, ça lui est revenu et elle m'a dit qu'elle était sûre d'avoir vu cette femme il y a une semaine alors qu'elle faisait sa marche nordique. Selon elle, il devait être 9 heures du matin environ. Elle remontait la départementale pour se rendre sur le petit circuit de randonnée où a été garé le Ducato.

— Bingo ! s'exclama Éloïse. Et ?

— La femme au chapeau était en voiture….

Jean-Marc s'interrompit, profitant du passage du serveur pour commander un Perrier et des tamales. Devant les yeux ronds de Jacques, le gendarme leva les mains :

— J'avoue tout, je suis né avec la faim au ventre !

— Hélas pour son compte en banque, soupira Éloïse… Bon, la suite !

— Donc d'après Régine Forgues, la femme au chapeau roulait lentement, comme quelqu'un qui cherche son chemin. La parfumeuse se souvient qu'elle s'est arrêtée de marcher et a attendu sur le bas-côté que la femme passe. C'est d'ailleurs à ce moment-là qu'elle a repéré le chapeau et les cheveux noirs. Pour les yeux, elle n'est pas formelle.

— Le chapeau suffit !

— Certes…

— Elle a pu te donner une description du véhicule ?!

Jean-Marc eut une grimace de contrariété.

— Sur ce point, Régine Forgues reste floue. Elle parle d'un véhicule noir ou, en tout cas, de couleur sombre… un gros véhicule… mais elle ne saurait dire s'il s'agissait d'un quatre-quatre ou d'un monospace.

— Ça n'a pas grand-chose à voir pourtant ! s'agaça la gendarme.

— Peut-être… Mais ce n'est pas ce à quoi elle a fait attention, conclut Jean-Marc en haussant les épaules d'impuissance.

Éloïse ouvrit la bouche mais son téléphone sonna.

— C'est Olivier, je prends ! Jacques, tu fais le topo à Jean-Marc s'il te plaît, lança-t-elle en s'éloignant.

— Bon, en substance, j'ai passé l'aprèm à me cogner un porte-à-porte stérile. Ou bien les gens n'étaient pas chez eux, ou bien ils n'avaient rien vu. J'ai eu beau leur remuer sous le nez la photo de notre conducteur ou l'image d'un Ducato blanc, rien.

— Rien d'étonnant à cela. Il aurait fallu un événement spécifique, particulier, pour que le Ducato attire l'attention.

— *Idem* avec la description de la femme au chapeau.

Le serveur arriva à ce moment-là et posa le Perrier et les tamales fumants devant Jean-Marc.

— Ah ! C'est qu'on travaille mieux l'estomac plein !

— Je ne sais pas où tu mets tout ça, jeta Jacques d'un air envieux. Au moindre écart un peu trop prononcé, ma balance proteste… et ma femme aussi !

Jean-Marc, la bouche déjà pleine, lui lança un regard mi-compatissant, mi-amusé. Quand il eut avalé, il relança :

— Et ton association de marcheurs ?

— Ah oui ! Le président de l'association, un certain Paul Gentil, m'a rappelé il y a une heure. On a échangé au téléphone. Le club n'organise pas de randonnées les mardis. Mais le type m'a dit qu'il passerait quelques coups de fil à des marcheurs du coin pour savoir si l'un d'eux avait fait ce circuit-là mardi dernier. Il transmettra mes coordonnées si jamais c'est le cas.

— Faudrait quand même un gros coup de bol, commenta Jean-Marc, la bouche pleine. Mais bon… Sait-on jamais !

— Il suffit d'un détail, d'un témoignage. Après tout, si nos déductions sont justes, la voiture tandem de la dame au chapeau a stationné sur le petit parking du lieu de livraison pendant au minimum deux heures. Si quelqu'un l'a vue et peut nous donner une marque, une couleur, une partie de la plaque d'immatriculation, on avancera beaucoup plus vite dans la discrimination

des images de vidéosurveillance au péage ce jour-là !…
Ah tiens ! il doit y avoir du nouveau, acheva Jacques.

Et ce disant, il montra du doigt Éloïse qui slalomait entre les tables de clients, la mine conquérante et les yeux brillants de cet éclat déterminé que Jean-Marc ne connaissait que trop bien. Instinctivement, il s'empressa d'engloutir sa dernière bouchée de tamales. Il en était certain, il venait de se passer quelque chose avec Olivier Merlot au téléphone, et rien ne lui garantissait qu'il ait le loisir de terminer son assiette en paix… La suite lui donna raison.

— On lève le camp ! s'écria le capitaine. Allez, allez !

Jean-Marc lécha rapidement ses doigts et étira un sourire compatissant à l'adresse de Jacques qui s'apprêtait à protester en désignant son verre à moitié plein.

— Lâche l'affaire. C'est mort, *man*, articula-t-il à voix basse.

71

La tension est palpable tout autour de toi. Dans chaque regard de chaque âme du cheptel. Élicen a disparu depuis plusieurs heures. Tout a commencé quand Francis est revenu, triomphant, pour annoncer qu'il avait anéanti l'ennemi, « le sale Boche qui avait pénétré sur le domaine du cheptel ».

Le couvre-feu a été immédiatement levé et les baraquements se sont vidés. Soulagement, accolades et cris de joie. Mais voilà, tu peinais bien à partager l'allégresse collective. Une question immédiatement avait fusé dans ta tête : si Bruno s'était fait prendre, où était Élicen ? Son absence n'a pas tardé à être remarquée et les regards se sont tournés naturellement vers toi. Tu es la meilleure amie d'Élicen. Pour la première fois de ta vie, tu as menti. Tu as dit que tu ne savais pas, que tu ne savais rien. La dernière fois qu'Élicen t'avait parlé, c'était pour te dire qu'elle allait aux toilettes. Onima était légèrement fiévreuse – la petite fait ses premières dents. Tu lui avais massé les gencives avec un baume à base de plantes pour l'apaiser. Les autres petits étaient calmes et tu n'avais pas besoin d'aide. Absorbée par

553

Onima, tu n'avais pas vu le temps filer… Non, tu ne savais pas ce qui se passait. Non, tu n'avais pas la moindre idée de l'endroit où avait pu aller ton amie.

Jamais tu n'as menti. Jamais. Et au fond de toi, une honte immense grignote ta conscience. Parce que tu caches la vérité aux tiens, mais aussi parce que tu n'es pas certaine de le faire pour de nobles raisons. En réalité, qui cherches-tu à protéger ? Élicen ou toi ? Sois honnête, l'idée même d'un aveu au cheptel te paraît insurmontable. Que penseraient tous ceux qui ont une absolue confiance en toi si tu leur confessais tes agissements, ta complicité ? Mortifiée, tu prends un air innocent. Mais au fond de toi, tu découvres le goût amer du mensonge et de la trahison.

Les petits et les moyens sont à l'écart près des bois, sous la surveillance de Niven et Gardien. Les autres grands, les anciens et Francis sont assis autour de la grande table ombragée. Ils échangent à voix basse. Le conciliabule semble animé parce que des éclats de voix, parfois, s'élèvent. Toi, tu es tellement désorientée et abattue que tu te tiens à l'écart. Tu as besoin d'être seule… même si les questions que tu te poses tournent en rond dans ta tête sans trouver l'ombre d'une réponse. Bruno, *le Boche*, comme l'appellent les membres du cheptel, a-t-il vraiment pu faire du mal à Élicen ? C'est ce que tous semblent craindre. Dans le cas contraire, où se trouve ton amie ? Pourquoi n'est-elle pas revenue ? Francis est catégorique, il ne l'a pas vue. L'aurait-il aperçue qu'il lui aurait intimé l'ordre de rejoindre immédiatement les baraquements. Alors Élicen a-t-elle pu franchir le mur seule ? Aurait-elle osé faire ça ? Ou a-t-elle été victime d'un piège tendu par Bruno ?... Tu en es là de tes questions, quand le conciliabule prend fin. Anten apparaît devant toi et plonge son regard dans le tien.

— Les anciens m'envoient te parler... Comment vas-tu ?

— Mal.

— Je vois bien que tu te sens coupable, enchaîne-t-il. Tout le monde le voit... Pourtant tu n'as rien à te reprocher, Atrimen.

La honte te submerge et tu baisses les yeux.

— Écoute, Élicen a désobéi... elle s'est enfuie par le fenestron des toilettes et tu n'y peux rien... Pff, Dieu seul sait ce qu'elle avait encore en tête !

— Pourquoi *encore* ?! t'agaces-tu.

— Arrête ça, Atrimen ! Tu sais très bien ce que je veux dire. Malgré son âge, Élicen n'a jamais été un modèle de maturité. Personne n'est dupe ici.

Le ton assuré de ton promis confine à la leçon de choses et ça t'énerve prodigieusement. Une pensée-éclair te traverse : tu emploies ce même ton régulièrement avec Élicen.

— Tu te rends compte ! rage Anten. S'enfuir en plein couvre-feu alors qu'un Boche a franchi le mur du domaine, c'est de la folie pure ! Pourquoi a-t-elle fait ça, bon sang ?!... Elle s'est jetée dans la gueule du loup... sans même se préoccuper des conséquences de ses actes... sans même mesurer le danger qu'elle pouvait faire courir au cheptel !

Les paroles d'Anten te font froid dans le dos. Le temps ne devrait pas être aux récriminations. Qui plus est, tu n'es pas d'accord avec lui. Élicen est peut-être différente des autres, mais elle n'est pas irresponsable ni égoïste comme il le sous-entend.

— Tais-toi, Anten ! Je te rappelle qu'Élicen est ma meilleure amie. Et je n'accepte pas que tu parles d'elle de cette manière, lui lances-tu, indignée.

— … Je suis désolé, Atrimen, mais je ne me tairai pas. J'imagine que ce n'est pas facile à entendre, pourtant c'est la vérité pure !

— C'est ta vérité, pas la mienne !

— Ne fais pas l'enfant, Atrimen, ça ne te ressemble pas… Au sein du cheptel, nous connaissons les règles et nous les respectons. C'est grâce à elles que nous sommes encore en vie. Tous les membres du cheptel sont responsables les uns des autres, c'est la règle numéro un. Élicen n'est plus une enfant, et en désobéissant elle nous a trahis, tous, et toi la première !

S'il savait… Au fond de toi, la honte de tes mensonges le dispute au ressentiment devant les propos d'Anten. Alors, c'est comme ça ?! Il suffit d'une entorse à la règle pour passer de membre du cheptel à *persona non grata* ?!

— Je ne me sens pas trahie, moi.

— Vraiment ? Eh bien, je ne sais pas ce qu'il te faut, persifle Anten. Tout le monde ici se sent trahi, tout le monde !

Des larmes naissent à la commissure de tes yeux. Jamais tu ne te serais attendue à une telle réaction de la part de celui que tu dois épouser dans deux mois. Jamais non plus tu n'aurais imaginé que les membres du cheptel puissent juger l'un des leurs de manière aussi lapidaire. Une larme lourde s'échappe et roule sur ta joue. Anten, avec une sincère tendresse, passe son doigt dessus. Tu voudrais le repousser, mais ton abattement prend le dessus et tu demeures prostrée.

— Excuse-moi, Atrimen. J'ai été un peu dur avec toi, mais l'idée que tu puisses chercher à défendre Élicen malgré son impardonnable faute m'est intolérable. Tu es l'une des nôtres, Atrimen. Tu es un membre du cheptel exemplaire. Respecté. Personne n'a rien à redire à ta conduite.

— En revanche, concernant Élicen, ça n'est pas la même chanson, hein ?! le provoques-tu.

— Écoute, Atrimen, tu es fidèle en amitié et c'est tout à ton honneur… Mais là, tu te morfonds inutilement. Élicen est une grande, comme toi et moi… Pourtant, tu l'as toujours protégée et maternée… plus que de raison.

Tu voudrais lui hurler de se taire. Tu voudrais que cette conversation prenne fin. Et vite ! Au lieu de quoi, Anten te plaque contre lui. Tu étouffes.

— Ce n'est pas ta faute si ses deux parents ont été enlevés le même soir par les Boches, te susurre-t-il à l'oreille. Ce n'est pas ta faute, OK ?… Chaque membre du cheptel porte son propre lot de souffrances. Aucun de nous n'a été épargné. Mais ce n'est pas une excuse pour agir de manière irresponsable.

— Qu'es-tu en train de me dire, Anten ? murmures-tu d'une voix étranglée.

Anten s'écarte enfin de toi. Un silence trop long s'écoule et il affiche une mine grave quand tombe sa sentence.

— En agissant comme elle l'a fait aujourd'hui, Élicen s'est exclue toute seule du cheptel. Si elle revenait, elle aurait à répondre de ses actes devant tous.

Ton cœur déjà lourd se contracte douloureusement dans ta poitrine. Il semble se ramasser sur lui-même comme une bille d'acier. Pour la première fois de ton existence, le cheptel t'apparaît sous un jour hostile et inique. La voix de tous contre la tienne. La voix de la raison contre celle de l'amour.

— Je suis désolé, Atrimen, conclut Anten en déposant un baiser sur ton front.

Le contact de ses lèvres sur ta peau te semble glacial. À cet instant précis, il te révulse. Pourtant, un déclic se produit en toi. Une sorte de compréhension limpide. Tes idées, soudain, sont claires : tu es seule. La communion du cheptel est une illusion. Une illusion à laquelle tu t'es accrochée… Une illusion qui doit perdurer pour le moment.

— Je comprends, dis-tu avec froideur.

C'est la deuxième fois que tu mens aujourd'hui. Mais la honte a disparu. Parce que les plus grands menteurs sont là, devant toi. Ils partagent ta vie quotidienne. Toutes les valeurs enseignées et auxquelles tu croyais il y a un instant encore, ne sont que des leurres. Fi de l'entraide, de la solidarité, de l'amour ! C'est la peur qui domine dans le cheptel ! Les propos de ta meilleure amie te reviennent en tête avec force. *En réalité, tu es une pétocharde Atrimen, parce que tu as peur de désobéir, de prendre une décision,* ta *décision… La plus grande des peurs est peut-être celle de remettre en cause nos croyances… Je veux savoir. Il faut savoir.* Tu comprends alors que la différence d'Élicen tient dans sa curiosité. Sa rencontre avec Bruno a fait naître des questions en elle. Beaucoup de questions. Élicen voulait trouver des réponses et sa quête l'a obligée à dépasser ses peurs.

Oui, il faut énormément de courage pour chercher la vérité. Où es-tu désormais, Élicen ? Que fais-tu ? Où ta quête t'a-t-elle conduite ? Qui était Bruno ? D'où venait-il ? Existe-t-il d'autres cheptels par-delà les murs ? Tu frissonnes à la survenance d'une idée qui ne t'avait jamais effleurée et qu'Élicen t'a soufflée quelques heures auparavant : *Et si Virinaë se trompait ?*

72

Sirène hurlante, ils sillonnèrent la départementale encombrée de véhicules en ouvrant une troisième voie pile poil sur les pointillés blancs du milieu de chaussée. Grillèrent trois feux rouges. Manquèrent d'emboutir un rond-point. Et finirent par s'engager sur l'autoroute. Jacques, attaché à l'arrière, fixait le bitume les yeux exorbités. Une fois l'échangeur passé, la tension diminua légèrement et Jean-Marc se risqua au dialogue.

— Bon, maintenant qu'on est en relative sécurité, a-t-on le droit de savoir ce qui se passe ?

— OK ! s'empressa d'embrayer la gendarme. En fait, pas mal de choses ! Je commence par le moins important, d'accord ?

— On t'écoute, Éloïse, osa Jacques depuis l'arrière. Quitte à mourir aujourd'hui, autant savoir pourquoi !

— Détends-toi, Jacques, je gère !… Alors *primo*, le rapport toxico est tombé en fin de matinée et figurez-vous que notre victime du Pendedis a été droguée. En substance, d'infimes traces d'un anesthésiant dont j'ai zappé le nom ont été retrouvées dans son corps.

— Infimes ?

— Oui. Apparemment, la molécule utilisée a une durée de vie assez courte dans le sang, ceci explique cela. Mais comme le corps a été retrouvé très rapidement après le meurtre, les analyses sanguines ont tout de même révélé des résidus de la substance chimique utilisée. De là, des analyses plus poussées ont été effectuées à partir de cheveux de la victime – c'est l'endroit du corps qui conserve le plus longtemps les substances chimiques – et les conclusions sont sans appel : notre victime a été endormie dans une fenêtre de temps située entre trente-six et quarante-huit heures maxi avant qu'on retrouve son corps.

— Pour le voyage et la livraison, conclut Jacques. Les fournisseurs ne voulaient pas prendre le risque que la fille tente de s'enfuir ou se débatte.

— Oui, c'est ce que tout le monde pense à la SR, approuva Éloïse en doublant une voiture qui venait tout juste de se rabattre… Et ils ont choisi une drogue dont les effets se dissipent assez rapidement.

— C'est sûr… sinon le « gibier » de la chasse à l'homme n'aurait pas pu donner satisfaction, ajouta cyniquement Jean-Marc.

Les gendarmes échangèrent un regard grave et silencieux.

— Allez, je continue. Deuxième chose, vous vous rappelez que le légiste de Nîmes avait envoyé dans un labo spécialisé les vêtements et la chaussure de la victime ? reprit Éloïse en lorgnant Jacques dans le rétro.

— Il s'appelle Théron.

— Ouais… Donc le labo chargé des analyses a appelé la SR il y a une petite heure. Ils n'ont pas fini le travail mais ils peuvent d'ores et déjà affirmer que

la majorité des prélèvements font apparaître des graminées correspondant à la zone géographique où la fille a
été pourchassée et abattue, mais pas que ! Figurez-vous
qu'entre les lanières de cuir de la sandalette ainsi que
sur les bordures de la semelle, les laborantins ont prélevé une assez grosse quantité de graminées appelées…
appelées… bon, là aussi j'ai zappé mais peu importe
d'ailleurs ! Ce qui compte, c'est que ces graminées
sont endémiques des Pyrénées.

— Voyez-vous ça ! réagit Jean-Marc. Et ils savent
où dans les Pyrénées ? Parce que ça reste vaste, les
randonneurs qui se tapent le GR 10 en savent quelque
chose !

Jacques à l'arrière passa la tête entre les deux sièges
de devant et fit une mimique pour signifier que son
collègue n'avait pas tout à fait tort.

— Même si ça réduit considérablement la zone géographique de nos recherches, commenta-t-il, c'est loin
d'être suffisant pour trouver notre éleveur…

Jean-Marc observa Éloïse du coin de l'œil. Celle-ci,
les yeux braqués loin devant sur la route, affichait une
mine songeuse et égarée.

— Un souci, Élo ?

— … Non, enfin… C'est cette histoire de Pyrénées…
Forcément, ça me fait repenser à la fille de Kali…

Les images de l'assaut dans la vieille bergerie isolée
surgirent immédiatement dans l'esprit de Jean-Marc.
En un instant, il revit l'armée cagoulée des hommes
du GIGN disséminés dans la montagne, les flammes
géantes léchant le plafond gris et larmoyant du ciel ora-
geux, les hurlements de Maïa au comble du désespoir,
l'attente interminable qui avait suivi dans les brumes

empyreumatiques de la bergerie calcinée… Sous la morsure des souvenirs, le gendarme tressaillit. Il réprima *in extremis* un geste de tendresse envers sa compagne.

— Entre notre tueuse coupeuse de têtes et cette histoire de communauté profil amish exploités, je vais finir par croire que les Pyrénées constituent le refuge de tous les barjots de France, ajouta Éloïse d'une voix aussi désabusée que nerveuse.

— Non, je te rassure, Michel Fourniret sévissait dans les Ardennes, Émile Louis dans l'Yonne, Guy Georges dans l'Est parisien, et j'en passe… Le Mal n'a ni visage ni frontière ! acheva Jean-Marc d'une voix savante.

— Attends voir ! Machiavel ?… Zola ?… Non, je sais, Jean-Marc Morandini ! plaisanta Jacques.

Les gendarmes pouffèrent et l'atmosphère s'allégea un peu.

— Hé sérieux, Jacques ! T'as tout bon pour le prénom : c'est de moi !

— Tout ça pour ça… se moqua Éloïse. Bon, vous voulez la suite, oui ou non ?!

— OUI !

— OK. Donc, pour finir sur l'analyse des vêtements, le type du labo qui a appelé la SR a confirmé que le rapport complet nous serait adressé demain. Avec un peu de chance, les analystes trouveront des éléments supplémentaires pour affiner la localisation de cet « élevage »…

— *Car dans l'homme jamais l'espérance n'est vaine* ! déclama Jean-Marc. Et ça, pour le coup, ça n'est pas de moi mais de Victor Hugo !

Éloïse secoua la tête en levant les yeux au ciel. Puis elle reprit :

— Bon, après cette nouvelle interruption pseudo-philosophique – merci Jean-Marc –, je vous propose de terminer. Parce que j'ai gardé le meilleur pour la fin, je vous signale.

— Heureusement ! lança Jacques, les mains agrippées à sa ceinture de sécurité. Parce que ces histoires de labo ne justifient pas les 170 kilomètres-heure affichés au compteur !

La conductrice lui sourit par rétro interposé.

— T'inquiète Jacques, le jeu en vaut la chandelle.

— Je suis tout ouïe pourvu que tu regardes la route !

— Alors, figurez-vous que les collègues ont établi un lien entre Smith-Morrison et Yadiango.

— Yadiango, Théodore Yadiango ?! s'exclama Jean-Marc.

— Lui-même, approuva gravement Éloïse.

Jean-Marc siffla entre ses dents. Cette donne modifiait considérablement l'idée qu'il s'était faite du trio meurtrier !

— Jacques, je suppose que tu connais ?

— Théodore Yadiango, mafia nigérienne, aussi appelé Bloody Boss[1], si je ne m'abuse ?

— C'est exactement ça ! Bloody Boss est un des principaux dirigeants de la branche mafieuse dédiée au *trafficking*[2]. Inutile de préciser que ce type est un dangereux personnage doublé d'un salopard de première !

---

1. Le patron sanguinaire.
2. Par différenciation avec le *smuggling*, qui désigne l'activité de trafic illicite de migrants, le *trafficking* désigne l'exploitation des êtres humains (par le travail forcé, la prostitution, l'esclavage...).

— Et quel lien entre Yadiango et Smith-Morrison ?
demanda Jacques.

— Son neveu, le fils de sa sœur aînée, un dénommé
Boubacar Samba. Âgé de 26 ans, jet-setteur menant
grand train… Le gamin dort sur un confortable mate-
las de billets provenant de l'argent sale de son oncle,
Bloody Boss.

— Donc ce Boubacar Samba connaît Smith-
Morrison ?

— Tout à fait ! Il se trouve que pour sonder les relations des jeunes, Kamel a eu la super-idée de fouiller les
photos contenues dans leurs téléphones portables. Et là,
bingo ! il tombe sur un selfie de Jane Smith-Morrison où
on la voit, elle, prenant la pose avec ce fameux Boubacar
dans un décor de boîte de nuit. Ce qui a fait tilt à Kamel,
c'est qu'il a repéré en arrière-plan la tête de Théodore
Yadiango, bien connu des services de police vu qu'il
fait l'objet d'un mandat de recherche international.

— Donc les collègues pensent que Samba a joué
l'intermédiaire pour refourguer une des filles de
Bloody Boss !

— Ce qui veut dire que ces petits trous du cul nous
ont baisés !… fulmina Jacques. Pourtant, leurs dépositions étaient hyper concordantes, comment on a pu…

— Stop ! Je vous arrête ! Vous avez tout faux. Un,
les collègues sont certains qu'ils n'ont pas menti sur
cette soirée du *ruinpub*. Tout s'est bien passé comme
ils l'ont décrit. Deux, ça ne peut pas être Yadiango
qui a fourni la fille à nos trois jeunes, parce que lui
ne trafique que les Africaines.

— Donc je ne comprends rien à cette histoire, marmonna Jean-Marc, songeur.

Éloïse tourna la tête vers lui, l'œil brillant d'excitation. Puis elle précisa :

— En réalité, les collègues pensent tout simplement que c'est Boubacar Samba qui a refilé l'adresse du Dark à Jane Smith-Morrison et pas ce prétendu Brandon croisé dans le *ruinpub* au 1er de l'an.

— Et d'où ils pensent ça ?! s'agaça le gendarme.

— Plusieurs choses. *Primo*, il se trouve que le jeune Boubacar possède déjà un sacré casier. Diverses violences aggravées et accusations d'agressions sexuelles. Chaque fois, il a été tiré d'affaire par son avocat. Faut dire qu'au Niger, en graissant la patte aux policiers et aux juges, tu peux vivre dans une relative impunité… Mais l'apothéose, c'est sa mise en cause en 2011 dans une affaire de viols avec barbarie. Deux filles séquestrées quatre jours entiers, violentées, violées à de multiples reprises, torturées… Une horreur… Là encore, affaire classée sans suite ! Les deux filles étaient d'origine belge et travaillaient dans une mission humanitaire à Tahoua. Elles ont toutes les deux formellement identifié Boubacar Samba comme étant leur tortionnaire. Mais celui-ci a bénéficié de divers témoignages qui indiquent que durant les quatre jours où se sont déroulés les faits, il séjournait au cœur d'une famille de notables de Niamey, à cinq cent cinquante kilomètres de Tahoua. Au final, Samba s'est tiré d'affaire blanc comme linge, ou presque, puisque Interpol, maintenant, le garde à l'œil.

— Remarque, avec Bloody Boss comme fournisseur privé, notre Boubacar doit pouvoir s'en donner à cœur joie ! commenta cyniquement Jacques.

— Eh bien, figure-toi que non ! Parce que notre jeune Boubacar aime tout particulièrement les jeunes filles blanches et, comme je l'ai dit, son oncle ne fait que dans les Africaines...

— Ah oui, c'est vrai, approuva Jacques. En attendant, fournisseur privé ou pas, notre Boubacar Samba continue tranquillement sa vie de jet-setteur !

— Hélas... Et il croise donc régulièrement nos jeunes lors de soirées privées ou d'événements rassemblant la jeunesse dorée.

— OK, mais *prrrésentement*, *là*, lança Jean-Marc en prenant l'accent africain, a-t-on établi un quelconque lien entre Samba et la messagerie du Dark ?

— Pas encore... admit Éloïse. Les collègues ont sollicité Interpol pour gratter cette piste et Olivier attend que je sois de retour à la SR pour reprendre les interrogatoires. On peut faire cracher Smith-Morrison en lui secouant la photo de Boubacar Samba sous le nez et...

Jean-Marc leva les mains pour l'interrompre.

— Attends, il y a un truc que j'ai encore du mal à piger. Kamel trouve une photo de Smith-Morrison avec le neveu de Yadiango, jet-setteur invétéré certainement en lien avec la moitié des gosses de riches de la planète, et ça suffit à contrebalancer la déposition unanime de nos trois témoins ?!

— Non, il y a d'autres éléments. Je m'explique...

Éloïse se lança alors dans le récit du pourquoi et comment Thibault avait commencé à douter que le fameux Brandon du *ruinpub* fût réellement l'intermédiaire ayant refilé l'adresse du Dark Net aux trois prévenus.

— En conclusion, si le sentiment de Thib était fondé, ça ne pouvait signifier qu'une seule chose…

— Que les jeunes cherchaient à protéger leur véritable intermédiaire ! la coupa Jean-Marc, enthousiaste. Par loyauté ou par peur des représailles… Parce qu'un Boubacar Samba, en digne neveu de Bloody Boss, doit avoir les moyens d'intimider quiconque s'aviserait de lui faire une entourloupe.

— Parfaitement ! Du coup, après avoir trouvé le selfie de Smith-Morrison avec Boubacar Samba, Kamel a examiné de près les relevés téléphoniques de nos jeunes et bingo ! Quinze jours avant la chasse à l'homme, devinez qui Smith-Morrison a appelé depuis son pied-à-terre parisien ?

— Boubacar Samba ! répondirent les gendarmes en chœur.

Jean-Marc se rencogna sur son fauteuil, bras croisés.

— Je ne voudrais pas jouer les rabat-joie… Mais tout de même, on lâche une ombre pour une autre !

— Comment ça ?!

— Ben, qu'on recherche un dénommé Brandon qui tire sa gonzesse en laisse dans les bas-fonds de Budapest ou qu'on poursuive un Boubacar Samba, dans les deux cas, on n'est pas plus avancés…

— Mais Jean-Marc ! Avec un trois cent soixante sur Boubacar Samba, on pourra peut-être remonter jusqu'à notre éleveur-fournisseur !

— Enfin Élo, les RG, Interpol et la moitié des polices du monde ont déjà effectué un trois cent soixante autour d'un type comme lui ! Qu'est-ce que tu crois ?!

Éloïse lui coula un œil de biais.

— OK, super ! Alors on fait quoi ?! On attend les bras croisés que notre éleveur vienne gentiment se dénoncer ? Wouah, foutu plan, dis donc !

Jean-Marc laissa échapper un long soupir d'exaspération et la gendarme sentit immédiatement qu'elle venait d'aller trop loin. Elle prit sur elle pour desserrer les dents et effectuer trois longues respirations en chassant la colère, comme le lui avait recommandé son professeur de yoga. L'enquête sur la fille de Kali lui avait au moins apporté ça ! Un regard nouveau sur le milieu du yoga et un pic de stress suffisamment violent pour qu'elle décide de s'essayer à la discipline.

— Bon, désolée… Je t'écoute, je suis… enfin, t'as compris.

Malgré la nouvelle saute d'humeur qu'il venait d'essuyer, Jean-Marc se surprit à sourire avec tendresse. On était encore loin du compte – très loin même –, mais au moins Éloïse essayait-elle d'adoucir ce tempérament volcanique qui lui jouait souvent des tours.

— J'ai peut-être tort, mais je ne suis pas certain que connaître l'intermédiaire qui a refilé l'adresse du Dark Net à nos jeunes soit un élément primordial dans notre enquête. Après tout, ce n'est qu'une adresse électronique et rien ne permet de penser que celui qui refile l'adresse connaît l'identité de la personne qui se cache derrière… Qui plus est, si Boubacar Samba est bien celui qui a transmis l'adresse, on risque fort de s'embarquer sur une piste scabreuse faite d'imbroglios politico-judiciaires par le jeu d'avocats véreux… Au final, ce qui risque de se produire si on asticote Samba, c'est que notre fournisseur soit alerté et modifie son mode opératoire pour protéger ses arrières ou, pire, se mette au vert pour nous échapper.

Éloïse hocha la tête. Elle devait l'admettre, sur ce dernier point Jean-Marc avait raison. Si cette histoire de messagerie du Dark s'ébruitait, l'éleveur-fournisseur adopterait profil bas et leur glisserait entre les mains. Jean-Marc profita du silence d'Éloïse pour reprendre :

— Il ne faut pas lâcher la traque d'images *via* les vidéosurveillances du péage de Remoulins. La femme au chapeau est passée par le péage. C'est du temps à éplucher les images mais ça va forcément payer ! Sans compter les autres vidéos des différents lieux de Remoulins équipés de caméras. On peut espérer obtenir le visage de cette femme, voire l'identifier si elle a utilisé sa carte bleue pour un achat ou pour effectuer un retrait.

Éloïse, l'esprit en ébullition, conserva le silence un long moment. Finalement, elle opta pour une position de prudence.

— OK. Voilà ce que je propose. Dès notre arrivée à la SR, Jacques et toi, vous faites le point avec Kamel sur les images des différentes vidéosurveillances. Olivier et moi, on cuisine Smith-Morrison par rapport à ce fameux Boubacar Samba. Si jamais Olivier a raison et si Samba est bien le contact qui a refilé l'adresse du Dark à nos trois jeunes, on informe Prat et on le laisse décider de la suite à donner ou non dans cette voie.

73

Il est près de 20 heures quand je me gare devant une maison surplombant avantageusement le vallon du Salut à Bagnères-de-Bigorre. Au vu du petit parking bondé, des cris d'enfants qui se pourchassent, des chiens qui s'ébrouent et des traînées de promeneurs de tous âges, j'en déduis que le lieu constitue un des points névralgiques de la petite cité thermale, un écrin de verdure longeant un ruisseau à deux pas du cœur de la ville. Depuis mon promontoire, je domine le sillon agréable et ombragé respirant le bon-vivre.

La maison d'Anne Poey est grande et transpire l'aisance à plein nez. Architecture moderne et cubique tranchant nettement avec l'esprit des maisons voisines : à droite, un vaste chalet dans l'esprit savoyard dont le toit quasi vertical caresse le sol, à gauche, une maison de maître, style Second Empire, avec sa façade ouvragée et ses lambrequins de bois ciselé formant un chapeau pointu au-dessus des fenêtres. Le cube blanc et minimaliste semble ensommeillé derrière ses volets clos et son portail automatique fermé. Je sonne malgré tout sous l'œil protubérant d'une caméra qui me fixe.

J'attends plusieurs secondes, mais rien ne se produit. Je réitère mon geste, en vain. Il n'y a personne.

Je retourne à la voiture et attrape mon *cahier d'identité* sous la petite pile de documents concernant la colonie que Me Bourdel a gentiment photocopiés pour moi. J'arrache la dernière page. Je réfléchis quelques secondes puis je me lance :

Madame Poey,

Mon nom est Louis Barthes, mon numéro le 06.23.45.56.78. Je suis passé aujourd'hui, mardi 21 juillet, mais j'ai trouvé porte close. Je sais que votre travail vous accapare beaucoup, mais j'aurais grand besoin de vous parler. Mon histoire serait bien trop longue à coucher sur le papier mais, en substance, sachez que je suis à la recherche de ma sœur. Aujourd'hui, j'ai de bonnes raisons de croire qu'Hannah – c'est son prénom – est passée par la colonie Les Isards durant l'hiver 1942. En effet, d'après mes recherches, le lieu aurait servi de camp de transit vers l'Espagne pour des enfants israélites fuyant la Shoah. J'ai appris l'existence de ma sœur très récemment et par le plus grand des hasards... Quoi qu'il en soit, remonter les traces d'Hannah est essentiel pour moi et j'aurais souhaité savoir si vous déteniez des informations concernant la colonie durant la Seconde Guerre. Il se peut bien sûr que vous ne sachiez rien... Cela étant, si tel était le cas, il me sera tout de même utile que vous me le disiez.

Étant à la retraite, je ne suis guère pressé par le temps. Je me rendrai donc disponible au pied levé selon ce qui vous convient.

Dans l'attente de votre prise de contact et vous remerciant d'avance, je vous prie d'agréer, chère madame, l'expression de mes respectueuses salutations.

Louis Barthes

Je retourne à l'entrée de la villa et glisse mon mot dans la boîte aux lettres. Puis, priant ma bonne fortune qui jusque-là ne m'a pas quitté, je remonte en voiture, direction le village de Campan. Après la maigre pitance de midi, je vais tester la carte de l'auberge qui semble des plus attractives.

***

Marie-Cécile Laporte est une dame d'une bonne soixantaine d'années, une accorte bougresse, vive et joviale. Son franc-parler me fait penser à une couleur primaire, sans dégradé ni pastel : on aime ou n'aime pas ! Moi, j'aime, et j'aime même beaucoup. Pour tout avouer, cela me change des conversations policées et bien-sous-tout-rapport que j'ai toujours entretenues avec mes pairs, pour l'essentiel Parisiens parisianistes. Sa conversation n'est guère sophistiquée, elle a le ton direct, une bordée de jurons désuets à la bouche tout droit sortis des chansons de Brassens – d'illustres clichés de l'homme ornent d'ailleurs les murs de l'auberge –, un accent chantant des montagnes et une nature à fleur de peau. Son auberge et sa garbure sont à son image : authentiques, généreuses et pleines des saveurs d'antan qu'elle affectionne et cultive.

Je finis mon assiette, l'air satisfait. Resservi deux fois, « cadeau de la maison », je me suis régalé. J'observe, le ventre lourd de garbure et de madiran, Marie-Cécile qui encaisse une tablée de montagnards, tablier noué au corps et sourire comme un croissant de lune. J'ai surpris quelques bribes de leur conversation plus tôt dans la soirée : les hommes ont participé à la battue près du gouffre d'Espignès pour tenter de retrouver le jeune Bruno porté disparu depuis maintenant trois jours. Plus personne ne croit à un miracle. Certains redoutent même que le garçon ait été dévoré par des bêtes sauvages… Malgré la gravité de l'événement, la garbure et la chaleur du lieu ont allégé l'atmosphère. Les hommes quittent l'auberge sous l'œil bienveillant de Marie-Cécile. En la voyant si vraie derrière son comptoir, je conçois soudain une triste réalité : j'aurais dix fois plus confiance en cette femme que je viens de rencontrer qu'en n'importe lequel de mes *amis* – entendez par là, mes confrères juristes et mes relations parisiennes. *Décidément mon pauvre Louis*, me dis-je, *ta vie jusqu'à ce jour n'a été qu'une longue et désespérante agonie affective*… Le *gling* du tiroir-caisse me tire de mes songes et je relève les yeux.

— Un petit armagnac, m'sieur Barthes ?

— Oh… je ne sais pas si c'est vraiment raisonnable !

— N'est raisonnable que la raison, fichtre ! Que vous dit le cœur ?

Je me contente de sourire et Marie-Cécile me rejoint, deux verres à la main et la bouteille d'armagnac sous le bras.

— Servez-nous, j'arrive ! me lance-t-elle.

Elle se dirige vers l'entrée. Éteint la lumière de la devanture. Et descend le rideau de fer à mi-hauteur. L'armagnac que je nous verse dévoile sa robe dorée et libère ses arômes fruités.

— Fermé au public ! À partir de maintenant, il est permis de fumer ! ajoute-t-elle en sortant un petit paquet de cigarillos de la poche de son tablier.

Et elle me tend le paquet. Je ne me fais pas prier, je fume rarement mais j'apprécie ces entorses.

— Merci, lui dis-je. C'est très généreux à vous.

— Bah ! Je rencontre bien plus de clients qui déménagent à la cloche de bois que de gens qui payent d'avance la semaine sans même tenter de négocier le prix, croyez-moi !

Et elle part d'un rire sincère qui m'entraîne naturellement.

— Bon, suffit… Qu'est-ce qui vous amène ici, m'sieur Barthes ? Enfin, si ça n'est pas indiscret, bien sûr.

— Oh, une longue, longue histoire…

— Sapristi, ça tombe bien ! J'adore les histoires ! Pis, on a le meilleur bas-armagnac de l'auberge, un paquet de cigarillos et la nuit devant nous.

— D'accord. Mais en contrepartie, vous me donnez la recette de votre garbure !

74

Éloïse acheva son troisième café et fila aux toilettes. Elle fixa son reflet dans le miroir : le rythme soutenu de ces derniers jours commençait à imprimer ses marques. Cernes et teint brouillé. Elle se passa de l'eau froide sur le visage et ébouriffa du bout de ses doigts mouillés ses mèches de cheveux courts. Puis elle éteignit la lumière et referma la porte. Vautré sur un fauteuil club près de la machine à café, le flic d'Interpol faisait rouler ses cervicales les yeux fermés.

— D'attaque ? lui lança-t-elle.

Olivier laissa échapper un bref soupir et se leva.

— Complètement crevé mais toujours prêt à en découdre !

Ils traversèrent TEH et laissèrent, côté salle de réunion, Jean-Marc, Kamel et Jacques qui visionnaient depuis une heure les images de sarabandes de voitures entrant sur l'A9 à Remoulins à partir de 15 h 30. Jean-Marc alternait prise de notes et Bolino de nouilles chinoises, tandis que Jacques avait opté pour une boîte de sardines à la tomate.

— Bon… on y est. On a tous les éléments, on n'a rien oublié ? s'enquit Olivier en s'approchant de la porte de la salle d'audition. Prête ?

— Je veux, mon neveu ! rebondit la gendarme en tapotant sur la petite pochette qu'elle tenait dans une main. On a passé plus d'une heure à préparer cet interrogatoire, ça n'est pas pour se louper !

Ils échangèrent un regard déterminé et ouvrirent la porte. Dès qu'ils furent assis devant elle, Jane Smith-Morrison leur jeta un œil fatigué avant de rebaisser la tête vers la table.

— J'avais enfin réussi à m'endormir quand vos copains sont venus me réveiller, maugréa-t-elle.

— Vraiment ? Hélas pour vous, je pense que nous avons de quoi vous maintenir éveillée un bon moment, Jane, attaqua Éloïse froidement.

La jeune fille leva à peine les yeux. Éloïse croisa le regard d'Olivier qui lui fit un léger signe de tête. La gendarme extirpa alors de la pochette l'agrandissement photo du selfie qu'elle fit glisser à plat sur la table jusque sous les yeux de Smith-Morrison.

— Quoi encore ?

— Regardez, Jane. On a trouvé ce cliché dans votre mémoire téléphonique. Il date du samedi 27 juin de cette année.

La jeune fille s'exécuta et dès qu'elle identifia la photo, elle serra la mâchoire en relevant brusquement la tête vers les gendarmes. L'expression de ses yeux mêlait terreur et colère. Les gendarmes attendirent et la réaction ne se fit pas attendre.

— Allez vous faire foutre ! Je veux voir mon avocat !

— Ce n'est pas ce qui est convenu, Jane, et vous le savez très bien.

Smith-Morrison porta nerveusement son index à sa bouche et commença à ronger les petites peaux autour de l'ongle. Une peur panique était en train de s'emparer d'elle et Éloïse pouvait presque suivre le cheminement des idées qui se bousculaient dans le cerveau de la jeune fille.

— J'ai rien à vous dire, vous m'entendez ! RIEN !!! cria-t-elle.

— Boubacar Samba ici, vous à côté, et l'oncle de Samba, Théodore Yadiango, appelé également Bloody Boss, au fond, là, énuméra Éloïse en pointant les différentes personnes. Je vous épargne la traduction, Jane, n'est-ce pas ?

La jeune fille lui décocha un regard venimeux mais ne pipa mot.

— Dites-moi Olivier, notre affaire porte bien sur le trafic d'êtres humains, c'est ça ? badina Éloïse.

— Oui, absolument.

— Et ce Théodore Yadiango, c'est qui déjà ?

— Un des plus gros dirigeants de la branche d'une mafia nigérienne spécialisée dans l'exploitation et la traite des êtres humains.

— Ah oui !… Du coup, ça n'est pas un peu… *étrange* comme coïncidence ?

Jane Smith-Morrison agrippa le rebord de la table, se pencha en avant et fixa Éloïse d'un œil mauvais qui cachait mal sa détresse.

— Tu vas arrêter ton petit numéro, sale fliquette de merde, ouais ?!

— Mais il ne tient qu'à vous, Jane, rétorqua Éloïse d'un ton détaché censé masquer son envie de lui coller son poing dans la figure.

— J'ai rien à vous dire, bordel ! Dans quelle langue il faut que je vous l'explique !

— Nous, au contraire, on pense que vous avez pas mal de choses à nous expliquer, Jane. À commencer par la part que tient votre grand ami Boubacar dans le fait que vous êtes là aujourd'hui.

— Je ne vois pas du tout de quoi vous parlez !

— Vraiment ? Parce que…

Éloïse plongea la main dans la poche arrière de son pantalon et en sortit le téléphone de Jane Smith-Morrison avant de reprendre :

— Parce que, bizarrement, je vois ici que vous avez appelé votre ami Boubacar quatre fois entre la prise de ce selfie le samedi 27 juin et le samedi 4 juillet. Le dernier appel remonte au samedi 4 juillet, soit dix jours seulement avant votre « chasse à l'homme », énonça-t-elle en mimant les guillemets.

— Et alors ?! Depuis quand j'ai plus le droit d'appeler mes amis, hein ?

— Vous niez donc que celui-ci ait quoi que ce soit à voir avec notre affaire ?

— Ouais, putain, ouais, je le nie ! Ça te va, bordel ! Tu me lâches maintenant !

Éloïse se tourna vers Olivier, l'air dépité.

— Elle le nie. Qu'est-ce qu'on fait du coup ? On la *lâche*, vous croyez ?

Le flic d'Interpol se frotta le menton en signe de réflexion et secoua la tête.

— Ben, j'hésite… Vous ne pensez pas qu'on devrait d'abord contacter ce Boubacar Samba ? On pourrait lui expliquer la situation simplement : *Bonjour, monsieur Samba, on mène une enquête sur le trafic d'êtres humains et, d'après les dires de votre grande amie Jane Smith-Morrison, ici présente, vous pourriez avoir quelque chose à voir là-dedans.* Non, qu'est-ce que vous en dites ?

— Mais c'est une excellente idée, Olivier ! Comme ça, s'il nous affirme qu'il n'a rien à voir dans cette histoire, eh ben, je pense que le moment sera bien choisi pour *la lâcher* !

— … La lâcher dans la nature, s'enthousiasma Olivier.

— Voilà, c'est ça ! La lâcher dans la nature… Loin, très loin de cet étau policier qui semble lui porter sur les nerfs.

La jeune fille les regardait, ahurie et affolée.

— Ça vous va, Jane ? On fait comme ça ? Et avant qu'il vous vienne l'idée de m'insulter de nouveau, considérez bien ceci : je n'ai aucune envie de vous protéger. Puisque vous vous glissez entre les mailles du filet grâce à votre avocat pourri, sachez que je serais extrêmement réjouie que vous passiez pour une balance aux yeux de Samba et que justice soit rendue autrement, lui assena Éloïse d'un ton sérieux. À ce titre, j'apprécierais assez d'apprendre que vous avez consacré vos dernières minutes sur terre à être le gibier d'un *chasseur* nigérien. Vous m'avez bien comprise ?

Jane Smith-Morrison, la mine sinistre, hocha la tête lentement. Elle était aux abois. Un léger tic nerveux s'était emparé de ses doigts et elle faisait machinalement claquer deux de ses ongles l'un contre l'autre.

— Alors maintenant, passez à table ou je décroche ce putain de téléphone et j'entame une conversation avec votre pote Boubacar. C'est clair ?

— OK, c'est bon… se résigna-t-elle d'une voix blanche.

Elle expira un long soupir et se frotta le visage du plat de la main.

— C'est Bouba qui m'a filé l'adresse du Dark, c'est vrai. Mais il n'a rien à voir avec cette fille, ni lui, ni Bloody Boss.

— Ça, c'est à nous d'en juger. Allez, racontez-nous tout depuis le début.

La jeune fille eut une expression d'extrême lassitude, mais prit sur elle et entama :

— Tout ce que je vous ai raconté sur le *ruinpub*, la fête géante, les caves et les *Zero Limit showrooms*, c'était vrai. Je n'ai rien inventé. Ça s'est passé exactement comme ça ! La seule différence, c'est que ce Brandon, celui qui tenait sa gonzesse en laisse, il ne nous a jamais refilé l'adresse du Dark. On s'est pris la gueule lui et moi parce qu'il tripait un max devant les images du film et qu'il tenait des raisonnements du genre moi-je-sais-tout sur le milieu de l'esclavagisme. Mais quand je lui ai demandé de nous refiler un tuyau, ben le keum, il n'avait plus grand-chose à dire… Bref, avec Paul et Gautier, on a passé les trois derniers jours de fête dans les caves. Et c'est là qu'a germé l'idée d'une chasse à l'homme. On voulait vivre une expérience hors norme… Le truc, c'est qu'aucun de nous ne voulait se salir les mains ni prendre le risque de se faire choper… Du coup, c'est resté en stand-by pendant quelques mois… Et puis, en juin, il y a eu cette soirée, celle du selfie… C'était un gros événement organisé au Maroc pour un anniversaire. La boîte la plus branchée d'Essaouira avait été privatisée : plage privée, quatre ambiances et quatre bars sur quatre niveaux, un max de people, le gratin du show-biz, champagne à volonté… Bref, vous voyez, une méga-soirée…

Jane Smith-Morrison marqua une pause, les yeux vagues braqués comme des projecteurs sur ses souvenirs. Elle eut un frisson – sorte de manifestation de désagrément – et s'extirpa alors de ses songes.

— La soirée avait super bien commencé, franchement… Puis, vers 4 heures du mat', Gautier m'a rejointe sur la plage. Un DJ de ouf aux platines envoyait le son et je m'éclatais comme une malade. Bref… Gautier était tout excité. Il venait de voir arriver Bouba et son oncle Théodore Yadiango. On s'était retrouvés quelques fois avec ce mec, Bouba, en soirée, mais on n'avait jamais vraiment discuté… Mais bon, vous savez ce que c'est, les ragots, ça circule comme la gale et on avait entendu dire que ce mec était un jobard complet, qu'il avait des trips hyper barrés, qu'il avait violé et torturé deux gonzesses au Niger et que son oncle Bloody Boss faisait partie de la mafia nigérienne…

Elle releva la tête vers les gendarmes.

— Là, on s'est dit qu'on tenait peut-être notre chance… On est allés chercher Paul et on s'est mis d'accord. Je devais brancher Bouba sur notre recherche. Du coup, j'ai approché le type au bar et on a commencé à discuter. De tout, de rien… Vous voyez le truc ? Je n'allais pas y aller franco en lui demandant s'il pouvait nous fournir un être humain pour une chasse à l'homme… On a levé pas mal de verres, sniffé un peu, je crois que c'est à ce moment-là que j'ai pris le selfie… Au bout d'un moment, comme tout se passait bien, j'ai commencé à orienter la conversation sur le sujet qui m'intéressait. On a échangé des sous-entendus et des regards qui en disaient long… bref, ça partait bien… enfin c'est ce que je croyais. Puis là, Bouba, il me propose d'aller prendre l'air, de se promener sur la plage. Je lui dis OK.

Éloïse et Olivier échangèrent un regard furtif et entendu. La suite allait certainement leur réserver une petite surprise.

— On a marché un peu, c'était cool. Puis trois Blacks – des armoires à glace – ont surgi d'un coup de je-ne-sais-où et m'ont chopée. C'était des hommes de Bouba, je les avais repérés à l'intérieur… Et là, franchement, j'ai cru ma dernière heure arrivée…

Les yeux de Smith-Morrison replongèrent d'un coup dans les souvenirs de ce moment et se teintèrent de peur.

— Bouba m'a attrapée par le cou et m'a presque soulevée du sol. J'arrivais plus à respirer, c'était horrible. Il m'a demandé à quoi je jouais exactement, pourquoi je fouinais l'air de rien dans les affaires de son oncle, qui m'envoyait et pourquoi… Sur quoi, il m'a balancée par terre et m'a collé une énorme gifle qui m'a presque sonnée… Je… Il m'a posé plein de questions en boucle…. Je répondais, j'arrêtais pas de répondre ! Je lui expliquais ce qu'on voulait avec Gautier et Paul ! Qui on était !… Mais il recommençait sans cesse avec ses questions, encore et encore… Si je

m'agaçais, une des armoires me foutait une baffe…
J'ai eu l'impression que ça durait des plombes…
Et puis, au bout d'un moment, un quatrième mec est
arrivé. Il a parlé à voix basse avec Bouba, un peu en
retrait. J'ai compris qu'il s'était renseigné sur Gautier,
Paul et moi… Là, Bouba a fait signe à ses hommes
de partir. J'ai cru que c'était fini mais en fait… ça
ne faisait que commencer, lâcha la jeune fille d'une
voix blanche.

Éloïse se crispa imperceptiblement sur sa chaise, elle
n'imaginait que trop la suite. Même si Smith-Morrison
lui inspirait le plus grand dégoût, la gendarme ne put
s'empêcher de ressentir une certaine compassion.

— Il m'a dit : « Toi et moi, on va s'amuser un
peu, OK ? » J'avais carrément pas le choix, j'étais
terrorisée… J'ai hoché nerveusement la tête… J'ai…
j'ai attendu que ça passe… C'était… C'était horrible… Il était hyper violent et j'ai dégusté grave…
Il a bien pris son temps ce taré, ouais… il s'est bien
amusé, lui… Pendant… pendant l'acte, il disait des
trucs vraiment gore et flippants… Je savais même
pas s'il me laisserait la vie sauve tellement… il
était barré… il n'arrêtait pas de parler de la couleur
du sang sur la peau des Blanches, vous voyez, ce
genre de trucs, un vrai fou !… Quand ça a été fini,
il s'est allongé à côté de moi et il m'a dit : « Tu l'as
bien mérité, petite Blanche. » Évidemment, il parlait
de tout ce qu'il venait de me faire mais pas que…
Il parlait aussi du tuyau que je voulais puisque, dans
la foulée, il m'a demandé de sortir mon portable et
m'a filé son numéro. Il m'a dit de l'appeler à partir
du lendemain, que je réessaie s'il ne répondait pas

parce qu'il avait pas mal de trucs à faire mais qu'il s'engageait à me filer ce que je cherchais. Et puis, il s'est tourné vers moi et il m'a dit : « Le plan que je vais te faire suivre, c'est un truc hyper sûr, très protégé et très cher. Pour une clientèle triée rubis sur l'ongle. Si jamais ça sort, je te jure que l'enfer que t'as vécu là, c'était en fait une vue directe sur le paradis. Tu piges ? » En disant ça, il avait un petit sourire cruel et des yeux d'assassin...

Olivier Merlot intervint.

— Je ne comprends pas pourquoi il vous a demandé de l'appeler. Après tout, en vous refilant l'adresse du Dark à ce moment-là, il se compromettait moins qu'en vous donnant son numéro parce qu'un appel, ça laisse des traces.

— Je l'ai compris plus tard quand j'ai fini par l'avoir au téléphone. Il m'a donné l'adresse du Dark et aussi le mot de passe pour accéder à l'interface. Et comme on vous l'a dit, ce mot de passe, il est à durée limitée et donne accès à une messagerie temporaire.

Éloïse et Jean-Marc échangèrent un regard entendu. La grande prêtresse qui régnait sur son vivier humain – aidée certainement par son armée de complices – était d'une redoutable prudence...

— Quand il a fini par me refiler le tuyau par téléphone, poursuivit Smith-Morrison, il m'a dit : « Je viens d'obtenir le nouveau mot de passe. Tes potes et toi, vous avez huit jours pour vous décider, après, c'est mort. Et maintenant, je veux plus jamais entendre parler de toi, petite Blanche. C'est clair ? » Et je peux vous dire qu'il ne plaisantait pas !

***

À peine eurent-ils quitté la pièce qu'Éloïse prit le flic à partie.

— Bon sang, ce Boubacar Samba est le maillon qui nous permettrait d'entrer en contact avec le fournisseur ! Faut qu'on creuse cette piste !… Quoi, qu'est-ce qu'il y a ? demanda-t-elle face à la mine d'Olivier.

— Honnêtement… J'ai déjà pris la température niveau hiérarchie et on m'oppose de vives réticences à aller farfouiller ouvertement du côté de Boubacar Samba. Faudrait qu'on ait vraiment des éléments béton pour espérer ne serait-ce qu'une entrevue avec ce type.

Éloïse leva un regard exaspéré. Au fond, elle était partagée entre son instinct qui lui disait de foncer droit chez ce sale gus pour lui arracher tout ce qu'il savait sur cette ignoble affaire de trafic et son engagement à respecter la voie hiérarchique. Olivier perçut son trouble et poursuivit :

— En plus, si on remue de ce côté-là, Samba va se faire un plaisir de nous sortir le grand jeu : avocats, procédures et tout le toutim… Au final, on risque de ne rien obtenir si ce n'est le contraire de ce qu'on veut : alerter notre fournisseur qui se fera encore plus prudent et discret…

— C'est un risque réel, effectivement… admit Éloïse en soufflant. Jean-Marc pense comme vous…

La gendarme serra les poings, elle détestait l'idée qu'un type aussi perverti que ce Samba puisse tranquillement faire sa vie sans encombre…

— Bon… J'en réfère à Prat et je vois ce qu'il en dit, finit-elle par trancher, la mort dans l'âme.

Nuit de J + 7 à J + 8

75

— Bruno, Bruno ! Tu m'entends ? Ohé !

Autour de lui, froid et humidité. Son crâne lui faisait atrocement mal, et sa cheville semblait battre sourdement, prisonnière d'un étau invisible.

— Ouh-ouh, Bruno !

Le garçon fit un effort surhumain pour ouvrir les yeux. Une gangue de ténèbres s'abattit sur sa rétine.

— Où… qu'est-ce que…

— Bruno ! Oh Bruno ! J'ai eu tellement peur ! lança la voix en lui prenant la main.

Cette voix… il la connaissait. Bon sang, pourquoi n'arrivait-il pas à mettre ses idées en place ? Il gémit quelques bribes de mots incompréhensibles.

— Reste avec moi, Bruno ! C'est moi, Élicen !

Élicen ! Le prénom surgi des antres de la nuit lui fit l'effet d'un coup de couteau. Tous les souvenirs affluèrent d'un coup à sa conscience. Le torrent. Le mur. Le cheptel… Et ce fou avec son fusil de chasse. Bon Dieu, dans quoi s'était-il fourré ?! Un soupirail laissait passer la pâle lumière du clair de lune et il commença à discerner les contours de l'adolescente assise en tailleur à côté de lui.

— Tu m'entends Bruno ?

— Oui... oui, je t'entends Élicen.

La jeune fille laissa échapper un petit rire de soulagement en l'entendant lui répondre.

— Tu m'as flanqué une de ces trouilles ! J'ai vraiment cru que... mais tu vas bien et c'est ce qui compte.

— Bien, c'est beaucoup dire, commenta Bruno d'une voix pâteuse. Je suis glacé des pieds à la tête, j'ai le crâne prêt à exploser et la cheville en bouillie... À part ça, je suppose que je dois m'estimer heureux... Ce n'est pas comme si on avait été enfermés dans un cachot par un malade armé d'un fusil ! conclut-il sinistrement.

Un silence glacial fit suite à ses propos et le garçon sentit l'affolement le gagner : Élicen affichait une mine renfrognée.

— Élicen ? J'ai dit quelque chose qui ne va pas ?!

— Mais non ! C'est juste que je réfléchis.

— À comment nous sortir d'ici ? Je suis preneur.

— Non. À comment je suis arrivée jusqu'ici.

— Je te rappelle que c'est toi qui es venue me chercher à la cabane de la carrière. Tu semblais complètement... apeurée.

— Oui, je sais, merci ! Mais le problème n'est pas là... En fait, je me demande comment j'en suis arrivée là, comment je suis passée d'une vie bien organisée au cœur du cheptel à... à ce cachot, acheva-t-elle dans un souffle presque inaudible.

— Mais t'y peux rien si ce taré nous a pris pour cibles !

— Ça n'est pas si simple, tu ne sais pas tout, Bruno !

— Quoi encore !… Qu'est-ce que tu me caches, hein ?! s'énerva-t-il.

Bruno entendit Élicen expirer un long, long soupir tremblant. Il devinait à peine son visage dans la pénombre. Pourtant, il capta sans mal le désarroi de la jeune fille qui se tenait à un tout petit mètre de lui, nerveuse et sans défense.

— Désolé… Je… je ne voulais pas te faire de mal.

— Non. Ça n'est pas ta faute, Bruno… Tout se bouscule dans ma tête et je ne parviens pas à comprendre ce qui se passe.

— Alors, parle-moi, Élicen. Je peux peut-être t'aider, qu'est-ce que tu en penses ?

— Ce taré, comme tu dis, c'est Francis.

— Quoi ?! Tu le connais !

— Oui. Francis est le Grand Serviteur de notre Grande Prêtresse Virinaë. Il tient un rôle très important dans la survie du cheptel.

Bruno se crispa immédiatement. Il commençait à en avoir soupé de toutes ces fadaises ! Grande prêtresse, grand serviteur, cheptel, et quoi encore !… Merde à la fin !!! Dans sa tête, la colère le disputait à la terreur. Parce que les dessins d'enfants d'Atrimen et Élicen, les pierres blanches et mortuaires du cénotaphe et sa présence actuelle dans les oubliettes d'une ancienne colonie pénitentiaire, tout cela le ramenait à cette incroyable et terrible vérité : il vivait un véritable cauchemar éveillé.

— Ce qui est incompréhensible, reprit la jeune fille, c'est que Francis était armé. Seuls les Boches possèdent des fusils !

À l'évocation des Boches, les barrages de Bruno volèrent brutalement en éclats, sans prévenir. Comme les déferlantes d'une marée montante trop longtemps contenue qui auraient subitement fait céder les digues, emportant tout sur leur passage.

— Ah ouais ?! Ben, tu sais ce qui est incompréhensible pour moi ?! C'est tes histoires de Boches, de prêtresse, de grand serviteur et de cheptel ! tempêta-t-il. ÇA, tu vois, ÇA, c'est totalement dingue ! Délirant ! ABSURDE ! Il n'y a pas plus de Boches en dehors de votre communauté qu'il n'y a de Martiens sur la Lune ! JE viens du dehors et JE peux te dire que toutes ces histoires de guerre et de Boches, c'est le plus grand foutage de gueule que l'humanité ait jamais connu ! Tu veux savoir ce qu'il y a derrière vos murs, hein, tu veux le savoir ?! Ni plus ni moins que la vie normale de milliards de GENS NORMAUX ! s'étrangla-t-il, furieux. À l'heure où je te parle, ma mère, mon père et mon frère doivent être morts d'inquiétude ! Et tu veux que je te dise ?! Ils ont raison !!! Parce que je suis tombé en plein milieu d'une communauté de dégénérés débiles et moyenâgeux qui se croient en pleine guerre CONTRE DES ENNEMIS QUI N'EXISTENT TOUT SIMPLEMENT PAS !!!

Bruno ne la vit pas venir mais la gifle qui lui cingla la joue gauche l'arrêta net dans son élan. Souffle coupé en une fraction de seconde. Il n'eut guère le temps de reprendre ses esprits, qu'une deuxième claque lui cuisait déjà l'autre joue. Il venait de prendre un aller-retour magistral à côté duquel la seule et unique gifle qu'il avait essuyée de sa mère depuis qu'il était né ressemblait à une chaleureuse accolade !

— DÉBILE TOI-MÊME !!! riposta Élicen avec colère. DEPUIS MA NAISSANCE, JE VOIS DE MES YEUX LES BOCHES ENLEVER LES NÔTRES !

La jeune fille s'arrêta, le souffle court. Elle laissa filer une seconde de silence, puis reprit d'une voix subitement basse et glaciale :

— Nous vivons dans la terreur d'une rafle en permanence et tu oses encore me raconter à moi que je mens !

La fatigue. Le stress. L'incommensurable incongruité de la situation, pour sûr. La gravité du drame qui se jouait, probablement… Bruno partit d'un fou rire nerveux qu'il tenta d'abord de réprimer, mais qui finit par crever le silence et s'élever crescendo dans la cave sombre.

— Quoi !? lança Élicen d'un ton irrité.

Les échos du rire de Bruno ricochaient désormais contre les parois de la cave, donnant à son hilarité une ampleur démesurée et contagieuse.

— Qu'est-ce… qu'est-ce que j'ai dit de si drôle, enfin !? (Mais les éclats de Bruno couvraient sa voix.) Mais t'es fou ! Enfin Bruno, arrêêête ! finit-elle par pouffer.

Bruno ne s'arrêta pas – il ne le pouvait pas, la nervosité avait pris le pas sur toute autre considération – et Élicen, ahurie, se laissa peu à peu entraîner. Bientôt, tous deux se retrouvèrent aux prises avec une crise de rire absurde et indomptable qui enfla et enfla encore jusqu'à ce que, les mains posées sur les abdominaux douloureux, ils parvinssent enfin à s'apaiser. Les larmes aux yeux, des spasmes secouant encore son ventre, Bruno fixa les ténèbres autour de lui en laissant échapper de longues expirations. Peu à peu, le silence retomba. Lourd. Pesant. Dramatique.

— Élicen, reprit-il avec gravité, il n'y a rien de ce que tu crois derrière le mur. Les Boches n'existent pas. Je te le jure sur ma vie.

76

Les bruits familiers du sommeil des autres ronronnent à tes oreilles. Tout le monde dort depuis bien longtemps mais toi, tu gardes les yeux ouverts et ton cerveau turbine à plein régime. Tu es écœurée par l'apparente facilité avec laquelle les autres ont évincé Élicen. Des bribes du discours d'Anten te reviennent et alimentent ta rage. Mais, par-dessus tout, tu es rongée par l'inquiétude. Où est ton amie en ce moment même ? Que fait-elle ? Est-elle en vie, seulement ?! Au fond de toi, une petite voix te murmure que oui. Qu'Élicen est une battante et que, malgré sa prétendue immaturité, elle n'aura pas foncé tête baissée vers un piège grossier. Elle a fait confiance à Bruno. *Il n'a rien d'un Boche et tu le sais !* Et c'est vrai. Si tu es sincère avec toi-même, en faisant fi de tout ce que tu sais – *ou de ce que tu crois savoir !* –, Bruno ne représentait aucun danger. C'était juste un gamin qui avait besoin d'aide. Peut-être, si tu avais été réceptive aux propos de ton amie, si tu l'avais écoutée et soutenue au lieu de la raisonner comme tu as toujours eu tendance à le faire, peut-être serait-elle encore là à tes côtés… ou serais-tu auprès d'elle. Au lieu de cela, tu contemples le lit vide à côté du tien et une grande détresse te gagne. Depuis l'enfance, tu dors tout près d'Élicen. Vous avez toujours tout partagé ! Les confidences, les coups durs, les joies. Et tout cela semblait si naturel, si évident et si... immuable... Quelque chose d'étrange se produit en toi devant la couche inoccupée de ton amie, un sentiment un peu confus de perte de l'enfance. C'est exactement ça, oui : une certaine forme de naïveté est en train de te quitter, cette ingénuité enfantine qui consiste à croire en la permanence des choses. Là, ce soir, devant l'absence d'Élicen, tu mesures la vulnérabilité des relations humaines, aussi intenses et sincères soient-elles. Depuis toujours, l'unique menace a résidé dans les rafles des Boches. En dehors de ça, rien n'a jamais tourmenté ton amitié. Pourtant aujourd'hui, l'absence de ton amie n'est pas due aux Boches, tu en es certaine... Et le témoignage de Francis te laisse perplexe. En se lançant à la poursuite de Bruno, il aurait dû croiser Élicen. Et à supposer un instant que leurs routes ne se soient pas croisées, Élicen aurait dû revenir. Impossible autrement, non ?... Francis, le Grand Serviteur de Virinaë, pourrait-il mentir ?!

NON, impossible !

Tu chasses loin de toi cette idée calomnieuse. Douter de l'honnêteté de Francis, c'est douter de celle de la Grande Prêtresse, et ça, c'est tout bonnement inadmissible... Il a dû se passer quelque chose que tu ignores. Il existe forcément une explication...

Que ferait Élicen à ta place ?

La question inattendue a fusé seule dans ton esprit. Et la réponse s'impose immédiatement. Elle te chercherait, elle voudrait savoir, elle aurait besoin de savoir. Cette simple idée te terrorise et une peur viscérale te soulève l'estomac. Seras-tu capable, seule, envers et contre tout ce que tu as appris, de désobéir aux anciens du cheptel et de partir à la recherche d'Élicen ?

L'hypothèse à elle seule est terrifiante… Pourtant, si tu veux connaître la vérité, tu n'as aucun autre choix…

77

Au loin, le hululement d'une chouette effraie appesantit encore le silence crispé du caveau. Et, plus proche, comme un ressac en miroir de la solitude des âmes, le bruissement quasiment imperceptible des herbes hautes que le vent balayait. Bruno savait qu'il venait d'ébranler Élicen au-delà de tout ce qu'il pouvait imaginer. Il chercha une image, un point de comparaison pour s'approprier sa douleur. Et c'est le film *The Truman Show*[1] qui s'imposa dans son esprit. Pas sur le versant de l'exploitation commerciale, impudique et amorale d'un reality-show… Non… Mais sur le versant intime et humain de *l'acteur-malgré-lui* qui découvre soudain que TOUTE SON EXISTENCE est fictive. La manipulation est totale. Tout ce qui faisait sens pour lui, tout ce qu'il croyait savoir repose sur une vaste mise en scène.

---

1. *The Truman Show* est un film de Peter Weir qui raconte la vie de Truman Burbank, star d'une téléréalité à son insu. Depuis sa naissance, son monde n'est qu'un gigantesque plateau de tournage et tous ceux qui l'entourent sont des acteurs. Lui seul ignore la réalité. Le film explore ses premiers doutes et sa quête pour découvrir la vérité.

D'une certaine manière, par sa révélation, Bruno venait d'anéantir les fondements mêmes de la vie d'Élicen. Il attendit. Ce n'était plus à lui de parler. Si Élicen choisissait d'en rester là, il le respecterait.

— Bruno… Je… je ne comprends pas…

Sa voix était spectrale. Blanche. Désincarnée. Et Bruno ressentit immédiatement une immense compassion et une écrasante culpabilité. Il était l'annonciateur d'une terrible vérité. Sa langue était un glaive. Malgré lui, il frémit. Lorsqu'il ouvrit la bouche pour parler, il trouva son élocution lourde, engourdie, une sorte d'éructation plaintive.

— Je suis profondément, absolument… désolé, Élicen… Et je déteste l'idée que ce soit moi qui doive te dire que… (Bruno s'arrêta, il hésitait.) Bref, je crois que tu as compris, n'est-ce pas ?

Il entendit sa respiration enfler, se saccader, puis un long gémissement désespéré. Élicen approchait du point de rupture.

— … Mais Bruno… Virinaë ne peut pas… se TROMPER À CE POINT ! ragea-t-elle soudain, des sanglots dans la voix.

Il y avait déjà dans ce cri toute l'horreur pressentie d'une vérité qu'Élicen refusait d'admettre. Que son cerveau refusait d'entendre. Bruno prit une grande respiration. Il avait fait le tour de la question dans tous les sens. Il n'y avait aucune autre possibilité. Et pour une putain de raison qu'il ignorait, le ciel l'avait placé là, lui, pour annoncer l'insoutenable vérité !

— Tu as raison Élicen, celle que vous appelez Virinaë ne se trompe pas… Elle vous ment.

La réaction ne se fit pas attendre. Un long hurlement de détresse déchira le caveau, suivi d'une cascade de pleurs incontrôlables qui cisaillèrent l'âme de Bruno. Au cœur des sanglots et des râles, des protestations déchirantes jaillissaient çà et là pour lutter contre une évidence inacceptable.

Le garçon laissa de longues minutes passer sans ajouter le moindre mot. Élicen pleurait toujours, même si ses sanglots s'espaçaient peu à peu. Quand il n'entendit plus que de faibles hoquets, il s'approcha lentement d'elle en faisant riper ses fesses au sol et, dans la pénombre de leur prison, distingua son corps recroquevillé en chien de fusil au sol. Avec toute la douceur dont il pouvait faire preuve malgré son stress, il posa une main tremblante sur ses cheveux et commença à lui caresser la tête – exactement comme l'avait fait sa mère trois ans plus tôt quand il avait appris la mort brutale de son grand-père adoré – en murmurant :

— Chut, calme-toi Élicen… Chuuut… Ne t'inquiète pas, ça va aller… Je suis là.

Il redoutait qu'elle ne le repousse mais elle n'en fit rien. Contre toute attente, elle posa même sa tête sur son genou et se blottit contre lui.

— Raconte-moi tout, Bruno… Je veux tout savoir, hoqueta-t-elle d'une voix éraillée et entrecoupée de reniflements. Qui es-tu ? D'où viens-tu ? Quelle est ta vie ? Et… comment c'est de l'autre côté du mur ?

78

Bercée par le *tacatac* du train, elle se sentit gagnée par une douce léthargie. Au-dehors, la nuit avait englouti tout paysage. Elle distingua, à la faveur du clair de lune, une forêt qui hérissait la plaine et songea à son empire que les arbres protégeaient en grande partie des regards aériens. Le cheptel s'était merveilleusement accommodé de cette vie cachée, s'adaptant de génération en génération à son environnement. Ses habitats et infrastructures rudimentaires se coulaient parfaitement dans le mitan de la forêt, de sorte qu'un biotope était né – savant équilibre entre règnes animal, végétal et humain – en contrepoint des assauts aveugles de l'homme sur une planète asservie qui commençait à rendre l'âme…

Elle sourit. Elle sourit parce qu'elle savait tout cela comme on sait un dictionnaire. En réalité, qu'une nouvelle et microscopique civilisation se soit acclimatée à son milieu naturel, contrairement au reste du monde fondé sur la conquête de l'environnement, la laissait totalement indifférente. Son père considérait avec émerveillement cette performance écosystémique, mais elle, elle s'en fichait comme de colin-tampon ! Et son bon plaisir consistait justement dans le saccage de l'idéologie paternelle qui fondait l'édifice sociétal. Un plaisir lent, très éloigné de la jouissance abrupte et violente dont il ne reste qu'un maigre tremblement éparpillé dans la chair après une saillie puissante et furtive. Un plaisir de vengeance semblable à celui des peine-à-jouir, graduellement installé, nourri chaque instant de la promesse de l'instant suivant. Un tel plaisir nécessitait d'en entretenir les conditions : elle se devait d'assurer la survie du cheptel pour mieux l'exploiter…

Son téléphone sonna, c'était Francis. Elle jeta un œil autour d'elle. Le wagon de nuit de première était quasiment vide, elle décrocha. Francis stressait. Il tentait de faire bonne figure, de répondre aux exigences posées, mais ces choses-là pour lui étaient trop compliquées.

— J'arrive à Toulouse Matabiau demain au petit matin, puis j'ai une correspondance jusqu'en gare de Tarbes… Le temps de commander un taxi et de rentrer… tu me retrouves demain chez moi vers… 13 heures, nous mangerons ensemble. D'accord ?

Elle sentit immédiatement l'immense soulagement dans la voix de l'homme : son calvaire prenait fin… Elle souhaita alors qu'un autre commençât et lui murmura des obscénités d'une voix chaude et languissante, le genre d'obscénités qui le rendaient fou, qui faisaient piaffer son corps d'une impatience presque insoutenable, qui le conduisaient au sommet d'un désir d'autant plus violent qu'il demeurait inassouvi. Lorsque le souffle de Francis lui parvint vibrant, haché, frémissant d'excitation, elle assena d'une voix aussi sèche et claquante qu'un coup de fouet :

— Comment vont les prisonniers ?

Il y eut un silence comme après un tremblement de terre. Puis un léger balbutiement dans le combiné, mélange de stupeur et de terreur. Elle sentit alors une nuée de papillons s'affoler au fond de son ventre.

— Francis, je t'ai posé une question.

— … Les… euh… Je leur porterai à manger demain matin.

— Ce n'est pas ce que je t'ai demandé, Francis, trancha-t-elle avec autorité. Est-ce qu'ils vont bien ?

— Oui… Oui, oui, ils vont bien. Enfin… le garçon, par contre, est blessé…

— Le morveux ?

— Il a une très grosse entorse…

— Je m'entretiendrai avec lui, manière de mesurer l'impact de son intrusion dans mon royaume. Ensuite, il crèvera !… Et le cheptel ?

— Le chep… le cheptel ?… Je, je vais… je dois y aller, c'est ça ?

— Bien sûr, triple idiot, que tu dois y aller ! Tu dois y aller pour t'assurer que les choses tournent comme je le veux.

— D'a… d'accord.

— Et comment est-ce que je veux que les choses tournent, Francis ?

— …

— Francis ?

— Euh… c'est-à-dire que… je ne sais pas, confessa-t-il d'une voix honteuse.

Elle expira bruyamment pour bien montrer son agacement et sa suprématie. Les papillons s'agitaient de plus en plus fort en elle.

— Demain matin tôt, tu vas aller voir les anciens pour leur dire que je serai là dans l'après-midi. Tu en profiteras pour t'assurer que la disparition d'Élicen continue bien d'être interprétée comme elle le doit. La petite a désobéi, elle a trahi les siens en mettant en danger le cheptel. Est-ce que tu as bien compris Francis ?

— Oui, j'ai bien com… compris… Mais…

— Mais quoi ?!

— Et si… et si je n'y arrive pas ? implora-t-il. Et s'ils…

Elle pinça les lèvres pour retenir un gémissement et se cambra légèrement sur son fauteuil.

— Chuuut… Écoute-moi bien Francis, je vais tout arranger… Dis-leur que je vais venir les voir… Qu'ils auront audience en fin de journée… Qu'ils ne doivent rien entreprendre avant de m'avoir vue. D'accord ? conclut-elle, la voix ardente.

Les papillons voletaient désormais dans son ventre, farandole anarchique et explosive. Francis déglutit bruyamment dans le combiné et parvint à articuler :

— D'a… d'accord.

— … Comment est-ce que tu m'aimes, Francis ? expira-t-elle.

— Comme… comme un chien, répondit-il, effrayé par sa propre révélation.

Francis crut percevoir une sorte de petit cri étouffé juste avant qu'elle lui raccroche au nez.

79

Éloïse grimaça en reposant le café tiède qui sommeillait dans le fond de son gobelet. La fatigue dévorait les visages mais, après l'entrevue avec Jane Smith-Morrison, elle avait tenu à organiser un dernier débriefing. Elle venait d'exposer l'essentiel de l'interrogatoire concernant Boubacar Samba et conclut d'un ton grave :

— Bilan, nous savons désormais que Boubacar Samba pourrait nous conduire vers le fournisseur, ou, tout au moins, pourrait nous obtenir une prise de contact avec ce dernier *via* le Dark…

— Ben, c'est une super-nouvelle, ça ! On n'a plus qu'à aller asticoter ce type ! s'emballa Thibault.

— Le problème, intervint Olivier, c'est que si nous remuons les choses côté Samba, on va non seulement se heurter à un rempart d'avocats – et je vous rappelle que Boubacar Samba est de nationalité nigérienne, qu'il bénéficie d'appuis forts, donc à moins de l'arrêter sur le sol français, on peut toujours courir pour un mandat d'extradition –, mais en plus, on prend le risque que notre fournisseur soit prévenu…

— J'ai informé le colonel Prat du rôle de Samba dans l'affaire. J'attends sa réponse… mais je crains qu'Olivier n'ait raison.

Un silence crispé s'installa. Cette nouvelle dimension politico-judiciaire qui s'invitait dans l'affaire risquait de peser lourdement dans le déroulement de l'enquête.

— Bon… Et du coup, si Samba est intouchable, on fait quoi ? finit par demander Agathe.

— En attendant de savoir comment Prat voit les choses, on poursuit la recherche d'identification du véhicule tandem au Ducato en décortiquant les vidéo-surveillances du péage… On en est où sur tout ça ? questionna Éloïse.

Jean-Marc, Jacques et Kamel, assis à côté, affichaient des mines terreuses. Tous avaient les yeux rougis par les heures passées devant les écrans.

— Les vidéosurveillances des différents lieux de Remoulins munis d'une caméra nous ont été transférées par mail dans la soirée, entama Kamel. Je n'ai pas encore eu le temps de les ouvrir. Mais je m'en occupe demain matin. L'idée, c'est d'utiliser un logiciel de reconnaissance faciale.

— C'est-à-dire ?!

— On a l'image de notre conducteur du Ducato. Le logiciel va intégrer les spécificités de ce visage – distance entre les yeux, distance de la bouche au nez, *et cœtera*… – et appliquer les filtres à l'ensemble des visages filmés par les différentes vidéosurveillances. Si notre type apparaît sur l'un des films, ça matche. Et ça ne prend que quelques minutes pour l'ensemble des bandes sur les deux heures concernées.

— C'est génial ! s'exclama Agathe.

— Le seul hic, c'est que, d'après notre reconstitution sur place, il y a bien plus de chance que ce soit la femme au chapeau qui ait pu se promener dans Remoulins que notre conducteur du Ducato, tempéra Éloïse. Tu ne peux pas introduire de filtre discriminant du genre « femme portant un chapeau » ?

— Ça ne marche pas comme ça, Éloïse. Le logiciel de reconnaissance faciale agit à partir d'une photo concrète de la personne. Non… Pour essayer de repérer cette femme, il va falloir qu'on se tape le visionnage de toutes les vidéos, soupira Kamel.

— OK… Dans ces conditions, autant privilégier les bandes vidéo de l'autoroute. D'après le témoignage de la parfumeuse qui faisait sa marche nordique, la femme au chapeau conduisait un véhicule noir ou sombre, quatre-quatre ou monospace. Vu que les jeunes ont récupéré la livraison vers 15 h 30, on peut imaginer que le véhicule de la dame au chapeau est reparti par l'A9 peu de temps après 15 h 30.

— C'est exactement ce sur quoi on s'est centrés avec Jean-Marc et Jacques.

— Et ça donne quoi ?

— Trente-six véhicules correspondant à cette description ont pris l'A9 depuis Remoulins entre 15 h 30 et 16 heures, répondit Jean-Marc avec lassitude.

— De mon côté, j'ai investigué sur chacune des trente-six plaques d'immat', reprit Jacques. Vu les premiers éléments du rapport d'analyse sur les vêtements de la victime, j'ai isolé seize plaques immatriculées dans les départements pyrénéens : 66, 65, 09 et 64. Demain, je ferai les recherches sur chacune d'entre elles.

— Beurk, un vrai travail de fourmi, grimaça Thibault.

Jean-Marc lui coula un regard en biais avant de rétorquer :

— *Travaillez, prenez de la peine, c'est le fonds qui manque le moins.*

— Si tu le dis !

— Ah non, ça n'est pas moi, c'est Jean de La Fontaine !

Un rire contagieux circula dans l'équipe avant qu'Éloïse intervienne.

— Je sais qu'il est 2 heures du matin et qu'on en a tous plein les bottes, mais plus tôt on aura fini le tour de table, plus tôt on pourra se reposer. Qu'est-ce qui nous reste à voir encore ?

— L'expertise de la scientifique concernant le Ducato cramé par nos trois jeunes, répondit Olivier. Bon, autant ne pas se bercer d'illusions, on sait que le feu est redoutable pour détruire les preuves… Parallèlement, il y a l'enquête autour du vol du Ducato. Thibault, Agathe, vous avez avancé ?

— On a contacté la scientifique pour qu'un technicien relève le numéro de châssis du Ducato, répondit Agathe. Je vous passe les aléas de la démarche et le temps considérable que nous avons passé à poireauter au téléphone ! Finalement, on est tombés sur un TIC plutôt sympa qui nous l'a refilé.

— Conclusion : le Ducato qui nous intéresse a été volé la nuit du dimanche 12 au lundi 13 juillet de cette année, à Pau, dans le 64, à un dénommé Yann Tourpillon, menuisier-charpentier au Mans ! énonça Thibault. Le type était venu passer le pont du férié chez des amis dans le coin… Mais le collègue en charge du dossier était absent, on devrait en savoir plus demain.

— Du 12 au 13 juillet ?… Ça veut dire la veille de la chasse à l'homme, réagit Éloïse. Donc le fournisseur vole un véhicule au moment où il en a besoin et probablement dans un rayon kilométrique relativement restreint.

— Qu'est-ce qui te permet de dire ça ?

— Le délai est court ! Bien trop court pour organiser une virée à l'autre bout de la France.

— Qui plus est, dans la majeure partie des cas, les véhicules sont volés dans un environnement bien repéré par le délinquant, renchérit Jean-Marc. Ça diminue les risques pour lui. Il connaît les parkings, les endroits surveillés ou non, les rues pour déguerpir… Bref, je rejoins Éloïse : le périmètre d'action est souvent restreint.

— Et pour finir, enchaîna le flic d'Interpol, d'après les premières déductions des laborantins autour des vêtements, la victime venait des Pyrénées. Or Pau, c'est au pied des montagnes ! On dirait bien que l'étau se resserre…

Les gendarmes échangèrent des regards nerveux. Même si rien ne leur permettait encore de géolocaliser le fameux élevage d'êtres humains, Olivier n'avait pas tort, ils commençaient à s'en rapprocher.

— Bon, on a du pain sur la planche pour demain, donc repos pour tous ! Olivier a raison, nous sommes en train de nous rapprocher, conclut Éloïse en refermant son dossier. En sollicitant les collègues pyrénéens, on devrait finir par trouver. Bon sang, des communautés vivant en autarcie, ça ne doit quand même pas courir les rues !

— Les rues, non ! Mais les montagnes… c'est une autre affaire, ironisa Jean-Marc.

J + 8

80

Bruno ouvrit un œil fatigué et son cerveau émergea lentement des limbes d'un sommeil agité plus abrutissant que réparateur. Dès qu'il sentit qu'il était en pleine érection matinale, il s'éloigna du corps tout chaud d'Élicen contre lequel il avait dû se blottir sans s'en rendre compte. La honte ! songea-t-il en rougissant jusqu'aux oreilles. Mais la jeune fille dormait encore profondément à en croire sa lente respiration. Le jour commençait à percer par le maigre soupirail, arrosant faiblement le caveau d'un halo diaphane. Bruno risqua un œil vers sa compagne d'infortune. Pour se réchauffer, elle avait par réflexe resserré sur elle la chasuble informe qui lui servait de vêtement et les lignes de son corps ressortaient sous le tissu. Elle avait une jolie silhouette, ne put-il s'empêcher de constater. Ses cheveux formaient des tortillons dans son cou et le long de ses joues, grignotant son visage. Bruno s'approcha un peu plus et découvrit deux sourcils froncés qui donnaient à ses traits une expression de perplexité tourmentée. Même pendant son sommeil, Élicen ne semblait pas vraiment en repos. Le garçon resta plusieurs minutes à l'observer et scruta sur son visage les moindres variations d'expression. Visiblement, son rêve n'était pas agréable car Élicen alternait froncements de sourcils et crispations de la bouche. De temps en temps, elle marmonnait des choses incompréhensibles sur un ton défensif. Un long grincement de ferraille au-dessus d'eux mit fin à cet intermède. Élicen se réveilla en sursaut et se redressa tandis que Bruno fixait des yeux la grille cadenassée qui fermait le cachot. Des pas lourds commencèrent bientôt à se faire entendre.

— Ça doit être Francis, chuchota Élicen.

Mais bien que Francis lui fût familier, la voix de la jeune fille trahissait sa crainte. Le récit de Bruno la veille avait fini de la fixer sur l'intolérable manipulation dont tout le cheptel faisait l'objet. Francis était nécessairement dans la confidence. Le Grand Serviteur n'était autre que le sbire docile de Virinaë. Un homme de main sans vergogne. Les pas approchèrent – bruits mats dans la terre meuble du sol – ainsi que le halo d'une lampe trouant la cavité de pierres. Puis la silhouette de Francis se dessina en une ombre déformée courant sur l'arc de la voûte. Bruno et Élicen, apeurés, se serrèrent l'un contre l'autre. Qu'est-ce que ce type s'apprêtait encore à leur faire ? Francis se figea devant la grille qui condamnait la cellule. Il balaya le cachot du pinceau de sa lampe et finit par les repérer. Terrés dans un coin. Collés l'un à l'autre. Le visage dévoré par la peur. Bruno eut le sentiment d'être un petit animal craintif acculé dans un angle de la pièce. Il tenta de barrer le jet de lumière qui l'aveuglait en levant la main sur ses yeux.

— C'est pour vous, finit par lâcher Francis en faisant passer des sachets au travers des barreaux. Il n'y aura plus rien jusqu'à demain, alors je vous conseille de faire durer vos provisions.

Sur quoi, l'homme fit volte-face et disparut dans le boyau par lequel il était arrivé. Bruno et Élicen attendirent que les pas se fussent suffisamment éloignés pour s'approcher du petit tas de vivres au sol. Bruno attrapa une bouteille d'eau en plastique, l'ouvrit et but goulûment. Puis, il s'avisa qu'Élicen regardait l'amoncellement par terre avec deux grands yeux ronds et méfiants.

— Quoi ?! demanda-t-il en ouvrant un sachet de pains au chocolat industriels.

— C'est quoi ? demanda-t-elle alors.

Bruno lui jeta un œil ahuri avant de comprendre qu'elle n'avait jamais dû manger de produits emballés. Même le pain qu'elle lui avait apporté était fabriqué sur place.

— C'est un pain au chocolat. Goûte, tu vas voir, c'est bon.

Élicen but d'abord une longue rasade d'eau et attrapa ensuite la viennoiserie du bout des doigts, la renifla et en porta un petit morceau à la bouche. Bruno la scrutait avec attention. Il avait le sentiment grandissant d'être un savant en train d'observer une peuplade retirée du monde. Finalement, l'adolescente sourit et dévora son pain au chocolat. Ils étaient affamés et mangèrent une bonne moitié de ce que leur avait apporté Francis. Puis la mine d'Élicen s'assombrit d'un coup. Elle s'assit en tailleur face à Bruno, et d'une petite voix tremblante elle lança :

— C'était mon tour, j'te rappelle.

Bruno mit un instant à assembler les morceaux. La veille, conformément à ce que lui avait demandé Élicen, il avait entrepris le récit des événements qui l'avaient amené à franchir le mur. Il avait voulu faire simple mais dès sa présentation, ça avait couaqué.

— Mes parents sont *divorcés*... Kévin dit que j'suis qu'un sale *geek* parce que j'adore les *jeux vidéo*... Si je n'avais pas perdu *mon portable* dans le torrent, j'aurais pu *passer un appel* ou *envoyer un SMS*... Ils ont dû parler de ma disparition à la *télé*...

Tous les propos de Bruno impliquaient une explication. Il y avait tant et tant de choses qu'Élicen ignorait ! Au bout de deux heures d'un récit à tiroirs, Bruno avait finalement protesté.

— Élicen, moi aussi, j'ai des dizaines de questions ! Moi aussi, j'ai besoin de réponses ! À partir de maintenant, on parle chacun son tour, OK ?

L'adolescente avait approuvé et ils avaient commencé à se questionner à tour de rôle. Ainsi Bruno avait appris pas mal de choses.

Élicen avait 15 ans. Elle était née dans la communauté, comme tout le monde. Les femmes accouchaient sur place, aidées par la Grande Prêtresse Virinaë. C'était aussi elle qui soignait les âmes du cheptel quand l'une d'entre elles était malade, blessée ou souffrante.

Quand Élicen avait 6 ans, ses deux parents avaient été « raflés par les Boches ». La jeune fille gardait des souvenirs très précis de cette rafle-là. D'ailleurs, elle l'avait peinte avec Atrimen sur la page d'écorce qu'il avait trouvée dans la cabane de la carrière. Élicen pouvait encore décrire l'homme en noir qu'elle avait aperçu depuis la fenêtre de son dortoir. Elle l'avait vu, armé jusqu'aux dents, s'approcher du baraquement où dormaient ses parents. L'homme était entouré de quatre énormes chiens qui tiraient sur leurs laisses à s'en étrangler tout en couinant affreusement. Les griffes des molosses raclaient le bois des marches du baraquement. La bave coulait de leurs babines retroussées et menaçantes. Élicen pouvait encore ressentir la terreur qui avait fondu en elle comme du plomb brûlant. Une marque au fer rouge au cœur même de son identité.

En racontant cet événement terrifiant, Élicen avait plusieurs fois mentionné la cacophonie insoutenable qui s'était abattue sur la forêt et qui accompagnait par ailleurs chaque rafle. Par-dessus le hurlement strident de l'alarme, cris gutturaux des Boches, aboiements féroces, martèlement des pieds au sol, jappements furieux. La forêt entière semblait remplie d'ennemis fourrageant. Bruno, malgré toute la peur que réveillait ce récit chez elle, avait matraqué la jeune fille de questions.

À la fin, il en était arrivé à cette sordide conclusion : celle qui se faisait appeler Virinaë avait réussi à créer un tel conditionnement des comportements face au stress intense – la sirène hurlante en était le déclencheur – que nul dans le cheptel n'avait jamais riposté. Tous suivaient une procédure parfaitement orchestrée au travers de laquelle anciens et grands se partageaient la responsabilité de l'évacuation des moyens et des petits. La répétition des gestes appris dès l'enfance, l'empreinte indélébile du traumatisme communautaire que constituait la rafle concouraient à rendre crédible une mise en scène que Bruno estimait probablement rudimentaire. Une bande-son diffusée par micros dans la forêt, des chiens affamés et un Francis armé vêtu de noir suffisaient amplement à créer l'illusion. Peut-être Virinaë participait-elle aussi physiquement à la mise en scène...

En revanche, chou blanc pour l'origine de la communauté. Tout le récit d'Élicen se noyait dans des temporalités indéfinies. Tout était hors du temps, comme dans un conte pour enfants qui commencerait par « il était une fois ». Bruno ne savait donc rien de la naissance du cheptel. Quant à la question du mobile de Virinaë, elle demeurait entière. Aucune des explications qu'il avait demandées à Élicen n'était parvenue à éclaircir ce point pourtant central du raisonnement.

Il avait fallu des heures entières de discussion pour que la jeune fille commence à se représenter la manipulation dont le cheptel faisait l'objet. Virinaë constituait pour chaque membre de la communauté un repère fixe et tellement fort que l'idée de sa corruption était presque insoutenable. Bruno avait gagné du terrain, pas à pas, par la force du raisonnement et l'évidence de sa bienveillance. Progressivement, face au flot de questions qui demeuraient sans réponse, Élicen avait commencé à mesurer l'étendue de son ignorance. Son visage s'était fermé au fil de l'échange, ses traits s'étaient crispés et les larmes lui étaient montées aux yeux. Elle comprenait peu à peu la gravité des lacunes de leur pensée grégaire et l'étendue de la duperie qu'un cerveau normalement formaté aurait dû détecter. Il y avait dans ce processus de révélation une dimension terriblement humiliante pour elle, et à maintes reprises

Bruno avait dû masquer son effarement pour ne pas ajouter à l'intensité du drame.

Cela étant, le garçon avait touché du doigt certaines réalités : la pensée, le sens critique et déductif, la capacité de développer une vue d'ensemble à partir de certains éléments, la logique d'une construction historique... toute cette démarche n'était pas si *naturelle* que ça. Lui qui n'avait jamais rencontré la moindre difficulté à l'école mesurait désormais l'impact colossal du défaut d'enseignement. L'absence des savoirs rudimentaires, comme la lecture et l'écriture, le non-accès à la culture – chansons, textes, peintures, films, informations et *tutti quanti* – rendaient très difficile le développement d'une pensée autonome. Finalement, penser était un combat qui supposait la possession de certaines armes !

Et pour toutes ces raisons, Bruno avait conclu leur échange par une phrase qui lui venait du fond du cœur et qui avait rasséréné Élicen.

— Et malgré tout ce que tu ignores, malgré cette honteuse manipulation dont vous faites l'objet, Élicen, tu ne m'as pas rejeté et tu as voulu savoir. Peut-être qu'elle est là la clé de la délivrance ? Dans ta recherche de vérité, non ? Moi, je te trouve admirable.

Et très honnêtement, il le pensait.

Tous deux s'étaient ensuite endormis côte à côte. Terrifiés mais ne le disant pas. Parce qu'il était désormais évident que Virinaë ne laisserait jamais Élicen et Bruno éclairer les consciences du cheptel... D'une manière ou d'une autre, elle avait appris pour eux deux et avait envoyé Francis les capturer. Les isoler. Pour les empêcher de fomenter une révolution... Quelqu'un qui avait consacré tant d'énergie à construire un tel mensonge ne permettrait jamais à quiconque d'anéantir sa communauté. Virinaë, grande prêtresse… Dieu dévorateur de sa propre création…

81

Tu entames ta matinée, fatiguée. La nuit ne t'a pro-
curé aucun repos, loin de là. Mille questions t'ont tourmentée et, fébrile, tu n'as trouvé le sommeil qu'aux
premières heures du matin. Depuis que tu es levée, tu
as pris conscience qu'Anten t'a à l'œil. Il ne te fait pas
confiance, songes-tu… Ce en quoi, au final, il a raison.
Où que tu ailles, il n'est guère loin. Son regard couve
tes moindres faits et gestes. C'est extrêmement pesant
pour toi. Pourquoi te contrôle-t-il ainsi ? Se doute-t-il
que tu en sais plus que tu n'en as dit ? Imagine-t-il une
connivence entre Élicen et toi ? Est-il mandaté par les
anciens pour te surveiller ?…

Une rumeur en bout de table attire ton attention.
Tu lèves les yeux et tu te rends compte que Francis
vient d'arriver. Pourquoi revient-il ? Est-ce en lien
avec Élicen ? Qu'est-ce qui se trame encore ? Assis
à côté de Clarisse-la-pépiote, le Grand Serviteur de
Virinaë échange avec les anciens. Anten ne tarde pas
à les rejoindre, il faut toujours qu'il fasse son intéressant ! Tant mieux, au moins te lâche-t-il enfin du
regard… Tu en profites pour quitter la table du petit

déjeuner, tes couverts à la main, direction le bac à vaisselle. L'eau glaciale du puits qui sort par le robinet te fouette les sangs. Tout en nettoyant ton bol, tu essaies de concevoir un plan. Tu prends rapidement conscience que pour pouvoir remonter les traces d'Élicen, il va falloir en premier lieu faire taire les doutes ou les craintes d'Anten. Sans cela, la moindre incursion du côté de la carrière constituera ton propre piège. Le mot « piège » fait jaillir une étincelle. Ça y est, tu tiens enfin un alibi !... Reste à éloigner Anten. Tu ne peux pas prendre le risque qu'il te suive... Tu réfléchis à ton programme du jour. Dans une demi-heure, tu dois rejoindre Abilen et Niven au lavoir. C'est une corvée dont tu te passerais bien ! Tout le monde le sait au cheptel, ni Élicen ni toi n'avez jamais apprécié de laver le linge. Et justement, cela pourrait bien te fournir une occasion de t'évader ! Un plan prend lentement forme dans ta tête et tu décides de risquer le tout pour le tout. Avec un peu d'habileté et un soupçon de cruauté, ça peut marcher... Un coup d'œil derrière toi, Francis est justement en train de repartir. Parfait.

Tu poses ta vaisselle dans l'égouttoir et te diriges vers les sous-bois. Si ton intuition est bonne, Anten ne devrait pas tarder à montrer le bout du museau, l'air de rien. Tu te rends sans détour au pied de l'arbre où Élicen et toi avez gravé votre marque d'amitié dans l'écorce lorsque vous étiez enfants. Tu regardes les entailles profondes, malhabiles et tu demandes pardon à celle que tu considères comme ta sœur pour le sacrilège que tu t'apprêtes à commettre. Tu ne le fais pas de gaieté de cœur mais c'est un stratagème incontournable pour regagner la confiance d'Anten et recouvrer ta liberté. Toi, Atrimen, si droite et si loyale il y a encore quelques heures, tu peines à te reconnaître ! Tu demeures fixée devant l'arbre durant une longue minute. Tu attends. L'oreille tendue. Finalement, tu l'entends qui arrive en prenant garde à ne pas faire de bruit. Tu es rompue à la chasse, tu pourrais détecter le moindre bruissement dans un feuillage, distinguer les yeux fermés les pas d'un chevreuil de ceux d'un marcassin, ceux d'un lièvre de ceux d'un blaireau. Tu as passé des heures entières avec Élicen à chasser à la fronde ou à l'arc, à guetter le petit gibier depuis les arbres, à poser des collets... ça, c'est ton domaine ! Alors, le pas d'Anten qui se veut discret, tu le repères sans peine. Lorsque tu le sais suffisamment proche pour pouvoir t'observer, tu ramasses une pierre et tu commences à labourer la marque sur l'arbre. Tu mets dans tes gestes toute la férocité qui te semble appropriée. Pour cela, tu penses au discours d'Anten la veille, à la facilité déconcertante avec laquelle le cheptel a préféré évincer ton amie, aux valeurs bafouées auxquelles tu croyais, à l'innocence que tu es en train de perdre. Ta rage décuple à l'idée qu'Élicen est peut-être en danger et, sous l'assaut du caillou, l'écorce du bouleau éclate, révélant le bois vert et tendre. Rapidement, il ne reste plus rien du vieux symbole. Tu tombes alors à genoux et commences à sangloter. Le subterfuge fonctionne bien au-delà de tes espérances puisque Anten surgit dans ton dos, s'agenouille à tes côtés et te prend dans ses bras. Tu sursautes comme si tu ne l'avais pas entendu arriver.

— C'est moi, Atrimen... Allez, calme-toi.

— Tu avais raison, Anten… Elle m'a trahie ! lances-tu, les larmes aux yeux. Elle nous a tous trahis !

Anten dépose un baiser sur ta chevelure et te relève le menton. Il t'adresse un sourire attendri et désolé qui te fait presque regretter ce que tu es en train de faire.

— Je te retrouve enfin mon Atrimen !… Ton obstination d'hier, ton entêtement à vouloir la défendre alors qu'elle a transgressé toutes les règles élémentaires de prudence et de protection du cheptel… Oh, Atrimen ! j'ai même été jusqu'à craindre que tu ne nous caches quelque chose, confesse-t-il d'une voix confuse.

Tu ouvres deux grands yeux indignés et pétillants de colère.

— Je sais… réagit-il. Ne m'en veux pas, s'il te plaît. Le comportement d'Élicen est tellement déraisonnable… et vous étiez si proches !… Mais je n'aurais jamais dû douter de toi, je suis désolé.

Tu baisses le regard, consciente de la laideur de ton manège. Mais force est d'admettre que tout ce que vient de te dire ton promis renforce ta détermination. Il ne sait rien de Bruno, des événements qui ont incité Élicen à quitter le baraquement et pourtant, il la juge sans aucune retenue ! Tu prends sur toi et tu relèves la tête.

— Je te pardonne, Anten. Ma réaction d'hier était… puérile.

Anten te sourit et approche sa bouche de la tienne. Il t'embrasse tendrement sur les lèvres. Un long baiser sensuel que tu lui rends mais qui te soulève l'estomac. Lorsqu'il s'écarte enfin de toi, tu lis dans ses yeux toute la confiance retrouvée.

— Francis est revenu ce matin, que se passe-t-il ? Encore une mauvaise nouvelle ? risques-tu d'un ton las.

— Non, ne t'inquiète pas mon Atrimen. Le Grand Serviteur est venu nous dire que Virinaë nous ferait l'honneur de sa présence en fin d'après-midi... Il voulait également s'assurer que le cheptel parvenait à surmonter la perte d'Élicen...

— Je vois... Alors tu pourras lui dire qu'en ce qui me concerne, la colère de cette trahison a pris le pas sur la tristesse ! mens-tu effrontément.

De nouveau, Anten t'entoure de ses bras protecteurs.

— Chuuuut... Ça passera, te murmure-t-il doucement aux oreilles, ça passera.

Tu laisses filer une minute en enfouissant ta tête dans le creux de son épaule et tu réfléchis. Si Virinaë vient en fin d'après-midi, il te faudra être rentrée et ne surtout pas manquer à l'appel... La crainte que t'inspire la Grande Prêtresse et l'idée de ta propre désobéissance te font tressaillir. Tu es à deux doigts de flancher.

— Ne tremble plus, Atrimen. Si ça peut apaiser ta colère, songe qu'Élicen a trahi par sottise, par... immaturité. Je ne crois pas qu'elle ait jamais envisagé l'inconséquence de ses actes. Elle a toujours été encline à prendre les mauvaises décisions.

Tu trembles de plus belle. Mais ce n'est plus la peur qui t'agite, c'est l'indignation ! Malgré le dégoût qu'Anten t'inspire dans l'instant, tu t'écartes doucement et tu braques deux yeux tendres vers lui.

— Merci Anten, merci pour ces mots. Ils sont très éclairants pour moi... Quel est ton programme aujourd'hui ? enchaînes-tu innocemment.

— Je soigne les bêtes avec Galuni. Deux chèvres doivent mettre bas sous peu et il y a la tonte des moutons. Et toi ?

— Corvée de lavoir, grimaces-tu d'un ton désabusé.

Anten part d'un grand rire en voyant ton visage.

— Il y a des choses qui ne changent pas !

— Oh, mais j'y pense ! Il y a aussi tous les pièges que j'ai posés mercredi ! Peut-être que je vais pouvoir négocier avec Niven et Abilen, qu'en dis-tu ?!

Anten te dévore des yeux. Il te reconnaît bien là ! Tu as toujours cherché à échapper au lavoir.

— Tu es incroyable, hein ?

— Ne me dis pas qu'un bon civet de lapin ne serait pas le bienvenu ce soir ? ajoutes-tu en faisant les yeux doux.

— Eh bien… Si tu les prends par les sentiments, je pense qu'Abilen et Niven s'accommoderont de laver ton linge !

— Qui ne risque rien n'a rien ! lui lances-tu en te relevant. Allez, je file. La négociation va être serrée mais si je gagne, je risque d'en avoir pour toute la journée, j'ai disséminé des pièges sur l'ensemble du domaine. À ce soir Anten !

Et tu déguerpis sans demander ton reste.

82

Éloïse émergea péniblement d'un sommeil lourd lorsque la sonnerie stridente de son réveille-matin retentit. Emberlificoté dans le drap comme une momie, Jean-Marc à côté d'elle continuait de dormir en position fœtale, bouche grande ouverte assortie d'un léger ronflement. Les yeux encore pleins de sommeil, Éloïse le détailla quelques instants, devina les contours de son long corps noueux moulé par le drap et ne résista pas à l'envie de jouer les prolongations durant quelques précieuses minutes. Elle se colla à lui, respira longuement l'odeur boisée de son parfum sur sa nuque, puis écouta dans son dos les battements de son cœur, lents et réguliers comme ceux d'un métronome. Elle songea au couple qu'ils formaient depuis deux petites années, à l'équilibre que Jean-Marc lui apportait, à la sérénité qu'il parvenait à lui procurer... Ses dix ans de plus faisaient de lui un homme mature et expérimenté, qui avait alterné quelques relations sans importance jusqu'à Judith, la femme avec qui il avait vécu durant douze ans et qui l'avait finalement plaqué trois ans plus tôt. La raison était simple : Jean-Marc ne voulait pas d'enfant. Il avait été clair avec Judith dès le début. La jeune femme avait accepté, convaincue qu'elle parviendrait à le faire changer d'avis. Comme si le désir de parentalité reposait sur un *avis* ! Quand Judith avait compris que les choses n'évolueraient pas, rattrapée par l'horloge biologique, elle avait mis les voiles... Éloïse esquissa un sourire. Contrairement à Judith, elle était ravie de la position de Jean-Marc, elle non plus n'avait jamais éprouvé le moindre désir d'enfant ! Elle n'avait jamais pu imaginer une vie construite sur le socle familial et qui aurait nécessité de revisiter entièrement son inscription dans la réalité. Bien sûr, elle en avait soupé de toutes les foutaises possibles sur le sujet – les mamans regorgent d'avis sur les indignes non-mamans – qui se résumaient en quelques mots : le désir d'enfant, c'est normal, *instinctif*, donc ça la rattraperait ! C'était parce qu'elle n'était pas prête... ou qu'elle demeurait prisonnière de ses peurs... ou encore qu'elle n'avait toujours pas *trouvé le bon*, celui qui serait le père de ses enfants... C'était plutôt consternant cette propension de la femme à vouloir à tout prix figer ses consœurs dans un seul et même modèle ! Pied de nez suprême à toutes les fumeuses théories sur la question, Éloïse était heureuse aujourd'hui. Oui, elle avait *trouvé le bon* et, comble de chance pour elle, il ne voulait pas d'enfant !... Quand elle se fut rassasiée de ce moment secrètement volé au sommeil de son compagnon, Éloïse se contorsionna, allongea le bras et lui effleura la plante du pied avec l'ongle. La réaction fut immédiate, Jean-Marc bondit dans le lit comme un ressort qui lâche.

— Bon sang Élo !!! Tu sais que je déteste ça ! maugréa-t-il en ramenant ses pieds vers lui, les yeux à peine ouverts.

— Moi aussi, je t'aime, lui susurra-t-elle en retour. Allez ! Je vais faire le café, on n'a qu'une demi-heure devant nous !

Elle quittait le lit quand une main puissante se referma sur sa cheville et la tira en arrière.

— Tu ne crois pas t'en tirer à si bon compte, non !

Éloïse gloussa de surprise avant de tenter de riposter, mais deux bras musclés se refermèrent sur elle et l'entraînèrent sous les draps. Elle eut beau glapir, se tortiller, rappeler son grade de capitaine, elle perdit la bataille. On ne peut pas gagner à tous les coups !

***

Éloïse poussa en bonne dernière la porte de la cellule. Lorsqu'elle entra, cheveux encore humides, ses collègues étaient déjà en train de boire le café côté cuisine et affichaient tous une mine aussi épouvantable que la sienne ! Les quatre heures de sommeil passées n'avaient pas suffi à recharger les batteries…

— Hello *chief* ! lui lança Thibault en la voyant arriver. Une panne de réveil ?

La gendarme se sentit rosir et bifurqua tout droit vers la cafetière. Elle répondit, de dos :

— Du mal à émerger. J'aurais bien dormi deux fois plus longtemps !

— Entièrement d'accord avec toi ! Mais notre chef étant une grosse bosseuse intransigeante, on n'a pas eu vraiment le choix, si tu vois ce que j'veux dire !

Les rires fusèrent autour de la table. Seul Jean-Marc, occupé à beurrer sa demi-baguette de pain, ne prêtait pas l'oreille.

— Bon, vu que tout le monde semble encore en mode petit déj', la bosseuse intransigeante que je suis vous propose un *brainstorming* familial avec café et tartines. Sympa, non ?!

— *Chinon*, on peut *auchi* finir de déjeuner et démarrer après ! proposa Jean-Marc, la bouche pleine.

— Je récuse toute suggestion provenant d'un type de 45 ans qui fait encore mouillette avec ses tartines dans du lait chocolaté ! le chambra Éloïse. D'autres propositions ?… Non ?… Parfait… Alors, on y va : rappel et répartition des tâches, leur intima-t-elle avant d'avaler une longue lampée de café fumant.

— On peut se diviser en trois groupes, soumit Olivier. Un qui étudierait la carte des Pyrénées en partant de Pau et qui mènerait en même temps des recherches Internet pour voir si on dégote un filon sérieux autour d'une communauté autovivrière ou d'une secte repérée dans le coin.

— Ça me va, valida Éloïse… Dans ce contexte, il faut se rapprocher de la Miviludes[1]. Si on a bien affaire à une secte, la mission peut détenir des informations sur un groupuscule implanté dans les Pyrénées avec une sorte de *grande prêtresse*…

— Oublie ! intervint Agathe. Au démarrage de l'enquête, vu l'allure de la victime du Pendedis et les soins reçus, je m'étais penchée sur la question. En termes de

---

1. Mission interministérielle de vigilance et de lutte contre les dérives sectaires.

sectes à proprement parler, répertoriées sur le territoire, je n'ai rien trouvé d'intéressant en lien avec notre victime. J'avais même contacté le CCMM.

— Qu'est-ce que c'est ?

— Le Centre contre les manipulations mentales… mais ça n'a rien donné. Peut-être a-t-on affaire à une communauté non identifiée ?

— Mmm… Tout est possible. Tu as gardé les résultats de tes recherches ?

— Oui, bien sûr.

— Alors, on jettera quand même un œil dessus… Sait-on jamais, hasarda Éloïse, à la lumière des nouveaux éléments de l'enquête…

Agathe approuva d'un signe de tête.

— Quoi d'autre, Olivier ? demanda Éloïse en beurrant une biscotte.

— Il faut un deuxième groupe sur les différentes vidéosurveillances, celles de l'A9 pour le véhicule tandem et celles du village de Remoulins.

— Autant que ce soit la même équipe qu'hier soir, intervint Jean-Marc. On a déjà défini notre méthode de travail et pris le rythme !

— Et je ne vais pas te contrarier ! lui lança Thibault.

Éloïse, le nez dans sa tasse fumante, opina du chef pour signifier son accord.

— Et le troisième sur le lien avec les policiers palois qui ont instruit la plainte pour vol de véhicule déposée par Yann Tourpillon le lundi 13 juillet. Si jamais les collègues ont une piste, voire ont réussi à écrouer quelqu'un, on peut tenir une chance de remonter jusqu'au fournisseur d'êtres humains… Tant qu'à faire, ce groupe doit aussi interroger les collègues sur leur connaissance de l'environnement : ont-ils entendu parler d'une communauté vivant et travaillant dans la montagne ?

— Agathe et moi, on va s'y coller ! On avait commencé hier.

— Impeccable, approuva Agathe.

Toutes les têtes se tournèrent vers Éloïse, attendant son feu vert.

— Donc Olivier et moi, on s'occupe des recherches de communautés aux alentours de Pau.

— Je vais vous refiler le dossier des prospections que j'ai déjà effectuées, fit Agathe.

— Merci… Dis-moi, t'as regardé du côté des services sociaux ou de la PMI[1] ? questionna Éloïse.

— Non, à quoi tu penses ?

— Il y a peut-être des travailleurs sociaux ou des médecins qui ont repéré des modes de vie suspects… On pourrait même gratter côté Éducation nationale. D'après Smith-Morrison, la victime du Pendedis avait l'air complètement sidérée par l'environnement qu'elle découvrait… Or on sait que le dossier TEH concerne aussi des mineurs… Les enfants sont peut-être scolarisés dans la communauté. L'Éducation nationale doit bien avoir un registre répertoriant les enfants et les adolescents suivant leur scolarité à domicile, non ?

— Exact. C'est une bonne idée, approuva Olivier. Après tout, le fait que ces gens sont coupés du monde ne signifie pas qu'il n'existe aucune liaison administrative avec nous… Au pire, on perd quoi ? Quelques heures de boulot ?

---

1. Protection maternelle et infantile.

— Bon, il est 8 heures, conclut Éloïse. On fait un premier point dans deux heures ! Pour rappel, nos trois jeunes quitteront la SR à midi, c'est ce qui a été conclu avec Me Lalande. Même si je pense qu'on a fait le tour avec eux, gardons en tête ce décompte pour d'éventuelles questions complémentaires.

Un silence sinistre plomba l'atmosphère.

— Mmm, marmonna le flic d'Interpol, d'autant que, passé ce délai, il sera définitivement trop tard…

83

Tu avances la trouille au ventre mais tu avances. Tes pas te mènent directement sur le chemin du cénotaphe. De là, tu pourras suivre le sentier qui conduit à l'ancienne carrière, dernier endroit où Élicen et toi avez laissé Bruno… dernier endroit probablement où s'est rendue ta meilleure amie avant de disparaître. Tu luttes contre une angoisse diffuse mais bien présente. Au fond de toi, tu refuses l'idée qu'il soit arrivé quelque chose de grave à Élicen. Impossible d'imaginer qu'elle ait pu franchir seule le mur. D'un autre côté, si tel n'est pas le cas, où peut-elle bien se trouver ?!

Une petite demi-heure de marche soutenue, et te voilà parvenue au sous-bois dans lequel reposent les cercles de pierres blanches. La lumière qui nappe le site demeure pâle sous les feuillages et les odeurs d'humus d'une terre encore imbibée par l'orage des nuits précédentes te chatouillent les narines. Les pluies torrentielles ont fait quelques dégâts, notes-tu en passant, car des miettes de feuilles vertes collent aux pierres blanches et le sol est jonché de morceaux de branches cassées. En d'autres temps, tu n'aurais jamais pu laisser le site mémoriel du cheptel dans cet état d'apparente désolation. Mais aujourd'hui, ta priorité est ailleurs… Tu rejoins le sentier qui serpente vers la carrière et tu te places dans la peau du chasseur qui tenterait de suivre la piste menant jusqu'à sa proie. Combien de fois as-tu sillonné le domaine avec ton amie à la recherche de petits gibiers que vous chassiez ! Combien de pièges ou de collets posés à des endroits stratégiques ! Les sens aux aguets, tu évolues d'un pas alerte vers la sortie du bois quand tu repères une marque prisonnière du sol spongieux. Tu t'agenouilles. Il s'agit d'une moitié d'empreinte laissée par des semelles de chaussures comme celles que porte Bruno… ou Francis… Tu lèves les yeux et observes le sol alentour. D'autres marques partielles se dessinent un peu plus haut et à contre-sens. Elles sont légèrement différentes de la première. Plus petites, moins profondes, moins crantées. Étrange, songes-tu, les empreintes se font face. Bruno et Francis se seraient donc croisés ici ? Tu fouilles encore le sol des yeux, mais tu ne repères rien qui indique la présence d'Élicen. Ton amie porte les mêmes sandalettes que toi, à semelles plates, qui laissent moins d'empreintes au sol. Tu te décides à remonter jusqu'au cabanon de la carrière. Autant aller jeter un œil là-bas… Sur le chemin à découvert qui longe le bois, ton intuition se confirme. Les pas de Bruno ont laissé çà et là des marques partielles et tu ne doutes pas qu'elles appar-tiennent au garçon : le bâton qui lui servait de béquille a fait un trou bien net tout le long de sa marche. Ainsi, Bruno aurait quitté le cabanon et rencontré Francis en bifurquant vers la forêt… Où se trouvait alors Élicen ? La question reste entière.

Devant le cabanon, rien de suspect. Tu ouvres la porte et au premier regard tu te rends compte qu'il a été rangé à la va-vite. Tu en déduis un départ précipité. Peut-être Élicen est-elle venue jusqu'ici comme elle l'avait prévu ? Auquel cas, elle a fait lever le camp à Bruno. Son idée devait être de le conduire dans un lieu plus retiré, pour le soigner et pouvoir franchir le mur avec lui une fois qu'il serait guéri. À partir de là, deux options possibles. Ou bien Bruno s'en est pris à ton amie avant que Francis mette la main sur lui – comme tout le monde le pense. Ou bien… ou bien quoi ? Ton esprit mouline, mais aucune idée ne s'impose. Tu refermes le cabanon et tu rebrousses chemin en suivant les traces laissées par le garçon. Cette fois-ci, tu progresses lentement, scrutant les herbes en bordure de sente, à la recherche de la plus petite indication. Nul doute sur le sens de la progression, Bruno se dirigeait vers le sentier forestier. Pliée en deux, tu continues de suivre ses pas. La bifurcation vers la forêt est à deux ou trois mètres quand tu t'arrêtes net. Il y a sur le côté une empreinte différente ! Une trace légère, peu profonde et partiellement recouverte par la semelle gauche de Bruno. Ton cœur bat plus fort désormais. À cause de la signification que tu commences à donner à tout cela… Élicen ouvrait forcément la marche vers le sentier forestier puisque la trace de son pas est en partie recouverte par celle de Bruno. Tu t'imagines la scène. Départ précipité du cabanon. Élicen devait presser le pas tandis que Bruno la suivait en faisant au plus vite avec sa béquille.

Élicen avait de l'avance. Comme l'empreinte semblait l'indiquer, ton amie fonçait vers le chemin forestier. Arrivée au croisement, elle avait dû bifurquer et… se retrouver face à Francis ?!

84

Élicen baissa les yeux et tordit ses mains. *A priori*, la question qu'elle s'apprêtait à poser à Bruno était douloureuse pour elle. Bruno se crispa imperceptiblement. D'une certaine manière, il tenait le mauvais rôle puisque l'ensemble de ses révélations détruisait tous les repères de la vie d'Élicen… À la voir désormais si anéantie, si vulnérable, il se sentait coupable et dépassé par les événements. La demande d'Élicen finit de le mortifier.

— Si tout ce que tu m'as expliqué est vrai… qu'est-il arrivé à tous ceux qui ont été raflés ?

Bruno accusa le coup. La voix d'Élicen était tremblante et indignée. Le garçon réfléchit quelques instants mais ne trouva aucune parade. Prisonnier du froid et de l'humidité qui régnaient dans le cachot, il frictionna ses bras et répondit :

— Je ne sais pas, Élicen. Je n'en ai pas la moindre idée… Je… J'ai vu les pierres blanches avec les noms gravés dessus, poursuivit-il, gêné. Je suppose que tous ces gens sont… morts.

— Mais où ?! Comment ?! Et POURQUOI ?! réagit Élicen, des larmes plein les yeux. Qu'est-ce qu'elle leur a fait, hein ?!

Bruno ouvrit ses deux mains en signe d'ignorance. Lui non plus ne savait pas. Certes, il redoutait le pire. Contrairement à Élicen, il avait grandi dans une société où l'information circulait et où des faits divers plus sordides les uns que les autres fleurissaient chaque jour. Il savait ce qu'était une secte. Il avait entendu parler de suicide collectif d'adeptes. Mais pouvait-il décemment faire part de ses craintes à Élicen ? Son ignorance de la vie du dehors la rendait si pure, si peu encline au mal. Jamais elle ne pourrait imaginer ce qui pouvait se passer derrière le mur. Malversations, manipulations et mensonges, *boat people*, clandestins parqués dans des prisons à ciel ouvert, famines, guerres de religion, génocides, viols, exterminations, mafias, esclavagisme, tortures, barbarie, pédophilie, assassinats, vengeances… Toutes ces réalités humaines lui étaient étrangères. Pour elle, comme pour les membres du cheptel, il n'existait qu'un seul ennemi qui cristallisait à lui seul tous les maux de la terre : *les Boches*. Mais à l'intérieur de leur clan, l'horreur n'existait pas.

— Je ne peux pas te répondre, Élicen. Pour moi aussi, il y a des milliers de questions sans réponse, tu sais.

— Tu as dit que tu pensais qu'ils étaient morts, rétorqua-t-elle en reniflant.

— Oui… mais je peux me tromper… J'ai dit ça parce qu'il y a ces pierres blanches avec leurs noms gravés dessus.

— Peut-être que les pierres ne symbolisent pas leur mort ?

— Possible. Mais pourquoi graver des dates de naissance et... de fin ?

— La date de fin, c'est peut-être tout simplement le départ de la communauté ? rebondit-elle, pleine d'espoir.

— Effectivement... Ce qui nous ramène à ta question de départ : qu'est-il arrivé à ceux qui ont été raflés ? Et là, comme je te l'ai dit, je ne sais pas.

Bruno sentait que le terrain était glissant. Jusqu'à présent, pour Élicen et les siens, la rafle par les Boches était le signe incontournable de la mort. Mais si – comme il s'était évertué à en faire la démonstration – les Boches n'existaient pas, tout espoir était permis. Élicen s'accrochait désormais à l'espoir que ses parents soient encore en vie. Et même si Bruno avait les plus grands doutes sur cette hypothèse, il ne pouvait l'exclure. Et en aucun cas il n'avait le droit d'anéantir cet espoir...

— Élicen, reprit-il, je sais à quoi tu penses. J'ignore ce que sont devenus tes parents, mais s'il y a la moindre chance qu'ils soient toujours en vie, du fond du cœur, c'est ce que je te souhaite.

La jeune fille lui jeta un œil reconnaissant et commença à s'apaiser. Elle demeura silencieuse durant une longue minute, puis finit par lancer d'une voix qu'elle voulut ferme :

— Alors, coûte que coûte, il faut qu'on sorte d'ici, Bruno !

Le garçon sonda du regard les épaisses ténèbres du cachot froid. Grelottant et fatigué, il n'espérait effectivement qu'une chose, quitter ce trou à rat. Mais sa raison le rattrapa.

— Oui, entièrement d'accord avec toi, Élicen… mais je ne vois vraiment pas comment on pourrait s'y prendre…

85

Éloïse fit rouler sa cigarette consumée entre le pouce et l'index, et lorsque la fraise se détacha, lança son mégot dans la circulation des voitures d'une pichenette nerveuse. Puis elle prit une longue inspiration, franchit la porte du hall du bâtiment de la SR et s'engagea dans les escaliers, direction le sous-sol. Le long couloir de béton gris arrosé par intermittence de la lumière crue des néons grillagés lui fit penser à un chemin de traverse descendant vers l'enfer. Elle poussa le battant de la porte et entra dans la cellule. À sa grande surprise, Prat était assis au milieu de ses collègues autour de la table de réunion. Dès qu'il la vit, le colonel se leva.

— Bonjour capitaine, je vous attendais.

— Colonel, lança-t-elle nerveusement en retour. Que me vaut l'honneur ?

L'homme sembla hésiter un instant. Il toussota et finit par parler.

— J'ai pris connaissance de vos différents rapports, capitaine, et comme les trois jeunes vont quitter nos locaux d'ici une demi-heure, je voulais faire un dernier point en direct avec l'équipe TEH.

— Bien sûr, approuva Éloïse.

Elle se fendit d'un résumé complet des différentes auditions des jeunes, des pistes ouvertes et suivies et de celle concernant Boubacar Samba qu'ils avaient finalement dû refermer. À cette évocation, le colonel Prat hocha la tête et se racla la gorge.

— J'ai lu vos conclusions, capitaine Bouquet. Samba est sous haute surveillance depuis l'affaire des deux femmes belges. Mais il a des connexions avec les autorités nigériennes et bénéficie de certains appuis politiques forts en Afrique qui lui ont permis jusqu'à présent de passer entre les mailles du filet...

Prat marqua une pause, réfléchit puis conclut d'un ton sans appel :

— D'une certaine manière, c'est avantageux que Samba ou son oncle Bloody Boss ne soient pas directement impliqués dans le trafic qui nous préoccupe. Parce qu'on aurait mis le nez dans des dossiers sur lesquels travaillent déjà un certain nombre d'agences... et on aurait dû passer la main.

Éloïse et Olivier échangèrent un regard entendu : malgré les moyens mis en œuvre pour créer TEH, ils évoluaient dans un secteur où des bien plus gros qu'eux investiguaient déjà... Leur enquête pouvait se poursuivre tant qu'elle demeurait à la marge de l'échiquier, c'est-à-dire tant qu'elle ne concernait pas un gros trafic international. TEH devait donc son sursis à la quantité « négligeable » de victimes à l'échelle d'un trafic où certaines mafias comptaient par centaines le nombre de leurs proies.

— Quelles sont vos pistes actuelles ? reprit le colonel.

Éloïse prit une grande inspiration et se lança.

— Nous savons par les premières conclusions du labo que la communauté est implantée dans les Pyrénées. Le rapport définitif doit nous être faxé d'une minute à l'autre. L'idée serait d'obtenir un maximum de renseignements sur cet environnement pour alerter les forces de gendarmerie de la zone concernée.

— Bien. Quoi d'autre ?

— Nous travaillons sur la piste du Ducato volé ayant servi à la livraison de la victime du Pendedis. Nous devions faire un point là-dessus justement. Thibault, Agathe ?

— Nous avons eu les gendarmes de Pau, répondit Agathe. Les collègues étaient un peu embêtés au téléphone. En substance, ils ont pris la plainte de Yann Tourpillon, le propriétaire du Ducato, mais n'ont pas avancé sur l'enquête… Il n'y a pas de témoin du délit et aucune caméra à l'endroit où le véhicule a été volé. Bref, pas de suspect en vue pour eux.

— Vous leur avez demandé s'ils avaient connaissance d'une communauté autovivrière dans le coin ?

— Yep ! Ils nous ont dit que non mais qu'ils allaient essayer de se renseigner, conclut Thibault en levant deux mains impuissantes.

Éloïse jeta un regard rapide vers le colonel Prat, mais la mine de ce dernier ne trahissait aucune émotion particulière. Elle reprit avec la crainte croissante de placer son équipe dans l'œil du viseur – la visite de Prat était-elle aussi innocente qu'il le prétendait ?

— Olivier et moi avons entamé des recherches. On est en train de répertorier l'ensemble des communautés sectaires recensées sur le territoire pyrénéen, en lien avec la Miviludes et le CCMM. Parallèlement, on investigue sur des modèles d'utopie. Pour le moment, on en a trouvé une dans les Pyrénées ariégeoises... même si ça ne semble pas correspondre à ce qu'on cherche.

— Des modèles d'utopie ?! relança Thibault, sourcils froncés.

— J'ai ! intervint Kamel, les yeux rivés sur son ordinateur portable. Utopie, mot créé par l'écrivain Thomas More et signifiant étymologiquement « en aucun lieu ». L'utopie désigne une réalité sans défaut. Régime politique idéal, société parfaite, sans injustice, ou bien encore communauté d'individus vivant heureux en harmonie.

— Vaste programme ! ironisa Jean-Marc. Une société où nous, gendarmes, n'aurions aucune utilité !

Un petit rire se répandit dans l'assemblée et même Prat étira les lèvres avant de relancer.

— Vous parliez d'une piste en Ariège, capitaine ?

— Oui. Une communauté profil altermondialiste implantée dans la vallée d'Aston. Il s'agit d'un village autoconstruit sur un mode écolo : économie d'énergie, puisage, éoliennes domestiques, récupération d'eaux de pluie, *et cætera*... Les familles vivent essentiellement de cultures, de cueillette, de chasse et de pêche. Le modèle de vie est participatif et solidaire.

— Je vois, commenta le colonel, mais pourquoi disiez-vous que ça ne correspondait pas ?

— Il n'y a pas de repli communautaire, expliqua Éloïse. Les enfants fréquentent l'école publique du village et les soins de santé – dentaires ou autres – s'effectuent de manière classique.

— Et pour finir, ajouta Olivier, la création du village remonte à 2008, donc trop récente pour cadrer avec les premières victimes du dossier TEH.

— Je vois… En somme, il faudrait trouver ce type de communauté avec repli autarcique et née dans les années 1990…

Un long silence suivit la conclusion de Prat. Éloïse, qui commençait à connaître le bonhomme, ne pouvait s'empêcher de lui trouver un air bizarre et cette impression augmentait sa nervosité. Pour la combattre, elle décida de reprendre :

— Nous effectuons également des recherches auprès des services sociaux et de la PMI des différents départements pyrénéens. Pour finir, on vient de recevoir la liste de l'Éducation nationale concernant les enfants scolarisés à domicile. On va aussi creuser cette piste.

— D'accord, capitaine. Et concernant l'identification des livreurs ?

— Jacques, Kamel et moi planchons sur les images du péage, répondit Jean-Marc. Nous essayons d'identifier le véhicule tandem du Ducato.

Prat hocha la tête pour signifier qu'il était informé de la démarche. Jean-Marc se sentit néanmoins obligé d'en dire davantage.

— Nous travaillons actuellement sur seize véhicules discriminés, de couleur noire, issus des départements pyrénéens, et entrés sur l'A9 à Remoulins entre 15 h 30 et 16 heures le mardi 14 juillet.

Le colonel opina du chef et s'apprêta à parler quand le bruit caractéristique du fax se fit entendre. Éloïse réagit immédiatement.

— Ça doit être l'expertise du labo !

De longues secondes silencieuses filèrent jusqu'à ce que les quatre pages du rapport sortent de l'imprimante. Sur quoi, la gendarme rejoignit ses collègues et entama une lecture diagonale à voix haute.

— Comme énoncé par téléphone hier, la sandalette porte des traces de graminées – du gispet, pour être plus précis – endémiques des Pyrénées. Par ailleurs, les laborantins ont pu relever sur les semelles des traces de purin et de déjections de bovins, lapins, caprins, canards (Éloïse balaya rapidement la feuille des yeux avant de reprendre)… ainsi que de la fiente de poules… Bon… sur la chasuble, divers prélèvements font apparaître des poils de chèvre. Après étude, il s'agit de chèvres des Pyrénées, race ayant frôlé la disparition dans les années 1990 et dont l'élevage a été relancé. L'expert mentionne une forte concentration de cette race caprine autour du Parc national des Pyrénées, du Parc national des Pyrénées ariégeoises et dans les Pyrénées-Atlantiques, pour ce qui est des élevages répertoriés bien sûr. Cependant, ces chèvres sont tout de même présentes dans l'ensemble de la chaîne des Pyrénées.

— Certes, mais entre le Ducato volé à Pau et une zone d'élevage couvrant environ trois départements, le 09, le 65 et le 64, on commence à resserrer la zone, intervint Olivier.

— Si on pouvait la resserrer davantage, ce serait encore mieux ! s'exclama Éloïse en tournant la page du rapport. Voyons… les chercheurs ont examiné la trame du vêtement. Si on en croit leur expertise, c'est du tissé main à partir de lainages de moutons. Les colorants utilisés sont exclusivement extraits de végétaux.

Il n'y a rien de l'industrie textile dans la chasuble de la victime du Pendedis !

La gendarme passa nerveusement à la page suivante et parcourut rapidement son contenu.

— Et alors là, on atteint le summum, je pense : les chercheurs parlent de traces de farine non industrielle et émettent l'hypothèse d'une meulerie artisanale...

— Attends voir, ils feraient leur propre farine, c'est ça ?! s'étonna Thibault.

— C'est ça, effectivement. De A à Z puisqu'ils moudraient eux-mêmes un blé non hybridé et sans les adjonctions présentes dans les farines commercialisées, aussi bio soient-elles !

Éloïse laissa échapper un soupir décontenancé. Lorsqu'on en était à moudre son propre blé au XXIe siècle en France, on vivait vraiment en autarcie ! La gendarme eut la vive impression que le temps s'était arrêté pour les gens qu'ils recherchaient et formula spontanément sa pensée à voix haute.

— Bon sang, mais vous imaginez le truc ! C'est comme si ces gens vivaient au Moyen Âge ! Que des néo-hippies, des altermondialistes ou des utopistes choisissent une vie marginale, c'est une chose. Mais aussi engagés soient-ils, ils ne tissent pas leurs propres vêtements et achètent le pain sur un marché bio ou, à l'extrême rigueur, le fabriquent et le cuisent eux-mêmes en achetant de la farine bio...

— Tu penses à quelque chose de précis ? s'enquit Jean-Marc.

— Non, et c'est ça qui m'agace !

Jean-Marc leva un sourcil interrogateur.

— En mettant les choses bout à bout, on a des gens qui travaillent probablement le cuir, vu les sandalettes artisanales de la victime, qui tissent eux-mêmes leurs vêtements, qui font pousser leur blé, le moulent pour fabriquer leur propre farine, élèvent des chèvres des Pyrénées, des poules, des lapins, des canards et des bovins, se font soigner par un pseudo-médecin, énuméra la gendarme d'un trait, c'est… c'est…

— C'est une microsociété en autosuffisance complète, acheva Olivier. Ce qui veut probablement dire qu'ils n'ont aucune forme de contact avec notre société. Sont-ils seulement recensés ?! Ont-ils la moindre existence légale ou administrative ?!

— Tu réalises ! s'exclama Jean-Marc, ça voudrait dire des accouchements à domicile, sans soins, sans accompagnement…

— Mmm… le truc complètement rétrograde, en somme. Et parallèlement, surenchérit Jacques, on a des trafiquants qui depuis 1991 commercialisent une partie des êtres humains de cette microsociété et qui eux, en revanche, sont loin de vivre au Moyen Âge vu qu'ils maîtrisent le Dark Net !

Les gendarmes échangèrent des regards atterrés. Plus ils creusaient cette histoire, plus ils avaient le vertige ! Tout cela n'avait aucun sens !

— Vous devriez terminer la lecture du rapport, capitaine, pour recenser tous les éléments dont nous disposons, trancha le colonel Prat. Après quoi, nous pourrons tenter de tirer les premières conclusions.

— Oui, colonel.

Éloïse parcourut la dernière page du rapport. Il y était question de poussières de minerai de schiste relevées dans la trame du tissu de la chasuble, de l'ardoise plus précisément. Elle partagea cette dernière information avant de conclure :

— Bon ben, on n'a même pas à croiser ces données nous-mêmes, les chercheurs l'ont déjà fait ! Si on compile les graminées de gispet, les poils de chèvres des Pyrénées et la poussière d'ardoise noire, on retombe principalement sur des territoires situés en 65, 64 et 09 !

Puis elle posa le rapport et lança un regard éloquent à Jean-Marc : deux ans après leur incursion dans la vallée perdue où se terrait la fille de Kali, voilà qu'ils allaient devoir retourner dans les Pyrénées ! Le colonel Prat interrompit sans le savoir l'afflux des sombres images qui ressurgissaient du passé en prenant la parole.

— Si je peux me permettre, vous devriez, à partir des données récoltées jusqu'à présent, élaborer un descriptif le plus précis possible du lieu que vous recherchez et l'envoyer à toutes les forces de gendarmerie et de police des départements pyrénéens concernés, avec en prime la photo du conducteur du Ducato.

— Pour l'heure, la photo du type n'a fait tilt à personne, commenta Éloïse avec lassitude.

— Ça ne date que d'hier, capitaine. Patience ! rétorqua Prat en se levant.

— Oui, colonel.

Une fois debout, l'homme jeta un regard circulaire aux équipiers autour de la table et arrêta un instant ses yeux sur Éloïse. Puis il prit une inspiration et d'une voix grave, annonça :

— J'étais avant tout venu informer la cellule qu'Aleksei Galimov et son acolyte – probablement l'homme qui a ouvert le feu sur Vicenti, un dénommé

Anthony Fourcade – viennent d'être appréhendés à Sète. L'enquête conduite avec brio par le commandant Ravier et son équipe a permis de déloger les truands de leur planque. Les prévenus sont en route pour la SR et nous devrions en apprendre davantage sur les circonstances de la mort du lieutenant Vicenti dans les heures qui viennent avec les interrogatoires.

Un long silence suivit. Les gendarmes étaient partagés entre l'affliction concernant Vicenti et le soulagement de savoir que les deux ordures responsables de sa mort avaient été arrêtées. Le colonel Prat laissa filer quelques secondes avant d'ajouter :

— Le corps de Mathieu Vicenti a quitté la morgue ce matin et est en cours d'acheminement à Clermont-Ferrand, chez ses parents. Une veillée est prévue avant l'enterrement après-demain. La SR de Nîmes organise également une cérémonie d'adieu pour les gendarmes qui ne pourront pas se rendre à Clermont. Le colonel Poussin nous relaiera les informations nécessaires sous peu… Des questions ?

— Il y a une collecte, osa Agathe, pour une couronne ?

— Oui. Une boîte tourne dans les bureaux. Elle devrait descendre ici sous peu.

Les gendarmes se turent, triturant nerveusement leurs doigts. Le colonel conclut alors :

— S'il n'y a plus de question, je vais me retirer… (Il sembla hésiter un instant puis se décida.) Sachez aussi que… vous faites du bon travail. Continuez ainsi, c'est le plus grand honneur que l'on puisse faire à Mathieu Vicenti.

Puis il tourna les talons et disparut, laissant derrière lui une sinistrose palpable. Décidément, songea Éloïse consternée, le doigté n'était pas la qualité première des gradés de la gendarmerie…

86

Quand il poussa la porte vers midi et demi, il tomba sur les bagages dans l'entrée. Elle venait probablement d'arriver, sans quoi, elle les aurait déjà défaits. Francis, le cœur serré à l'idée de la retrouver enfin, avança jusqu'au salon.

— C'est qui ce type ? lança-t-elle, les yeux rivés sur l'écran télé projetant les images de la vidéosur-veillance.

— … Je ne sais pas… Il est passé hier soir… Mais il a laissé un mot, osa Francis.

Elle continua de regarder les images. Le septuagé-naire, scruté par la caméra grand angle de l'entrée, discrètement cachée dans une fausse cabane à oiseaux, griffonnait effectivement quelque chose sur une page qu'il pliait et glissait dans la boîte aux lettres.

— Le mot, tu l'as récupéré ?

— Oui.

— Eh bien, donne-le-moi, triple idiot !

Francis se morigéna. Comment pouvait-il être aussi sot ?! D'autant qu'elle revenait d'un long voyage, qu'il s'était produit des événements là-haut dans le cheptel et qu'il pouvait donc s'attendre à ce qu'elle soit d'humeur massacrante ! Il se précipita vers le comptoir de la cuisine ouverte et attrapa le morceau de papier qu'il lui rapporta. Allongée sur la méridienne en cuir blanc, les jambes croisées, elle éteignit la télé et déplia le mot. Francis s'assit par terre et l'observa à la dérobée. Une mèche de ses cheveux noir de jais, échappée de sa queue-de-cheval, contrastait avec la peau blanche de sa joue. Ses yeux verts, arrosés de lumière par la baie vitrée face à elle, brillaient d'un éclat émeraude. Il aurait pu rester là des heures, à la contempler, à la chérir secrètement, à n'être au monde que pour cette simple raison : l'admirer.

Mais ses traits se fermèrent et l'éclat dans ses yeux se durcit subitement, prenant la coloration de cette colère qu'il connaissait si bien. Les fibres de son corps à lui se contractèrent immédiatement et, tel un chien battu sentant venir la pluie de coups, il rentra la tête dans ses épaules et pinça les lèvres pour retenir ses couinements de crainte. Elle ne supportait pas quand il geignait, cela l'exaspérait. Et après, c'était pire encore ! Alors, tremblotant, il attendit… Le premier coup tomba, un poing rageur sur le côté de sa tête, qui lui explosa l'oreille. Puis un deuxième, un autre sur le bras qu'il avait remonté pour se protéger. Avec lui, la première insulte fusa, hargneuse, viscérale. La suite, ce fut le déluge. Un carambolage de gifles et d'injures, une averse de ruades et de semonces à peine compréhensibles, un torrent de chocs et de hurlements. Cela dura plusieurs minutes ; c'était difficile à dire, parce que le temps dans ces moments-là avait tendance à ralentir, du moins en avait-il l'impression. Quand son corps perclus de coups se fut ratatiné autant qu'il lui était possible, les secousses s'espacèrent. Il sentit une dernière frappe lui broyer le haut de la cuisse, puis le déluge cessa… Le silence était de nouveau là. Lourd. Toujours menaçant. Francis savait qu'il ne devait pas bouger. Ne rien dire. Surtout, ne pas se plaindre parce que sinon, ça pouvait recommencer… Il devait attendre le moment qu'elle choisirait, elle, pour se faire consoler. C'était comme ça, la règle tacite, instaurée de longue date…

Bientôt, il entendit un léger hoquet. Il desserra les bras, lentement – peut-être était-ce un piège ? – et jeta un œil rapide vers sa déesse. Elle s'était ramassée en boule sur le canapé et son petit corps était traversé de secousses et de tremblements. Francis se traîna au sol et s'approcha d'elle, doucement, sans gestes vifs. Quand il fut assis à ses pieds, il posa une main précautionneuse sur sa hanche et commença à la caresser en émettant un son faible entre ses lèvres fermées. Il se balançait lentement d'avant en arrière, chantonnant comme le fait une maman pour calmer son enfant. Il chantonna longtemps, il chantonna jusqu'à ce qu'elle extirpe sa tête du refuge de ses mains. Quand elle le regarda enfin, elle avait retrouvé cette expression sereine et virginale qu'ont les enfants au réveil. Alors, elle lui sourit avec tendresse, passa le doigt sous son nez tuméfié d'où perlaient deux gouttes de sang qu'elle lécha et, d'une toute petite voix, lui chuchota :

— Tu te souviens, Francis, du monsieur sur les images de la caméra ?

Francis hocha la tête en lui caressant la joue. Il aimait cet instant magique qui suivait l'orage, quand son cœur à lui palpitait de la joie extraordinaire de la retrouver si calme, si rassérénée, si délicieusement belle.

— Ce monsieur, Francis… il doit mourir.

Francis continua d'acquiescer. Cela faisait bien longtemps qu'il avait appris à lui obéir sans poser de question. Elle était sa seule et unique raison d'être. Dans un irrépressible élan d'amour, il se tortilla vers elle, grimpa sur le canapé et se blottit dans ses bras. Ses yeux se fermèrent et il s'offrit sans réticence quand elle referma sa main sur son sexe. Le déluge était terminé.

87

Tu observes attentivement les marques sur le sentier. Tu t'accroupis à hauteur de ce qui semble être le point de rencontre entre Bruno, Élicen et Francis, et tu laisses courir ton regard tout autour. Lentement. Attentive au moindre indice de passage. Finalement, tu poses les yeux sur un buisson de fougères, à l'orée du bois qui borde le sentier. Une partie basse du feuillage a été foulée. Tu t'avances et tu découvres des traces nettes derrière les fougères. Empreintes profondes dans la terre meuble, petits branchages cassés, feuilles écrasées par les pas, marques de la béquille de Bruno. À partir de là, suivre la progression de ce dernier est pour toi un jeu d'enfant. Tu distingues deux jeux d'empreintes crantées différentes. Celles de Bruno et celles de Francis. Tu remarques aussi que les plus grandes sont particulièrement profondes. En revanche, aucune marque d'Élicen... Faute de mieux, tu décides de suivre cette piste.

Après une bonne vingtaine de minutes de progression dans les bois, tu aboutis à un chemin que tu resitues immédiatement. C'est le sentier des roches, une sente escarpée qui descend jusqu'à l'ancienne prison où les Boches enfermaient et torturaient les tiens. Un frisson te traverse et tu marques une hésitation. En dehors de la grande procession annuelle, les âmes du cheptel ne sont pas autorisées à rejoindre la funeste bâtisse. Depuis la « bataille des 999 » – et malgré la victoire qu'elle constitua pour ton peuple –, le lieu demeure pour chacun d'entre vous empreint de souvenirs néfastes. Tandis que tu t'es figée sur le sentier des roches, le récit de ton peuple te revient immédiatement à l'esprit. Tu le connais par cœur depuis ton enfance, c'est l'histoire du cheptel, ton histoire !

À la millionième lune, les dieux de la Lumière prêtèrent oreille aux supplications des justes opprimés par les Boches. Ils demandèrent aux dieux de l'Ombre de faire cesser le sang versé. Mais ceux-ci, ivres de leur pouvoir et de leur domination, refusèrent. Offensés, les dieux de la Lumière décidèrent de façonner de leurs mains un être semi-divin destiné à délivrer les opprimés du joug de leur ennemi. Ils mélangèrent le sang des justes à leurs propres salives et c'est ainsi que naquit la Grande Virinaë. Puis ils mélangèrent le sang des justes à la boue et c'est ainsi que fut créée l'armée de Virinaë. Au lendemain de la millionième lune, une sanglante bataille opposa les Boches aux mille combattants de Virinaë. Les hostilités durèrent trois jours pleins. Pour chaque vie ôtée par l'ennemi, dix ennemis furent tués. Au crépuscule du troisième jour, il ne resta de l'armée de Virinaë qu'un seul soldat – que la Grande Prêtresse baptisa par la suite Francis et ordonna Grand Serviteur – pour combattre les dix derniers Boches. Pensant leur victoire acquise, les gardiens des cachots s'enivrèrent et s'endormirent. C'est ainsi que Virinaë put ouvrir les portes de la prison et délivrer les justes. Face au nombre d'opprimés surgissant des cachots, les dix derniers Boches détalèrent, jurant de se venger au centuple. Certaine qu'ils reviendraient plus nombreux et plus puissants encore, la Grande Virinaë fit alors bâtir un mur qu'elle bénit en versant une goutte de son sang sur chacune de ses pierres. Lorsqu'ils revinrent, les Boches furent incapables de franchir le mur protégé par le puissant sortilège. Fous de rage, ils invoquèrent alors les dieux de l'Ombre qui acceptèrent de passer un pacte avec eux. Pour chaque femme boche reproductrice offerte en pâture aux dieux, le premier des nouveau-nés de ce commerce retournerait aux Boches avec le pouvoir de franchir le mur. C'est ainsi que certains furent rendus capables de porter atteinte au cheptel. Mais leur nombre réduit les oblige à agir par surprise et de nuit.

Tu tressailles. Les Boches auraient-ils pu envoyer un de leurs enfants, Bruno, pour tromper la vigilance de ton peuple ? Élicen a-t-elle été piégée ? Es-tu en train de commettre la même erreur qu'elle ?… Tu repenses une nouvelle fois à votre dernière conversation, à son intime conviction concernant l'innocence du garçon. Tu te rappelles sa détermination à vouloir comprendre d'où il venait… Tu lances un regard craintif devant toi. Au bout de ce chemin, le pénitencier, lieu maudit… La peur gronde en toi. Tes poils se hérissent sur tes avant-bras. Une petite voix dans ta tête te murmure de faire demi-tour. Tu voudrais l'écouter… Mais tu ne peux pas tourner le dos à Élicen…

Tu marches un long moment avant d'arriver à un virage en surplomb, à fleur de falaise. De ce promontoire, tu domines le grand plateau où sommeille l'ancienne prison. En contrebas, la bâtisse rongée par les mauvaises herbes dégage un halo sinistre. C'est la première fois que tu te retrouves seule ici. Habituellement, tu t'y rends une fois par an avec le cheptel, au solstice d'été, pour commémorer le jour de la « bataille des 999 ». Virinaë, drapée dans une toge blanche, ouvre la marche, talonnée par Francis, le Grand Serviteur, unique rescapé de la sanglante bataille. La commémoration de cette victoire est un des rares jours de fête dans le calendrier du cheptel. Elle nécessite plusieurs mois de préparation. Vêtements processionnaires. Foulards. Flambeaux. Lampions. Victuailles… Dès 15 heures, la célébration débute. En hommage aux soldats morts pour la délivrance de ton peuple, chaque membre du cheptel a revêtu ses habits de fête. Depuis le cénotaphe, Virinaë rappelle à tous l'histoire de ton peuple en déclamant à haute voix les événements qui ont conduit à l'oppression des justes et à l'écrasante expansion des Boches sur la terre. C'est un moment très solennel, car vous remontez le fil des âges sombres jusqu'à l'origine du Mal. Ensuite vient le récit du jour de délivrance avec la « bataille des 999 ». Lorsque Virinaë a fini de parler, tu pousses avec tous les tiens des cris de joie en lançant en l'air les 999 foulards multicolores que vous avez tissés. Puis les foulards sont ramassés et noués les uns aux autres pour former une longue guirlande de tissus bigarrée. C'est un moment joyeux et exaltant. Les enfants courent en tous sens pour cueillir les morceaux de tissus et les rapporter aux grands chargés de faire les nœuds. Virinaë, debout sur la pierre sacrée, pousse des acclamations d'allégresse : « Réjouissez-vous ! Soyez heureux ! » Quand la guirlande est terminée, un des moyens, désigné par Virinaë – c'est un très grand honneur, toi-même, tu as été choisie une fois ! –, devient le « coureur ». Plus tard dans la soirée, il sera chargé d'ouvrir le repas de grâce en dévalant la raide et longue sente qui longe vos champs, faisant planer derrière lui la guirlande de foulards multicolores. Après le lancer des foulards, le cheptel redescend jusqu'aux baraquements et commence alors la préparation du repas de grâce avec le grand méchoui. Les adultes aidés par les grands allument un feu pour constituer un immense tas de braises. Pendant ce temps, les petits et les moyens jouent sous l'œil aimant de Virinaë. Lorsque les braises sont prêtes, vous faites rôtir deux cochons de lait de l'élevage du cheptel. Les heures s'égrènent dans la douce torpeur du jour le plus long de l'année. Une fois les cochons cuits, les tiens et toi suivez Virinaë jusqu'en bas du champ pendant que le « coureur » se poste au sommet de la sente dégagée. Quand Virinaë donne le signal de départ, le « coureur » dévale la pente à toute allure et entraîne derrière lui la ribambelle de foulards sous les acclamations du cheptel. Une fois en bas, le « coureur » reçoit la bénédiction de la Grande Prêtresse qui l'autorise alors à conduire le groupe jusqu'au repas de grâce. Les agapes sont ouvertes et durent jusqu'à la naissance de la nuit. Là, vient le moment de la descente aux flambeaux. Francis, le Grand Serviteur, rejoint le cheptel et prend place dans le cortège juste derrière Virinaë qui ouvre la marche. Tous les membres du cheptel de plus de 4 ans participent à la procession jusqu'en bas du domaine, là où sommeille l'ancienne prison. Pour plus de sécurité, vous n'empruntez pas le sentier des roches, trop escarpé, mais un chemin plus long qui dessine une grande boucle autour des bois. Une fois en bas, Francis s'allonge face contre terre au milieu du champ qui s'étend devant la prison, celui de la terrible bataille où il perdit l'ensemble de ses compagnons. Durant de longues minutes, tu te recueilles avec les tiens dans un silence absolu. Quand Francis se relève, Virinaë déclame les remerciements aux dieux de la Lumière et les invoque pour une future et totale délivrance de ton peuple. Puis elle frappe des mains trois fois. C'est la fin de la cérémonie. Le cheptel se retire, le cœur lourd et léger à la fois.

Tu t'extirpes de tes souvenirs. Il est temps de reprendre tes recherches. Mais voilà, parvenue sur le grand plateau devant la prison, tu t'aperçois que l'herbe grasse a effacé toute trace de pas. Pour autant, à ton grand dam, la destination de Francis et Bruno te semble évidente… Tu frissonnes en observant les murs austères, hérissés de barbelés menaçants, qui se dressent au loin, crénelant le ciel de leur sombre présage.

***

Tu foules en courant les herbes du plateau qui te sépare de la prison à l'abandon. Ici, aucune végétation assez haute pour te dissimuler et tu n'aimes pas ça ! Évoluer à découvert alors que tu transgresses une des règles du cheptel te donne le sentiment d'une grande vulnérabilité. Tous les sens en alerte, tu parviens enfin devant la grande et massive porte qui sécurise l'entrée du pénitencier. Regard circulaire autour de toi. Tout semble désert... Tu longes des yeux les murs de la bâtisse en L et t'arrêtes sur la seule partie entretenue du site. Tu n'es pas certaine de ce que tu vas faire, mais tu te diriges vers cette aile. Tu repères deux portes. Au-dessus de chacune d'elles, se trouve un panneau avec des signes qui te font penser à ceux des prénoms gravés sur les pierres blanches du cénotaphe. Tu ne peux pas les décrypter, seule Virinaë détient le secret de ces tracés énigmatiques. Le cœur affolé, tu poses ta main sur la porte de gauche qui s'entrouvre. Tu réalises à cet instant que tu es en apnée et tu reprends ton souffle. Le bois a joué avec l'humidité et il te faut forcer pour agrandir l'ouverture. Un raclement sinistre s'élève qui te hérisse la peau, tu jettes un dernier regard derrière toi et tu fonces à l'intérieur sans demander ton reste !

Dedans, l'air est poussiéreux et te picote immédiatement la gorge. Dans la pénombre, tu distingues une pièce étrange. À hauteur de coudes, se dresse une sorte de tablette étroite et tout en longueur. Derrière elle, tu devines un désordre et une saleté sans nom. Une impression étrange t'envahit face aux différents mobiliers que tu n'as jamais vus. Tu as le sentiment de découvrir un monde parallèle, inconnu et sinistré... Mais ce qui te frappe par-dessus tout, ce sont les dizaines de rectangles jaunâtres qui jonchent le sol. Tu hésites et ta main tremble en s'approchant de l'un d'eux. Son odeur particulière te pique le nez. Finalement, tu effleures la surface plane et ton doigt laisse un sillon dans la poussière accumulée par les ans. Tu l'observes plus attentivement et ton cœur bondit. Des centaines de minuscules signes sont alignés les uns à côté des autres sur toute la surface du rectangle. Tu t'empares d'un autre rectangle et c'est la même chose ! Ton cerveau mouline à plein régime et tu penses rapidement aux écorces d'arbres qu'Élicen et toi vous étiez amusées à découper enfants pour pouvoir dessiner avec des pigments de fleurs. À part que là, c'est… tellement différent… tellement souple… tellement fin ! Ces rectangles ont l'épaisseur des feuilles des arbres ! Tu ne connais pas cette matière, tu ne l'as jamais vue et tu ressens une excitation faite d'étonnement et de crainte. D'autant que les signes parfaitement alignés revêtent un caractère mystérieux et sacré, ils sont comme un passage vers un autre monde, un monde abstrait pour toi… Un monde inconnu et interdit au cheptel ? C'est un coup de vent qui te sort de tes songes. La porte derrière toi grince sinistrement et le courant d'air soulève quelques rectangles qui virevoltent jusqu'au sol. Le temps file, il te faut poursuivre tes recherches.

La pièce où tu te trouves dessert un long couloir. La matière au sol t'est inconnue elle aussi. Alternance de carrés blancs et noirs. Froids et durs. Rien à voir avec le bois. Tu avances lentement et ton cœur fait un bond ! Grâce à l'humidité des herbes du dehors, des marques nettes de semelles se dessinent sur la pellicule de saleté déposée par terre, entre l'entrée et le couloir. Deux types de semelles, deux tailles différentes. Tu es donc sur la bonne piste ! Cela devrait te réjouir, pourtant la peur l'emporte. Tu donnerais n'importe quoi pour ne pas t'aventurer seule dans ce lieu inquiétant, si différent de tout ce que tu as toujours connu et chargé d'une sombre histoire pour ton cheptel… Tu serres les dents et tu t'enfonces dans le long couloir austère. Tout au bout, une nouvelle porte que tu pousses et tu débouches sur une grande cour pavée formant le cœur de la prison. Le lieu est désolant. Les fenêtres sont toutes garnies de barreaux. Les mauvaises herbes et la mousse grignotent les pierres. Les quatre miradors aux angles de la coursive du premier niveau sont pour partie éboulés et ce qui reste de leur toit menace de céder à tout moment… De funestes images s'imposent. Ton peuple a été retenu, humilié et martyrisé ici même….

Tu es en train de longer une des ailes quand tu t'arrêtes net. Devant toi, par terre, se trouve la béquille en bois que s'était confectionnée Bruno. De nouveau, tu sens ton cœur s'accélérer. Sans sa béquille, Bruno n'aurait pas pu marcher. Donc il ne doit pas être loin… Un coup d'œil plus haut et tu découvres une grille rouillée devant un gouffre de ténèbres. Tu la tires. Miaulement aigu. Puis tu plonges tes yeux en contrebas. Un escalier descend vers des sous-sols qui semblent souffler vers toi leur émanation moisie. La lumière du jour n'éclaire que les premières marches. Après, c'est le noir total. Tu n'avais pas prévu ça et tu n'as pas pris de lanterne. Une boule d'angoisse te monte à la gorge. Tu le sais, tu n'as jamais été aussi près du but… Mais que vas-tu découvrir dans ce caveau noir et froid ? Tu respires un grand coup et lentement, en t'appuyant sur les murs de pierres humides, tu descends les marches prudemment, en tâtonnant du bout du pied pour assurer tes appuis. Bientôt les ténèbres t'engloutissent et tu sens un sol de terre battue sous tes pieds. À en croire le courant d'air qui te frôle, tu es dans un

boyau. Mais tes yeux ne décèlent rien dans cette obscurité totale et tu t'arrêtes. Si les sous-sols forment un
dédale, tu pourrais ne jamais retrouver l'escalier vers
la sortie. Tu n'as plus rien à perdre alors tu tentes ta
chance. Tu te racles la gorge, prends ton courage à
deux mains et te lances.

— Bruno ?

Mais ta voix est un filet fluet qui ne porte qu'à
quelques mètres. Tu remplis tes poumons d'air et, cette
fois-ci, un véritable cri sort de ta bouche.

— BRUUUNO ? ÉLICEEN ?

Le cœur battant à rompre, tu fais silence et tu tends
l'oreille. Les échos de ton appel se répercutent sous les
voûtes de pierre et tu comprends qu'il y a certainement
des mètres et des mètres de galeries. Tu t'apprêtes à
réitérer l'opération quand un son te parvient en retour.
Immédiatement, une violente chair de poule t'électrise
le corps. Tu tends l'oreille pour être sûre que ce n'est
pas ton esprit qui te joue des tours et tu perçois de
nouveau cet appel, plus net cette fois-ci.

— AAATRIMEEEN ! BRUNO ET MOI, ON EST LÀ,
ENFERMÉS !

Ta poitrine se soulève ! C'est la voix de ton amie !!!
Élicen est ici, avec Bruno ! Tous les deux sont bien
en vie !

— VIENS NOUS AIDER !

— JE NE PEUX PAS AVANCER ! t'époumones-tu.

— DEHORS ! IL Y A UNE FENÊTRE AU RAS DU SOL!
DEHORS !

Ton sang ne fait qu'un tour. Tu dois ressortir et trouver cet accès extérieur. Une immense joie te soulève le
cœur parce que ta meilleure amie est en vie ! Qu'elle

n'a pas été dévorée par les Boches, contrairement à ce que tout le monde se plaît à dire !

Mais dans ton allégresse, tu ne comprends pas encore ce que cette réalité signifie…

88

Elle déplia la boule de papier qu'elle avait froissée dans sa rage. Le calme était revenu en elle, chassant les mauvaises idées. Malgré ce nouvel incident, tout allait rentrer dans l'ordre. Elle savait comment s'y prendre. Elle avait toujours su… C'est ainsi qu'elle avait, brique après brique, construit son édifice. En écartant de son chemin toutes les personnes qui pouvaient l'empêcher de régner en maîtresse absolue sur le cheptel. Ce type, ce fouineur de Louis Barthes, n'était rien d'autre qu'une poussière dans l'engrenage, une poussière sur laquelle elle allait souffler et qui se volatiliserait. Comme toutes les autres.

Elle jeta un œil sur son reflet dans le miroir et se trouva parfaite. Une tenue sportive mais seyante, une féminité suggérée plus que dévoilée. Elle imprima un sourire charmeur à sa bouche et répéta mentalement son rôle. Puis elle prit son téléphone à carte prépayée, tapa le numéro inscrit sur le mot qu'avait laissé le vieux et attendit. Il décrocha au bout de deux sonneries.

— Monsieur Barthes ?… Anne Poey au téléphone, j'ai trouvé votre mot en rentrant chez moi… Mais de rien, c'est tout naturel, voyons ! roucoula-t-elle. Dans votre explication, vous parlez de la colonie des Isards… cependant, je ne suis pas certaine d'avoir bien compris l'objet de votre requête.

Elle écouta alors le septuagénaire lui expliquer ses recherches, comment il était remonté jusqu'à elle, évaluant les probabilités que quelqu'un puisse un jour faire le lien entre elle et l'imminente disparition de ce vieil homme en quête de vérité. Elle serra la mâchoire quand il lui parla de son passage chez Me Bourdel, le notaire. Un dommage collatéral supplémentaire, qu'elle réglerait en temps et en heure. Tant pis pour lui, Bourdel était le seul maillon susceptible de la relier directement au vieux.

— Votre histoire est tout bonnement extraordinaire, monsieur Barthes… et je serais pour le moins ravie de concourir à ce que votre quête aboutisse, énonça-t-elle d'une voix empreinte de compassion… Hélas, j'ignore totalement si Les Isards ont pu ou non servir de camp de transit durant la Seconde Guerre…

Elle fit mine de réfléchir et reprit d'un ton légèrement altéré, entre chagrin et confidence :

— Écoutez monsieur Barthes… Je… je vais être franche avec vous… Mes liens avec mon père étaient, comment dirais-je… *compliqués*. Il m'a eue à l'aube de sa vieillesse et c'était un homme secret et taiseux… comme le sont souvent les Pyrénéens, d'ailleurs ! ajouta-t-elle d'une voix qui se voulait visiblement désireuse de dédramatiser… Bref, je n'ai pas réellement connu mon père. Ma mère est décédée en me mettant au monde et j'ai passé le plus clair de mon temps entre nourrice et pensionnat. Qu'est-ce que mon père a pu entreprendre en 1942 ? A-t-il aidé des juifs à fuir vers l'Espagne ? Je ne saurais le dire… En revanche, d'après ce que je sais, il a effectivement vécu un temps dans la colonie…

Elle laissa volontairement un petit silence courir sur la ligne. Puis soudain, comme prise d'une inspiration, elle proposa :

— Mais j'y pense ! Peut-être voudriez-vous jeter un œil là-haut, aux Isards ? Après tout, si vous avez raison, il demeure peut-être des traces du passage de ces enfants ?! Je n'y ai moi-même mis les pieds qu'en de rares occasions… Deux ou trois fois en tout, réfléchit-elle à haute voix… Bon, pour ne rien vous cacher, le lieu n'est pas à proprement parler accueillant. C'est très retiré dans la montagne, il n'y a même pas de chemin carrossable ! Mais j'ai là-haut un petit quad qui peut nous y conduire, si vous n'avez rien contre ce genre d'expédition, bien sûr !

Elle sourit avec satisfaction quand le vieux s'engouffra dans la brèche. L'homme était visiblement à des années-lumière de se méfier d'elle. Parfait ! Elle décida d'enfoncer le clou.

— Le seul hic, c'est que je repars demain. Tôt. Une conférence à l'université des sciences humaines de Bordeaux. C'est sans doute un peu précipité, vous aviez peut-être des projets ? Sinon, je peux vous proposer un rendez-vous dans une petite demi-heure ?! Le temps de me changer, en fait.

Comme elle s'en doutait, Louis Barthes sauta sur l'offre sans l'ombre d'une hésitation.

— Où vous trouvez-vous à l'heure actuelle ?… Ah ! vous alliez visiter les grottes ?!… Mais je ne voudrais surtout pas vous em… D'accord, oui, je comprends votre hâte… Dans ce cas, puisque vous y êtes déjà, je pourrais vous prendre sur le parking des grottes de Médous, qu'en dites-vous ? La route nous permettra de faire connaissance !… D'accord ? eh bien, formidable !… Je me dépêche !

Elle raccrocha, satisfaite. Tout se déroulait comme elle l'avait prévu. Elle quitta la chambre et regagna le salon. Tourna la tête vers le canapé où sommeillait encore Francis. S'approcha doucement de lui. Observa son corps sculpté dans le roc. Un cerveau d'homme de Cro-Magnon mais une vraie force de la nature ! Elle se pencha vers lui et lui caressa le visage du bout des doigts. Plus que jamais, elle allait avoir besoin de lui… D'une voix tendre, elle lui murmura :

— Francis ? Francis ? Réveille-toi, mon triple idiot, allez !

L'homme ouvrit un œil plein de sommeil et l'autre plein de l'hémoglobine qu'un vaisseau éclaté sous la fulgurance des coups avait répandue.

— Allez mon petit neuneu chéri, c'est le moment.

***

Je raccroche, le cœur gonflé d'espérance. Anne Poey est d'un commerce fort agréable. Je songe un instant à la chance que j'ai pour tous ces jalons posés le long de ma route ! Et ce, depuis l'instant de ma sinistre naissance qui coïncida parfaitement avec le décès prématuré du vrai Louis Barthes. Les propos du vieil Eugène me reviennent en tête : « … Un peu comme une route clairement tracée par une main invisible dans l'écheveau des existences… »

Une route tracée par une main invisible dans l'écheveau des existences. L'image me plaît assez aujourd'hui, peut-être parce que j'ai l'impression d'en vérifier la véracité et la persistance soixante-treize ans après ma naissance, avec cette recherche d'identité dont chaque étape semble être orchestrée par un Esprit supérieur. Or si tout cela a bien un sens, je n'en vois qu'un : je suis là et aujourd'hui parce que je vais retrouver ma sœur, cet être intime et ressemblant qui m'a été arraché par la violence que comporte souvent la condition humaine. Ce qui n'était encore hier qu'espérance devient heure après heure certitude. Il ne saurait en être autrement. Je le sens au fond de moi, chaque pas me rapproche d'elle, la prénommée Hannah par le directeur d'un orphelinat israélite en juillet 1942. Je songe à cet instant précis qu'il y a – pour ma jumelle comme pour moi –, dans cette absence de prénom choisi par la mère et le père, le premier germe de l'arrachement. Parce que finalement, un prénom, c'est déjà une histoire, celle du désir des parents, celle de leur hommage, de leur projection ou de leur intention, celle de l'origine. Et même cela nous aura été volé !

Je m'extirpe de mes pensées, le cœur lourd et léger à la fois. Lourd parce que la vie est terriblement injuste. Léger parce que l'existence se plaît parfois à réparer l'injustice… Il me vient subitement à l'esprit que j'ai de la chance puisque, dans l'optique de visiter les grottes, je me suis habillé de la tenue la plus sportive que contenait ma valise : jean, polo, polaire. Je ne me serais pas vêtu autrement pour la virée en quad qui m'attend ! Tous ces heureux hasards me confortent dans cette intime conviction que je poursuis enfin ma destinée. D'ailleurs, dans une petite demi-heure, je serai en route vers ce lieu où ma sœur a transité, plus proche d'elle alors que jamais !

89

Parvenue en haut des escaliers, tu tombes de nouveau sur la béquille de fortune que s'était fabriquée Bruno et tu la ramasses. Elle pourra peut-être lui servir ! Puis, tout en regagnant la sortie, tu visualises mentalement la forme de la bâtisse et tu essaies de te faire une idée de l'endroit d'où provenait la voix d'Élicen. Tu empruntes ce qui te semble être le chemin le plus court en contournant l'aile entretenue. La végétation à l'arrière est dense et sauvage. Te frayer un passage dans cet entrelacs inhospitalier ne va pas être une partie de plaisir, mais tant pis. Tu évolues depuis une dizaine de minutes entre les fourrés – tes jambes sont griffées par les ronces et rougies par les orties – quand tu entends de nouveau les appels d'Élicen et de Bruno. Tu es tout près ! Une main qui remue comme sortant de terre à dix pas de toi te le confirme. Tu t'approches et repères un fenestron au ras du sol. Élicen a passé sa main entre les barreaux de fer pour te faire signe.

— Élicen ! t'exclames-tu en attrapant la main tendue. J'ai vraiment cru que tu étais…

Ses doigts se referment sur les tiens avec énergie.

— Oh Atrimen, merci, merci, merci !

— Tu ne croyais tout de même pas que j'allais te laisser tomber, fanfaronnes-tu. Je ne suis pas une péto-charde, contrairement à ce que tu penses !

Un petit rire nerveux te parvient de la bouche sombre.

— Bruno est avec toi ?

— Oui. Assis par terre… Il ne peut pas tenir debout à cause de sa cheville. Ça n'est vraiment pas beau à voir, ajoute-t-elle en chuchotant. En plus, il commence à tousser et à frissonner.

Tu plaques ton visage à ras de terre et tentes d'aper-cevoir Bruno et ton amie derrière les barreaux. Mais c'est peine perdue, il fait trop noir à l'intérieur du cachot.

— Justement, j'ai rapporté ça ! dis-tu en faisant passer la béquille entre les barreaux.

— Tu es formidable, Atrimen ! s'exclame Bruno. Merci.

— De rien… Bon, comment êtes-vous arrivés là ? Et qui vous a enfermés ici ?!

— C'est Francis, lâche ton amie dans un souffle.

— Hein ! Qu'est-ce que tu racontes ?!

— Tu dois nous sortir d'ici, Atrimen, te répond Élicen en ignorant ta question. Tu dois trouver un moyen ! L'entrée du cachot est fermée à clé. Et ces barreaux-là sont scellés dans la pierre. On a tout essayé avec Bruno, mais ils n'ont pas bougé d'un millimètre.

Tu saisis un des barreaux et tente de le faire jouer. Effectivement, c'est impossible. Il faudrait une corde et des dizaines d'hommes forts pour espérer déloger une seule de ces tiges d'acier. Malheureusement, tu es seule et personne dans le cheptel n'acceptera de t'aider. Élicen est devenue *persona non grata*.

— Atrimen, tu dois aller chercher des renforts au cheptel, t'intime ton amie en écho à tes pensées.

— Mais... Oh, Élicen, je suis désolée mais... c'est impossible, finis-tu par avouer.

— Comment ça ?

— Tu as été bannie, Élicen. Et je le serai aussi si on découvre que je t'ai recherchée et que je te viens en aide.

— Bannie ?! s'étrangle ton amie.

— Je... je n'ai pas assisté au conciliabule des anciens. Mais Anten, oui. Il m'a expliqué que ton attitude avait mis en péril le cheptel tout entier... qu'en désobéissant, tu avais agi de manière inconséquente et que, quoi qu'il te soit arrivé ou qu'il t'arrive, ce n'était pas au cheptel de l'assumer... Pour tous désormais, tu es entièrement responsable de ton malheur.

— Mais c'est abject ! s'écrie Élicen, incrédule. Le cheptel n'est-il pas soudé, uni et solidaire de chacun ?

Tu n'as rien à redire à cela. Tu partages la même colère, cette indignation qui t'a conduite ici.

— Bannie ! Bannie, tu entends ça, Bruno ?!... Mais c'est... c'est la pire des trahisons possibles ! Pire encore que celle de Virinaë !

La dernière phrase de ton amie te fait l'effet d'une gifle. Nul n'est autorisé à parler en mal de la Grande Prêtresse !

— As-tu perdu la tête, Élicen ?! lui lances-tu, soufflée. Mais qu'est-ce qui te prend, bon sang ? Tu t'entends parler ?!

Un silence lourd s'installe. Tu connais bien Élicen. Elle ne rétorque rien, mais elle n'en pense pas moins.

— Atrimen ? finit-elle par murmurer d'une voix blanche.

— Quoi ?

— As-tu confiance en moi ?

— Tu le sais très bien, Élicen.

— Bien, si je te dis que le Grand Serviteur n'est pas celui que tu crois, que c'est un menteur ainsi que...

— Mais enfin Élicen ! Nul n'est autorisé à...

— Vas-y ! Continue à faire la sourde oreille, te coupe ton amie d'une voix cinglante, et Bruno et moi, nous mourrons !

Ta bouche s'ouvre en grand mais aucun son ne sort. Tu es ébranlée comme tu ne l'as jamais été auparavant...

— C'est ce qui va se passer, Atrimen, si tu persistes à ne rien entendre. Je te demande juste de m'écouter : Francis n'est pas celui que tu crois.

Tu es prête à rétorquer quand la voix de Bruno s'élève. Calme et déterminée. Mais elle te semble tout de même altérée.

— Atrimen, accepterais-tu de répondre à quelques questions ?

— Je n'ai rien à cacher, moi ! lui lances-tu, défiante. Vas-y.

— Comment es-tu arrivée jusqu'à nous ?

— En suivant vos marques de pas.

— C'est bien ce que je pensais. Raconte-moi.

— Je suis allée au cabanon de la carrière pour essayer de comprendre ce qui s'était passé et si Élicen était réellement... enfin, tu as compris... Avec la luie de la veille, j'espérais que le sol ait conservé vos empreintes et c'était le cas ! J'ai suivi vos pas – les tiens faciles à repérer avec le trou de la béquille et ceux d'Élicen plus discrets – jusqu'à l'entrée de la forêt. Là, deux empreintes se faisaient face. Les tiennes et d'autres, plus grandes. J'ai pensé que c'était celles de Francis parti te pourchasser.

— Et qu'en as-tu déduit ?

— Que Francis et toi vous étiez rencontrés à ce croisement.

— Et Élicen ?

— Élicen ouvrait la marche depuis la carrière. J'ai perdu sa trace à l'endroit où Francis et toi vous êtes croisés.

— Et qu'en as-tu pensé ?

— Rien… Je ne sais pas… pourquoi ?!

— Poursuis, je t'écoute.

— Ensuite, Francis et toi êtes allés à travers bois pour rejoindre le sentier des roches.

— As-tu remarqué quelque chose concernant les pas de Francis ? Réfléchis bien, Atrimen.

Tu prends le temps de te rappeler ce moment. Quelque chose t'avait interpellée. Mais quoi ?

— Ah oui ! Je me suis fait la remarque que les empreintes de Francis étaient vraiment profondes.

— Parfaitement ! Et sais-tu pourquoi ? te lance Bruno d'un ton triomphant. Parce qu'à ce moment-là, Francis venait d'assommer Élicen et la portait sur son épaule. Moi, il m'a placé devant et me tenait en joue avec son fusil. J'avançais sous ses ordres.

Ton sang se glace. Si Bruno dit vrai, alors Francis s'en est pris à ta meilleure amie ! C'est contraire à l'ordre des choses. C'est sacrilège ! Le rôle du Grand Serviteur est de protéger le cheptel, au péril de sa propre vie. Qui plus est, seuls les Boches détiennent des fusils !

— Une autre question, Atrimen. Qu'a dit Francis quand il est revenu auprès des tiens après m'avoir pourchassé ?

— Qu'il t'avait réglé ton compte.

— Et concernant Élicen ?

— Qu'il ne l'avait pas vue. Le cheptel a donc pensé que tu avais dû la…

— Ça va, j'ai compris, la coupa Bruno, écœuré. Bon et maintenant que tu es là devant nous, Francis m'a-t-il réglé mon compte ? Et ai-je fait le moindre mal à Élicen ?

Tu dois l'admettre, Bruno a raison.

— Non.

— En revanche, on ne peut pas dire la même chose de Francis, votre grand serviteur. Non seulement il s'en est pris à ta meilleure amie, mais en plus il vous a menti. Pour couronner le tout, il nous a enfermés ici. Et tout ça, Élicen peut te le confirmer. Conclusion, Élicen a raison quand elle te dit que Francis n'est pas celui que vous croyez… Alors maintenant, tu vas nous écouter, oui ou non ?

Ton cerveau est en ébullition. Les mots de Bruno sont des lames de rasoir. Ce garçon est trop intelligent pour toi. Il a une manière très particulière d'aborder les choses. Un peu comme si tout ce qui était sacré pour toi n'avait aucune espèce d'influence sur lui. Pourtant, tu dois bien le reconnaître, lorsqu'il parle, ses idées sont inattaquables… et ça te fait peur.

— … Oui, d'accord…

— Bien, alors… Ce que je vais te dire va te choquer, t'ébranler même, mais tu dois rester calme… ne pas paniquer, d'accord ?

***

Bruno se redressa péniblement à l'aide de la béquille et s'approcha des barreaux. Sa cheville lui envoyait des signaux de douleur vive, elle semblait palpiter sous sa peau. Il retint ses larmes et se concentra sur ce qu'il avait à faire pour espérer sortir de là en vie. Du fond du cœur, il invoqua le ciel pour que la suite fonctionne.

— D'abord, Élicen a raison quand elle te dit qu'elle et moi courons un grand danger… Il y a beaucoup de réponses que je n'ai pas, mais il est des choses que je sais, des choses dont je suis absolument certain. Tu m'entends, Atrimen ? Ab-so-lu-ment-cer-tain.

Bruno vit que le visage d'Atrimen exprimait un profond sérieux. La jeune fille se concentrait sur ses mots… Prête à riposter au besoin ?

— Voilà… Je m'appelle Bruno Verdoux. J'ai 13 ans et j'ai vécu ma vie entière derrière votre mur. Ma mère s'appelle Ariane et mon père André. Mes parents sont divorcés, euh… ça veut dire qu'ils ne vivent plus ensemble. Mais peu importe… J'ai aussi un frère nommé Kévin… Bon, je ne me souviens plus comment mais je suis tombé dans un torrent. Les flots m'ont emporté jusqu'à des chutes vertigineuses qui plongent dans un gouffre. J'aurais pu mourir. J'aurais dû mourir. Je ne dois mon salut qu'à une vieille souche d'arbre qui m'a retenu. J'ai réussi à escalader une paroi rocheuse et je me suis retrouvé au pied de votre mur. J'ai cru bon de le franchir dans l'idée de chercher de l'aide... Je n'aurais jamais pu imaginer un instant ce que j'allais découvrir ni dans quel guêpier j'allais me fourrer... Bref... Tout ça pour te dire que... le monde derrière le mur, je le connais parfaitement. Et... il n'est pas celui que vous croyez. Je suis désolé de te dire cela comme ça, Atrimen, mais... parmi les choses que je sais, prononça-t-il d'une voix posée et rassurante, je peux t'affirmer ceci : il n'y a absolument aucun danger de l'autre côté du mur.

La jeune fille laissa échapper un glapissement d'horreur et de stupéfaction mêlées. Ses yeux s'emplirent immédiatement de terreur et elle le regarda comme s'il était complètement fou.

— Tu dois me croire, Atrimen, derrière le mur, il n'y a rien, pas de danger, aucun Boche !

— Vraiment ?! riposta vivement la jeune fille. Je croyais que tu avais perdu la mémoire !

— Atrimen, soupira Bruno au bord de l'exaspération, je n'ai jamais perdu la mémoire, j'ai dit ça parce...

— Alors tu es un menteur ! Un sale menteur ! Et tu voudrais maintenant que je te croie quand tu affirmes toutes ces mauvaises choses !!!

— Moi, un... s'étouffa Bruno.

— OUI ! lui cracha-t-elle avec indignation. C'est ce que tu es ! Un menteur et un raisonneur ! Tu as l'esprit mal tourné, voilà !

Le garçon serra les mâchoires, la discussion ne prenait absolument pas la tournure désirée. Cette fille était complètement débile ! Ah oui, il était un raisonneur,

es bien ! Il allait lui montrer ce que c'était de raisonner !

— D'accord, OK, j'admets ! Je suis un menteur !
lança-t-il en levant les mains en signe de reddition.
Je suis un menteur exactement comme toi, Atrimen !

— Comment oses-tu, espèce de...

— Je suppose que ton cheptel est au courant que
tu es ici, hein ?! Que tout le monde sait que tu es
partie à la recherche d'Élicen ?! Qu'as-tu raconté en
réalité pour t'échapper de ton clan ? Vas-y, je t'écoute !
s'énerva-t-il.

— C'est différent !

— C'est exactement pareil !

— NON ! Moi, j'ai menti parce que...

Mais la voix d'Atrimen se brisa d'un coup et un
silence se fit. Long. Pesant. Bruno aperçut le visage de
la jeune fille, ses yeux pleins de rage et de peur. Non,
Atrimen n'était pas débile... elle était juste paumée et
elle se défendait comme elle le pouvait.

— Parce que ? demanda-t-il finalement d'une voix
douce.

— Parce que... je voulais savoir, je devais savoir
ce qui était arrivé à Élicen...

— Mmm, je vois... Et est-ce que ce mensonge fait
de toi une mauvaise personne ?

— ... Je suppose que non, confessa-t-elle, les yeux
baissés.

— Ça ne fait pas de toi une mauvaise personne,
Atrimen, reprit Bruno à son avantage. Tu as menti
parce que tu avais un motif légitime, supérieur, à le
faire. Tu comprends ?

— ... Oui, je crois.

— C'est la même chose pour moi, Atrimen. Quand je vous ai menti, je l'ai fait parce que j'étais convaincu que vous ne pouviez pas entendre la vérité que j'avais à dire… J'ai prétendu une perte de mémoire, c'est vrai… mais honnêtement, comment auriez-vous réagi si je vous avais dit que je venais de l'autre côté du mur et… qu'il n'y a aucun Boche ? Aucun ! Tu m'entends, ils n'existent pas ! poursuivit-il avec de grands gestes. C'est une pure invention, un mythe !

Un putain de mensonge de votre connasse de prêtresse de merde !!! garda-t-il pour lui *in extremis* pour le transformer en une phrase qui, sur le moment, lui parut plus acceptable :

— Le fruit de l'immonde manipulation de votre Virinaë !!!

La jeune fille eut un hoquet et ses yeux se remplirent en un instant de larmes et d'incrédulité. Elle secoua lentement la tête, stupéfaite, choquée. Bruno comprit qu'elle ne pouvait pas le croire, pas comme ça, pas si vite ! Pas sur la foi de ses simples déclarations… Pas avec cette violence au bout des lèvres… À la lumière des interminables échanges qu'il avait eus avec Élicen, il mesurait le gouffre énorme qui le séparait de ce fameux cheptel. Dans sa vie normale, son raisonnement venait naturellement à bout de toutes les réticences. Ici… Ici, tout lui semblait si différent… Pourtant, une part de lui refusait cette impuissance ! Cette part de lui qui lui rappelait sans cesse que s'il ne parvenait pas à convaincre Atrimen, la dénommée Virinaë ne tarderait pas à apparaître. Et cela, il le redoutait plus que tout au monde !

— Atrimen, je suis désolé de devoir te dire tout ça ! Mais si je le fais, c'est parce que le seul moyen que tu as de nous aider, c'est d'aller chercher de l'aide… de l'autre côté du mur, conclut-il avec gravité.

À peine eut-il fini sa phrase qu'il comprit son erreur. Atrimen se mit à trembler des pieds à la tête. En proie à la panique. L'œil aussi horrifié que sidéré. Les traits déformés par une terreur sans fond. Puis, avant même qu'Élicen ou lui puisse réagir, la jeune fille se leva et prit ses jambes à son cou…

90

Une dizaine de kilomètres après Campan, nous empruntons une route de col, sinueuse et étroite, encaissée entre deux versants de montagne. L'ombre froide de cette petite vallée perdue ajoute à l'isolement lugubre du lieu. Nous roulons un temps qui me paraît infiniment long, d'autant qu'aucune vue ne s'offre ici. Anne Poey descend d'un rapport pour amorcer un virage pentu.

— Émilie Bourgeois a certainement dû être ravie d'apprendre que les Mémoires laissés par son père vous ont permis d'aller si loin dans vos recherches ! me lance-t-elle avec sollicitude.

— Oh, je ne lui ai encore rien raconté depuis mon départ de Paris ! Les choses se sont enchaînées à une telle vitesse… Mais je me rends compte que vous avez raison, quel goujat je fais ! J'ai sollicité cette femme, tout comme Françoise et le vieil Eugène, et je n'ai même pas eu la correction de les tenir informés.

— Ne soyez pas trop dur avec vous, Louis… Je suppose que lorsqu'on est absorbé par une quête aussi existentielle que la vôtre, l'urgence est d'aller au bout…

Je ne les connais pas, mais je gage que tous ces gens ne vous en tiendront pas rigueur ! conclut-elle en me souriant.

De nouveau, je ne peux m'empêcher de la trouver belle. D'une beauté fascinante. Des traits fins et racés. De grands yeux verts rehaussés par l'écrin noir de ses cheveux. Des pommettes hautes. Et un sourire empreint d'humanité et d'intelligence. Et comme je l'observe à la dérobée, une inscription sur un panneau fiché à un croisement, côté conducteur, passe dans mon champ de vision.

— Gouffre d'Espignès, six kilomètres, lis-je à voix haute… Ça me dit quelque chose, ajouté-je songeur… Mais j'y suis ! C'est là où s'est déroulée la grande battue hier pour retrouver le gamin tombé dans le torrent ! J'ai entendu des montagnards en parler hier soir à l'auberge. Malgré le dispositif mis en place, les sauveteurs n'ont rien trouvé et tout le monde s'attend plus ou moins à un arrêt des recherches… Sale histoire, n'est-ce pas ?

Silence. Je tourne la tête vers elle et il me semble un instant que je l'ai « perdue ». Ses yeux fixent la route avec un éclat intense et intérieur que je n'avais pas vu jusqu'à présent. Puis, au moment où je m'apprête à l'interpeller de nouveau, elle me regarde avec l'amabilité que je lui connais.

— Excusez-moi Louis, je suis obligée de me concentrer car je ne connais pas bien la route. Je ne suis guère venue que deux ou trois fois et là, je vous avoue que j'ai un petit doute…

Nous venons de passer le village d'Ibardos, improbable hameau composé d'une dizaine de bergeries et d'une salle polyvalente, à en croire le panneau de guingois fiché sur un vieux bâtiment défraîchi. Nous sommes en train d'emprunter un énième virage en épingle et mes yeux, côté passager, flirtent avec le vide du dévers à ma droite. Je me crispe légèrement.

— Non, c'est bon ! C'est ici ! s'exclame-t-elle avec soulagement en bifurquant en plein virage sur une route forestière bloquée par une barrière.

Un panonceau en fer rouillé pendu à des chaînes indique « Propriété privée ». Pendant qu'Anne descend de voiture pour ouvrir la barrière cadenassée, je remarque un épais grillage assez haut qui semble courir à travers la forêt. Rien à voir avec le mur dont avait parlé Moïse Zilberstein dans son témoignage à Chang ni avec les photocopies des plans de l'ancienne colonie que m'a remises Me Bourdel... Puis le quatre-quatre s'engage en rugissant sur un raidillon sinueux, dévoré par les résineux. J'ai le sentiment étrange d'être écrasé par cette nature sauvage, dressée verticalement autour de notre habitacle comme une menace d'engloutissement.

— Nous sommes bientôt arrivés ?

— D'ici deux ou trois cents mètres, nous serons à la cabane où sont remisés les quads... si ma mémoire est bonne, ajoute l'anthropologue.

Je ne sais si c'est la lumière basse des sous-bois, la touffeur asphyxiante de la forêt, l'étroitesse de cette sente qui serpente entre les arbres ou les réminiscences d'une imagination tout infantile, mais le sentiment confus d'une menace impalpable pointe au fond de moi. Je finis par réaliser qu'un silence pesant s'est installé dans la voiture.

— Mazette, j'imagine mal les jeunes délinquants s'enfuir d'un endroit pareil ! On est à combien ? Une heure de route de Bagnères ? Ou plus ?

— Une bonne heure et quart, me répond-elle. Avec les véhicules d'aujourd'hui ! Durant toute la période où la colonie pénitentiaire a fonctionné, les trajets s'effectuaient à cheval… Vous en jugerez par vous-même, le lieu est vraiment coupé du monde.

— Initialement, c'était un monastère, c'est ça ?

— Là, vous remontez au XIIIe siècle ! Quand mon aïeul, Aristide Poey, a décidé de fonder la colonie, le monastère n'était guère plus qu'un tas de vieilles pierres. Je me suis laissé dire que le mur d'enceinte – vous le verrez quand nous serons en haut – a été érigé par les premiers colons eux-mêmes sous la houlette des gardiens !

— Quelle ironie… Constructeurs de leur propre prison !

Elle me coule un regard étrange. Fait d'amusement et de cynisme.

— On pourrait discuter de cela longuement, mais ne l'est-on pas tous en réalité ?

Je réfléchis à la question quand la voiture s'arrête devant un cabanon au toit moussu fiché au cœur d'une minuscule clairière.

— Nous y voilà ! Le reste, aujourd'hui encore, se fait à pied, à cheval… ou en quad !

Dehors, l'air est plutôt frais avec les sous-bois et l'altitude. J'enfile ma polaire et j'observe Anne Poey qui déverrouille le cadenas de la porte. Quel luxe de précautions, me dis-je, pour un lieu si loin de toute vie ! Elle doit lire dans mes pensées, car elle me lance depuis l'intérieur sombre de la cabane :

— J'ai été obligée de sécuriser le domaine avec la barrière en bas et de fermer le cabanon, ici, il y a une petite dizaine d'années. Figurez-vous qu'un groupuscule de survivalistes avait commencé à investir les lieux !

— Vraiment ?

— Comme je vous le dis !… D'ailleurs, j'ai aussi engagé un gardien pour effectuer des surveillances régulières du lieu et pour l'entretien de ces engins !

Un bruit de moteur pétarade et rompt le silence parfait de la forêt. De là où je me tiens, je distingue un gros engin à quatre roues. Puis, d'un coup, la machine bondit en avant pour s'arrêter à deux mètres de moi. Anne Poey a enfilé un casque et m'en tend un.

— Restez vissé au siège, essayez de bouger le moins possible, et je m'occupe du reste ! En dehors de deux passages très raides, le sentier forestier reste assez praticable.

Je ne suis guère amateur de sensations fortes et j'ai pour le sport le respect circonspect du spectateur du dimanche. Aussi, vissé à l'arrière du quad, je sens rapidement les muscles de mes jambes se tétaniser sous la crispation. Anne prend soin de rouler assez lentement mais mon stress est intense, notamment quand je me sens basculer vers l'arrière à l'abord d'une pente dont je n'aurais jamais cru qu'il était possible de la gravir ! Au bout d'un temps bien trop long pour moi, le quad stoppe enfin sa course. Mes yeux découvrent alors, stupéfaits, un mur haut qui barre toute vue. Le témoignage de Moïse Zilberstein se heurtant au rempart de pierres prend alors tout son sens.

— Voilà le mur construit par les premiers colons ! me crie Anne Poey, visière relevée, par-dessus son épaule.

— C'est très impressionnant ! Et toute la colonie est encerclée par cet ouvrage, c'est ça ?

— Oui ! Il n'y a que trois accès pour le franchir… enfin, à ma connaissance. Nous sommes près de l'une des portes… mais je peine à me souvenir s'il faut que je longe le mur par la droite ou par la gauche…

La conductrice balaie le rempart des yeux.

— Je crois que c'est par ici ! On est presque arrivés, ajoute-t-elle en rabaissant sa visière.

Je l'imite et nous voilà repartis. Nous longeons le mur à la recherche de la fameuse porte d'accès, que je finis par distinguer une dizaine de mètres plus loin. Anne Poey descend de la monture et sort un trousseau de clés de sa poche, ouvrant le cadenas de la porte sertie de pierres. Derrière le mur qui obstruait toute vue, s'ouvre une pente sévère en haut de laquelle semble s'étendre un vaste plateau dégagé. Au centre du plateau, je distingue la colonie – tout au moins des vestiges abandonnés qui s'émiettent. Je ressens un pincement au cœur à la vue des ruines de cette forteresse austère et les mots de Moïse Zilberstein me reviennent. Le gamin avait découvert cette même réalité plus de soixante-dix ans plus tôt, alors qu'il avait tout juste 8 ans, que le froid et la neige lui tétanisaient le corps et que la peur lui dévorait l'âme. Au moins l'angoisse face au danger, à la fuite et à la perte a-t-elle été épargnée à Hannah, me plais-je à penser.

— C'est ici qu'on descend, Louis ! Si ça ne vous dérange pas de finir à pied, bien sûr ?!

— Euh… Non, non, pas du tout ! fais-je sans pour autant cacher mon étonnement.

— Figurez-vous que j'ai reçu, il y a quatre ans, un appel du Centre de surveillance de la conservation de la nature qui m'a alertée sur le fait que l'ancienne colonie était un lieu de reproduction pour le desman des Pyrénées, une espèce particulièrement vulnérable. De là, le site a été classé protégé et nous n'avons pas le droit d'utiliser les véhicules motorisés… Bien entendu, je pourrais faire une entorse à la règle, mais…

— Oh mais non, Anne ! Je suis désolé d'avoir marqué une telle surprise, c'est juste que je ne comprenais pas.

Elle se fend d'un sourire entier et désarmant.

— Le dénivelé est assez important, comme vous le voyez. Mais en marchant tranquillement, nous devrions être au pénitencier dans une petite heure.

91

Éloïse rejoignit le coin cuisine et attrapa un sandwich sur le plateau tendu par Olivier. Un œil à la pendule murale lui indiqua 15 h 52. Les heures défilaient à vitesse grand V et l'horloge biologique de l'équipe qui vivait ensemble en quasi-continuité était désormais complètement détraquée.

— Vu que je meurs de faim, Kamel, je te laisse commencer ! lança la gendarme en préambule.

— OK. Les choses sont simples : grâce au logiciel de reconnaissance faciale, l'ensemble des vidéosurveillances a été passé au crible et aucune image n'a été discriminée, entama Kamel, la mine sombre. Ce qui veut dire que notre conducteur n'a fait aucun retrait dans un DAB et n'a fréquenté aucun des lieux filmés. J'avais bon espoir avec l'une des cinq caméras du tabac-presse de Remoulins, celle qui est tournée vers le pas de la porte pour filmer les rayonnages extérieurs : souvenirs, cartes postales et tout le fatras ! L'angle est large et on voit les passants dans cette ruelle… Mais non, que dalle.

— Et la femme au chapeau ? s'enquit Agathe.

— Sans visage complet pour activer un logiciel de reconnaissance faciale, il faut visionner les bandes. Il y a cinq lieux équipés de caméras dont certains avec cinq caméras, c'est le cas comme je l'ai dit du tabac-presse. Le tout sur une plage horaire étendue de 9 heures du matin à 16 heures en enlevant une heure et demie de repas puisque, à ce moment-là, notre dame au chapeau se tapait la cloche. Bref, plus de cinquante heures de visionnage, acheva Kamel d'un air las. Mais au besoin, on le fera…

— Je vois, compatit Éloïse. Et les plaques relevées pour identifier le véhicule tandem grâce aux vidéosurveillances de l'autoroute ?

— On est dessus, répondit Jacques. Seize plaques, seize propriétaires… Sur les seize, un seul nom a fait l'objet d'un fichage. Max Authier, 28 ans, arrêté en 2012 pour coups et blessures dans un bar, un soir de beuverie, après un match de rugby entre L'Aviron bayonnais et Castres. Le type s'est pris de bec avec un Castrais et c'est parti à la baston. Il a été condamné à 2 000 euros d'amende et *basta*. Dans la vie, notre Max Authier est ingénieur en bâtiment, marié et père de deux enfants. Aucune ressemblance avec notre conducteur de Ducato. Quant à sa femme Rita, c'est une surfeuse professionnelle qui a remporté plusieurs trophées. C'est grâce à ça qu'on a pu voir son minois en photo dans des journaux locaux. Elle est brune aux yeux noisette… Bilan, nos Authier n'ont rien de psychopathes organisant un trafic d'êtres humains !

— Et pour les autres ? demanda Éloïse en finissant son sandwich.

— La difficulté, c'est de mettre une tête sur nos propriétaires de véhicules. Du coup, on passe au peigne fin Facebook et autres réseaux sociaux en essayant d'identifier nos proprios. On a pu éliminer sept personnes grâce à des photos de profil ou d'albums visibles sur la Toile. Après… il y a ceux qui n'ont pas de profil dans les réseaux sociaux ou qui ne mettent pas de photos dessus…

— Donc, il vous en reste huit, c'est ça ?

— Exactement ! énonça Jean-Marc. Sachant que nous avons arrêté le visionnage des vidéosurveillances à 16 heures pile. Si notre véhicule tandem est entré sur l'autoroute à 16 h 01, on l'a dans l'os… Bon, et vous, vos recherches ?

La gendarme buvait une longue gorgée d'eau et Olivier se lança avant elle.

— On a envoyé des alertes à tous les services sociaux et à la PMI des départements pyrénéens. On a joint la photo du conducteur du Ducato. On a évoqué la question de la scolarité à domicile pour les enfants et d'une vie communautaire probablement coupée du monde.

— Parallèlement, on épluche tous les fichiers élaborés par la Miviludes et le CCMM, poursuivit Éloïse. On n'a rien trouvé pour le moment autour de l'occurrence « grande prêtresse, Pyrénées ». Mais bon, on poursuit.

— On a terminé depuis peu la rédaction de notre avis de recherche à destination des forces de police et de gendarmerie. On a élaboré une description la plus complète possible du lieu de vie de la communauté à partir des éléments du dossier d'analyses scientifiques reçu ce matin. Si vous voulez y jeter un œil avant qu'on l'envoie, il est sur la table de réunion, acheva le policer d'Interpol.

Éloïse et lui se sondèrent du regard.

— Je crois qu'on a fait le tour, soupira la gendarme. Et vous ? lança-t-elle à Thibault et Agathe.

— Même galère. On a récupéré le dossier concernant le vol du Ducato à Pau et on l'a épluché, mais il n'y avait vraiment rien d'intéressant dedans… Du coup, avec Agathe, on s'est mis en lien avec différentes associations de guides de moyenne et haute montagne situées dans les Pyrénées et on essaie de faire le tour de communautés qui auraient pu être repérées ou d'endroits qui pourraient correspondre au lieu qu'on cherche.

— Pas bête ! commenta Éloïse. Après tout, les randonneurs sont encore les mieux placés pour connaître les recoins de leurs montagnes. Et ça donne quoi pour le moment ?

— Faut qu'on creuse mais on aurait deux pistes en Ariège, répondit Agathe en parcourant son calepin, une dans les Pyrénées-Atlantiques et rien dans les Hautes-Pyrénées parce que je n'arrive pas à joindre les associations… D'après ce que j'ai compris, un gamin est tombé dans un torrent, il y a quatre jours, et beaucoup de bénévoles, chasseurs, randonneurs, pompiers sont sur le terrain à effectuer des battues. Du coup, avec mon histoire de communauté, j'ai du mal à rivaliser.

— Effectivement, j'imagine, commenta Jacques, la mine sombre. Pauvre môme…

Les gendarmes échangèrent quelques regards tendus. Décidément, la montagne recelait son lot de dangers…

92

Un œil à ma montre m'indique qu'il est déjà 16 h 30 ! Entre le trajet en voiture, puis en quad et l'ascension à pied, je n'ai guère vu passer le temps... L'ancienne colonie s'accroche sur le dos de la montagne comme une verrue de pierres éboulées et moussues. La lumière pâlichonne ne réchauffe plus les recoins dévorés par les ronces et les mauvaises herbes qui s'emmitouflent dans le manteau d'ombres rampantes. Un frisson me parcourt quand j'aperçois un rat de belle taille fouiller l'humus accumulé dans un angle de mur. Dès qu'elle sent ma présence, la bestiole détale à la faveur d'un trou dans le bois de la porte centrale, entrée principale à en croire la funeste enseigne de fer en demi-cercle rongée par la rouille : « Colonie pénitentiaire pour enfants ».

— Tout semble damné ici, me lance Anne Poey, les yeux perdus dans le vague. C'est loin d'être accueillant, n'est-ce pas ?

— Mmm, c'est même plutôt sinistre... Anne, vous m'aviez parlé de possibles traces de passage des enfants. Par où commence-t-on ?

— Et si nous allions voir du côté de l'aile qu'a occupée mon père de son vivant, qu'en dites-vous ?

— Bonne idée... Mais, si je puis me permettre, que faisait-il donc dans ce...

Je laisse ma phrase en suspens en embrassant la colonie d'un vague geste des mains.

— J'ai le souvenir de vieilles malles avec des carnets noircis des griffonnages de mon père. Je gage qu'ils répondront à votre question, me jette-t-elle d'une voix étrange.

— Et vous n'avez jamais eu la curiosité de les parcourir ?!

Un silence glacial suit ma réaction. Le visage d'Anne s'est subitement crispé et l'éclat de ses yeux s'est durci. Je me rends compte de ma bévue. N'a-t-elle pas évoqué au téléphone un lien douloureux avec son père ? Qui suis-je pour juger de son désintérêt ? Elle me donne de son temps, m'ouvre sa propriété et me voilà presque en train de lui faire la leçon... *Sombre imbécile !* Je balbutie immédiatement quelques vagues excuses.

— Je suis désolé, Anne ! Pardonnez ma réaction... Je... je n'ai pas réfléchi... Vous avez évoqué tout à l'heure une relation compliquée avec votre père et je n'avais pas à...

— Louis... Je crains d'avoir quelque peu... travesti la vérité... Je n'ai jamais eu, comme je l'ai prétendu tout à l'heure, de difficultés avec lui.

— Ah ?... Bien, je... je suppose que c'est plutôt une bonne nouvelle, alors !...

— Vous supposez mal, Louis. En réalité, je haïssais mon père. D'une haine si absolue, si viscérale, qu'elle ne saurait exister en dehors du lien unique reliant un enfant à un parent.

Sa voix claque, terriblement froide. Mes yeux croisent les siens et je surprends dans son regard une méchanceté qui me glace le sang. Un éclat sombre et électrique. L'air se charge subitement de nervosité et je me rends compte que ma main tremblote.

— Anne, je… je suis désolé, bafouillé-je d'une voix blanche que je peine à reconnaître. Si vous préférez, nous pouvons tout aussi bien faire demi…

— Je n'ai jamais dit que je n'avais pas lu les carnets de mon père, Louis, me coupe-t-elle. Je les ai tous lus, un à un. Des dizaines et des dizaines de fois. J'ai décortiqué chaque ligne de son prêchi-prêcha. Je me suis nourrie de chacune de ses observations. J'ai avalé sa soupe indigeste et dégoulinante autour du fondement d'une utopie jusqu'à la nausée. Et vous savez pourquoi ? Parce qu'il n'était rien de plus impérieux pour moi que de détruire chaque infime molécule de son œuvre. Voilà ce que je cherchais… et j'y suis arrivée… Et vous, Louis, que cherchez-vous ? Qu'est-ce qui vous a incité à mener votre quête jusqu'ici ?

Je marque un temps d'arrêt. Je suis totalement décontenancé par la tournure des propos d'Anne Poey… Cette femme si charmante jusqu'à présent m'apparaît sous un jour nouveau, bizarre… Hostile, même. Un instant, je songe à Janus, le dieu aux deux visages.

— Ce que je cherche ?… Eh bien, vous le savez, je vous l'ai dit (ma voix me fait l'effet d'une râpe). Je cherche la vérité sur ma sœur, ni plus ni moins.

— Et vous voudriez faire demi-tour ? Si près du but ?

— Co… comment ça, si près du but ?

— Après tout, n'est-ce pas ici même que disparaît la trace de votre sœur ?

Les tournures sibyllines de cette femme me déroutent. J'ai le sentiment croissant d'un malaise que chacun de ses mots amplifie. À quoi joue-t-elle ? Pourquoi ai-je subitement cette impression d'être pris au piège ? Une sorte de panique absurde menace de s'emparer de moi et les mots qui jaillissent de ma bouche sont comme une violente décharge.

— Que me cachez-vous, Anne ?! À quoi riment vos allusions ?!

— Vous touchez au but, Louis. Les réponses sont toutes proches, dans les carnets de mon père. Suivez-moi maintenant.

Et comme elle me parle, dos à une des ailes de la colonie, mon attention est attirée par un infime et rapide mouvement au bord de mon champ visuel sur la droite. J'ai à peine le temps d'apercevoir une silhouette agile qui détale dans les bois à l'autre bout du plateau que la furtive vision s'évanouit aussitôt, me laissant en proie au doute. Ai-je réellement vu un être humain fuir, ou cela est-il le fruit de mon imagination ?! Mais je n'ai guère le loisir d'y réfléchir, car Anne tourne les talons et se dirige d'un pas décidé vers le corps du bâtiment flanqué d'un panneau « Direction ». Je la regarde et je ne bouge pas d'un pouce, figé dans mon désarroi. Une trentaine de secondes filent durant lesquelles mes yeux scrutent alternativement le dos d'Anne traversant le grand plateau herbu et le lieu de l'étrange apparition. Finalement, la raison m'ordonne d'avancer. Que pourrais-je bien faire d'autre qu'emboîter le pas à Anne

Poey ?! Elle seule possède les clés du quad que je serais de toute façon bien en peine de conduire si tant est que je parvienne à dévaler le dénivelé conduisant au mur sans me casser une jambe… Je suis perdu au fin fond de la montagne et chercher à fuir reviendrait à risquer une mauvaise chute ou, dans le meilleur des cas, à me perdre dans l'immense forêt environnante en attendant qu'une nuit d'encre m'ensevelisse… Ridicule ! J'ai 73 ans. Et rien d'un GI…

Pour autant, je commence à marcher avec une sorte d'angoisse sourde. Que sont les carnets dont me parle Anne ? Quelles réponses contiennent-ils ? Pourquoi, bon sang de bonsoir, m'avoir menti au téléphone ?!… Et comme je pose un pied devant l'autre, l'évidence s'impose : *parce qu'elle voulait t'attirer ici.*

***

La porte est entrouverte sur un hall d'entrée ancien mais propre. Aux patères fichées au mur sont suspendus quelques pardessus, féminins et masculins, ai-je le temps de noter. Parbleu, cette aile est loin d'être à l'abandon !

— Entrez Louis, je vous en prie ! Je suis à la cuisine, première à gauche !

Mes poils se hérissent sur mes bras. J'ai le sentiment de plonger droit dans un épisode de *La Quatrième Dimension*. Par-delà le baratin téléphonique qu'Anne Poey a pu me servir et des raisons qui ont pu l'inciter à agir ainsi, il y a cette mascarade de normalité qui voudrait prendre le pas sur les discordances de la situation. En écho à mes pensées, sa voix résonne de nouveau, tout près cette fois-ci. Elle se tient juste devant moi et je sursaute.

— Eh bien, Louis ! Entrez donc ! Et de grâce, fermez-moi cette porte avant que la fraîcheur ne pénètre !

Sa voix, trop enjouée, trop haut perchée... ses inflexions si fausses... cette manière empressée de s'affairer autour de moi... tout cela me fait l'effet d'une zébrure dans le ventre. Pour un peu, je me croirais au théâtre ! Et si la situation n'était pas si inextricable – ne suis-je pas prisonnier de cet endroit hors du monde ? –, je pourrais me fâcher et claquer la porte... Mais voilà, ma situation est inextricable. Je dois tenter quelque chose, remettre un peu de raison dans cette folie ambiante.

— Anne... Arrêtez immédiatement cette comédie et dites-moi clairem...

Je stoppe net. Elle a fait volte-face et ses grands yeux verts me détaillent désormais avec une colère non feinte.

— Bien, puisque vous n'aimez pas ma mise en bouche, passons directement au plat de résistance ! Francis ? crie-t-elle par-dessus son épaule.

La silhouette d'un homme, un grand gaillard tout en muscles, apparaît derrière elle dans le hall. Le dénommé Francis est d'un physique plutôt avantageux et particulièrement massif. La cinquantaine, cheveux poivre et sel, traits harmonieux bien que burinés. Son regard en revanche n'a rien d'avantageux. À peu de choses près, Francis a les yeux d'un poisson mort. Aucun éclat. Aucune intelligence. Juste le reflet d'une détermination qu'accentue certainement le fusil de chasse qu'il tient levé contre son flanc. Quelque chose en moi menace de céder à la panique. Je suis dans l'antre de vrais fous !

— Mais… qu'est-ce que… (ma voix est un murmure sidéré)… vous faites avec…

— Vous vouliez la vérité, Louis ? me coupe-t-elle sans ménagement. Je vais vous la donner.

Et comme elle me tourne le dos pour s'enfoncer dans le corridor, elle ajoute froidement :

— Et ensuite, vous mourrez.

93

Dès qu'elle parvint aux abords de ce qu'ils avaient nommé « la place du village » – un vague plateau herbeux à la végétation plus clairsemée qu'ailleurs –, la rumeur de sa présence se répandit. Doux murmures révérencieux et craintifs. Comme à l'accoutumée, l'adoration dont elle faisait l'objet la remplit d'une prodigieuse fatuité. Elle avait pour elle cette lucidité dont elle se félicitait d'ailleurs : elle se savait pétrie d'orgueil et n'en concevait aucune espèce de honte, pour la simple et bonne raison qu'elle régnait tel un dieu vivant sur une communauté d'âmes qui lui vouaient un véritable culte et lui obéissaient au doigt et à l'œil depuis des décennies entières. Peu de personnes pouvaient se targuer d'exercer un tel pouvoir sur des êtres humains. Elle laissa retomber à terre les pans de sa longue toge qu'elle avait relevés et les petits se précipitèrent sous l'œil attentif des moyens pour les ramasser avec dévotion et marcher à sa suite.

Lorsqu'elle arriva sur la place du village, les grands et les adultes se tenaient là, rassemblés, le regard soucieux, dans l'attente de sa venue. D'un mouvement unanime, tous inclinèrent la tête et attendirent. Aucun d'eux n'était autorisé à prendre la parole en premier. C'était elle qui parlait et il lui arrivait parfois de poser des questions. Elle tendit la main vers Anten à sa gauche qui frissonna en offrant son bras à la Grande Prêtresse. Sur quoi, il l'accompagna, tête baissée, jusqu'à la grande pierre plate de la place réservée à ses allocutions. Elle s'appuya sur le bras d'Anten sans un regard pour lui et se hissa sur le promontoire. Lui se retira, les joues en feu.

Elle le regarda reculer, servile, et masqua son mépris : ce pauvre sot aurait damné son âme pour une attention de sa part ! N'eût été l'infâme engeance dont il était issu, il était bien fait de sa personne. Un corps athlétique. Des muscles saillants. Un véritable étalon, elle en aurait mis sa main au feu… Il comblerait la petite Atrimen dès le mois de septembre. Mais pour ce qui la concernait, elle, hors de question de se rouler dans la fange ! Elle ne partageait pas les penchants dégénérés de son père… Son estomac se souleva légèrement à cette idée et elle eut un regard furtif vers la créature abjecte qu'elle savait être sa demi-sœur, cette grosse attardée mentale de Clarisse-la-pépiote…

— Mon cheptel ! commença-t-elle à déclamer. Que ce moment de grâce partagé avec toi éclaire ta conscience et transcende ton cœur !

Telle était l'amorce et la clôture de chacune de ses prises de parole. Parce qu'elle l'avait expérimenté : le rituel est un carcan pour les âmes, il conditionne chaque parcelle de la pensée à une inclination spécifique par la force de l'habitude qu'il recrée sans cesse. Il tranquillise l'esprit par l'immuabilité qu'il garantit.

— Ô Grande Prêtresse Virinaë, nous te rendons grâce pour être venue jusqu'à nous ! Que ta Lumière irradie notre sombre condition ! ânonna le cheptel d'une seule et même voix.

Elle étendit les bras, laissant les manches amples de sa robe blanche s'ouvrir telles les ailes déployées d'un ange, puis reprit :

— Mon Grand Serviteur m'a appris par quels indicibles tourments vous étiez récemment passés. Si je souffle ce soir sur vos cœurs pour en chasser la tristesse, il n'en demeure pas moins que c'est avant tout un retentissant avertissement que je suis venue porter.

Un grand frisson parcourut l'assemblée et elle laissa volontairement planer un long silence. Son regard balaya ostensiblement le cheptel. Les petits et les moyens buvaient ses mots, la terreur dans leurs yeux agrandis. Les grands, les adultes et les anciens baissaient honteusement la tête. Tous savaient ce que la Grande Prêtresse s'apprêtait à dire et c'était la honte qui dominait… Parfait.

— Comme vous tous ici rassemblés, Élicen était une de MES enfants ! reprit-elle, la voix frémissante de colère. (Elle laissa filer un court silence.) Et aujourd'hui, Élicen n'est plus !!! Oui, car je l'ai vue dans mes songes de Vérité : Élicen, mon enfant, a servi de pitance à nos redoutables Ennemis, les Boches, et leurs ignobles chiens se sont repus de ses restes !!! (Elle attendit un peu pendant que l'assemblée frissonnait.) Et savez-vous POURQUOI un tel malheur s'est abattu sur nous ?! cria-t-elle.

Elle s'arrêta quelques instants pour scruter la réaction de ses ouailles. Les enfants assis en tailleur à ses pieds tremblaient violemment ; les grands, eux, auraient voulu disparaître !

— Est-ce à cause de la barbarie de nos ennemis ?… NON ! Est-ce à cause de la soif inextinguible de vengeance des dieux de l'Ombre ?… NON ! Est-ce à cause de ces abominables persécuteurs qui nous traquent depuis la bataille des 999 ! NON… Alors pourquoi ? POURQUOI DONC ?! fulmina-t-elle.

Ses yeux foudroyèrent longuement l'assemblée. Puis elle ramena d'un coup ses bras le long de son corps dans un claquement de drapé qui fouetta l'air autant que les esprits. Quand elle fut certaine que tous sans exception étaient au comble du supplice, elle demanda d'une voix chargée d'une colère froide :

— Qui aura le courage d'expliquer aux petits du cheptel, à ces âmes pures et sans vice, ce qui a coûté la vie à l'une de mon peuple ?… QUI ?!

Immédiatement, les grands et les adultes échangèrent des regards embarrassés. Par la voie hiérarchique, c'était à l'un des anciens de prendre la parole. Galuni était en train de relever la tête quand Virinaë lui dama le pion.

— Atrimen, fille parmi mes filles ! Avance !… Toi qui as bien connu Élicen ! Toi qui l'as aimée et chérie comme ta propre sœur ! Je t'écoute !

Virinaë observa attentivement la jeune fille. L'œil larmoyant, brillant de cette étincelle de rage toujours présente quand il s'agissait de la cause du cheptel, Atrimen avança d'un pas timide. Le visage empourpré, elle se racla la gorge et commença à formuler d'une voix à peine audible :

— La désobéi…

— Plus fort Atrimen ! PARLE À CEUX DE TON PEUPLE !!! ordonna-t-elle d'une voix retentissante. ENSEIGNE AUX PETITS AFIN QU'ILS APPRENNENT DE VOS ERREURS !!!

Elle lança un regard perçant à Atrimen qui commença à trembler de tout son corps. Poings serrés, larmes roulant désormais sur des joues aussi blanches que l'albâtre. Quelques secondes passèrent, puis la gamine parvint à relever la tête et fixa la Grande Prêtresse droit dans les yeux. Aucune des têtes de son cheptel n'avait jamais fait preuve d'autant d'audace et durant une fraction de seconde, elle eut l'impression qu'Atrimen s'apprêtait à bondir. Elle se crispa. Mais l'instant d'après, la gamine tomba genoux à terre et lui répondit d'une voix brouillée par le désespoir :

— LA DÉSOBÉISSANCE! Ô GRANDE PRÊTRESSE VIRINAË !

Sur quoi, elle vit Atrimen exploser en sanglots, le corps secoué de tremblements. Elle fit un léger signe de tête à Galuni pour qu'il emmène la jeune fille en retrait. Quand le silence regagna l'assemblée, elle reprit la parole, le ton grave et bas.

— La désobéissance… Oui… Voilà ce qui a causé la perte d'une de mes filles. Les rafles ne suffisent-elles pas pour que vous participiez vous-même, par vos agissements inconsidérés, à votre propre perte ? Est-ce cela que vous voulez ? Votre disparition ?! s'étrangla-t-elle. Seriez-vous de ces consciences aveugles qui retourneraient contre elles le glaive de la mort ?!… Est-ce donc cela que je vous ai appris ?

Elle sonda le cheptel silencieux. Tous remuaient négativement la tête.

— Je vous ai appris à résister ! s'écria-t-elle. Je vous ai appris à faire corps ensemble face aux ennemis qui nous persécutent ! Je vous ai appris à être responsables les uns des autres ! Je vous ai appris toutes ces choses parce que mon amour pour vous ne connaît point de limite ! acheva-t-elle dans un souffle.

Et comme tous se recueillaient les yeux mouillés de larmes, elle porta l'estocade finale.

— Moi, Grande Prêtresse Virinaë, je vous pose la question : serez-vous dorénavant capables de m'obéir ?

— OUI, Ô GRANDE VIRINAË !

— Inconditionnellement ?

— OUI, Ô GRANDE VIRINAË !

— Aveuglément ?

— OUI, Ô GRANDE VIRINAË !

Un silence électrisant traversa le cheptel en pâmoison. Elle en profita pour scruter les visages et ne décela rien d'autre que cette expression de vénération tout entière tournée vers elle.

— Qu'il en soit ainsi, mon cheptel ! Et que ce moment de grâce partagé avec toi éclaire ta conscience et transcende ton cœur !

— QU'IL EN SOIT AINSI, Ô GRANDE PRÊTRESSE VIRINAË!!!

Elle tendit alors le bras vers Anten qui se précipita au pied du promontoire. Posa sa main sur son épaule pour descendre. Et laissa volontairement glisser la pulpe de ses doigts le long de son bras musclé. Le jeune homme tressaillit imperceptiblement au contact de leurs peaux. Elle réprima un sourire et salua le cheptel d'un simple mouvement du menton. Anten s'écarta, le cou pivoine.

Un coup d'œil discret sur son infâme chasuble finit de la fixer sur sa totale maîtrise de la situation : son jeune adorateur de 16 ans bandait comme un âne... *Flatteur*, songea-t-elle, *mais la sacralisation souffre mal la compromission charnelle, sombre dégénéré !*

94

La pièce qui fait office de salon est petite, chargée de vieux meubles en merisier laqué sur lesquels
sommeillent faïences et argenteries. L'endroit est dans
son jus depuis 1930, à en croire la tapisserie fanée
de petites roses rouges cerclées d'une géométrie de
feuilles vertes. Un galon ocre de tissu tressé court le
long des portes et en haut des murs. Je suppose que
cette décoration est l'œuvre d'un des derniers direc-
teurs, peu avant la fermeture de la colonie. Par l'unique
fenêtre, j'aperçois derrière le dos herbeux du plateau
le dévers couvert de résineux qui forme le flanc de
montagne. Le soleil s'approche d'une crête lointaine
et déjà la lumière se fane. Anne Poey s'est absentée un
très long moment avant de revenir ici. Je l'ai suivie des
yeux à travers les carreaux, incrédule, stupéfait : elle
traversait le plateau vêtue d'une longue toge blanche
– telle une chimère personnifiée – et s'évaporait dans
les bois, à l'endroit même où il m'avait semblé percevoir une silhouette en train de détaler. Je peine à réaliser que tout ce qui se déroule sous mes yeux est bien

réel tant ça n'a ni queue ni tête. La voix qui retentit derrière moi me fait sursauter.

— Je fais simple, canard rôti aux pêches.

Anne Poey se tient à mes côtés, s'essuyant les mains sur un torchon. J'ai envie de lui hurler au visage, mais je me contente d'un silence prudent. Vue du dehors, la scène semblerait presque banale, celle d'un septuagénaire à la posture un peu raide, assis devant la table ronde d'un salon vieillot, pendant que s'affaire en cuisine une femme qui pourrait être sa nièce. Dehors, le crépuscule s'apprête à sonner le glas du jour et la lente progression des ombres – inscrite dans la permanence de la grande horlogerie universelle – laisserait croire au cours ordinaire des choses et des êtres… En apparence, donc, tout semble normal…

— Vos liens ne sont pas trop serrés au moins ? Francis ne mesure pas toujours sa force !

… En apparence, seulement. Car à bien y regarder, il y a quelques éléments discordants dans le décor. Francis se tient, derrière moi, fondu dans un fauteuil, un fusil de chasse – chargé, a-t-il cru bon de préciser – posé à côté de lui. Sait-on jamais ! Si d'aventure je parvenais à détacher mes chevilles du nœud insupportablement serré qui les emprisonne aux barreaux de la chaise !

— Le moment est venu, me susurre Anne Poey d'une voix mielleuse tandis que ses grands yeux verts me renvoient l'éclat de la folie pure. Francis, file chercher la malle au grenier !

L'homme déplie son corps massif et disparaît, non sans avoir écarté le fusil de ma portée. En dehors du bruit de marches qui craquent au-dessus de ma tête, le silence est parfait. Anne Poey s'est assise en face de moi et me sonde avec une intensité extrêmement dérangeante. C'est à ce moment-là seulement que j'entends le tic-tac régulier d'une horloge et je ne peux m'empêcher de songer à un funeste décompte, celui des quelques heures qui me séparent de ma propre mort. À cette pensée, un pic d'angoisse jaillit et m'écrase l'estomac avec la même violence qu'un coup de poing. Mon visage me trahit, car mon hôtesse s'adresse à moi, d'un ton froid où pointe le léger agacement qui sied aux évidences.

— La vérité, Louis, est parfois un chemin qui conduit vers la mort.

— Je ne comprends pas... Pourquoi seriez-vous obligée de faire ça ?

— Vous avez cru bon de fouiner, Louis ! Vous êtes allé trop loin... Mais, patience, les réponses arrivent.

En écho à ses mots, j'entends les pas lourds de Francis qui redescendent l'escalier. Le jour s'étrangle par l'unique et étroite fenêtre et la pièce semble plonger dans une semi-pénombre. Quelques secondes plus tard, l'homme entre dans le salon, portant à bout de bras une malle de belle taille.

— Pose-la à mes pieds.

L'homme s'exécute sans broncher.

— C'est bien, mon Francis, ajoute-t-elle en lui tapotant la tête. Maintenant, porte-nous une lampe et va donc nous chercher une vieille prune à la cuisine en guise d'apéritif, je pense que Louis en aura bien besoin.

Un vrai toutou, me dis-je, effaré, en regardant cette scène. Je scrute le colosse mais, à l'imperturbabilité de son regard stupide, je dois me rendre à l'évidence, sa docilité n'est pas feinte... L'homme allume une lampe à pétrole qu'il pose au centre de la table avant de s'éclipser vers la cuisine.

— Tenez Louis, lisez ça. Nous avons peu de temps devant nous, aussi je me permets d'aller à l'essentiel.

Et ce disant, elle me tend un carnet. La couverture en cuir marron est marquée au feutre noir d'un 1 encerclé. Mes mains tremblent en attrapant l'objet dans le halo de lumière jaunâtre.

— Voici la Genèse... si je puis dire... Pour l'Apocalypse, vous attendrez le repas ! ajoute-t-elle, amusée par son trait d'esprit.

Sur quoi, elle se lève et se flanque à la fenêtre, dos à moi. Dehors, le ciel d'un bleu parfait promet une belle nuit claire. Francis réapparaît, deux verres à la main. Il en pose un à côté de moi et porte l'autre à la maîtresse femme. Puis il récupère son fusil adossé au mur et rejoint son fauteuil. En moi, une tourmente indicible a pris corps. S'y mélangent indistinctement abattement, terreur, hébétude. Et certainement bien d'autres sentiments confus que je peine à nommer. Presque mécaniquement, je soulève le verre d'eau-de-vie et le porte à ma bouche. L'alcool me brûle le palais et me ranime un peu. Je tente d'organiser ma pensée. Personne ne me sait ici aujourd'hui. Hormis mon passage chez le notaire et mon récit à Marie-Cécile, je n'ai laissé aucune trace depuis mon départ de Toulouse... Inutile donc d'espérer une aide extérieure... L'idée me vient que j'aurai peut-être l'occasion de fuir, plus tard, dans la soirée, à la faveur d'une inattention... Certes ! même si ma raison me hurle que cette opportunité semble bien aléatoire pour le septuagénaire que je suis... Faute de perspective plus lumineuse, c'est encore ce à quoi il me semble le plus utile de me raccrocher. De toute façon pour l'heure, je n'ai guère le choix, il me faut *jouer le jeu*, endormir toute vigilance par une attitude obéissante. Dans les conditions actuelles, je n'ai aucune autre carte à jouer... J'ouvre le carnet et me plonge dans la lecture, l'esprit toujours rivé sur l'analyse de ma situation et sur mes chances de fuite. Lorsque je tourne machinalement la page, je me rends compte que je n'ai rien attrapé de cette belle écriture soignée, serrée et scolaire qui remplit consciencieusement les feuillets. Je m'oblige alors à prêter attention aux mots sous mes yeux et rapidement – bien plus rapidement que je ne l'aurais cru, compte tenu des circonstances – je suis absorbé par le récit.

25 septembre 1942. Ça y est, j'ai vu Baron ce matin au vallon du Salut. La section qu'il dirige a besoin de moi. Bien évidemment, je me suis engagé. Ma décision est prise, je ferme mon cabinet en fin de semaine. De toute façon, l'activité est au plus bas et le climat est à la peur généralisée devant l'invasion ennemie. Les Allemands sont partout et il devient même dangereux d'écouter Radio Londres.

18 octobre 1942. Je me suis installé hier ici, dans l'ancienne colonie, avec Joseph et Mathieu ainsi que la jeune Odette dont la loyauté et le soutien indéfectible me sont très précieux en ces temps tourmentés. Je dois d'ailleurs admettre que son travail d'éducation se révèle particulièrement efficace

puisqu'en quatre ans passés à leurs côtés,
Odette a presque régénéré mes deux handicapés de frères alors qu'ils viennent d'atteindre
leurs 26 ans· Ils sont désormais autonomes
pour tous les actes de la vie courante et
participent à leur niveau aux diverses tâches
domestiques, ce qui constitue un plus pour
la préparation de la colonie·

Le père d'Anne Poey avait donc deux frères handicapés ! Mon esprit raccorde immédiatement ce passage
avec le témoignage du petit Zilberstein. Trois hommes
les attendaient au pied du mur de la colonie en ce matin
de décembre 1942 : un monsieur qui avait l'air gentil
et deux autres qui bavaient.

Beaucoup de travail nous attend ici·
En arrivant, conformément aux ordres de
Baron, j'ai mis un terme au fermage des
Ramirez, prétextant qu'il me fallait recouvrer la jouissance des lieux pour la santé de
Joseph et Mathieu· Le grand air aurait des
effets bénéfiques pour le développement des
jumeaux· Le père Ramirez, homme fruste
au teint couperosé par son mauvais vin,
a beuglé un bon coup· Mais il s'est calmé
dès que je lui ai parlé de dédommagement·
Baron avait donc raison en m'affirmant que
les Ramirez seraient trop heureux de fuir la
guerre et de retourner au pays à la tête
d'un pécule inespéré au regard de leur précaire situation· Ramirez et moi nous sommes

entendus sur un montant bien inférieur au plafond fixé par Baron, et ce montant va permettre au fermier de traverser l'Espagne et de s'installer au Portugal, avec sa mégère et ses deux morveux, dont le regard bovin trahit déjà toute l'insignifiante condition. Pour finir, nous avons fait le tour du propriétaire. Les greniers du moulin contiennent suffisamment de blé pour passer le prochain hiver et les cultures vivrières, certes modestes, apporteront un complément non négligeable. Enfin, les bêtes sont en nombre important et constitueront des ressources fondamentales pour la survie du refuge. Les Ramirez quitteront le domaine à la fin du mois via un réseau de passeurs. Baron, là aussi, a bien fait les choses...

2 novembre 1942. À quelques semaines de la venue des premiers orphelins juifs, je tente de projeter l'organisation de base du refuge. Heureusement, un certain nombre de vivres et de produits de première nécessité seront acheminés sur place. D'après mes dernières informations, ces denrées seront convoyées par plusieurs employés juifs de l'orphelinat qui arriveront avec les enfants. Ils demeureront présents sur place pour nous aider, Odette, mes frères et moi, à assurer la logistique de survie. D'ici l'arrivée des enfants, il nous faudra avoir restauré deux dortoirs de l'ancienne colonie

pénitentiaire dont l'état au fil des décennies s'est particulièrement dégradé. La végétation a grimpé le long des murs et envahi la cour centrale. Deux des quatre dortoirs sont impropres à l'habitation du fait de fuites importantes sur les toits. Les deux autres heureusement sont exploitables. Il va falloir désencombrer, dépoussiérer et ranger. Quelques fenêtres et portes demandent aussi à être réparées, sans parler de la plomberie générale, totalement hors d'état de marche. Mais nous disposons de l'essentiel : eau du puits, couchages, bois pour le chauffage et de quoi subsister à l'hiver qui s'annonce rude à en croire les anciens... Et puis, comme l'a dit Baron, la colonie n'est qu'un refuge transitoire pour les mômes, bien que, pour l'heure, je n'en sache guère plus. J'attends les ordres.

Je relève la tête. Anne Poey savait donc bien pour les orphelins israélites. Elle savait pour la colonie. Elle savait et elle m'a menti... Reste à comprendre pourquoi. Hors de question pour moi de poursuivre docilement ma lecture comme un élève de CP qui ferait ses devoirs !

— Alors j'avais raison ! Et vous le saviez ! Vous m'avez menti, Anne. Mais pourquoi ?! À quoi cela rime-t-il ?! Qu'y a-t-il de si dérangeant à m'aider à retracer ce passage de l'histoire de la colonie !

Elle se retourne vers moi, un air de mépris imprimé sur ses traits.

— Vous avez raison, Louis, la prose de feu mon père est relativement indigeste, n'est-ce pas ?! Alors, allons à l'essentiel ! lance-t-elle en se dirigeant vers la malle dont elle sort un nouveau carnet. Lisez ici, poursuit-elle en me le tendant ouvert à une page qu'elle a choisie.

Puis d'un ton qu'on n'emploie pas pour son propre chien, elle ordonne à Francis :

— Sers-moi un second verre et mets la table. On mange dans une dizaine de minutes.

Le carnet porte le numéro 2. Même si je fulmine intérieurement, je me force à poser mes yeux sur la belle écriture liée étalée sur la page.

14 janvier 1943. Les choses ne se sont pas passées comme prévu... Je tiens d'une source sûre que les deux passeurs payés par Baron ont été fusillés. Une fuite au sein de la section... Baron aussi a été exécuté comme un chien, d'après ce qui se dit. Une balle dans la tête devant sa femme et ses mioches alors qu'il cherchait à fuir par la fenêtre de sa salle de bains pour rejoindre la rue. Je suis sous le choc, je ne sais plus quoi faire. J'ai perdu mon seul et unique contact avec la section. Qui nous sait ici ? Qui peut nous venir en aide ? À qui puis-je faire confiance ? Comment vais-je assurer la survie des mômes ? Ce soir, sous le coup de ces terribles nouvelles, je suis en proie au plus profond désespoir... Que le ciel nous vienne en aide !

26 janvier 1943. Nous nous sommes organisés. Avec l'aide des personnels de l'orphelinat, de mes frères, d'Odette, et avec la participation active et volontaire des enfants les plus âgés – 8 ans pour les plus grands! –, nous parvenons à faire front. À nous répartir les tâches. Ils sont courageux ces gamins, c'est impressionnant! Les températures tombent régulièrement en dessous de zéro. Pourtant, aucun ne se plaint jamais. Ni du froid, ni des restrictions alimentaires. Les plus grands s'occupent des plus petits, lavent le linge, entretiennent les lieux, aident en cuisine, soignent les animaux... Je suis édifié par une telle solidarité! Si jeunes et pourtant si matures!

1er février 1943. Je n'ai plus aucune nouvelle d'en bas, je ne descends plus dans la vallée. C'est absurde peut-être, mais ce que je crains désormais, c'est de voir surgir quelqu'un sur le domaine. Le climat général est à la suspicion et aux dénonciations. Je ne connais personne dont je puisse être certain. Baron était le seul camarade en qui j'avais entière confiance. Désespéré il y a encore quinze jours par notre isolement et par mon absence de lien avec le réseau résistant, j'en viens aujourd'hui à penser le contraire : notre survie à tous tient avant tout à notre anonymat total. Tant que le *monde ignore que nous nous cachons ici, nous n'avons rien à craindre... non ?*

Le cliquetis des couverts que l'on pose sur la table me sort de ma lecture. Anne Poey se détache de nouveau de la fenêtre et s'assoit en face de moi. Elle finit cul sec son deuxième verre d'eau-de-vie et me sourit étrangement, tandis que Francis s'affaire autour de nous.

— Va couper le canard, Francis. Louis et moi avons à parler. Et tu apporteras du vin, le meilleur qu'on ait.

L'homme se retire, sans dire un mot, sans tressaillir, sans rien manifester de son humanité.

— Alors, Louis, vous commencez à y voir plus clair ?

— Je... J'entrevois que votre père a géré la colonie pour protéger les enfants juifs, avancé-je d'une voix blanche. Que leur est-il arrivé ensuite ?

— Rien. Rien tant que mon père a veillé sur eux.

— Comment ça, rien ? Mais que sont-ils devenus une fois que la guerre a pris fin ?!

— Qui a dit que la guerre avait pris fin, Louis ?

Sa déclaration, sourire sardonique aux lèvres, me glace le sang. Je sens monter en moi comme un puissant ébranlement. Le ciel en soit témoin, elle ne plaisante pas !

— Avez-vous jamais entendu la chanson de Reggiani, « Quand la guerre sera finie » ? reprend-elle en levant un sourcil ironique. Elle est inspirée d'une histoire vraie, le saviez-vous ?

— Mais de quoi... Mais c'est insensé, enfin !

— La réalité est insensée, Louis… Pour vous épargner la pénibilité d'une longue lecture tapissée des insupportables atermoiements de feu mon père, formule-t-elle avec dédain, je vous propose le résumé suivant. Au fil des mois entre janvier 1943 et août 1944, la colonie s'est organisée, mon père prenant une part centrale dans la gestion pratique et humaine nécessaire à la survie. Il a rapidement, aux yeux de tous, fait figure de père, tant pour les orphelins que pour les personnels israélites. Vous savez comment sont les gens, Louis ? Ils doivent toujours suivre quelqu'un, c'est ainsi ! Ils aiment être dirigés… En conséquence de quoi, mon père a commencé à concevoir la place consacrée qu'il occupait, la charge morale et les responsabilités qui étaient les siennes en tant que père de cette communauté improvisée par la force d'un destin bien funeste ! C'est curieux comme les hommes ont tendance à sublimer la réalité, non ? Car il se produisit progressivement ceci : sa posture initialement dictée par l'impérieuse nécessité d'assurer la survie de tous devint peu à peu son sacerdoce !

— Vous… vous êtes en train de suggérer qu'il a délibérément fermé les yeux sur l'armistice pour…

— Oui et non. J'ai lu ses carnets tant de fois que je pourrais presque les réciter. Il en ressort – aussi absurde que cela puisse paraître formulé ainsi – que mon père n'avait tout bonnement pas envisagé la fin. Pris dans le puissant engrenage de la gestion communautaire, fixé chaque jour à sa tâche avec une ferveur croissante et une sorte d'émerveillement – voire de fascination – face à la mécanique d'entraide et de complémentarité du groupe, il a vécu comme un choc terrible l'annonce de la Libération, tant sur le fond que par la manière dont cela se produisit. Fin juillet 1944, Ibrahim, le cuisinier, mit la main sur une vieille radio cassée du début du siècle. Chaque soir, il prenait une heure ou deux pour essayer de la réparer. Ce à quoi il parvint enfin après plusieurs semaines de travail, apprenant ainsi le 26 août 1944, malgré une réception exécrable, que Paris venait d'être libéré. Ivre de joie, il alla immédiatement trouver mon père, absorbé depuis le début de l'été par ses premières observations anthropo-sociologiques, et lui annonça de but en blanc que la guerre prenait fin, que tout ce beau monde pourrait bientôt décamper pour retourner à la vie normale. Ibrahim ne mesura pas le trouble de son interlocuteur : surexcité, il s'apprêtait à clamer la nouvelle à tous. La panique s'empara de mon père à ce moment précis.

Je déglutis difficilement. Mon esprit refuse de faire le point sur l'image floutée que me soumet mon interlocutrice.

— Les choses auraient-elles été différentes si Ibrahim s'y était pris autrement ? C'est fort probable… Il fallait juste que l'idée chemine, que l'esprit de mon père s'accommode de la perte d'un fabuleux sujet d'étude, de la fin d'une expérience extraordinairement riche et valorisante, de la disparition des premiers contours d'une utopie. Mais Ibrahim ne lui en laissa ni le temps ni le choix, confrontant abruptement mon père à son insupportable vacuité. Tout ce qu'il avait fait, tous les risques qu'il avait courus, tous les sacrifices auxquels il avait consenti pour protéger la communauté, non, tout cela n'avait plus aucune importance ! Les événements avaient fait de lui un héros et, sans transition, allaient faire de lui un roi déchu.

— Que... voulez-vous dire ?... Que s'est-il passé ?

— D'après ce qu'il a consigné, il a voulu arrêter l'élan d'Ibrahim en lui tapant sur la tête avec le tisonnier qui se trouvait tout près de son bureau, à portée de main. Réflexe panique. Ibrahim est mort sur le coup. Lorsque mon père se rendit compte qu'il venait de commettre l'irréparable dans ce geste irréfléchi, il se trouva face à un choix très clair et plutôt rationnel : poursuivre ou renoncer... Il décida de poursuivre.

— C'est-à-dire ? formulé-je d'une voix blanche.

— Il cassa irrémédiablement la radio. Partit cueillir des aconits et empoisonna l'ensemble des adultes qu'il avait rassemblés après le repas du soir sous un prétexte fallacieux. Il les tua tous, à l'exception d'Odette, sa dévouée nurse, et de ses deux frères handicapés. Quand, le lendemain, certains enfants commencèrent à lui demander où se trouvaient les adultes, il les réunit tous dans le réfectoire et leur annonça que les Allemands, les Boches, les avaient exécutés après qu'ils avaient franchi le mur pour rejoindre la vallée. Il posa ainsi la pierre angulaire de son édifice communautaire, et c'est bien la seule chose que j'aie conservée de lui en fondant le cheptel.

Je me rends compte que je tremble. Oui, que je tremble des pieds à la tête. L'histoire que vient de me conter Anne Poey dépasse l'entendement ! Francis apparaît à ce moment précis dans l'encadrement de la porte.

— Pose tout ça et disparais. Tu peux manger à la cuisine.

Je regarde, sidéré, halluciné, l'homme s'exécuter. Les assiettes fumantes dégagent une odeur savoureuse et il y a comme quelque chose de terriblement inadéquat, inconcevable, dans l'existence même de ce canard rôti aux pêches. L'horreur qui prend corps en moi paralyse ma pensée et ce qui sort de ma bouche ressemble à un balbutiement mécanique plus qu'à une réelle élaboration psychique.

— Le chep... le cheptel ?!

Anne Poey porte la fourchette à sa bouche. Elle lève légèrement le sourcil gauche en signe d'appréciation, comme pour dire « mmm, excellent ce canard rôti, vraiment ! », réduisant à bagatelle l'insoutenable atrocité de son récit par quelques mastications mécaniques... Je ne sais pas exactement ce que je ressens, mais je crois que je ne suis plus tout à fait moi. Mon estomac est une pierre. Mon corps pèse du plomb. Et j'ai le cerveau engourdi, totalement incapable de réagir. Anne Poey lève les yeux vers moi et me sourit avec cet air détaché qu'ont les gens qui n'ont rien à se reprocher.

— Vous devriez manger tant que c'est chaud, Louis.

Sur quoi, elle nous sert du vin, un mouton-cadet de 1998, et en boit une gorgée. Puis elle reprend le fil de la conversation, là où elle l'avait laissée. Comme si de rien n'était...

— J'ai fondé le cheptel en 1990. Lorsque j'ai *succédé* à mon père en quelque sorte.

— Vous... vous voulez dire que depuis 1942, il y a... il y a des gens qui vivent ici ? demandé-je, hébété.

— C'est tout à fait ça, Louis.

— Mais alors, ma sœur Hannah, elle a... elle est...

— Probablement morte, Louis, désolée pour vous. Disparue lors de la grande rafle.

— De la quoi ?!

— De la grande rafle, celle de 1990, la toute première qui a intronisé le cheptel et gravé à tout jamais le trauma initial, le mythe fondateur, dans la conscience collective. Depuis, j'en organise régulièrement, vous savez, poursuit-elle en mangeant... La peur, Louis ! La peur est un puissant sortilège que seule la survenance des événements redoutés réactualise sans cesse. La peur de la guerre, de nos ennemis les Boches qui organisent régulièrement des rafles, des dieux de l'Ombre, cette peur doit être entretenue.... Vous comprenez, n'est-ce pas ?

Un glapissement s'échappe de ma bouche. Malgré moi. Sans que je le commande. Sans que je le sente venir.

— Grâce à la rafle de 1990, j'ai reconfiguré le cheptel. Reformaté la mémoire, en quelque sorte : j'ai éradiqué la majorité des adultes, ceux qui voyaient en mon père le bon roi protecteur... Les geôles ne manquant pas dans une ancienne colonie pénitentiaire, j'ai gardé quelques spécimens pour commencer mon commerce.

— Votre commerce ?!

— Mmm... D'ailleurs, si ma mémoire est bonne, Hannah a fait partie de ceux-là.

95

20 heures. Éloïse rassembla l'équipe d'enquêteurs. Tous affichaient des mines creusées par les heures de travail. Qui plus est, l'absence de résultats probants malgré les efforts commençait à affecter le moral de la troupe. La gendarme attendit que ses coéquipiers soient installés et annonça :

— On va faire un rapide tour de table et après, on regagne nos pénates.

Olivier lui lança un regard surpris, mais le frémissement de joie qui parcourut immédiatement ses compagnons le dissuada de tout commentaire.

— Une bonne nuit de sommeil sera la bienvenue pour nous tous.

— Yep ! Mais ce sera après une bonne caïpi-fraise au Magic Soul ! Qui me suit ?! lança Thibault, tout revigoré.

— Ah, j'aurais peut-être dû préciser que je vous veux tous, frais et d'attaque, demain dès 6 heures !

Les collègues de Thibault partirent d'un rire moqueur.

— Hein ?! Mais c'est un cadeau empoisonné, *chief* !

— Tu ne croyais quand même pas que tu allais pouvoir faire la grasse, Thib ?!

Le jeune homme se rencogna sur son fauteuil, feignant un air bougon.

— Bon, allez, c'est parti. Olivier, vous faites le topo ?

— Eh bien, toutes nos alertes n'ont pas été vaines. On a reçu l'appel de deux médecins de la PMI, l'un de Maubourguet, dans le nord-ouest du 65, et l'autre de Foix, en Ariège. Le premier nous a signalé plusieurs interventions au cœur d'une communauté suspectée de défauts de soins envers les enfants. Après conversation au téléphone, il s'agit d'une aire de stationnement de gens du voyage. On n'est pas du tout sur le profil d'une communauté vivant en autosuffisance avec des travailleurs agricoles… Le deuxième appel, c'est une autre histoire, lâcha-t-il dans un souffle.

Le flic échangea alors un regard entendu avec Éloïse et la pression monta d'un cran.

— L'appel concerne le repérage d'une communauté aux conditions de vie déplorables, des pauvres gens isolés dans une vallée au-dessus de Foix. Je m'explique. Il y a neuf mois, un touriste anglais visite les Pyrénées ariégeoises. En redescendant d'une petite vallée, il tombe sur une gamine, enceinte jusqu'aux dents, présentant des signes visibles d'hémorragie. L'homme arrête sa voiture, fait monter la gamine et l'amène en urgence au Centre hospitalier du Val d'Ariège. L'assistante sociale de l'hôpital est alors alertée par la sage-femme, car la fille qui vient d'accoucher ne doit pas avoir 13 ans, n'a aucune inscription Sécu ni aucun papier et présente visiblement des signes de handicap mental. L'AS fait venir les flics. Il y a une enquête. Et là, les policiers remontent jusqu'à une sorte de village oublié, peuplé de dégénérés à moitié consanguins, perché au sommet d'une vallée qu'aucune route ne dessert !

— Incroyable ! s'exclama Thibault, ahuri. On dirait *Game of Thrones* avec les sauvageons des terres d'audelà du mur, version mutants débiles mentaux !

— Tu ne crois pas si bien dire, Thib, commenta Éloïse. Parce que le plus hallucinant dans cette histoire, c'est que cette communauté vivait en total repli depuis environ une cinquantaine d'années. Régie par un patriarche complètement barré, elle survivait par l'élevage et le maraîchage. Aucun des enfants nés là-haut n'avait été déclaré. Après ratissage des lieux, la police a déterré vingt-sept corps : nourrissons, vieillards ou malades qui n'ont probablement pas survécu aux conditions d'hygiène ou de vie de la communauté…. sans parler de l'absence totale de suivi médical…

Il y eut comme un frémissement de consternation avant qu'Éloïse conclue :

— Ce village de dégénérés n'est pas celui qu'on recherche, puisque les forces de police ont délogé les habitants et que les services sociaux ont placé les gens qui y vivaient… Mais cet exemple vient nous dire qu'en 2015 il est encore possible que des personnes vivent recluses dans des endroits protégés de tout lien avec l'extérieur, sans qu'aucune autorité le sache.

Un silence s'installa. Ce récit était totalement incroyable. Pourtant, tous étaient bien placés pour le savoir : la réalité avait toujours surpassé de loin la fiction… Au bout de longues secondes, Éloïse relança.

— Thib, Agathe, qu'ont donné vos recherches en lien avec les randonneurs ?

— On avait trois pistes, deux en Ariège, une dans les Pyrénées-Atlantiques. Pour les deux premières, chou blanc, expliqua Agathe. Des guides nous avaient indiqué l'existence de communautés autovivrières. Après enquête, notamment auprès des gendarmes du coin, la première communauté est récente, 2010, et axée sur une espèce d'approche survivaliste. Les gendarmes y passent régulièrement, et, d'après les contacts qu'ils ont réussi à nouer, il s'agit de gens convaincus d'une fin imminente de notre monde actuel et qui posent les jalons d'une ère nouvelle. Pas de prosélytisme, pas de délire mystique, pas de grande prêtresse. Juste un mode de vie rudimentaire et une sorte de retour au minimum vital. Les enfants sont scolarisés dans la communale la plus proche.

— Pour la seconde, enchaîna Thibault, c'est un collectif à l'étendard « art alternatif » qui part peu à peu en cacahuète. Je pense que le guide de randonnée qui nous a routés vers eux espérait qu'on fasse enfin quelque chose. D'après les informations récoltées auprès des autorités sur place, il s'agit de jeunes marginaux plus ou moins créatifs qui ont réussi à squatter un village abandonné en haut d'une vallée. Ils organisent régulièrement des teufs, des événements culturels, drivant une foule de gus perchés aux acides... Bref, à des années-lumière de nos bêcheurs de terre !

— Je vois. Et la piste des Pyrénées-Atlantiques ?

— On n'a pas eu le temps de gratter, confessa Agathe.

— OK, vous reprendrez demain… Reste le groupe des vidéosurveillances, lança Éloïse en se tournant vers Jean-Marc.

— On a réduit notre liste de suspects de huit à quatre, entama-t-il. Après enquête sur le Net, les réseaux sociaux, auprès des forces de police et de gendarmerie, on a pu éliminer trois couples dont les photos ne correspondent ni au descriptif de la femme au chapeau, ni à l'image du type en Ducato.

— Sur les profils restants, vous avez quoi ?

— Le propriétaire d'une Tucson immatriculée dans le 64, un dénommé Pierre Geyme, 41 ans, peintre en bâtiment à Nay. La propriétaire d'un hybride de marque BMW, immatriculé dans le 64, une dénommée Lucie Perche, 46 ans, responsable d'un chenil à Ainhoa. Le propriétaire d'un monospace Scenic immatriculé dans le 09, un certain Olivier Béranger, 52 ans, professeur d'EPS au lycée Berthelot à Saint-Girons. Et enfin, Anne Poey, propriétaire d'un Range Rover immatriculé dans le 65, habitant Bagnères-de-Bigorre, socio-anthropologue, 50 ans.

— Mmm… Vous avez des préférences dans les quatre restants ?

— Ben, on privilégiait le prof de sport, intervint Kamel.

— Pourquoi ?

— À cause des soins approximatifs sur nos victimes qui supposent quelques connaissances sur le corps humain… mais bon, c'est hyper aléatoire. Après tout, n'importe qui peut se documenter, se former parallèlement à sa profession déclarée pour exercer une médecine d'appoint…

— OK pour une réduction de fracture, à la limite…
mais les soins dentaires, c'est une autre paire de
manches ! s'exclama Agathe. J'ai assisté à l'autopsie
de la victime du Pendedis et Théron n'a pas parlé de
boucherie ! Il a évoqué des soins à l'ancienne avec des
matériaux et techniques datant de l'Antéchrist, ce qui
lui a fait penser à l'Europe de l'Est… mais je vois mal
un prof de sport lisant trois bouquins être capable de
soigner une carie !…

Un long silence suivit la déclaration d'Agathe.
Ce qu'elle venait d'énoncer à voix haute tombait sous
le sens, mais force était d'admettre que l'équipe n'avait
pas pensé à investiguer de ce côté-là ! Éloïse réagit la
première.

— Mais tu as raison ! Qu'on est cons ! On sait
depuis ce matin que notre vivier humain réside dans
les Pyrénées ! Faut absolument qu'on regarde du côté
des dentistes pyrénéens… des dentistes radiés, peut-
être, vu les soins…

— Un assistant dentaire ? hasarda Jean-Marc.

— Un étudiant ayant interrompu ses études ? proposa Thibault.

Olivier fit un signe de la main pour arrêter le flot
de paroles.

— Attendez ! Réfléchissons et recoupons les éléments du dossier des différentes victimes. On sait que
toutes ont bien reçu des soins adéquats mais avec du
matériel ancien et des méthodes dépassées aujourd'hui
en France. Pour autant, les cônes d'argent, les produits
utilisés, comme l'arsenic – ayant créé une fusée arsénicale sur la victime du Pendedis, vous vous rappelez ? –
nécessitent un accès…

— À des matériaux qui ne sont plus commercialisés en France… le coupa Éloïse.

— Donc deux options ! conclut le flic d'Interpol, surexcité. Ou un des exploitants d'êtres humains est un dentiste originaire de l'Est qui s'est établi dans les Pyrénées en apportant son matériel avec lui, ou nous avons affaire à un vieux dentiste du coin habitué à travailler à l'ancienne et qui a conservé des matériaux de son cabinet.

— D'un cabinet probablement fermé aujourd'hui, compléta Agathe. Car je vois mal des patients aller chez un mec bossant comme ça.

— Exact… d'un cabinet fermé aujourd'hui.

Il y eut quelques échanges de regards. Une onde électrique presque palpable fourmillait autour de la table. Le genre d'onde propre à l'intuition de l'enquêteur qui sent qu'il vient de lever un lièvre, que la piste qu'il vient d'ouvrir est prometteuse… Éloïse hocha nerveusement la tête.

— OK, OK ! Dès demain, on essaie de recouper les différentes données. À partir des quatre noms de propriétaires de voitures discriminées avec les vidéo-surveillances, on cherche s'il existe un lien avec un cabinet dentaire probablement fermé aujourd'hui.

— Bon sang, si jamais ça matche, on sera aux portes de la communauté exploitée, acheva Agathe.

Un instant mourut et Éloïse se leva. Tendue. Prête à en découdre. Ses yeux vairons pitonnés sur un Everest invisible. Puis elle enfila son blouson dans un haussement d'épaules presque viril en lançant à ses collègues :

— Bien, on lève le camp ! Rechargez les batteries au maximum parce que demain s'annonce serré…

L'équipe ne demanda pas son reste et déguerpit, ravie de mettre les voiles. Seul Olivier ne bougea pas. Éloïse s'approcha.

— Un souci, Olivier ?

— Non... enfin... je vais rester un peu.

— On est tous nases et j'ai pensé qu'un peu de repos nous ferait du bien, avança Éloïse, sur la défensive.

— Vous avez certainement raison... Mais j'ai encore assez d'énergie pour bosser une ou deux heures.

— C'est vous qui voyez.

Sur quoi, la gendarme rejoignit Jean-Marc qui l'attendait à la porte de TEH. Il poussa le battant et à peine furent-ils sortis qu'il voulut la rassurer.

— Tu as bien fait, Élo !

— T'es sûr ?

— Certain. Regarde, personne ne s'est fait prier ! lança Jean-Marc en désignant Thibault et Agathe qui remontaient le couloir loin devant.

— Tu penses qu'ils...

— En tout cas, Agathe s'est laissé convaincre pour un verre au Magic Soul ! Pour le reste...

— Et Jacques ?

— Il rejoint ses quartiers, trop content de pouvoir recharger les batteries... Comme nous tous d'ailleurs. Puis tu connais l'adage : *à trop tirer sur la corde...*

— Elle craque ! compléta la gendarme, amusée. Mais Olivier, lui...

— Et si tu te préoccupais un peu de moi, plutôt ?!

— Mais ma parole, t'es jaloux ?!

— Tu passes tes journées entières avec ce flic d'Interpol ! Un peu, oui, que je suis jaloux !

— Pff… T'es bête !… Un saut à la trattoria avant une bonne nuit de repos, ça te dit ?

— Une pizza géante ? Génial !

Et ils se donnèrent la main pour remonter le long couloir gris. Direction le grand air, la vie, la ville !

96

Elle jeta un œil à son invité. Assiette intacte et mine horrifiée. Un vrai délice ! Elle avait distillé la vérité tout au long du repas en choisissant bien chacun de ses mots. Pour la première fois, il lui avait été donné de partager ouvertement autour du cheptel, sans faux-semblants, sans détours, sans redouter de trahir ses desseins… Et elle s'en était donné à cœur joie. Parce que Louis Barthes allait mourir. Elle ne lui avait rien épargné, ni le sort de ceux qui étaient raflés, ni les subterfuges grossiers qu'elle utilisait pour convaincre ces bipèdes acculturés du danger qu'ils couraient, ni le respect, l'obéissance et le culte dont elle faisait l'objet, elle, la Grande Prêtresse Virinaë ! Elle jeta un œil à sa montre, il était 20 h 30. Elle devait en finir rapidement pour partir avant que l'obscurité tombe complètement, la condamnant à passer la nuit dans ce tombeau qui lui avait volé son enfance. Cette simple perspective la fit frissonner.

— J'ai passé un très agréable moment en votre compagnie, Louis, mais il faut malheureusement que je mette un terme à nos réjouissances.

Elle le regarda. L'homme venait de tressaillir et, contre toute attente, sa déclaration sembla le sortir de sa torpeur.

— Attendez ! J'ai une dernière question.

— Vous savez tout, Louis.

— Non… Non, je regrette mais je ne sais toujours pas pourquoi.

— Pourquoi quoi ? lui lança-t-elle avec agacement.

— Mais pourquoi vous faites ça ! Toutes ces horreurs ?!

Elle sentit son cou picoter et une sorte d'influx nerveux irradier sa colonne vertébrale. D'une voix cinglante et suffisante, elle assena :

— La vengeance, voyons !

— Ils ne vous ont rien fait ! s'écria l'homme, le visage soudain pourpre et les yeux humides. C'était de pauvres enfants innocents, livrés à eux-mêmes, persécutés par une guerre barbare !

Quelque chose en elle prit corps… Remua… Se dressa… Enfla… Et demanda à jaillir.

— TAISEZ-VOUS !!! hurla-t-elle en renversant sa chaise.

Le corps agité de spasmes nerveux, elle alla à la fenêtre, observa la clarté du jour mourant et laissa son regard courir vers ces hauteurs qu'elle connaissait par cœur. Les mauvais souvenirs émergèrent avec la persistance qui les caractérise. Elle ferma longuement les yeux et laissa la vague de colère refluer lentement. Puis, le regard flou, elle reprit d'une voix froide et tranchante :

— Vous parlez, mais vous ne savez rien… Serge Poey trouvait plus fascinant d'observer ces créatures des bois construire année après année leur biotope de dégénérés plutôt que de s'occuper de sa fille !... Ces « innocents enfants », comme vous dites, m'ont tout pris ! Tout !... J'ai grandi dans ce trou à rats, poursuivant ma scolarité par correspondance jusqu'à mon entrée à la fac. Les seuls moments de la journée que mon père me consacrait consistaient à corriger mes devoirs. J'en étais même arrivée à redoubler de travail pour qu'il soit contraint de passer plus de temps auprès de moi... Pff, tout ça pour m'entendre dire que j'étais une « source de pollution » ! Je n'étais même pas autorisée à les approcher ! J'avais appris à lire, à écrire, à compter, à penser. Mon savoir ne devait pas les contaminer. Surtout pas !... Non, ce que mon père voulait par-dessus tout, c'était assister à la naissance d'une civilisation, à la construction des règles fondatrices d'une nouvelle société libérée de tout héritage historique, politique, conceptuel. Un scientifique devant son vivier, voilà ce qu'il était ! tempêta-t-elle.

Un silence s'installa durant lequel elle revit l'homme, amaigri, le teint terreux, l'œil vissé à une de ses innombrables longues-vues disséminées dans tout le domaine. Que n'aurait-elle donné pour un regard, un instant d'attention, un sourire complice ?! Au lieu de quoi elle se heurtait au rempart infranchissable de son indifférence... De nouveau, elle sentit la fureur gronder en elle, profonde, viscérale. Inextinguible.

— Un pauvre imbécile doublé d'un fumier ! cracha-t-elle avec mépris... Si vous l'aviez vu s'ébaubir devant ce parterre crasse et sous-évolué ! poursuivit-elle en se retournant vers son invité... Pff... il passait des heures et des heures à observer, à noter, à théoriser !

Quarante-cinq années, quatre cent soixante-dix-huit carnets !!! PAUVRE FOU ! explosa-t-elle en levant les yeux au ciel, les poings serrés.

Et là, comme prise d'une inspiration subite, elle se dirigea vers la malle et cueillit avec rage une pleine brassée de carnets qu'elle jeta vers le plafond. Un long vomissement marron explosa en l'air et des dizaines de calepins ruisselèrent au sol dans un bruit mat.

— VOILÀ ! ragea-t-elle.

Puis elle piocha un carnet au hasard, l'ouvrit et le montra à son invité. La fluidité initiale des lettres tracées avait disparu au profit d'une écriture plus penchée, nerveuse et hachée. Elle tourna les pages avec empressement. L'écriture se désagrégeait encore et devenait frénétique : lignes quasiment illisibles, traînées chaotiques de pattes de mouche fiévreuses, tordues, torturées... révélant que le dénommé Serge Poey avait bel et bien perdu la raison.

— Alors, Louis, qu'en dites-vous, hein ?! écuma-t-elle. J'ai consacré chaque jour de mon enfance à les regarder et à les haïr, eux, mon père, TOUS ! Et tant que je serai en vie, je n'aurai de cesse de détruire cette œuvre abjecte à laquelle mon géniteur s'est consacré et de faire de sa nouvelle peuplade libre MON cheptel, avec MES règles et avec l'adoration qui ME revient !

Elle s'arrêta, à bout de souffle, le visage congestionné par la rage, les yeux étrécis et aussi glacials que du métal. Face à elle, l'homme assis à sa table semblait brisé, hagard. Il fixait le mur devant lui d'un regard inexpressif sous le tic-tac de l'horloge qui engloutissait le silence. Elle allait appeler Francis quand son prisonnier commenta pour lui-même :

— Un père distant, une mère décédée...

Elle lui jeta un regard noir.

— Ma mère est morte en me mettant au monde, ici même, dans ce trou à rats ! Si elle avait été prise en charge à l'hôpital, elle aurait probablement survécu. Mais mon salopard de père était médecin-dentiste. Un blanc-seing rêvé pour assister ma mère dans son accouchement et aller ensuite me déclarer à la mairie.

— C'était la jeune nurse de vos frères, c'est ça ?

— Odette, oui. Embauchée à 18 ans pour s'occuper de l'éducation des jumeaux handicapés parce que la mère de mon père venait de mourir. Elle est arrivée ici à 22 ans. Je pense qu'elle aimait passionnément mon fumier de père. Aveuglément. Sinon, pourquoi serait-elle restée ?! Mon père ne voulait même pas d'enfant. Il avait deux frères jumeaux handicapés et, en bon médecin qu'il était, il craignait une tare héréditaire... Ce en quoi il n'avait pas tout à fait tort, poursuivit-elle, sardonique, puisque cet enfoiré a engendré une demeurée en s'accouplant avec une gamine du cheptel.

— Vous avez une demi-sœur ?

— Appelez ça comme vous voulez... C'était une saillie rapide que j'ai entrevue avec la longue-vue du grenier. Je devais avoir 10 ans. Je suppose que feu père était en manque... Pathétique ! Elle répond au surnom de « Clarisse-la-pépiote »... Elle vit avec eux... *Heureux les simples d'esprit*, est-il écrit dans la Bible... Le pire est encore que ça doit être vrai...

Soudain, elle eut froid. Elle attrapa son châle posé sur le dos du fauteuil et s'y emmitoufla. Elle croisa alors le regard de Louis Barthes, totalement aux abois.

— Mon père ne voulait pas d'enfant, Louis... Je n'étais pas désirée, je suis un accident. Et, croyez-moi, j'ai compris très tôt tout ce que ça voulait dire.

Sur quoi, elle claqua deux fois dans ses mains. L'instant d'après, Francis apparut.

— Attache-lui les mains puis dénoue-lui les pieds. Après, mets-le en joue, conduis-le à la falaise et balance-le dans le vide. Je ne veux pas de coup de feu dans le domaine, Francis. Compris ? Moi, je redescends... il faut que je m'occupe de Bourdel.

Puis elle posa ses yeux sur son invité.

— Merci, Louis pour cette soirée. J'ai passé un excellent moment, vraiment... Enfin, dans l'ensemble... Malheureusement, je dois absolument partir et nos routes se séparent ici.

Et elle tourna les talons sous le regard horrifié de Louis Barthes qui comprenait que sa fin approchait et que ses recherches venaient de condamner un nouvel innocent en la personne de Me Bourdel.

97

La nuit est tombée désormais. Une nuit claire arrosée de lune. J'entends autour de moi les bruissements de la forêt que nous longeons et l'éveil progressif des animaux nocturnes. L'air est frais même si je peine à respirer, et je songe malgré moi que c'est une belle nuit pour mourir. Je poursuivais ma sœur et, d'une certaine manière, je l'ai trouvée. Mon cœur est lourd, mon âme chargée des confessions d'Anne Poey, et pendant que je chemine je mesure l'immense cruauté dont elle a fait preuve en me livrant son récit. Je revois sa délectation à m'expliquer les détails de ses « rafles », la haine pure qui l'anime envers ce « cheptel » humain et la jouissance absolue qui la fait vibrer à régner comme un dieu vivant sur cette communauté d'âmes asservies. Un frisson me fait tressaillir. Passé la profonde hébétude dans laquelle son récit m'a plongé, je saisis par pics aigus de conscience l'abomination du système que cette femme a élaboré. Quel monstre faut-il être pour concevoir l'élevage et la commercialisation d'êtres humains ?! Et par quel délire de grandeur faut-il être habité pour s'ériger en grande prêtresse toute-puissante d'un vivier humain ?! Oui, en plus de l'abjection du dessein, il y a une sophistication dans la mise en œuvre de son trafic qui ajoute encore à l'horreur : Anne Poey ne se contente pas de livrer des gens à la barbarie des autres, non, elle les vampirise, les manipule jusqu'à incarner pour eux une déesse vivante et vénérée… Anne Poey est une odieuse créature – le diable incarné a-t-on coutume de dire, à la nuance près qu'elle, elle l'incarne vraiment. J'ai une pensée éclair pour l'abruti qui la sert indéfectiblement, celui-là même qui me suit, fusil à la main et, n'ayant de toute façon rien à perdre, je tente une approche.

— Pourquoi faites-vous ça ?!… Bon sang, comprenez-vous que rien ne vous y oblige ?!

Le type derrière moi se contente de planter violemment le canon de son arme dans mon épaule droite, m'arrachant un cri de douleur. Mais la colère qui émerge et bouillonne en moi est plus forte que la terreur qui m'a pétrifié jusqu'à présent. Si je dois mourir aujourd'hui, pourquoi ne pas risquer le tout pour le tout ?!

— Votre servilité… Votre obéissance absolue… tout ce que vous faites pour elle… En fait-elle autant pour vous ?!

La réaction à ma provocation ne tarde guère. Je reçois un puissant coup de crosse dans le creux des reins. Un cri m'échappe, suivi de gémissements. Mes yeux se brouillent de larmes. La douleur est atroce, mais ne me réduit pas au silence. Bien au contraire. Elle nourrit la hargne qui s'est emparée de moi.

— Pauvre idiot ! Quel âne vous faites ! Ne voyez-vous pas avec quel mépris elle vous traite ?!

Je sens le canon froid de l'arme se poser sur ma nuque. Et dans ce geste rageur, je perçois aussi que ce Francis m'entend, qu'il me comprend et que mes mots le criblent comme autant de balles. Je décide de pousser mon avantage. Il ne s'agit pas tant d'espérer survivre à tout ce drame que de défier le déroulement des choses qu'Anne Poey a définies. Comme si tout devait se passer comme elle le décide ! Mais je ne suis pas une de ses malheureuses ouailles asservies et manipulées, moi !

— Tirez, Francis ! Je vous en prie, fais-je en m'arrêtant de marcher. Je préfère de loin mourir d'une balle dans la tête que jeté du haut d'une falaise.

J'entends l'homme jurer derrière moi. Ne lui a-t-elle pas dit qu'il ne devait pas faire feu ? C'est absurde mais relativement jouissif pour moi dans cet instant de me jouer d'une autorité autoproclamée. Je me retourne et je fais face à l'homme.

— Eh bien ? J'attends.

— Avancez, bordel, sinon…

— Sinon quoi ?! m'esclaffé-je. Sinon vous allez me tuer ?

Je vois l'homme serrer les dents et un masque de perplexité gagner son visage. Je gage qu'il n'a jamais eu à affronter ce genre de situation.

— Je ne suis pas obéissant, moi, voyez-vous. Je fais ce que je veux.

— Taisez-vous !

— Je ne suis pas l'esclave de cette pauvre folle, de cette abominable créa…

— Tais-toi !!!

— ... Alors c'est ça, hein ? Vous l'aimez, Francis !
lancé-je en éclatant de rire. Vous aimez cette femme ?!...
Et elle vous aime, elle, Francis ?

Je le vois soudain déstabilisé face à moi. Une infime
lueur meurtrie éclaire ses yeux. Je ne m'attendais
guère à mieux – l'homme est rustre et malaisé dans
le rapport de force intellectuel –, mais la puissance du
coup que je prends dans le ventre me coupe le souffle.
Je m'écroule, plié en deux, happant vainement l'air.
La bouche grande ouverte, je tente d'aspirer mais mon
corps n'obéit pas. Mes poumons vides s'embrasent et
mon cœur cogne avec frénésie dans ma cage thoracique. Ma vue commence à se brouiller. Bon sang, je
vais mourir maintenant, asphyxié, sans avoir pu mener
plus loin ma révolte ! Et comme je m'étouffe dans un
ultime hoquet et qu'un ruban noir passe devant mes
yeux, d'un coup, l'air enfin se remet à circuler, me
libérant de l'oppression sur ma poitrine. J'insuffle goulûment et, haletant, je reprends peu à peu mes esprits.
Il me faut une bonne minute pour retrouver un rythme
cardiaque normal. Lorsque c'est chose faite, toujours à
genoux, je relève la tête. Je ne compte pas en rester là.

— Alors Francis ? Est-ce qu'elle vous aime ?
murmuré-je d'une voix légèrement altérée.

L'homme dressé devant moi s'agite. Il hésite visiblement à porter un nouveau coup. Il ne comprend pas que
sa violence ne suffise pas à me museler. Finalement,
il plante ses yeux dans les miens.

— ... À sa manière, oui, grogne-t-il avec défiance
et certainement avec l'espoir d'en finir une fois pour
toutes avec cet échange.

— À sa manière ?!

Je pars d'un rire nerveux qui secoue mes épaules et énerve Francis au plus haut point. Sa riposte est féroce : je prends immédiatement un colossal coup de crosse sur la clavicule droite. Un os se brise – je l'entends craquer sous ma peau – et la douleur est fulgurante. Ce n'est pas un cri qui s'échappe alors de moi, mais un hurlement. Je bascule sur le flanc en geignant comme un misérable chien. De longues secondes passent avant que ma souffrance s'assourdisse un peu.

— Vous n'êtes que son exécutant... son homme de main pour... pour les basses besognes, Francis, avancé-je entre deux gémissements. Et vous ne... serez jamais rien de plus...

— DEBOUT !!! hurle-t-il.

Je ne me lève pas. C'est hors de question. Tout ce qui me reste de dignité réside dans ma résistance. Dans ce que je peux encore opposer à ce misérable sbire. L'homme devient nerveux, lève à plusieurs reprises son fusil comme pour me frapper, fulmine par quelques grognements rageurs et finit par s'arrêter net, ne sachant que faire.

— Je ne vous obéirai pas.

Il me considère un instant et c'est trop tard que je vois la crosse surgir sur le côté. Le choc sur ma tempe est terrible et ma vue se voile instantanément. Je sens alors deux mains m'empoigner – ma clavicule proteste dans un geyser de douleur – et mon corps être balancé sur son épaule tel un sac de patates... Il a la force d'un Turc, il va me conduire et me jeter tout seul du haut de cette falaise ! ai-je le temps de penser avant de perdre connaissance.

Nuit de J + 8 à J + 9

98

« Oui, car je l'ai vue dans mes songes de Vérité : Élicen, mon enfant, a servi de pitance à nos redoutables ennemis, les Boches, et leurs ignobles chiens se sont repus de ses restes !!! »

Tu frémis en te repassant les propos de Virinaë. NON ! Élicen n'est pas morte dévorée par les Boches et leurs chiens ! Tu l'as vue de tes propres yeux, tu as parlé avec elle ! La Grande Prêtresse a-t-elle menti lors de son oraison ? Ou se trompe-t-elle ? Et si oui, comment Virinaë pourrait-elle se tromper ?! Elle qui sait toutes choses… Les mots de Bruno ne cessent de danser dans ton esprit : il n'y a aucun Boche de l'autre côté du mur…

Le hululement d'une chouette résonne dans la nuit. Dans le baraquement, les respirations sont régulières. Ils dorment tous du sommeil du juste ! Contrairement à toi… Étendue dans ton lit depuis plusieurs heures, tu es mortifiée par la honte et le doute.

Que dire de l'exhortation de Virinaë à l'obéissance ?! Tu as été à deux doigts de la défier quand elle t'a prise à témoin devant le cheptel, mais un sentiment qui ressemblait étrangement à de la peur t'en a empêchée… Comment auraient réagi les tiens si tu avais affirmé qu'Élicen était toujours en vie ? T'auraient-ils aussi bannie ?

Tu pourrais aller réveiller Anten et lui dire la vérité… Peut-être que… Peut-être que quoi ?! Sois honnête, Atrimen. Tu as vu comme il frémit au moindre contact de la Grande Prêtresse ?! Jamais Anten ne t'écoutera ! Ni lui, ni aucun du cheptel, d'ailleurs…

Tu te sens terriblement seule et tu te rends compte que tu ne l'as jamais été auparavant. Tout, absolument tout, a toujours été régi par la communauté selon les règles de la Grande Prêtresse… Élicen avait raison : tu n'as jamais eu à prendre la moindre décision. Mais maintenant, tes certitudes volent en éclats et tu dois faire un choix.

Alors, dois-tu retourner à la prison ? Venir en aide à ton amie ? *Virinaë est une manipulatrice*… Bruno pourrait peut-être te mentir, mais pas Élicen… Non, pas ta meilleure amie ! Allez, sois courageuse Atrimen… Retourne là-bas, auprès de Bruno et Élicen. Tu ne peux pas les abandonner. Ils veulent que tu passes le mur toute seule et c'est hors de question ! Mais il existe forcément un moyen de les faire sortir, non ?… Il faut venir à bout des barreaux, voilà ce qu'il faut faire… Les prémices d'un plan commencent à germer dans ton esprit… Oui, ça peut marcher !

Tu rabats doucement ta couverture sur tes pieds et t'assois sur ton lit en scrutant l'obscurité autour de toi. Aucun mouvement, tout le monde dort profondément. Une boule à l'estomac, tu te lèves et tu traverses le dortoir sur la pointe des pieds. Tu t'arrêtes quelques instants devant le lit d'Anten qui respire lentement. Son visage semble paisible dans la pénombre. Tu laisses tes yeux courir sur la courbe de sa nuque, sur sa mâchoire carrée – son joli sourire s'impose à ta mémoire dans un flash –, sur son nez droit et son front haut, consciente de les contempler pour la dernière fois. Tu retiens *in extremis* un geste de tendresse et ravales tes larmes. Ton entreprise est insensée. Tu es complètement folle ! Pourtant… Un dernier regard derrière toi, un regard pour fixer à jamais ce que tu laisses et que tu ne retrouveras pas.

Dehors, la fraîcheur de la nuit te donne immédiatement la chair de poule. Ou est-ce la peur ? La lune arrose faiblement la forêt de sa lumière pâle et les arbres t'engloutissent de leurs ombres déformées. Tu rejoins le sapin centenaire sous les branches duquel tu as laissé ton ballot et te fonds dans les bois, le cœur aussi serré qu'une pierre. Le glapissement lointain d'un renard perce les bruissements nocturnes quand tu longes le second baraquement et que tu t'engages sur le petit sentier. La peur te broie le ventre.

À l'abri des arbres, la petite bâtisse de pierres qui sert de forge se découpe en bas de l'étroit chemin forestier. Ce sont essentiellement Galuni et Gardien qui travaillent le fer. Ils fabriquent ou réparent tout ce dont le cheptel a besoin pour cultiver et entretenir les bâtiments ou les enclos. Un dernier regard circulaire et tu pousses la porte. Pendus aux murs ou posés sur des étagères, sommeillent ici des dizaines d'outils : serpes, faux, faucilles, couteaux, clous, marteaux… Tu allumes ta lanterne et tu fouilles nerveusement des yeux le bric-à-brac amoncelé. Tu le sais, il n'y a personne aux alentours.

Pourtant, tu ne peux t'empêcher de redouter que le faisceau de lumière ne trahisse ta présence. Que ferais-tu alors si quelqu'un te trouvait là ? Que pourrais-tu bien inventer, hein ?! Avec la montée d'adrénaline, ta main tremble en éclairant les pans de murs et les recoins de la forge. Finalement, tu repères les scies suspendues à un angle. Les mains moites et le cœur filant, tu en choisis trois qui te paraissent adaptées pour venir à bout des barreaux de la prison. Tu les fourres dans ton ballot et te dépêches de regagner l'extérieur où le rideau de pénombre et de végétation t'enveloppe de sa main protectrice. Fébrile, tu files te cacher derrière un gros tronc d'arbre et tentes d'apaiser les battements de ton cœur. Tu réfléchis. De nuit, la sente des roches est bien trop dangereuse. Reste donc le chemin qui longe la forêt – blaireaux, renards, loups, sangliers… – jusqu'au moulin en bordure de rivière. De là, il faudra suivre la rive – ragondins, crapauds, rats… –, passer le pont de bois et traverser la clairière jusqu'au plateau de l'ancienne prison. En pressant le pas, il te faudra une bonne demi-heure pour parvenir là-bas. Tu devrais t'élancer, mais une peur viscérale te paralyse… Pourtant, même si elle te terrifie, ta décision est prise… Au bout d'un temps qui te semble terriblement long, tu parviens à t'extirper de ta torpeur. Les jambes gourdes, la bouche sèche, tu t'engages finalement sur le sentier qui descend à travers bois vers le pénitencier…

***

Sous le halo laiteux de la lune, le plateau qui conduit à la prison te semble immense et hostile. Les herbes folles devant toi composent un magma hérissé qui s'étend comme une langue de picots jusqu'à la silhouette fantomatique de l'ancienne prison. Dans ton dos, les rumeurs de la forêt ajoutent au sinistre ambiant et tu entendrais presque les gémissements des anciens, morts sous le joug ennemi. Un long frisson te parcourt. *Ça suffit, Atrimen ! Arrête ça !* Tu respires un grand coup et tu te jettes en avant. Tu te mets à courir, à cavaler le plus vite possible pour fuir ces voix qui te harcèlent, qui te répètent que tu agis contre tout bon sens, que tu trahis la confiance de tous les membres du cheptel, que tu transgresses les règles qui sont censées vous protéger de l'ennemi et que, ce faisant, tu trahis aussi la Grande Prêtresse Virinaë !

Quand tu parviens enfin à l'arrière de la sombre bâtisse, tes jambes sont dures comme du bois mort et ton cœur près d'exploser. Tu poses tes mains sur les pierres froides et tu commences à longer le mur en haletant. Les broussailles s'agrippent à ta chasuble et te griffent les jambes, mais tu n'y prêtes pas attention. Ce qui compte désormais, c'est d'en finir avec tous ces doutes qui te dévorent la conscience. Tu as fait ton choix, celui de délivrer ton amie.

— Oh Atrimen ! Merci ! On a vraiment cru que…

— Chuuut ! lui intimes-tu en ahanant. Je devais… je devais réfléchir… Comment allez-vous ?

— Moi ça va, te répond Élicen. Mais Bruno… il souffre beaucoup. Il est fiévreux et sa cheville lui fait un mal de chien…

— Et le baume ?

— Disparu avec mon ballot quand Francis nous a attrapés…

Pris dans le halo de ta lanterne, le garçon a effectivement l'air mal en point. Son visage est tiré, pâle et luisant sous une pellicule de sueur… Il parvient tout de même à se relever en s'appuyant sur sa béquille. Tu laisses filer un instant et te décides à poser nettement les choses.

— Écoutez, je préfère être claire avec vous. Je suis revenue mais je ne franchirai pas le mur sans vous ! Je vais vous aider à sortir de là. J'ai apporté des scies et des lanternes, lances-tu avec fermeté. Tenez.

Tu fais passer deux lanternes à Élicen et Bruno pour qu'ils puissent s'éclairer. Très vite, tu vois apparaître deux flaques jaunâtres derrière les barreaux. Tu te laisses quelques secondes pour reprendre ton souffle, puis tu attrapes les scies. Mais la voix de Bruno te parvient des ténèbres, étouffée et lointaine.

— Hé ! Il y a un passage ici !

— Élicen, vous n'avez pas le temps de jouer les explorateurs !

Mais ton amie ignore tes protestations. Tu t'assois en tailleur par terre et colle ta tête aux barreaux pour tenter de suivre les déplacements des deux petites sources lumineuses, bientôt absorbées par les ténèbres des sous-sols. Des sons confus te parviennent en échos insaisissables. Tu te contorsionnes, mais tu ne vois rien. Plusieurs minutes s'écoulent. Finalement, un raclement se rapproche dans une auréole lumineuse.

— Tu es là, Atrimen ?

— Oui. Mais qu'est-ce que vous faites, bon sang ?!

— Notre cachot donne sur une salle assez vaste accessible par un petit passage qu'on ne pouvait pas déceler avec le seul jour de ce fenestron. Figure-toi qu'on a trouvé un vrai bric-à-brac dans cette pièce… et aussi une vieille malle avec… enfin… avec des… des tas de choses qui appartenaient peut-être à nos ancêtres.

Ton cœur fait un bond dans ta poitrine. Le cheptel ne possède rien de son histoire !

— Quelles choses ?

En guise de réponse, la voix de Bruno s'élève, blanche et glacée.

— Si ce manteau est en lien avec vos origines, alors je crois que je sais d'où vous venez, fait-il en éclairant un vêtement d'enfant flanqué d'une étoile jaune.

99

Les ténèbres m'environnent. Mon corps fourmille de douleurs et des jérémiades murmurent à mes oreilles.

Qui est là ? Qui geint ? Je ne comprends pas. Où suis-je ? Que se passe-t-il ? Serait-ce ma propre voix qui se plaint sans cesse ?

Mes idées se rassemblent peu à peu. J'ai le sentiment d'émerger lentement de limbes profonds et glacials. Chaque pas hors des limbes se transforme en douleur, chaque pas hors des limbes m'arrache un gémissement.

Puis soudain, je suis là, tout à fait éveillé, et comme mes yeux s'ouvrent sur une magnifique voûte céleste, un cri atroce s'échappe de moi et déchire la nuit silencieuse. La douleur est insoutenable. Mon corps entier palpite de souffrance. Je tente un mouvement, mais je suis irradié par une onde tellement violente qu'un voile noir brouille ma vue. Je respire à grandes goulées, bruyamment, pour ne pas me laisser engloutir.

Je souffre, donc je vis !

Des larmes brouillent ma vue et les étoiles se parent d'un halo brumeux. Je cligne des paupières et deux perles grosses comme des pois me lèchent les joues et descendent dans mon cou. Sillons de fraîcheur sur ma peau fiévreuse. Je dois réfléchir, mais j'ai presque trop mal pour penser.

J'essaie de faire le point, de nommer les endroits névralgiques qui persécutent mon corps, et je comprends peu à peu que mes blessures sont multiples. Jambes, bras, dos, torse, tête... chaque partie de ma vieille carcasse est meurtrie, cassée, abrasée, fracturée. Mon corps entier est perclus de douleur... Le sang fait un liquide poisseux sur ma peau...

Et là, ça me revient d'un coup comme un film qui se déroule devant mes yeux. Le repas avec Anne Poey... Le chemin escarpé... Et ma résistance face à Francis... Le type a dû me jeter d'en haut de la falaise tandis que j'étais encore évanoui.

Une sensation fugace de chuter, rouler, cogner, rebondir, émerge à l'orée de ma conscience. Tel un corps prisonnier du tambour d'une machine à laver. Et malgré tout, je suis encore là. Les membres brisés, les chairs éclatées, toujours en vie...

Pour combien de temps ?

Et pour quelle issue ?

Mon vieux Louis, tu assistes à ton agonie.

Cette idée me terrorise. Une gangue de froid m'enlace et me pétrifie. Je suis le spectateur impuissant de mon propre drame. Je rejoins ma sœur Hannah, dans l'abomination, la peur, la souffrance. Hannah, cette nuit est celle de ma communion morbide avec toi. Ma jumelle inconnue, je goûte le poison amer de l'abjection humaine, ce même poison qui fit ton linceul bien avant ce soir... Je m'étais juré de te retrouver et, d'une certaine manière, je l'ai fait. Ne nous sépare plus qu'un mince filet de vie… Bientôt, je te rencontrerai.

Mes yeux se referment sur l'horreur des révélations d'Anne Poey et la douleur de mon corps s'assourdit agréablement : je me laisse couler vers les ténèbres insondables de l'inconscience.

100

— Comment ça, tu sais d'où on vient ? Qu'est-ce que ça veut dire ?!

Éclairé par ta lanterne, le garçon te jette un regard aussi perplexe que grave. En réalité, absorbé par ses pensées, il ne t'entend pas vraiment.

— Je ne comprends pas tout, hésite-t-il, sourcils froncés… J'essaie de reconstituer le puzzle, mais je ne vois pas ce que vient faire la Seconde Guerre mondiale là-dedans…

— La quoi ? rebondit ton amie, l'air effaré.

— En tout cas, ça peut coller avec les inscriptions sur les pierres du cénotaphe.

— Les inscriptions ?! Tu connais le secret des signes ?! t'exclames-tu.

Mais le garçon semble coupé du monde, retranché, tout à ses réflexions. En appui précaire sur sa béquille, il se laisse doucement glisser par terre en grimaçant avant de poursuivre à voix haute et pour lui-même :

— Les vingt pierres du premier cercle concernaient des gens nés entre 1935 et 1940. Or tous ces gens sont morts en 1990. Et c'est à partir de 1990 que les prénoms bizarres apparaissent… Dis-moi Élicen, tu m'as parlé plusieurs fois d'une grande rafle ?

— Oui.

— Que peux-tu me dire là-dessus ?

— Oh… Ni Atrimen ni moi n'étions nées ! C'était il y a très longtemps. Ce que nous savons, nous le savons par les anciens.

— Les anciens ?

— Féluni, Galuni, Joduni et Akoluni, débite ton amie d'un trait. Il y en a eu d'autres mais ils ont disparu plus tard dans des rafles.

— D'accord. Et tu connais leur âge ?

Élicen et toi échangez un regard interloqué. Au sein du cheptel, les âges de chacun ne comptent pas. Seules importent les catégories : petits, moyens, grands, adultes et anciens.

— Ben quoi ? reprend Bruno. Vous ne fêtez pas les anniversaires ?

— Bien sûr que si ! interviens-tu. L'anniversaire de la « bataille des 999 », au solstice d'été, par exemple.

— La bataille de quoi ?!

Bruno ne connaît pas ton histoire, alors tu en commences le récit : à la millionième lune, les dieux de la Lumière prêtèrent oreille aux supplications des justes opprimés par les Boches. Ils demandèrent aux dieux de l'Ombre de faire cesser le sang versé. Mais ceux-ci… Pendant que tu récites les mots que tu connais par cœur, tu notes qu'Élicen t'écoute mais qu'elle n'ânonne pas avec toi. Une ombre tragique semble voiler son regard. Bruno, quant à lui, écarquille les yeux avec cet air effaré et un brin arrogant que tu avais déjà observé lors de votre première rencontre au cénotaphe. Malgré tout, tu te drapes dans ta dignité et tu achèves ton histoire. Un grand silence suit ton récit et tu jurerais sur ta vie que Bruno, à la manière qu'il a de te fixer, te prend pour une pépiote. Ça t'agace prodigieusement !

— Quoi ?!

— Eh bien... comment dire... c'est digne d'un très mauvais scénar de SF !

— Hein ?

— Ah oui, excuse... Je veux dire que c'est de loin la fable la plus délirante que j'ai jamais entendue.

— La fable ? Mais tu te prends pour qui, hein ?! t'énerves-tu.

— Merde alors, j'y crois pas ! Elle vous a servi ça et vous l'avez avalé aussi facilement qu'un crapaud gobe une mouche ?!... Oh non, pitié ! Dites-moi que je rêve ! s'étrangle-t-il avant de partir d'un rire nerveux.

Tu ne sais pas ce qui te retient de lui cracher au visage. Ce garçon est tout bonnement insupportable ! Élicen te jette un regard consterné.

— Tout ça, Atrimen, c'est des sornettes. Comme tout le reste...

— Sornettes ? Le mot est faible ! ricane Bruno nerveusement.

— Arrête Bruno ! s'énerve ton amie. Ce n'est pas drôle, bon sang ! Tout ce que tu sais, nous, on ne l'a jamais appris !

— Je suis désolé, Élicen, mais c'est tellement... ÉNORME que ça en devient grotesque !

Grotesque ?! Tu serres les dents. C'est de l'histoire du cheptel qu'il s'agit ! Mais à les entendre, tout ce que tu crois est faux. Espèrent-ils effacer de ton esprit toutes tes références en un claquement de doigts ?...

Bruno a enfin retrouvé son calme. Sa mine fiévreuse demeure marquée par une sorte d'expression affligée.

— Allez, on finit sur cette histoire de grande rafle.

— Ben… Comme je te l'ai dit, nous n'étions pas nées… Mais les anciens racontent qu'une nuit, les Boches sont venus en masse et ont raflé l'ensemble du cheptel, sauf les jeunes enfants.

— Attends voir ! Donc vos anciens, là, ceux dont les noms finissent en *ni*, sont les survivants de cette nuit-là, c'est ça ?

— Oui.

— Et ils ont vu quoi exactement ?

— Eh bien… pas grand-chose en fait. Ils se souviennent qu'un soir, ils se sont endormis et que le lendemain matin, lorsqu'ils se sont réveillés, tous les grands et les adultes avaient disparu. La Grande Prêtresse Virinaë leur est apparue pour la première fois et leur a annoncé la terrible vérité. Une grande rafle avait eu lieu dans la nuit et l'ensemble des adultes avaient été enlevés par les Boches…. Voilà… Le cheptel s'est repeuplé peu à peu, mais ça a pris des années. Et aujourd'hui, nous sommes plus de cinquante à vivre en harmonie ici.

Bruno, en position semi-allongée par terre, secoue la tête, sceptique.

— Tu parles d'une harmonie !… La peur des rafles, des Boches sanguinaires, une manipulation fondée sur l'obscurantisme ! Pff…

— Et où veux-tu en venir, monsieur-je-sais-tout ?! réagis-tu enfin.

Bruno te lance un regard triste mais déterminé.

— Bon, soyons logiques, Atrimen, d'accord ? Dans votre légende des 999, vous expliquez que le mur ne peut être passé parce que Virinaë l'a béni. Seuls quelques Boches nés de l'union des dieux de l'Ombre et d'une femme boche peuvent franchir ce mur. Exact ?

— Exact, réponds-tu avec assurance.

— Bien. Outre le caractère totalement farfelu du mythe en question, explique-moi comment les Boches ont pu venir *en masse* une nuit et rafler tous les adultes du cheptel, vu qu'ils sont une poignée à pouvoir franchir ce satané mur ?!

La question de Bruno est comme un uppercut pour ton cerveau. Jamais tu ne t'es interrogée de la sorte. Les choses ont toujours été telles que Virinaë les énonçait !

— On ne sait pas, amorces-tu, hésitante. Il y a peut-être une explication que nous ignorons ?

— J'ai examiné votre cénotaphe, poursuit Bruno sans s'arrêter sur tes propos. Il s'est passé quelque chose en 1990. Pour faire court, tous les membres du cheptel nés avant 1990 portaient des prénoms normaux.

— *Bruno*, c'est ce que tu appelles un prénom normal ? te moques-tu.

— Oui, par exemple, te répond le garçon, tout à ses déductions. Et c'est en 1990 que ça a commencé à partir en vrille. Qui fixe les prénoms dans votre cheptel ?

— Virinaë. Selon la règle du quinquennat. Cela permet à chaque nouveau-né d'appartenir à un groupe d'âge. Par exemple, Élicen et moi, on appartient au même groupe depuis l'enfance.

— Je vois. Donc, imaginons que la grande rafle ait eu lieu en 1990… Seuls les jeunes enfants en ont réchappé… Mince, ça ne colle pas ! Parce que, vos anciens, ceux qui ont survécu à cette fameuse rafle, devraient porter un prénom normal dans ce cas.

Élicen et toi échangez immédiatement un regard entendu.

— Ils ont été rebaptisés ! intervient Élicen.

— Rebaptisés ?

— Oui. C'est Galuni qui nous l'a raconté un jour. Ses souvenirs de la nuit du drame se sont effacés, mais en revanche, il se rappelle bien le lendemain de la grande rafle, quand les enfants rescapés ont été rassemblés dans le sous-bois du cénotaphe. Les orphelins étaient tous terrifiés et traumatisés par ce qui venait de se passer. Heureusement, Virinaë était présente. La Grande Prêtresse a rappelé le danger de la guerre, la férocité des Boches et a demandé à tous les enfants de vivre dans la plus grande solidarité afin que le cheptel puisse renaître de ses cendres. Elle a alors donné à chacun des orphelins un nouveau nom. Tous se finissaient en *uni* pour qu'ils n'oublient jamais qu'ils devaient demeurer leur vie entière unis comme les doigts d'une main.

Bruno s'est redressé durant l'explication. Sa jambe valide repliée en tailleur, il hoche la tête, partagé entre l'incrédulité et l'excitation de commencer à assembler les pièces du puzzle.

— Donc mes déductions sont justes ! Le point de bascule est bien 1990. Et j'ai toutes les raisons de croire que 1990 est non seulement l'année de la rafle, mais aussi celle de l'arrivée au pouvoir de votre Virinaë…

— Attends Bruno, tu vas trop vite pour nous ! Je ne comprends rien ! Tout à l'heure, tu nous as dit en nous montrant ce vêtement que tu savais d'où on venait ! l'interrompt Élicen. Et si tu commençais par là, hein ?

— Eh bien, j'ai remarqué plusieurs points communs entre vos récits et certains éléments de la Seconde Guerre mondiale, entame le garçon dont les cheveux trempés de sueur collent maintenant au front.

— C'est quoi ça ?

— Je vais t'expliquer. Entre 1939 et 1945, un dictateur allemand…

— Allemand ?

— Euh… l'Allemagne est un pays. Un pays d'Europe, c'est-à-dire un territoire constitué de plusieurs pays… Bon, écoute Élicen, on part de tellement loin que je vais vraiment passer les détails et aller à l'essentiel de l'essentiel, d'accord ?

— Oui, d'accord.

— Ce dictateur s'appelait Adolph Hitler. Il voulait venger son pays, l'Allemagne, d'une grande défaite essuyée pendant la Première Guerre mondiale et il voulait aussi régner en maître en Europe. Hitler a alors déclaré la guerre à divers pays et a envahi leurs territoires. Il a développé une théorie selon laquelle il existait une race d'hommes supérieurs aux autres, la race aryenne. Cette race devait dominer le monde, et, pour cela, exterminer tous les peuples *impurs*, notamment les juifs. Et avant que tu me le demandes, les juifs sont des personnes qui ont une religion particulière appelée le judaïsme. Hitler vouait une haine féroce aux juifs et…

— Pourquoi ?

— Je ne sais pas, moi ! Il était complètement fou !… En tout cas, les troupes de Hitler ont envahi bon nombre de pays et poursuivi les juifs sans relâche partout en Europe. Des centaines de milliers de gens ont été parqués dans des ghettos ou arrêtés à la suite de dénonciations et de grandes rafles. Une fois arrêtés, les juifs étaient conduits par wagons entiers dans des camps d'extermination spécialement construits pour les tuer en masse. Ces endroits étaient abominables : les juifs étaient gazés, ou brûlés, ou torturés à mort...

— Et tu trouves que l'histoire du cheptel est « grotesque » ?! lance ton amie, ironique. Tu voudrais nous faire croire que des milliers et des milliers de gens ont été arrêtés, entassés dans des wagons puis exterminés dans des camps, comme ça, sans que personne ne dise rien ?!

— Ce n'est pas aussi simple... Disons qu'il a fallu un certain temps pour que les gens comprennent ce qui se passait. Mais tu sais, il y a aussi eu un certain nombre de personnes qui ont lutté, en cachant des juifs chez eux, par exemple, ou en organisant une résistance.

— Peut-être... Mais, dans le fond, ton histoire n'est guère plus crédible que la nôtre !

Bruno lui jette alors un regard interloqué.

— Mmm... C'est vrai que quand on y pense, ça semble incroyable... Pourtant, ça s'est bel et bien produit...

— Admettons... Et alors, comment ça s'est fini ?

— Et bien, en 1944, certains dirigeants ont fini par réagir et se sont organisés pour combattre Hitler et ses armées. Ils l'ont vaincu et la Seconde Guerre mondiale a pris fin.

— Mais tu parlais de points communs entre le cheptel et cette histoire ?

Bruno essuie son front avec un coin de son tee-shirt.
Il a l'air épuisé.

— Oui. D'abord, ceux que vous appelez « les
Boches ». Il faut savoir que c'est le nom péjoratif
donné aux soldats allemands à partir de la Première
Guerre mondiale.

Élicen te lance un regard qui semble dire :
« Tu entends ça ?! Notre ennemi juré de toujours a
donc bien existé ! » Mais tu détournes les yeux. Une
brume glaciale s'insinue progressivement dans ta tête.
Tu entends, mais tout ce qui se dit là, maintenant,
devient totalement irréel pour toi.

— La deuxième chose, reprend Bruno, c'est votre
histoire de rafle. Voyez-vous, pendant la Seconde
Guerre mondiale, la poursuite des juifs a donné lieu à
l'organisation de rafles. Les Allemands, les « Boches »,
se rendaient chez des juifs et arrêtaient des familles
entières. Je crois même qu'il y a eu des rafles organisées dans des ghettos où étaient entassés les juifs. Mais
je ne connais pas assez l'histoire pour être plus précis.

— Pourtant, tu as l'air d'en savoir beaucoup !

— En fait, au mois de juin l'année dernière, a eu lieu
la commémoration du débarquement de Normandie.
C'est le moment où les forces alliées ont débarqué en
France pour chasser Hitler. Bref, avec trois copains,
on a dû préparer tout un exposé sur la Seconde Guerre
mondiale pour la classe.

— La classe ?

— C'est… c'est l'endroit où, quand on est jeune,
on apprend plein de choses : lire, écrire – ce que tu
appelles le langage des signes, comme sur les pierres
du cénotaphe, explique Bruno à la hâte… Mais laisse

tomber, ça n'a pas d'importance, ajoute-t-il devant le regard perplexe de ton amie.

— Les Boches, les rafles et quoi d'autre encore ?

— La dernière chose, c'est ça, lui répond Bruno en tirant vers lui la veste d'enfant au sol. Vous voyez cette étoile jaune ? En fait, pendant la Seconde Guerre mondiale, les juifs devaient porter cette marque sur leurs vêtements. C'était un signe distinctif obligatoire pour eux.

— … Alors tu penses que le cheptel est en lien avec les juifs !?

Bruno regarde ton amie, pensif. Son cerveau semble mouliner à plein régime. Répit de courte durée car le tsunami verbal reprend.

— La malle là-bas, lance Bruno en désignant la cavité obscure, est pleine de vieilleries. J'ai trouvé cette veste d'enfant juif à l'intérieur… Si j'ajoute à ça les dates gravées sur les pierres de votre mémorial, votre histoire de Boches et les rafles dont vous me parlez, j'en déduis que oui, il y a nécessairement un lien entre l'histoire des juifs persécutés et vous. Mais de là à…

Les mots se désagrègent. Faibles gargouillis lointains et incompréhensibles. C'est fini, ils ne pénètrent plus ton cerveau. À leur place, une voix puissante, impérieuse s'impose et t'ordonne de mettre un terme immédiat à cet assommant charabia…

J + 9

101

Un rempart dans ta tête s'est dressé d'un coup et tu as ordonné à Bruno de se taire, en le menaçant de partir. Ses récits, ses révélations, ses raisonnements… c'en était trop pour toi ! Choquée, hagarde, tu t'es murée dans un silence hostile et tu t'acharnes nerveusement depuis plus d'une heure avec ta scie sur les barreaux du cachot. De guerre lasse, face à ta prostration, Élicen s'est résolue à t'emboîter le pas. Bruno, quant à lui, est trop mal en point pour tenir debout.

Désormais, tu émerges peu à peu de la brume dans laquelle tu t'es réfugiée et la folie de ton entreprise te saute aux yeux. Tes mains sont douloureuses et glacées à force de serrer la poignée de ta scie et ton épaule droite se tétanise. La base des barreaux est certes bien entamée, mais il vous faudrait bien plus de temps pour achever le travail. Sans compter qu'il faut également en scier le haut… Une vague de détresse te submerge quand une de tes ampoules aux mains s'ouvre. La brûlure sur ta chair à vif t'arrache un petit cri. Élicen te jette un regard résigné. D'une voix douce, elle te fait :

— On n'y arrivera pas, Atrimen. On… on n'a pas assez de temps…

Tu sais ce que ton amie a en tête. Elle veut que tu passes le mur, comme te l'a demandé Bruno. Mais quelque chose en toi continue de résister désespérément. Les propos du garçon sont tellement effarants… Tu ne parviens pas à les assimiler… Et par-dessus tout, tu peines à admettre que Virinaë ait pu vous tromper, vous manipuler pendant tant d'années. Cette simple idée est tout bonnement terrifiante. Inacceptable. Comment un cerveau humain pourrait-il balayer en un instant toute son histoire et toutes ses certitudes ? Tu portes jusque dans les cellules de ton corps la mémoire des rafles, la terreur de l'ennemi. Et voilà que maintenant, il te faudrait croire que cet ennemi n'existe pas ! Que ton univers entier est un mythe créé de toutes pièces !

— Atrimen ? entends-tu soudain. Atrimen, écoute-moi s'il te plaît… Nous n'y arriverons pas. Il faut que tu…

— Laisse-moi tranquille, Élicen ! réagis-tu vivement.

— Tu as vraiment décidé de nous aider, oui ou non ?!

— Comment oses-tu ! craches-tu, indignée.

— Alors admets que ton plan est voué à l'échec au lieu de persister jusqu'au bout parce que c'est la seule option qui ménage ta petite conscience frileuse !

Les mots de ton amie sont autant de coups de poing. Tu voudrais la moucher d'une repartie cinglante, te défendre, mais tu ne trouves rien à dire.

— Tu sais où est ton problème, Atrimen ?! poursuit Élicen, furieuse. Ton problème, c'est que tu t'obstines à ne rien vouloir entendre parce que tu vis dans la peur ! Peur de mal faire, peur de prendre la mauvaise décision, peur de ne pas être irréprochable, et aujourd'hui : PEUR DE LA VÉRITÉ !

Tu sens les larmes brouiller ta vue. Ton cœur enfle à exploser dans ta poitrine. Pourquoi les phrases de ton amie te bouleversent-elles autant ? La voix d'Élicen s'élève de nouveau. Mais, subitement, il n'y a plus de colère en elle. Son timbre se craquelle et ses mots ne sont plus qu'un souffle.

— Excuse-moi, Atrimen, je n'aurais pas dû... Si je t'aime, c'est aussi pour tout ce que je viens de dire. Pour ta droiture, ton caractère entier et ton sens du devoir.... Mais maintenant, il faut absolument que tu m'écoutes, reprend-elle, la voix tremblante. Je... je te rappelle que tu n'es pas la seule à souffrir. Je suis exactement dans la même situation que toi. Que crois-tu que je ressente ? Ton histoire, c'est aussi la mienne, ne l'oublie pas. Nous avons grandi toutes les deux dans le cheptel. Nous avons assisté à la rafle de mes propres parents ensemble. Nous avons eu peur et pleuré en nous tenant la main. Nous avons commémoré la bataille des 999, côte à côte, chaque année, et récité la même histoire apprise par cœur, encore et encore. Nous avons haï les Boches avec la même force et adoré Virinaë avec la même sincérité. Nous avons cru en son pouvoir bienfaiteur. En son amour pour nous... Nous avons eu foi en elle, une foi entière et naïve. Et nous n'avons jamais douté. Jamais. Et c'est à cause de notre foi que nous ne pouvions la démasquer....

Tu voudrais faire taire ton amie sur-le-champ, mais tu n'en as pas le droit. Élicen a raison. Elle et toi avez vécu la même chose. Et si les propos de Bruno te déstabilisent profondément, il n'y a aucune bonne raison que ce ne soit pas le cas pour Élicen.

— Atrimen, j'ai passé la nuit dernière entière à ressasser nos souvenirs. Tu te souviens de Mirven ?

— Comment pourrais-je oublier ? réponds-tu, émue. Mirven est mort le jour de la fête du solstice d'été, juste avant la commémoration de la bataille des 999.

— Oui. Mirven a passé le mur... Jédire a donné l'alerte et Virinaë et Francis sont immédiatement partis à sa recherche. C'est du moins ce qu'ils nous ont laissé croire. Quelques minutes plus tard, nous avons entendu des aboiements et un coup de feu. Puis Virinaë est revenue. Elle avait du sang sur les mains. Elle nous a alors raconté qu'elle n'avait rien pu faire pour sauver Mirven et que les Boches avaient emporté son corps. Et là, nous avons eu droit au prêche le plus terrifiant que nous ayons jamais entendu.

— Je m'en souviens comme si c'était hier, réponds-tu en frissonnant. Virinaë avait les mains couvertes de sang, j'étais terrorisée.

— Nous étions tous terrorisés, Atrimen. La peur ne nous a d'ailleurs jamais quittés.

— Pourquoi me parles-tu de Mirven ?

— Et si ce jour-là, c'était Francis qui avait abattu Mirven ?

Tu es tellement choquée par cette phrase que tu ne peux répondre.

— En passant le mur, reprend ton amie, Mirven allait découvrir la vérité... il pouvait revenir au cheptel en nous disant qu'il n'y avait rien à craindre. De plus, nous savons depuis hier que Francis possède un fusil ! Nous l'avons vu, Bruno et moi, de nos propres yeux.

Donc, on ne peut pas exclure qu'il s'en soit servi le jour où Mirven a été tué.

— Mais… c'est complètement absurde !

— Écoute ça : comment se fait-il que Virinaë et Francis ne soient jamais intervenus pendant les rafles pour nous venir en aide ? N'est-ce pas l'un d'eux qui déclenche la sirène pour nous prévenir ? Ils sont donc parfaitement au courant de ce qui se passe.

Un silence s'installe. Tu n'as jamais réfléchi comme ça et tu ne sais que répondre.

— Allons plus loin, poursuit ton amie. Que faisons-nous dès que nous entendons la sirène ?

— Nous fuyons par les souterrains des baraquements.

— Exactement ! Nous exécutons toujours les mêmes consignes sans jamais nous poser de questions. Pourtant le peu de fois où nous nous sommes attardées, nous n'avons jamais vu toi et moi plus de deux Boches avec leurs chiens, vrai ou faux ? Et nous n'avons jamais songé que nous pouvions leur tenir tête, les combattre ! Pourquoi, Atrimen ?

— Mais ils sont beaucoup plus nombreux, Élicen, et tu le sais ! Toi et moi avons entendu les cris et les aboiements dans la forêt !

— Pourtant, ce que nous entendions ne correspondait pas à ce que nous voyions !… Explique-lui, Bruno, s'il te plaît.

Le garçon a posé son front sur le genou replié de sa jambe valide. Tu peux distinguer ses cheveux bruns ébouriffés sur le sommet de son crâne. Il semble faire un énorme effort pour redresser la tête et tu notes la crispation de ses traits, la douleur imprimée dans ses yeux.

— C'est une déduction logique, en fait. Je ne peux pas t'expliquer concrètement comment ça marche, mais ça n'a pas tellement d'importance de toute façon, explique-t-il, la voix lasse. Le son de la sirène vous parvient par ce qu'on appelle des micros. Quand Virinaë lance l'alerte, vous entendez la sirène retentir, exact ?

— Oui, jusque-là...

— Tu admets donc que des sons peuvent sortir des micros. Partant de là, je pense que votre prêtresse utilise des bandes-son choisies, sûrement extraites de films de guerre, pour...

— Des quoi de guerre ?

— Ah oui, c'est vrai... bon écoute, c'est très difficile de t'expliquer, mais peu importe... Comprends juste ceci, Atrimen. Virinaë utilise les haut-parleurs pour donner l'alerte de la rafle et ensuite pour diffuser les sons que vous entendez : aboiements, cris, ordres... Bref, elle vous donne l'illusion d'une forêt remplie de soldats alors qu'en réalité il n'y a personne.

Les explications de Bruno te mettent profondément mal à l'aise. Tu es incapable de comprendre comment ça marche, mais Bruno a raison sur un point. Si tu admets l'idée que le son de la sirène peut te parvenir, tu dois aussi accepter celle que d'autres sons différents puissent être *transportés* jusqu'à tes oreilles.

— Si seulement j'avais toujours mon portable ! lâche d'un coup le garçon, d'un ton désespéré. J'aurais pu vous démontrer par A plus B tout ce que je vous raconte ! Mais là... j'ai l'impression que... que tout ce que je dis, c'est totalement fou pour vous...

— Mais ça l'est ! lui répond ton amie, d'un ton mi-narquois mi-affectueux. À part que ça n'est pas parce que c'est fou que moi, je n'y crois pas. Et puis, comme tu me l'as si bien démontré, ça fait des années que je crois à des trucs invraisemblables !

Tu suis leur échange, hébétée. Peu à peu, se dessinent dans ton esprit les contours flous d'une monstrueuse vérité. Chaque minute qui passe te rend plus perméable à l'éventualité d'une manipulation. C'est comme si ton cerveau escaladait un infernal escalier en colimaçon. Marche après marche, tu découvres une nouvelle vue qui modifie progressivement la perception que tu avais d'un paysage familier quand tu te trouvais au sol. Mais là, ce n'est pas sur un paysage que tu ouvres les yeux. Non, c'est sur l'horreur d'une révélation : ton univers entier serait factice.

— Atrimen ?

— Oui.

— As-tu compris où je voulais en venir ? te lance ton amie, d'une voix précautionneuse.

— Je… je ne suis pas bien sûre.

— Des micros qui diffusent des bruits d'assaut pendant la rafle pour donner l'impression que les Boches sont très nombreux. Pourtant, seuls deux Boches sont visibles avec leurs chiens fous. Pour finir, Francis et Virinaë qui activent la sirène mais n'apparaissent bizarrement que des heures plus tard…

La marche que tu montes à cet instant précis te flanque un violent vertige. Subitement, tu as envie de vomir tripes et boyaux. Ton instinct te hurle de redescendre cet escalier en courant pour retrouver la terre ferme et, avec elle, la permanence d'un paysage rassurant. Hélas, tu le sais, tu viens de franchir la ligne rouge et tu ne pourras plus jamais faire demi-tour.

— Je suis profondément désolée, Atrimen. Dis-toi que je sais parfaitement ce que tu ressens… Qu'il n'y a aucune question que tu te poses que je ne me sois posée.

— Mais… mais pourquoi Virinaë nous aurait-elle menti ? t'entends-tu larmoyer. Pourquoi nous aurait-elle fait croire à toutes ces abominations ? Et pour-quoi organiser ces rafles ? Tout cela est totalement fou, enfin ! Et dans ce cas, où sont passés tous ceux qui se sont fait rafler, bon sang ?!

— … Je ne sais pas, Atrimen… Pour être franche, je n'en ai même aucune idée… En revanche, je veux le savoir. Je dois le savoir. C'est une question de survie.

Les griffes de l'obscurité se desserrent. L'horizon s'éclaire faiblement et le chant du coq déchire abrup-tement le court voile de silence qui achève la nuit et précède le jour. L'aube pâle bâille et s'étire sur les barreaux rognés par vos scies. Élicen et Bruno ne sor-tiront pas par le fenestron, c'est impossible désormais. Une résolution s'impose à ton esprit. Tu n'as plus le choix : tu vas devoir passer le mur. Seule.

102

Elle appuya sur le spray qu'elle avait confectionné – liquide lacrymogène dilué plusieurs fois – et ses yeux immédiatement rougirent et larmoyèrent. Elle les frotta bien, puis jeta un coup d'œil à son reflet dans le rétro : parfait ! Elle quitta alors la voiture et attrapa le petit paquet encore chaud posé sur la banquette arrière. Elle avait passé une partie de la nuit à cuisiner ses petits cakes et à élaborer son plan dans les moindres détails. Bientôt, tout serait rentré dans l'ordre…

Les premiers filaments de lumière chassaient la nuit et le jour perçait déjà au-dessus des arbres du parc. Elle se posta au portail, son paquet sous le bras, et écrasa la sonnette. Détail qui facilitait son plan, Bourdel – en riche notaire du coin – vivait dans une maison de maître prétentieuse relativement isolée, dans la mesure où le premier voisin habitait à cinq cents mètres. L'homme n'était pas marié et la rumeur courait sur ses supposés penchants homosexuels non assumés… Bagnères est une toute petite ville et il ne fait guère bon sortir des schèmes traditionnels. Elle ne se leurrait d'ailleurs guère sur sa propre réputation : femme guindée et hautaine ayant pris la grosse tête. Un rictus de mépris déforma sa bouche à cette idée… Elle attendit une petite minute et réitéra l'opération avec plus d'insistance cette fois-ci. Quelques secondes plus tard, elle entendit des contrevents s'ouvrir à la volée et aperçut Bourdel – aussi rond qu'un petit cochon de lait – surgir sur la terrasse en rabattant sur lui les pans de son peignoir. L'homme jeta un œil en direction du portail et ne masqua pas sa surprise quand il l'identifia.

— C'est bien vous, madame Poey ?! lança-t-il depuis la terrasse.

Elle hocha vivement la tête avant d'essuyer ostensiblement ses yeux larmoyants. L'homme la rejoignit immédiatement en clopinant dans ses savates.

— Mais qu'est-ce qui se passe ? questionna-t-il, inquiet, tout en déverrouillant le portail. Un problème ?!

— Oh… Oh ! Vous n'avez pas idée ! renifla-t-elle, les yeux embués. Je… Je dois absolument… vous parler !

Sur quoi, elle papillonna des paupières et laissa les larmes ruisseler sur son visage. L'homme l'invita à le suivre, affichant cette mine affable qui lui était coutumière et multipliant les gestes de réconfort. Ils remontèrent la courte allée gravillonnée jusqu'à la terrasse et rentrèrent par la baie vitrée ouverte dans un vaste salon cossu où sommeillaient meubles d'antiquaire et tapisseries murales.

— Asseyez-vous, madame Poey !

Bourdel s'empressa de lui tirer une chaise avec une sollicitude non feinte et prit place en face d'elle.

— Que se passe-t-il donc ?! Racontez-moi !

— Je… je suis désolée de vous réveiller… C'est que… oh mon Dieu ! entama-t-elle en posant ostensiblement le petit paquet sur la table.

— Calmez-vous, calmez-vous… Mais je manque à tous mes devoirs, veuillez me pardonner ! Vous souhaitez boire quelque chose ?

— Oui… Enfin non… je ne veux pas abu…

— Mais non enfin ! Je me lève. Autant boire un petit quelque chose ensemble, allons ! Café, thé ?

— Thé alors, si ça ne vous dérange pas.

— Pas le moins du monde, pensez-vous ! Allez, attendez-moi, je n'en ai que pour une minute.

Le notaire disparut et un instant plus tard, elle entendit l'agitation en cuisine. Un meuble qu'on ouvrait et qu'on refermait. Des bruits de vaisselle. L'écho discret d'une cafetière qui coulait. Le cri d'une bouilloire… Bientôt, l'odeur du café frais emplit l'air et Bourdel apparut avec un plateau. Elle passa ses mains sur ses yeux et réprima un violent frisson en expirant bruyamment.

— Tenez, fit-il avec douceur. Du sucre ?

— Non merci…

— Une petite madeleine ?

— … Oh non, ce n'est pas la peine, j'ai apporté ça ! s'exclama-t-elle comme se rappelant subitement son paquet… Je… je n'arrivais pas à dormir de toute façon ! Et… enfin bref, je me suis dit… quitte à déranger Me Bourdel, autant ne pas arriver les mains vides…

— Il ne fallait pas, vraiment ! répondit le notaire en ouvrant le petit paquet qui exhala immédiatement une odeur alléchante de sucre encore chaud et de fleur d'oranger. Je vais chercher une assiette pour disposer tout ça. Mais quel mal vous êtes-vous donné, madame Poey, il ne fallait pas, voyons !

Et l'homme s'absenta quelques secondes.

— Voilà, fit-il en déposant les petits cakes sur un plateau. Je vous sers ?

— Oui, merci ! Celui-ci avec la cerise dessus est pour moi… Figurez-vous que j'ai développé une intolérance au gluten ! précisa-t-elle d'un air navré.

— Ah oui ?! C'est de plus en plus fréquent, à ce qu'il paraît… Fort heureusement, je n'ai pas ce genre de problème… en témoigne mon embonpoint ! ajouta-t-il en se moquant de lui-même… Alors, dites-moi, en quoi puis-je vous aider ?

Elle mordit délicatement dans son petit cake et grimaça avant de boire une longue lampée de son thé fumant.

— Pff… autant s'en passer, commenta-t-elle. La farine de maïs ne vaut pas celle de blé, croyez-moi… En revanche, votre thé est excellent, maître !

— Je vous remercie.

Sur quoi, le notaire, rompu aux conventions, ne réfléchit pas un instant. Il goûta un cake normal et hocha favorablement la tête.

— Excellent, vraiment !… Quel dommage que vous ne puissiez plus profiter de ces gourmandises !

C'est sûr ! Il y a assez de beurre dans ce gâteau pour pourvoir à un petit déjeuner du cheptel tout entier, songea-t-elle avec dégoût.

— Je suis vraiment contente que ça vous plaise. Faites-vous plaisir, je les ai confectionnés exprès pour vous.

— C'est très aimable à vous, commenta l'homme en se resservant... Bien, venons-en à ce qui vous amène.

Elle prit une grande respiration, passa de nouveau ses doigts le long de ses yeux et entama son récit d'une voix altérée. Un dénommé Louis Barthes était passé la voir la veille après, lui avait-il dit, s'être renseigné auprès de son notaire. L'homme prétendait rechercher sa sœur et tenait pour acquis que celle-ci avait vécu un moment au sein de la colonie pénitentiaire. Après plusieurs heures de discussion avec cet homme d'un abord agréable et très bien de sa personne, elle avait finalement commencé à nourrir quelques soupçons... L'homme ne connaissait pas ses vrais parents : se pouvait-il que sous ses airs cérémonieux, il dissimule en réalité une recherche tardive de paternité ? Après tout, son père à elle l'avait, comme chacun le savait, conçue bien tardivement et les quelque vingt années qui la séparaient en âge de ce monsieur ne prouvaient en rien l'absence de lien fraternel entre eux... Et s'ils étaient bien, elle et lui, frère et sœur, cet homme surgi de nulle part, pouvait-il la spolier d'une part de son héritage ?... Elle avait préparé ses effets et distillait son récit au compte-gouttes, s'interrompant pour réprimer un sanglot ou essuyer une larme. Bourdel, pendant ce temps, l'écoutait sans l'interrompre, l'œil agrandi par le scénario diabolique qui se dessinait, en se bourrant de cakes à la fleur d'oranger...

Il commença à se sentir incommodé – moiteur, léger mal au ventre – alors qu'elle approchait du dénouement. Louis Barthes était-il, oui ou non, le frère aîné d'Anne Poey ?! Le notaire mit sa sensation de malaise sur le compte de toute cette histoire à laquelle il avait participé malgré lui en favorisant les démarches de ce probable chasseur d'héritage. Puis les sueurs s'amplifièrent ainsi que les douleurs abdominales, qui de désagréables devinrent particulièrement vives. Il voulut interrompre la logorrhée d'Anne Poey, mais celle-ci continuait son récit sans avoir l'air de se soucier de lui. Sa vision commença alors à se troubler. Les couleurs changèrent, puis se brouillèrent devant ses yeux. Après quoi, une puissante oppression écrasa sa cage thoracique, l'obligeant à aspirer l'air en vain. Il voulut se lever, mais fut pris de vertiges suivis d'un violent spasme, chuta au sol et vomit. Un mal atroce se répandit alors dans tout son bras gauche et le paralysa totalement. Terrifié par les sifflements poussifs de sa respiration et foudroyé par la douleur, le notaire commença à endurer un vrai calvaire. L'agonie dura deux minutes. Deux minutes durant lesquelles l'homme sentit la vie filer dans son pouls, se tortilla au sol en suffoquant malgré une bouche grande ouverte qui happait furieusement l'air, convulsa, hoqueta, paniqua, tenta de ramper. Et finit par mourir, dans un dernier râle, sa tête retombant dans sa miction.

Anne Poey ne lui jeta pas même un regard. Elle se leva, desservit son assiette et sa tasse qu'elle nettoya en cuisine avant de les ranger à leur place. Examina ensuite consciencieusement les placards et trouva celui du petit déjeuner où attendaient du pain grillé et des biscottes. Ouvrit le frigo d'où elle sortit les confitures entamées et le beurre. Puis elle retourna au salon, disposa le déjeuner classique de feu Bourdel sur la table en lieu et place des petits cakes restants qu'elle remballa. Elle alla ensuite à la porte d'entrée et repéra que la clé principale était fichée dans la serrure de la porte. Classique. Puis elle inspecta les murs et, comme c'est le cas dans les trois quarts des maisons, trouva le trousseau des doubles suspendu au mur. Elle s'en empara et fit un tour du propriétaire, à la recherche d'une entrée secondaire qu'elle trouva à l'arrière, dans une pièce qui servait de buanderie. Elle testa les doubles et mit la main sur la clé correspondante. Elle retourna alors sur ses pas, ouvrit en grand tous les contrevents du salon – qui prendrait son petit déjeuner dans le noir ?! – et verrouilla de l'intérieur les fenêtres et la baie vitrée donnant sur la terrasse. Elle récupéra son panier, replaça sa chaise comme à l'origine, tartina un morceau de pain grillé avec le beurre légèrement ramolli et la confiture de myrtilles, répandit quelques miettes sur la table, laissa la tartine tomber par terre près du corps et alla même jusqu'à laisser une légère trace de confiture à la commissure de la bouche du notaire ainsi que sur le bout de ses doigts. Elle recula, observa la scène attentivement. Et arrêta son inspection sur le vomi au sol. Ça clochait ! Elle attrapa alors le pot de confiture de myrtilles, plongea la petite cuillère dedans et, les narines retroussées de dégoût, mélangea consciencieusement la confiture au vomi. Elle recula de nouveau. La teinte de la mixture était conforme à la nature du supposé petit déjeuner et quelques fruits noirs se distinguaient à l'œil nu. Oui, maintenant, c'était parfait. Elle alla rincer la petite cuillère à la cuisine, la replaça sur la table, la plongea dans la confiture et la posa sur la sous-tasse.

Sur quoi, elle récupéra son panier et fila avec les doubles par la porte arrière de la buanderie. Elle ferait faire la copie de la clé dans la matinée et viendrait raccrocher le trousseau des doubles au mur. Elle pourrait alors tranquillement repartir par la porte arrière, refermer et disparaître.

Elle misait sur la simplicité. Lorsque le corps serait retrouvé, le médecin conclurait immédiatement à un infarctus massif – c'en était un d'ailleurs, par empoisonnement à la digitale. Sans effraction, porte d'entrée close avec clé à l'intérieur et doubles suspendus au mur, et, au regard de l'âge et de l'embonpoint de Me Bourdel, pourquoi se méfier ? Elle en mettait sa tête à couper, aucune autopsie ne serait demandée…

103

Le pénitencier révèle ses sinistres entours sous la lumière froide du matin. Les pierres moussues luisent de rosée et une brume s'effiloche le long des murailles comme un lierre fantomatique. Dans le ciel crémeux qui se découpe au-dessus des murs de la forteresse, un aigle passe, pousse un long cri aigu, étire son vol et disparaît. Tu es transie par le froid et rongée par la peur. Hier encore, tu n'aurais pas envisagé un instant de franchir le mur. Et ce matin, te voilà poussée par l'impérieuse nécessité de le faire. Il y va de la vie de ta meilleure amie et de celle de Bruno… Tu te repasses en boucle les affirmations du garçon – « il n'y a aucun danger derrière le mur ! Les Boches n'existent pas » –, comme un mantra censé t'autopersuader.

— Atrimen, tu te sens prête ? te demande doucement Bruno. Tu as bien compris ?

Un morceau de visage du garçon se découpe dans le carré de jour, derrière les barreaux. Son teint est blême. Ses yeux rouges. La sueur luit sur sa peau. Et il tressaille. C'est sûr, il a attrapé le mal des grands frissons. Tu t'adresses à Élicen, juste à côté de lui.

— Je devrais aller chercher des chatons et des feuilles de saule ainsi que des fleurs de sureau ! Bientôt, la fièvre va s'emparer de lui et…

— Non, Atrimen ! te coupe Bruno. Nous n'avons plus le temps.

Malgré le mal-être visible du garçon, son ton est ferme et ne souffre aucune contradiction.

— Est-ce que tu as bien en tête ce qu'il faut faire ?

— Je dois… je dois descendre le flanc de montagne. Les autres cheptels vivent en bas dans la vallée… Dès que je rencontre quelqu'un, je dois dire : « J'ai besoin d'aide, c'est urgent. C'est Bruno Verdoux, le garçon tombé dans le torrent, qui m'envoie. Emmenez-moi à la pocile immédiatement ! »

— La po-li-ce, Atrimen… mais tu t'en sors très bien.

— Tu… tu es sûr ?

Ta voix vacille malgré toi. Tu pourrais flancher tellement ce que tu t'apprêtes à faire est FOU !

— Oui Atrimen, c'est très bien ! te lance Élicen.

Tu connais ton amie par cœur, sa voix est oppressée par l'urgence et la peur mêlées. Elle partage cette épreuve avec toi…

— Une fois à la police, Atrimen, que dois-tu dire ?

— Mes amis sont prisonniers dans une ancienne colonie pénitentiaire. Les hélicoptères ont survolé une partie de la zone concernée près du gouffre d'Espingès et…

— Es-pi-gnès, articule Bruno.

— Es-pi-gnès, répètes-tu alors que les larmes te montent aux yeux. Et le lieu est dangereux. Une… une femme groue…

— Gou-rou.

Une larme coule le long de ta joue et ton amie te vient en aide en répétant ces mots qu'elle a appris par cœur en même temps que toi.

— Une femme gourou se faisant appeler Virinaë détient des gens en captivité. Allez Atrimen, avec moi !

— Une femme gourou se faisant appeler Virinaë détient des gens en captivité, énonces-tu avec Élicen. Elle en a certainement fait disparaître des dizaines.

— On le redit ensemble une dernière fois, d'accord ?

Tu hoches la tête avec fébrilité. À l'intérieur de ton ventre, tes boyaux se tordent.

— J'ai besoin d'aide, c'est urgent. C'est Bruno Verdoux, le garçon tombé dans le torrent, qui m'envoie. Emmenez-moi à la police immédiatement ! Mes amis sont prisonniers dans une ancienne colonie pénitentiaire. Les hélicoptères ont survolé une partie de la zone concernée près du gouffre d'Espignès et le lieu est dangereux. Une femme gourou se faisant appeler Virinaë détient des gens en captivité. Elle en a certainement fait disparaître des dizaines.

— C'est parfait, Atrimen ! approuve Bruno. N'oublie pas, les policiers vont sûrement te poser des questions, beaucoup de questions sur le cheptel. Pour essayer de bien comprendre. Ne panique pas. Réponds la vérité, toute la vérité. Tout se passera bien ! D'accord ?

— Il faut que tu coures Atrimen, le plus vite possible ! ajoute Élicen. Dans une petite heure, le cheptel va s'apercevoir que tu n'es pas là. Les anciens dresseront alors la bannière rouge et demanderont audience à la Grande Prêtresse.

— Ton avance te sera précieuse, enchaîne alors le garçon. Car je suis sûr et certain que Virinaë ne te laissera pas t'enfuir comme ça ! Francis et elle vont se lancer à ta poursuite ! Et je pense qu'ils auront des chiens, comme pour les rafles.

— Je… j'ai bien compris.

Ton amie passe sa main entre les barreaux et, la peur au ventre, tu entrelaces tes doigts dans les siens. Vos regards se croisent. Derrière sa tentative d'encouragement, tu décèles dans ses yeux une terreur sans fond.

— Je t'aime, Atrimen, te murmure-t-elle en te broyant la main.

— Moi aussi.

***

Descendre ! Tu dévales la pente qui s'étend au-delà du pénitencier. Jamais aucun membre du cheptel n'est allé si loin dans cette zone isolée, habituellement réservée à la commémoration de la bataille des 999. Ton cœur cogne dans ta poitrine, mais ce n'est pas l'effort, non, c'est la peur. Tu la sens palpiter dans ton corps, inonder tes aisselles, tétaniser tes muscles. Au loin, le mur se dresse comme un rempart à la folie de ton projet, comme un ultime avertissement face à cette désobéissance que la Grande Prêtresse a condamnée avec tant de fermeté. Ce mur si familier qui hier encore te protégeait des ennemis, des *sales Boches*. Ce mur tel un pan entier de ton identité communautaire. Tu sais qu'une fois que tu l'auras passé, il n'y aura plus rien du monde que tu connais depuis ta naissance. Le peu que tu as compris au travers du récit de Bruno t'est totalement étranger et cela ajoute encore à ta terreur. Ton sentiment de solitude et de bannissement est d'une violence inouïe. Pour la première fois de ta vie, tu t'apprêtes à enfreindre seule le plus grand commandement du cheptel. Quoi qu'il se passe derrière le mur, plus rien ne sera jamais comme avant ! Peut-être même est-ce la mort qui t'attend... À cette idée, ton ventre devient aussi dur que du bois et tu es obligée de ralentir ta course. Tu ne peux pas continuer ainsi, si tu laisses le doute s'installer, tu ne pourras jamais escalader le mur ! Pour combattre ton angoisse, tu récites dans ta tête le petit discours que tu devras dire. Les mots que tu égrènes t'imprègnent et tu cherches à t'approprier la dernière phrase : *une femme gourou se faisant appeler Virinaë détient des gens en captivité, elle en a certainement fait disparaître des dizaines, une femme gourou se faisant appeler Virinaë détient des gens en captivité, elle en a certainement fait disparaître des dizaines, elle en a certainement fait disparaître des dizaines...*

Te voilà au pied du mur. La sueur dégouline par les pores de ta peau et ton cœur pulse avec force. Les mains sur les hanches, tu marches en ahanant le long du rempart pour reprendre ton souffle. Il va te falloir escalader, pierre par pierre, *les pierres sacrées bénies par le sang de la Grande Prêtresse*. Les mots ont surgi en toi sans que tu y penses ! Tu cherches immédiatement à les conjurer et tu convoques ceux de Bruno : *c'est une pure invention, un mythe ! Le fruit de l'immonde manipulation de votre Virinaë !!!* Tu dois agir, maintenant... sans plus attendre...

Tes doigts tâtonnent nerveusement au-dessus de ta tête et repèrent les interstices entre les pierres. Les semelles de tes sandales raclent et ripent contre les cailloux. Malgré tout, tu trouves quelques points d'appui.

L'effort est soutenu mais tu parviens peu à peu à te hisser vers le haut. Il te faut de longues minutes pour atteindre le sommet. Tes doigts sont écorchés ainsi que tes genoux, mais tu poses enfin tes fesses au sommet. Ton cœur bat la chamade et tu jettes un regard inquiet autour de toi. Immédiatement, ton œil est attiré par un petit boîtier noir prisonnier d'une tige scellée au mur à quelques mètres à peine. Tu ne connais pas cette chose. Tu la scrutes avec curiosité, il y a comme un petit point rouge lumineux qui brille dedans. Tu hésites à t'en approcher, mais pourquoi faire cela ? Tu t'intéresses par-dessus tout à ce qui s'ouvre à toi. Loin devant ! Tu n'as jamais regardé au-delà de la muraille. Tu patientes, les sens aux aguets, scrutant la forêt, à l'affût du moindre bruit suspect. Prête à faire demi-tour au besoin ! Malgré ce que t'a dit Bruno, tu redoutes de voir surgir les Boches ou d'entendre les aboiements féroces de leurs molosses. Mais il n'y a rien, rien de tout cela… Seuls les murmures coutumiers des bois te parviennent. Chants d'oiseaux, pépiements, vols de libellules, froissements des feuilles… tu connais ce paysage et sa musique par cœur et ça te rassérène.

Combien de temps passes-tu assise là, les pieds ballants vers le territoire que tu as toujours considéré comme dangereux, hostile ? Tu ne saurais le dire. En revanche, chaque instant qui passe t'apaise et te met en confiance.

À quoi t'attendais-tu, Atrimen ?! À une terre profanée, aride et désolée ?! Portant en elle les stigmates mêmes du Mal ?!…

Oui. Oui, tu t'attendais plutôt à ça. Parce que toutes les images que tu as conçues de l'au-delà du mur reposaient sur de terrifiants récits d'ennemis barbares et avides de sang. Or il n'en est rien. Ce qui s'étend devant toi n'est ni plus ni moins que la continuité de ce qui est derrière toi et que tu connais par cœur. À cet instant précis, tu commences à ressentir quelque chose d'inconnu jusqu'à aujourd'hui, une amertume grandissante à l'égard de celle à qui tu aurais donné ta vie les yeux fermés, la Grande Prêtresse Virinaë… Si Bruno a dit vrai, alors Virinaë est une très mauvaise personne… Et le cheptel, *ton cheptel*, doit être délivré !

Forte de ce ressentiment nouveau, tu te décides enfin. Tu opères un demi-tour sur toi-même, te laisses descendre lentement jusqu'à avoir les bras tendus au maximum. Puis, d'un petit bond véloce, tu t'écartes du mur pour atterrir deux mètres plus bas. Un rapide coup d'œil alentour et tu te lances : désormais, il te faut suivre la pente accidentée vers le bas !

104

Depuis 6 heures du matin, les yeux rivés sur leurs écrans, les enquêteurs alternaient recherches sur le Net et appels téléphoniques. Partant de la première affaire de TEH datée de 1991, ils ne pouvaient exclure que l'un des acteurs du trafic ait été formé en stomatologie avant 1945, date à laquelle fut créée par ordonnance la fondation de l'ordre des chirurgiens-dentistes. De là, ils s'étaient scindés en deux groupes : l'un cherchant les correspondances possibles entre leurs quatre suspects pyrénéens et la liste des dentistes inscrits à l'ordre des chirurgiens-dentistes ; l'autre enquêtant sur le listage des dentistes ayant exercé avant 1945, à une époque où le métier était bien moins réglementé… Concentrés sur leurs tâches, les gendarmes sursautèrent quand Kamel s'écria :

— J'ai trouvé ! Rappliquez !

Le temps retint son souffle. Puis un vent de fébrilité souffla sur l'équipe et les enquêteurs se précipitèrent autour de l'informaticien comme une nuée de moucherons appâtés par du miel. Kamel, particulièrement nerveux, commença à expliquer :

— Ça fait trois heures qu'Agathe et Thib épluchent les promos des facultés de médecine avant 1945. Pour commencer, ils ont privilégié les facs ayant créé une chaire de dentisterie avant 1945, sachant malgré tout que cette spécialité n'a pas toujours été obligatoire pour prétendre au titre de dentiste.

— Ouais, on est devenus limite incollables sur l'évolution du métier ! plaça Thibault.

— De mon côté, je me suis penché plus spécifiquement sur les écoles dentaires libres, c'est-à-dire non adossées aux facultés de médecine, parce que les branches d'étude pour devenir dentiste étaient variables. Et là, je suis tombé il y a quarante minutes sur un certain Serge Poey, diplômé de l'école de stomatologie de Paris en 1935. Le nom me fait tilt puisqu'on a ce patronyme dans nos quatre suspects, en la personne d'Anne Poey, socio-anthropologue résidant à Bagnères-de-Bigorre dans le 65. J'examine les quelques données archivées et j'apprends que l'étudiant est diplômé de la faculté de médecine de Toulouse et qu'il est originaire de Tarbes.

— Préfecture du 65 !

— Exactement ! Donc je m'adresse à l'état civil de Tarbes, ville de naissance de Serge Poey. Et là, la personne que j'ai au bout du fil m'annonce que d'après les registres, Serge Poey a déclaré la naissance d'une fille en 1964, prénommée Anne, Colette, Mathilde.

— Incroyable ! s'exclama Éloïse. Mais t'as des informations sur cette Anne Pocy ?!

— Tu vas voir ! Je me penche donc sur cette fameuse Anne Poey. Je découvre que c'est une pointure dans son domaine – elle a quand même son nom dans Wikipédia, la nénette ! – et que quelques revues sociologiques lui ont consacré des articles. Je gratte un moment et je finis par tomber sur ce cliché. Regardez ça ! lança-t-il triomphant en cliquant sur sa souris.

— Ça alors ! balbutia Thibault en voyant un visage s'afficher sur l'ordinateur.

Dans un même élan, les gendarmes se rapprochèrent de l'écran. On y voyait une femme d'une quarantaine d'années au moment de la photo, poser devant l'objectif avec trois de ses confrères.

— C'est à l'occasion d'un colloque d'anthropologie en 2006, précisa Kamel.

Visiblement, Anne Poey faisait la promotion d'un de ses bouquins, intitulé *Le Mythe et la croyance comme fondements sociétaux*, puisqu'elle tenait son livre devant elle comme un bouclier. La quadragénaire de l'époque correspondait déjà à la description faite par la jeune serveuse de la brasserie Le Pont cassé à Remoulins. Longs cheveux noir corbeau. Yeux d'un vert émeraude. Port altier. Féminité à fleur de peau mais glaciale.

— Putain, c'est elle…

— C'est ce que j'ai immédiatement pensé ! Du coup, pour en avoir le cœur net, j'ai contacté Delphine, la jeune serveuse, et je lui ai envoyé la photo. Elle est formelle : cette femme est bien celle qui est venue manger à la brasserie avec le conducteur du Ducato !

— Notre fameuse grande prêtresse ? questionna Éloïse à voix haute.

Il y eut un arrêt. Un court silence de stupéfaction. L'équipe venait d'identifier une des figures du trafic, peut-être même la figure majeure de cet élevage humain. Éloïse croisa le regard d'Olivier : l'homme peinait visiblement à réaliser ce qui était en train de se passer. C'était pour lui plusieurs décennies d'une enquête stérile qui aboutissaient subitement...

— Bien, on se bouge ! finit par ordonner Éloïse. Vous vous mettez tous sur cette femme ! Il faut qu'on en apprenne un max sur elle. Où est-elle en ce moment ? Quelles sont ses relations ? Quel est son lien avec ce type, le conducteur du Ducato ? A-t-elle un employeur ? Où vit-elle exactement ? Où cache-t-elle la communauté, bordel ?!... Je veux un trois cent soixante complet ! Olivier, venez avec moi, on va prévenir Prat de cette avancée. Allez, c'est parti !

105

Marie-Cécile Laporte frappa à la porte de la chambre 3. Elle devait l'admettre, avec une certaine appréhension confusément mêlée à ce qu'elle aurait appelé « un mauvais pressentiment ». Louis Barthes, un de ses clients, n'avait pas fait l'apparition prévue au repas du soir la veille, repas dûment réservé. Et elle ne l'avait pas vu rentrer non plus, bien qu'elle ait attendu jusqu'à 2 heures du matin, s'occupant à droite à gauche. L'avantage dans une auberge, c'est qu'il y a toujours de quoi faire… À cet instant précis, elle aurait adoré entendre s'élever de derrière la porte la voix pâteuse du client rentré trop tard après une nuit fiévreuse – *on parle de m'sieur Barthes, ma vieille, un septuagénaire tranquille, non pas d'un jeune noceur parti courir la gueuse !* De fait, quelque chose en elle lui disait que ce n'était pas ainsi que les choses allaient se passer et qu'aucune voix ne viendrait rompre l'inquiétant silence… Elle frappa de nouveau, attendit, tendit l'oreille, la plaqua même contre le bois de la porte. Mais rien ne se fit entendre. *Pas le moindre signe de vie…*

Marie-Cécile recula d'un pas, inspecta le pas de porte pour essayer d'entrevoir le signe de quelque chose, se trouva absurde et se décida enfin en maugréant à voix haute. Elle sortit le double de la clé de sa poche de tablier, l'inséra dans la serrure et la tourna en s'annonçant d'une voix exagérément haute.

— M'sieur Barthes, c'est Marie-Cécile, j'entre !

Bien qu'elle s'y fût préparée, la vision du lit tirée à quatre épingles – tel qu'elle le faisait, elle –, du pyjama sur le chevalet et du porte-cartes garni toujours posé à l'angle du bureau, augmenta son anxiété. L'homme n'était pas rentré de la nuit... À moins que... Elle tendit l'oreille vers la salle d'eau attenante dont la porte était grande ouverte, puis s'approcha. La pièce était bel et bien vide. Le lavabo et la douche n'avaient pas été utilisés, les serviettes propres dormaient sur l'étagère. Nerveuse, elle inspecta la chambre, à la recherche d'un indice que l'homme aurait pu laisser. Un mot. Quelque chose. Après tout, elle avait passé le milieu d'après-midi à l'extérieur – saut à la blanchisserie, courses chez ses fournisseurs – et elle avait très bien pu manquer l'homme s'il avait souhaité l'avertir d'une absence. Mais elle ne repéra rien, sinon l'immuabilité du lieu par rapport à la veille. Soudain, elle eut un flash ! Diantre ! comment n'y avait-elle pas songé plus tôt ? Elle se dirigea vers la fenêtre, l'ouvrit et se pencha au-dessus du garde-corps : la voiture de Louis Barthes n'était pas garée en bas...

Deux hypothèses : ou l'homme avait découché, ou il lui était arrivé quelque chose. Et son instinct ne la trompait jamais : cette histoire ne lui disait rien qui vaille ! Marie-Cécile Laporte laissa échapper un juron et quitta la chambre d'un pas décidé. Crénom de nom, elle n'allait pas en rester là ! Elle descendit au pas de course la flopée de marches vers le rez-de-chaussée, passa derrière le comptoir d'accueil et décrocha son téléphone.

***

L'adjudant-chef Lionel Dufoy poussa énergiquement sur ses jambes et fit rouler son fauteuil de la fenêtre de la petite gendarmerie d'où il profitait d'une vue imprenable sur les Pyrénées jusqu'à son bureau derrière lui et décrocha le téléphone.

— Adjudant-chef Lionel Dufoy à l'appareil.

— C'est Virginie. J'ai une certaine Marie-Cécile Laporte au téléphone, elle veut te parler.

— Ah ?! D'accord, passe-la-moi. Merci.

— Maricé ?! Que se passe-t-il ?!

— Salut mon petit. Écoute, je me fais du mouron… Un souci avec un client.

— Un mauvais payeur ?

— Non, non, rien à voir… Le bonhomme a disparu.

Lionel Dufoy changea le combiné d'oreille, sourcils froncés.

— Comment ça, disparu ?

Marie-Cécile prit sur elle pour ne pas s'énerver et résuma la situation.

— Qu'est-ce qui dit te dit que le type n'a pas tout simplement découché ?

— M'enfin, Lio, t'as pas un peu fini de ramer des gencives[1] ! Est-ce que tu crois que je viendrais

_____
1. « Ramer des gencives » : parler pour ne rien dire.

800

te déranger si je n'étais pas sûre de mon affaire ?! s'étrangla-t-elle. Nom d'une pipe en bois, ça fait quarante ans que je tiens mon établissement, et crois-moi, des cocos, j'en ai vu passer à la pelle ! Ce client, Louis Barthes, n'est pas du genre à jeter son bonnet par-dessus les moulins, fais-moi confiance !

— Calme-toi Maricé !… Même si tu avais raison, de toute façon, la disparition – entre guillemets – remonterait seulement à hier et…

— Dis-moi, Lio, le coupa-t-elle sans ménagement, tu emploies le conditionnel pour m'énerver ou pour m'énerver ?!

Le gendarme leva deux yeux suppliants vers le ciel. Maricé, il ne la connaissait que trop ! Elle avait été sa nourrice. S'il ne parvenait pas à la convaincre immédiatement de ne pas se mettre dans tous ses états, il était bon pour un saut à l'auberge !

— Maricé, s'il te plaît, souffla-t-il en se passant la main sur le visage, écoute-moi donc ! Tu ne peux pas…

— Saperlipopette !!! J'ai changé tes petites culottes quand t'étais haut comme trois pommes, Lio, alors ne viens surtout pas me dire ce que je *peux* ou *ne peux pas* faire ! Ou tu rappliques immédiatement ton derrière de petit gradé chez moi, ou j'appelle ta mère sur-le-champ !

— Eh merde… laissa échapper le gendarme.

— Et pas de gros mot avec moi, je te prie !… Je t'attends, Lio, je te prépare un café, mon petit, se radoucit-elle avant de raccrocher.

Sur quoi Marie-Cécile Laporte replaça son tablier. Resserra son énorme chignon gris. Et se dirigea d'un pas lourd vers sa machine à espresso.

Lionel Dufoy fit plusieurs fois le tour de la chambre, Marie-Cécile Laporte sur les talons. Songeur, il finit par s'asseoir au bout du lit.

— Quel âge, tu dis ?

— Soixante-dix, bien sonnés. Un ancien notaire. Un chic type, je te dis. Correct, avec ça !

— Bah, tu sais… Les types sont corrects jusqu'au jour où on se rend compte qu'ils ne le sont pas !

— Diantre, il a payé la semaine d'avance, t'appelles ça comment ?!

À ces mots, le gendarme leva deux yeux surpris vers Marie-Cécile.

— Et tu ne pouvais pas le dire avant ?!

Marie-Cécile Laporte secoua les épaules en signe d'agacement.

— Tu as cherché à l'appeler ?

— Évidemment Lio, trois fois ! Et je tombe directement sur la messagerie.

— Mmm…

— Bon, qu'est-ce que tu vas faire maintenant ? Tu comptes peigner la girafe longtemps ?!

— C'est bon, c'est bon, tu as gagné ! Je m'en occupe, souffla Lionel Dufoy, ça te va ? Tu m'as dit qu'il conduisait une Clio blanche, c'est ça ?

— Ça ou autre chose, tu sais ! Moi et les voitures…

— Je vois. Eh ben, on n'est pas rendus !

— Oh, diable ! C'est la même voiture que celle du fils Durantier, riposta-t-elle.

— Jeannot, le plombier ?

— Non, Hervé, qui a repris la poissonnerie.

— D'accord. Alors, c'est une Opel Corsa.

La femme eut un geste de tête qui signifiait qu'une Corsa ou une Clio, c'était peu ou prou du pareil au même.

— Quoi d'autre ? questionna le gendarme.

— J'ai vu une sorte d'inscription sur le pare-brise arrière, comme pour les voitures de location.

— Une idée plus précise de cette inscription ?

— Oh ! Je ne suis pas de la Stasi, Lio ! s'agaça la matrone… Une sorte de phrase dans une langue étrangère… en anglais, je crois.

— *Rent a Car* ? hasarda le gendarme.

Marie-Cécile Laporte prit une seconde pour réfléchir.

— Oui… oui, c'est peut-être ça.

— Peut-être ? la taquina l'adjudant-chef. Ou peut-être pas, c'est ça ?

La femme leva un sourcil agacé.

— Ne sois pas impertinent avec moi, Lio !

— Très bien, j'arrête ! capitula-t-il en levant les mains. Bon, autre chose avant que je m'en aille ?

— Oui ! Il est à la recherche de sa sœur, figure-toi ! Il m'en a parlé avant-hier soir, une histoire à coucher dehors ! Il a découvert récemment, à la mort de son père, qu'il n'était pas le fils légitime de ses parents, et aussi, qu'il avait une sœur jumelle ! En réalité, tous les deux sont nés au vélodrome d'Hiver…

— Ça va Maricé, ça va ! J'en ai assez entendu ! protesta le gendarme. Ce n'est pas ce genre de psychodrame qui va m'aider à le retrouver. Il ne t'a pas dit plutôt où il comptait aller ?

Marie-Cécile Laporte se frotta nerveusement les mains sur son tablier. Si… m'sieur Barthes lui avait dit quelque chose… juste avant de réserver une table pour le souper…

— Il devait aller visiter les grottes de Médous ! s'écria-t-elle. Ça m'est revenu d'un coup, pardieu !

— Ben, tu vois quand tu veux !

— Alors, Lio, tu vas aller voir ?!

— Je vais d'abord appeler Armande pour qu'elle me dise si la voiture de ton type est stationnée sur le parking, expliqua le gendarme d'un ton résigné. Et en fonction…

106

Malgré l'impassibilité derrière laquelle elle se murait, elle continuait de fulminer. Les yeux rétrécis, fixés sur le vase Gallé qu'elle avait projeté au sol dans une irrépressible montée de colère, elle tentait désormais de faire refluer le tsunami d'émotions qui enflait en elle depuis l'appel de Francis quelques minutes seulement après qu'elle était partie de chez Bourdel. Cette petite sotte d'Atrimen – car c'était elle sur les images de la caméra – avait passé le mur ! Stupide idiote ! Avec son air de sainte, ses principes… et son indéfectible loyauté à l'égard de son amie d'enfance, Élicen…

À la quête du vieux notaire, s'ajoutait l'arrivée inopinée d'un sale gosse au cœur du cheptel. Et voilà que ce simple môme menaçait d'anéantir chaque parcelle de son empire, de ruiner chaque pierre de l'édifice qu'elle avait savamment construit depuis des décennies. Inacceptable ! La vérité est un virus très dangereux. Qui peut se propager de manière endémique…

Élicen… Pour elle, elle s'était accommodée de la mauvaise nouvelle sans trop de mal : la gamine était justement la prochaine sur la liste. Jeune, l'esprit aussi virginal que le sexe, peu formée malgré ses 15 ans, et surtout de tempérament rebelle, elle ferait la joie de son richissime et exigeant client russe. Il n'achetait que des premières mains au caractère bien trempé. Au fil des années, elle avait eu le loisir d'échanger avec « Le Marquis » – tel était le nom qu'il se donnait dans le Web profond. Elle connaissait ses goûts, ses attentes. Ses « petites poupées », comme il les appelait, devaient être insoumises et impétueuses, aussi rétives que des lionnes prêtes à sortir les griffes. C'est ce qu'il aimait. Les dompter. Briser une à une leurs barrières de résistance, venir peu à peu à bout de chaque sursaut de révolte. Ses « petites poupées » devenaient de la glaise dans ses mains. Outrages. Promesses. Humiliations. Apprivoisement. Châtiments. Tendresse. Violences. Affection. Délaissement. Amour. Un long cercle de turpitudes infligées et savamment dosées… Et lorsque après des mois de travail, il était enfin parvenu à faire d'elles les femelles serviles, craintives et soumises qu'il désirait tant, il s'en désintéressait. Son plaisir était dans l'œuvre de transformation. Comme elle le comprenait ! Elle connaissait parfaitement cette jouissance à sculpter les âmes comme d'autres sculptent la terre. Après tout, l'être humain n'était-il pas la matière la plus difficile et donc la plus jubilatoire à façonner ?

Pour Atrimen, en revanche… Elle serra de nouveau les dents. Cette situation allait l'obliger à revoir ses prévisions… En premier lieu, trouver une autre prétendante pour cet abruti d'Anten. Il lui fallait une jolie femelle reproductrice. Elle leva ses yeux vers la baie vitrée offrant une vue imprenable sur les crêtes montagneuses au loin… Il y avait bien Gardien, dépitée de n'avoir toujours pas de promis et qui dévorait tous les mâles des yeux… Oui, mais elle était laide. La nature l'avait affublée d'une bouche chevaline, de hanches larges et d'un gros cul. Ces tares pouvaient-elles affecter la progéniture qu'elle aurait avec Anten ?… Mmm, son élevage ne pouvait souffrir aucune approximation. Gardien ferait l'affaire, le moment venu, pour servir d'esclave domestique. Elle était douce, soumise de nature et excellente ménagère. Cocktail parfait pour trimer seize heures par jour, s'occuper des mômes et servir de divertissement sexuel occasionnel à monsieur et ses amis. Elle ferait le bonheur d'un couple africain. Les Blacks adorent dominer les Blanches, c'est ainsi !… Abilen, alors ? Elle était moins racée qu'Atrimen et n'avait que 12 ans et demi… Certes, mais elle était réglée depuis cinq mois. Malgré son regard quelconque, elle disposait d'un physique bien proportionné et d'un minois agréable… Elle ferait bien l'affaire, allez ! Elle serait grosse en moins de trois mois et mettrait bas au fil des ans une jolie petite portée. Et, pour l'heure, c'était tout ce qui comptait !

La bouilloire siffla. Elle se leva, toujours dans ses songes, remplit la théière – du vrai thé japonais d'une qualité exceptionnelle, rien à voir avec les sachets bon marché de Bourdel – et rejoignit le sofa où elle se lova. Elle attendit une petite minute que le thé infusât, souffla longuement sur le breuvage et y trempa les lèvres. La brûlure dans l'estomac la détendit un peu. Elle fit rouler sa tête sur sa nuque pour chasser la tension dans son cou et expira lentement. Rien ne servait de laisser la rage galoper en elle. Elle, la Grande Prêtresse Virinaë, demeurait la maîtresse absolue de la situation.

Elle en était certaine, les agissements d'Atrimen étaient isolés. Le cheptel n'était pas contaminé, elle en avait eu la preuve la veille.

Élicen et ce stupide gamin étaient enfermés dans le cachot, tout était sous contrôle de ce côté-là. Atrimen ne tarderait pas à les rejoindre, Francis était déjà à ses trousses. Les anciens du cheptel tiendraient conciliabule aujourd'hui même et leurs esprits étriqués et pétris d'évidences ne concevraient rien d'autre que ce qu'ils avaient toujours appris à concevoir : la protection de leur misérable troupeau. Leur conclusion serait simple : Atrimen était partie et avait, ce faisant, désobéi aux règles fondamentales. Elle serait déclarée bannie comme son amie… Anten, quant à lui, s'alignerait sans faire de vague, malgré un possible chagrin d'amour. Il briguait depuis toujours un droit de vote dans le cercle des sages et bien qu'il fût trop jeune, il parvenait peu à peu à se faire entendre durant les conseils. Francis lui avait rapporté comment il s'était comporté lors de la dernière réunion concernant le sort d'Élicen, et avec quelle ténacité et quel opportunisme il avait campé son rôle d'impétrant intraitable quant aux valeurs du cheptel. Sombre idiot ! En évinçant Élicen, il avait voulu faire mouche, briller aux yeux de tous par son irréprochabilité morale et ce, bien qu'Élicen fût la meilleure amie de sa promise. Désormais, ce qui valait pour l'une valait pour l'autre. *Tel est pris qui croyait prendre, Anten ! Ton piège s'est refermé sur toi ! Mais tu es incapable de le comprendre, n'est-ce pas ? Ton suivisme indéfectible de la règle constitue ton rempart le plus solide face à ton absence totale de conscience personnelle ! Je le sais, c'est moi qui t'ai fait...* Elle partit d'un petit rire moqueur en s'étirant sur le sofa.

Tout allait rentrer dans l'ordre, oui ! Il y avait eu deux alertes, mais il n'y en aurait plus. D'ici trois jours, Élicen serait livrée à son client russe et il n'y aurait même pas à organiser une rafle ! Quant à Atrimen, elle ne tarderait pas à suivre. Ce n'était pas les commandes qui manquaient ! Resterait à régler son compte à ce jeune Bruno Verdoux, une tâche simple puisque tout le monde le pensait mort désormais... Il est vrai que la montagne est dangereuse ! Francis s'occuperait de cette basse besogne. Et elle saurait comment le récompenser... Un voile de tristesse assombrit son visage à cette pensée.

Francis... le seul être auquel elle était véritablement attachée. Il était bête à manger du foin, certes, mais il était aussi le seul à l'aimer de cet amour sublime, inconditionnel, et ce, bien qu'il connût sa nature dans ses travers les plus sombres. Il supportait chacun de ses coups, encaissait chaque dureté de sa part avec une remarquable endurance. Et elle était trop intelligente, elle, pour ignorer qu'il lui était devenu aussi indispensable qu'un esclave à son maître.

***

Malgré la fatigue après une nuit courte et éprouvante – il avait quand même dû trimballer le vieil homme sur son dos tout le long du sentier des roches –, Francis courait depuis une bonne demi-heure derrière les chiens qui fourrageaient dans la forêt. Les molosses sentaient chaque trace que laissait la petite, couinaient, reniflaient, jappaient et se lançaient d'un coup dans une direction en aboyant. Lui suivait tant bien que mal, peinant parfois à franchir des ronciers ou des entrelacs de friches… La montagne dévalait face à lui, ce qui voulait dire que la gamine se dirigeait vers la vallée. Mais elle n'irait pas bien loin. En contrebas, le domaine était cerclé d'un haut grillage rigide et, à supposer qu'elle parvienne à passer par-dessus, il y aurait encore beaucoup de marge avant qu'elle croise âme qui vive… Anne la voulait vivante. Vivante et intacte… Les hurlements suraigus des chiens le hérissèrent. Il les connaissait par cœur, il les avait dressés lui-même. Pour couiner ainsi, ils avaient repéré la fille, ils étaient tout près. Francis joignit son pouce et son index, retourna sa langue et siffla. Trois fois, trois bips longs. Les hurlements cessèrent presque immédiatement. Il attendit patiemment. Une petite minute après, Master surgit d'entre les branchages. Il avait toujours été le plus vif. King débarqua un instant plus tard.

— C'est bien, mes chiens-chiens ! Oui ! Venez voir papa !

Master et King se rapprochèrent. Babines légèrement retroussées, bave aux crocs. Couinements contrariés. Jappements nerveux. L'excitation était à son comble, et obéir au rappel de leur maître leur avait coûté. Francis leur jeta des dés de viande d'un sachet placé dans la poche de son blouson et leur flatta énergiquement le dos, accompagnant ses gestes de mots gentils. Les chiens se calmèrent un peu. Quand ils eurent fini de manger, Francis se redressa.

— Master ! King ! Au pied !

Les deux rottweilers obéirent immédiatement.

— PAS-MOR-DRE ! Attraper-bloquer ! ordonna-t-il. AT-TRA-PER-BLO-QUER, répéta-t-il le doigt levé devant leurs museaux. C'est compris ?

Les bêtes commencèrent à gémir longuement, elles trépignaient d'impatience. Master guettait son maître, l'œil fou, prêt à bondir dès que le signal serait donné. King, à ses côtés, avait commencé à se ramasser, oreilles rabaissées, babines retroussées.

— Attraper-bloquer, leur intima-t-il une dernière fois… GO !

Les deux chiens bondirent simultanément dans une explosion véloce, leurs muscles roulant sous leur peau grasse et luisante. Ils disparurent l'instant d'après derrière un rideau d'arbres en poussant des aboiements menaçants. Francis regarda sa montre et se mit en route tranquillement dans le sens de la pente. Deux minutes plus tard, il entendit de longs hurlements surexcités, suivis d'un concert ininterrompu d'aboiements triomphants. Les molosses étaient relativement proches. Francis sortit ses jumelles, balaya la forêt qui s'étendait en contrebas et finit par repérer une tache sombre et mouvante entre les ramages d'un arbre. Il parcourut à petites foulées la distance qui le séparait de ses chiens, se laissant guider par leurs cris. Lorsqu'il arriva sur place, Master maintenait la gosse au sol, sa mâchoire refermée sur sa gorge, la serrant juste suffisamment pour qu'elle n'ose plus bouger. King tournait et sautait autour d'eux en poussant de longs hurlements. Francis attrapa son fusil, l'arma et ordonna :

— Master, King, au pied ! Toi, petite, tu bouges, t'es morte ! Je leur ordonne de te bouffer toute crue ! Pigé ?!

La gamine à terre avait les yeux exorbités et la peau aussi pâle qu'un linge. Elle leva les yeux vers lui, terrorisée, et hocha nerveusement la tête. Il ne comprenait pas vraiment pourquoi, mais tous les membres du cheptel étaient terrifiés à la seule vue de ses rottweilers. Il avait posé la question une fois à Anne et elle lui avait répondu : « Conditionnement, Francis ! Ils associent les chiens aux rafles. » Lui s'était contenté d'acquiescer, mais il n'était pas sûr de bien saisir… Après tout, King et Master n'étaient que des chiens.

— C'est bien, mes chiens ! Tenez ! les complimenta-t-il en leur jetant d'autres morceaux de barbaque.

107

L'adjudant-chef Lionel Dufoy attrapa les clés du véhicule de service, s'engagea dans le couloir et s'arrêta devant le minuscule réduit qui servait de bureau à l'élève gendarme Xavier Bonnetti. Il agita la main en signe d'empressement sous le nez du jeunot d'à peine 19 ans, encore pendu au téléphone, et celui-ci s'empressa de raccrocher en bafouillant des excuses à son interlocuteur.

— C'est négatif pour l'hôpital de Tarbes et…

— Suis-moi, le coupa Lionel, je pense qu'on a retrouvé sa caisse !

— Ah bon ?! lança Xavier en s'engouffrant à la suite de son chef. Elle est où ? Et le vieux, alors ?

— Armande, la caissière des grottes, vient de me rappeler. La voiture est bien sur le parking, mais aucune trace du type ! En revanche, la bagnole a été dévalisée dans la nuit !

— Comment vous savez que c'est celle du vieux et…

— Parce que c'est une Corsa blanche portant le logo d'une enseigne de location, garée à l'endroit même où le type devait se rendre, champion ! s'agaça le gradé.

— Ah !... Et du coup, le client, il a été agressé, vous pensez ?

L'adjudant-chef Lionel Dufoy appuya sur le bip de la clé pour déverrouiller la Clio bleue de service et laissa échapper un long soupir.

— Tu le fais exprès ou quoi ?! Comment veux-tu que je le sache ? C'est aussi pour ça qu'on file là-bas, figure-toi ! Pour les premières constatations !

Lionel claqua sa portière et fit vrombir le moteur tandis que Xavier attachait sa ceinture. Le petit jeune était arrivé deux semaines plus tôt et lui tapait vivement sur les nerfs. Autant le dire, même s'il mettait du cœur à l'ouvrage, le gamin était loin d'être une lumière. Le gendarme s'engagea sur la route qui descendait au creux de la vallée pour rejoindre le fameux parking des grottes situé quatre petits kilomètres plus bas. Déjà, le soleil arrosait la route, promettant une belle journée bien chaude, et Lionel dut rabattre le pare-soleil. Roulant dans le sens inverse, une cohorte de voitures et de bus filait vers les sommets où sommeillaient les stations de sports d'hiver. Randonneurs et touristes comptaient profiter dès le matin des joies de la montagne !

Le gendarme coupa la route pour accéder au parking des grottes. La voiture d'Armande était stationnée près de l'entrée du site sur un emplacement réservé. À proximité, une bonne poignée d'autres véhicules, les premiers visiteurs probablement, en avance pour la visite du milieu de matinée. Lionel repéra sans peine la Corsa de location à une dizaine de mètres des autres. Comme le lui avait indiqué Armande au téléphone, la vitre avant côté conducteur avait été fracassée et des bris de verre jonchaient le bitume. Il quitta l'habitacle et se rapprocha de la voiture, Xavier sur ses talons.

— Alors ? demanda le jeunot, comme si cette simple vision emportait une avalanche de déductions.

Lionel lui jeta un œil en biais mais s'abstint de l'envoyer paître une nouvelle fois. Immédiatement, le gendarme repéra l'inscription *Rent a Car* sur la lunette arrière. Puis il fit le tour du véhicule, scrutant attentivement la carrosserie et le sol tout autour. Aucune trace de lutte, pas d'hémoglobine… rien n'indiquait une agression… Certes, mais le septuagénaire avait bel et bien découché et demeurait injoignable, donc autant rester prudent… Finalement, l'adjudant-chef s'arrêta devant la vitre cassée. Apparemment, les voleurs l'avaient brisée pour pouvoir déverrouiller la portière de l'intérieur puisque celle-ci demeurait entrouverte. Avaient-ils repéré quelque chose ? Un portefeuille ? Un appareil photo ? Un téléphone ? Quoi qu'il en soit, il ne restait rien dans l'habitacle qui expliquât le délit. À travers la vitre brisée, Lionel jeta un œil sur la banquette arrière. Son regard fut attiré par une pochette que les voleurs avaient ouverte et finalement laissée là. Ça ne devait pas les intéresser… Il prit quelques photos avec son smartphone puis enfila des gants et ouvrit la porte arrière. Il fit quelques nouveaux clichés de la pagaille de documents puis rassembla les feuillets épars et les posa sur le toit, ainsi que la pochette. Il feuilleta les documents, perplexe. Xavier, observant par-dessus son épaule, l'interrompit.

— C'est quoi ?

— Des plans, on dirait, répondit-il évasivement en dépliant un feuillet A3.

Lionel fixa les photocopies de dessins métrés assortis de légendes telles que « puits », « forge », « dispensaire », « enclos à bestiaux », « scierie », « ardoisière »… Le tout était tracé à la main, visiblement par un dessinateur aguerri – architecte peut-être ? –, et il secoua la tête, désappointé. Ce n'était pas ça qui allait l'aider à retrouver le dénommé Louis Barthes ! Xavier, toujours derrière lui, lut à voix haute l'inscription en haut de page : « Colonie Les Isards ».

— Vous connaissez ?

— J'en ai vaguement entendu parler… lui répondit Lionel. D'après ce que je sais, c'est une ancienne colonie pénitentiaire perchée dans la montagne… fermée depuis des lunes… Bref, le lieu est tout aussi perdu qu'oublié…

— Quel rapport avec le vieux monsieur ?

Lionel serra les dents.

— Comment veux-tu que je le sache ?! Apparemment, notre disparu devait s'intéresser à cet endroit !

— Alors peut-être qu'il est là-bas, tout simplement ! hasarda le jeunot, la mine éclairée par sa trouvaille.

L'adjudant-chef laissa retomber ses épaules en signe d'exaspération.

— Et il y serait allé comment ?! À pied ?!… Tu en as d'autres comme ça ?! ajouta-t-il avec agacement.

— Ben…

Apparemment, l'idée lumineuse de l'élève gendarme s'arrêtait là.

— Bon, je vais parler avec Armande. Toi, tu fais le tour du site. Essaie de voir si tu trouves la trace de quelque chose de suspect. Jusqu'à preuve du contraire, notre septuagénaire a très bien pu être agressé ici ou dans les environs. Ce bris de vitre ne me dit rien qui vaille…

***

Le premier wagon de visiteurs s'engouffra derrière le guide : parents débordés par un flot de marmaille surexcitée à l'idée d'explorer les boyaux sombres et humides de contrées souterraines. Les derniers braillements s'étouffèrent avec l'éloignement de la longue barque engloutie par les entrailles de la terre. La guichetière se tourna vers Lionel.

— Bon, le prochain convoi est dans une demi-heure. Tu veux un café ?

— Avec plaisir !

Ils traversèrent le hall d'accueil et rejoignirent la boutique de souvenirs devant laquelle s'alignaient distributeurs de friandises, congélateurs à glaces et machines à café. Armande introduisit une petite clé dans l'appareil et fit couler deux espressos.

— Comment va le fiston ? lança Lionel en s'asseyant sur une petite banquette.

— Il vient de décrocher le bac, et avec mention ! Il part à Toulouse en septembre, on va lui chercher une chambre d'étudiant fin août.

— Ben, c'est bien tout ça ! Il va faire quoi comme études ?

— Oh, tu connais Christophe ! Sorti des sciences de la vie et de la terre, il n'y a pas grand-chose qui l'intéresse. Du coup, il entre à Paul-Sabatier.

— Il veut faire quoi ?

817

— Chercheur, lança Armande, partagée entre fierté et scepticisme.

— Bah ! Vaut mieux un môme qui a de l'ambition qu'un qui ne sait pas ce qu'il veut !

— Ouais, tu diras ça à son père…

Lionel interrogea Armande du regard, même s'il savait déjà ce qui allait suivre. Robert avait sué sang et eau pour redresser l'entreprise de foie gras et spécialités du Sud-Ouest bâtie par ses parents, et voilà qu'il n'y aurait pas de repreneur dans la famille… Armande et lui discutèrent à bâtons rompus une dizaine de minutes. Être gendarme dans le coin, ça supposait aussi ça : s'intéresser à la vie des autochtones, maintenir du lien, entretenir le réseau… Quand ils eurent fait le tour des potins, Lionel entra dans le vif du sujet.

— Bon, figure-toi que Maricé m'a appelé ce matin pour me signaler qu'un de ses clients avait découché. Il se trouve que l'Opel Corsa sur le parking est celle du client en question, un septuagénaire bien sous tout rapport.

— Ah… Mais je t'ai déjà dit tout ce que je sais. Je suis partie hier à 18 heures après avoir fait la caisse. J'ai vu cette voiture sur le parking et ça a attiré mon attention, forcément. À part les grottes et les tables de pique-nique à l'arrière, dans le petit sous-bois, il n'y a rien ici ! Donc je suis allée voir, au cas où. Mais il n'y avait personne à l'intérieur. Alors j'ai pensé que c'était peut-être… des jeunes… qui étaient allés dans le petit bois derrière, ajouta-t-elle, gênée.

— Des jeunes ? releva le gendarme en arquant un sourcil interrogateur.

Armande s'empourpra légèrement.

— Oh, Lionel, c'est un secret pour personne !…

— De quoi tu parles ?

— Ben… la fille Fauchon, ajouta-t-elle à voix basse devant le regard inquisiteur du gendarme, elle fait aussi *ses affaires* dans le sous-bois de derrière, à ce qui paraît… En même temps, la pauvrette, quand on voit ses parents ! conclut-elle.

Lionel Dufoy prit l'air de celui à qui on n'apprend rien et nota mentalement d'aller trouver Maricé pour lui extirper les tenants et les aboutissants de tous ces sous-entendus sur la petite Lucie Fauchon. Depuis toujours, son ancienne nourrice était un puits sans fond de connaissances pour tout ce qui se passait à vingt kilomètres à la ronde. Mais aussi muette qu'une carpe, elle ne consentait à *jaboter* qu'en d'utiles circonstances.

— Et ensuite ? relança le gendarme.

— Je suis rentrée chez moi. Et puis, ce matin, quand je suis arrivée et que j'ai vu la Corsa encore là, j'ai vraiment tiqué… Une passe, ça dure pas une nuit, hein ?! chuchota Armande d'un air entendu. Je me suis garée, je suis sortie de ma voiture et là, je me suis rendu compte pour la vitre brisée.

— Tu es certaine qu'elle n'était pas brisée la veille ?

— Absolument ! Les vandales ont agi dans la nuit, c'est sûr.

— D'accord. Et hier soir, en partant, tu n'as rien remarqué de suspect ?

Armande sembla réfléchir avant de répondre.

— Non, je n'ai rien vu.

— Il n'y avait aucune autre voiture sur le parking ? ou un scooter ? ou une personne ?

— Non, non. J'étais seule. Et à part ce véhicule, le parking était désert.

L'élève gendarme surgit à ce moment-là et, sans autre forme de précaution, s'empressa de lancer d'une voix excitée :

— Je n'ai rien trouvé dans le petit bois, mon adjudant-chef ! Enfin, à part quelques emballages de sandwichs et des présos usagés, j'veux dire ! Dont un qui paraît tout récent ! On demande un prélèvement ?!

Lionel lui lança un regard noir, mais le mal était déjà fait. Armande l'observait d'un air qui voulait dire : « Tu m'en diras tant ! » Il ne faudrait pas une semaine pour que la rumeur de l'implication de la petite Lucie Fauchon dans la disparition d'un septuagénaire de passage se répande dans toute la Bigorre !

108

10 h 45. Les mains crispées sur le volant de son quatre-quatre, elle faisait mentalement le point, en avalant la route sinueuse de montagne. Dès 9 heures, elle avait foncé au clé-minute situé à l'entrée du supermarché bagnérais et avait fait faire le double de la clé de la porte arrière de chez Bourdel. Puis elle était discrètement retournée chez le notaire pour suspendre le trousseau de clés sur le mur près de la porte d'entrée. Elle avait jeté un œil rapide sur l'homme à terre, gisant dans ses miasmes, avant de se précipiter vers la sortie, écœurée par l'odeur acide que répandait le vomi. Elle repartait quand Francis l'avait appelée pour l'informer qu'il avait rattrapé la fuyarde et qu'il venait de l'enfermer dans le cachot avec les deux autres. Comme de bien entendu, alertés par la disparition d'Atrimen, les anciens avaient hissé l'étendard rouge, signe qu'ils réclamaient audience. Ces arriérés profonds devaient frémir jusque dans leur chair, cadenassés par une peur sans borne ! Elle secoua la tête avec mépris et retourna à ce qui la préoccupait, le bilan des derniers événements… À l'heure actuelle, le corps de Louis Barthes

devait commencer à pourrir en bas de la falaise, son homologue venait de mourir d'un infarctus et les deux têtes dissidentes du cheptel étaient en cage… Oui, tout était bel et bien rentré dans l'ordre… Un léger sourire de satisfaction étira ses lèvres. Évidemment, elle demeurait contrariée. Ce genre d'incidents n'était pas censé se produire. Pas dans son cheptel. Maintenant qu'elle avait paré au plus pressé, elle était bien décidée à renforcer la sécurité autour de son domaine. Personne ne devrait plus jamais franchir le mur. PERSONNE. Peu importait combien cela lui coûterait, elle allait placer des alarmes partout, tout au long du mur, même aux endroits prétendument inaccessibles ! Quant à l'histoire de Louis Barthes, elle demeurait à la marge. Il était même inouï que l'homme fût parvenu à remonter jusqu'au cheptel. Certes, il avait bénéficié d'un coup de pouce inespéré en mettant la main sur le dossier de Chang, ce privé de malheur ! À cette pensée, elle plissa le nez. Elle abhorrait les sales fouineurs dans son genre…

Elle ralentit à l'approche du sentier forestier sur sa droite et s'engagea prudemment dans l'embranchement que seul un œil averti pouvait repérer dans ce virage en épingle qui focalisait le regard du conducteur à l'opposé. Elle descendit de voiture pour ouvrir le cadenas de la barrière, puis poursuivit sa route sur l'étroit raidillon de terre défoncé par les pierres saillantes. Enfin, elle parvint à la cabane où dormaient les deux quads et s'arrêta. Dans une heure, elle aurait rejoint le pénitencier… L'idée de la confrontation qui l'attendait lui arracha un gloussement de plaisir. Les deux dissidentes n'avaient pas la moindre idée de la cuisante humiliation qu'elles allaient subir ! Oh oui, la Grande Prêtresse Virinaë comptait bien s'en donner à cœur joie !

***

Elle observa longuement son reflet dans le miroir. Vêtue d'une toge rouge dont elle avait rabattu le capuchon, elle ouvrit les bras d'un mouvement vif qui fit claquer le drapé dans l'air. L'effet était exquis. Terrifiant et exquis.

— Accompagne-moi, lança-t-elle à Francis. Prends ton fusil, on ne sait jamais. Ces deux pimbêches pourraient mal réagir à mes assauts. Si l'une d'elles bouge, tu n'hésites pas un instant, tu la frappes avec ta crosse. Mais essaie de ne pas trop les abîmer quand même. J'aime que mes produits soient à la hauteur du prix que paient mes clients.

Francis hocha la tête avec fébrilité pour tenter de masquer son désarroi. Mais son trouble n'échappa pas à sa maîtresse. Rien ne lui échappait. Jamais. Elle suivait les méandres de son âme aussi distinctement que les chemins d'une carte routière.

— Ça fait trop de consignes, triple idiot, c'est ça ? lança-t-elle d'une voix pleine de miel dont Francis ne sut pas bien comment il devait l'interpréter (allait-elle se mettre en colère ?).

— C'est que… je…

— Chuuut… N'aie pas peur, le coupa-t-elle en plaquant son corps contre le sien.

Elle se déhancha lentement en clouant deux yeux joueurs dans ceux du géant. Celui-ci sentit immédiatement un courant hérisser tous ses poils. Dans ces instants-là, il prenait pleinement conscience de la violence inouïe de son amour pour elle. Nul ne pouvait comprendre ça. Le vertige fulgurant et abyssal. La prodigieuse bouffée d'émotions qui le submergeait jusqu'à la douleur.

— Si une fille bouge, reprit-elle en chuchotant, tu la cognes dans le ventre. Juste ce qu'il faut pour l'arrêter, pas plus. D'accord ?

Francis hocha la tête et crut devenir ivre fou de bonheur quand elle posa délicatement sa bouche sur la sienne et que sa langue se fraya un chemin entre ses dents. Elle ne l'embrassait que très rarement, préférant de loin les rapports brusques et bestiaux aux effusions de tendresse. Il ferma les yeux, gémit malgré lui, goûta la fabuleuse explosion du plaisir sur sa langue, dans son corps, jusqu'au bas de son ventre... Mais d'un coup, elle s'écarta.

— Allez, on y va. Et tu penseras à te doucher, pauvre chien, tu pues la sueur !

Elle fit volte-face juste après cette morsure verbale et ouvrit la porte vers l'extérieur. Le soleil frappa le visage penaud de Francis qui cligna des yeux en emboîtant le pas à sa maîtresse. Ils poussèrent la porte voisine, traversèrent la pièce poussiéreuse où s'entassaient pêle-mêle les vieux dossiers administratifs des anciens colons et suivirent le long couloir sombre qui rejoignait la cour intérieure de la prison. Quand ils furent parvenus devant la bouche obscure qui conduisait aux sous-sols, elle alluma la torche que Francis avait préparée et s'enfonça dans le boyau de ténèbres. L'image qui jaillit alors du rayonnement du feu était à couper le souffle ! Une déesse majestueuse et effrayante, auréolée de flammes faisant danser les reflets de sa robe rubis.

***

Tu distingues un raclement lointain et tu relèves la tête. Simple réflexe. Depuis ta fuite ratée du matin, l'horreur innommable de ta réalité le dispute à une colère blanche, une sorte de rage intérieure qui te fait trembler et serrer les poings malgré toi. Les clébards appartiennent à Francis. Virinaë est donc une odieuse manipulatrice : les Boches derrière le mur n'existent pas, ta vie entière est une vaste tromperie. Tu as fait le compte dans ta tête de tous ceux de ton peuple que tu as connus et qui ont été *raflés*. Quinze. Quinze depuis que tu es née ! Quinze petits, moyens ou grands dont tu ignores le destin. Où sont-ils ? Que sont-ils devenus ? Pourquoi la Grande Prêtresse… Un halo de lumière vive troue les ténèbres qui t'enserrent et stoppe le cercle infernal de tes pensées. Tu donnes un léger coup de coude à Élicen endormie contre ton épaule.

— Réveille-toi, Élicen ! lui chuchotes-tu tandis que les ombres portées terrifiantes d'une personne encapuchonnée glissent sur la voûte de pierres de la galerie.

Ton amie ouvre les yeux. Marmonne. Et sursaute d'un coup face au spectacle d'ombres dansantes qui approchent comme un funeste cortège. Bruno, allongé au sol, est dans un piteux état. Il tremble, tousse, frissonne, geint sous les assauts d'une fièvre qu'il peine à combattre. Sans soins, tu crains le pire. La silhouette devant tes yeux devient plus distincte et tu réprimes un haut-le-cœur en reconnaissant la Grande Prêtresse et son sbire. Immédiatement, ton corps se tend, ta mâchoire se crispe et tes muscles se bandent. Tu voudrais bondir, sauter au cou de cette femme, la tuer de tes mains. Tu voudrais venger chacun des tiens. Tu voudrais laisser exploser ta rage. Mais, comme elle arrive devant les barreaux et se fige, sa voix s'élève et coupe net tout élan. Quelque chose en toi frémit, se soumet, abdique. Tu te sens comme les chiens de Francis, dociles malgré leur instinct, obéissant à la voix de leur maître.

— Tiens, tiens ! Mais qui voilà ici ?! s'exclame Virinaë, feignant la surprise. Atrimen ! Ma fille ! Celle qui hier encore me promettait obéissance devant chacun des miens.

Les images de l'allocution de la veille te reviennent en plein visage. Tu te revois mentant devant tous parce que le doute assaillait déjà ton cœur et tu ressens une honte profonde.

— Et Élicen ! Évidemment, j'aurais dû m'en douter… Quant au garçon, il m'a l'air en bien piteux état… Voilà ce qui arrive à tous ceux qui se mêlent de mes affaires !

La Grande Prêtresse dépose la torche dans une encoche à mi-hauteur du mur prévue à cet effet. Une chape de silence s'abat et tu sens ton amie contre toi, prise de tremblements. La flamme irradie le visage de la Grande Prêtresse par en dessous et ses yeux émeraude terriblement accusateurs vous crucifient, Élicen et toi. Il y a dans son regard l'éclat furieux de la souveraine trahie. Ta rage, déjà émoussée, se désagrège complètement et laisse place à la terreur. Tu te sens rétrécir. La puissance de Virinaë est écrasante. Comment as-tu pu envisager de te soustraire à son pouvoir ?! Un claquement sec t'arrache un petit cri de surprise et un instant plus tard la déesse se dresse derrière les barreaux, majestueuse, bras ouverts, tel un aigle aux ailes rouge sang déployées.

— Comment avez-vous osé ?! lance-t-elle d'une voix cinglante. Comment avez-vous pu me désobéir, à MOI, la Grande Prêtresse VIRINAË ?!

Tu te liquéfies. Ton cerveau mouline dans le vide. Il n'y a plus de mots, plus d'idées, plus de logique. Une explosion brute d'émotions pures cascadent en toi, dégringolent, s'entrechoquent.

— Vous êtes la honte de mon cheptel ! Deux misérables et pitoyables brebis galeuses qui ont cru pouvoir s'extraire de mon empire !

Ta gorge s'est nouée d'un coup sous le flot d'insultes et tu respires avec peine. Des larmes coulent, de peur, de mortification aussi, et d'impuissance. À côté de toi, Élicen s'est raidie et te broie la main. La Grande Prêtresse rassemble lentement ses bras devant elle et les croise.

— Je vous réserve un sort terrible, assène-t-elle d'une voix basse et implacable. Et je gage que durant chaque seconde de votre calvaire à venir, vous aurez une pensée pour moi…. Surtout toi, Atrimen ! J'avais de grands projets pour toi, tu sais ? Tu allais te marier à ton promis, avoir des enfants de lui, continuer à vivre en paix dans ces montagnes qui t'ont vue naître et te remplissent chaque jour de joie… Mais non ! Il a fallu que tu suives ton arriérée d'amie… Que tu me fasses l'affront d'une rébellion aussi stupide que vaine !

Un rire sarcastique s'échappe de la bouche de Virinaë.

— Pauvre idiote sous-évoluée ! Tu as scellé ton destin dans l'horreur… Tu connaîtras les outrages, les humiliations, la souffrance dans le corps, la douleur dans l'esprit, le broiement intérieur, le saccage de tes chairs intimes, jubile la Grande Prêtresse. Pour ta déso-béissance, je te promets mon client le plus pervers !

Les mots que tu entends peinent à se frayer un chemin jusque dans ton cerveau. Et de toute façon, tu ne comprends pas tout. Un *client*, tu ne sais même pas ce que ça veut dire… Pourtant – est-ce possible –, la panique en toi monte encore d'un cran, les larmes sur tes joues redoublent et de petits glapissements s'échappent de ta bouche. Tu es tellement terrifiée que tu mets quelques secondes à comprendre ce qui se passe. Élicen s'est dressée d'un bond vif et hurle d'une voix déchirante en s'approchant des barreaux :

— POURQUOI RAFLES-TU LES NÔTRES?! POURQUOI FAIS-TU ÇA?! POURQUOI NOUS AS-TU MENTI ?!

Un petit rire mêlé de mépris s'échappe de la bouche de la Grande Prêtresse. Les mots qui suivent sont des coups de poignard qu'elle assène avec une cruauté que tu ne lui as jamais connue.

— Mais parce que je vous déteste de tout mon être, petite sotte ! Parce que vous n'êtes qu'une peuplade de dégénérés et que vous ne méritez pas mieux !

Élicen s'effondre à genoux, stupéfaite, balayée par la violence de cet aveu. Tu ressens sa douleur, son hébétude, sa sidération. Tu observes Virinaë d'un œil agrandi par un mélange d'horreur et d'incrédulité et tu essaies encore d'assimiler ses paroles quand elle reprend d'une voix amusée :

— En revanche, je ne vous ai pas réellement *menti*… Le monde par-delà le mur et dont vous ignorez tout est un monde sans pitié, un monde cruel… un monde dans lequel des êtres humains achètent d'autres êtres humains pour en faire leur objet, leur chose, leur distraction… Vous comprenez ?

Il y a dans la voix de la Grande Prêtresse une sorte de délectation malsaine qui te déchire le cœur. Elle énonce des horreurs que tu entrevois plus que tu ne les saisis vraiment – le mot *achètent* par exemple t'est inconnu lui aussi.

— Qu'as-tu fait de mes parents ? Où sont-ils ?

La voix d'Élicen est blanche, à peine audible. Et sa question comporte une forme de douloureuse supplication. Ton amie voudrait croire que le sort de ses parents n'est pas celui que laisse entendre Virinaë…

— Probablement morts dans d'atroces souffrances, annonce la prêtresse, anéantissant ainsi tout espoir avec une insupportable désinvolture. Si ma mémoire est bonne, ils ont servi de divertissement sexuel à une tripotée de gens riches en mal de sensations fortes.

Le ciel te tombe sur la tête, tu es complètement abasourdie. Tu ne peux pas croire ce que tu entends ! C'est au-delà de l'imagination, au-delà de l'acceptable, au-delà du possible ! Virinaë n'est pas une menteuse, elle est le Mal incarné ! L'archétype du Boche que tu as haï une vie entière et qui, lui, n'existe pas ! Les sanglots de ton amie explosent et se muent en une longue plainte rauque et désespérée. C'est un déchirement supplémentaire pour toi. Tu croises alors les yeux de la

Grande Prêtresse et tu y décèles une lueur malicieuse, un pétillement réjoui. Elle se repaît du saccage qu'elle produit. Cette femme n'est pas Virinaë, celle que tu as vénérée et crainte. Non ! Cette femme est une parfaite étrangère et tu ne lui dois rien ! Tes brides mentales cèdent brusquement et la vague de colère qui avait reflué revient en galopant, décuplée par l'inacceptable barbarie de ses aveux ! Tu ne réfléchis même pas, tu ne décides rien… ton instinct agit seul quand tu bondis vers les barreaux en poussant un hurlement. Tes mains ont à peine le temps d'effleurer la toge écarlate de Virinaë que tu ressens une vive douleur dans le ventre qui te coupe net souffle et élan. Francis, le fidèle serviteur, vient de te frapper avec la crosse de son fusil. Tu t'écroules, soufflée par la puissance du coup, et comme tu cherches à happer l'air, la voix diabolique de la Prêtresse finit de te terrasser.

— Dans trois jours, ton amie sera livrée en pâture à un homme aux appétits de domination insatiables. Élicen sera semblable à de la pâte à modeler dans les mains de ce sculpteur d'âme. Et crois-moi, son agonie sera un inimaginable calvaire.

Tu voudrais hurler, mais l'air te manque. Alors, tu lui jettes un regard aussi terrifié que haineux.

— Ce que tu dois comprendre, Atrimen, c'est que ta rébellion est inutile. Je vendrai un à un chacun de mes enfants parce que ma soif de vengeance est inextinguible, que je suis votre créatrice et que j'ai tout pouvoir sur vous. Rien ne pourra jamais sauver le cheptel du sort que je lui ai assigné ! Je suis votre alpha et votre oméga !

109

Vers 12 h 30, Olivier et Éloïse poussèrent la porte de TEH les bras chargés de kebabs. Ils venaient de passer plus de deux heures dans le bureau de Prat. Liaison avec Interpol. Coordination avec le commandement national des armées. Liens téléphoniques avec le colonel Poussin du Gard… Au-delà du démantèlement imminent d'un trafic d'êtres humains, la cellule TEH représentait subitement pour tous la réussite d'un modèle d'efficacité né de la collaboration de différents services… Éloïse avait observé son supérieur qui manœuvrait avec une certaine aisance dans cette sphère politique où chacun souhaitait tirer avantage de la situation. Passé les circonlocutions protocolaires d'usage, Prat, Olivier et elle avaient commencé à se pencher concrètement sur l'avancée de l'enquête, mais trop de questions demeuraient encore sans réponse pour imaginer une intervention ou procéder à une arrestation. Vers midi, Prat leur avait intimé de rejoindre TEH pour prendre connaissance des nouveaux éléments glanés par leurs collègues. Il les attendait tous les deux vers 14 heures pour un point d'étape.

En entrant dans la cellule, Éloïse et Olivier découvrirent un vrai fourmillement. Tout le monde fonctionnait à plein régime, gagné par une fièvre contagieuse. Le grand tableau blanc aimanté était truffé d'annotations écrites à la va-vite et placardé de rapports, papiers, mémos... Maintenant que les projecteurs étaient braqués sur Anne Poey, chaque enquêteur apportait ses pièces au puzzle pour tenter de construire l'image complète de la sociopathe... Dès que la gendarme et le flic entrèrent, l'odeur de viande grillée se répandit dans la cellule. Éloïse appela au rassemblement et les coéquipiers interrompirent leurs tâches pour s'installer autour de la table de la cuisine. Éloïse prit place en dernier et ouvrit la discussion.

— Kebabs de chez Ali, sauce blanche dans ce paquet, sauce barbecue dans celui-là et frites ici. Bon app' ! Et maintenant, partage des infos. Kamel, qu'est-ce que tu as trouvé sur Anne Poey ?

— Les données de base, mais il reste encore énormément de recherches à effectuer... Alors, Anne Poey est née le 24 mars 1964 à Tarbes. L'extrait de l'acte de naissance précise un accouchement à domicile, 18, place Verdun à Tarbes. C'est l'adresse du père, le dénommé Serge Poey, médecin-dentiste, né à Tarbes aussi, en 1913. D'après certains documents d'archive, son cabinet était situé à la même adresse, 18, place Verdun. On peut donc déduire qu'il s'est lui-même occupé de l'accouchement de sa fille. La mère, Odette Rouger, est morte d'une hémorragie durant l'accouchement. Elle était âgée de 43 ans. Et devinez qui a dressé l'acte de décès ?

— Serge Poey ! s'exclamèrent les équipiers d'une seule voix.

Kamel approuva en hochant vigoureusement la tête.

— Concrètement, enchaîna-t-il, Serge Poey accouche sa femme chez lui, celle-ci décède et lui s'occupe de toutes les formalités : déclaration de naissance d'un côté, déclaration de décès de l'autre.

— Pratique quand on est médecin ! ironisa Jacques.

— C'est sûr ! Qu'est-ce qu'on a d'autre ? relança Éloïse. Le type du Ducato, on l'a identifié ?

— Je viens de passer trois heures là-dessus et *niet* ! Aucune correspondance avec les fichiers de la criminelle. J'ai faxé sa photo aux gendarmeries et commissariats du 65, du 64 et du 09. Pour le moment, rien, expliqua Jean-Marc, dépité.

— Mouais… commenta Éloïse. Sachant qu'on a déjà envoyé la photo du type deux fois. La première fois, dès qu'on l'avait flagué à la sortie Remoulins de l'A9, et la deuxième fois, hier matin, avec notre avis de recherche qui décrivait un lieu synthétisant les éléments du labo…

Les coéquipiers grimacèrent en silence.

— Bon, on verra, soupira Éloïse. Sinon, quoi d'autre ?

— Figurez-vous que je n'ai trouvé aucune inscription à l'école pour Anne Poey ! intervint Jacques. Elle a certainement suivi une scolarité à domicile, car elle apparaît pour la première fois en 1982 comme candidate libre au bac qu'elle obtient avec mention très bien. Et à partir de septembre 1982, je trouve trace de sa première inscription à la fac. Je vous le donne en mille, elle s'inscrit en médecine à Toulouse. Elle valide sa première année et dès septembre 1983 elle suit un double cursus, médecine d'un côté et anthropologie de l'autre, à l'université du Mirail. Elle poursuivra avec brio les deux filières d'études.

— C'est une vraie tronche ! s'exclama Thibault.

— Tout à fait, approuva Jacques, c'est une femme extrêmement brillante. Elle est diplômée de médecine générale en 1989 et achève son doctorat de socio-anthropologie en juin de la même année. Pour information, l'adresse transmise aux universités toulousaines est 18, place Verdun à Tarbes.

— En revanche, elle n'est pas inscrite à l'ordre des médecins, précisa Agathe. *A priori*, elle a renoncé elle-même, et dès le début, à l'exercice de la médecine. Étrange, non ?

Les enquêteurs échangèrent des regards interrogatifs et Jean-Marc, la bouche encore à moitié pleine, finit par proposer :

— Sauf si elle n'a pas étudié la médecine pour devenir médecin.

— Explique !

— Ben, à la lumière de ce qu'on sait maintenant, on a sûrement affaire à une femme qui poursuit des études de médecine pour acquérir les connaissances nécessaires à son « entreprise », acheva le gendarme en mimant les guillemets.

— Ça voudrait dire qu'elle avait organisé son business alors même qu'elle était à la fac ! s'exclama Jacques, ahuri.

— En même temps, si on regarde notre dossier, la première victime du dossier TEH a été retrouvée en 1991, répondit Olivier. Ça colle assez bien avec la fin de ses études.

— Et avec la mort du père, ajouta Kamel, puisque ce dernier est décédé le 12 décembre 1989.

— Hey, attendez voir ! Elle a aussi fait construire sa maison à Bagnères-de-Bigorre durant cette période, intervint Thibault en se tordant le cou pour regarder le tableau blanc. On a d'abord la vente, le 25 février 1990, de la maison de Tarbes dont elle vient d'hériter après la mort du père, puis le dépôt d'un permis de construire le 25 avril 1990 pour la maison qu'elle habite désormais à Bagnères-de-Bigorre.

— Mmm… Tout porte à croire que 1990 est une année charnière, certainement celle où elle commence à organiser son trafic, déduisit Éloïse. Peut-être la mort de son père a-t-elle enclenché quelque chose ?

— Possible… intervint Jacques. Mais ça ne nous dit pas *comment* elle a constitué son vivier ! Je vous rappelle qu'il n'y a aucune correspondance entre les victimes de TEH et les fichiers nationaux ou internationaux des personnes disparues. Qui plus est, cette espèce de secte dirigée par la grande prêtresse n'a fait l'objet d'aucun pointage par la Miviludes. Or si cette femme était parvenue à convaincre des gens de la suivre pour créer une société nouvelle ou je ne sais trop quoi au fin fond des montagnes, il y aurait forcément eu des dénonciations de l'entourage, de la famille ou même de voisins inquiets d'une dérive… Là, rien de tout ça !… Pourtant, les générations spontanées, ça n'existe pas ! Alors où et comment cette communauté a-t-elle pu prendre naissance ?

Le silence couronna les interrogations de Jacques. L'origine de la communauté était tout bonnement incompréhensible pour les enquêteurs.

— Quelqu'un s'est intéressé au père ? questionna Jean-Marc.

— En dehors du b.a.-ba, je n'ai pas creusé plus que ça, répondit Kamel. Tu penses que le type peut être mêlé à ça ?

— Rien ne l'exclut. Quand on y pense, toutes nos investigations nous conduisent dans une impasse lorsqu'on essaie de reconstituer la naissance de cette communauté dans les temporalités conformes à la vie d'Anne Poey… Alors oui, peut-être l'origine de cette communauté est-elle plus ancienne ?

Éloïse s'était arrêtée net de manger. Elle fixait Jean-Marc avec l'intensité du prédateur qui vient de repérer sa proie. Une seconde plus tard, elle lança :

— Tu as forcément raison, la communauté existait déjà quand notre sociopathe en a pris la tête !… Il faut qu'on dépiaute la vie de ce Serge Poey de A à Z. M'est avis que la trajectoire de ce type recèle des zones d'ombre.

— D'autant qu'Anne Poey n'est jamais allée à l'école publique avant d'entamer ses études ! rappela Jacques. A-t-elle réellement passé son enfance à Tarbes ?…

— Yep ! Et qui, sinon son paternel, a pu lui enseigner les rudiments du métier de dentiste ?! compléta Thibault. Les cônes d'argent, le ciment-pierre, tous ces trucs-là qui datent de Mathusalem, ça vient forcément de son père !

— OK, ça colle ! Maintenant, récapitulons : cette femme a suivi des études de médecine sans jamais exercer officiellement et son père était médecin-dentiste, entama Olivier. Concrètement, Anne Poey a dû apprendre les bases du métier de dentiste avec son père et ses études de médecine lui permettent de prodiguer les soins de base à ses adeptes. Pour finir, elle a sans doute conservé les outils de travail et les matériels de son père, ce qui explique l'ancienneté des matériaux obturateurs et des techniques utilisés dans les soins dentaires…

Éloïse jeta un regard déterminé à ses collègues.

— OK. On s'y remet. Thibault, Agathe, vous me fouillez la vie du père de fond en comble. Jean-Marc et Jacques, il faut absolument identifier le conducteur du Ducato : appelez les commissariats et gendarmeries du 65, demandez-leur de prêter attention à ce mandat de recherche et dites-leur qu'il s'agit probablement d'un proche d'Anne Poey. Après tout, ils n'ont peut-être pas fait gaffe… Enfin, Kamel, tu examines l'ensemble des transactions sur le compte bancaire d'Anne Poey – y a-t-il des entrées d'argent suspectes ? Tu balayes aussi tout son patrimoine : existe-t-il un lieu isolé dont elle serait propriétaire et qui pourrait servir de base à une communauté ?

— Et vous ? demanda Thibault.

— Olivier et moi, on retourne voir Prat. On doit commencer à définir les étapes d'enquête avant de penser concrètement à un plan d'intervention. Je vous rappelle qu'il subsiste encore un gros paquet de zones d'ombre avant d'imaginer agir et procéder à l'arrestation de cette femme.

— C'est sûr, admit Agathe. Il va falloir cerner tout son entourage, essayer d'identifier ses complices, localiser la communauté, faire une étude de l'environnement géographique du lieu… Bref, on n'est pas rendus !

— En plus, rebondit Jacques, on ne se trouve pas sur un terrain d'arrestation classique. Je veux dire que, à terme, on sera amenés à opérer en montagne. Honnêtement, il va nous falloir des types chevronnés, du type GIGN.

— … Et peut-être aussi, un spécialiste des dérives sectaires, ajouta Olivier. Une sorte de négociateur. Nous ne savons toujours pas comment Anne Poey s'y prend pour « élever » des êtres humains, mais ce n'est peut-être pas le genre d'affaires où une intervention musclée sera le plus efficace. Si une armada de personnes est psychologiquement sous la coupe d'Anne Poey, il faudra sûrement parlementer.

Éloïse garda le silence en opinant lentement de la tête. Le flic d'Interpol avait raison. Un instant, elle tenta d'imaginer un groupuscule d'illuminés face à l'assaut des forces spéciales et tressaillit. Dieu seul savait comment des adeptes sous emprise pouvaient réagir face à une intervention en force !

110

Lionel Dufoy avala d'un trait le café clôturant son repas. Il appréciait ce moment calme, isolé dans son bureau, avec vue imprenable sur les sommets des montagnes crénelant l'horizon. C'est d'ailleurs à cause de cet attachement aux Pyrénées qu'il demeurait adjudant-chef... Entre montée en grade et terre natale, il avait fait son choix et ça lui allait très bien ! Il étira ses lombaires en basculant sur le dossier de son fauteuil et, les yeux toujours rivés sur les crêtes verdoyantes qui ciselaient le ciel, il laissa son esprit retourner à la disparition du notaire. *Disparition inquiétante*, songea-t-il... Si le septuagénaire ne donnait pas de nouvelles d'ici une poignée d'heures, il passerait à la vitesse supérieure en lançant un avis de recherche. L'homme n'avait été admis dans aucun hôpital du coin, c'était désormais certain. Restaient plusieurs hypothèses. Celle d'une disparition volontaire – peu probable à en croire Maricé qui ne cessait de rappeler que Louis Barthes entreprenait des recherches sur sa sœur... Celle d'un accident de montagne – mais il n'y avait aucun sentier à proximité de l'endroit où l'ancien notaire avait garé sa voiture et, qui plus est, il avait affirmé à Maricé qu'il allait visiter les grottes de Médous… Une agression ? Un acte criminel ou crapuleux ? La voiture de Barthes avait été forcée, certes, mais il n'y avait aucune trace de lutte ni de sang ni, surtout, aucun corps !… Pouvait-on sérieusement envisager un kidnapping ?! une séquestration ? L'adjudant-chef secoua la tête. On était à Bagnères-de-Bigorre, bon sang, pas à Marseille !

Ouais, c'est sûr, c'est pas comme si la tueuse en série la plus délirante du XXIe siècle avait élu domicile à Lesponne, à dix kilomètres d'ici, se railla-t-il intérieurement en se souvenant de l'arrivée en masse du GIGN deux ans plus tôt pour procéder à l'arrestation de la fille de Kali. Un frisson lui parcourut l'échine. L'affaire avait marqué les esprits et, il devait bien l'admettre, avait modifié son propre sentiment de sécurité. Oui, la vérité – aussi pathétique fût-elle –, c'était que la distance kilométrique d'un drame conditionnait pour beaucoup la distance émotionnelle. Que des centaines d'enfants meurent chaque jour sous les bombes à l'autre bout du monde était au final moins frappant pour les habitants du coin que le fait qu'une psychopathe décide de s'installer ici même, au cœur d'un village tranquille dans une vallée sans histoire…

— Mon adjudant-chef !

Lionel Dufoy sursauta et faillit tomber à la renverse. Il pivota sur son fauteuil à roulettes et distingua la moitié du visage de Xavier Bonnetti entre le chambranle et la porte entrouverte.

— J'peux vous déranger ?! enchaîna Bonnetti d'une voix surexcitée.

— C'est déjà fait.

Mais le jeunot entra, nullement décontenancé par le visage fermé et le regard assassin de son supérieur.

— On a reçu ça, apparemment ça date d'hier ! Regardez !

L'adjudant-chef attrapa le papier que Bonnetti lui remuait sous le nez et le parcourut en diagonale, l'esprit rivé sur une unique question : qu'est-ce ce qui pouvait encore le retenir de ficher son 44 fillette au derrière de ce bleu sans cervelle ?!

— Et ?

— Enfin ! C'est gros quand même, non, vous ne trouvez pas ?!

— Qu'est-ce qui est gros, Bonnetti ? s'agaça le gendarme.

— Ben, ça ! Je veux dire…

Xavier Bonnetti affichait la mine ahurie de celui qui se pose très clairement la question suivante : « T'es con ou tu le fais exprès ?! » Piqué dans son orgueil, l'adjudant-chef s'obligea à reposer les yeux sur le papier. Ce qu'il y découvrit alors fit immédiatement naître une sourde angoisse. Se pouvait-il encore une fois que…

AVIS DE RECHERCHE "CELLULE TRAFIC D'ÊTRES HUMAINS" INTERPOL & SECTIONS DE RECHERCHES DE TOULOUSE ET NÎMES

Dans le cadre d'une affaire de crimes en série relatifs à un trafic d'êtres humains, nous recherchons une communauté vivant dans les Pyrénées.

Cette communauté est certainement non répertoriée et mène une vie totalement autarcique.

Les éléments matériels que nous possédons nous permettent de mettre l'accent sur les points suivants : le lieu de vie de la communauté est composé d'infrastructures de type bergerie, enclos à bestiaux, moulin, tannerie, atelier de tissage... et tout autre atelier permettant l'autosuffisance.

Le lieu est certainement situé à proximité d'une carrière d'ardoises, fermée ou non.

Il comprend de nombreux élevages : poules, bovins, ovins, chèvres des Pyrénées, canards...

ATTENTION : AFFAIRE CRIMINELLE GRAVE.
DANGEROSITÉ MAJEURE.

Tout membre des forces de l'ordre qui aurait connaissance d'une communauté vivant en autosuffisance totale ou d'un lieu susceptible de correspondre à la description ci-dessus doit de toute urgence se manifester auprès de l'équipe TEH installée à la SR de Toulouse : 05.61.650.651.

— Ça colle, mon adjudant-chef ! Avec les plans du vieux qu'on a trouvés dans la voiture ! Et le type en photo, vous le connaissez ? Z'imaginez, si ça se trouve, le vieux, il...

Dufoy leva la main pour intimer à Bonnetti de la fermer. Le jeunot était plus excité qu'une puce et son agitation parasitait toute réflexion… Les Isards, songea le gendarme… La colonie avait fermé ses portes au début du XXe siècle. Le lieu, depuis, était abandonné. Du moins le croyait-il, comme tout le monde dans le coin. Des gens auraient-ils pu squatter la vieille colonie ?! Remettre les infrastructures en état ?! Et vivre ainsi loin de tout regard ?!… À cette éventualité, s'ajoutait la disparition de Louis Barthes. D'ailleurs, les documents retrouvés dans la voiture de l'ancien notaire aiguillaient maintenant la suspicion vers Les Isards. Dieu seul savait si l'adjudant-chef aurait jamais songé à l'ancienne colonie s'il avait reçu cet avis de recherche sans avoir eu sous les yeux le matin même les plans annotés d'une colonie pénitentiaire fermée depuis près d'un siècle et réputée à l'abandon !

— Donc, j'vous disais…

— Va chercher les documents retrouvés dans la voiture ce matin, lui intima Lionel Dufoy sans ménagement. Dépêche !

L'élève gendarme disparut au pas de course. L'idiot n'était guère vexé de se faire rabrouer ! Non ! Il affichait la mine éclairée du chien qui vient de déterrer seul un os à ronger. Dufoy secoua la tête d'exaspération. Mais à peine le gamin eut-il passé la porte que l'adjudant-chef laissa échapper un long soupir en se passant les mains sur le visage. La crainte d'une nouvelle affaire dramatique reléguait désormais loin au second plan les préoccupations mineures du gendarme quant à son élève…

Lionel Dufoy approcha l'avis de recherche et détailla le type en photo associé à la description des lieux. La qualité du cliché était assez mauvaise, pourtant le gendarme eut le net sentiment que oui, il avait déjà croisé ce type quelque part...

111

Virinaë est partie. Voilà… Elle a craché son venin. Elle vous a humiliées, Élicen et toi, et elle s'en est allée, laissant derrière elle l'horreur de ses révélations. Une de tes côtes est certainement fêlée à en croire la douleur lancinante qui t'électrise au moindre mouvement. Mais cette douleur n'est rien à côté de la haine viscérale qui te remue les tripes… Cette haine sans bord ni contour que tu vouais aux Boches, cette haine a désormais un visage, celui de Virinaë…

Prostrée dans ton coin, rage au ventre et poings serrés, tu détailles Élicen, agenouillée dans la pénombre à deux mètres de toi. Tu relèves le soin avec lequel elle essuie le front de Bruno. Tu perçois les mots d'apaisement et d'encouragement qu'elle lui murmure à l'oreille. Tu décèles l'éclat d'angoisse dans ses yeux quand la respiration sifflante du garçon s'entrecoupe de gémissements crevant le silence et l'obscurité du caveau. Ton cœur se serre davantage encore. Ton amie surpasse sa détresse pour porter assistance à Bruno. Les mots de Virinaë n'ont pas réussi à l'anéantir et tu songes que l'amour doit ressembler à cela, à cette prodigieuse force surgie du néant et prête à combattre toute l'adversité du monde…

As-tu jamais éprouvé cela avec Anten ? Cette union programmée qui ne t'avait jamais posé question jusqu'à présent se teinte désormais de doute. Peut-on aimer, aimer vraiment, quand on n'a pas choisi l'autre ? Les anciens du cheptel t'ont toujours expliqué que l'amour ne pouvait que naître des unions bénies par Virinaë car la Grande Prêtresse sait toute chose et que ses choix sont parfaits. Mais voilà, les anciens avaient tort ! Le cheptel tout entier a eu tort !… Alors, aurais-tu posé les yeux sur Anten si tu avais vécu ailleurs, dans le monde de derrière le mur ? L'aurais-tu élu parmi une foule d'autres ? Et lui ?! T'aurait-il seulement regardée ?… Immédiatement, tu songes aux yeux de ton promis posés sur Virinaë, à leur lueur fiévreuse quand elle est présente… Un rictus de dégoût déforme ta bouche à cette idée. S'il savait ! S'ils savaient tous autant qu'ils sont ! Elle ne ferait pas long feu, cette hideuse prêtresse, si toutes les âmes du cheptel se levaient comme un seul homme !

De nouveau, une déferlante de rage enfle et explose en toi avec une violence inouïe. Dire qu'en réalité il n'a jamais existé aucune barrière infranchissable sinon cette barrière mentale, construite méthodiquement, jour après jour, par une Mère monstrueuse de perversité qui s'est repue sans le moindre scrupule de l'adoration aveugle de ses enfants !… *Le cheptel*… Tu repenses aux derniers mots de Bruno ce matin avant que la fièvre ne le plonge dans l'inconscience. S'il a raison, derrière le mur, « cheptel » est synonyme de « troupeau ». C'est un mot désignant un groupe d'animaux.

Pas d'hommes, non, d'animaux !!! Tu vibres de colère. Alors, c'est donc ça ! Élicen, les tiens, toi-même, TOUS, vous n'avez jamais été pour Virinaë que des animaux. Des bêtes qu'elle a élevées, soignées, protégées avant de les amener à l'abattoir pour assouvir sa faim de sang et de vengeance ! Virinaë elle-même a parlé de vengeance... Mais de quoi se venge-t-elle ?! Quel mal le cheptel aurait-il bien pu lui faire alors que son unique vocation consiste à suivre ses préceptes ?!

Tu n'as pas la réponse. Tu ne l'auras probablement jamais, puisque ton sort est scellé... Soit... tu vas mourir, mais on meurt tous un jour, non ? Alors, quitte à crever, tu te jures que tu feras tout ce que tu peux, absolument tout, pour contrarier les desseins de ta monstrueuse Mère...

112

14 h 35. Agathe claqua trois fois des doigts en l'air. Thibault l'entendit le premier et tourna machinalement la tête vers elle. Dès qu'il comprit qu'il se passait quelque chose d'important – vu les yeux surexcités de la gendarme, aucun doute là-dessus –, il héla ses collègues. Une grappe se forma autour d'Agathe qui finit de parler à son interlocuteur invisible.

— OK ! Ne quittez pas, s'il vous plaît !

Puis, plaquant le combiné contre son torse, elle interrogea ses collègues :

— Éloïse et Olivier, ils sont où ?!

— Avec le commandant Prat, pourquoi ?

— Appelez-les direct ! On a des gendarmes de Campan dans le 65 qui ont reçu notre avis de recherche et qui ont repéré un lieu qui correspond ! Une ancienne colonie pénitentiaire pour enfants perchée dans la montagne et fermée depuis presque un siècle !

À cette évocation, les gendarmes se lancèrent un regard ahuri. Ils n'auraient jamais pensé à cette éventualité… En même temps, comment deviner ?! Thibault s'éloigna, portable à l'oreille. Il revint quelques secondes plus tard.

— Fais patienter les collègues, la chef rapplique !

Quelques minutes plus tard, Olivier, Éloïse et le colonel Prat poussèrent la porte de la cellule. La gendarme prit la conversation. Elle griffonna à la hâte sur un carnet, jura à deux reprises en serrant les dents, puis finit par raccrocher, l'œil grave.

— Colonel, on risque de devoir agir plus vite que prévu !

— Je vous écoute, Bouquet, lui intima l'homme, mâchoire crispée.

Éloïse se fendit d'une explication qui allait à l'essentiel autour de la disparition d'un dénommé Louis Barthes et de la découverte des gendarmes campanois : les plans dans la voiture du disparu collaient parfaitement avec l'avis de recherche lancé par TEH. Par ailleurs, renseignements pris auprès du cadastre de Campan, les gendarmes savaient que l'ancienne colonie Les Isards appartenait à une certaine Anne Poey, personnage de renom dans le coin. Une jeune préposée de la mairie leur avait alors révélé qu'un monsieur d'un certain âge, plutôt bien mis de sa personne, s'était justement renseigné sur Les Isards et qu'elle l'avait aiguillé vers un notaire bagnérais du nom de Philippe Bourdel. Un saut au domicile du notaire et un coup d'œil à travers la baie vitrée avaient fixé les gendarmes sur le sort dudit notaire : le pauvre bougre était mort... Certainement le matin même ! Cela ressemblait à une crise cardiaque mais, au vu des ramifications de l'enquête, un médecin légiste allait effectuer une autopsie... Au cas où... Enfin, Éloïse acheva son déroulé sur la dernière information transmise par les gendarmes campanois : *a priori*, Anne Poey n'était pas à son domicile…

— Bilan, conclut la gendarme, on a un notaire mort sur les bras et un ancien notaire disparu dont on ne saurait actuellement présumer du sort ! Avant-hier, le notaire disparu, Barthes, a rendu visite à Bourdel, le notaire mort, c'est confirmé par la réceptionniste du cabinet notarial, une certaine Amélie Jourdain. Or notre notaire disparu n'a absolument pas le profil d'un tueur… Et vu ce qu'on sait désormais sur Anne Poey, on peut gager que notre socio-anthropologue est derrière tout ça… Du coup, de nombreuses questions se posent : Louis Barthes a-t-il rencontré Anne Poey ? Est-il allé aux Isards ? Comment s'est-il retrouvé mêlé à cette communauté ? Qu'a-t-il découvert en fourrant son nez dans l'ancienne colonie ? Quel est le lien entre Les Isards et les recherches de cet homme sur sa sœur ?… Mais par-dessus tout, Louis Barthes est-il encore en vie ? Et si tel est le cas…

— … le temps nous est compté, acheva Olivier en fixant durement un point imaginaire sur le mur d'en face.

Le colonel Prat ouvrit et ferma les poings à plusieurs reprises, signe qu'il devait prendre une décision grave. Éloïse attendit sans broncher que son supérieur se décide. Au bout de quelques secondes, il trancha :

— Il y a certainement des dizaines de questions sans réponse aujourd'hui dans ce dossier, des dizaines de questions qui auraient nécessité une enquête avant toute intervention… Cependant, nous avons un nom – Anne Poey –, nous avons un lieu – Les Isards – et nous avons un homme disparu qui a probablement mis les pieds dans un guet-apens. À la lumière de ce nouvel élément, nous ne pouvons pas nous payer le luxe d'attendre. Si Barthes est encore en vie – ce qui n'est pas exclu au vu des délais –, ses heures sont certainement comptées, j'en veux pour preuve le meurtre déguisé de Bourdel. L'autopsie parlera, mais il ne faut pas être devin…

— Alors on passe à l'action, colonel ? demanda Éloïse.

— Affirmatif. Soyez prêts dans une demi-heure ! On part pour Campan.

— Bien, colonel !

— D'ici là, localisez-moi Anne Poey. Tracez son portable ou le GPS de son véhicule, faites ce que vous voulez mais trouvez-la-moi ! Si jamais cette folle est en ce moment dans sa communauté, on ne sait pas ce qu'elle peut jouer et il faudra adapter notre approche. *Idem* pour Louis Barthes, tracez-moi son portable ! Nous devons nous assurer que l'homme est bien là-haut avant de partir bille en tête.

— Entendu, colonel.

Kamel n'attendit pas la suite. Il fila à son bureau et plongea droit dans les arcanes virtuels de son ordinateur. Identifier le numéro de téléphone portable d'Anne Poey, son opérateur et trianguler le numéro…

— Bouquet, demandez aussi aux Campanois de préparer un QG sur place. Et qu'ils nous communiquent l'ensemble des documents qu'ils ont rassemblés dans la voiture de Barthes.

— Je le leur ai déjà demandé. Ils ne devraient pas tarder à être faxés.

— Parfait. De mon côté, je requiers l'intervention immédiate du PI2G[1] de Toulouse ! Dès réception des plans de la colonie et des environs, vous me faites suivre les éléments, je les transmettrai aux groupes spéciaux.

— Bien, colonel.

— En partant dans une demi-heure et en mettant les gaz, on devrait être sur place vers 17 heures avec le groupe d'élite… Je demande également que la région nous détache d'urgence un négociateur pour le cas où Anne Poey se trouverait au sein de la communauté. Pour finir, j'appelle le juge d'instruction pour un mandat de perquisition en règle : il va falloir qu'on réquisitionne tous les éléments possibles pour boucler cette enquête correctement.

Après quoi le colonel Prat jeta un œil sombre à l'assemblée de gendarmes et tourna les talons. Éloïse regarda un instant la démarche sportive et déterminée de son supérieur qui disparaissait au pas de course. Un vent d'adrénaline soufflait désormais sur cette sordide enquête. La fin approchait… Restait juste à savoir laquelle…

---

1. Peloton d'intervention interrégional de gendarmerie ; antenne du GIGN.

113

15 h 10, colonie pénitentiaire des Isards

Le soleil, haut dans le ciel, arrosait la clairière. Pépiement de lumières changeantes au gré de chaque pas. Elle avait troqué sa robe rouge pour une toge blanche, signe de deuil. La mine contrite, les yeux humides, le pas lent, elle avançait solennellement au cœur de la travée d'âmes serviles qui composaient son cheptel. Au bout de l'allée humaine, les anciens l'attendaient, la mine lugubre et inquiète. Élicen quelques jours plus tôt... Atrimen, désormais... Coup sur coup, deux des leurs avaient disparu dans d'inexplicables conditions et elle décela dans les regards les prémices de la panique : ces deux événements venaient rompre avec les schèmes habituels, la peur et l'incompréhension menaçaient l'équilibre du troupeau. Le moral était au plus bas et chacun attendait inconsciemment de la Grande Prêtresse des réponses rassurantes. Tout allait se jouer maintenant, dans la capacité qu'elle aurait de les apaiser. À cette idée, son ventre la chatouilla. Elle jubilait déjà des effets du discours qu'elle avait préparé et se félicitait d'avoir opté, cette fois-ci, pour la douceur et la consolation. Elle croisa le regard ravagé d'Anten à proximité de la grappe des anciens et, arrivant à sa hauteur, lui tendit le bras. Le garçon trembla légèrement en aidant la Grande Prêtresse à monter sur son promontoire, mais sa tristesse empêcha la coutumière montée d'extase. Cette tiède réaction la contraria au plus haut point et elle décida dans l'instant de punir le jeune homme.

— Mon cheptel, commença-t-elle. Que ce moment de grâce partagé avec toi éclaire ta conscience et transcende ton cœur !

— Ô Grande Prêtresse Virinaë, nous te rendons grâce pour être venue jusqu'à nous ! Que ta Lumière irradie notre sombre condition !

Elle marqua une pause. Depuis son promontoire à quelques mètres de l'assemblée, les yeux embués et rivés au loin vers un point invisible, elle sembla invoquer les dieux. Puis elle baissa le regard, balaya les siens avec émotion et s'arrêta sur Anten.

— Approche Anten, énonça-t-elle d'une voix douce.

Le garçon obéit et se plaça au pied du promontoire. Elle se pencha alors lentement vers lui. Suffisamment pour que sa toge bâille un peu sur la naissance de ses seins. Puis elle plaça une main sous le menton du jeune homme et lui redressa délicatement la tête. En relevant les yeux, Anten s'égara un instant dans l'échancrure de la Grande Prêtresse. Le feu lui monta immédiatement aux joues. Elle en ressentit une grande satisfaction et ne résista pas au désir de s'amuser davantage. Alors, elle posa ses mains sur les épaules du garçon, peau contre peau, et exerça une légère pression tout en lui parlant.

— Je sais ta peine, Anten. Je sais ton drame. Je connais la douleur de la perte, bien au-delà de ce que tu imagines. (Ses pouces effleurèrent la peau du garçon dans une imperceptible caresse qui aurait très bien pu être involontaire.) Je ne compte plus mes deuils, mais tous pèsent sur mon cœur comme autant de pierres.

Anten frissonna. Sa chair picotée fourmillait étrangement, trahissant sa confusion. La prêtresse n'était pas coutumière de ce genre de contacts prolongés et le garçon était comme au supplice. Les yeux émeraude de Virinaë le transperçaient et exerçaient sur lui une intense fascination.

— Ton amour pour Atrimen est balayé par la tragédie et tu as le sentiment que tu ne pourras jamais guérir… Je comprends… (Elle s'inclina à peine un peu plus et le regard d'Anten papillonna une seconde vers sa poitrine révélée.) Et aujourd'hui restera à jamais marqué dans ta mémoire, poursuivit-elle alors que le jeune homme virait au cramoisi. Dans le secret de ton cœur, tu cultiveras longtemps ce souvenir.

Les yeux ancrés dans ceux du jeune homme, elle approcha sa bouche du visage écarlate et bifurqua tardivement vers son front qu'elle baisa. Sous ses doigts, le corps d'Anten était dur comme du bois et elle fut certaine qu'une violente érection lui tendait maintenant le bas-ventre. Elle se redressa alors. Récupéra ses mains. Plongea ses yeux sur les âmes serviles qui la fixaient. Et continua sur sa lancée, la voix vrillée par l'émotion.

— Hélas oui, mon cheptel… aujourd'hui restera gravé dans nos esprits à tous comme le jour d'un drame inconsolable ! Et nos yeux, le soir, se fermeront longtemps sur le visage d'Atrimen, la promise qu'Anten aimait tant.

Ce disant, du coin de l'œil, elle suivit l'évolution du jeune homme qui rejoignait les siens. Penaud. Honteux. « Dans le secret de ton cœur, tu cultiveras longtemps ce souvenir », lui avait-elle dit. Et elle savait que oui. Qu'Anten cultiverait le souvenir scandaleux de ses irrépressibles pensées charnelles le jour même où il aurait dû tout entier se consacrer à la douleur de la perte d'Atrimen. Ce serait son déshonneur caché. Son vice inavouable. Elle venait de graver dans son âme la première marque du Mal et elle en ressentit une puissante joie. Au début, il se palucherait violemment, presque malgré lui, en se rappelant la pointe dressée de ses seins à elle, la douceur de sa peau sur la sienne, le doux parfum de lis qu'exhalait sa toge. Les mois passant, le dépit et l'humiliation aidant, il voudrait souiller l'autre, comme il s'était souillé lui, posséder l'autre comme il s'était senti possédé lui-même. Elle n'avait aucun doute là-dessus : il finirait par accepter cette part de lui, infâme, coupable, et déchargerait sa semence sur le cul d'Abilen, marbré de violents pincements. Abilen, sa future promise, trop jeune, trop ingénue ne saurait se défendre des ravages du Mal d'Anten.

— L'heure n'est pas aux remontrances ni aux accusations… Les dieux m'ont parlé dans un songe de vérité… L'égarement d'Élicen et d'Atrimen est une erreur de jeunesse. Une erreur puisant dans la noblesse de leurs cœurs guidés par les préceptes et les enseignements de ma voix. (À ces mots, le cheptel retint son souffle, désarçonné.) Oui, car elles ont voulu porter assistance à un garçon démuni. Un garçon plus jeune, aux airs inoffensifs, auréolé d'innocence… Un garçon, je vous le dis en vérité, à la langue fourbe sous des apparences trompeuses !… Un menteur !… Un falsificateur !… Un imposteur !

Elle se tut un instant, mesurant ses effets. Tous la regardaient, les yeux agrandis de terreur.

— Il est venu à elles, revêtu des semblants du bien. Et il a instillé dans leurs cœurs un lent poison… le poison du doute ! Et si les Boches étaient partis ?!… Et si la guerre était finie ?!… ET SI LA GRANDE PRÊTRESSE VIRINAË SE TROMPAIT !

Les âmes frémirent. C'était impensable ! La faute de leurs sœurs était impardonnable ! Qui dans le cheptel pourrait bien douter de la Grande Prêtresse !

— Je vois dans vos cœurs l'indignation ! Pourtant, l'oreille est encline à la séduction par le verbe. La ruse est une arme puissante que nos ennemis rompus au mensonge et à la trahison maîtrisent fort bien ! J'entends d'ici : « Moi, je ne m'y serais pas laissé prendre. Moi, je n'aurais jamais douté des paroles de ma Grande Prêtresse Virinaë ! »… Vraiment ?

Une rumeur unanime parcourut la communauté, qu'elle laissa enfler durant de longues secondes. Puis elle passa à la deuxième partie de son discours.

— Mais c'est au jour de l'adversité que l'on mesure discernement et loyauté. Il est aisé d'être fidèle quand ne s'élève aucune voix contraire. Il est facile de croire quand personne ne s'oppose ! Le jeune Boche, entré par une faille du mur, a séduit le cœur d'Élicen, a séduit le cœur d'Atrimen. Sa langue habile et fourchue comme celle du serpent a susurré mensonges et illusions, et ses savants discours ont ébranlé la croyance de vos sœurs… (Elle attendit, ménageant son effet.) Que s'est-il alors passé ?

Elle attarda son regard sur les enfants, regroupés et serrés d'un côté de l'assemblée. Et reprit, l'œil agrandi par la terreur :

— Élicen a franchi le mur !

Le brouhaha naquit, qu'elle attisa en poursuivant d'une voix tremblante de stupéfaction :

— Et Atrimen, aussi, a franchi le mur !

De nouvelles exclamations se firent entendre. Confusion. Effarement. Consternation.

— Le Grand Serviteur, au mépris du danger, avait pourtant éliminé l'imposteur ! Mais voilà… Le mal était fait ! ajouta-t-elle avec emphase… Les mots mensongers avaient pénétré le cœur de mes filles !

La sidération fit taire tout le monde. La Grande Prêtresse ouvrit lentement ses bras comme pour enserrer les siens et les protéger des ennemis. Lorsque sa voix s'éleva, elle était désespérée.

— Élicen, Atrimen, mes filles ! Brebis inconscientes cheminant elles-mêmes vers l'abattoir ! S'offrant en pâture aux Boches affamés de sang !

Le silence pesait sur le cheptel comme une chape d'abattement. Elle attendit de longues secondes avant de conclure sur un avertissement déguisé :

— D'autres viendront peut-être… Le visage doux mais le cœur mauvais… L'apparence pure mais l'âme perfide… La langue prometteuse mais les desseins obscurs… Saurez-vous leur résister ?… Saurez-vous croire en l'unique parole de vérité ?… Mes enfants bien-aimés, me demeurerez-vous fidèles envers et contre toutes les tentations ?…

Le temps suspendit sa course. Les cœurs à vif, les esprits retournés, les yeux émus, les âmes du cheptel s'effondrèrent une à une. Cela commença par un grand hoquet, celui de Ridine qui avait perdu sa compagne huit jours plus tôt. Puis Clarisse-la-pépiote, gagnée par l'émotion ambiante, poussa un long cri déchirant. Les sanglots commencèrent chez les petits, gagnèrent les moyens puis les grands. Finalement les anciens laissèrent couler leurs larmes. Il y avait une telle énergie dans la communion des âmes ! Quelques secondes plus tard, Galuni, à la grande surprise de Virinaë, leva la main. La loi le permettait. Un ancien pouvait demander la parole. Mais ce n'était jamais arrivé auparavant… La Grande Prêtresse lui fit un signe de tête et l'homme la rejoignit. Au pied du promontoire, il prit une grande inspiration et s'adressa au cheptel d'une voix chevrotante.

— Mes amis, le danger rôde autour du cheptel… L'ennemi se repaît au pied du mur sacré bénit par notre Grande Prêtresse Virinaë ! Les Boches ont envoyé un de leurs fils et l'ont sacrifié pour nous diviser en faisant flancher le cœur de deux des nôtres. Ni Élicen ni Atrimen n'étaient enclines au Mal… Pourtant, leurs cœurs ont basculé du côté des dieux de l'Ombre… Frères et sœurs, restons unis et méfions-nous de nous-mêmes… afin de ne pas nous laisser gagner par le doute…

Galuni tourna la tête vers Virinaë. Détailla son visage triste, ses yeux fermés. Il sentit l'affliction palpiter sous sa peau. Et conclut :

— Je vous exhorte, frères, sœurs. Ne doutez jamais, JAMAIS, des paroles de vérité de notre Grande Prêtresse !

Virinaë approuva, les joues creusées par les sillons des larmes versées, cachant la colère qui l'avait saisie.

Si Galuni avait pris la parole, c'est que certaines rumeurs avaient dû se propager au sein du troupeau. D'ailleurs, l'homme avait évoqué la division et exhorté à l'unité… Au vu du recueillement ambiant, les doutes et les craintes étaient désormais balayés. Mais elle le savait, les humains, aussi insignifiants fussent-ils, pouvaient se montrer versatiles et nécessitaient d'être manipulés avec d'infinies précautions. Quoi qu'il lui en coûtât, elle devait faire cet effort… Alors, masquant sa contrariété, elle reprit la parole et conclut d'une voix résolue :

— En ce jour de deuil, je resterai avec vous pour communier dans l'amour et la douleur de nos disparues.

Les visages s'éclairèrent immédiatement.

— Même si Élicen et Atrimen n'ont pas été raflées, poursuivit-elle, même si elles ont désobéi, elles n'en demeurent pas moins les victimes de nos ennemis. En conséquence, et afin que ces pertes ne soient pas vaines, je vous invite à me suivre jusqu'au cénotaphe pour une cérémonie d'adieu.

Les âmes du cheptel approuvèrent d'un hochement de tête. Leur Grande Prêtresse était si bonne, si prompte au pardon.

— En revenant, nous sacrifierons un agneau et nous partagerons ensemble un repas afin d'unir nos âmes et de chasser notre peine… Qu'il en soit ainsi, mon cheptel ! Et que ce moment de grâce partagé avec toi éclaire ta conscience et transcende ton cœur !

— QU'IL EN SOIT AINSI, Ô GRANDE PRÊTRESSE VIRINAË!!!

15 h 42, à hauteur de Capvern

La chaîne montagneuse, drapée de majesté, dévoilait ses atours en découpant le ciel. Assis dans un recoin à l'arrière du camion blindé, Prat, Éloïse et Olivier exposaient l'ensemble des éléments en leur possession au commandant Joubert, responsable de la faction du PI2G – une légion de mastodontes vêtus de noir de la tête aux pieds. Par intermittence, le hurlement des sirènes s'élevait, saturait l'atmosphère et raturait les échanges en un brouillon de mots inaudibles. Ils roulaient depuis une trentaine de minutes et le QG improvisé et brinquebalant puait déjà le stress et la testostérone ! Devant le grand camion noir frappé du sceau du GIGN, la Subaru de Jean-Marc, Agathe, Jacques et Thibault ouvrait la route à toute allure. Dans l'habitacle, l'équipe assurait la liaison avec les gendarmes et la mairie de Campan. Sous peu, le petit village d'Ibardos allait se transformer en camp de guerre ! Kamel, lui, était resté à la SR et dirigeait un groupe de cinq informaticiens réquisitionnés au pied levé. Le temps était compté et il fallait récupérer un maximum d'informations utiles avant la mise en œuvre de ce qui ressemblait à une intervention précipitée.

Dans le camion, le téléphone d'Éloïse sonna et la gendarme s'empressa de répondre. Hochements nerveux de tête. Elle dégaina un stylo et griffonna à la hâte sur son calepin. Crispation de la mâchoire, regard noir. Les nouvelles s'annonçaient mauvaises. Elle raccrocha et s'adressa au commandant Joubert.

— Deux informations importantes. *Primo*, les informaticiens ont localisé Anne Poey *via* son portable ! Il y a environ quatre heures, la femme a activé un relais téléphonique à Barsas-Debat, un lieu-dit perché dans la vallée de la Loume. C'est à environ sept kilomètres du bas du domaine de l'ancienne colonie. Ce qui signifie qu'elle est probablement là-haut avec les membres de la communauté ! Si elle ne redescend pas d'ici notre arrivée, ça ne facilitera pas la tâche de vos hommes... *Secundo*, le septuagénaire disparu, Louis Barthes, a également activé cette même borne hier à 15 h 12. Tout laisse donc croire que l'homme a rejoint Les Isards. L'a-t-il fait de son plein gré ? Est-il retenu en otage ? Est-il encore en vie ?... Nous ne pouvons que l'espérer...

Le commandant Joubert, imperturbable, hocha la tête, suivit du bout du doigt le tracé de la vallée de la Loume sur la carte IGN ouverte et marqua une zone au feutre fluo. Puis il releva la tête et s'adressa enfin à ses hommes.

— Messieurs, nous allons intervenir dans une ancienne colonie pénitentiaire fichée dans un environnement de moyenne montagne. Ça veut dire, espace ouvert, farci d'obstacles et accidenté ! Talus, ravins, arbres, végétation, dénivelés, roches... autant d'éléments qui obturent la vue. Vous utiliserez donc les tenues de camouflage et les lunettes à détection thermique ! D'autant que le milieu d'intervention est parfaitement connu des personnes sur place.

Les hommes du PI2G hochèrent la tête de concert.

— D'après les plans transmis par la gendarmerie de Campan, l'ancienne colonie est cerclée d'un mur d'enceinte en pierres de quatre mètres cinquante de haut, construit par les premiers colons eux-mêmes. Il nous faudra franchir ce mur pour pénétrer le domaine d'intervention, donc munissez-vous d'échelles de corde. La propriété à couvrir s'étend sur une bonne centaine d'hectares.

Les hommes échangèrent immédiatement regards nerveux et commentaires sur la situation. La mission s'annonçait périlleuse.

— Ça, c'est seulement pour l'aspect physique des choses ! assena le commandant. Reste la dimension psychologique très particulière de notre intervention et qui réclame toute votre attention !

Une chape de silence coula, saturant l'atmosphère d'électricité.

— D'après l'enquête de la cellule TEH recoupée avec les informations récoltées par les gendarmes de Campan, l'ancienne colonie pénitentiaire est le lieu de vie d'une communauté non répertoriée existant depuis au moins 1991. Nous ignorons combien d'âmes habitent là-haut, mais ces gens vivent de manière autarcique, en autosuffisance, totalement coupés du monde !… Ce que nous savons, en revanche, c'est que des personnes issues de cette communauté sont réduites à l'état de marchandises dans le cadre d'un trafic humain. Or rien dans le dossier ne laisse penser que les membres de la communauté sont retenus contre leur gré. L'examen médico-légal des victimes retrouvées de ce trafic d'êtres humains ne fait apparaître aucune trace de contention, de sévices ou de maltraitance antérieure à leur commercialisation…

La tension monta encore d'un cran. Les gendarmes absorbaient les explications de leur commandant, prenant peu à peu la mesure de l'horreur.

— Deux options possibles. Ou bien nous avons affaire à une secte de type satanique dont les adeptes eux-mêmes ont intégré une approche sacrificielle et sont partie prenante de la commercialisation de certains d'entre eux. Ou alors, d'une manière que nous ignorons, les membres de la communauté ne savent rien de cette commercialisation.

Un léger brouhaha s'éleva à ces mots.

— S'il vous plaît !... Dans les deux cas de figure, il s'agit d'une communauté placée sous l'emprise mentale d'une femme qui, à l'heure où je vous parle, se trouve sur place !

Le commandant exhiba plusieurs agrandissements du visage d'Anne Poey qu'il fit circuler. Une main se leva dans l'enfilade des gendarmes.

— Bardot, je vous écoute.

— Peut-être que cette commercialisation, c'est la punition pour tous ceux qui tentent de quitter la communauté ? Comme... comme une sorte d'exemple dissuasif pour les autres membres...

Le commandant Joubert tourna la tête vers Éloïse et Olivier.

— Cela paraît peu probable, répondit le policier d'Interpol en donnant de la voix. Parmi les victimes du dossier, il y a des enfants. L'un d'eux avait 7 ans environ lorsque son corps a été retrouvé. Il semble difficile d'imaginer qu'un enfant de cet âge ait choisi de s'émanciper de sa communauté d'appartenance.

Une rumeur commença à s'élever, que Joubert stoppa net de sa voix autoritaire.

— Revenons à cette femme, Anne Poey ! Nous avons de bonnes raisons de penser qu'elle a déjà tué et nous pouvons craindre qu'elle ne riposte face à l'assaut. Je vous demande donc la plus grande prudence. *Idem* avec les membres de la secte. Pour éviter tout risque de perte humaine, vous utiliserez des gaz incapacitants ou des flèches anesthésiantes. Nous ignorons tout de la réaction de ces individus et je ne veux pas que les choses dégénèrent, est-ce que c'est clair ?

De nouveau, une main se leva.

— Berthier, à vous.

— Pourquoi ne pas privilégier une intervention nocturne ? Nous aurions pour nous l'effet de surprise par une approche progressive, silencieuse et avec les lunettes de vision nocturne, on aurait un gros avantage.

— Le problème, c'est que nous avons un homme, un septuagénaire du nom de Louis Barthes, qui a disparu depuis hier après-midi. D'après les dernières informations recueillies, cet homme se trouve dans le domaine pénitentiaire… Au vu de la dangerosité d'Anne Poey, chaque heure compte. Plus tôt nous interviendrons, plus nous aurons de chance de retrouver cet homme en vie, expliqua le commandant en distribuant des clichés de Louis Barthes qu'un informaticien avait obtenus en enquêtant sur l'ancien notaire.

Les hommes de Joubert observèrent à tour de rôle le visage de Louis Barthes. Quand les clichés revinrent au commandant, un homme demanda :

— Combien y a-t-il de personnes enfermées là-haut ?

— Comme vous l'a dit le commandant Joubert, nous l'ignorons, confessa Olivier Merlot.

— Y a-t-il des enfants ? questionna un autre.

— Nous l'ignorons aussi… mais c'est plus que probable.

Les hommes en noir échangèrent des regards qui en disaient long sur leur appréhension devant une mission aussi périlleuse à effectuer dans l'urgence. Même formés à ce type de situations extrêmes, les commandos masquaient mal leur nervosité. Joubert se redressa et prit alors la parole.

— Une fois à proximité, les hélicos étant exclus pour une arrivée discrète, nous enverrons des drones en survol du domaine pénitentiaire. Nous devrions ainsi en apprendre davantage, tant sur le nombre de personnes vivant là-haut que sur la topographie. Ces éléments seront examinés au peigne fin pour nous permettre d'ajuster nos modalités d'intervention.

Éloïse hocha la tête. Les renseignements que leur fourniraient les drones seraient on ne peut plus précieux pour donner l'assaut. Lorsqu'elle releva la tête, le flic d'Interpol la fixait et, derrière l'habituel rempart inexpressif de ses yeux, elle crut déceler une furtive lueur de stress… Tout comme elle, le flic commençait à dérouler un compte à rebours angoissant qui ne prendrait fin qu'au moment de l'assaut. Et d'ici là, chaque seconde durerait sûrement une minute.

***

16 h 04, Ibardos, vallée de la Loume

L'adjudant-chef Lionel Dufoy jeta un œil déconcerté autour de lui et remarqua la mine aussi incrédule qu'affolée du maire de la commune. Les Campanois avaient réquisitionné la salle polyvalente d'Ibardos, un minuscule village de la vallée de la Loume, pour y installer le QG des forces spéciales et la salle vibrait d'un fourmillement humain inhabituel qui pour le coup n'avait rien de festif. Un détachement de la BFST – brigade des forces spéciales terre – avait débarqué de la caserne de Pau, trente minutes plus tôt, pour les aider à organiser le centre de commandement sur place et prêter main-forte pour intervenir en cas de besoin. Lionel Dufoy surprit Xavier Bonnetti, son élève gendarme, en train de brailler des directives contraires à celles que venait de donner un major de l'unité militaire. Il secoua la tête, ahuri, et héla son stagiaire par-dessus le tohu-bohu ambiant.

— Bonnetti ! Bordel de merde, arrête de te mêler de tout !

Le jeune homme lui lança un regard d'incompréhension, mais Dufoy ne put poursuivre ses invectives car son téléphone sonna à ce moment-là. Depuis le début d'après-midi, ça n'arrêtait pas ! Il recevait des coups de fil de partout. Le maire de Pau. Le colonel Dabat de la BFST. Le colonel Armengo, en charge de la SR du département. Le préfet de région. Les gendarmes de la cellule TEH. Maricé, inquiète pour Louis Barthes et qui ne semblait pas comprendre l'ampleur du drame… Un œil au numéro affiché indiqua à Lionel Dufoy qu'il ne connaissait pas son appelant. L'homme se dirigea à pas rapides vers la sortie et décrocha.

— Adjudant-chef Lionel Dufoy, se présenta-t-il en serpentant entre des grappes de militaires qui portaient des tables à l'intérieur de la salle polyvalente.

— Commandant Joubert du PI2G, lui répondit une voix autoritaire. Nous sommes en route. Je vous appelle pour m'assurer que les barrages de gendarmerie sont bien en place.

— Affirmatif. Nous avons fait évacuer le col et fermé la départementale D241 à proximité de la colonie. Quatre hommes sont en attente en haut du col du Portis, quatre en bas et un dernier groupe est en planque à l'entrée du chemin d'accès de la colonie.

— Le chemin en question n'est pas carrossable, vous confirmez ?

— Je confirme, mon commandant. C'est un sentier forestier praticable uniquement à pied, à moto ou en quad.

— Très bien. Surtout, dites aux hommes positionnés sur ce sentier de ne pas intervenir ! Qu'ils restent discrets et se contentent d'alerter s'il y a du mouvement.

— À vos ordres, mon commandant.

— Y a-t-il un véhicule stationné à l'entrée du chemin forestier ?

— Affirmatif, mon commandant. Un quatre-quatre Range Rover de couleur noire, immatriculé MA 652 CE, avec mention du 65. Souhaitez-vous que nous procédions au retrait du Range Rover, mon commandant ?

— Négatif ! La propriétaire est la dénommée Anne Poey. Si elle redescend de la colonie, il faut absolument qu'elle puisse utiliser sa voiture. Plus cette femme s'éloignera du domaine des Isards, plus ça facilitera l'intervention des hommes sur place. Laissez les barrages opérer l'arrestation du véhicule.

— Je transmets vos ordres, mon commandant.

— Depuis le QG, à combien de temps sommes-nous de la colonie ?

— C'est-à-dire… L'entrée du chemin forestier est à une dizaine de minutes en voiture mais de là… l'accès au mur d'enceinte du domaine est à une bonne heure à pied… en marche sportive.

— Merde, marmonna le commandant pour lui-même.

Lionel Dufoy devina le juron étouffé, mais s'abstint de tout commentaire. Les yeux braqués sur les reliefs montagneux qui l'enserraient, il proposa :

— Nous pouvons réquisitionner des quads et des motos, mon commandant.

— … Non, trop bruyant ! Je ne peux pas prendre le risque d'alerter les gens là-haut. L'assaut doit les prendre par surprise.

— Bien, mon commandant… Autre chose ?

— Le QG doit absolument être prêt à notre arrivée.

— La BFST est en train de l'organiser, mon commandant.

— Parfait.

Joubert raccrocha sans autre forme de politesse, laissant Dufoy comme deux ronds de flan. L'adjudant-chef se dirigea alors vers la salle polyvalente et tomba à l'entrée sur le colonel Dabat de la BFST qui drivait deux hauts gradés autour d'une table d'appoint.

— Major Payen, prévoyez une dizaine de cartes IGN et épinglez-les aux murs. Cela fera gagner du temps au PI2G à son arrivée. Marquez les points stratégiques de repérages spatiaux. Délimitez le domaine des Isards et indiquez l'accès possible par le cours d'eau à l'arrière du domaine, près du gouffre d'Espignès. J'ai détaché huit hommes du premier régiment des parachutistes d'infanterie de marine qui sont prêts à descendre le torrent jusqu'à ce point, ici, pour accéder à la colonie par l'arrière. Assurez-vous aussi qu'il y aura plusieurs accès Internet ou le WiFi et de nombreux points de charges électriques pour les drones.

— À vos ordres, mon colonel.

— Major Leclaire, assurez la mise en place de la procédure d'urgence : réquisitionnez les pompiers et le SAMU, du personnel soignant, aménagez une zone sanitaire en cas de blessés graves, prévoyez une procédure d'évacuation d'urgence avec hélicoptère stationné vers Campan – je le répète, la discrétion est primordiale dans le déroulé de cette intervention –, et envisagez une situation de siège avec dortoirs, points d'hygiène et cantine pour l'ensemble des hommes et des personnels réquisitionnés sur place.

Lionel Dufoy contourna ce point névralgique en pleine ébullition et scanna d'un regard les hommes affairés dans la salle, à la recherche de Xavier Bonnetti… Si le gamin continuait à nager à contre-courant, il aurait à en répondre. Et il n'avait aucune envie de se retrouver muté au fin fond du 93 !

***

17 h 02, col du Portis, vallée de la Loume

Le cortège de véhicules militaires avait franchi sans ralentir le barrage de gendarmerie positionné en bas du col du Portis. Moteurs grondants, ils avaient attaqué la côte depuis un petit quart d'heure. L'étroite vallée étranglée par les hauteurs se noyait dans une ombre permanente que le soleil avait renoncé à arroser. Un manteau terne et froid drapait déjà les flancs escarpés des montagnes. Le boyau encaissé que formait la route avait tout d'un intestin. Serpents, virages en épingles, goulots taillés dans la roche… L'endroit était sauvage et inhospitalier, à peine dompté par l'étroite départementale. Éloïse, le visage plaqué à un des fenestrons du camion, regardait sans les voir les hauteurs crénelées et verdoyantes. Malgré ses efforts pour se concentrer sur sa mission, elle ne pouvait chasser les images de l'intervention deux ans plus tôt dans la petite bergerie où se terrait la fille de Kali… Elle n'aurait su dire si ces réminiscences étaient à l'origine de son mauvais pressentiment. Quoi qu'il en soit, elle ne parvenait pas à endiguer le malaise qui lui nouait le ventre. Elle se sentait comme piégée devant l'imminence d'un drame.

— Ça va, Éloïse ?

La voix d'Olivier la fit sursauter.

— Pas le choix ! Si près du but, ça n'est pas vraiment le moment de flancher…. Et vous ? esquiva-t-elle. Ça doit vous faire bizarre, non, après tant d'années de recherches ?

Si le flic repéra la feinte, il n'en montra rien. Au contraire, il s'engouffra dans la brèche.

— Je suis impatient, lâcha-t-il d'une voix dure. Impatient de faire face à cette femme, de la confronter à ses crimes et de lui faire prendre perpette. Impatient aussi de faire tomber ce trafic une fois pour toutes.

— Pas sûr qu'elle coopère.

— Mmm… mais peu importe, riposta Olivier, les yeux dans le vague. On va fouiller sa vie de fond en comble : factures, appels, SMS, ordi portable, relations, on va retourner sa maison... On apprendra tout ce qu'on doit apprendre.

La gendarme n'eut pas le loisir de répondre, car Prat surgit à ce moment-là.

— Deux informations ! La première, une équipe de la SR du 65 vient d'arriver chez Anne Poey à Bagnères. La perquisition va commencer. La deuxième, notre conducteur du Ducato est identifié.

— Enfin ! lâcha Éloïse.

— Un gendarme du coin dont le père est éleveur l'a reconnu. Le type s'appelle Francis Roué, précisa le colonel en regardant ses notes. Le père du gendarme a discuté deux, trois fois avec lui. Il dit que c'est un handicapé mental léger qui vit dans la montagne. Un type plutôt discret, fruste et fuyant le contact. Mais pas méchant.

— Oui, son implication au cœur d'un trafic d'êtres humains mise à part, il est certainement très « gentil » ! ironisa Éloïse... En tout cas, on peut en déduire que ce type n'est pas le cerveau de ce trafic et qu'il doit certainement être lui aussi sous la coupe d'Anne Poey...

— Anne Poey, la grande prêtresse, rajouta Olivier Merlot... Mais si ce Francis Roué est un homme sans envergure, cette femme doit forcément avoir des complices... Il doit exister des ramifications que nous n'avons pas encore eu le temps d'identifier...

— On ne peut pas l'exclure, pourtant j'ai des doutes, Olivier... Je ne suis pas psycho-criminologue, mais, au vu de nos éléments, cette femme est en position de gourou. Vous croyez vraiment qu'elle laisserait à des tiers le soin de se mêler de son trafic ?... Moi, j'ai l'impression qu'on a affaire à une femme qui veut tout contrôler, au point de s'occuper elle-même de la livraison de ses produits…

Le flic hocha la tête et le colonel Prat questionna :

— Vous pensez qu'elle peut régenter seule ce trafic ? Je veux dire, c'est faisable ?

— En tout cas, ce que nous avons découvert jusqu'à présent ne contredit pas cette hypothèse. Cette exploitation d'êtres humains, aussi monstrueuse soit-elle, demeure de petite ampleur. On est loin des habituels trafics de masse…

— C'est même tout l'inverse, poursuivit Olivier. D'après nos déductions, ce trafic concerne des « produits d'élevage » rares, vendus à des clients fortunés. Et j'admets que, vu sous cet angle, on pourrait très bien imaginer que notre gourou soit à même d'assumer, avec la seule aide de son homme de main, la logistique de son business.

— Et pour le parcage de ses ouailles, si j'ose dire ?! Il doit bien y avoir une sorte de service de sécurité, non ?

— L'emprise mentale à elle seule est le meilleur des services de sécurité, colonel, trancha Éloïse.

Un long silence suivit, chargé de regards sombres. Quelle pourrait être la réaction de personnes conditionnées face à l'intervention des forces spéciales ? Le camion ralentit soudainement et brinquebala, incitant les enquêteurs à regarder vers l'extérieur. Ils étaient en train de se garer sur un petit parking en terre truffé de nids-de-poule. Un vieux bâtiment rustique flanqué d'une enseigne en bois « Salle polyvalente » lustrée par les intempéries apparut à la faveur de la manœuvre.

— Je crois bien que nous y sommes, énonça le colonel Prat d'une voix sourde qui dissimulait mal son inquiétude.

***

17 h 55, poste de commandement,
Ibardos, vallée de la Loume

L'équipe TEH regroupée autour d'Éloïse suivait avec attention le plan d'intervention défini par le commandant Joubert et le colonel Dabat de la BFST. Depuis près d'une heure, ceux-ci étudiaient images satellites disponibles, terrain, reliefs et définissaient des stratégies de pénétration discrète du vaste domaine. À plusieurs reprises, ils avaient interpellé Éloïse et ses hommes pour bénéficier d'un éclairage sur le dossier. En présence du négociateur, ils essayaient d'envisager les réactions possibles face à l'assaut… Finalement, l'option retenue consistait à pénétrer le domaine par trois points stratégiques afin de construire une avancée en étau, qui obligerait les adeptes à se replier vers un des rares endroits peu boisés de la colonie. La première pénétration se ferait par le haut du domaine, uniquement accessible par un torrent qui courait en contrebas d'un flanc de la colonie. La mission s'annonçait périlleuse, car le torrent se brisait net sur le gouffre d'Espignès. Les huit hommes du premier régiment des parachutistes d'infanterie de marine avaient donc la charge de descendre le torrent sur six kilomètres et de se pitonner aux parois rocheuses pour escalader l'à-pic et franchir le mur. Les hommes du colonel Dabat du BFST, aguerris aux interventions en zones montagneuses et extrêmes, devraient quant à eux pénétrer la colonie par le flanc droit. Aucun sentier n'était tracé sur ce versant montagneux et particulièrement escarpé, ils devraient donc se frayer eux-mêmes un chemin jusqu'au pied du mur d'enceinte. Enfin, les commandos du PI2G emprunteraient l'unique chemin existant pour passer le mur en bas de la colonie, dans la zone où se trouvaient les anciens bâtiments pénitentiaires. De là, ils remonteraient progressivement vers les différentes infrastructures indiquées sur les vieux plans : moulin, enclos à bestiaux, ferronnerie, atelier de tissage…

À 18 heures, le commandant Joubert et le colonel Dabat rassemblèrent leurs hommes pour un briefing en règle. Éloïse observa les unités groupées dans la salle. Les visages étaient tendus, les regards déterminés et la gendarme ne put s'empêcher de ressentir une sorte d'admiration pour ce parterre de commandos surentraînés, prêts au pied levé, à risquer leurs vies dans des interventions extrêmement périlleuses. Durant quelques secondes silencieuses, il y eut dans l'air une onde fébrile accentuée par l'imminence du lancement des opérations, et à cet instant précis les différents groupements, unis par une sorte de magnétisme palpable, semblaient ne former qu'un seul corps, surpuissant, indestructible. Puis Joubert conclut :

— Les drones nous fourniront des informations en direct et nous permettront de définir nos orientations. Ils sont reliés aux interfaces mobiles des chefs d'unité et vous donneront donc accès à des images ou positions en temps réel. Déclarez-vous au poste de commandement dès que vous aurez atteint vos positions.

L'homme balaya l'assemblée des yeux et lança :

— À mon commandement, rompez !

Le corps se désunit en quelques secondes, brisant l'énergie générée par ce rassemblement. Le colonel Prat apparut alors et s'adressa à TEH.

— TEH, vous êtes autorisés à suivre le groupe alpha du PI2G qui emprunte le chemin pédestre principal conduisant à la colonie, expliqua-t-il. Mais vous devez vous tenir à distance et ne pas intervenir. Est-ce clair ?

Les coéquipiers hochèrent la tête sans un mot.

— Mettez vos gilets pare-balles et soyez vigilants. Nous ne savons pas si les adeptes sont armés et je ne veux pas d'un bain de sang. Hors de question d'essuyer une perte supplémentaire, conclut-il en faisant référence à la mort de Vicenti.

Éloïse s'approcha de Jean-Marc, lui tendit un gilet pare-balles et lui murmura :

— Tu fais gaffe, OK ?! Tu restes derrière moi, quoi qu'il advienne !

— Moi derrière ?!… Tu connais le dicton, Élo, *audaces fortuna juvat*[1], la railla-t-il affectueusement.

— Je suis sérieuse, Jean-Marc !

— Hey, mais qu'est-ce…

— C'est un ordre, lui jeta-t-elle.

Sur quoi, elle tourna les talons et sortit. Une fois à l'extérieur et loin des regards, elle alluma une cigarette, nota que sa main tremblait, et pesta rageusement : « Putain, je le sens pas… je le sens pas ! » Puis elle

---

1. « La fortune sourit aux audacieux. »

leva les yeux et, en réponse au mauvais pressentiment qui enflait en elle, elle se heurta à l'imperturbable rempart des montagnes qui ternissaient dans le déclin du jour.

***

18 h 30, domaine du cheptel

La fin de journée s'annonçait. Les vestiges du soleil grignoté par la cime des crêtes perforaient les feuillages et faisaient danser ses derniers rayons dans un puzzle d'ombres portées et de lumières rasantes. Les oiseaux piaillaient, proches mais invisibles. Il faisait encore bon dans les sous-bois et un gaillet odorant libéra sa puissante senteur lorsque le Grande Prêtresse en cassa la tige en avançant. Elle ouvrait la marche, suivie de son cortège humain. La cérémonie au cénotaphe venait de s'achever et, si les esprits demeuraient lourds et chagrinés, tous se consolaient grâce à la présence de Virinaë parmi eux. Au détour d'un virage dégagé, la Grande Prêtresse distingua Francis en contrebas, occupé à cuire l'agneau qui ferait sous peu la réjouissance de tous. À cette idée, Anne Poey serra les dents. Elle allait devoir supporter davantage encore la promiscuité avec cette peuplade de dégénérés, partager leur table, manger de la viande grasse dans une gamelle en fer cabossée, moucher les marmots, caresser leurs têtes hirsutes et souffrir leurs odeurs de sauvageons dépenaillés jusqu'à ce que les ombres de la nuit assombrissent la tablée. Bilan, elle ne serait pas de retour chez elle avant minuit. Elle ferma un instant les yeux et laissa échapper un long soupir. Le jeune Octire, qui avait tout récemment perdu sa mère et ne pouvait s'empêcher de lui filer le train, lui jeta alors un regard intrigué. Elle se rendit compte que tout son visage exprimait le dégoût.

— Tout va bien, mon bon petit Octire, susurra-t-elle en s'agenouillant à sa hauteur… Je pensais à ta mère… dévorée par nos ennemis, ajouta-t-elle d'une voix triste… Combien elle a dû souffrir quand les sales Boches se sont rués sur elle, lui labourant les chairs de leurs griffes acérées, broyant ses os dans leurs immenses gueules sanguinolentes… (Le gamin affichait une mine terrifiée et elle en tira une extraordinaire jubilation.) Pauvre Folcine, soupira-t-elle… Quel funeste destin… Mais aujourd'hui, tu ne crains rien, mon fils, sois rassuré… La Grande Prêtresse Virinaë est là pour te protéger, tu le sais, n'est-ce pas ?

Le gamin fondit en larmes et se jeta dans les bras de la Grande Prêtresse qui retroussa le nez. Ce moins-que-rien venait de s'uriner dessus.

***

Au pied du mur de la colonie pénitentiaire
des Isards

À bout de souffle, les muscles perclus par l'effort soutenu, les gendarmes franchirent le mur en dernier, rejoignant ainsi les commandos du groupe alpha. Lorsque Éloïse, qui fermait la marche, posa pied à terre, elle entendit des bribes de l'échange entre le chef d'unité et le poste de commandement. Il y était question d'alarmes et de vidéosurveillance. Elle jeta un œil interrogateur à ses coéquipiers qui lui désignèrent un boîtier noir au sommet du mur.

— Apparemment, les commandos ont perdu une bonne dizaine de minutes à désamorcer les alarmes et la vidéo, chuchota Thibault.

— Ah ouais… Moi qui caressais le secret espoir qu'on ne soit pas trop à la traîne ! ironisa-t-elle en ahanant.

Le talkie-walkie du chef d'unité grésilla et la voix de Joubert résonna.

— Les drones survolent la zone. Le drone 6 a détecté une forte concentration de personnes dans les hauteurs du domaine, à quatre kilomètres au nord-ouest de votre position. Pour le moment, nous n'avons pas d'image précise, car la zone en question est extrêmement boisée.

Le chef de groupe extirpa son interface numérique et Éloïse, intéressée, s'approcha. Sur l'écran, elle distingua les vagues contours rougeâtres d'êtres humains regroupés.

— Poste de commandement à alpha.

— Alpha, j'écoute.

— Le drone 2 vient de détecter une présence thermique à un kilomètre de votre position, dans l'ancien pénitencier. Le signal est faible, nous allons procéder à une approche.

La gendarme sentit la présence de Jean-Marc dans son dos. Tous deux observèrent alors le chef d'unité qui tapotait sur l'écran tactile. Une nouvelle image apparut.

Le drone 2 offrait une vue aérienne sur un vieux bâtiment austère et délabré, fait d'un corps central carré autour d'une cour envahie par la végétation et d'un appendice tout en longueur qui paraissait plus préservé. Le drone effectua plusieurs rondes aériennes, puis plongea subitement vers les entrailles de la cour avant de se stabiliser en vol stationnaire. Autour de lui, les murs de pierres moussues suintaient à la lumière terne de fin de journée, un escalier éboulé stoppait sa marche vers un premier étage pour partie éventré et un sombre péristyle encadrait la cour grignotée par les mauvaises herbes. Le lieu était sinistre, ouvert aux quatre vents et respirait l'abandon. Le chef d'unité repassa en mode de détection thermique et, de nouveau, une faible source luminescente rouge apparut sur l'écran.

— On dirait que ça vient d'un sous-sol, commenta-t-il, songeur.

L'homme activa son talkie-walkie.

— Alpha à poste de commandement. Demande une inspection du lieu par le drone 2. Recherche accès souterrain.

— Bien reçu.

Le drone quitta son vol stationnaire et commença à effectuer une lente ronde sous le péristyle. Les images affluaient, percutant la rétine, en un défilé de clichés particulièrement glauques pour qui songeait que ce lieu avait jadis accueilli des enfants. Éloïse, fascinée, suivait les déambulations de l'engin, attentive aux moindres détails. Une porte en bois rongée par le temps apparut sur l'écran. En toute logique, elle devait conduire à l'appendice du bâtiment repéré plus tôt. Le drone poursuivit sa course et s'arrêta devant une grille en fer qui condamnait une bouche de ténèbres. L'opérateur du poste de commandement balaya la grille de bas en haut mais les interstices ne permettaient pas à l'appareil de se faufiler. Les sources de chaleur sur l'écran semblaient toutes proches mais demeuraient inaccessibles... Après quelques secondes de réflexion, le chef d'unité attrapa son talkie-walkie.

— Alpha à poste de commandement. Demande autorisation de détacher trois de mes hommes vers le pénitencier.

Il y eut un blanc au bout de la ligne avant que Joubert réponde.

— Demande acceptée, alpha. Détachez trois hommes. Nom de code alpha 2. Le reste du groupe alpha s'avance vers la zone à forte concentration humaine.

Éloïse s'arracha à la contemplation des images diffusées sur l'interface. L'occasion était trop belle et elle extirpa prestement le talkie de sa poche arrière.

— Colonel, je vous demande l'autorisation de détacher deux coéquipiers de TEH pour suivre alpha 2.

— Accordé, Bouquet.

Éloïse ne perdit pas une seconde et ordonna :

— Le lieutenant Pradel et le lieutenant Bordes suivent le détachement alpha 2.

Jean-Marc lui jeta un regard interrogatif qu'elle esquiva. Elle avait choisi d'envoyer son compagnon dans la zone la plus tranquille de la colonie. Son instinct hurlait au danger depuis plusieurs heures et elle avait saisi l'opportunité de ce détachement sans aucune hésitation. Même si elle en parlait peu, la mort de Vicenti lui avait laissé un arrière-goût de terreur. Pas pour elle-même, non, mais pour celui qu'elle aimait et qui avait bien failli perdre la vie lors d'une banale intervention. Vicenti, Jean-Marc, Jean-Marc, Vicenti, ça s'était joué à quoi, au juste ?! À un lancer de dé du sort ?!… Alpha 2 se mit en route et Éloïse regarda son compagnon s'éloigner, le cœur serré.

***

Domaine du cheptel

L'agneau cuit, elle avait congédié Francis. Inutile de prendre trop de risques. Il était bête à manger du foin et elle ne souhaitait pas qu'il commette un impair au cœur du cheptel…

Une des mômes, Favire, lui apporta fièrement sa gamelle. Une odeur de viande grillée et de romarin s'éleva et, malgré le dégoût que lui inspirait la rusticité ambiante, Virinaë se força à sourire et à rendre grâce. Elle avait passé son enfance à épier un père fasciné par le dénuement et la simplicité de vie de sa peuplade. L'homme, bourgeois de province bien-pensant aux idées progressistes, s'était dépouillé du confort et des artifices de sa vie mondaine, leur préférant l'authenticité de ce mode de vie survivaliste où labeur et solidarité faisaient office de socle sociétal. L'homme avait même assisté à la naissance du premier organe politique de son peuple avec l'instauration du conseil des anciens et la mise en place du vote à main levée. Un carnet entier de ses observations anthropo-sociologiques était consacré à cet événement qui constituait selon lui un tournant majeur de l'évolution de la communauté. Anne Poey l'avait lu et relu, atterrée de ce que son géniteur ne puisse pas considérer comme évidente la vacuité de ses études. Dès lors qu'il observait et veillait sur sa tribu de dégénérés, ne modifiait-il pas substantiellement son processus évolutif ?! Et cela dès la genèse, lorsque, après avoir tué les adultes, il avait continué de faire vivre la guerre et les ennemis tapis derrière le mur pour retenir *ses enfants*… Ce faisant, et dès lors qu'il inventait un dehors et un dedans ainsi qu'un ennemi commun à tous, n'induisait-il pas cette fameuse solidarité dont il ne cessait de s'ébaubir par la suite ?! Scandalisée par la vertueuse mais non moins médiocre méthodologie de son père, elle s'était passionnée pour la question anthropologique et lui avait consacré sa vie. Le pragmatisme et la haine aidant, elle avait choisi de créer un monde répondant à ses propres règles, un monde dont elle était le centre absolu, un monde où elle détenait le droit de vie et de mort… Et la naissance elle-même de ce monde avait commencé avec la mort de son propre géniteur et de tous les anciens qu'elle n'avait pas hésité à assassiner…

Elle caressa les cheveux bouclés de Favire demeurée à ses côtés et observa la bestiole à la dérobée. De belles dents blanches. Une peau au grain fin rehaussée de légères taches de rousseur. Un joli nez droit. Et des yeux noisette immenses et graves, comme souvent les avaient les enfants du cheptel très tôt exposés à la férocité de son monde. Elle baissa discrètement le regard sur le corps enfantin. Athlétique pour ses 9 ans, bien proportionné. Elle nota que deux petites pointes commençaient à se dresser sous la chasuble crasseuse. La puberté arrivait… La Grande Prêtresse allait devoir faire un choix. Il n'était pas rare que ses produits perdent en attrait avec l'apparition des formes féminines. Certaines mauvaises graisses se logeaient aux fesses ou en haut des cuisses et les traits délicats d'un visage pouvaient s'empâter. C'était dommage… Qu'en serait-il pour Favire ?… La gamine lui sourit et Virinaë décida dans l'instant qu'elle ferait un objet de jeux parfait pour un richissime pédophile. Une vague de satisfaction ondoya en elle et elle rendit son sourire à l'enfant. Puis elle piqua son agneau avec la grossière fourchette et mordit dans la viande. Ces imbéciles lui avaient choisi le morceau le plus gras et elle réprima un haut-le-cœur en mastiquant sa pitance.

***

À proximité du pénitencier des Isards

L'ascension jusqu'au plateau où sommeillait la colonie s'était révélée sportive. La pente était raide et les commandos avaient choisi une trajectoire directe plutôt que de suivre les lacets dessinés entre les cailloux. Les poumons en feu et les muscles tétanisés, Agathe songea sérieusement qu'elle devait reprendre le sport. Elle s'arrêta un instant pour recouvrer son souffle. En contre-plongée, sous le faisceau d'une lumière entre chien et loup, la bâtisse flottait sur la peau du ciel comme un tatouage menaçant. Jean-Marc attrapa la main de sa coéquipière et la hissa jusqu'au trio de commandos. À peine les eut-elle rejoints, que les hommes entreprirent la traversée du plateau. L'un avançait courbé tandis que les deux autres, agenouillés dans les herbes, le couvraient. Puis c'était le tour d'un deuxième, et ainsi de suite. La gendarme puisa dans son orgueil la force de poursuivre et le détachement parvint bientôt au pied du pénitencier.

— Alpha 2 à poste de commandement, nous sommes sur place.

— Bien reçu… Ça y est, on vous a en visuel, ajouta Joubert tandis que le léger vrombissement du drone 2 leur faisait lever la tête. La zone est dégagée, nous poursuivons l'opération.

Les hommes d'alpha 2 longèrent le mur de la prison à la recherche d'un accès. Ils s'arrêtèrent devant une immense porte au bois vermoulu qui constituait certainement l'entrée officielle du lieu. Une épaisse chaîne en acier en condamnait l'ouverture. Le chef d'alpha 2 fit signe au reste du détachement de le suivre et ils se dirigèrent vers l'aile rattachée au corps principal. Deux portes se découpaient à quelques mètres d'intervalle. La première, « Conciergerie », s'ouvrit, la seconde, « Maison du directeur », était fermée à clé. Le chef d'alpha 2 poussa la première porte, lampe torche à la main, puis fit signe à ses collègues. Les deux gendarmes entrèrent en dernier et découvrirent alors ce qui avait dû faire office de sas administratif, à en croire les vestiges de bureaux éventrés derrière un comptoir. Des feuilles éparses – derniers mémoires d'une administration révolue – consignaient pêle-mêle des rapports sur les enfants qui avaient été enfermés, des autorisations de sortie, des mises sous écrou, des états de comptes… Sinistre, songea Agathe en emboîtant le pas aux commandos qui s'engageaient dans un couloir au carrelage en damier. Des traces de pas qui n'étaient pas les leurs se détachaient par endroits de la fine couche de poussière au sol. En bout de couloir, se trouvait une porte que l'homme de tête ouvrit d'un coup d'épaule. L'accès débouchait sur la cour de la prison. S'ajoutaient désormais au funeste décor que le drone avait relayé, une forte odeur d'humidité et des relents de pourriture. La gendarme jeta un œil vers un angle du préau et distingua la queue d'un gros rat qui ne bougeait plus. La bestiole était morte et dégageait le fumet pestilentiel propre aux charognes. Écœurée, Agathe s'éloigna de quelques pas. Le drone 2 qui avait survolé les murs de la prison les rejoignit à ce moment-là, débarquant du ciel dans ce décor hors d'âge comme un oiseau technologique surgi d'un autre temps. Le détachement s'approcha alors de la grille en fer et, sous l'œil du drone, le chef d'alpha 2 tenta sa chance en tirant dessus. À la surprise générale, celle-ci s'ouvrit en couinant, griffure sonore déchirant la toile tendue du silence.

Au QG, l'inquiétant grincement arracha un sursaut au colonel Prat. Il songea immédiatement à un avertissement.

**

Pénitencier des Isards

Francis demeura tapi à l'ombre des sous-bois. L'œil agrandi par l'inquiétude, il observa la colonne humaine qui progressait vers la prison. Les silhouettes des étrangers se découpaient dans la lumière fauve, se faufilant à la queue leu leu tel un serpent silencieux et menaçant. À la vue de ce spectacle inquiétant, Francis se figea et attendit. Bientôt, un objet volant approcha les étrangers alors qu'ils se tenaient au pied d'un des murs. Francis sentit une vague bileuse lui brûler la trachée. C'était un drone. Il en avait vu à la télé. Et ces étrangers... c'était la volaille ! L'homme porta deux mains devant sa bouche pour se retenir de mugir. Le tremblement resta à l'intérieur de lui et lui souleva violemment l'estomac.

L'assaut avait commencé.

Et Francis comprenait parfaitement ce que ça voulait dire... Désormais, il faisait face à sa plus grande peur. Il la connaissait bien, il l'avait toujours eue, tapie au fond de lui. Tassée comme une petite souris qui grignote le ventre si on ne fait pas attention à lui serrer le museau. Et voilà que le petit animal venait de se réveiller et, paniqué, fourrageait nerveusement en glapissant dans ses entrailles. Francis eut envie de pleurer. Lui, le géant fort comme un Turc. Parce que sa plus grande peur venait de prendre corps et vie dans la réalité. Il allait perdre son Amour majuscule... La volaille allait les arrêter. Les jeter en prison. Et il serait séparé de sa maîtresse. Impossible, il ne survivrait pas à un tel arrachement... Ce qui le traversa ne ressembla pas à proprement parler à une idée. Ce fut plutôt une fulgurance.

Non, il ne serait jamais séparé d'elle. Jamais, jamais, jamais ! Il lui suffisait de faire ce qui était prévu et ensuite, pour une fois – peut-être la seule fois de toute sa vie depuis le jour où il avait cogné Al, l'étudiant en médecine –, de suivre ce que lui dictait son instinct.

Francis visualisa mentalement le fusil posé contre le mur à l'entrée de la baraque. Il tâta ses clés au fond de la poche de son treillis de chasse. Et se décida à patienter. Maintenant que les choses étaient limpides, la petite souris refermait son museau. S'apaisait. Cessait de remuer dans tous les sens. Et se tassait dans un minuscule recoin dont elle ne sortirait plus jamais.

***

En direction du domaine du cheptel

Malgré la fraîcheur qui descendait sur la montagne, Thibault, Olivier, Jacques et Éloïse étaient en nage. L'ascension vers le haut du domaine était une vraie randonnée et les hommes du PI2G avançaient à une cadence très soutenue. Le drone 6 maintenait un vol stationnaire au-dessus de la masse humaine uniquement visible en caméra thermique. D'après les dernières informations, le groupe demeurait immobile et tout le monde pensait à la prise d'un repas. Soudain, le talkie-walkie du chef d'unité cracha :

— Poste de commandement à alpha et tango. Le drone 4 a détecté une présence thermique sur une zone découverte à équidistance de vos positions respectives. Nous faisons une approche.

Le chef d'unité activa immédiatement sa tablette sur les prises de vue du drone 4 et des images apparurent sur l'écran. Les gendarmes se rapprochèrent. L'engin amorçait une descente le long d'un raidillon pierreux qui se transforma bientôt en falaise. De là, la faille dans la roche semblait courir vers un vide abyssal. Au bout de quelques secondes de descente, sur un plateau rocheux qui saillait de la paroi, apparut le corps d'un homme. Par réflexe, Thibault et Éloïse détournèrent la tête de l'écran. Le corps en charpie laissait voir une fracture ouverte sur une des deux jambes et la position d'un avant-bras suivait un angle anormal. Mais si la caméra thermique avait repéré le corps, c'est que l'homme était en vie ou… mort depuis peu… Les gendarmes se forcèrent à regarder l'image. Le drone venait de zoomer au niveau de la tête et, malgré les nombreuses tuméfactions, tout le monde identifia le vieux notaire. Alors que les regards étaient braqués sur le visage sanguinolent de l'homme, une paupière tressaillit et un œil poché s'ouvrit faiblement, révélant une pupille qui fixa le drone. Fenêtre entrouverte sur l'âme du supplicié. Puis l'œil se referma, comme épuisé par cet effort, et les lèvres murmurèrent quelque chose que le micro du drone ne parvint pas à saisir.

***

Poste de commandement,
Ibardos, vallée de la Loume

Au QG, c'était l'effervescence. Le commandant Joubert du PI2G, le colonel Prat de la SR et le colonel Dabat du BFST parlementaient autour d'une carte étalée sur la table. La tension était montée d'un cran dès l'instant où Louis Barthes avait pris corps et vie sous leurs yeux.

— Le problème est qu'un hélitreuillage si proche de l'endroit où sont concentrés les autres individus donnerait l'alerte et nous ferait perdre l'avantage tactique d'une approche par surprise.

— Et augmenterait considérablement les risques pour les hommes sur le terrain, approuva Joubert.

— Je peux détacher six des hommes les plus chevronnés de l'unité tango pour désincarcérer le corps, proposa Dabat en isolant six pions sur la carte. Ils ont les équipements et l'entraînement nécessaires pour ce type d'intervention.

— Parallèlement, si les unités alpha et tango continuent au même rythme leurs progressions vers la zone fréquentée, elles seront prêtes à intervenir d'ici trente minutes environ, ajouta Prat.

— C'est le temps minimal que prendra la désincarcération du blessé. Si l'assaut est donné dans la foulée, on devrait pouvoir faire décoller l'hélicoptère à ce moment-là. Le temps de vol depuis Campan est d'une dizaine de minutes…

Personne ne prononça les mots fatidiques, mais chacun les formula pour lui-même : restait à espérer que Louis Barthes tienne jusque-là.

— Poste de commandement à tango, brailla Dabat. Détachement de six hommes : Bocher, Pernaud, Bousquet, Dupuy, Adrichou et Dufresnes. Bocher, vous prenez la tête du détachement tango 2. Vous rejoignez le blessé pour le désincarcérer. L'hélicoptère décollera dès que les unités tango et alpha donneront l'assaut.

— À vos ordres, colonel.

— Alpha et tango, vous poursuivez l'approche de la zone à haute fréquentation.

***

Pénitencier des Isards

Francis sortit du bois. La volaille était entrée dans la prison par la porte latérale depuis plusieurs minutes et le drone l'avait rejointe derrière les murailles. Il sentit que le moment était arrivé. Il prit une grande inspiration et se lança à toutes jambes le long de la plaine herbeuse. Il ne connaissait pas la portée de l'appareil, mais il savait qu'en s'approchant, il finirait par être détecté. Il comptait donc sur l'effet de surprise.

***

Pénitencier des Isards

Le chef d'unité du PI2G avait plongé dans le gouffre de ténèbres, suivi par les deux autres commandos. Par mesure de précaution, ils avaient intimé à Jean-Marc et à Agathe de rester en retrait, dans la cour. Les gendarmes attendaient donc avec le drone au sommet des marches, dans les vapeurs rances qui refluaient du boyau. La pénombre grignotait minute après minute les vestiges de pierres, accentuant la désolation du lieu.

— C'est vraiment lugubre ici, murmura Agathe en écarquillant les yeux sur une fenêtre munie de barreaux du premier étage.

Jean-Marc approuva d'un hochement de tête, puis alluma sa lampe torche qu'il plongea dans les escaliers descendant au sous-sol. Le pénitencier aurait fait un décor idéal pour un film d'épouvante, songea-t-il en observant les marches inégales et suintantes taillées dans la pierre.

***

Poste de commandement, Ibardos,
vallée de la Loume

— Mon commandant, on a un mouvement dans le champ de détection du drone 2, lança un opérateur, les yeux rivés sur un écran.

Prat et Joubert fondirent derrière l'homme. C'était la zone où intervenait le détachement alpha 2 !

— Faites un visuel, ordonna Joubert.

L'opérateur fit décoller le drone et le dirigea vers le point en mouvement. Quand l'appareil fut assez proche, l'opérateur zooma et fit le point sur un homme qui traversait la plaine en courant, vers le pénitencier. Malgré la lumière déclinante, l'image permit de distinguer les traits de l'homme.

— Bon sang ! s'exclama Prat d'une voix grave. C'est un des trafiquants identifiés, c'est Francis Roué !

— Poste de commandement à alpha 2… Poste de commandement à alpha 2 ! répéta le commandant Joubert après quelques secondes.

— Ils ont reçu l'autorisation de couper les transmissions ! rappela alors le colonel Dabat d'une voix blanche.

— Colonel Prat, contactez vos hommes pour les prévenir !

Prat dégaina son talkie-walkie avant d'interrompre son geste en blémissant.

— Seule Bouquet a un talkie… Rien ne laissait penser que mes hommes se scinderaient.

— Un portable ? proposa nerveusement Dabat.

— Sauf qu'il n'y a aucune couverture réseau GSM, ici, intervint Joubert en exhibant son téléphone.

***

Sous-sols du pénitencier des Isards

Les commandos d'alpha 2 progressaient prudemment dans la galerie souterraine. Afin de ne pas trahir leur présence, ils avaient coupé les émissions radio et opté pour les lunettes à vision nocturne. Ils évoluaient donc dans un univers sombre teinté d'un vert luminescent qui indiquait les reliefs et les mouvements. Ils avançaient sous la voûte de pierres depuis deux minutes environ quand le chef d'unité fit signe à ses hommes de s'arrêter. À une dizaine de mètres devant eux, le boyau s'achevait sur un T. Une galerie à droite, une à gauche et, au milieu, une grille. Le chef mit un genou à terre en position de retrait au centre du boyau, prêt à couvrir ses hommes. Puis il fit quelques signes de la main et ses deux hommes se plaquèrent chacun à une paroi, évoluant lentement en miroir, arme pointée devant eux. À un mètre du croisement, chacun observa le boyau semi-ouvert de l'autre puis ils décomptèrent de 3 à 0 et passèrent rapidement la tête dans les galeries adjacentes avant de se tourner le dos et de se poster chacun face à sa galerie. Il n'y avait rien d'autre que du vide courant plus profondément dans les entrailles de la prison. Les deux hommes reculèrent et se plantèrent alors face à la grille. Celui de droite donna immédiatement l'alerte. Dans un recoin, tassées contre une paroi, trois formes humaines se découpaient.

— Gendarmerie nationale, on ne bouge pas ! ordonna le chef d'unité.

Sur quoi, l'homme ôta ses lunettes à vision nocturne et dirigea le faisceau de sa lampe vers les formes au sol. Ce qu'il découvrit lui serra le cœur. Deux gamines le fixaient, la mine complètement terrifiée, et un môme – apparemment un garçon – était étendu au sol sans réaction.

— Vous êtes la pocile ? osa une gamine blonde en tremblant de tout son corps.

Le chef d'unité la détailla. Habillée de hardes brunâtres en tissu épais, elle le fixait avec des yeux exorbités. La brunette à ses côtés, vêtue des mêmes nippes, lui prit alors la main. On aurait dit deux enfants des rues d'un livre de Perrault face à un ogre sanguinaire. Instinctivement, le commando baissa son arme et s'accroupit.

— On est là pour vous aider, on ne vous veut aucun mal. D'accord ?

Sur quoi, il s'éloigna de deux pas, posa sa lampe torche au sol et tira avec le silencieux dans la serrure pour ne pas alerter inutilement les gendarmes qui attendaient à la surface.

***

Pénitencier des Isards

L'engin vrombissait à quelques mètres au-dessus de sa tête, mais Francis resta concentré sur son objectif. Il parvint devant la porte de la maison sans qu'aucune volaille ait eu le temps de surgir. Il déverrouilla nerveusement la serrure, poussa la porte et se rua à l'intérieur sur son fusil de chasse qu'il arma. Puis il monta en courant les escaliers jusqu'au grenier, bouscula le bureau d'un côté de la pièce et se laissa tomber à quatre pattes. À la faveur des derniers traits du jour qui perçaient par la lucarne, il repéra la trappe au sol découpée dans le parquet et la souleva. Le petit champignon blanc luisit sous la pâle lumière et l'homme eut une hésitation. Il ne l'avait jamais activé… Les consignes lui revinrent en tête. Il prit une grande inspiration, rassembla son courage et appuya dessus.

L'apocalypse naquit alors du néant en une cacophonie terrifiante. Alarme hurlante. Puis aboiements survoltés. Mitrailles. Les Boches, relayés par les haut-parleurs disséminés partout, prirent brutalement vie dans tout le domaine. Galvanisé par la violence des sons de guerre et d'alerte, Francis redescendit les marches, regagna l'entrée et se plaqua au mur. Dès qu'il aperçut les contours du drone, il se planta face au ciel assombri et tira. Deux fois. Coup sur coup. Le premier endommagea l'oiseau technologique, le second le tua. Deux coups successifs inaudibles dans le charivari qui emplissait l'air comme une menace réelle.

Au QG, la dernière image que saisirent les opérateurs fut celle d'un colossal chasseur qui pointait son canon vers eux sous le cri strident d'une sirène à deux tons et le tapage inouï de fusillades invisibles. Puis le noir absolu teinta l'écran sous leurs yeux ahuris.

***

Pénitencier des Isards

Jean-Marc et Agathe sursautèrent en même temps. Les échos terrifiants d'un assaut colossal mais invisible pour eux perforaient le corps de la pénombre naissante. Ils dégainèrent immédiatement leurs armes et s'aplatirent contre le mur, à l'ombre du péristyle. Privés de toute liaison avec le QG, ils évoluaient désormais en aveugle.

— Merde, c'est quoi ce bordel ?! hurla Agathe par-dessus le tumulte fracassant.

— Je passe devant, cria Jean-Marc en commençant à raser le mur.

Le gendarme avança ainsi jusqu'à la porte donnant sur le couloir en damier. Il fit un signe de tête à Agathe qui le doubla et se plaqua au mur de l'autre côté de la porte. De là, elle étira le bras, ramena d'un coup la porte vers elle et la bloqua d'un pied. Jean-Marc attendit un instant, plaça sa lampe torche au-dessus de son arme tendue droit devant lui puis opéra un demi-tour, prêt à ouvrir le feu.

***

Domaine du cheptel

Au hurlement de la sirène, s'ajoutèrent les terrifiantes trépidations d'une rafle. Le tapage soudain troua le voile du calme crépusculaire. La Grande Prêtresse suspendit son geste, incrédule… Francis venait de donner l'alerte. Celle de la grande fin redoutée. Une boule de rage se forma et lui torpilla un instant le ventre… Un instant, seulement. Celui d'après, elle relevait bravement la tête vers le parterre de dégénérés pétrifiés qui la fixaient avec terreur. Consciente de tenir là sa dernière tribune, elle se dressa avec la majesté d'une déesse invincible. Ses yeux d'un vert profond semblaient illuminés d'une flamme héroïque. Elle ouvrit grands ses bras en croix et déclama d'une voix exaltée et puissante qui crevait tout juste le tohu-bohu sonore :

— Ô mon cheptel bien-aimé ! Les cris assoiffés de sang de nos ennemis nous parviennent ! Les voilà donc tout proches ! Prêts à nous massacrer !

Mais c'est à peine si sa voix parvenait à se faire entendre. Les glapissements des chiens, les détonations et les braillements des Boches tout autour du cheptel n'avaient jamais paru aussi cruels et aussi menaçants qu'en cet instant !

— COURS, MON PEUPLE! COURS VITE AUX ABRIS! ET PRIE D'UN CŒUR UNI ET PUR POUR TA SURVIE! hurla la Prêtresse en quittant son promontoire.

Une panique incontrôlable s'empara des petits et des moyens qui se mirent à brailler et à chercher leurs parents. Les pleurs et les cris s'ajoutèrent à la confusion. Des assiettes volèrent, des bancs se renversèrent. Jamais une rafle n'avait eu lieu en journée et les réflexes conditionnés ne jouaient plus leur rôle de sauvegarde. La cohue se répandit comme une traînée de poudre. Il y eut des chutes, des bousculades, des cris de détresse, des appels à l'aide, des invectives vaines qui se noyèrent dans le chaos. À cet instant, la Grande Prêtresse prit les choses en main. Elle sépara les uns et les autres, donna des ordres aux anciens et aux grands, fit partir les petits devant, ramassa les moyens à la traîne et répartit les nourrissons dans les différents groupes… Finalement, elle les regarda, misérables vermines, s'empresser vers leurs trous comme un parterre de cafards que l'on arroserait de lumière… Un rictus méprisant lui déforma la bouche lorsqu'elle referma le cortège d'un des quatre baraquements.

***

*Sous-sols de la colonie pénitentiaire
des Isards*

Quelques secondes après que la grille eut cédé, un prodigieux éclatement sonore débaula dans le boyau. Ça venait d'en haut ! Malgré les profondeurs, les bruits terribles d'un assaut semblèrent s'engouffrer, courir et s'amplifier sous la voûte de pierres qui agissait comme une caisse de résonance. Salves de détonations. Stridence suraiguë d'une sirène. Jappements furieux, couinements agressifs. Cris, invectives. Un véritable *Full Metal Jacket* sans les images. Là, en proie à la panique la plus totale, les gamines s'approchèrent des commandos et se mirent à leur hurler dessus.

— UNE RAFLE!!! C'EST LA GRANDE PRÊTRESSE VIRINAË! IL FAUT L'ARRÊTER!!!

—JE VOUS EN SUPPLIE!!! SAUVEZ LE CHEPTEL, IL FAUT SAUVER LE CHEPTEL!

Les deux petites étaient visiblement aux abois. Le chef d'alpha 2 jeta un œil sidéré à ses coéquipiers. C'était à n'y rien comprendre ! Finalement, l'homme ralluma son talkie-walkie et s'empressa de communiquer.

— Alpha 2 à poste de commandement. Nous avons trouvé trois otages, des enfants, prisonniers dans une geôle en sous-sol du pénitencier. Un conflit armé vient d'éclater dans notre zone, je répète…

— Poste de commandement à alpha 2. Un individu dangereux et armé a pénétré la zone. Les bruits d'assaut nous sont parvenus mais nous n'avons plus de visuel pour l'instant !

— Bien reçu, poste de commandement ! Nous mettons les otages à l'abri et nous sécurisons la zone.

Il se retourna vers ses hommes.

— Éric, tu me suis, on remonte à la surface. Eliott, tu restes avec les enfants jusqu'à ce que la voie soit dégagée. Essaie d'évaluer l'état du garçon à terre.

Il terminait sa phrase quand une tête blonde ramassa sa lampe torche allumée au sol et se faufila derrière lui avec une dextérité impressionnante. Elle fonça à toute vitesse vers la sortie. *In extremis*, il intercepta la petite brune qui s'élançait pour la suivre tandis qu'Éric se ruait derrière la fuyarde.

***

En direction du domaine du cheptel

Les hommes de l'unité alpha se figèrent tout net. Un ramdam infernal fissurait le silence : au hurlement d'une alarme, se superposaient des échanges de tirs nourris et des aboiements enragés de clébards.

— TOUS À COUVERT ! beugla le chef en se jetant au pied d'un arbre.

Thibault se sentit projeté à terre et atterrit lourdement sur le sol. Dans son champ de vision, il aperçut Olivier se faire plaquer par terre sans ménagement par un des commandos. L'assourdissante sarabande se poursuivait sans relâche, mais impossible de situer la provenance des tirs. Il semblait que la forêt entière était envahie par des hordes barbares. Jacques, qui s'était rué derrière un bosquet, entendit les braillements du chef d'unité.

— Alpha à poste de commandement ! Une sirène a donné l'alerte et des tirs ont éclaté !

— Poste de commandement à alpha ! Nous sommes en recherche de visuel ! Nous n'avons pas encore réussi à localiser les tireurs dans votre zone ! Restez à couvert, c'est un ordre !

Les consignes hurlées dans le talkic-walkie et régulièrement perforées par les échos de balles ou les grognements de chiens, étaient à peine audibles. Éloïse s'était tapie au pied d'un arbre, les nerfs à vif, son Sig Sauer au poing, s'attendant à chaque instant à voir débarquer une milice armée jusqu'aux dents. Si seulement, cette fichue sirène pouvait se taire ! La gendarme eut une pensée éclair pour Jean-Marc : au moins avait-elle réussi à le mettre à l'abri… De longues minutes passèrent dans une attente qui suintait le stress et l'incompréhension. La menace si proche et si effrayante n'avait pour l'heure ni corps, ni contours. Et l'impression délirante de devoir combattre une armée fantôme ajoutait encore à la confusion de chacun.

***

Pénitencier des Isards

Dans le vacarme assourdissant qui s'élevait, Jean-Marc éclaira le couloir, tous les sens aux aguets. Le damier crasseux surgit dans le faisceau de sa lampe comme une grinçante invitation à un jeu d'échecs macabre. Il ne repéra rien. Le gendarme se replaça alors à couvert sous le péristyle. Il fit un signe négatif à Agathe. Les deux gendarmes, plaqués de chaque côté de la porte, focalisaient leur attention vers le couloir et ne virent ni n'entendirent la gamine blonde qui surgit dans leurs dos de l'escalier souterrain. Elle passa entre eux en une fraction de seconde et, mû par un réflexe, Jean-Marc voulut l'intercepter en se ruant dans le couloir. Dans le halo de lumière que diffusait la lampe, le gendarme distingua alors une ombre colossale qui approchait du fond, fusil à la main, en position de tir. La gamine s'arrêta net, tel un lapin pris dans les faisceaux de phares.

— À TERRE ! lui hurla-t-il en ajustant son tir.

Les coups de feu éclatèrent, noyés dans le tintamarre ambiant, et n'eût été l'odeur de la poudre qui se diffusa dans l'air, Agathe aurait été incapable de savoir qu'un échange de tirs venait de se produire à quelques mètres d'elle.

Le cœur cognant sous la montée d'adrénaline, elle compta jusqu'à trois, et fit volte-face en éclairant à son tour le couloir, arme devant. Ce qu'elle découvrit la glaça net.

***

Pénitencier des Isards

Tu veux les alerter ! Il faut les alerter ! Leur dire la vérité ! Empêcher un nouveau drame, arracher les tiens aux griffes acérées de la Grande Prêtresse ! Tu ne sais même pas où tu puises l'énergie de détaler. Tu n'as rien mangé depuis la veille et tu as économisé l'eau pour qu'elle serve à Bruno. Pourtant, tes pieds touchent à peine le sol et tu parviens à tenir à distance l'homme qui s'est élancé derrière toi.

Parvenue à la sortie du souterrain, tu repères deux adultes, armes au poing, figés autour de l'encadrement du couloir conduisant vers la sortie. Un des deux, une grande femme apparemment, maintient la porte ouverte avec un de ses pieds. Vu la chape sonore qui couvre le domaine, aucun d'eux ne peut t'entendre arriver ! Si tu fais vite, tu les auras par surprise et ils ne pourront pas t'empêcher de passer.

Ça y est ! Tu viens de passer l'encadrement et tu t'engouffres dans le couloir, lampe tendue devant toi. STOP !… Tu freines des quatre fers. Francis vient de surgir à l'autre bout. Il tient un fusil levé devant lui, prêt à faire feu. Tu es pétrifiée. Un hurlement derrière toi se fraye un chemin par-dessus la cacophonie de la rafle et te sort de ta torpeur.

— À TERRE !

Les choses vont très vite. Tu ne sais pas exactement comment, mais tu te retrouves au sol alors que de violentes détonations éclatent tout autour de toi. Le mur et le plafond se désagrègent sous l'impact des balles et de la poussière blanche te tombe sur la figure. Par réflexe, tu as remonté les bras autour de ta tête. Entre deux salves de tirs, tu parviens à jeter un œil devant toi et ce que tu vois t'arrache un cri d'horreur. La tête de Francis vient d'exploser comme un fruit trop mûr sous la charge adverse. Des fragments de chair déchiquetée crépitent dans l'air et te constellent le corps. La sensation des lambeaux de cervelle et de corps sanguinolents sur ta peau est abjecte. Pourtant, mue par l'impérieuse nécessité de venir en aide aux tiens, tu te relèves en un quart de seconde et tu reprends ta course sans te retourner sur celui ou celle qui vient de te sauver la vie. Tu enjambes le corps du Grand Serviteur et te précipites vers la sortie.

Le plateau herbu s'ouvre devant toi et tu fonces aussi vite que tu le peux vers les reliefs de la forêt où tu pourras te mettre à couvert. Les arbres se rapprochent, tu distingues leurs ombres noires dans le ciel gris. Bien que tu saches que les sons autour de toi sont fictifs, tu ne peux t'empêcher de bondir à chaque retentissement de mitrailles et d'aboiements furieux. Finalement, hors d'haleine, le corps trempé de sueur, tu parviens à la lisière du bois et te fonds entre les arbres comme une ombre dans la nuit.

***

Pénitencier des Isards

Éric, un des commandos d'alpha 2 parti devant, laissa retomber son fusil fumant et découvrit le triste spectacle. Parvenu quelques secondes trop tard derrière la gamine, l'homme n'avait pu que riposter aux tirs nourris de l'intrus planté au fond du couloir.

Dans l'encadrement de la porte, gisait désormais le corps immobile et sanglant du gendarme de la SR et, au bout de la galerie en damier, celui de son adversaire, la tête explosée par une des balles que le commando avait lui-même tirées. La gamine, elle, avait réussi à prendre la fuite. Pour finir, la gendarme s'était laissée glisser au sol, dans l'impossibilité totale de prendre part à l'action, au regard de sa position. En état de choc, elle fixait d'un œil stupéfait et exorbité la silhouette à terre de son collègue. Le commando s'accroupit et plaça deux doigts sur la carotide de l'homme. Un pouls faible et filant l'alerta sur l'état critique du blessé. Pas étonnant au regard de la flaque de sang qui s'étendait au sol.

Le chef de l'unité alpha arriva à cet instant et ne put que constater les dégâts. Il sortit immédiatement son talkie-walkie et donna l'alerte en beuglant par-dessus les sonorités fracassantes qui emplissaient l'air.

— Alpha 2 à poste de commandement ! Le forcené est décédé. Nous avons un gendarme grièvement blessé par balle et un enfant inconscient avec très forte fièvre ! Demande évacuation d'urgence, je répète, demande évacuation d'urgence !

— Ici, poste de commandement ! L'hélicoptère vient de décoller de Campan ! Hélitreuillage prévu en zone C dans dix minutes. Nous ordonnons un crochet sur votre zone pour rapatriement des blessés.

***

En direction du domaine du cheptel

Tu peux y arriver ! Tu dois y arriver ! Si le Grand Serviteur est mort, alors il n'y a plus que la Grande Prêtresse. Peut-elle effectuer une rafle à elle toute seule ? A-t-elle pu aller chercher les chiens de Francis, ceux qui t'ont pourchassée lors de ta tentative de fuite du matin ?! Va-t-elle les lâcher sur toi si elle te voit arriver ?! À cette pensée, ton sang se glace. Les deux molosses ne feraient qu'une bouchée de toi…

Pourtant, tu poursuis ta course. Tu t'es promis de tout mettre en œuvre pour contrer les ignobles desseins de Virinaë et c'est exactement ce que tu cherches à faire. Quand bien même ce serait au péril de ta propre vie…

**

*Poste de commandement, Ibardos,
vallée de la Loume*

Une tension palpable avait envahi le QG. Aucun des drones restants n'était à même de fournir des images de l'assaut dont les opérateurs entendaient pourtant les répercussions sonores. Les micros des cinq drones restants étaient saturés de bruits de charge et de hurlements de chiens depuis cinq bonnes minutes.

Le colonel Prat avait pris le relais sur le lien avec les opérations de sauvetage. En plus de Louis Barthes, il venait d'apprendre que Jean-Marc Pradel était entre la vie et la mort. Ce salopard de Francis Roué s'était lancé dans une opération-suicide en fonçant droit vers alpha 2. Au passage, il avait tout de même réussi à faire un carton et c'était Pradel qui avait essuyé les plâtres. Un vrai désastre… Afin d'éviter tout nouveau drame et vu le contexte explosif, il avait ordonné aux hommes de la SR de battre en retraite. Dabat et Joubert n'avaient pas caché leur soulagement.

Le colonel Dabat du BFST se concentrait, lui, sur le lien avec l'unité tango qui avait repris sa progression vers le centre névralgique et l'unité delta constituée des huit hommes du premier régiment des parachutistes d'infanterie de marine qui avaient réussi à franchir le mur arrière à partir du torrent et qui descendaient désormais le terrain accidenté du sommet de la colonie à vive allure. Les deux unités resserraient peu à peu leur étau malgré la menace non identifiée. Étrangement, grâce à la caméra thermique du drone 6, il apparaissait qu'au moment de l'explosion sonore, la masse humaine rassemblée dans les bois s'était divisée en quatre groupes différents qui s'étaient disséminés sur une zone géographique très réduite. Dabat redoutait avant tout une défense organisée selon une logique qui lui échappait encore…

De son côté, le commandant Joubert avait également ordonné à ses hommes de l'unité alpha de reprendre leur avancée. Tout comme Dabat, il considérait avec méfiance les quatre noyaux humains figés dans la plus totale immobilité au milieu de la fureur sonore. Tout ce chaos pétrifié ne lui disait rien de bon…

***

Domaine du cheptel

La Grande Prêtresse se glissa la dernière dans la trappe et s'engagea dans le souterrain qui partait du baraquement. Dans la pénombre de l'étroite galerie conduisant à l'abri, les plaintes et les pleurs se répercutaient en échos avant de se noyer dans la marée sonore de la rafle au-dessus d'eux. Un sourire satisfait étira la bouche de la Prêtresse. Oui, la fin approchait, mais elle avait accompli un chef-d'œuvre parfait. Elle avait créé une société de toutes pièces et en avait incarné l'unique dieu vivant. Son règne s'achevait aujourd'hui et sa légende lui succéderait. Ma foi, c'était une belle soirée pour en finir… Elle laissa échapper un petit rire cynique. Demain, dans le monde entier, on parlerait d'elle, de son cheptel asservi, d'une souveraineté cruelle établie au cœur de la France – *pays des droits de l'homme* – durant presque trois décennies. Oh oui, après avoir fait couler le sang, elle ferait couler l'encre !

Elle s'arrêta à l'entrée de l'abri où se terrait un quart des âmes de son cheptel et tâta la paroi de bois côté droit avec le plat de la main, sous l'œil inquiet de la petite Onima qui pleurait à côté d'elle. Sa paume courait le long des planches et ses doigts sentirent bientôt le contact froid du métal de la poignée qu'elle cherchait… Elle jeta un dernier regard à son cheptel. La mécanique des gestes appris depuis l'enfance tentait de reprendre le dessus. Dans le vacarme menaçant, les grands essayaient de jouer leur rôle protecteur au cœur de l'agitation. Ils mouchaient des nez. Murmuraient quelques mots réconfortants aux oreilles des moyens qui pleurnichaient. Berçaient les petits qui braillaient. Sans se douter un seul instant qu'ils le faisaient pour la dernière fois…

La Grande Prêtresse, à peine visible dans la pénombre et le chaos de la galerie, finit par tirer sur la poignée d'un coup sec. Une trappe s'ouvrit dans le mur en planches. Depuis vingt-cinq ans, rien n'avait bougé ! À la lumière

de la petite ampoule qui venait de s'allumer, elle se pré-
para lentement, comme on fait ses ablutions avant un
moment solennel. Lorsqu'elle se sentit prête, elle tourna
une poignée et une paroi de bois descendit en grinçant
du plafond de la galerie, quelques mètres plus bas. Elle
venait de condamner le boyau, celui-ci et les trois autres
reliés au même mécanisme, scellant ainsi leurs caveaux.
Puis elle appuya sur le petit champignon blanc. Le tapage
infernal cessa d'un coup. Sidérés par ce silence inattendu,
tous se turent, nourrissons, petits, moyens. On aurait dit
que le temps venait subitement de s'arrêter et que la forêt
époumonée reprenait son souffle avant l'acmé.

La Grande Prêtresse attendit de longues secondes
pour que tous, sous terre et au-dessus, mesurent l'ampleur et la qualité du calme. Elle s'était préparée à cette
fin de règne brutale et anticipée. Elle l'avait imaginée
des dizaines de fois. Mais cela lui avait semblé bien
plus facile qu'à cet instant… Ses yeux rougirent malgré
elle et elle posa une main tremblante sur le robinet en
étoile pour le tourner. Au début, il résista. Cet âne de
Francis l'avait bloqué avec sa force herculéenne. Elle
dut l'actionner des deux mains. Finalement, il grinça
puis céda. La Grande Prêtresse respira un grand coup
en s'autorisant une pensée émue pour Francis. Lui
qui l'avait servie toute une vie aurait dû être là, à ses
côtés. Il lui aurait tenu la main pour cette grande apocalypse. Au lieu de quoi, elle se retrouvait seule, privée
de son regard d'amour éperdu… Elle s'approcha alors
du couffin d'Onima, prit le nourrisson dans ses bras
– insignifiante petite créature –, jeta un dernier regard à
son peuple terrifié et tourna le robinet jusqu'à la butée.

En direction du domaine du cheptel

Tu t'arrêtes. Net. Tout a cessé. Les cris des Boches. Les glapissements des clebs. Les menaces. C'est le silence qui s'installe – rendu parfait par l'interruption soudaine du tumulte. Tu sens monter en toi une angoisse sans contour. Non, ce n'est pas une rafle comme les autres… La nature retient sa respiration comme pour un décompte… Un drame est en train de se produire.

Le cri qui s'échappe de toi se noie dans un concert de hurlements abominables qui s'élève soudain des abris enterrés. Ce sont les entrailles de la terre qui rugissent de douleur, des entrailles à l'haleine d'amande amère. Tes oreilles palpitent. Tes oreilles entendent. Le chant des souffrances. Le requiem des martyrs. Les raclements hystériques. La plainte rauque des griffures d'ongles sur le bois. Les râles souffreteux. Les toussotements. Les crachements poussifs…

Deux minutes plus tard, un silence de mort chassera tout espoir.

***

En direction du domaine du cheptel

Le chef des commandos de l'unité alpha sentit ses poils se dresser sur ses bras. Le chahut assourdissant s'était longuement interrompu et voilà maintenant qu'une cacophonie terrifiante de hurlements de douleur semblait monter crescendo et lui perforait les tympans. Il jeta un regard horrifié à ses hommes. Il lui fallut une seconde pour reprendre ses esprits.

— À l'assaut, allez ! VITE ! *GO, GO, GO* !

Immédiatement, le corps de commandos se déploya derrière le chef. La zone boisée survolée par le drone n'était plus qu'à une centaine de mètres. Les hommes slalomaient entre les arbres, armes braquées devant eux, évitant souches et ornières, enjambant buissons et fougères, pour parvenir jusqu'au chœur de lamentations. Au cours du déploiement, l'homme de tête détecta la présence d'une jeune fille blonde, pétrifiée, à une vingtaine de mètres de leur destination. Il fit signe à ses hommes. L'un d'eux se plaqua contre un arbre, arma son fusil à flèches, visa et tira. La fléchette se planta dans la peau tendre du cou et la gamine s'affala au sol. L'avancée put alors reprendre.

Lorsqu'ils arrivèrent sur la zone, ils découvrirent les vestiges d'un repas qui avait tourné court. Le lieu paraissait désert. À l'odeur de mouton grillé se mêlait celle, inquiétante, de l'amande amère et les commandos plaquèrent immédiatement leurs masques à gaz sur leurs nez et leurs bouches. Les cris s'étaient éteints mais quelques faibles gémissements, tambourinements mats et raclements de gorge étouffés continuaient de leur parvenir. Ça venait de sous leurs pieds…

Le chef des commandos désigna sans attendre les quatre baraques de bois fondues dans la nature grâce à un savant entrelacs de végétation, de branches d'arbre et de mousse. Il y avait nécessairement des accès souterrains ! Quatre colonnes de commandos pénétrèrent dans les cabanes en faisant voler en éclats les planches des portes et fouillèrent des yeux les collectifs spartiates dans lesquels s'alignaient de vieux lits en ferraille. Rapidement, les hommes décelèrent les trappes au sol refermées et bloquées dans chaque dortoir. Un tir de fusil d'assaut fit exploser le bois et les trappes s'ouvrirent. Immédiatement, l'odeur d'amande amère se répandit dans l'air. Les hommes s'engouffrèrent dans les conduits obscurs qui couraient sous terre et furent subitement stoppés par une paroi de planches. Derrière, quelques râles se mouraient encore. Les deux premiers commandos commencèrent à défoncer la paroi à grands coups de pieds et d'épaules et, quand le bois finit par éclater, découvrirent un innommable amoncellement de cadavres ayant tenté de fuir des salles qui constituaient certainement des abris... À la nuance près qu'elles avaient, pour l'occasion, servi de chambres à gaz...

Sous les quatre cabanes, le spectacle était insoutenable... Amas de corps enchevêtrés, aux doigts écorchés d'avoir gratté les bardeaux de bois, aux yeux révulsés, aux bouches moussues de salive...

Le chef se précipita au grand air, activa son talkie et demanda aux secours de rappliquer d'urgence. Certains de ces pauvres hères pouvaient sûrement être sauvés. Puis il dégobilla la bile qu'il avait dans le ventre.

114

La lueur pâle du jour levant perçait par les fenêtres et arrosait la salle commune de l'étage Convalescence de l'hôpital d'une teinte cruelle, faisant ressortir la morosité du lieu. Couleurs fanées des murs et du linoléum. Odeur d'antiseptique. Et, près de la machine à café, la charte des droits du patient hospitalisé... Olivier Merlot jeta un regard à ses collègues groupés sur les banquettes bleu roi. Il s'était porté volontaire pour aller voir Éloïse, au grand soulagement de tous. Il prit une grande inspiration, s'engagea dans le long couloir et s'arrêta devant la porte 106. Il ferma un instant les yeux, puis se décida à entrer. Allongée sur le lit, Éloïse fixait d'un œil impavide le mur en face d'elle. Son visage bouffi par les torrents de larmes qu'elle avait versés reflétait parfaitement sa douleur. Lorsqu'elle avait appris le décès de Jean-Marc dans la nuit, la gendarme s'était littéralement effondrée. Ses jambes avaient cédé sous le choc de l'annonce et la crise de nerfs qui avait suivi avait pris de telles proportions que le médecin urgentiste réquisitionné au poste de commandement lui avait immédiatement administré des anxiolytiques. Personne n'était préparé à ce genre de drame… Lui en savait quelque chose. Malgré son appréhension, il fit les quelques pas qui le séparaient d'elle. Le regard d'Éloïse papillonna un instant et se tourna vers lui. Terriblement inexpressif.

— Comment vous sentez-vous ? murmura-t-il en lui prenant la main.

— Tellement mal que je voudrais crever, lui retourna-t-elle en retirant sa main de la sienne.

Le flic tressaillit.

— Vous vous attendiez à quoi ? poursuivit-elle, impitoyable. À ce que je vous propose d'aller boire un verre ?… Ou à ce que je vous dise que ça irait mieux demain ?! cria-t-elle. Après une bonne nuit de sommeil ?! Hein ?!

— OK… Excusez-moi, ce n'était pas une bonne idée de venir vous voir, répondit le flic, totalement désarmé. Je… je suis profondément désolé, Éloïse.

Et il se leva pour quitter la pièce. Quand il atteignit la sortie, des chocs mats le firent se retourner. Éloïse était en train de tambouriner de toutes ses forces la table de chevet. Elle tapait si fort qu'elle risquait de se briser les poignets. Olivier accourut vers elle et lui bloqua les mains.

— LÂCHEZ-MOI, PUTAIN! hurla-t-elle, la voix déchirée par les pleurs.

— Calmez-vous, Éloïse, calmez-vous.

— MAIS JE VAIS FAIRE COMMENT, MOI, POUR VIVRE SANS LUI! brailla-t-elle, désespérée.

Le flic d'Interpol cloua ses yeux intensément bleus dans ceux de la gendarme et, d'une voix calme mais implacable, lui répondit :

— Comme moi… Vous ferez comme moi, Éloïse… Vous ferez avec le vide et la douleur… Et vous verrez, certains jours seront presque beaux.

Interloquée, la gendarme cessa de se débattre.

— Elle s'appelait Clara. C'est une histoire que je n'ai jamais partagée… Et je vous promets de vous la raconter quand vous pourrez l'entendre.

***

La mine sinistre, le colonel Prat écouta son interlocuteur, puis raccrocha. L'aube éparpillait ses rais de lumière diaphane, faisant scintiller les gouttes de rosée qui tapissaient les herbes. Les premiers piaillements d'oiseaux stridulaient dans le silence de la montagne. Prat suivit un instant des yeux le sautillement puis l'envol léger d'un rouge-gorge. L'oiseau disparut entre les branches tissées des arbres qui formaient un plafond végétal au-dessus de sa tête. Camouflage simple mais redoutablement efficace… Un raclement suivi d'un flash attira l'attention de l'homme vers la scène apocalyptique toute proche dont la lumière naissante exacerbait la violence. Rubalises, prélèvements scientifiques, photos autopsiaient depuis plus d'une heure la vaste scène de crime. Avant l'arrivée des hordes d'experts, les secours avaient œuvré toute la nuit pour rechercher des rescapés et extirper les corps des abris. Les morts étaient désormais alignés au sol, drapés dans une housse noire, et le bilan était dramatique : quarante-sept morts et trois survivants seulement au moment de l'évacuation en hélicoptère. Il venait d'apprendre à l'instant qu'un des trois rescapés avait finalement succombé aux lésions internes causées par les gaz. Le total des victimes s'élevait donc maintenant à quarante-huit... Quarante-neuf avec le lieutenant Jean-Marc Pradel. Le colonel serra les dents... Heureusement, il y avait les deux filles et le garçon trouvés dans les geôles de la vieille prison, ainsi que le notaire toujours suspendu entre la vie et la mort aux soins intensifs.

La même question – celle qui dansait une ritournelle infernale dans la tête du colonel – surgit : aurait-il pu en être autrement ?... S'ils avaient attendu qu'Anne Poey quitte la colonie, par exemple ?... Le notaire serait mort, c'est certain, vu la gravité de ses blessures. *Idem* probablement pour Bruno Verdoux, un pauvre môme disparu à la suite d'un stupide accident plusieurs jours plus tôt. Les toubibs étaient désormais confiants, mais le gamin avait développé une pneumopathie carabinée et sans soins, l'infection avait commencé à se généraliser. Les deux filles retrouvées enfermées avec lui étaient en état de choc et une psychologue avait pris le relais des gendarmes. D'après les premières informations recueillies, celle qui se faisait appeler Virinaë leur avait promis un châtiment des plus redoutables quelques heures avant l'assaut. Prat décida qu'il pouvait les ajouter au nombre de personnes qu'ils avaient sauvées en agissant si rapidement. Ça faisait quatre en tout. Quatre vies sauvées plus deux rescapés en stand-by contre quarante-neuf morts... Lourd bilan tout de même... Prat considéra subitement qu'il pouvait retrancher un mort, en la personne d'Anne Poey. Après tout, elle n'était pas une victime, elle ! Pas plus que le dénommé Francis Roué avec sa tête éclatée...

Quarante-sept victimes contre six rescapés… Six dans le meilleur des cas, si les deux blessés graves s'en sortaient… Un appel sortit le colonel de son macabre dénombrement.

— Mon colonel ! Regardez ce que j'ai trouvé !

Un TIC, sorti précipitamment d'un des baraquements, levait quelque chose au-dessus de lui, mais la distance empêchait Prat de distinguer clairement de quoi il s'agissait. En revanche, l'expression inquiète et nerveuse du technicien l'alerta et il parcourut rapidement la vingtaine de mètres qui le séparaient du gendarme.

— Qu'est-ce que c'est ?! questionna-t-il au moment même où il identifiait l'objet.

— Deux masques, mon colonel, deux masques à gaz.

— Je ne comprends pas ! s'agaça Prat qui redoutait justement de comprendre. Où avez-vous trouvé ça ?!

— Dans l'abri numéro 2, mon colonel. Cachés dans un recoin sombre au fond de la salle… et…

— Et quoi ?!

— Et… d'après nos constatations sur place, ils devaient être remisés dans le petit coffre mural qui dissimulait le mécanisme de fermeture des galeries, le robinet d'ouverture de gaz et le relais d'activation des haut-parleurs.

— Qu'est-ce qui vous permet de le dire ?

— Les contours qu'ont laissés les masques sur le bois. Ils devaient être là depuis des années et avec la poussière…

Le colonel considéra attentivement un des masques à gaz que tenait le TIC. Non, il n'appartenait pas à l'un des commandos… Son sang ne fit alors qu'un tour.

— Où est le corps d'Anne Poey ? hurla-t-il au parterre de gendarmes qui suivaient l'évolution de la scientifique d'un œil morne.

Immédiatement, l'ensemble des hommes se précipitèrent vers la géométrie de cadavres identiques et rendus anonymes par leurs housses noires refermées. Ils passèrent de housse en housse, affolés, cherchant un marqueur sur celle qu'ils souhaitaient discriminer, mais apparemment, après l'identification, les secours n'avaient pas pensé à distinguer le corps de la grande prêtresse ! Prat écumait de rage et il fallut ouvrir quarante housses avant de trouver celle qui les intéressait.

— Ici, mon colonel !

Le gradé approcha – une tornade prête à tout avaler sur son passage – et se pencha sur le corps. La femme brune étendue, yeux clos, était drapée d'une élégante toge blanche qui la distinguait de tous les autres corps dépenaillés. Le visage de la suppliciée était bouffi et rouge sang, tous les vaisseaux sous-cutanés avaient explosé à cause de l'asphyxie. Sa peau était constellée de marbrures violacées qui altéraient ses traits. Cliché, figé dans la mort, du martyre enduré… Sous l'œil ahuri des hommes autour de lui, le colonel approcha son pouce et son index d'un des yeux et l'ouvrit. Il y eut une seconde de silence, une seule, avant le déluge.

***

Thibault achevait son huitième café quand il sentit le téléphone vibrer dans sa poche. La mine aussi rayonnante que celle d'un zombie, il attrapa son portable sous l'œil triste de ses collègues. Cette affaire leur avait volé deux pairs, deux amis… Lorsqu'il vit le nom de son correspondant, Thibault tiqua et se redressa.

— Mon colonel ?

À l'instar de leur collègue au téléphone, Agathe et Jacques se raidirent. Il se passait quelque chose… Quelque chose de grave à en croire les yeux agrandis de stupeur de Thibault.

— À vos ordres, mon colonel !

Thibault raccrocha, tendu comme la corde d'un arc. Fixa une demi-seconde ses collègues. Ouvrit la bouche puis sembla renoncer à expliquer clairement la situation.

— Putain, ils l'ont hospitalisée où, la nana avec le nourrisson ?!

— Ben… Elle est entrée aux urgences avec son bébé en milieu de soirée hier. Pourquoi ? s'enquit Agathe.

— C'est la prêtresse, bordel ! lança Thibault en démarrant un sprint dans le couloir. C'est Anne Poey !

Jacques et Agathe se lancèrent derrière leur collègue. La révélation que venait de leur faire le jeune homme se fraya un chemin jusqu'à son cerveau et, d'instinct, Jacques sortit son arme de service. Avec Agathe, il arriva à l'ascenseur au moment où les portes s'ouvraient. Les trois gendarmes s'engouffrèrent dedans et Thibault martela le bouton 0 comme si ça pouvait accélérer les choses.

— Explique ! lança Agathe, essoufflée.

Le jeune gendarme rapporta les propos de son supérieur, le débit haché par le stress. Ses collègues le regardaient, ahuris.

— Mais c'est impossible, je l'ai vue cette femme ! riposta Agathe. Elle était blonde, bordel ! Habillée

comme les autres avec cette espèce de robe miteuse !…
Et puis… et puis, on s'est même regardées elle et moi,
je lui ai tenu la main… Elle avait les yeux marron,
pas verts !!! s'énerva la gendarme. Elle avait l'air
complètement terrorisée ! Elle serrait son bébé contre
elle… elle…

— Calme-toi, Agathe, merde ! la coupa Jacques.

La porte s'ouvrit sur le hall du bâtiment et les gendarmes se précipitèrent vers le comptoir d'accueil.

— Prat est formel ! lança Thibault par-dessus son
épaule. La femme en toge morte aux Isards n'est pas
Anne Poey !… Les urgences, c'est où ?! enchaîna-t-il
en éjectant une personne devant lui. Vite !!!

— Mais mons…

— GENDARMERIE ! cria-t-il. OÙ SONT LES URGENCES ?!

Talonné par Agathe et Jacques, Thibault se lança
dans une course effrénée entre le pavillon Hauterive
où se trouvait Éloïse et le bâtiment François Mitterrand
où se situaient les urgences au niveau – 1. Dehors, le
soleil matinal commençait à répandre sa douce tiédeur
et réverbérait sa lumière contre les vitres miroitantes du
complexe moderne. Parvenus au bon bâtiment, les gendarmes traversèrent le hall quasiment désert, suivirent
les indications et se ruèrent dans l'escalier, direction le
sous-sol. Thibault brandit sa carte devant lui en hélant
une infirmière qui poussait un brancard.

— La femme avec le bébé, arrivée hier soir, elle est
où ?! cria-t-il malgré lui, tandis que Jacques et Agathe
commençaient à sillonner – arme au poing – les box
du service.

Devant la démonstration de force, l'infirmière
consulta fébrilement ses fichiers sans les voir vraiment,

perdant de précieuses secondes, et finit par reprendre ses esprits.

— Ah oui… Euh, les constantes étaient bonnes, pour elle et pour l'enfant et…

— Elle est où ?! la coupa Thibault.

— Elle a été envoyée au niveau 0, en pédiatrie, avec son bébé.

— Eh merde !

Thibault rappela ses collègues et tous trois remontèrent dare-dare au niveau supérieur.

— C'est là ! lança Agathe en désignant un panneau.

En les voyant surgir comme des dératés dans le service avec leurs armes braquées devant eux, une aide-soignante lâcha un petit cri et fit tomber son plateau.

— La femme avec le bébé ?! Ils sont arrivés dans la nuit !

— C'est l'heure du petit déjeuner et…

— La chambre, dépêchez-vous !

— La 24, au fond du cou…

Mais Thibault n'attendit pas. Il esquiva *in extremis* un médecin qui sortait d'une pièce, les yeux rivés sur son téléphone portable, et remonta le numéro des chambres jusqu'à la 24. Là, il marqua un arrêt. Agathe débula avec Jacques un instant plus tard. Les gendarmes se lancèrent un regard tendu. Puis Jacques hocha la tête et Thibault poussa la porte. Il y eut un grand silence avant l'exclamation choquée d'Agathe.

— Oh, mon Dieu !

Thibault entra et, concentré, s'obligea à focaliser son attention sur la sécurisation du lieu. Face à lui, la fenêtre était grande ouverte. Il jeta un œil rapide sur l'allée bétonnée mais ne vit rien. Poursuivit avec prudence jusqu'à la salle de bains attenante. Il découvrit une perruque blonde dans le lavabo et remarqua même deux petites rondelles de couleur marron posées en évidence, côte à côte, sur l'émail blanc. Quand il fut certain que l'espace était vide, il abaissa son arme et fit demi-tour vers la chambre. Là seulement, il s'autorisa à voir ce qu'il avait chassé de son champ de vision en entrant. Le bébé était mort. Un oreiller lui recouvrait le visage.

La grande prêtresse avait tué cette petite créature sans défense. Sa créature...

Épilogue

26 août 2015, plage de Rivedoux, île de Ré

Ariane chasse un insecte d'un mouvement de main et
étale la grande couverture sur la dune de sable truffée
de mottes d'herbes. Le soleil tape fort en cette fin du
mois d'août et le pont de l'île de Ré semble presque
irréel sous la lumière chatoyante.

— Laissez-moi vous aider, Louis !

Elle débarrasse le septuagénaire de la glacière posée
sur ses genoux et attrape le parasol que l'homme maintient tant bien que mal sous son bras.

— Vous êtes bien installé ?

— Tout sera parfait si vous voulez bien m'ouvrir
ceci, demande-t-il en désignant le parasol.

Ariane s'exécute et, malgré elle, ses yeux s'attardent
sur le moignon du bras gauche, amputé au niveau du
coude.

— La vie est moins pratique avec une seule main,
mais j'en ai assez d'une pour conduire cet engin ! lance
l'homme pour dissiper le trouble. Les toubibs pensent

même que je devrais pouvoir remarcher d'ici six à huit mois. Au final, n'ai-je pas une chance insolente ?!

Ariane se contente de hocher la tête. Niveau chance, elle n'est pas en reste. Loin de là...

— Alors, maintenant qu'on est enfin l'un en face de l'autre, pourquoi l'île de Ré, Louis ?

— Vous voulez la vérité ?! s'amuse le vieux notaire en laissant ses yeux errer sur le dos indiscipliné de l'océan. Après les événements de juillet, il m'est apparu comme évident que je devais quitter Paris. Un peu comme s'il fallait que je me défasse d'urgence d'une vie d'emprunt !... Frôler la mort, ça vous redonne le goût de l'essentiel...

— Ça, je crois que je peux le comprendre ! J'ai vécu un vrai calvaire avec la disparition de Bruno. Il y a eu ces interminables heures d'angoisse... une véritable agonie pour une mère, croyez-moi... Puis on l'a retrouvé et, là, j'ai vécu une formidable délivrance ! Je peux vous dire que, depuis, la vie a une autre saveur, la saveur des choses précieuses. Mais ça, ça ne se décrète pas, ça ne se pense pas... en fait, ça s'expérimente...

Louis Barthes approuve d'un mouvement de tête convaincu.

— Mais je vous ai coupé, Louis, finissez donc !

Ses yeux plissés par l'éclat du soleil se teintent d'une coloration malicieuse, enfantine, quand il reprend :

— J'avais toujours régenté ma vie avec méticulosité et sérieux. Je pourrais même dire gravité... J'étais ordonné, prévoyant et, de fait, terriblement prévisible ! Alors j'ai fait ce que je n'avais jamais osé auparavant : j'ai remis ma vie dans les mains du hasard. Lui au moins pouvait me surprendre !

— Non, sérieusement ?! pouffe Ariane.

— Mais je suis sérieux ! J'ai pris une carte de France, j'ai retiré les quelques régions qui ne m'attiraient pas et j'ai numéroté les autres. Puis j'ai fait autant de petits bouts de papier numérotés que j'ai placés dans un chapeau. Et j'ai tiré au sort. Le numéro 26 est sorti, c'était l'île de Ré !

Ariane part d'un petit rire incrédule.

— C'est… c'est atypique comme démarche, mais après tout, pourquoi pas !

— De fait, je suis ravi ! La région est superbe, ma voisine, Mme Calvignac, absolument charmante – soit dit en passant, ses tartes à la rhubarbe sont divines –, et mon petit cottage respire le bon-vivre.

Ariane se contente d'attendre. Elle sait par quelles souffrances l'homme est passé. D'autant que les journaux ont fait leurs choux gras de cette affaire hors norme : l'incroyable histoire de Louis Barthes a été écrite en long, en large et en travers.

— Oh, je ne dis pas que ma vie est simple et limpide ! reprit l'homme en écho à ses pensées. J'ai vécu des heures sombres… Mais, comme je vous le disais tout à l'heure, j'ai trouvé le goût de vivre… Mon drame est celui d'un chemin de vérité… Une horrible vérité, certes, mais je souffrais bien plus de ne pas l'avoir découverte.

À ces mots, une ombre voile le visage d'Ariane. Ses yeux noisette s'assombrissent, ce qui n'échappe pas au septuagénaire.

— Comment vont-elles ? s'enquit-il, la voix grave.

— Eh bien… ça dépend des jours… Le monde, notre monde, est une source d'émerveillements permanents ou, à l'inverse, d'agressions constantes. Imaginez un peu l'écart entre notre mode de vie et celui qu'elles ont connu !

— En fait, elles ont tout à apprendre.

— Je ne vous le fais pas dire ! D'ailleurs, j'essaie de leur faire classe deux fois une heure par jour… Mais ça n'est pas simple ! Aucune d'elles n'a jamais appris à rester assise autant de temps, à focaliser son attention sur un travail sur table…

— Vous devenez enseignante spécialisée à temps plein, ma parole !

— C'est clair ! Je suis sans cesse en train d'essayer de trouver des stratégies éducatives adaptées. Leur potentiel cognitif est quasi intact… mais la démarche d'apprentissage, c'est une autre paire de manches…

— Elles vont faire leur première rentrée scolaire ?

— Alexia, la psychologue qui les suit depuis le début, pense que c'est encore trop tôt. L'environnement scolaire, aussi adapté soit-il, sera vraisemblablement trop hostile et contraignant pour elles… On aura un enseignant spécialisé détaché qui viendra à domicile à partir de septembre… Nous verrons bien… Mais pour être honnête, ce n'est pas ce qui me préoccupe le plus pour le moment.

Ariane laisse filer quelques secondes de silence. Les yeux braqués sur la petite tribu d'ados survoltés jouant au ballon près des vagues. Louis Barthes pose une main précautionneuse sur son épaule et se lance.

— Ariane… Comme je vous l'ai dit au téléphone, Atrimen et Élicen sont certainement aujourd'hui les personnes qui comptent le plus pour moi… Elles sont les uniques rescapées d'un naufrage qui a coûté la vie à ma sœur… Elles ne l'ont peut-être pas encore compris, mais elles incarnent symboliquement Hannah et toutes les victimes d'Anne Poey, d'ailleurs ! Si elles parviennent à se reconstruire, si ces deux petits bouts de femmes deviennent libres et autonomes, alors… alors, je crois que, d'une certaine manière, ma sœur et toutes les autres victimes du cheptel seront… vengées, achève l'homme dans un souffle.

— Je comprends, Louis… Hélas, parfois, je me demande si elles ne se sentent pas coupables d'être les rescapées, justement !

— C'est ce qu'on appelle le syndrome du survivant, c'est assez fréquent, Alexia a dû vous le dire… Mais racontez-moi. Elles en sont où ? Elles avancent ?

— Élicen semble cheminer plus vite qu'Atrimen… Elle fait encore beaucoup de cauchemars et laisse parfois éclater sa colère de manière inattendue. Ça n'est pas toujours facile à gérer, mais c'est peut-être mieux car, au final, elle s'épanche davantage… Atrimen, elle, parle très peu. Je la surprends souvent les yeux dans le vague. Elle rumine, fixe les montagnes durant de très longues minutes… Alexia m'a expliqué que le deuil des filles était multiple. Elles doivent faire le deuil d'une communauté entière, le deuil d'un mode de vie et le deuil de leur Mère symbolique.

— Anne Poey ?

— Mmm… cette monstrueuse femme a gravé dans le cœur des gamines une trahison si profonde et si abjecte qu'elles peinent à construire un lien de confiance avec de nouvelles figures maternelles.

— Avec vous, par exemple ?

Ariane tourne une mine triste vers le vieux notaire.

— Avec moi, en effet. Je peux partager des moments de complicité extraordinaires avec chacune d'elles puis, d'un coup, *pff !* je les perds. Elles me regardent avec méfiance, comme si j'étais une étrangère ou que je puisse leur vouloir du mal… Alexia dit que c'est normal. Que le traumatisme est encore prégnant… Chaque fois qu'elles voudraient s'attacher, un mécanisme de défense les en empêche…

— Oh, je connais bien la chanson ! réagit Louis Barthes… Il faudra du temps, Ariane. Et de la patience… Mais avec de l'aide, elles finiront par vous faire confiance, j'en suis certain… En tout cas, je trouve formidable que vous ayez fait le choix de les recueillir.

— Quand la cellule psychologique m'a demandé si nous pouvions servir de famille relais dans l'attente d'une place, je n'ai pas hésité un instant. Ça s'est imposé à moi comme une évidence… De toute façon, Bruno ne m'aurait jamais laissée agir autrement !

— Vous les avez pour combien de temps ?

— Six mois… Je veux dire, on réévalue le dispositif dans six mois… Mais je ne peux pas envisager une seconde les laisser partir ailleurs… Elles ont sauvé Bruno… et par là même Kévin. Mon aîné traînait une telle culpabilité avec cette histoire de défi stupide sur le torrent !

— J'imagine ! Et au final, ce stupide défi aura sauvé deux vies…

Ariane fronce les sourcils en signe d'incompréhension.

— Si Bruno n'était pas tombé dans le torrent, il n'aurait jamais passé ce mur. Et s'il n'avait pas passé ce mur, les filles ne seraient pas en vie aujourd'hui !

— Mmm, pas faux… Et Bruno ne serait pas le formidable garçon qu'il est en train de devenir ! ajoute-t-elle, enthousiaste. Regardez-le ! Lui qui passait tout son temps sur Internet… De vous à moi, je crois qu'il en pince pour Élicen !

Le notaire détourne les yeux pour observer les quatre jeunes en train de se chamailler bruyamment la balle. Le soleil chauffe leur peau et le sable colle à leurs cheveux mouillés. Ariane attrape son portable et immortalise la scène par plusieurs clichés. Elle les montre ensuite à Louis. Ils respirent l'insouciance des vacances d'été. Les cornets à la vanille et la fleur de monoï. Et nul ne soupçonnerait le drame qui fait le socle des rires silencieux au cœur de la photo.

— Sympa, n'est-ce pas ?! Je vous les envoie immédiatement par mail !

— Merci infiniment, acquiesca le notaire en faisant défiler les images, elles sont superbes ! Ça me touche beaucoup… Ariane ?

— Oui ?

— Vous n'êtes pas seule… Je ferai tout ce que je peux pour vous aider. Votre combat, le combat des filles… c'est aussi le mien.

***

Même jour, maison de repos Les Volets bleus, Mirepoix-sur-Tarn

L'article occupait la double page centrale. À grand renfort de titres accrocheurs, la journaliste racolait le lecteur. Mais on ne pouvait pas lui enlever ça, Amanda Kraft était la première à offrir une vision complète de l'affaire dont elle avait décortiqué chaque ressort, depuis les innommables manœuvres d'Anne Poey, en passant par le mode de vie de l'ancien cheptel pour finir sur l'issue fracassante d'un assaut manqué. La journaliste avait réussi – avec un certain talent – à mettre en perspective les travaux anthropologiques de la sociopathe et sa construction au réel d'une communauté autonome et coupée du monde.

Pour parfaire sa rétrospective, la journaliste était parvenue à recueillir le témoignage des deux jeunes filles rescapées du drame et qui vivaient désormais dans une famille d'accueil près de Pau, ainsi que celui de Louis Barthes, le notaire. Une photo en noir et blanc de ce dernier ornait d'ailleurs l'article : cloué dans son fauteuil roulant, le bras gauche amputé au niveau du coude, l'homme fixait l'objectif d'un œil grave. L'article qui lui était consacré faisait la lumière sur l'origine historique de la communauté qui s'enracinait au cœur de la Seconde Guerre mondiale.

Dans un encart en bas de page, Amanda Kraft avait rédigé une chronique particulièrement bien renseignée sur la vie d'Anne Poey, de sa naissance marquée par le décès de sa mère jusqu'à sa vie d'enfant transparente auprès d'un père fasciné par la naissance d'une civilisation. Selon une experte en psycho-criminologie interviewée pour l'occasion, la jeune Anne s'était construite dans l'ombre d'un géniteur qui la rejetait et n'avait réussi à exister que bien plus tard, au travers du culte que lui portait son *mauvais objet*, à savoir la peuplade qui lui avait volé l'amour du père. La psycho-criminologue y voyait une forme de « réparation symbolique » : grâce à l'adoration de ses adeptes, Anne

Poey se réappropriait l'amour paternel par procuration. Le délire de grandeur, adulte, faisait écho au rejet, enfant. Incarner la grande prêtresse de la communauté qui avait accaparé son père lui attestait en permanence sa valeur. Parallèlement, se donnant droit de vie et de mort sur son cheptel, elle assouvissait son désir de vengeance tant à l'égard de ceux qui avaient volé l'amour du père qu'à l'égard du père lui-même. Et la psycho-criminologue achevait ainsi son prêchi-prêcha : « Pour Anne Poey, « tuer le père » nécessitait de tuer l'objet de son amour. »

Éloïse reposa le journal sur la tablette devant elle, à côté des cartes ou des lettres qu'elle n'avait pas ouvertes. Elle tourna la tête vers la fenêtre, les yeux flous et un rictus amer au coin des lèvres. Les arbres du parc, solides, majestueux, levaient leurs bras feuillus vers un ciel moutonnant, et la lumière molle, voilée par le plafond nuageux, crachotait faiblement sur les contours du monde. Un mois était passé depuis l'enterrement. Un mois plein, à en croire les trente croix noires qui balafraient le dos d'une photo de Jean-Marc, en format A4, et qui souriait... Pour elle, la vie insipide et sans consistance s'enfuyait silencieusement dans les méandres ternes de la maison de repos. Un immense vide peuplait désormais l'existence de la gendarme. Un vide qui prenait toute la place et chassait tout le reste. Famille. Amis. Collègues... La douleur en point de mire et l'absence en béquille, la gendarme ne boitillait plus que d'un repas à l'autre sans autre ambition que celle de ne plus rien ressentir. De s'anesthésier. Et chaque jour qui passait semblait lui donner la preuve de sa réussite : elle mourait lentement.

Trois petits coups à la porte lui firent tourner la tête, par réflexe. Elle ne prit pas la peine de répondre, elle n'avait envie de voir personne, de ne parler à personne. Cela faisait un mois plein qu'elle n'avait pas prononcé le moindre mot. Et elle entendait bien que ça dure. Qu'on la laisse en paix ! Mais la porte s'entrouvrit et un visage apparut. Dès qu'elle en distingua les contours, un petit cri rauque de surprise s'échappa de sa bouche. Son sosie était là, planté dans l'encadrement de la porte, et la scrutait d'un œil perplexe. Elle n'avait pas revu Manon depuis quinze ans et pensait ne jamais la revoir. Bien qu'elle n'y fût pas invitée, sa sœur jumelle entra. L'âge semblait ne pas avoir de prise sur elle. Manon était toujours aussi superbe. Tailleur-jupe Chanel blanc faisant ressortir sa peau hâlée. Talons hauts. Chevelure bouclée d'un châtain flamboyant. Yeux uniment vert clair, contrairement à elle. Elle avança de son pas conquérant et son parfum hors de prix embauma immédiatement la chambre.

— Bon Dieu, Éloïse, tu as une mine affreuse ! s'exclama-t-elle d'un ton exagérément affecté. Et cet endroit… c'est… c'est épouvantable, murmura-t-elle en embrassant la pièce des yeux.

— Tu es venue de Paris pour me dire ça ? Formidable ! Eh bien, je mesure ma chance, mais tu aurais vraiment pu t'épargner cette peine, crois-moi. Donc…

— Oh, je t'en prie !… Ne commence pas, Éloïse… Après quinze ans, il serait peut-être temps d'enterrer la hache de guerre, tu ne crois pas ?

Sa voix était celle de l'adulte sermonnant gentiment un enfant pour l'inviter à la raison. Dos à elle désormais, Manon noyait son regard dans le parc terni par la grisaille du ciel.

— J'ai appris pour le décès de Jean-Paul… et je suis désolée, Éloïse.

— Jean-Marc.

— Pardon ?

— Il s'appelait Jean-Marc, lâcha Éloïse, mâchoire crispée. Écorche encore son prénom et je te tords le cou.

— En même temps, ça n'est pas comme si on l'avait rencontré, hein ?!

— Exact. Il ignorait même jusqu'à ton existence, te dire… Maintenant si tu le permets Manon, j'aimerais vraiment que tu me foutes la paix.

Sa sœur fit volte-face, partagée entre l'orgueil bafoué et une sorte de rage froide.

— Il n'y a pas que toi, Éloïse, qui as des problèmes ! Moi aussi, j'ai mes problèmes, figure-toi !

— Oh, je vois. On t'a volé ton bracelet Dior, c'est ça ?

Manon lui décocha immédiatement un regard noir. Ses prunelles étincelaient de colère mais pas seulement. Derrière, brillait une autre lueur qu'Éloïse avait appris à détecter. Sa sœur avait peur…

— J'ai besoin de ton aide, Éloïse. Et autant te le dire tout de suite, je ne partirai pas d'ici sans toi.

Remerciements

Je tiens à remercier l'ensemble de l'équipe des éditions Marabout pour la confiance et l'enthousiasme témoignés depuis *La Fille de Kali*, pour l'aide apportée par les correctrices qui se sont succédé afin que ce livre gagne en puissance et en qualité.

Je remercie bien évidemment Hélène Amalric pour son accompagnement tout au long de mon travail d'écriture, pour ses nombreuses relectures et pour ses encouragements dans les moments de doute.

Un grand merci aussi à l'ensemble de mes amis-lecteurs qui ont su me témoigner leur enthousiasme à l'issue de leur lecture, Camille, Arthur, Sylvie… et à tous ceux qui m'ont soutenue tout au long de mon parcours d'écriture depuis mon premier bouquin : mon petit frère Jean-Marc, ma mère, ma tante Michèle, Florian, Marie-Josée Rousselot-Poey, Cristèle, Sabine des « Mordus du Thriller », et tant de proches et amis…

Mention spéciale aussi aux blogueuses/blogueurs, chroniqueuses/chroniqueurs, YouTubeuses/YouTubeurs qui s'impliquent chaque jour dans les réseaux sociaux pour soutenir les auteurs, connus ou non, qui donnent de la visibilité à tous et le font avec sincérité et enthousiasme. La liste n'est pas exhaustive et, par avance, pardon à ceux que je vais nécessairement oublier : Nadia Di Pasquale pour son blog Livresse du Noir, Rachel Vignon avec Les Mots de Gaiänge, Ciéna Ollier avec Les Nouvelles Plumes, Nicolas Elie pour ses chroniques passionnées à retrouver sur Les Livres d'Elie, Valérie Tuot pour Les Chroniques de Yaguelle, Yannick Scotto qui publie sur Polar.zonelivre, Raymond Pedoussaut et Valérian Montcalm pour le blog Sang d'Encre Polars, Jean-Michel Isèbe qui chronique sur son blog Polarmoniaque, Séverine Lenté pour le site ilestbiencelivre et ses directs décapants à retrouver sur YouTube, Jean-Louis Rouillan, auteur et lecteur, qui chronique à ses heures perdues sur sa page Facebook et à qui je souhaite sincèrement une publication pour son manuscrit… et tant d'autres encore ! À vous tous et aux lecteurs investis dans les groupes Facebook Les Mordus de Thrillers, Le Noir en Bleu Blanc Rouge, Thrillers-Serial lecteurs… merci.

Arnaud, mon petit frère, je ne sais pas comment tu fais – entre les enfants, tes répétitions et les cours de trombone que tu dispenses aux quatre coins de La Réunion – mais en tout cas, chapeau bas pour le temps que tu parviens à consacrer à chacun de mes manuscrits et pour ton investissement en lectures correctives pointilleuses et assidues !

Je ne saurais oublier mon ami Serge, dentiste, que j'ai passé sur le grill et qui m'a éclairée sur son art en me fournissant les éléments nécessaires à l'identification de mes victimes. Tu noteras que je t'ai rendu hommage avec l'un de mes personnages !

Enfin, un merci tout particulier à Claude pour ses innombrables relectures, pour sa présence à mes côtés, supporter confiant et indéfectible dans les hauts comme dans les bas.

Note aux lecteurs

Je ne pouvais clore ce livre sans une petite note aux lecteurs, notamment aux aficionados des Pyrénées, qui auront tous relevé que certains lieux cités dans mon roman leur sont totalement inconnus !

Passé la ville de Bagnères-de-Bigorre et le village de Campan, situé dans la vallée éponyme, j'ai fait le choix de lieux fictifs, qu'il s'agisse de la vallée de la Loume, du col du Portis, du gouffre d'Espignès ou du village d'Ibardos. En effet, soucieuse de créer un environnement propice au déroulement de l'intrigue, il m'est apparu plus judicieux d'inventer certaines parties du décor... Je ne suis pas certaine que mon cheptel aurait pu exister à l'abri de tous regards extérieurs au XXIe siècle au cœur des Pyrénées. Pour autant, il était important pour moi de rendre hommage à ma terre d'origine, celle où j'ai grandi, construit mes cabanes d'enfant, couru comme une dératée avec mes frères et voisins pour échapper à quelques imaginaires dangers, ou tout simplement celle qui m'a touchée, émue, marquée au plus profond de moi parce que c'est une terre belle, envoûtante, majestueuse.

De la même manière, si les bagnes pour enfants ont bien existé et que les références faites à cette partie de l'histoire pénitentiaire sont parfaitement réelles, la colonie Les Isards au cœur des Pyrénées est, elle aussi, pure invention.

Pour finir, je mentionne l'existence de certaines communautés autosubsistantes ainsi que celle d'un hameau peuplé de quelques âmes consanguines et dégénérées ayant évolué à l'abri du monde moderne au fin fond de l'Ariège : que les Ariégeois ne m'en tiennent pas rigueur, je les ai inventées pour les besoins de l'enquête. Ces mentions demeurent donc fictives… jusqu'à preuve du contraire, à tout le moins ! Car il n'est pas rare que la réalité supplante la fiction…

Composition et mise en pages
Nord Compo à Villeneuve-d'Ascq

Imprimé en Espagne par
Liberdúplex
à Sant Llorenç d'Hortons (Barcelone)
en février 2023

POCKET - 92, avenue de France - 75013 Paris

S29872/08